KB083743

식민지
근대의
크리틱

1930~40년대
한국문학비평,
제도, 서사

지은이

서승희 徐承希, Seo, Seung-hee

이화여자대학교 국어국문학과를 졸업한 후, 동 대학원에서 석사와 박사 학위를 받았다. 이화여자대학교 국어국문학과 강의 조교수를 거쳐 현재 한국학중앙연구원 한국학대학원 한국문학 전공 부교수로 재직 중이다. 「최재서 비평의 문화 담론 연구」(이화여대 박사논문, 2010)를 필두로 식민지 조선의 비평과 서사에 대한 연구를 진행해왔다. 서구문학 이론의 수용과 비평, 식민지와 제국 간 문화 교류, 출판문화와 교양 담론, 전쟁과 서사의 문화정치 등을 중심 테마로 논문을 집필했고, 젠더정치의 문제에도 큰 관심을 가지고 있다. 최근에는 포스트식민 시기의 식민 기억과 문화적 재현에 대한 연구 논문들을 작성했다. 한국학을 전공하는 국제 학생들과 어떻게 하면 더 재밌게 문학을 공부할 수 있을지 모색 중이며, 연구의 범위와 방법론을 확장해나가는 가운데도 식민지 문학을 여전히 최대의 관심사로 삼고 있다.

식민지 근대의 크리틱 1930~40년대 한국문학비평, 제도, 서사

초판 인쇄 2023년 6월 20일 **초판 발행** 2023년 7월 10일

지은이 서승희 **펴낸이** 박성모 **펴낸곳** 소명출판 **출판등록** 제1998-000017호

주소 서울시 서초구 사임당로14길 15 서광빌딩 2층

전화 02-585-7840 **팩스** 02-585-7848 **전자우편** somyungbooks@daum.net **홈페이지** www.somyong.co.kr

값 32,000원 ⓒ 서승희, 2023

ISBN 979-11-5905-738-0 93810

식민지
근대의 크리틱

1930~40년대 한국문학비평, 제도, 서사

서승희 지음

Literary Criticism, System and Narratives 1930-40

책머리에

　이 책은 전시체제戰時體制의 도래와 더불어 변곡점을 맞이하게 된 근대 한국문학 비평, 제도, 서사에 대한 연구의 결과물이다. 보다 구체적으로 말하자면 1930~40년대 최재서崔載瑞, 1908~1964의 문화 기획, 그리고 동시기에 공존한 매체 및 조선어/일본어 문학에 대한 연구들이 이 책에 담겨 있다. 그러므로 '식민지 근대의 크리틱'이라는 제목은 최재서를 가리키지만 그와 협업하거나 길항 관계에 있던 지식인-문학자들의 인식론을 비유적으로 표현한 것이기도 하다. 최재서는 이십 세기 세계문화 지도에 새겨질 조선문학의 영토를 상상하며 문단에 데뷔했다. 그러나 대공황과 전쟁, 파시즘의 확산에 따라 그를 비롯한 조선의 지식인들은 서구적 근대에 기초한 세계상을 근본적으로 재점검하라는 요구에 직면하게 된다. 이에 발맞추어 문학과 정치, 혹은 문학의 정치에 대한 새로운 상식이 국책의 이름으로 강요되기 시작했다. 이때 최재서는 출판을 매개로 공론장을 만들었고, 문학적 출발점과 입장이 다른 지식인들과 교류하며 조선/문학의 근대와 그 이후에 대한 담론들을 생산해냈다. 이 책에서 초점을 맞춘 것은 이러한 과정에서 빚어진 모순과 착종, 가능성의 지점들이다. 나아가 단 한 번도 '세계문학공화국'의 일원이 되어본 적이 없는 비서구 식민지 문학의 주변부성을 대동아문화권의 주역이 되어 해결해보고자 했던 다종다양한 시도들에도 주목했다. 주지하듯이 해방 이후에 이러한 문필 행위들은 '친일親日'이라는 용어로 표현된 바 있다. 그러나 한국의 근대성 성찰과 내셔널리즘 극복을 향한 학문적 움직임이 본격화되면서 1937년~1945년의 조선문학은 과거와 다른 방식으로 조명되기 시작했다. 예컨대 이천 년대 이후 활발히 논의된 파시즘론, 전향론, 포스트콜로니얼리즘 등은 저항 대 협력의 이분법을 넘어서 식민지 문학의 결절점들을 새롭게 살펴볼 수 있는 시각을 제공했다. 한편 문화제도(사) 연구는 출판, 번역, 매체 등 문학 텍스트의 탄생 기반과 역학에 착목함으로써 기존 문학사나 교과서 속의 상식과 반드시 일치하지 않는 문학의 실재를 마주하게 했다.

나는 이러한 선행 연구들의 지대한 영향력 아래 연구자로서 성장했고 써 보고 싶은 논제들을 발견했다. 이 책에서 특히 집중적으로 논하게 될 최재서는 경성제국대학에서 영문학을 전공한 영문학자이자 비평가, 번역가, 출판인, 교수로서 활동했다. 그러나 그만큼 다양한 방식으로 연구되지는 못했었다. 영어, 조선어, 일본어를 넘나드는 글쓰기의 복잡상 때문이겠으나 '친일문학'의 대표자였다는 사실도 주요 이유 중 하나였다. 그러나 식민지 문학이 다다른 일단의 종착지는 무엇이었는가?라는 질문이 새롭게 대두하면서 '국민문학'이라는 당대의 맥락 속에서 최재서의 글쓰기를 되짚게 하는 연구들이 속속 간행되었다. 『일제 말기 한국 작가의 일본어 글쓰기론』김윤식, 2003, 『협력과 저항』김재용, 2004, 『식민지 국민문학론』윤대석, 2006 등은 당시 가장 흥미로운 필독서에 속했고, 『전환기의 조선문학』노상래 역, 2006을 비롯한 여러 번역서들 덕분에 국민문학 비평과 창작을 현대 한국어로 읽을 수 있는 길도 열렸다. 일일이 거론하기 어려울 정도로 많은 학술 논문들도 발표되었다. 이렇듯 이정표가 되어 준 논저들을 읽고 공부한 끝에 나는 「최재서 비평의 문화 담론 연구」이화여대 박사논문, 2010에서 이른바 '주지주의'에서 국민문학으로의 전환 과정을 통시적으로 다룰 수 있었다. 그리고 학위논문에서 쓰지 못한 문제를 여러 해에 걸쳐 검토해 나갔는데, 이 책의 제1부 제1장, 제3~6장에서 다룬 논제들이 바로 그것이다. 여러 학술지에 5편의 글을 발표하다 보니 시간이 차곡차곡 쌓여갔다. 너무 늦게 도착할 책에 대한 근심이 적지 않았지만 박사논문의 일부와 새로 쓴 5편을 수정, 보완해서 제1부 '최재서 문학의 지층들'을 구성했다.

제1부의 제1장과 제2장은 1930년대 초중반의 최재서에 대해 조명한 글들이다. 그간 검토되지 않은 일본어 글쓰기를 연구 대상으로 포함시켰고, 경성제국대학이라는 학술 장과 식민지적 무/의식의 관계를 짚는 등 식민지/제국 체제하 지

식의 편제와 위계를 염두에 두며 논의를 진행했다. 제1장 「시-문학은 무엇을 할 수 있는가?」에서는 『조선급만주』, 『경성제대영문학회회보』, 『조선일보』에 실린 최재서의 일본어 에세이, 일본어 논문, 조선어 비평을 겹쳐 읽으며 등단 당시 최재서의 문제의식을 살펴보았다. 최재서는 문학을 사회의 안티테제로 간주하는 관행을 비판했고, 독서 대중과 유리된 창작의 엘리티즘에 이의를 제기했다. 문학의 사회적 기능을 강조하는 이러한 논의는 문학개론의 보편적 지평으로 귀결되는 것이었으나, 그는 여기서 멈추지 않고 개론의 에스니시티를 고민하며 조선어 저널리즘 장으로 나아갔다. 이때 그가 비평의 근거로 삼은 것은 낭만주의의 급진성이나 혁명성이 아니라 비평적 판별력을 중시하는 매슈 아놀드와 인문주의 비평의 계보였다. 물론 질서, 규율, 전통을 강조하는 엘리트적 문학관이 조선문학의 현실과 조우하는 과정은 순조롭지 않았다. 그래서 제2장 「인문주의적 문화 이상과 교양의 기획」에서는 최재서 비평의 아포리아를 차례로 짚었다. 최재서 비평에서 등장하는 현대, 문화, 전통 등의 핵심 용어들은 장소에 따라 상반된 의미망을 지녔고, 조선문학 발전의 장애물로 지목된 프로문학과 통속문학도 조선의 카프문학 및 신문연재소설에 대한 실감을 바탕에 둔 것은 아니었다. 그럼에도 불구하고 최재서는 이론과 현실을 마주 세우는 작업을 지속해 나갔으며, 마침내 사회주의적 리얼리티로 미처 다 포괄하지 못하는 내면의 리얼리티를 중심축으로 삼아 자기 비평의 입지를 세우게 된다.

현대적 내면의 문제는 제3장 「현대성과 민족성, 식민지 번역가의 과제」에서 다룬 최재서의 번역에서도 중요한 비중을 차지한다. 최재서는 현대인의 내면을 풍자적 기법으로 그린 올더스 헉슬리와 맬컴 머거리지의 단편소설을 번역해 『조선일보』 지상에 연재했다. 그런데 일본의 종합지 『개조改造』 독자를 위해서는 가장 조선적이라 여겨지는 이태준, 박화성의 소설을 번역했다. 1934년의 영문학 번역이 조선문학의 발전을 위한다는 계몽적 목표로 수렴된다면, 1936년에 이루어진 조선문학 번역의 맥락은 보다 복합적이다. 조선문학의 존립을 드러내면서도 도쿄 저널리즘의 취향에 부합해야 하는 이중의 과제를 안고 있었기 때문이다. 이러한 최재서의 번역들은 비서구 식민지에서 이루어진 번역의 다층성과 복합성을 몸소 증명하는 것이었다.

제4장과 제5장에서는 최재서가 창립한 인문사人文社를 중심으로 중일전쟁 발발 이후에서 아시아·태평양전쟁 발발 이전 시기1937~1941 식민지 출판의 문화정치 와 지식인의 집단행동을 다루었다. 김남천, 이효석 등의 전작장편소설 시리즈가 당대 평단에서 담론화된 소설 개조론의 성과였다면, 세계명작소설 총서로 번역 된 펄벅의 『대지』는 '조선어로 명작을 읽힌다'는 대중 교양의 목표를 실천한 결 과라 할 수 있다. 한편 장편소설과 평론을 중심에 둔 『인문평론』의 현상모집 제 도는 동시대 다른 매체는 물론 도쿄 문단에서 제창된 시국문학론과 일치하지 않 는 맥락을 드러냈다. 근대성 결산과 근대 이후 전망이라는 과제를 바탕으로 기획 된 『조선작품연감』과 부록 『조선문예연감』은 조선문학 전통을 보존하고 지속시 키기 위한 필수 수단으로서 의미를 부여받았다. 내선 공동의 조선문인협회가 결 성된 시점에서 만들어진 이 연감은 그 자체로 조선 문단의 고유성을 가시화하는 것이기도 했다. 제6장 「최재서의 레퍼런스와 인간성 탐구」 역시 동일한 시기를 다룬 글이지만, 최재서의 읽기와 쓰기에 보다 초점을 맞추었다. 전체(성)이 시대 의 화두가 됨에 따라 최재서는 가족사연대기 소설과 보고문학 등 개인과 전체의 관계를 다룬 새로운 장르에 관심을 보였다. 그래서 『부덴브로크 가의 사람들』, 『독일 전몰 학생의 편지』 등을 읽었지만 역설적이게도 그는 지적 인간형 혹은 이 원화된 자아라는 본래의 관심사에 비추어 독서를 마쳤다.

전체로서의 국가를 승인한 이후 최재서의 비평은 제7장 「식민지 국민문학론」 에서 본격적으로 등장한다. 병든 개인, 방만한 개성의 해악을 비판하며 일반의식 의 도입을 주장하는 서구 비평가들의 논리를 수용했던 그는, 1941년 이후 전쟁하는 국가 일본의 국민 의식을 일반의식으로 받아들인다. "당대 최고의 사상과 지식"을 사회에 보급하고자 한 매슈 아놀드의 문화 이상 역시 국민문화의 당위와 정당성을 뒷받침하는 전거로써 재활용되었다. 그럼에도 불구하고 엄연히 존재했던, 내선 간 '피'와 '흙'의 상이함이라는 난제는 조선인 징병제 실시 발표 이후 '지방문학'이라는 돌파구를 통해 비로소 근거를 마련할 수 있었다. 최재서는 일본중앙과 조선지방의 관계를 일방적 명령과 수락이 아닌 상호 조정의 관계로 설정했으며 대동아문화권에서 조선이 선취할 주도권을 낙관적으로 상상했다. 그러나 이를 뒷받침할 창작의 부재로 인해 조선의 현재가 아닌 과거에서 내선일체의 근거를 구할 수밖에 없었다.

이처럼 이 책의 제1부에서는 식민지 시기에 펼쳐진 최재서의 다양한 문화적 실천들을 결산했다. 엘리트적 문화 이해를 바탕으로 전개된 최재서의 조선문학 발전 및 대중 교양 프로젝트는 분명 일정한 성과를 거두었다. 그러나 그는 자신이 배제하고자 한 혼란과 무질서에서 주체성의 계기가 마련될 수 있다는 사실을 전혀 상상하지 못했다. 『국민문학』 창간호 권두언의 표현을 빌리자면 그는 언제나 '칙칙'하고 '주저'하는 식민지인의 표정을 지우고 싶다는 조바심으로 국민문학이라는 보편에 접속했다. 조선발 국민문학론은 제국의 논리가 지닌 허점을 공략하는 날카로움을 지니고 있기는 했지만, 담론의 차원에서 성립 가능한 것들이 실제에 있어서도 그러한 것은 아니었다. 특히나 국민문학 시대에 지식인의 관념은 민중에 대한 폭력으로 전화되었다는 점에서 문제적이다. 죽음으로써 국민이 된다는 역설은 지식인 그 자신의 것이 아니라 그들이 계몽하고자 했던 조선 민중의 몫이었기 때문이다.

이 책의 제2부 '식민지 말 조선문학의 쟁점'에서는 박태원, 정인택, 이석훈, 김문집, 김사량, 이무영 등 조선인 작가들과 시오이리 유사쿠, 미야자키 세이타로 등 재조일본인 작가들의 소설을 분석했다. 이는 『가정의 벗』, 『국민문학』, 『녹기」,『문화조선』 등 식민 말기에 출현한 다양한 매체와 일본어 작품집들을 고찰한 결과이기도 하다. 조선 문단의 작가들은 이른바 '전환기'라 일컬어지던 시기에 새롭게 생겨난 매체의 지향을 고려하며 작품을 제작했지만 작가로서의 개성을 포기하지도 않았다. 따라서 그들이 그려낸 문학의 지형도는 단일하지도 일률적이지도 않았다.

일찍이 자신의 소설에 다양한 여성들을 등장시켜 왔던 박태원은 농촌 여성을 주된 독자로 삼는 관변 매체의 청탁에 따라 총후 미담이나 보수적 가족 서사와 변별되는 여행 서사들을 써냈다. 여기서도 그는 특유의 인장이 새겨진 여성 인물을 선보이긴 했지만 농담이나 낙관이 불가능하게 된 한계 지점을 감추지는 못했다. 반면 정인택은 식민지의 백수와 병자가 생활인으로 재탄생하는 내선연애·결혼 서사를 그림으로써 문학적 전환을 예고했고, 실제로 국민문학을 대표하는 작가의 지위에 올랐다. 그러나 그에 대한 평가를 살펴보면 조선의 국민문학이 놓여 있던 이중구속 상태를 알 수 있다. 식민지인으로서의 정체성을 완전히 삭제하면 진정성이 없다고, 드러내면 국민적이지 못하다고 비판을 받았던 것이다. 전자가 정인택이라면, 후자는 이석훈이다. 이석훈은 국민문학 시기에도 끝까지 자기의 이야기를 썼던 독특한 작가이다. 이로써 그는 자기 혁신을 증명하고자 했으나, 결국 이는 인위적인 정체성 변환이 얼마나 어려운 것인가를 전시하는 장이 되고 말았다.

김문집은 장혁주와 마찬가지로 국민문학 시기 이전부터 도쿄 문단을 겨냥하고 일본어 창작을 했던 작가이다. 몰락한 조선을 중심축에 둔 그의 데카당스 서사는 근대 비판의 급진적 메시지 대신 일본 독자들에게 어필하기 위한 이국적 소재 및 스타일의 무대로 기능했다. 그러나 작가적 명성을 얻는 데 실패했던 그는 조선어 비평가로 전신하여 미적 내선일체론의 지평으로 나아간다. 그와 달리 김사량은 아쿠타가와상 후보에 오르는 등 도쿄 문단에서 주목받은 신예 작가였으며 일본어로 조선을 알린다는 뚜렷한 목표 의식 아래 많은 소설을 썼다. 이 책에서는 조선의 여행 잡지에 실린 김사량의 소설을 이무영, 재조일본인 작가들의 소설들과 함께 검토하며 대동아의 요충지로 재탄생한 조선의 장소성을 살펴보았다. 김사량이 무제巫祭와 풍수지리 등 재래의 풍속을 활용하여 생명력 넘치는 조선을 그려낸 데 반해, 이무영은 비국민의 속성을 양반의 부정적 잔재와 결합한 풍자적 계몽소설을 썼다. 재조일본인 작가들은 조선을 전혀 모르던 내지의 작가들과 달리 '재조在朝'의 감각을 발휘하고자 했지만 재조일본인과 조선인 모두를 포함한 '반도인'들의 상호주체성을 표현하지는 못했다.

제2부의 마지막에 배치된 「국민문학 트러블」은 총력전기 식민지 공론장에서 논의된 의제를 잡지 『국민문학』 좌담회를 통해 살펴본 글이다. 당시 좌담회는 선전 장치로서의 역할을 수행했지만, 한편으로는 총독부 관료를 비롯한 각계 이데올로그와 변별되는 조선인들의 입장과 요구를 표명하는 장이기도 했다. 『국민문학』 좌담회는 언론, 문화, 예술, 종교, 학술 등 다양한 주제로 개최되었고, 지식인 전용이다 보니 당대 다른 매체에 수록된 좌담회들과 상이한 성격을 드러냈다. 그러나 이 글은 나의 학위논문에 포함되어 있는 글이기에 최재서와 국민문학에 강조점이 찍혀 있다. 여러 가지 한계가 많긴 해도 한 편의 글로 완성할 수 있었던 것은 국민문학 세미나 팀원들과 함께 편역한 『좌담회로 읽는 『국민문학』』소명출판, 2010 덕분이었음을 밝혀두고 싶다.

이처럼 이 책의 제2부에는 마지막 장을 제외하면 주로 남성 지식인 작가의 소설을 중심으로 살펴본 식민지 말 조선문학의 면면들이 담겨 있다. 이 글들의 내용과 형식은 전통적인 작가론이나 작품론의 어떤 범주 아래 귀속되지 않는 성격을 지닌다. 시대, 매체, 작가, 작품의 관계를 동시에 염두에 두었고, 때론 다른 작가들과의 비교 고찰도 진행했다. 이론적 배경을 상술하여 실증적 논의의 맥락들을 보다 풍성하게 구성했어야 한다는 아쉬움이 들지만 앞으로의 과제로 남겨야 할 것 같다. 한편 임순득, 지하련, 최정희, 박화성 등 식민지 여성 작가들에 대해 쓴 글을 같이 배치하지 못했다는 점도 아쉽다. 식민지 서사의 젠더 문제를 부각하고 싶었지만 책의 체제와 분량을 고려할 때 무리가 되리라 판단했다. 그래서 다음 책은 이 논제를 중심으로 삼게 될 것 같은 예감이 든다.

식민지 문학을 공부한 지 올해로 이십 년이 되었다. 『개벽』 세미나를 시작으로 『창조』, 『백조』, 『폐허』, 『조선문단』, 『태서문예신보』 같은 잡지들을 읽었고, 석사학위를 받은 후에는 1930, 40년대 잡지들을 보았다. 박사학위를 받곤 자연스럽게 해방기로 넘어가서 다시금 잡지를 읽고 신문도 읽었다. 그동안의 궤적을 돌이켜보니 공부한 내용보다도 삼삼오오 모여 앉아 세로줄로 된 글들을 읽으며 웃고 이야기하던 그 시간과 공간, 그리고 사람들이 가장 먼저 떠오른다. 재미있고 감미로운 이야기들을 즐겨 읽다가 대학원에 들어와서 문학의 물질성과 역사성에 대해 알게 된 나는, 보고 듣는 모든 것이 새롭고 사실은 많이 벅찼다. 그럼에도 불구하고 늘 좋은 스승과 친구들이 곁에 있었기에 공부를 계속할 수 있었다.

운 좋게도 석사 과정 시절 성균관대학교 검열 연구팀에서 원문 입력 아르바이트의 기회를 얻었다. 자료를 읽어본 적이 없어서 한자를 잘 모르고 입력이 능숙하지 못한 데다 여러 가지로 철이 없던 내게 크나큰 가르침을 주신 한기형, 박헌호 선생님, 그리고 항상 너그럽게 대해 주신 박지영, 박현수, 이경돈, 이혜령, 최수일 선생님께 이 자리를 빌려 감사드린다. 성균관대에 일하러 공부하러 드나들면서 우연히 뵈었던 천정환 선생님께서 나의 석사논문 대상이었던 『조선문단』에 대한 이야기를 들려주신 것도 기억에 남는다. 눈에 잘 띄지 않는 학생인 나를 그냥 지나치지 않으셨던 선생님들의 그 시절 모습을 결코 잊을 수 없을 것 같다. 무엇보다도 신혜수, 이종호, 김미정 선생님, 친구인 유석환, 장영은과 함께 시간을 보낼 수 있어서 즐거웠다.

또한 원남동에서, 그리고 남산 아래에서 이루어진 '수유+너머' 세미나가 나를 키웠다 해도 과언이 아닐 것 같다. 권보드래, 박정수, 손유경, 이수영 선생님 등과 함께 『개벽』을 읽으며 놀랍도록 많은 것을 배웠다. 오선민 언니가 좋아서 『문장』과 『인문평론』 읽기도 좋았다. 정선태 선생님의 번역학교는 고등학교 때 배운 이후 잠들어 있던 일본어 공부를 추동하는 계기가 되었고, 국민문학 세미나를 통해 식민지 말 일본어 문학 공부를 재미있게 할 수 있었다. 많은 시간을 함께 보낸 전지니, 그리고 이경미, 임미진, 정실비, 최정옥 언니와 같은 동지들 덕분이다. 상허학회의 신문과 문학 세미나에서는 해방 이후 문화사에 대한 새로운 지식을 얻을 수 있었다. 이봉범 선생님께 많이 배웠고 선생님의 논문을 읽으며 늘 감탄했다. 이때 만난 김준현, 김휘열, 남은혜, 손혜민, 안서현, 정영진, 조은애, 조은정 선생님과는 앞으로 더 많은 공부를 함께하고 싶다.

이화여대에서 자랄 수 있어서 참 좋았다. 김현자 선생님의 수업 시간에 최재서 비평을 처음 읽었다. 너무 어려웠지만 자상히 짚어 주셔서 한 걸음씩 따라갈 수 있었다. 공부하는 여성의 삶에 대한 선생님의 말씀들은 정말이지 명언이었다. 정우숙 선생님은 항상 열린 수업을 하시는 분이었다. 발표도 과제도 다 식민지 시기로 하고 싶어하는 나의 편향을 너그럽게 허용해 주셨다. 우리들의 자랑이셨던 김미현 선생님이 계셨기에 문학과 젠더의 문제를 자연스럽게 익힐 수 있었다. 선생님께서 얼마나 공들여 우리를 가르치셨는지 나이를 먹을수록 깨닫게 된다. 지도교수이신 김현숙 선생님께서는 아낌없이 주는 나무의 표본과도 같으신 분이었다. 항상 과묵하셨기에 말씀 하나하나가 소중하고 기뻤다. 이러한 분께 지도를 받아서 감사하다. 존경하는 선생님들이 오래오래 건강하셨으면 좋겠다. 선생님들께 배우고 나서도 어떻게 해야 할지 모를 때마다 항상 언니들을 바라봤다. 김세령, 이은주, 박근예, 임정연, 연남경, 한혜원 언니에게서 사는 법, 강의하는 법, 논문 쓰는 법을 골고루 배웠다. 또한 박필현, 박찬효, 권경미 언니, 손자영 언니,

진선영 언니, 김윤정, 허윤, 안상원, 강아람, 황지선 등과 함께 보낸 대학원에서의 낮과 밤들이 아직도 생생하다. 김지혜, 황지영이 있어서 든든했고, 김은초, 오지혜 덕분에 건강할 수 있었다.

소명출판에서 책을 출간하기로 하고 나서도 오랜 시간이 지난 후에야 원고를 꾸렸다. 소명출판의 많은 책을 읽으며 공부했던 내가 바로 그 출판사에서 책을 내게 돼서 기쁘다. 박성모 사장님, 그리고 원고를 정리해주신 소명출판 편집부에 감사드린다. 이 책에 수록된 원고들을 쓰는 동안 개인적, 사회적으로 많은 변화가 있었다. 여러 해 동안 감염병이 혹심했지만 한국학중앙연구원 한국학대학원의 여러 선생님들 덕분에 이 시절을 수월하게 넘겼다. 언제나 배려와 조언을 아끼지 않으시는 임치균, 신익철, 황문환, 조용희, 이정란, 안예리 선생님 등 어문학 전공의 여러 선배님들께 특히 감사의 마음을 전하고 싶다. 또한 박성호, 정헌목 선생님이 보여주신 환대와 우정, 지지를 꼭 되갚는 사람이 되리라 다짐해 본다. 나의 동기 조일동, 장신, 이용윤, 이하경, 조원희, 신상후 선생님은 아무 일이 없어도 연구원에 가고 싶게 만드는 분들이다. 선생님들과 함께 공부하며 만들어 갈 미래가 기대된다. 마지막으로 사랑하는 부모님과 동생, 그리고 봄날의 햇살 같은 노장욱의 얼굴을 떠올려 본다. 노는지 조는지 공부하는지 모르게 책상 앞에 앉아 있는 나를 언제나 이해해주는 가족들이 있었기에 힘을 낼 수 있었다. 많이도 헤맸지만 앞으로는 조금 더 단단한 연구자로 살아야겠다.

2023년 5월
서승희

차례

제 1 부

최재서 문학의 지층들

제1장

시-문학은 무엇을 할 수 있는가?

최재서의 비평적 출발점에 대하여

1. 『조선급만주朝鮮及滿洲』와 최재서의 일본어 에세이

「시인 대 행위인詩人對行爲人」『조선급만주』, 1934.4과 「시인과 인간고詩人と人間苦」『조선급만주』, 1934.12[1]는 최재서의 연보에 기록되어 있긴 하되 본격적인 검토가 이루어지지 않은 글들이다. 재조일본인을 독자층으로 삼는 종합지에 수록된 일본어 논고인데다 에세이라는 장르적 특징 때문에 연구사에서 배제되어 왔기 때문이다. 그러나 「시인 대 행위인」과 「시인과 인간고」는 비평가로 출발하던 1934년 당시 최재서의 입장을 드러내는 글로서 다른 평문들과 함께 읽힐 필요가 있다. 영시 전공자인 그는 어떤 과정을 통해 저널리즘의 현장으로 진입했으며 글쓰기에서 이는 어떻게 드러날까?

보통 비평가 최재서의 시작은 1934년 『조선일보』에 수록된 주지주의 문학 이론과 그 글에서 소개된 흄T. E. Hulme, 엘리엇T.S.Eliot, 리드H.Read, 리처즈I.A.Richards 등을 중심으로 논의된다. 그런데 당시 최재서에게 열린 지면이 반드시 조선어 매체에

---

1 1934년 12월에 발표됐지만 글의 말미에 1934년 8월 3일에 완성했음을 알리고 있다. 崔載瑞, 「詩人と人間苦」, 『朝鮮及滿洲』, 1934.12, 74쪽.

국한된 것은 아니었다. 경성제국대학 강사라는 타이틀을 달고『조선급만주』문예란에 수록된 최재서의 글[2]은 식민지에서 운용된 저널리즘이 어떤 방식으로 조선인 필자들을 활용했는가를 보여주는 하나의 사례이다. 유재진의 연구에 따르면, 이 잡지에 섭외된 소수의 조선인 필자들은 조선총독부의 관료, 재계와 문화계 인사 등 엘리트 계층으로 구성됐으며, 반일 혹은 항일이라는 이분법적 분류에 속하지 않는 기고문들을 주로 게재했다. 또한 문학, 연극, 영화 등 문화예술 관련 기고가 가장 큰 비중을 차지했다는 것도 특징이다.[3] 문화예술의 범주에 속하는 논제들은 정치적 민감성이 적고 조선의 생활이나 문화에 대한 정보를 전달한다는 점에서 유용성을 지녔다. 문학론의 경우, 이원규의 민요론, 박명선과 김동인의 근대문학론 등이 수록되었는데 이와 같은 글들은 공통적으로 조선문학의 특징과 전개, 주요 작품 등을 소개하는 성격을 지니고 있었다. 그러나 조선문학이 아닌 문학Literature 의 보편적 지평에서 출발하는 최재서의 에세이들은 정보 제공이 아닌 교양 함양이라는 목표를 구현하고 있다. 또한 다른 매체에 수록된 저술들과 상호텍스트적인 관계를 맺고 있는 내용으로 미루어볼 때 본인의 관심사에 비추어 글을 썼음이 드러난다. 그러므로『조선급만주』에 수록된 두 편의 에세이도 최재서 고유의 저자성을 살펴볼 단서를 제공한다는 것이 이 글의 전제이다.

1930년대 초중반 최재서의 일본어 글쓰기에 대한 연구로는 김윤식의 논저가 대표적이다. 김윤식은 최재서가 경성제대 재학 시절『경성제대영문학회회보京城帝大英文學會會報』에 발표한 글은 물론 일본의 저널들에 발표한 글의 주요 내용을 번역, 소개해 후속 연구들의 토대를 마련했다. 한편 경성제국대학 영문학의 사상사적 가능성 속에서 최재서 글의 의미를 짚으며 영국의 낭만주의 사상과 일본적 국학

---

2 이 직함은 「詩人對行爲人」에만 명기되어 있다. 崔載瑞, 「詩人對行爲人」, 『朝鮮及滿洲』, 1934.4, 73쪽.
3 유재진, 「일본어 잡지 『조선(朝鮮)』과 『조선급만주(朝鮮及滿洲)』의 조선인 기고가들-기초자료 조사」, 『일본연구』 14, 고려대학교 일본연구센터, 2010, 320쪽.

사상의 결합을 최재서 문학관의 토대로 파악한 바 있다. 그러나 후대의 연구자들은 김윤식이 제기한 낭만주의적 상상력의 문제를 엄밀히 해명하는 데 집중하기보다는 모더니즘으로의 전환에 초점을 맞추어 최재서의 초창기 활동을 조명했다.[4] 이는 경성제대의 학문적 풍토는 물론 최재서가 참조한 이론의 계보를 면밀히 검토하는 방식으로 진행됐다. 예컨대 일본의 영문학자 미하라 요시아키三原芳秋는 어빙 배빗과 최재서 비평의 연관성을 다루는 등 그간의 최재서 연구사에서 간과되었던 문제들에 주목한 바 있다.[5] 그는 최재서의 지도교수인 사토 기요시佐藤清의 글쓰기의 핵심에 낭만주의적 상상력이 자리 잡고 있음을 인정하면서도 시인으로서의 입장과 비평가로서의 입장을 구별해서 보아야 한다고 주장했다. 또한 감정의 분출로서의 낭만주의적 상상력이 아니라 낭만주의적 상상력의 기원에 각인되어 있는 지적인 것에 착목했다는 점에서 최재서는 후자를 비평적으로 수용한 사례에 속한다고 논했다.[6] 그러므로 낭만주의 영시 연구자 최재서가 주지주의 문학 비평으로 나아간 것은 매우 자연스럽고도 필연적인 귀결이라 평가된다. 한편 미하라 요시아키의 논문은 『조선급만주』에 수록된 최재서의 글들을 유의미하게 언급했다는 점에서도 주목할만하다. 그는 최재서가 쓴 두 글의 변화를 적절하게 짚었고, 표상의 차원에서 사회에 접근하는 비평가로서의 태도를 예리하게 지적했다.[7] 다만 구체적으로 그 내용을 논하지는 않은 만큼 보론이 필요하다.

이 글에서는 「시인 대 행위인」과 「시인과 인간고」의 주요 내용과 의미를 순차적으로 다루되, 각 글의 논제와 관련성이 깊다고 생각되는 최재서의 일본어, 조

---

4 김윤식, 『한국근대문학사상연구 1 – 도남과 최재서』, 일지사, 1984(1999), 226쪽. 김윤식의 최재서 연구를 면밀히 재검토한 김동식의 지적대로 김윤식이 사용하는 낭만주의와 스토이시즘 등의 주요 용어는 다양한 외연과 내포를 지니고 있어서 명확하게 정리되기 어려운 특징을 지니고 있다. 김동식, 「낭만주의, 경성제국대학, 이중어 글쓰기 – 김윤식의 최재서 연구에 대한 몇 가지 주석」, 『구보학보』 22, 구보학회, 2019, 213쪽.

5 三原芳秋, 「崔載瑞のorder」, 渡辺直紀 외편, 『전쟁하는 신민, 식민지의 국민문화』, 소명출판, 2010 참조.

6 위의 글, 77쪽.

7 위의 글, 87~88쪽.

선어 글쓰기도 함께 언급하도록 하겠다. 이를 통해 영문학과 조선문학, 일본어 저널리즘과 조선어 저널리즘의 접점에서 비평가로 출발하고 있던 최재서의 1934년을 재구해 보고자 한다.

2. '시인 대 행위인'이라는 안티테제에 대한 반론

「시인 대 행위인」은 시(인)와 행위(인), 혹은 문학과 생활이라는 안티테제에 대한 반론을 담은 글이다. 윈덤 루이스Wyndham Grant Richards Lewis의 저서 *The Lion and the Fox : The Role of the Hero in the Plays of Shakespeare*1927에서 추출한 핵심 논지로부터 시작하여 시(인)에 대한 특정한 편견과 고정관념을 비판적으로 짚으며 마무리되는 이 글은, 『조선급만주』에 수록된 여타 조선인 필자의 문학론들과 달리 영문학 레퍼런스를 전면에 내세우고 있다는 점에서 이색적인 출발점을 보여준다. 그런데 이 글을 게재하기 한 달 전에 최재서는 윈덤 루이스를 다룬 또 하나의 글을 쓴 바 있다. 바로 「윈덤 루이스론ウインダム·ルイス論」『경성제대영문학회회보』, 1934. 3이다. 「윈덤 루이스론」은 포투스Hugh Gordon Porteus의 해설서[8]에 의거하여 윈덤 루이스 문학의 특징을 논의한 글로서 장르상으로 볼 때 학술적 글쓰기에 속한다. 따라서 이 글의 논제와 참고 문헌, 인용문을 일부 공유하고 있는 「시인 대 행위인」은 「윈덤 루이스론」의 축약본으로 간주될 수도 있겠다. 그러나 두 글은 수록 매체와 예상 독자, 글쓰기의 목적이 다른 만큼 전개 방식과 주제, 결론 등에서 차이를 드러낸다.

윈덤 루이스는 보티시즘Vorticism 운동의 중심에 있던 추상 화가로 잘 알려져

---

8 영국의 비평가이자 시인으로 1932년 윈덤 루이스 해설서를 출간한 바 있다. Hugh Gordon Porteus, *Wyndham Lewis : A Discursive Exposition*, London : Desmond Harmsworth, 1932.

있으며, *Tarr*1918와 *The Apes of God*1930 등의 소설로 문명을 떨친 작가 겸 비평가이기도 하다.[9] 그러나 오늘날 대중적 지명도나 영문학사 기술 및 연구 현황을 통해 드러나듯이 그의 작품은 동시대 활동한 제임스 조이스나 T.S.엘리엇의 경우처럼 세계적 캐논의 지위에 올라 있지는 않다. 창의성과 예술성의 양 측면에서 고평 받을 만한 몇몇 작품을 남기긴 했어도 그는 1930년대에 들어서 파시즘에 적극적으로 찬동하는 저술과 언행으로 평판과 이력에 치명적 손상을 입었다. 루이스의 행보는 지적협력국제협회와 인민전선 등을 통해 파시즘의 야만성을 규탄하며 인간성 옹호의 기치를 올리고 있던 비판적 지식인들의 실천과 정면으로 배치되는 것이었다. 최재서 역시 루이스를 문학의 현대성을 실현한 모더니스트로서 주목했을 뿐 파시스트적 정치 성향에 대해서는 어떤 관심도 표명하지 않았다. 그리고 1930년대 후반기에 이르러 루이스 문학은 "내면적 극단에서 반동한 외면적 극단"이자 "예술에 있어서의 히틀러리즘"으로 언급될 뿐 문학적 전위로서의 레테르를 잃게 된다.[10]

그러나 동시대 문학의 향방을 두루 탐색하던 1930년대 초중반 시점의 최재서에게 윈덤 루이스는 중요한 참조항 중의 하나였다. 그는 포투스의 해설서 내용 중에서도 모더니즘의 문제에 초점을 맞춰 「윈덤 루이스론」을 작성했다고 밝혔고, 실제로 자아, 개성, 냉소, 풍자, 반낭만주의 등 현대 비평의 주요 논제를 중심으로 글을 전개했다. 다시 말해 해설서의 구절들을 선택적으로 발췌, 강조, 재배

---

9 윈덤 루이스의 문학적 경향과 대표작에 대해서는 Andrew Sanders, 정규환 역, 『옥스퍼드 영문학사』, 동인, 2003, 705~707쪽.

10 최재서가 윈덤 루이스의 문학을 비판적 뉘앙스로 언급하기 시작하는 것은 대략적으로 1938년 이후이다. 예컨대 「지상종합대학 – 현대세계문학의 동향」(『조선일보』, 1938.4.22~24)에서 그는 심리주의 문학이 쇠퇴하고 있는 세계문학의 동향을 알리면서, 루이스 문학의 문제성을 다음과 같이 논평하고 있다. "우리가 순전히 내면적인 인간에 객관성을 거부하는 동시에 순전히 외면적인 인간 가운데서 실재성을 발견치 못함은 물론이나 하여튼 심리주의 문학이 이와 가튼 반동적 급진주의를 촉진하얏다는 사실의 중대성은 이해할 수 잇다." 최재서, 「지상종합대학 – 현대세계문학의 동향(중) 서사 문학의 제단계」, 『조선일보』, 1938.4.23.

치하고 이에 본인의 논평을 곁들어 윈덤 루이스론을 재작성한 것이다. 특히 「윈덤 루이스론」은 「시인 대 행위인」에서는 상세히 다루지 않은 '시인 대 행위인'이라는 표제의 개념과 원 맥락을 짚고 있어서 「시인 대 행위인」에서 언급되는 안티테제의 연원이 무엇인지, 그리고 최재서가 이를 어떻게 재의미화하고 있는지 이해하는 데 도움을 준다. 따라서 「시인 대 행위인」을 살펴보기에 앞서 「윈덤 루이스론」의 핵심 내용들을 짚어 볼 필요가 있다.

우선 시(인)을 둘러싼 안티테제의 문제는 「윈덤 루이스론」의 첫 번째 논제인 'the Spilt Man' 항목에서 다루어지고 있다. 윈덤 루이스의 작품에서 반복적으로 나타나는 분열인의 모티브는 자아와 세계, 개성과 인류 그리고 궁극적으로 천재Genius와 행위인Man of Action의 대립과 항쟁을 뜻하는 것이다. 천재예술가는 모든 점에서 행위인과 배치되는 특징을 지니며, 행위인의 입장에서 보더라도 그렇다. 이를테면 예술에 모든 것을 양보하는 것은 자연인으로서의 행위와 생활에 대한 권리를 약탈하는 것이며, 생활, 수면, 식사, 교제 등의 일상적 행위는 정신의 아틀리에를 범하는 것이 된다. 이리하여 "한 명의 인간이 동시에 시인이자 행위인이고, 호머이자 헥토르이고, 셰익스피어이자 시저인 것은 불가능하다"고 윈덤 루이스는 *The Lion and the Fox*의 서문에서 쓰고 있다. 이는 「윈덤 루이스론」과 「시인 대 행위인」에서 동일하게 인용된 문구이기도 하다.

그런데 이것이 곧 시인과 행위인의 '단절'로 이어지는 것이 아니라 '충돌'을 빚어낸다는 점을 이후의 서술에서 확인할 수 있다. 모든 시인은 억압된 무수한 행위인을 자기 안에 가지고 있다는 사실에 방점이 찍히고 있기 때문이다. 사실 완전히 순수한 시인도 완전히 비반성적인 행위인도 존재할 수 없다. 셰익스피어도 현실 사회와의 접촉 속에서 희곡적 기교를 습득했다는 점에서 행위인이고, 시저도 정략기를 남겼다는 점에서는 예술가라 할 수 있다. 그러므로 예술이란 상반되는 두 잠재력의 배치에 따라 생기는 일종의 불꽃과도 같은 것이다. 오히려 그 내적 충돌이 없다면 예술은 궤변의 유희로 떨어져 버린다. 여기서 루이스는 누구보다도 내적 충돌의 중요성을 잘 알고 있으며 또 집요하게 그 문제를 다루어 온 장본인으로서 부각된다. 동시에 강조되는 점은 그가 그리는 내적 충돌이 이중인격Dual Personality과는 무관하다는 사실이다. 예컨대 지킬과 하이드의 이중인격은 두 가지 요소의 상호 말살을 의미한다는 점에서 자기 파괴적이고, 교대로 변화한다는 점에서 시간적 분열Temporal Spilt을 보여준다. 그러므로 이는 두 가지 요소의 동시적 충돌을 의미하는 'the Spilt Man'의 문제와 전혀 다른 층위에 놓인다.

그러면 이러한 내적 충돌에서 예술가의 개성은 어떤 역할을 하는 것일까? 루이스는 외부의 절대적 미의 표준에 비추어 볼 때 예술가의 개성은 그리 중요한 것이 아니라 판단했으나, 엘리엇 식의 개성 탈각Strained Impersonality론에 대해서는 반대 의견을 표했다. 그는 개성이 "순수하게 일개의 도구" 역할을 한다고 주장했다. 그에 따르면 개성은 예술가가 그것으로부터 '도피'했기 때문에 소멸하는 것이 아니라, 그것을 완전히 다 이용했기 때문에 소멸하는 것이다. 분열된 양자의 중간에 평행 상태로 존재하며 어떤 이상에 민감한 에이전트Agent — 이것이 루이스가 생각하는 개성 개념이며, 다른 말로 '예술적 양심'이라 할 수 있다. 이렇듯 낭만주의적 개성과 변별되는 개성 개념의 운용은, 윈덤 루이스 특유의 예술관을 넘어서 모더니즘 예술 공통의 입론으로 귀속되는 것이기도 하다. 따라서 윈덤 루이스의 고유성을 모더니즘 미학의 전제 속에서 다루고자 한 최재서의 의도는 그 타당성을 인정받을 수 있다.

다음으로 최재서가 제시한 윈덤 루이스의 핵심어는 'the Visionary'이다. 완성의 미가 없는 루이스의 작품이 일종의 "독창적 유기체"라면, 그의 비평은 논리적 판단이 아니라 "직관"에 의거한다는 특징을 지닌다. 이 때문에 루이스는, 당시 영국의 시인과 소설가들에게 전범으로 대우받던 조이스나 엘리엇과 달리 예술의 법칙을 범한다는 비난을 받았다. 그러나 최재서가 포투스의 논의를 경유하여 루이스의 "작가적 무기"로 주목하고 있는 것은 "화가의 눈"이다.[11] 언어로 번역되어 그의 작품에 나타난 이미저리는 독자의 마음에 충격을 주고, 그것의 본질을 새롭게 실감하게 하는 역할을 한다. 또한 유머러스한 풍자를 통해 낭만적 도취의 정서를 멸각시킨다는 점도 특징으로 꼽을 수 있다. 이 글에서 언급된 "반낭만적 왜진 주사"며 "유머의 주입에 의한 낭만적 정서의 소독"[12]에 주목해야 하는 이유는, 이것이 1935년 최재서의 「풍자문학론」에 등장하며 조선 문단의 위기 타개책으로 응용되기 때문이다. 모순에 찬 현실을 그대로 수용할 수도 없고, 예술 본연의 상상력을 손상시키며 현실에 대한 거부 의사를 표명하는 태도도 바람직하지 않다면 최후의 수단으로 비평적 태도를 고려해 보자는 것이 그의 풍자문학론의 골자이다.[13] 또한 그는 대상과 냉정하게 거리를 두고 현실을 직시하는 데 가장 유용한 예술적 기법이 자기 풍자임을 강조한 바 있다.[14] 나아가 이것이 루이스, 조이스, 헉슬리 등이 그려낸 이십 세기 서구 현대인의 존재론에만 해당하는 것이 아니라 조선 문단에 새롭게 등장한 작가들의 작품을 해명하는 데도 적용될 수 있음을 주장하며 그는 조선의 비평가로 편입될 수 있었다.

이처럼 『경성제대영문학회회보』에 수록된 「윈덤 루이스론」은 전공자들의 학술적 소통을 위한 글쓰기인 동시에 자기 비평의 구심점을 찾아가는 여정에 위치하는 탐색의 글쓰기로서 의미를 지닌다. 그런데 「시인 대 행위인」에 이르러 '윈덤 루이스와 문학의 현대성'이라는 전문적 주제는 '문학을 둘러싼 세간의 오해'라는 일반적인 독자 대중을 겨냥한 주제로 바뀌게 된다. 윈덤 루이스의 '분열인'과 이

---

11 이는 포투스 혹은 최재서만의 독특한 분석이 아니라, 오늘날 윈덤 루이스 예술의 특징을 논할 때도 일반적으로 지적되는 사항들이다. 루이스의 '화가의 눈', 그리고 평면과 테두리, 형체에 대한 예리한 감각은 시각적 표상이 뚜렷하고 문장의 흐름이 탄탄히 조절되어 있는 산문체에서 특히 돋보였다. David Daiches, 김용철·박희진 역, 『데이쉬즈 영문학사』, 종로서적, 1987, 750쪽.

12 崔載瑞, 「ウインダム・ルイス論」, 『京城帝大英文學會會報』, 1934.3, 11쪽.

13 최재서, 「풍자문학론 3－문단 위기의 일 타개책으로서」, 『조선일보』, 1935.7.19.

14 최재서, 「풍자문학론 4－문단 위기의 일 타개책으로서」, 『조선일보』, 1935.7.20.

에 대한 포투스의 논평이 매우 간략하게 글의 서두를 여는 재료 정도로만 언급된 것도 이 때문이다. 이제 새롭게 문제가 되는 것은, 루이스를 비롯한 현대 작가들이 다루는 이중화된 자아의 문제가 아니라 작가들의 이중화된 자아를 곡해하는 대중들의 고정관념이다. "시인들이 갖는 행위의 결점"을 기반으로 대중들은 시인을 "反행위자" 혹은 "몽상가"로 간주하는 모멸적 태도를 취하곤 한다. 그러나 "시인은 행위를 사랑하고 존중하기에 시를 짓는"다고 최재서는 쓰고 있다.[15]

시인이 현실과 동떨어진 몽상가이기는커녕 격렬한 행위인임을 주장하기 위해 그가 우선 짚고 있는 것은 시의 개념이다. 시란 과연 무엇인가? 흔히 시는 도피와 몽상, 꿈의 세계라고 여겨진다. 그러나 시는 결코 특별한 것이 아니다. 이를테면 "올바른 것을 올바르다고 하고, 아름다운 것을 아름답다고 하고", "환하게 웃는 표정으로 인간과 자연, 신의 일을 솔직하고 건강하게 이야기할 수 있는 세계"가 바로 시의 세계이다. 시인은 이처럼 편견 없는 순수 세계에서 자신의 삶을 다시 살아본 후, 그 가치를 예지의 판단에 맡긴다. 이는 무기력하게 추억이나 되짚는 것이 아니라 약동하는 삶의 과정을 긴장감 있게 하나하나 밟아가는 것이며, 이것이 곧 행위의 과정이라 할 수 있다. 이러한 행위가 실현되기까지 시인은 불안감과 초조함을 느끼고, 하나의 행위가 실현되었을 때는 안도와 환희를 맛본다. 이 행위는 곧 창조이기 때문이다. 그런데 현실 사회의 행위와 시 세계의 행위는 다르지 않다. 전자가 실용적 수단으로서의 행위라면, 후자는 그 자체가 목적인 행위라는 차이점만 있을 뿐이다. 인간의 동기와 행위 사이에 인습의 방해가 없으면, 그리고 인간의 예지가 그대로 실현되는 사회였다면 시는 존재하지 않았을 것이다. 그러므로 시인의 일은 인습에 찌든 관점을 깨는 일로부터 시작되고, 행위의 정당한 가치를 부여하는 것으로 끝난다.

이처럼 최재서는 시인을 몽상만 일삼는 감상주의자로 보거나 자기 세계에 잠

---

15 崔載瑞, 「詩人對行爲人」, 『朝鮮及滿洲』, 1934.4, 73~74쪽.

겨 있는 현실 도피자로 보는 시선에 문제를 제기하고 있다. 또한 달콤하고 말초적인 언어를 적당히 나열하는 것을 시로 간주하는 오류를 경계하며 오히려 시인은 인습을 깨고 현실을 변혁하는 데 기여하는 존재임을 강조하고자 했다. 예외적인 천재 예술가가 대중은 이해할 수 없는, 그리고 실생활과 어떤 연관성을 맺지 못하는 영감을 펼쳐나가는 게 곧 문학은 아니라고 그는 주장하고 싶었던 것이다.

이는 1934년 8월 『조선일보』에 연재한 「현대 주지주의 문학 이론의 건설」에서 다룬 낭만주의 문학 비판론과 함께 생각해 볼 만한 문제이다. 주지하듯이 이 글에서 최재서는 흄의 실재론, 예술론, 문학 이론 등을 차례로 소개하며 흄의 문학관의 골자가 낭만주의 비판에 있음을 논의한 바 있다. 흄은 낭만주의 문학의 '무한에 대한 동경'이 이상과 현실의 괴리 속에서 결국 멜랑콜리와 센티멘털리즘을 낳게 된다고 언급했다. 문제는 이로부터 일종의 "마약적 작용"이 초래된다는 데 있는데, 사회 정세가 낭만주의를 용납할 수 없을 정도로 변천한 후에도 마치 꿈을 찾듯이 낭만적 쾌락을 추구하고, 낭만적 문학만을 문학적이라 생각하는 부작용이 생겨난다는 것이다. 흄은 이를 "낭만적 비평 태도"라 경계하며 "고전주의의 부활"을 주창했다. 이는 곧 "진리 이상의 대기─인간이 호흡하기엔 너무도 희박한 대기─속으로 맹진"하지 않고 "백일의 명징"함을 추구하며 "세속적이고 쾌활함"을 특징으로 하는 문학의 부활을 의미한다.[16]

이와 달리 「시인 대 행위인」에서 최재서는 전문가의 비평 태도가 아닌 일반 독자의 감상 태도를 중심으로 논의를 전개하고 있다. 그가 "마약적 작용"에 침윤된 독서를 대신할 바람직한 독서로 제시하는 것은 인생의 "온습溫習"이다. 한 편의 걸작을 읽음으로써 독자들은 인류의 역사를 다시 배우고 또 살 수 있다. 시에 나타난 심상에 반응하고 이로써 의식의 변화를 겪는 것 역시 어떤 행위를 체험한 것이나 다름없다. 만약 현실 세계에서 비슷한 상황을 만나면 독자는 이를 바로 실

---

16 최재서, 「현대 주지주의 문학 이론의 건설 4─영국 평단의 주류」, 『조선일보』, 1934.8.9.

천에 옮길 수도 있을 터이다. 다만 이는 교과서에서 배운 교의나 신조를 실제 생활에 응용하는 것과는 질적으로 다른 것이다. 직접적인 교화가 아니라 오로지 문학의 감응력을 기반으로 독자의 행위를 이끌어 내는 것, 이것이야말로 위대한 문학만이 도달할 수 있는 경지라 할 수 있다. 이렇듯 윈덤 루이스론으로부터 시작한 「시인 대 행위인」은 통속화된 낭만주의 문학관 혹은 독서관을 비판한 후, 문학은 무엇을 할 수 있는가?라는 질문에 답하는 것으로 종료된다. 매우 평범하달 수 있는 결론이지만 그것에 이르는 길은 그렇지 않다. 영미비평, 모더니즘, 반낭만주의, 문학성 등 최재서라는 신진 비평가의 관심사와 문제의식이 분명히 드러나고 있기 때문이다.

3. (조선의) 인간고와 시-문학의 역할

「시인과 인간고」는 『조선급만주』에 수록된 최재서의 또 다른 시(인)론이다. 「시인 대 행위인」의 후속편 격으로 쓰인 이 글은 시(인)의 효용을 다룬다는 점에서 「시인 대 행위인」과 일맥상통하는 주제 의식을 지니고 있다. 그러나 「시인 대 행위인」과 달리 조선의 장소성이 개입하고 있다는 점이 차이점이다. 이 글의 서두는 최재서와 이름을 알 수 없는 친구의 대화 장면으로 시작된다. 거의 매일 밤을 술집에서 보내는 친구에게 왜 그렇게 술을 마시냐고 물어보니, "이게 이 경성이라는 감옥에서 벗어나는 가장 빠른 길이기 때문이지"라고 답했다는 에피소드이다. 그러나 이튿날 아침 눈을 떴을 때 경성의 거리는 그에게 어떤 표정을 지을 것인가? 라는 질문을 던지며 최재서는 한순간의 술로 잊을 수 없는 현실의 처참함에 대해 거론하고 있다. 이는 인간이라면 누구나 겪을 수밖에 없는 실존적 고통의 차원을 가리키는 것으로 읽히긴 한다. 그러나 경성-감옥-처참함으로 이어지는 의미의 연쇄 고리가 식민지의 장소성과 아예 무관하다고 보기도 어렵다. 물론 이 글에서 인간고 문제는 조선의 인간고로 구체화되지 않은 채, 스탠리 존스E. Stanley Jones라는 참고 문헌으로 선회하고 있다.

1884년 미국 메릴랜드주에서 태어난 스탠리 존스는 평생을 인도 사역에 몸 바친 선교사이자 기도원 공동체 운동가이다. 비서구를 향한 시혜적 태도와 제국주의적 계몽주의에서 벗어난 스탠리 존스의 인생은 기독교 신자는 물론 비기독교인들에게도 귀감이 되는 것으로 평가받고 있다.[17] 또한 *The Christ of the Indian Road*1926등을 비롯한 그의 저술은 당시에도 베스트셀러였지만 현재까지 거듭 번역되며 전 세계 독자들에게 선교의 바이블로 읽히고 있다. 최재서는 조선에 체류하던 어느 서양인으로부터 우연히 *Christ and Human Suffering*1925을 선물 받아 읽고 깊은 감동을 받았던 것으로 보인다. 이 책은 기독교 서적임에도 불구하고 아시아, 특히 중국과 인도의 고통으로부터 논의를 시작하고 있다. 물론 이 고통은 어느 시대보다도 한층 더 심각한 전환기를 겪고 있는 현대인의 보편적 운명으로 연결되고 곧 크리스천의 경우로 좁혀지고 있긴 하지만, 비서구 식민지의 인간과 문화, 종교를 존중하며 기독교 정신을 소개하고자 노력해 온 필자의 문제의식이 곳곳에서 발견된다. 최재서는 이 책에서 다양한 교훈과 격려를 받았다고 쓰고 있는데 어떤 점에서 그러했는지는 알 수 없다. 정확히 밝힌 소회가 단 하나이기 때문이다. "내가 늘 생각하는 시의 기능에 관해 중요한 암시를 받을 수 있었음은 뜻밖의 기쁨이었다." 그래서 최재서는 *Christ and Human Suffering*의 제3장 '인간고를 대하는 다양한 방법'의 내용을 소개한 후, 그렇다면 시는 무엇을 할 수 있는가의 문제로 방향을 틀어 글을 전개해 나가고 있다. 원래 스탠리 존스는 고통을 해결하는 다양한 방법론을 두루 짚어 독자들이 이 문제를 다각도로 사고할 수 있게

---

17 저자에 대한 설명은 E.Stanley Jones, 대한기독교서회 역, 『그리스도와 人生苦』, 조선기독교서회, 1951, 1~3쪽 참조.

끔 서술했다. 그러나 최재서는 그가 제시한 아홉 가지 방법론 중 다섯 개만을 선택해 약술했으며, 그 과정에서 종교적 색채가 드러나는 서술은 생략, 조정, 대체하는 등 크리스천의 입장에서 고통을 사유하던 원문을 보다 보편적인 차원에서 다루고자 했다.

첫 번째 방법으로 소개되고 있는 것은, 페르시아의 시인 오마르 하이얌Omar khayyam의 한 시편이 보여주듯 기존 세계를 산산조각 내고 새로운 세계를 만들어내고자 하는 반역의 시도이다. 이는 곤혹과 고통의 구렁텅이에서 허우적대는 현대인들이 한 번쯤 생각할 수 있는 방법이지만, 어디까지나 염원일 뿐 보통 이러한 세계를 실현할 힘을 가지고 있지 않다. 더 큰 문제는 고통이 전혀 없는 세계를 곧 행복한 세계로 간주할 수 없다는 데 있다. 그러므로 인간은 망상에 의지하지 말고 세계를 있는 그대로 받아들인 후 고통의 문제를 해결해야 한다.

두 번째 방법은 첫 번째와 반대로 고뇌를 받아들이되 고뇌의 허를 찌르는 방법이다. 어차피 세상은 고통으로 가득차 있으므로 어떤 고통이 찾아와도 놀라지 않겠다는 포즈를 취하는 것이다. 그러나 희망 없는 냉소주의 역시 해결법은 될 수 없다.

세 번째는 자기 연민의 태도이다. 이 대목에서 최재서는 스탠리 존스가 자신의 체험담을 서술하고 있는 것과 달리 낭만주의 시대의 천재 예술가들을 사례로 들고 있다. 샤토브리앙과 바이런 등에게 고뇌란 피해야 하는 대상이 아니라 그들의 천재성을 과시하고 세상 사람들에게 연민을 받을 수 있는 절호의 재료였다. 나아가 그들은 고뇌가 없을 때는 신비화나 과장 등의 방법을 통해 오히려 고뇌에 머물기를 택했다. 따라서 이런 경우 고뇌와 슬픔은 기쁨과 마찬가지로 향락의 한 수단이 되었다고 할 수 있다.

네 번째는 금욕주의적 태도이다. 이것은 끊임없이 타격을 받으면서도 이를 이겨내고자 하는 내적 태도를 말한다. 그러나 이러한 강건함과 고상함 뒤에는 어두운 인생관이 도사리고 있다. 슈펭글러는 베수비오 화산 폭발이라는 예정된 종말을 향해 나아가는 로마 병사들의 위대함을 논했고, 이와 유사하게 러셀 역시 "우리가 이룰 수 있는 최고의 일은 굴하지 않는 절망을 계속 갖는 것"이라 말한 바 있다. 그러나 "나는 죽더라도 고개를 똑바로 들겠"는 불굴의 성격 역시 인간고를 해결하는 근본적인 방법은 아니다.

마지막으로 최재서가 정리한 해결법은 부처의 태도이다. 부처는 오랜 세월 동안 고뇌 문제에 대해 사색한 후, 생즉고生即苦의 결론에 도달한 바 있다. 그에게 생존과 고뇌는 근본적으로 동일한 것이며 이를 기초로 하여 고뇌의 해결법도 생각해냈다. 바로 행위의 범위를 벗어나 욕망으로 거슬러 올라가라는 것이다. 욕망의 뿌리를 뽑아 버리면 열반 상태에 들어갈 것이고, 고통을 초월하게 될 것이다. 그러나 욕망은 결코 억압에 의해 제거될 수 있는 것이 아니다. 보다 큰 욕망에 의해 대체되는 것이 아니라면 욕망은 인간을 떠나지 않을 것이다.[18]

스탠리 존스의 저서에 의거한 최재서의 논의는 여기에서 끝난다. 그 뒤에 힌두교, 이슬람교, 유대교, 기독교 등 스탠리 존스가 서술한 다양한 종교적 해결법은 그의 관심사가 아니었기 때문이다. 오히려 최재서는 불안과 고통에 시달리는 현대인에게 과연 종교가 제 역할을 할 수 있는가 라는 질문을 역으로 던지고 있다. "신의 모습을 놓쳐 버린 현대인에게 종교적 방법은 그 본질적 효능 여하와 상관없이 매력이 상실"되었으며, 오히려 시가 점점 "종교의 대역을 다하고 있다"는 것이 그 이유이다. 이와 같은 논의에서 연상되는 것은 현대문학비평의 아버지라 불리는 아놀드M.Arnold의 비평관이다. 아놀드는 문학이 "영감 및 정신적 원기의 원천으로서 종교를 대신할 것"이라 보았으며 그 결과 "우리는 최상의 문학을 가질 수밖에 없다"고 주장했다. 만약에 종교가 아닌 문학이 문명의 주체라면, 좋은 문학과 나쁜 문학을 식별하는 능력은 무엇보다 중요해지게 되며, 비평가는 사제와 동

---

18 E.Stanley Jones, *Christ and Human Suffering*, London : Hodder & Stoughton, 1933, 3장 참조.

등한 지위를 가지게 된다. 이처럼 '판별력'을 중시하는 비평관은 정밀성과 복합성을 중시하는 흄, 엘리엇 등의 전통과 결합하며 현대 비평의 주류로 정립되기에 이른다.[19] 최재서 역시 이러한 입장에 근거하여 종교적 해결법을 점검한 후 원저자인 스탠리 존스의 의도와 불합치하는 새로운 방향으로 나아갔다고 할 수 있다.

최재서는 우선 인간에게 고뇌가 불행의 형식을 띠고 찾아온다는 점을 새삼스럽게 되새기고 있다. 인간은 불행의 원인을 결코 알 수 없는데, 그것은 "세계에 부는 운명의 바람" 같은 것이기 때문이다. 고뇌가 신의 뜻이라고 한들 신의 모습을 놓친 현대인들에게 이것이 이유가 될 순 없다. 만약 신을 믿고 있다 해도 인간의 척도로 그 원인을 찾는 것은 모독이다. 결국 출구 없는 현대인들의 상황에 대한 이러한 진단은 비관주의의 극단에 있는 것처럼 보일 수도 있다. 그러나 불행을 피하는 것은 불가능해도 의미 있게 이용할 수는 있다는 것, 시인이야말로 이를 실행할 수 있는 존재라는 것이 최재서의 논점이다. 시인은 창조하는 자로서이 세상 모든 것을 창조의 재료로 삼는다. 고뇌도 마찬가지이다. 시인에게 고뇌란 단순한 아픔이 아니라 일종의 산고産苦이다. 모든 불행을 받아들이고 모든 고뇌를 창조의 도가니 속에 넣을 때 인간은 불행의 지배자이자 고뇌의 지도자가 될수 있다. 그래서 최재서는 "시적 창조야말로 인간이 가장 예지적으로 그리고 가장 가치 있게 고뇌를 이용할 수 있는 방법"이라 주장한다. 물론 이것이 시인이라는 한 개인의 영혼에 국한된 것일 뿐 사회 전체와 관련을 맺지 못한다고 반격하는 사람도 있을 수 있다. 그러나 최재서는 그들을 향해 일종의 '희생양'으로서의 시인상을 제시하고 있다.

나에게는 내 고통이 가장 절실한 문제이긴 하나 내 고통을 나만 느끼는가 하면 꼭 그렇지만은 않다. 우리가 자신의 주아主我의 창에서 눈을 던질 때 내 고뇌는 결코 나

---

19 M.H. Abrams 외, 김재환 역, 『노튼 영문학 개관 II – 낭만주의 시대 20세기』, 까치, 1990, 257~258쪽.

만의 고뇌가 아니라 그 사회 전체의 고뇌임을 안다. 그리하여 주아를 초월하여 고뇌를 그 전체적 모습에서 바라보고 그 보편적인 고뇌와 맞서 용감하게 투쟁하는 사람들을 볼 때, 우리는 거기서 우리 자신의 모습을 보는 것이다. 이 경우 시인은 그 사회의 희생양이 된 것이다. 그리고 만약 그 시인이 성실히 고뇌를 받아들이고 민감하게 괴로워하여 그것에 통일을 주어 그로부터 의미를 찾고 그 가치를 발견할 때 우리의 고뇌는 이미 훌륭히 이용된 것이다. 불행한 것은 그 사회에 고뇌가 있는 것보다는 오히려 고뇌의 표현이 없다는 점이다.[20]

이처럼 사회의 고뇌와 연결된 시인의 고뇌에 대한 논의는 「시인 대 행위인」의 문학론과 연동되면서도 차별성을 지닌 것이다. 앞선 글에서 최재서는 순수 세계에서 이루어지는 시 창작이라는 행위의 적극성을 옹호한 바 있다. 그러나 이제 그는 외부 세계와 시인이 어떤 관계를 맺는가를 논하고 있다는 점에서 시의 사회적 의미에 보다 무게 중심을 싣고 있다. 시가 사회의 요구와 목소리를 대변할 수 있다는 것을 '인간고'라는 키워드를 통해 강조하고자 한 것이다. 최재서가 우려하는 것은 고뇌 그 자체가 아니라 "고뇌의 표현이 없는 사회"이다. 그래서 문학적 표현의 무력함과 무의미성을 논하는 사람들을 겨냥하여 오히려 고뇌를 표현하는 것이야말로 "아름다운 인간을 창조하는 방법"이며, "이보다 더 훌륭하게 사는 방법"을 자신은 상상할 수 없다고 강조하고 있다. 경성의 처참함에 대한 고뇌는 그러면 어떤 종류의 아름다운 인간을 낳을 수 있을까? 「시인과 인간고」는 「시인 대 행위인」과 마찬가지로 특별한 결론을 마련해놓고 있지는 않다. 오히려 이 글들은 조선의 현실 문제를 의도적으로 탈초점화하고 있는 것처럼 보인다.

그러나 「시인과 인간고」에서 다루어진 고뇌의 문제가 1934년 11월에 연재된 『조선일보』의 기획 칼럼 「문학발견시대—일 학생과 비평가의 대화」에서 다루어

---

20 崔載瑞, 「詩人と人間苦」, 『朝鮮及滿洲』, 1934.12, 74쪽.(번역은 저자)

지고 있다는 점에 주목해야 한다. 마치 최재서의 현재와 과거를 상징하듯 한 비평가와 19세기 영문학을 전공하는 학생과의 문답으로 구성된 이 칼럼은 제목 그대로 조선문학의 장래를 논하고 있는 글이다. 따라서 이 글에서 운위되는 시인의 고뇌에는 민족성이 부여되고 있다. 외부 세계와 관련성이 없는 시인의 고뇌를 조선문학의 발전을 저해하는 요소로서 지목하고 있는 것이다.

이 글에서 최재서는 시인의 의무를 보다 적극적으로 논하고 있다. 그에 따르면 시인은 지극히 개인적 고뇌를 표현할 때에도 이를 독자들에게 이해시키기 위해 그 사회의 경제 기구를 해부해야 할 의무를 지닌다. 그런데 현대의 많은 시인들은 자신을 둘러싼 사회경제에 심적 위축을 느끼고 내부 세계로 움츠러드는 폐단을 보이고 있다. 비유컨대 아무도 들어가 본 적이 없는 "뒷골목"이나 "막다른 골목" 같은 곳만 헤매고 있다는 것인데, 이것은 오로지 시인만이 알 수 있는 세계일 뿐 아니라 실상 시인 자신도 확실히 이것을 이해했는지 그렇지 않은지 알 수 없다는 점이 문제로 지적된다. 흥미롭게도 최재서는 이 대목에서 조선 시가 아니라 엘리엇의 시를 예로 들고 있다. 그는 주로 비평가로서의 엘리엇을 참조하며 이론 비평을 전개했는데, 이를테면 「현대 주지주의 문학의 건설」에서 엘리엇의 개성론을 "20세기 문학의 혁명적 선언"[21]으로 소개한 바 있다. 그러나 시인 엘리엇은 "대담하게 바다로 뛰어나갈 용기도 없고 그렇다고 곰팡이 핀 집구석에 있기도 싫은 현대인이 발견한 프랑켄슈타인"[22]과 같은 존재로 언급한다. 이러한 비판의 근거는 엘리엇 시와 독자의 거리가 멀다는 데 있다. 「비평과 과학」에서 현대인이 잃어버린 전통과 신념을 대체할만한 과학[23]으로 고평된 정신분석학 역시 마찬가지이다. 정신분석학은 심리적 유형을 분석하는 것은 물론, 낭만적 요소 대 고전

---

21 최재서, 「현대 주지주의 문학 이론의 건설 5 - 영국 평단의 주류」, 『조선일보』, 1934.8.10.
22 최재서, 「문학발견시대 - 일 학생과 비평가의 대화 5」, 『조선일보』, 1934.11.27.
23 최재서, 「비평과 과학 - 현대 주지주의 문학 이론의 건설 속편 1」, 『조선일보』, 1934.8.31.

적 요소라는 문학적 유형 분석에 기여함으로써 비평의 진전에 기여했다고 그는 진단한 바 있다.[24] 그러나 현대시의 난해성을 부추기는 결과를 낳았다는 점에서는 정신분석학 역시 비판적으로 검토되어야 할 대상이다. 결국 그가 핵심 문제로 지적하는 것은 '시인과 독자의 괴리'이다. 현대의 시인은 "희생양"의 역할을 하기는커녕 "나만의 고뇌"에 빠져 있다. 그러므로 시인은 "눈을 민중으로 돌리라"는 것이 최재서의 주문이다.[25] 그가 말하는 민중이란 사회주의적 함의와 무관한 개념으로, 거슬러 올라가자면 고대 민요의 집단 창작자들[26]이며 현대 사회에서는 엘리트가 아닌 독자 대중을 광범위하게 일컫는 것이다. 여기서 그는 특정한 민중 개념을 의식한 듯 마르크스주의자들이 운위하는 리얼리즘이며 이에 따른 문학 창작을 '주관적', '편파적', '인위적' 등의 수사를 동원해 비판하고 있다. 일정한 이론 체계와 학설에서 벗어나는 현상을 도외시하는 리얼리즘은 인생을 왜곡하고 일국의 문학적 성장을 저해한다는 것이 그 이유이다.

이처럼 낭만주의적 개성 비판, 통속문학의 기능과 변별되는 문학의 미적 효용론, 사회주의 문학 비판이 뒤섞인 상태에서 실체로서의 조선문학이 아니라 있어야 할 조선문학에 대해 논하는 이 글은 최재서 비평의 출발점을 한데 살펴볼 수 있게 해 준다. 또한 그가 왜 조선어 비평의 세계로 투신할 수밖에 없었는가의 문제에 대해 생각게 한다는 점에서도 의미를 지닌다. 그의 일본어 에세이들은 분명 지식인-전문가의 정체성을 바탕으로 쓰이긴 했으나, 누구를 향한 발화인지 가늠할 수 없는 글들이다. 문학을 통속적 흥미나 쾌락의 수단으로 삼거나 이념 및 사상 전달의 도구로 삼는 당대 문학의 다양한 상들과 비교해 볼 때, 최재서의 논의는 시공

---

24 최재서, 「비평과 과학—현대 주지주의 문학 이론의 건설 속편 2」, 『조선일보』, 1934.9.1.
25 최재서, 「문학발견시대—일 학생과 비평가의 대화 7」, 『조선일보』, 1934.11.29.
26 이양숙은 최재서의 민중이 E.M.포스터의 무명론 등에 근거했으며 뷜플린의 '인명 없는 문학사'와도 상통하는 개념으로 보고 있다. 이것은 "작가 자신의 개성보다 그것이 구현하는 보편적 내용과 보편적 형식을 추구하는 고전주의의 핵심적 창작 원리"로 설명된다. 이양숙, 『한국 근대 문예비평의 논리』, 월인, 2007, 40쪽.

과 장소를 초월해 수용 가능한 개론에 가깝다. 문학의 자율성과 독립성을 유지하면서 그것 자체로 사회에 유의미한 역할을 해야 한다는 그의 논의는 저널리즘의 교양 담론으로 어색하지 않게 편입되긴 한다. 아마도 그의 글을 진지하게 받아들인 독자라면 문학적 독서의 효용과 필요성을 자각할 수 있으며, 새삼스럽게 읽다 그만둔 시집을 다시 집어들 수도 있을 것이다. 다만 최재서식 문학 개론에서 또 하나 가늠할 수 없는 것은 어떤 문학이 바람직한가의 문제이다. 시인이 직시하고 개혁해야 할 현실은 '어떤' 현실이며, 이를 추체험함으로써 독자는 '무엇'을 실천해야 하는가? 「시인 대 행위인」과 「시인과 인간고」는 이에 대한 대답을 공백으로 처리하고 있다. 그의 글에서 '현실'이란 보편적 개념으로 쓰이고 있을 뿐 저자와 독자가 속한 개별 현실의 특수성을 드러내고 있지 않고 있기 때문이다. "시인과 인간고를 더욱 긴밀히 연결하는 것이 내 급선무이다"[27]라는 「시인과 인간고」의 마지막 구절은 그 또한 이를 숙고하고 있음을 보여주는 증표이기도 하다.

최재서는 조선어로 글을 쓰기 시작하면서 비로소 전공자, 소개자, 해설자가 아닌 비평가로서의 비판적 목소리를 구상할 수 있게 되었다. 물론 그가 최초로 쓴 「문학발견시대-일 학생과 비평가의 대화」는 역설적으로 그가 조선문학의 현황에 무지하다는 사실을 드러내고 있긴 하다. 그러나 제국대학 출신 영문학자가 민족(어)문학 비평가로 재탄생하는 광경을 보여준다는 점에서 이 글은 「현대 주지주의 문학의 건설」 못지않게 중요한 의미를 지닌다. 낭만주의 영시 전공자답게 1934년도의 최재서는 시(인)론에 집중했다. 그러나 사회주의 문학과 다른 방식으로 조선의 현실을 재현하는 문제를 고민하게 되면서 그의 비평의 주류는 이후 소설(가)론으로 전환하게 된다.

27　崔載瑞, 「詩人と人間苦」, 『朝鮮及滿洲』, 1934.12, 74쪽.

4. 저널리즘 글쓰기의 시작

1934년에 최재서의 글쓰기는 복잡한 양상으로 전개됐다. 경성제대 영문학회지와 재조일본인들을 위한 잡지, 조선어 신문, 일본의 잡지[28] 등에 의욕적으로 글을 발표했고, 제국대학 강사의 직함으로 대변되는 교육의 세계에서 나와 조선 문단에 본격적으로 진입하는 등 커리어에도 변화가 생겼다. 그는 우선 영미문학 해설과 논평을 무기로 삼아 조선어 저널리즘에 진입했으나, 신문 학예란을 기반으로 구성되고 재생산되던 여러 가지 논제들, 이를테면 '장래할 조선문학은?'이라는 질문에 대한 답을 나름대로 구상하면서 점차 조선문학 비평가로서의 정체성을 확보해 나간다. 이에 비해 「시인 대 행위인」과 「시인과 인간고」는 다소 독특한 위상을 지니는 글들이다. 이 글의 주요 독자는 영문학 전공자나 조선인 독자 대중이 아닌, 불특정 다수로 존재하는 재조일본인들과 소수의 조선인 엘리트이다. 최재서 역시 이 점을 감안하며 논지의 전문성과 구체성을 조절했다. 이렇듯 그가 쓴 것과 쓰지 않은 것, 그리고 다른 지면에서 쓴 것을 동시에 살펴보는 것이 초창기 최재서의 저자성을 살펴보는 데 유의미하겠다는 판단 아래, 이 글에서는 『조선급만주』에 수록된 텍스트를 최재서의 다른 글과 함께 읽는 방법을 취해 보았다. 이를 통해 연보에 기입되어 있긴 하나 알려지지 않은 텍스트의 내용을 소개했고, 문면에 확실히 드러나지 않는 의미들을 다른 텍스트와의 관계 속에서 분석했다.

「시인 대 행위인」과 「시인과 인간고」는 시(인)이라는 키워드를 행위 및 현실과 맞세움으로써 문학의 미적 속성뿐 아니라 사회적 기능을 중시하던 최재서의 문학관이 이미 1930년대 초중반에 형성되어 있었음을 보여주는 글들이다. 한편

---

28 1934년 12월 「T.E.흄의 비평적 사상」을 이와나미쇼텐에서 발간하는 잡지 『思想』에 발표했다. 이에 대해서는 김윤식, 앞의 책, 387쪽.

'낭만주의 연구에서 모더니즘 비평으로' 알려진 최재서의 전환을 대중 칼럼의 형식 속에서 살펴볼 수 있다는 점에서도 흥미롭다. 이 글들에서 최재서는 「현대 주지주의 문학 이론의 건설」 등 잘 알려진 이론 비평의 논지 전개와는 조금 다른 방식으로 낭만주의 문학을 둘러싼 관행을 비판했다. 그가 「시인 대 행위인」에서 주로 문제 삼는 것은 창작자나 비평가가 아니라 독자이다. 그는 낭만주의 문학 개념을 극단화, 통속화해서 이해한 나머지 시를 "도피의 세계"로, 시인을 멸시의 의미가 포함된 "몽상가"로 보는 것은 결코 바람직한 것이 아님을 강조했다. 물론 시인에게는 올바르게 시인으로서의 행위를 발전시켜 나가야 할 책임이 있다는 점도 충분히 언급하고 있기는 하다. 그러나 시인 대 행위인이라는 안티테제를 둘러싼 오해가 시인 자신의 것이 아닌 이상 주된 논의는 독자를 향하고 있다고 보아야 한다. 그렇다면 이러한 논의가 결론적으로 낭만주의 문학관의 창조성을 회복해야 한다는 주장과 연결되는 것이 아닌가 하는 의문이 제기될 수 있다. 그러나 최재서는 낭만주의 시의 한 측면이기도 했던 급진성과 혁명성을 현시대의 처참함을 감당할 방법으로 응용해 논의할 생각은 없었던 것으로 보인다. 「시인과 인간고」에서 그는 샤토브리앙이나 바이런 식의 열정과 감정이 현대적 고뇌를 해결하는 데 그리 유효하지 않다고 언급했다. 또한 비평적 판별력을 중시하는 아놀드의 비평 계보에 서서 종교를 대신할 시의 기능에 대해 생각해보고자 했다는 점도 중요하다. 다만 앞서 논의했듯이 「시인과 인간고」에서 거론되는 고뇌, 고통, 고난 등의 키워드들은 사전적 의미여서 조선의 현실과 그 어떤 관계도 드러내지 않는다. 그러나 조선어 글쓰기에서 이 단어들은 '조선의'라는 수식어와 연결되며 불균질적이게나마 고유의 의미망을 형성해가기 시작한다.

제2장

인문주의적 문화 이상과 교양의 기획

최재서의 영미비평 수용을 중심으로

1. 석경우石耕牛 혹은 비평가 최재서

교양Culture은 '경작'과 '재배'라는 뜻을 지닌 Cultura에서 유래된 말이다.[1] 최재서의 필명인 석경石耕 혹은 석경우石耕牛는 그의 교양주의적 신념을 집약적으로 보여준다. 돌밭을 가는 우직한 소처럼 불모지나 다름없는 조선 문단을 일궈가겠다는 의지가 그대로 담겨 있기 때문이다.

비단 최재서뿐만 아니라 조선의 외국문학 전공자들은 외국문학을 참조함으로써 조선문학의 모더니티를 확보할 수 있다고 생각했다.[2] 그들은 종종 집단화된 형태로 저널리즘에 모습을 드러냈고, 최재서 역시 이헌구, 조희순, 이하윤 등 여러 필자가 참여한 「구미현문단총관歐米現文壇總觀」『조선일보』, 1933.4.27~5.1을 통해 등단의 기회를 얻었다. 서구문학의 현황을 각국별로 다루는 기획 연재물은 조선 바깥을 향한 독자들의 지적 관심을 충족시켰으나, 지식을 겉핥기식으로 제공하고 비

---

1 최재서 편, 『교양론』, 박영사, 1963, 11쪽.
2 서은주, 「1930년대 외국문학 수용의 좌표 – 세계/민족, 문학」, 『민족문학사연구』 28, 민족문학사학회, 2005, 44쪽.

평가의 직함을 남발하는 등의 문제도 적지 않았다. 최재서는 이러한 관행에 여러 차례 비판을 제기한 바 있다. 그가 보기에 제1차 세계대전 이후 서구의 최신 문학 이론을 소화할 역량을 갖춘 연구자는 당대 문단에 그리 많지 않았다. 오히려 "별반 고전의 수련을 쌓은 일도 없고 현대문학의 지식을 저축한 일도 없는 친구가 현해탄을 건너 부산에만 내려스면 발서 주먹을 내휘두"르는 일이 비일비재한 것으로 진단되었다.[3]

> 그들은 저명한 외국 작가가 죽으면 부전訃電이 보도된 다음날 아츰 두건도포에 장 장葬杖을 집고 나와 축문을 읽고 그들의 오십년기 혹 백년기가 되면 제주가 되야 마이크로폰 압헤서 그들의 송덕문을 낭독한다. 그러나 보도 듯도 못하든 이름이라 축문이나 송덕문 쯤으로는 대중의 인상에 남지 않는다. 혹은 외국 신진 작가의 작품을 감상하고 이론을 소개한다. 그러나 대다수의 독자는 이 새로운 손님을 엇떠케 대접하얄지 몰라 어름어름하는 동안에 어느듯 자최를 감추고 말뿐더러 그 작품과 이론이 이곳 문단과 무슨 관련이 잇는가 하는 점에 대하얀 쓰시는 분도 흐리멍텅하다. 그 외에 무적無籍이라는 홀가분스러운 신세를 이용하야 그들은 절마추어 무엇이나 닥치는 대로 도맛는다. 대관절 그들의 입장은 어데 잇는가?[4]

인용문에서 드러나듯이 최재서가 가장 문제시했던 것은, 외국문학 소개문이 실제 조선문학의 준거로까지 연결되지 못한다는 점이었다. 당대 신문잡지에 우후죽순 격으로 범람하던 외국문학론들[5]은 "외국문학의 소화불량증"을 증거하며 "시간과 노력과 종이와 잉크의 낭비"를 반복할 뿐 조선문학의 발전에 전혀 기여

---

3 최재서, 「적수공권시대(赤手空拳時代)」, 『조선일보』, 1937.3.23.
4 최재서, 「문단유감 – 호적없는 외국문학 연구가 1」, 『조선일보』, 1936.4.26.
5 1930년대 해외문학파의 신문 학예면 점령과 그 의미에 대해서는 이혜령, 「『동아일보』와 외국문학, 해외문학파와 미디어」, 『한국문학연구』 34, 동국대학교 한국문학연구소, 2008.

하지 못했다.[6] 그래서 그는 조선의 신문학 수립을 위해 서구의 이론과 학설을 성급하게 차용하는 것을 무엇보다도 경계해야 하며[7] 각양각색의 이론이 횡행하는 "구라파의 식민지"에서 벗어나기 위해 '주관'을 가지고 외국문학을 수입하자고 주장했다.[8] 지식의 전달에도 '호적'과 '입장'이 필요함을 강조한 것이다. 이러한 주장은 조선문학의 독자성에 대한 자각에 바탕을 둔 것이되, 전통을 중시하는 민족주의적 입장과 달리 동시대 영미문학의 수준으로 조선문학을 끌어올리고자 하는 보편주의적 감각의 발로였다.

이 글에서는 이와 같은 비평관의 형성 기반을 점검하는 한편, 최재서가 주목한 이론과 그것의 수용 양상에 대해 살펴보고자 한다. 우선 고려해야 할 점은 경성제국대학이라는 특권적 장이 최재서의 자기의식에 미친 영향이다. 최재서는 세계시민적 지향성과 민족계몽의 의지라는 두 축을 기반으로 조선 문단에 진출했다. 그는 대학에서 19세기 낭만주의 영시英詩를 전공했으나 20세기 비평의 문제의식을 수용함으로써 문학의 현대적 가치와 역할에 대해 탐색해 나갔다. 영미 문단의 다양한 이슈를 소개하면서도 그가 가장 강조점을 찍은 것은 유럽 인문주의의 연장선상에서 질서, 전통, 규율을 중시하는 일련의 비평이었다. 인문주의적 교양과 훈련의 원리를 과도기적 현대 사회의 분열을 해결할 방책으로 지목한 그는 이를 감상적 낭만주의와 비속한 리얼리즘에 대한 비판으로 구체화하며 조선 문단의 현안과 조우할 수 있었다. 이와 같은 과정을 재구함으로써 이 글은 초창기 최재서 비평의 핵심 원리를 짚고, 이것이 당대 평단에 어떤 영향을 미쳤는지

6 최재서, 「문단유감－호적없는 외국문학 연구가 2」, 『조선일보』, 1936.4.28.
   이 글에서 최재서는 평소의 해설적인 글쓰기 방식에서 볼 수 없는 신랄한 문체를 구사하고 있다. 최재서의 비판에 이헌구는 「문학은 포기될 것인가」(『조선일보』, 1936.6.26)에서 "해외문학파의 기능을 말살하려는 불량스러운 태도"라고 응대했다. 최재서는 「해혹의 일언(解惑의 一言)－외국문학연구에 대하야」(『조선일보』, 1936.6.29)에서 자신의 비판은 특정 대상을 공격한다기보다 자기반성과 비판의 성격을 지니고 있다고 해명한다.
7 최재서, 「신문학 수립에 대한 제가의 고견」, 『조선일보』, 1935.7.6.
8 최재서, 「현대 작가와 고독, 문학을 지망하는 동생에게」, 『삼천리문학』, 1938.4, 225쪽.

논의해보도록 하겠다.

2. 식민지의 제국대학과 조선인 엘리트

1926년 경성제대의 설립은 한국 근대 지식계의 일대 사건이라 할 만하다. 조선에서도 유학이라는 매개를 거치지 않고 대학 교육을 받을 수 있는 통로가 열렸음을 의미하는 것이기 때문이다. 그러나 이는 곧 식민주의적 아카데미즘의 개화를 알리는 것이기도 했다. 1886년 도쿄제국대학이 개교한 이래 일본 정부는 총 9곳에 제국대학을 설립했다. 서구 근대 대학의 외형을 본받고는 있으나 국익과 실용을 중심 이념으로 삼음으로써 제국대학은 창립 당시부터 국가주의적 교육 제도로서의 성격을 분명히 했다.

여섯 번째 제국대학인 경성제대의 경우 식민지 통치의 효율성이라는 특수 과제를 부여받았는데, 그 배경에는 3·1운동 이후 통치 위기에 부딪힌 조선총독부의 정치적 의도가 자리 잡고 있었다. 표면적으로는 조선인 차별화 정책을 반성하고 개선한다는 의미를 내세웠으나, 실제로는 근대 교육에 대한 조선인의 열망을 어느 정도 해소해주고 조선인이 식민 체제 외부로 이탈하는 것을 봉쇄하여 국가 체제 내부로 흡수하려는 것이 주목적이었다.[9] 그러나 이러한 목적이 반드시 성공적으로 관철되지는 않았다. 실제 대학의 운영 과정에서 경성제대의 국가주의적 이상은 근대 대학으로서의 보편적 이상 및 식민 대학으로서의 특수한 사명과 상호 충돌하며 모순과 균열을 불러일으켰고, 이 때문에 총독부와 대학교수, 대학

---

9 제국대학의 탄생과 경성제대의 설립 과정에 대해서는 정준영, 「경성제국대학과 식민지 헤게모니」, 서울대 박사논문, 2009; 박광현, 「식민지 '제국대학'의 설립을 둘러싼 경합의 양상과 교수진의 유형」, 『일본학』 28, 동국대학교 일본학연구소, 2009.

본부 사이에 갈등이 끊이지 않았다.[10] 그러므로 경성제국대학은 '식민지'와 '제국'과 '대학'이라는 이질적인 속성들이 경합을 벌이는 장이었으며, 여타의 식민 통치 기구와는 달리 단선적인 통제나 지배를 넘어서는 의미를 지니고 있었다.[11]

이렇듯 복합적 성격은 경성제대 조선인 학생들의 정체성에 있어서도 동일하게 적용되었다. 경성제대의 조선인 학생들은 수재 중의 수재로서, 일본의 제국대학 생과 견주어도 손색없는 능력의 소유자였다. 일본어와 영어, 기타 외국어 실력을 토대로 근대 지식을 자유로이 수용했던 이들은 조선뿐만 아니라 동아시아 전체에서 매우 특별한 존재라 할 수 있었다. 이에 대해 유진오는 "조선인이라면 무조건 깔보는 일본인이라도 제국대학 안에서는 감히 조선인이냐 일본인이냐를 문제 삼지 못했다"고 회고하기도 했다.[12] 그러나 조선인 학생들은 일본인 학생들과 달리 사회 진출이나 취업에 있어서 어려움을 겪으며 민족 차별을 절감해야 했다.[13] 그러므로 경성제대생의 엘리트 의식은 서구와 일본에 대한 선망과 열등감을 내재한 이중적 모순 구조를 띠고 있었으며,[14] 이를 기반으로 입신출세주의와 교양주의라는 특유의 풍조가 형성되었다.[15] 한편 근대 지식을 조선의 민족적 정체성

---

10 정준영, 위의 글, 112~120쪽.

11 박광현은 경성제대의 설립을 식민지 권력이 독점해 온 지식을 식민지 조선인에게 일부 이양하는 모험적인 프로젝트였다고 언급한다. 그에 따르면 조선인 제대생은 "지배하는 知의 공동 소유자이면서 동시에 통제의 대상"이라는 모순적 위치에 있었다. 이는 가해자 대 피해자라는 도식으로는 설명될 수 없으며 식민지 조선의 지적 체계가 지닌 복합성을 나타내는 것이다. 박광현, 「경성제국대학의 문예사적 연구를 위한 시론」, 『한국문학연구』 21, 동국대학교 한국문학연구소, 1999, 350쪽.

12 유진오, 『젊은 날의 자화상』, 박영문고, 1976, 23쪽.

13 문학부 졸업자의 경우 대부분 연구를 지망했지만, 현실적으로는 중등교원 외에는 직업을 구할 수 없었다. 대학의 교수는 물론 연구 인력까지도 일본인으로만 충원되었기 때문이다. 정준영, 앞의 글, 166~174쪽.

14 정선이, 『경성제국대학 연구』, 문음사, 2002, 135쪽.

15 윤대석은 경성제대가 "식민지 성소공간(asylum)"으로 존재했으며, 제국대학과 조선적 현실의 괴리가 입신출세주의와 교양주의라는 두 가지 풍조를 낳았다고 설명한다. 고시 열풍으로 대변되는 입신출세주의가 현실에 진입하기 위한 실제적 해결책이라면, '역사, 철학, 문학 등의 인문계 서적의 독서를 중심으로 한 인격주의'로 정의되는 교양주의는 차별적 현실을 극복하기 위한 상상적 해결책이었다. 윤대석, 「경성제대의 교양주의와 일본어」, 『대동문화연구』 59, 성균관대학교 대동문화연구원, 2007. 참조.

고찰 및 확립에 활용하는 등 제국의 의도를 벗어나는 현상이 나타났던 것도 주목할 만하다.[16]

제국대학 시절의 최재서는 "영어 잘한다고 총애를 받"았고 "여당적 성품이라 일본어로만 말하고 우리말을 잘 쓰지 않았"[17]던 오만한 수재로 묘사된다. 그러나 경성제대 교수로 재직했던 다카키 이치노스케古木市之助의 회상록에서는 조선인의 혼을 말살할 수 없을 거라 외치던 당돌한 학생으로 등장한다. 이러한 언급을 통해서 지식에 대한 열망이 남달랐으나 내면에는 식민지 조선인으로서의 고뇌를 지니고 있었을 최재서의 학창 시절을 짐작할 수 있다. 그럼에도 불구하고 경성제대 시절 최재서의 글쓰기에서는 식민지 조선이라는 범주가 완벽히 소거되어 있다. 이는 최재서뿐만 아니라 조선인 전공자의 공통된 특성인데, 일본인 전공자가 영문학에 나타난 서구 중심주의를 비판하며 일본문학의 위상을 세계문학 속에 설정하고자 한 것과 매우 다른 양상이다.[18] 일본 패전 후에 경성제대 영문학 강좌 담임 사토 기요시佐藤清 교수는 조선인 학생들이 외국문학 연구에서 민족의 해방과 자유를 모색했다고 언급한 바 있다.[19] 그러나 이는 일본의 국가학을 지향하는 제국대학의 아카데미즘 안에서는 표출하거나 진전시키기 어려운 것이었다.

실제로 최재서는 대학을 졸업한 이후에야 조선문화라는 범주가 진지하게 다가왔다고 언급한 바 있다.[20] 또한 조선에서 19세기 영문학을 연구하는 학생을 가리켜 "땅 위에 떨어진 천사"라 표현하기도 했다. 영문학의 고전은 그 자체로는 아름답지만, 현대 조선 사회에서는 "이족적異族的"이고 "무관계"하다는 것,[21] 이는 영문

---

16 일본인들과는 다른 관점에서 조선문학을 연구한 조윤제의 경우를 예로 들 수 있다. 박광현, 「다카하시 도오루와 경성제대 '조선문학' 강좌―'조선문학' 연구자로서의 자기 동일화 과정을 중심으로」, 『한국문화』 40, 서울대학교 규장각한국학연구원, 2007, 46쪽.
17 이충우, 『경성제국대학』, 다락원, 1980, 122쪽.
18 김혜인, 「조선인 영문학자 표상과 제국적 상상력」, 동국대 석사논문, 2009, 20~23쪽.
19 佐藤清, 「경성제대 문과의 전통과 학풍」, 김윤식, 『한국근대문학사상연구 1 ― 도남과 최재서』, 일지사, 1984. 406쪽.
20 「座談會 半島學生の諸問題を言う」, 『國民文學』, 1942.5·6, 145쪽.

학과 조선문화의 격차를 절감한 최재서의 솔직한 심경 고백이었다. 그는 "고전에
관한 방대한 지식과 대작가들에 대한 숭경을 가득 안고 교문을 나서는 날"은 "백
일몽"에서 깨어나는 날이고, "고독 가운데서 관념과 싸"워봤자 조선의 도처에서
"빈곤의 흉악한 얼골"이 나타난다고도 언급했다.[22] 제국대학생 최재서에게 졸업
은, 유학생들이 일본을 경유하고 나서야 비로소 "흰옷 닙고 긴 담뱃대 든 형제"[23]
를 발견하던 것에 준하는 사건이었던 셈이다.[24] 보편과 특수, 근대와 전근대, 문
명과 야만, 제국과 식민지 등 무수한 이항 대립을 둘러싼 내면적 갈등은 대학이
라는 상아탑에서 벗어나 조선 현실을 마주한 순간 증폭되었다. 그리고 이때야 비
로소 최재서는 영문학을 식민지 조선문학의 발전을 위한 매개체로 적극 사유하
기 시작한다.[25]

3. 서구 인문주의 전통과 비평의 원리

최재서 비평에서 뉴휴머니즘, 신고전주의, 신인문주의, 전통주의 등 여러 가지
명칭으로 등장하는 20세기 영미비평은, 고대 헬레니즘의 인간 중심주의적 전통
에서 비롯되었고, 르네상스 이래의 과도한 개인주의 숭배로 변질되었으나, 20세
기에 이르러 진정한 인간성 회복을 목표로 부활한 휴머니즘을 배경으로 한 것이

---

21 최재서, 「문학발견시대-일 학생과 비평가의 대화 2」, 『조선일보』, 1934.11.22.
22 최재서, 「현대작가와 고독, 문학을 지망하는 동생에게」, 『삼천리문학』, 1938.4, 223쪽.
23 白岳(김환), 「고향의 길」, 『창조』, 1919.3, 52쪽.
24 근대 조선의 유학생들은 압도적인 문명의 제도들 앞에서 자기 전통이 지니는 가치를 회의했으며, 문
   명의 학습자로서 자기 세계에 대한 열등감과 초조함을 극복해야 했다. 오선민, 「한국 근대 해외유학서
   사 연구」, 이화여대 박사논문, 2009, 48쪽. 이와 같이 유학이라는 제도를 통해 가능했던 타자와의 대
   면, 혹은 자기의 발견은 1920년대 중반 경성제대 설립 이후 조선에서도 가능해졌다고 할 수 있다.
25 최재서의 영문학은 예외적 엘리트로서의 정체성을 드러내는 표지였으나 비평가로 데뷔한 이후 민족
   을 위한 지식으로 재의미화된다는 점에서 차별과 교화라는 교양의 이중적 속성을 생각하게 한다. 교양
   의 성격에 대해서는 윤대석, 앞의 글, 124쪽.

다. 다만 최재서가 비평의 원리로 삼는 인문주의는 영문학 전통에서 추출된 것이었으므로, 넓은 의미에서의 휴머니즘 사상이 아니라 영미비평 내부의 흐름과 사조 교체 속에서 다루어졌으며, 당시 조선 문단에서 진행되던 휴머니즘 논쟁과도 노선을 달리했다.[26]

「자유주의 문학 비판—자유주의 몰락과 영문학」『조선일보』, 1935.5.15~21은 영미 비평 내 인문주의의 계보를 살펴볼 수 있는 글이다. 최재서는 19세기 칼라일 T.Carlyle, 러스킨J.Ruskin, 아놀드M.Arnold 등을 거쳐 미국의 배빗I.Babbit과 영국의 흄T.E.Hulme, 엘리엇T.S.Eliot, 리드H.Read 등에게 계승되고 있는 문학 이념의 흐름을 설명하며, 20세기에 부활한 인문주의 전통이 근대 자유방임주의와 이로 인한 문명의 폐해에 교훈과 해법을 제시할 수 있으리라 전망한다. 20세기의 인문주의는 인간성의 자유를 선양하고자 한 과거의 인문주의와는 달리 인간성에 적절한 제한을 가하고자 한다는 특징을 지니고 있기 때문이다.[27]

이러한 설명은 최재서가 주지주의자로 지칭한 비평가들의 공통된 정신적 기반이 무엇인지 알게 해 준다. 『조선일보』 하기夏期 문예 강좌로 연재된 「현대 주지주의 문학 이론의 건설—영국 평단의 주류」『조선일보』, 1934.8.7~12에서 최재서는 현대 사회의 특질로 "과도기적 혼돈성"을 지적하며 "현대가 혼돈하다 함은 바꾸어 말하면 현대가 의거할 만한 전통과 신념을 잃었다"[28]는 것을 의미한다고 설명한다. 여기서 현대는 제1차 세계대전 이후라고 바꾸어 표현해도 무방하다. 근대 문명이 도달한 종착지가 야만적인 전쟁이었다는 사실은 유럽 사회에 대단한 충격과 공포를 불러일으켰다. 게다가 종전終戰 이후 극심한 정치적, 경제적 공황이 밀려

---

26 1930년대 전반기 휴머니즘 논쟁이 창작방법론과 연관된 인간묘사 논쟁이었다면, 중반기 이후로는 파시즘에 대한 이론적 대응으로 성격이 전환된다. 김영민, 「파시즘에 대한 저항과 휴머니즘 이론 논쟁」, 『한국근대문학비평사』, 소명출판, 2002 참조.
27 최재서는 헬레니즘이든 헤브라이즘이든 서구 유럽 전통은 외부적 권위에 의한 개인의 통제를 중심으로 건설된 것이라 설명한다. 최재서, 「서구정신과 동방정취」, 『조선일보』, 1938.8.6.
28 최재서, 「비평과 과학」, 『문학과 지성』, 인문사, 1938, 19쪽.

오고 이탈리아, 독일 등의 파시즘이 대두하면서 당대 유럽의 위기의식은 더욱 고조되어 갔다. 한 역사가가 이 시기를 파국의 시대라 명명했듯이[29] 이는 어느 한 국가만의 문제가 아니라 근대 유럽의 근간이 된 자유주의 문명의 붕괴를 예고하는 것이었다. 「현대 주지주의 문학 이론의 건설」과 속편인 「비평과 과학」에서 다루어진 흄, 엘리엇, 리드, 리처즈 등은 이와 같은 현실을 문학적으로 타개하고자 했다는 점에서 공통점을 지닌다. 그들은 개성, 개인, 주관성 등의 개념을 해체하고 비판하는 데 관심을 기울였다. 흄과 엘리엇이 낭만주의적 개성의 무한한 확장을 고전주의적 질서의 원리를 통해 해결하고자 했다면, 리드와 리처즈는 정신분석학이라는 과학적 방법론을 도입하여 종래의 주관적이고 편파적인 비평을 쇄신하는 데 목표를 두었다. 최재서는 이러한 경향들을 주지주의 혹은 주지적 비평이라는 말로 요약해 조선 문단에 소개했다.

최재서가 사용하는 주지주의라는 용어는 일본 평단, 특히 아베 도모지阿部知二의 영향을 받았다고 알려져 있다.[30] 일본의 소설가 겸 비평가 아베 도모지는 『주지적 문학론主知的文学論』厚生閣書店, 1930에서 19세기 낭만주의의 파산을 확인하는 동시에 새로운 문학으로서 주지적 문학론을 제창했다. 그리고 문학에서의 사상성의 중시, 감각주의적 문학의 추구, 이치와 감각의 결합이라는 세 가지 방법론을 통해서 주지적 문학의 실현을 논했다. 그러므로 기본적으로 주지주의는 낭만주의에 대한 비판적 입장을 전제로 한 개념임에는 틀림없으나, 두 비평가의 용법이 반드시 일치하는 것은 아니었다.[31] 아베 도모지는 새로운 문학적 이념이라는 의

---

29 Eric Hobsbawm, 이용우 역, 『극단의 시대─20세기 역사』(상), 까치글방, 1998, 156쪽.
30 이은애, 「최재서 문학론 연구」, 서울대 박사논문, 1995, 24~30쪽.
   김흥규, 「최재서 연구」, 『문학과 역사적 인간』, 창작과비평사, 1980, 279~280쪽.
31 기시까와 히데미는 아베와 최재서의 영미비평 수용을 분석할 때, 창작자와 비평가의 차이, 5년이라는 시간적 거리의 차이, 도쿄 문단과 식민지 문단의 차이 등을 고려해야 한다고 언급한다. 岸川秀実, 「주지주의 문학론과 주지적 문학론─비평가 최재서와 아베 도모지의 비교문학적 고찰」, 『국제어문』 27, 국제어문학회, 2003, 210쪽.

미로 주지주의를 사용했으나, 최재서의 경우 고전주의적 전통론과 정신분석학이라는 최신 과학을 포괄하는 현대문학의 경향을 주지주의라 통칭했다.

그런데 최재서는 조선문학의 실제 비평에 있어서는 이상과 김기림 등 모더니스트의 작품에만 '주지적 경향'이라는 표현을 사용했다. 서구 비평 이론을 조선의 창작을 분석하는 기준으로 바로 적용하는 것이 어려웠기 때문이다. 이러한 문제 때문에 최재서의 비평에서 사용되는 핵심 용어들은 이원적인 용법을 지니고 있었다. 유럽문화를 기준으로 할 때 현대는 몰락과 불안의 지표로 언급됐지만, 조선의 문화적 수준을 고려할 때는 발전과 진보의 지표로 기능하였다. 도시라는 공간성과 관련해 언급할 때도 비슷한 문제가 발생했다. 최재서는 "현대의 매력은 도회에 있다"며 도시를 문학화할 것을 적극적으로 권장했다. 그러나 이는 조선에는 그러한 작품을 쓸 작가가 없는 것이 아니라 문명 생활의 실체가 없다는 서술을 동반했다. 결국 서구의 현대가 과도기라는 시간성 및 메트로폴리스적 공간성과 결부되었던 것과 달리, 조선에서는 아직 오지 않은 미래적 시공간성과 잠재적 가능성을 환기했던 것이다. 이것이 바로 위기 담론의 성격을 지닌 서구 이론을 조선문학 계몽의 매개로 활용할 수 있었던 이유였다.

물론 서구 비평 이론들도 동일한 효용을 지니고 있었던 것은 아니다. 최재서는 정신분석학 혹은 심리주의를 현대성의 상징으로 주목하면서도 이것 자체가 현대적 위기를 타개할 방향성을 제시한다고 보지는 않았다. 「현대성의 파산」『조선일보』, 1933.11.1에서 그는 현대문학의 사상을 "현대주의모더니즘"와 "고전주의인문주의"로 분류하고 있다.[32] 이 둘은 오늘날의 시각에서 보자면 다 같이 모더니즘 문학의 지평에 속하는 것이나, 당시 최재서는 프루스트M.Proust, 조이스J.Joyce, 울프V.Woolf 등 새로운 내면 묘사를 선보인 실험적인 아방가르드 문학을 '모더니즘'으로, 질

---

32 이 글은 1933년 4월 『아메리칸 리뷰』에 게재된 미국 비평가 폴 엘머 모어의 프루스트 비판을 번역한 글로서, 글의 서두에서 최재서는 현대주의와 고전주의를 구분해 설명하고 있다.

서나 전통을 중시하는 동시대 폴 모어P.E. More, 배빗, 엘리엇, 흄의 비평을 '고전
주의'로 분류하고 후자 쪽에 무게를 싣고 있다.

「시대적 통제와 예지」『조선일보』, 1935.8.25는 최재서가 고전주의 혹은 인문주의
로 분류한 이론들이 비평의 영역을 넘어서 시대에 어떻게 기여할 수 있는가를 다
룬 글이다. 이탈리아 및 독일의 국가적 통제를 비롯하여, 자유주의 국가 국민들
의 자발적 통제에 이르기까지 통제는 이미 정치, 경제, 일상, 내면으로까지 침투
해 있다. 따라서 부정적이든 긍정적이든 집중적 통제는 현대인의 피할 수 없는
운명이며, 이제 중요한 것은 통제의 여부가 아니라 올바른 통제 원리의 탐색에
있다는 것이 최재서의 주장이다.

> 권위 있는 통제 원리를 우리는 어디서 구할 것인가? 혹은 과학으로 혹은 종교로 이
> 러하야 유물사관과 가특력교加特力敎가 현대 청년의 정신을 분할하고 있다. 이대 정신
> 은 물론 말할 것도 업시 현대문학 가운데에 각기 반영되여 잇다. 그러나 이 이대 정신
> 사이에 석기여 현대문학을 지배하고 잇는 또 한 가지 유력한 정신이 있으니 그것은
> 네오휴매니즘신인문주의이다.[33]
> 네오휴매니스트는 무엇보다도 개성 즉 개인적 의식의 불완전함을 느끼고 있다. 따
> 라서 이 개성은 인류의 일반의식 — 인간의 개인적 차이를 초월한 인류의 보편적 통
> 일적 요소 — 의 통제를 밧지 안어서는 아무런 인간성의 진보도 기대할 수 업다는 굿
> 은 신념을 가지고 있다. 그리고 이 보편적 인간성을 비교적 완전하게 보여주는 것은
> 고전이다. 그러나 한 개 한 개의 고전은 역시 불완전한 것이기 때문에 통제 원리가 되
> 려면 그들의 일체의 유기적 전통을 구성치 안어서는 안이 된다. 따라서 인문주의는

---

33 이 글에서 최재서는 20세기 영미비평의 휴머니즘을 네오휴머니즘이라 지칭하지만, 이후에는 프랑스
네오휴머니즘과의 혼동을 피하기 위해 그러한 표현을 사용하지 않는다. 가령, 「문학문제 좌담회」(『조
선일보』, 1937.1.1)에서 최재서는 다다이즘이나 모더니즘에 대한 거부로 일어났으며 행동주의를 중
심으로 하는 프랑스의 네오휴머니즘과 배빗과 흄 등에서 비롯된 영미휴머니즘을 구별하고자 한다.

통제 원리로서 고전적 전통을 세우게 된다.

고전적 전통이란 항상 그 국민이나 민족의 경험의 총합이며 예지의 체계이다. 장구한 역사를 통하여 시험되고 음미된 통제 원리이기 때문에 이를 적용하는 정신과 기술이 그릇되지 안는다면 그것은 언제든지 현재의 모든 사상을 판단하는 표준이 되리라고 그들은 생각한다. 요컨댄 신인문주의는 민족적 예지를 원리로 삼아 각 개인의 생활과 정신을 통제하라는 주지적 정신 운동이다.[34]

인용문에서 최재서는 고전적 전통이 현대의 위기를 타개할 원리를 제공하리라 전망한다. 그 자신도 지적하듯이 전통은 기본적으로 국가나 민족 등 특수한 범주를 바탕으로 구성되는 것이지만, 여기서 최재서가 지칭하는 전통 개념은 고대 그리스·로마 시대로부터 축적된 고전의 성좌, 혹은 고전에 깃든 인간 정신의 정수精髓가 유기적으로 결합된 체계를 의미하는 것으로서 서구 문화권이라는 보다 넓은 권역의 산물을 가리킨다.

역사상 가장 지적이고 예술적인 인간 활동에서 시대의 중심 원리를 찾고 있는 최재서의 태도는 서구의 엘리트적 문화 이해에 기반을 둔 것이다. 그가 주목한 19, 20세기 비평가들은 Culture라는 용어를 고급 예술의 범주로 다루었으며 예술 감상자를 계발하고 고양한다는 의미로 사용한 논자들이다.[35] 일례로 아놀드는 Culture를 이제까지 생각되고 말해진 것들 중 최고에 해당되는 것이자 조화로운 완성에 대한 공부라 정의하며 아름다움과 지성Sweetness and Light에서 완성의 요건을 찾았고,[36] 비평이란 "세상에서 알려지고 생각한 최상의 것을 배우고 퍼뜨리려는 사심없는 노력"이라 강조한 바 있다.[37] 그는 그리스 문화의 조화와

34 최재서, 「시대적 통제와 예지」, 『조선일보』, 1935.8.25.
35 Philip Smith, 한국문화사회학회 역, 『문화이론－사회학적 접근』, 이학사, 2008, 17쪽.
36 Matthew Arnold, 윤지관 역, 『교양과 무질서』, 한길사, 2006, 53~86쪽.
37 Matthew Arnold, 윤지관 역, 「현시기 비평의 기능」, 위의 책에서 재인용, 20쪽.

완성에 대한 갈망을 표현하였는데, 이는 당대 영국 사회의 혼란, 나아가 근대 사회의 분열에 대한 비판과 반작용에서 비롯된 것이었다. 역사적·사회적 맥락은 다르지만 비평을 통해 조선문화의 빈곤, 무질서, 무교양에 대응하고자 했다는 점에서 최재서는 아놀드의 문제의식을 이어받았다고 할 수 있다.

그러나 전통의 현재성에 대한 이론에 있어서는 보다 후대에 등장한 엘리엇의 비평에서 착안한 바가 크다. 엘리엇은 아놀드를 혹독하게 비판했으나, 문학을 전통과 고전, 문화와 교육의 문제와 관련지었고 비평을 사회적 건강성과 관련지어 이해했다는 점에서 아놀드의 후예라 할 만하다.[38] 최재서는 엘리엇의「전통과 개인의 재능Tradition and the Individual Talent」1919에 나타난 전통론을 다양한 맥락에서 언급하는데, 잘 알려진 대로 엘리엇의 전통 개념은 과거와 현재가 공존한다는 역사의식을 바탕으로 하는 것이다.[39] 이 역사의식이 있기 때문에 작가는 자기 시대는 물론, 호머 이래의 유럽문학과 자국 문학이 동시적 질서를 형성하고 있다는 자각 아래 창작을 하게 된다. 또한 현존하는 전통은 새로운 작품이 도입될 때마다 기존 질서를 수정하고 변경함으로써 끊임없이 그 경계와 범주를 갱신해 나간다. 그러므로 개개의 예술 작품과 전통이 맺는 관계는 고정불변한 것이 아니라 변화와 조정을 거듭하는 역동적 체계라 할 수 있는 것이다.

그런데 서구에 연원을 둔 문화와 전통 개념은 조선 현실에서 하나의 이상이자 모범으로 존재할 수밖에 없다는 문제를 지닌다. 최재서 역시 이 점을 의식하지 않았을 리 없다.「시대적 통제와 예지」에서 그는 무엇보다도 자기 자신을 통일할 원리를 발견하는 것이 급선무라는 말로 글을 끝맺고 있다. 이것은 시대적 원리 탐구를 개인의 차원으로 환원한다는 점에서 글의 전제와 모순되는 결론이었다. 최재서는 이론의 차원에서 전통의 개념을 다루었을 뿐 조선문학의 현실적 맥락

---

38 윤지관,『근대 사회의 교양과 비평-매슈 아놀드 연구』, 창작과비평사, 1995, 21쪽.
39 T.S.Eliot, 이경식 편역,「전통과 개인적 재능」,『문예비평론』, 범조사, 1985, 13쪽.

에서 구체화하지는 못했던 것이다.

최재서는 전통과 현대의 조화를 강조한 「고전문학과 문학의 역사성」『조선일보』, 1935.1.30~31을 통해 당대 조선 문단에서 이슈로 떠오르고 있던 고전부흥론[40]에 비판적으로 개입하기도 했다. 이 글에서 그는 고전 부흥이란 사회적 필연성이 있을 때 비로소 가능하다는 점을 지적하고 있다. 그리고 그 필연성을 구성하는 세 가지 요소를 언급하는데, 구전통과 절연한 과도적 사회, 신전통의 건설을 요망하는 정력과 열성, 과거 사회의 추세 및 본질에 대응하는 구전통의 구비 등이 그것이다. 최재서는 이 모든 조건이 충족된 바람직한 고전부흥의 예로 현대 영국의 사상적 경향, 즉 20세기에 부활한 17세기의 종교적 절대주의를 들고 있다. 이는 엘리엇 등의 20세기 신인문주의자들이 18, 19세기 낭만주의 문학을 거부하고 17세기 고전주의 문학에서 자양분을 얻고 있음을 가리키는 것이다.

반면 합리적 타당성이 결여된 고전 부흥의 예로는 "감상적인 회고 정조와 낭만적인 네오바바리즘"을 거론한다. 전자가 사라진 꿈에 대한 감상에 불과하다면, 후자는 오래된 것에 탐닉하는 일종의 엽기 취미라 할 수 있다. 그런데 고전은 이두 가지 통속적 감수성에 풍부한 자원을 제공함으로써 복고 취미로 떨어질 위험성을 지닌다. 특히 최재서는 고전 부흥이 현실 도피의 수단으로 악용될 수 있다는 점을 경계했다. 그에 따르면 고전 부흥은 새로운 전통을 모색하기 위한 과정에서 "일시적 피난소" 역할을 하는 것이며, 어디까지나 현대와 교섭함으로써 진정한 의미를 부여받는 것이다. 그러므로 예술가의 창작은 물론 학자의 고전 연구에 있어서도 현대적 의식이 반드시 필요하다는 점을 그는 강조했다.[41]

---

40 당대 고전부흥론은 저널리즘의 주도 아래 국학자와 비평가의 합작품으로 만들어졌다. 1935년 1월 『조선일보』는 학예면 특집으로 고전부흥론을 기획하는데, 우선 「조선고전문학의 검토」(1.1~1.13)에서는 고전문학의 유산을 개괄하는 글이 실렸고, 「조선문학상의 복고사상 검토」(1.22~1.31)에서는 김진섭, 최재서, 김태준이 현재적 시점에서 고전 탐구가 지닌 의의를 검토했다. 황종연, 「한국문학의 근대와 반근대」, 동국대 박사논문, 1991, 19~20쪽.

41 이후 최재서는 전통과 고전의 상호 관계를 강조하는 입장에서 「고전연구의 역사성 – 전통의 전체적 질

그러나 현대라는 개념이 그러했듯이 고전 개념 역시 분열적인 용법을 지닐 수밖에 없었다. 서구를 기준으로 할 때 고전은 문학적 교양과 전범의 지표였다. 최재서는 비평의 올바른 판단 기준은 고전적 교양을 통해서만 확보될 수 있다고 생각했고, 취미Taste를 고전을 통해 훈련하는 과정이 없이는 공소한 비평이 되고 만다고 강조했다.[42] 그런데 조선을 기준으로 할 때 고전은 낡음과 지체의 지표가 되었다. 최재서는 당대 문화적 민족주의 진영에서 말하는 '우수한 민족성'이나 '과거의 문화적 번성'에 동의할 수 없었다. 세계 문화와 관련을 맺지 못하는 민족 문화란 '민족적 편집주의'에 지나지 않는다고 판단했을뿐더러, 조선의 문화유산에서 현재적 영향력이나 지속력을 전혀 발견할 수 없었기 때문이다. "현재 문화 영역에 있어서 우리들의 사고를 지배하고 있는 것은 아무리 보아도 조선 전래의 것이 아니라 서양 문화에서" 왔으며 하루빨리 "문화의 수동자적 신세"를 벗어나도록 노력해야 한다는 것이 최재서의 기본 입장이었다.[43]

그렇다면 이를 위해 조선문학은 어떠한 길을 걸어야 할까? 최재서는 이러한 문제 역시 아놀드적인 비평관으로 해결하고자 했다. 당대를 조선문학의 '건설기'로 파악했던 그는 "현재 조선문학에 있어 중대한 것은 어떤 문학이 형성되어야 하겠느냐 하는 것보다는 문학이 탄생되여야 하겠다"[44]는 것이라 보았고, 이때 비평가의 임무란 창작가를 위한 활동 지대를 조성하는 것이라 주장했다. 이는 조선의 고전은 물론 이제까지의 근대문학을 과거화하며 새로운 문학을 주창하고자 하는 전략의 일환이었다. 그래서 최재서는 낭만주의 문학과 프로문학을 비판함으로써 비평가로서의 고유한 영역을 만들어나간다.

서를 위하여」(『조선일보』, 1938.6.10)를 집필하기도 했다.
42 최재서, 「취미론―취미와 질서와 비평 3」, 『조선일보』, 1938.1.11.
43 최재서, 「문화공의(文化公議)―문화기여자로서」, 『조선일보』, 1937.6.9.
44 최재서, 「조선문학과 비평의 임무」, 『조선일보』, 1935.1.1.

4. 현대적 내면과 리얼리티의 탐구

낭만주의 문학과 프로문학에 대한 최재서의 비판 의식은 1930년대 초반 『경성제대영문학회회보京城帝大英文學會會報』에 실린 논문에서부터 선명히 나타난다. 1931년도에 최재서는 졸업 논문의 연장선상에서 셸리P.B.Shelley를 주제로 삼은 몇 편의 글을 발표한다. 우선 「시의 한계詩の限界」1931.6[45]는 포프A.Pope와 워즈워드W.Wordsworth, 셸리 시의 한계를 통해 낭만주의 문학의 한계를 살펴본 논문이다. 여기서 한계란 "한 시인이 한평생에 걸쳐 도달할 수 있는 인식의 극한"을 의미하는 것으로, 바꿔말하면 낭만주의의 궁극적 도달점을 가리키는 용어라 할 수 있다. 최재서는 낭만주의적 상상력의 극한이 셸리 시에서 발견된다고 언급하면서, 셸리 시는 창작을 넘어서 영감Inspiration의 드러남에 이르렀다고 분석했다. 셸리는 영감을 불러일으키기 위해 인간의 주관적인 영역을 넘어서 영원한 이념의 속삭임, 즉 신의 목소리가 들리는 지점까지 도달하고자 했다는 것이다.

그러나 최재서는 문학 작품의 완성도를 위해서는 오히려 상상력이 적절하게 통제되고 조절될 필요가 있다고 언급한다. 천재적 영감으로 가득 찬 시라도 전체를 통일할 구성력이 없다면 '미숙한 문학'에 머무르게 되기 때문이다. 특히 장시長詩에 있어서는 더욱 그러하다는 것이 그의 생각인데, 『신흥』1931.7지에 발표한 「미숙한 문학」[46]은 「시의 한계」에서 언급된 셸리 시의 강렬한 상상력이 불러일으키는 문제를 보다 자세하게 다룬 글이다. 「미숙한 문학」의 논지는 최재서 자신이 인용했듯이 아놀드가 「현시기 비평의 기능」에서 전개한 셸리 시 비판과 일맥상통하는 것이었다. 아놀드는 셸리가 매력적인 혁명 시인임에는 분명하지만 시

---

45 崔載瑞, 「詩の限界」, 『京城帝大英文學會會報』, 1931.6.
46 이 글의 주요 원문은 김윤식, 『한국근대문학사상연구1 – 도남과 최재서』, 일지사, 1984, 362~370쪽에 수록되어 있다.

에서 "올바른 소재를 포착한 적이 전혀 없거나 거의 없었다"며 그 원인을 셸리의 창작력 부족이 아니라 시대의 한계에서 찾은 바 있다. 이는 19세기 영국문학에서 학식비평 정신이 부족함을 지적한 것인데 그는 영국 사회의 보수성과 후진성을 극복해야만 문학의 창조적인 성과도 가능하리라 전망했다.[47] 이와 같이 문학의 창작 정신과 비평 정신을 아울러 강조했던 아놀드의 관점을 최재서는 낭만주의 문학 비판뿐만 아니라 프로문학에 대한 비판의 근거로도 응용했다.

프로문학에 대한 최재서의 생각은 「문학의 보전」 1933.6[48]에서 구체적으로 나타난다. 이 글은 배빗의 저서 『신라오콘*The New Laocoon*』 1910을 20세기 현실에 비추어 응용한 글이다. 『신라오콘』에서 배빗은 18, 19세기 낭만주의로 인한 예술 장르의 혼란을 비판한 바 있다.[49] 그런데 20세기에는 예술 장르 내부가 아니라 외부에서 혼란이 빚어지고 있다. 대표적인 예로 문학적인 것과 비문학적인 것, 문학과 과학이 섞이는 현상을 들 수 있는데, 최재서는 프로문학을 "기괴한 잡종"이라 명명하며 "프로 작가의 소설을 읽으니 차라리 마르크스의 자본론을 읽는 것이 사회적 흥분을 일으킬 것"[50]이라 단언한다. 프로문학의 사상 선전은 문학 본연의 상상력을 무시하는 것은 물론 독자에게 미치는 영향이 적다는 측면에서도 문제가 크다. 자유의 개념을 일깨운답시고 자유에 대한 이론을 설파해봤자 셸리의 『해방된 프로메테우스*Prometheus Unbound*』 1820가 미치는 영향을 능가하기는 어렵다는 것이다. 그러므로 문제는 마르크스주의 그 자체가 아니라 그것을 예술화하는 데 실패했다는 사실에 있다.

이처럼 최재서는 프로문학을 창작 정신이 결여된 문학이라 비판하면서도, 자신이 문학의 사상성을 경시하는 것이 아님을 표명하기 위해서 "문학이 당대 최고

47 윤지관, 앞의 책, 194~207쪽.
48 崔載瑞, 「文学の保全」, 『京城帝大英文學會會報』, 1933.6.
49 Irving Babbitt, 崔載瑞 譯, 『ルーソーと浪漫主義』, 改造社, 昭和14, 5쪽.
50 崔載瑞, 「文学の保全」, 『京城帝大英文學會會報』, 1933.6, 11쪽.

의 사상을 기반으로 해야 한다"는 아놀드의 말은 몇 배나 강조될 필요가 있다고 덧붙였다. 또한 그는 리얼리즘이라는 예술적 방법론이 현대문학의 주류라는 사실에 동감을 표하며, "사회적 리얼리즘"을 대신할 "순정한 리얼리즘"이 나와야 한다고도 주장했다. 여기서 초점은 새로운 리얼리즘의 요건이 아니라 프로문학의 리얼리즘 비판에 있었으며, 비판의 근거로서 첫째, 사회적 리얼리즘은 마르크스주의 이론 체계로 인생과 사회를 재단해 왔다는 점, 둘째, 이론으로 설명할 수 없는 현상은 도외시하거나 반동적이라 비난한다는 점, 셋째, 결과적으로 인생을 인위적으로 왜곡했다는 점 등이 제시되었다. 이러한 논의를 요약해보건대 "사회적 리얼리즘"의 오류는 결국 사회주의자들의 주관성, 편파성, 인위성에서 비롯된 것이라 할 수 있다.[51]

사회주의자들의 문학 활동은 딜레탕트Dilettant적이라는 점에서도 비판의 대상이 되었다. 사회주의자들은 마땅히 예술 감상자나 패트런Patron에 머물러야 했음에도 불구하고 스스로 문인이 됨으로써 문단의 수준을 떨어뜨렸다. 한숨과 눈물을 문학이라 생각하는 감상주의자들이든 사상의 나열을 문학이라 생각하는 사회과학 연구가들이든 작가적 수업을 거치지도 않은 채 세속적인 야심으로 문학을 좌우하고자 한다는 점에서 다 같은 딜레탕트라 할 수 있다.[52]

이들 딜레탕트가 정상적인 문학 발전에 해를 끼치는 이유는 비실재성非實在性을 근간으로 하는 태도 때문이다. 최재서는 헉슬리의 『열매 없는 잎들Those Barren Leaves』 1925의 한 장면을 인용하며 장밋빛 인생을 과장하는 센티멘탈리스트와 인생의 비극과 공포를 과장하는 사회주의적 리얼리스트가 본질에 있어서는 대동소이하다는 사실을 설명하고 있다. 이는 리얼리즘을 '네 발로 기어다니는 낭만주의'라 표현했던 배빗의 입장과 일치하는 것인데, 센티멘탈리즘이 인생의 실재성을 떠

---

51 최재서, 「문학발견시대-일 학생과 비평가의 대화 1」, 『조선일보』, 1934.11.29.
52 최재서, 「듸렛탄티즘을 축출하라」, 『조선일보』, 1936.4.29.

나서 하늘로 비상하는 인생관이라면, 사회주의적 리얼리즘은 날개 없이 네 발로 기어다닐 뿐 비실재성에 있어서는 다를 바가 없다.

사회주의적 리아리즘을 표방하고 나슨 작가나 비평가에게서 우리는 그러한 실례를 보아 왔다. 일생에서 가장 다감한 시기를 지하와 철창에서 보내고 나온 이들이 자기의 주의에 대하야 타인으론 상상치 못할 농밀한 센티멘트를 가질 것은 쉽사리 긍정된다. 그러나 사회주의적 리아리즘이 리아리즘으로서 일정한 한계를 가지고 잇다는 점과, 현실 정세는 그 열광 시대를 지나서 적어도 비판적 정신을 가지고 본다는 사실을 무시하고 백사만물에 사회주의적 리아리즘을 들추저내는 태도는 센티멘타리스트의 그것이라고박에 볼 수 업다. 더욱히 역사적 필연성을 파악하랴 가지고 현재를 비평하고 미래를 전망한다는 본래의 사명을 떠나 단순한 증오감으로부터 혹은 사회적 제스추어로써 그것을 이용하랴고 할 때 식자의 눈엔 그것이 센티멘탈하게 보힌다. 또 리아리스트가 건강한 정신을 상실하고 다만 재래의 습관대로 사회주의적 리아리즘의 공식에 의거할 때 그것은 역시 일종의 도피이다.[53]

인용문은 사회주의를 감상이나 패션으로 활용하는 일부 작품의 행태들을 지적한 것이지만, 조선의 카프문학이나 이후 전향문학의 현황에서 나온 촌철살인이라 실감하기는 어렵다. 당시 문단의 핵심 논제가 사회주의 리얼리즘이 아니기도 했지만, 최재서의 초점 역시 감상적 정서의 문제에 놓여 있었기 때문이다. 그러므로 헉슬리나 배빗을 전거로 이끌어 온 최재서의 사회주의자 비판은 일반론에 가까운 것이었다고 이해된다. 실제로 최재서가 조선문학 작품을 분석할 때 진정으로 관심을 기울인 것은 사회주의적 리얼리티가 아니라 사회주의적 리얼리티 개념으로 포괄되지 않는 현대의 리얼리티를 어떤 식으로 포착하고 표현할 것인

---

53 최재서, 「센티멘탈론―5.센티멘타리즘의 풍자」, 『조선일보』, 1937.10.8.

가의 문제였다.[54]

「리아리즘의 확대와 심화－『천변풍경』과 「날개」에 관하야」(『조선일보』, 1936.10.31~ 11.7)는 리얼리즘에 대한 최재서의 입장이 선명히 드러난 글이다. 제목 그대로 이 글은 박태원의 『천변풍경』과 이상의 「날개」를 리얼리즘의 확대와 심화를 보여주 는 작품이라 평가함으로써 당대 문단에 논란을 불러일으켰다. 대표적인 예로 임 화는 "엉뚱한 관념주의를 리얼리즘 형식 가운데 포장"해서 "이상 씨의 순수한 심 리주의를 리얼리즘의 심화, 박태원 씨의 파노라마적인 트리비얼리즘을 리얼리즘 의 확대라 선양"한다고 비판했다.[55] 주체의 세계관을 강조하는 마르크스주의자 들의 입장에서 본다면 최재서의 리얼리즘론은 결코 용납할 수 없는 것이었다. 최 재서는 리얼리즘을 인식론이 아니라 기법의 문제로 처리했고, 외부 현실이든 내 부 심리든 객관적 태도로 관찰하기만 하면 예술의 리얼리티가 생겨난다는 입장 을 취했기 때문이다.

이는 "하나의 사실이 다른 사실보다 더 사실이라는 법은 없다. 우리들의 심리 적 사실은 모두 동등하게 사실이다"[56]라고 언급한 헉슬리의 입장을 연상하게 하 는 것이었다. 「비평가로서의 A.헉슬리」에서 최재서는 헉슬리 비평의 출발점이 심리적 사실에 있음을 논의한 바 있다. 헉슬리는 보편적·절대적 진리란 존재하 지 않는다는 전제 아래, 과학이 근거로 삼고 있는 다양한 지각들 역시 심리적 사 실이라는 점을 지적하였다. 그는 현대의 심리적 사실들을 낱낱이 폭로함으로써 인간 욕망의 리얼리티를 전시하고자 했을 뿐 역사적 일반론을 신뢰하지 않았고 심리적 사실들 사이에서 가치의 우열이나 진위를 판별하는 것 역시 무의미하다 고 보았다.

---

54 김윤식, 『한국근대문예비평사연구』, 일지사, 1976(2002), 238~239쪽.
55 임화, 「사실주의의 재인식」, 임화문학예술전집 편찬위원회 편, 『임화문학예술전집 3－문학의 논리』, 소명출판, 2009, 67~68쪽.
56 최재서, 김활 역, 「비평가로서의 A.헉슬리」, 『최재서 평론집』, 청운출판사, 1961, 197쪽.

이러한 관점을 취했기에 최재서는 『천변풍경』의 '천변'과 「날개」의 '내면'을 현대의 리얼리티를 보여주는 동등한 소재로 취급할 수 있었던 것이다. 다만 두 작품의 리얼리티가 지니는 차이점을 효과적으로 설명하기 위해 그는 작가의 눈을 카메라에 비유했다. 이 카메라는 작가 자신의 심리적 지향성에 따라 외부 세계를 향할 수도 있고 내부 세계를 향할 수도 있다고 설명된다. 그런데 최재서는 전자는 단순하고 후자는 미묘하다고 말하며, 내부 심리를 향한 문학적 카메라의 새로움에 보다 더 주목하고 있다.

"육신이 흐느적흐느적하도록 피로햇슬 때만 정신이 은화처럼 맑소." 이것이 두서에서 작자 자신이 한 말이다. 여기서 우리는 육체와 정신, 생활과 의식, 상식과 예지, 다리와 날개가 상극하고 투쟁하는 현대인의 일 타입을 본다. 정신이 육체를 초화焦火하고 상식이 생활을 압도하고 예지가 상식을 극복하고 날개가 다리를 휩쓸고 나갈 때에 이상의 예술은 탄생된다. 따라서 그의 소설은 보통 소설이 끗나는 곳— 즉 생활과 행동이 끗나는 곳에서부터 시작된다. 그의 예술의 세계는 생활과 행동 이후에 오는 순의식의 세계이다. 이것이 과연 예술의 재료가 될가? 전통적 관념으로 본다면 이것이 예술의 세계가 될 수 업다는 것은 짐작할 수 잇다. 그러나 어떤 개인의 의식(그것이 병적일망정)을 진실하게 표현하는 것을 예술 행동으로부터 거부할 아모런 이유도 우리는 갓지 안헛다. 더욱이 그 개성이 현대 정신의 증세를 대표 내지 예표할 때엔 말할 것도 업다.[57]

최재서에게 「날개」의 주인공이 무능력자이자 현실 패배자라는 점은 그다지 중요한 사실이 아니었다. 군이 이상 소설이 아니더라도 당대 소설계에 차고 넘치는 것이 무력한 인간형들이었다. 따라서 그의 관심은 「날개」의 주인공이 현실에서

57 최재서, 「리아리즘의 확대와 심화—『천변풍경』과 「날개」에 관하야 4」, 『조선일보』, 1936.11.6.

패배한 후 그 분노를 '어떻게' 보여주는가에 있었다. 주인공이 "풍자, 윗트, 야유, 기소譏笑, 과장, 패라독스, 자조 기타 모든 지적 수단을 가지고 가족 생활과 금전과 성과 상식과 안일에 대한 모독"[58]을 감행하는 과정에서 현대인의 내면이 리얼하게 드러난다고 판단했기 때문이다.

그러나 객관적 태도와 효과적 기법만으로 리얼리즘이 성취될 수 있다고 주장한 것은 아니다. 최재서는 작가가 카메라인 동시에 카메라를 조종하는 감독임을 강조함으로써, 관찰한 디테일들을 통일할 원리가 필요함을 언급하고 있다. 이러한 시각은 『천변풍경』과 「날개」의 한계를 지적하는 부분에서 뚜렷하게 드러났다. 『천변풍경』은 이제까지의 조선문학에서는 볼 수 없던 다각적인 도회 묘사를 선보이고 있으나 카메라 감독으로서의 기능은 성공적으로 발휘되지 못했다고 평가되었다. 천변의 여러 장면들을 하나로 연결할 작가 의식이 부족할 뿐 아니라, 천변과 외부 사회와의 연결고리를 보여주는 데 미흡했다는 것이 그 이유이다. 한편 「날개」에 대해서도 역시 작가 의식의 부족함이 지적되었다. 최재서는 이상이 작가 자신으로 보거나 작품으로 보거나 조선에서는 보기 드문 현대성을 구현했다고 고평하면서도,[59] 「날개」에 나타난 작가의 태도는 결국 하나의 포즈일 뿐 인생관으로까지 나타나지 못했다는 한계를 지적한다. 그리고 앞으로 이상 작품에서는 "모랄의 획득"이 중대한 문제라는 지적을 덧붙이고 있다.

여기서 모랄은 그 자체로 중심 주제가 되었다기보다는 심리적 리얼리즘을 보완하는 맥락에서 언급된 것이다. 1937년 『조선일보』 좌담회 석상에서 최재서는 "현대의 리얼리즘에는 마르크시즘과 프로이디즘의 양면이 있다"[60]고 언급하면서

---

58 위의 글.
59 최재서, 「故 이상의 예술」, 『조선문학』, 1937.6. 최재서는 이상 예술이 지식인의 개성 붕괴를 표현했다는 시대적 가치를 지니고 있으며, 지식인의 앞날에 대한 암시와 교훈을 주었다고 언급한다. 한편 조선 문단에 지적 관심을 환기했다는 점에서도 공적을 남겼다고 평가한다.
60 「문학문제 좌담회」, 『조선일보』, 1937.1.1.

내면 심리를 리얼리즘의 권역에서 취급하고자 하는 의지를 표명하지만, 이 두 가지 지향의 통합을 염두에 두고 있던 것으로도 보인다. 그 이론적 연원은 「영국 평단의 동향英國評壇の動向」『改造』, 1936.3[61]에서 살펴볼 수 있다. 이 글에서 최재서는 당대 영국 문단에서 전개되던 리얼리즘론과 모럴론을 소개하면서, 모더니즘 문학에 대한 지지와 비판 그리고 절충적 입장의 교차와 대립을 다룬 바 있다.

이 중 절충파에 해당하는 스펜더S.Spender, 오든W.H.Auden, 루이스C.Day-Lewis, 맥니스.MacNeice 등 이른바 전후파戰後派 시인들은 엘리엇을 문학적 출발점으로 삼지만, 사회의 현실상에 적극적으로 관여하고자 한다는 특징을 공유했다. 가령, 스펜더는 엘리엇을 비롯한 모더니스트의 예술을 인정하면서도 작가의 신념과 모럴을 강조했다. 한편 오든은 마르크스와 프로이트의 이론이 각각 빈자와 병자라는 문명의 실패자로부터 출발했다는 사실에서 공통성을 찾으면서, "맑스는 외부 세계와 내부 세계의 관계를 외부에서 내부로 들여다보았고, 프로이트는 그 반대"[62]이기는 하나 이 두 입장은 서로를 필요로 하게 될 것이라 언급했다. 이렇듯 전후파 시인들의 문학적 태도는 문학과 시대의 관련성을 주장하면서도 정치적 이념을 문학에 주입하는 것에는 반대한다는 것으로 정리된다. 이는 최재서가 논의한 리얼리즘론에 시대적, 사회적 의미를 보충할 수 있는 방법론을 제공한다는 점에서 의미를 지녔다.[63]

그러나 최재서는 이상 소설에서 부각된 내면적 리얼리티가 구체적으로 어떠한 모럴과 결합해야 하는가에 대해서는 논의하지 않았다. 그는 서구문학의 형식 실험이 지닌 성과와 한계를 정확히 간파하고 있었고 조선의 작가 이상에게서 적절

---

61 『최재서 평론집』에 「문학과 모랄」이라는 제목으로 수록되었다.
62 최재서, 김활 역, 「문학과 모랄」, 『최재서 평론집』, 청운출판사, 1961, 40쪽.
63 김홍규는 최재서의 모럴론이 S.스펜더의 이론과 거의 흡사하다고 평가한다. 최재서의 모럴론은 외부적 현실과 개인의 가치의식이 조화를 이루어야 한다는 주장을 바탕으로 하는데, 예술의 선전성과 비(非) 모럴설을 동시에 부정하고 있던 스펜더의 입장과 동일하다는 것이다. 김홍규, 앞의 책, 299~300쪽.

한 예시를 발견했으나, 식민지 조선문학의 모럴을 구체화하기 위해 이후 더 많은 맥락들을 고려해야 했다.

5. 환영과의 격투 혹은 비평의 모더니티

조선 문단에 진입한 이후 최재서는 영미문학을 보편적 기준으로 삼아 교양의 기획을 전개해 나간다. 제국대학이라는 학술 장은 동시대 서구의 학문과 지식을 습득하는 통로이자 엘리트적 정체성의 형성 기반이 되었다. 최재서는 졸업과 동시에 영문학 고전과 식민지 현실 사이에 존재하는 격차를 절감했으나 이를 조선문학 발전이라는 목표를 통해 해소하고자 하였다. 최재서의 비평은 서구 이론을 소개·해설하고 조선문학을 분석·지도하는 이원적인 방식으로 전개되었는데, 전자가 후자의 기준이 되었다는 점에서 긴밀한 연관 관계를 맺고 있었다. 이를테면 서구 이론가들이 전개한 낭만주의 문학과 프로문학 비판을 그는 조선문학의 감상주의와 비실재성 비판으로 구체화했고, 이러한 과정을 통해 외국문학 연구자에서 점차 조선문학 비평가로 안착했다. 이때 비평적 판단의 근거가 된 것은 그리스·로마 시대로부터 르네상스를 거쳐 20세기까지 이어지는 인문주의 전통, 보다 직접적으로는 19세기 영국 비평가 아놀드의 영향력을 바탕으로 전개된 근대영미비평의 계보였다.

아놀드의 논의에서 Culture는 조화롭고 일관된 성격을 지니는 것으로 간주되었으며, 개인 품성의 함양과 더불어 공동체 유지를 위한 새로운 근거 창출이란 의미를 지녔다. 아놀드의 이론은 20세기에 이르러 흄, 엘리엇, 리드 등에게 비판적으로 계승되었으며, 제1차 세계대전 이후 영국 사회의 혼란을 타개하기 위한 방법론으로 재정비되었다. 현대의 위기가 개인주의의 과도한 확장에서 비롯되었다는 반성적 성찰 속에서 20세기 영미 비평가들은 개인을 규제할 원리를 고전적 질서에서 구하고 있었다. 이들은 낭만주의적 개성의 오류를 비판하면서도 근본적으로 인간 완성에 대한 신념을 버리지 않았고, 문학 전통 안에서 위기를 해결하려 했다는 점에서 아놀드적 문화 이상을 추구했다. 최재서가 현대 주지주의라는 명칭으로 소개한 비평의 정신사적 기반은 바로 이러한 문화 이념에 있었다. 고도의 예술성을 구비한 창작이 그 사회의 발전을 이끌어간다고 생각했다는 점에서 최재서는 아놀드의 이념을 이어받았다.

그런데 최재서 비평의 핵심 용어인 현대(성)과 전통은 분열된 용법으로 사용되었다. 서구의 현대가 위기 담론 속에서 논의된 것과 달리 조선에서는 배우고 따라잡아야 할 지표로 설정되었고, 서구의 문화 전통이 보고寶庫로 간주되었던 것과 달리 조선의 전통은 지체되고 낙후된 전근대의 표상에 머물렀다. 따라서 최재서의 이론 비평은 조선의 실제 창작과 원활하게 조우할 수 없었다. 최재서는 신문잡지마다 범람하는 외국문학론들을 겨냥하여, 서구 이론을 수입한답시고 조선에는 "있지도 않은 장애의 환영을 설정해 놓고 그것을 향해 칼을 휘두르는 것은 우스운 일"[64]이라고 지적했다. 이는 여타 외국문학 전공자들과 자신을 구분하는 나름의 기준인 동시에 비평가적 자존심의 표현이었다. 그러나 그 자신도 의식했듯이 최재서도 이와 같은 오류에서 자유롭지 않았다.

이런 점에서 서구 이론은 최재서 비평에서 양날의 검으로 기능하였다고 할 수 있다. 이는 유럽적 상황에 기반을 둔 것인 만큼 식민지 조선의 특수한 현실에 대한 성찰을 결여하고 있었다. 따라서 그것이 조선문학의 전반적인 위기 해결책으로 제시될 때는 최재서 역시 환영과의 격투를 면하지 못했으나, 조선에서 새롭게 대두한 문학을 분석할 때는 비평의 모더니티를 실현하는 도구가 되었다. 사회주의적 리얼리티 개념으로 표현할 수 없는 현대의 리얼리티를 어떤 식으로 포착할

---

64 최재서, 김활 역, 「사상가로서의 학슬리」, 『최재서 평론집』, 청운출판사, 1961, 220쪽.

것인가를 화두로 삼았다는 점에서 그의 문제의식은 충분히 인정받을 만한 가치를 지니고 있었다. 헉슬리의 이론을 변주한 심리적 리얼리즘론은 카프 퇴조 이후 새로운 단계로 접어든 조선 문단에 적절한 자극을 주었던 것이다.

제3장

현대성과 민족성, 식민지 번역가의 과제

최재서의 영문학 번역과 조선문학 번역

1. 서구-조선-일본의 문학적 매개

1937년 여름, 일본에 방문한 최재서는 「무장야통신武蔵野通信」과 「동경통신東京通信」이라는 제목의 체류기를 『조선일보』에 10회 연재한다.[1] 『조선일보』 기자 이원조에게 보내는 서간문 형식을 취한 이 글들은 서구와 일본, 그리고 조선을 오가며 형성되는 최재서의 심상지리를 엿볼 수 있는 흥미로운 자료이다.

여기서 두드러지는 것은 여행객의 소회가 아니라 지식인으로서의 자의식이다. 일본으로 가는 찻간에서 최재서는 지드A.Gide의 『배덕자 L'Immoraliste』를 읽는 한편 헉슬리A.Huxley 생각에서 헤어나질 못하고 있다. 그가 볼 때 이들 소설의 주인공인 부르주아 도덕의 파괴자는 "지성의 모든 생활태를―그 추락과 병약 아울러 그 지향과 정복의 모든 증상을 그 원형에 있어 관망할 수 있"게 해 주는 존재이다. 따라서 서구 인텔리겐치아의 "추락과 병약"마저 그에겐 서글픈 선망의 대상으로 여겨진다. "홍모인紅毛人의 부스러기를 모방한다"는 꾸짖음을 당할지라도

---

1 최재서, 「무장야통신(武蔵野通信)」, 『조선일보』, 1937.7.3~8; 「동경통신(東京通信)」, 『조선일보』, 1937.8.3~7.

"문화의 길을 밟는 자 반듯이 지성의 발전도상의 모든 계단을 거치치 않을 수 없"[2]다는 신념 때문이다. 그런데 현해탄을 건너자마자 검문의 대상으로 포착된 그는 『배덕자』가 불온서적이 아님을 해명해야 하는 해프닝을 겪게 된다. "『배덕자』라니 도덕을 배반한 자를 꾸짖은 책인가?" 등의 무지한 질문을 퍼붓는 일본인 조사관을 묘사하는 최재서의 태도는 어디까지나 유머러스하고 여유롭다. 이러한 서술 태도는 감시와 통제에 둘러싸인 식민지적 일상을 짐짓 삭제하고 지식을 가진 자와 그렇지 못한 자의 차이만을 부각시키는 효과를 자아내고 있다. 그는 일개 식민지인이 아니라 제국대학 출신 학자로서 일본에 가는 길이었던 것이다.

지식의 우월성을 전제로 한 최재서의 관조적인 태도는 도쿄에 이르러서도 지속된다. 그에게 도쿄 거리는 매혹과 찬탄의 대상이 아니다. 불과 몇 원짜리 서비스의 향연과 어디를 가도 달려드는 양악과 유행가와 재즈의 물결, 이에 따라 지식이 천대받는 세태를 그는 비판적인 산책자의 시선으로 묘사한다. 그러나 도쿄는 커머셜리즘의 전장인 동시에 그가 닿을 수 있는 지식의 최전선이기도 했다. 호세이法政 대학 영문학회 주최 강연회와 영문학평론사英文學評論社 주최 좌담회에 참석한 그는 일본인 학자들과 십년지기처럼 환담을 나눈다. 헉슬리와 디킨즈C.Dickens가 그리고 올딩턴R.Aldington이 어떤 주석 없이도 논의되는 공통지식과 동류의식의 세계에서 최재서는 비로소 자족감과 보람을 한껏 누리는 듯 보인다.

그런데 개조사改造社 편집실에 방문한 기록을 담은 「무장야통신」 마지막 회에 이르러 동류의식은 자취를 감춘다. 그곳에서 최재서가 목도한 것은 이제 막 발발한 중일전쟁 관련 기사와 칼럼을 끼워 넣느라 부산한 광경이었다. 개조사의 사원들은 연신 농담을 늘어놓으면서도 "자기네 일거수일투족이 민중 여론의 일 요소가 된다는 자각"을 지닌 채 분주하게 움직이고 있었다. 데카당스나 무기력의 징후가 전혀 없고, 비즈니스와 스포츠를 적절히 구별하는 그들은 "모랄은 정치 생

---

2   최재서, 「무장야통신 1 ─ 『배덕자』의 여덕」, 『조선일보』, 1937.7.3.

활"이라는 스펜더Stephen Spender의 말을 떠올리게 하는 존재 그 자체로 비추어졌다.[3] 그런데 유쾌한 필치로 개조사의 이모저모를 담아내던 최재서의 기행문은 급작스럽게 "정치 생활을 가진 인종과 가지지 못한 인종의 차이"에 대한 상념으로 전환된다. 그리고 이어서 정치 생활을 가지지 못한 인종들은 무엇을 떠들어대든 실효를 내지 못하는 모순 속에 처해 있다는 사실이 언급된다. 개조사의 활기 속에서도, 아니 그 활기로 인해 그는 제국과 식민지 간의 차이, 혹은 조선인의 언론과 출판을 둘러싼 제약들을 떠올릴 수밖에 없었던 것이다. 문예춘추사文藝春秋社 방문의 기록에서도 마찬가지이다. 최재서는 『문학계文學界』 편집부원들과 이주 동안 동고동락하며 잡지 발간 과정을 지켜보았다고 한다.[4] 자본과 기술, 예술적 양심의 삼박자가 어우러지는 데다 뜻을 같이하는 동인들이 공동으로 편집을 담당하고 있는 『문학계』의 체제를 그는 매우 높이 샀다.[5] 그런데 문예춘추사의 자랑할 만한 삼박자는 열악한 자본, 조악한 기술,[6] 정치적 부자유라는 조선 출판계의 삼박자 덕분에 더욱 돋보이는 것이었다.

이처럼 최재서의 일본 체류기는 우월감과 열등감, 혹은 비판과 자조의 이중주 속에서 지식의 활로를 찾고 있던 비서구 식민지 지식인의 내면과 정체성을 드러내 보이고 있다. 그는 서구 지성의 문제의식을 내 것으로 받아들여 호흡한 보편주의자였으나, 그것이 제국의 학술 장에서나 유통 가능할 뿐 식민지 현실에서는 무용하다는 사실 앞에서 고뇌하고 있었다. 그러나 서구, 조선, 일본의 차이에서

3 최재서, 「동경통신 5 - 상근회유(箱根廻遊)」, 『조선일보』, 1937.8.7.
4 최재서, 「사변 당초와 나」, 『인문평론』, 1940.7, 97쪽.
5 최재서, 「동경통신 1 - 상근회유(箱根廻遊)」, 『조선일보』, 1937.8.3.
6 최재서는 책의 내용뿐 아니라 형식에 대해서도 관심을 기울였다. 책의 엉성한 만듦새야말로 문화적 열등성의 지표라 생각했기 때문이다. 그는 덮어놓고 활자만 찍으면 책이라 생각하던 시대는 벌써 지나갔다고 언급했다. 그리고 "체제 지질 활자의 호수와 비례 인쇄 자본 장정 표장 그리고 이들을 싸고 드는 감각과 기품 - 이 모든 것이 결국은 그 책의 성격을 결정"한다며 책의 내용뿐 아니라 물질성 자체도 중요한 의미를 지닌다고 강조했다. 이에 대해서는 최재서, 「연재소설에 대하여」, 『조선문학』, 1939.1. 참조.

비롯되는 긴장 속에 머물 때, 그리고 그 경계들에 대해 진지하게 성찰할 때 그의 글쓰기는 가장 생산적인 동력을 지니고 있었다고 생각된다. 이것이 바로 최재서의 번역[7]에 주목하게 되는 이유이기도 하다. 번역은 일차적으로 한 언어를 다른 언어로 옮겨내는 행위나 그 옮겨진 생산물을 지칭하지만, 단순히 기계적인 과정이나 수동적인 전환에 그치는 것은 아니다. 특히나 비서구 제3세계 현실에서 번역을 통해 이루어지는 문화 전환 및 교류의 과정들은 지극히 정치적인 의미를 지닌다. 제국의 입장에서는 식민화의 수단으로, 피지배자의 입장에서는 근대화와 탈식민을 위한 도구로써 활용되며 다양한 교섭과 분쟁의 계기들을 산출해내기 때문이다.[8]

최재서는 헉슬리와 맬컴 머거리지Malcolm Muggeridge의 소설을 조선어로 번역하고 이태준과 박화성의 소설을 일본으로 번역하는 등 다층적 번역 활동을 펼쳤다.[9] 헉슬리 문학에 대한 최재서의 관심은 일회성 번역에 그친 것이 아니라 고유의 비평 논리를 형성하는 데 지대한 영향을 미쳤고 학술적 글쓰기로도 이어져 일

---

7 번역가로서의 최재서에 대한 그간의 연구는 모파상 소설 번역에 관한 김정우의 연구(「모파상 단편의 한국어 이중 번역 연구」, 『우리말연구』 29, 우리말학회, 2011)를 제외하면 주로 해방 이후에 집중되어 있다. 이는 친일 경력 때문에 담론 장으로 복귀하지 못한 최재서가 번역을 통해 활동을 재개할 수밖에 없었던 사정과 관련된다. 정종현은 최재서의 재기를 알리는 신호라 할 수 있는 저서 『매카-더 旋風』(1951)과 번역서 『영웅 매카-더 장군전』(1952)의 의미에 주목하여 최재서가 전후 냉전 시민으로 변환하게 되는 계기 및 과정을 짚어냈다. 정종현, 「최재서의 '맥아더' – 맥아더 표상을 통해 본 친일 엘리트의 해방전후」, 『동악어문학』 59, 동악어문학회, 2012. 한편 박지영은 본격적인 최재서론은 아니지만 해방 이후에서 1950년대에 이르는 시기 남한의 문화 장이 미국 중심으로 재편되는 근거를 번역가 최재서의 '부활'을 통해 포착하기도 했다. 박지영, 「'번역'의 시대, 번역의 문화 정치 – 1950년대 번역 정책과 번역문학장」, 『대동문화연구』 71, 성균관대학교 대동문화연구원, 2010. 또한 1950~60년대 셰익스피어의 한국 수용과 번역 연구에서도 최재서라는 이름은 빠질 수 없는 위치를 차지하고 있다. 그러나 현재의 연구는 문체적, 사적(史的)인 측면에서 그 의의와 한계를 언급하는 데 그치고 있어 비교문학적 측면에서 진전된 논의가 필요한 상황이다. 최종철, 「셰익스피어 극 작품의 운문 번역 – 햄릿의 제3독백」, 『영어영문학연구』 15, 연세대학교 영어영문학회, 1993; 신정옥, 「셰익스피어의 한국적 수용 2」, 『드라마연구』 24, 한국드라마학회, 2006.

8 윤지관, 「번역의 정치성 – 외국문학 번역과 근대성」, 『안과밖』 10, 영미문학연구회, 2001, 28~29쪽.

9 훗날 최재서는 하버드대 교수 배빗의 *Rousseau and Romanticism*를 일역하여 개조문고판으로 출간하는 등 학술서 번역에도 공을 들였다. アーヴィング・バビット, 崔載瑞 譯, 『ルーソーと浪漫主義』, 改造社, 昭和14.

본학계에서 그는 조선에서 온 "헉슬리 전문가"로 소개되기도 했다.[10] 그에게 헉슬리는 흄이나 배빗 등과 달리 창작으로 현대성의 실감을 보여주었다는 점에서 실제 비평의 중요한 근거를 제공해주는 작가였다. 따라서 그가 번역한 헉슬리 소설이 무엇이며 어떻게 해석했는지 살펴볼 필요가 있다. 한편 조선 작가의 소설을 선별하고 번역하는 작업을 통해 식민지 문단을 대변하는 역할을 수행했다는 사실도 중요하다. 그는 비평가로서 박태원과 이상 소설의 새로움을 고평하는 글을 썼다. 그러나 도쿄 문단에는 이태준과 박화성의 소설을 번역해 소개했다. 이것이 의미하는 바는 무엇일까? 최재서의 조선문학 번역은 제국과 식민지 간 문화 교류에 뒤얽힌 다양한 요구와 입장들을 생각게 한다.

이 글의 논의는 크게 두 부분으로 이루어질 예정이다. 우선 최재서가 『조선일보』에 번역 연재한 헉슬리의 「반공일半空日」과 맬컴 머거리지의 「낙엽」[11]을 통해 그가 수용하고자 한 문학의 현대성과 그 의미를 살펴본 후, 『개조』에 번역 게재한 이태준의 「꽃나무는 심어놓고」와 박화성의 「한귀旱鬼」[12]를 통해 도쿄 문단에 소개된 조선적인 것이 무엇이었는지 검토해 보기로 하겠다.

2. 헉슬리 번역과 문학의 현대성

1934년 2월 최재서는 헉슬리의 단편집 *Two or Three Graces*1926에 수록된 "Half-Holiday"를 번역하여 '반공일半空日'이라는 제목으로 『조선일보』에 연재하기 시작한다.[13] 역자의 말에서 헉슬리는 "자기가 소속하고 잇는 중류 계급의 인테리겐

---

10 최재서, 「무장야통신5 — 학회 이삼」, 『조선일보』, 1937.7.8.
11 A.Huxley, 최재서 역, 「반공일(半空日)」, 『조선일보』, 1934.2.21~3.9; M.Muggeridge, 최재서 역, 「낙엽」, 『조선일보』, 1934.7.8~7.17.
12 李泰俊, 崔載瑞 譯, 「櫻は植ゑたが」, 『改造』, 1936.10; 朴花城, 崔載瑞 譯, 「旱鬼」, 『改造』, 1936.10.

챠가 가지고 잇는 모든 약점과 허위와 위선과 추악을 사정 업시 적발하고 검토하고 징벌"함으로써 "20세기의 스위프트"에 비견할만한 자리에 올라선 작가로 소개된다. 오늘날 한국 독자에게 헉슬리는 디스토피아적 비전을 담은 *Brave New World*1932로 널리 알려져 있고, 실상 이 소설만 되풀이하여 읽히고 번역된다 해도 과언이 아니다. 그러나 헉슬리의 최초 번역자인 최재서가 주목한 것은 미래 사회의 상상을 통한 현대 문명 비판이 아니라 "Half-Holiday"에서 *Point Counter Point*1928로 이어지는 현대인의 내면에 관한 문제였다.[14]

「반공일」의 서사는 제목처럼 어느 토요일 오후, 런던 하이드파크에서 시작된다. 봄을 맞이한 하이드파크의 정경은 아름답고 사람들은 행복하다. 그러나 이 소설의 주인공 피이타아 쁘렛트Peter Brett, 이하 피터는 고독함과 비참함을 느끼고 있다. 빈곤하고 왜소한 데다 말까지 더듬는 그는 주위의 활기와 대비되어 마치 "죽은 채" 있는 것처럼 묘사된다. 피터가 위안을 구할 수 있는 곳은 오직 공상뿐이다. 귀족의 딸을 도와주거나 돈 많은 과부의 아이를 구해 준 후 사랑에 빠지고, 고아 여성과 우연히 만나 마음을 나누게 되는 등 그의 공상은 주로 달콤한 연애와 관련된 것이다. 그런데 이런 그의 눈에 화려한 귀부인 두 명이 포착된다. 눈부신 미모에 압도당한 피터는 그 뒤를 따르다가 그들의 애완견인 불독과 지나가던 테리어의 싸움을 성공적으로 저지시킨다. 피터는 불독에게 손을 물려 큰 상처를 입지만 병원에 가지 않아도 된다고 버틴다. 그가 기대한 것은 로맨스였다. 그러나 귀부인들은 피터를 초대하기는커녕 정중하지만 단호하게 지폐를 손에 쥐어

---

13 헉슬리 소설은 1934년 최재서 번역을 통해 조선 문단에 최초 공개되었다. 최재서의 번역과 비슷한 시기에 양주동과 고위민도 각각 「초상화」와 「초연」이라는 제목으로 헉슬리의 단편소설을 번역했고, 「초상화」는 1939년 정규욱의 번역으로 『문장』에 게재되었다. 1930년대 헉슬리 번역 상황에 대해서는 김병철, 『한국근대서양문학이입사 연구』, 을유문화사, 1980, 700~701쪽.

14 결코 대중적이라 할 수 없는 내용과 형식을 지닌 *Point Counter Point*가 적어도 1960년대에 이르기까지 한국 사회에서 세계문학이라는 이름 아래 되풀이하여 번역된 이유도 이와 같은 초기 수용 방식과 무관하지는 않을 것이다.

주고 떠나 버린다. 피터는 인사도 변변히 건네지 못한 채 남겨져서 머릿속으로 사건을 거듭 재연출하며 치욕을 곱씹는다. 그러다가 어느덧 밤이 오고 거리의 여자가 이끄는 대로 따라간 그는, 결국 지폐를 내주고 도망쳐 나오고 만다.

이와 같이 「반공일」은 낮과 밤, 공상과 현실, 기대와 환멸, 부와 빈곤 등 상호 대립적 요소들이 변주를 이루다가 파국으로 끝을 맺는 소설이다. 구조와 기법, 메시지에 이르기까지 현대 단편소설의 전범을 구현하는 「반공일」에 대한 최재서의 관심은 비단 1930년대 초반이라는 특정 시기에 국한된 것은 아니었다. 1959년에 이르러 최재서는 "Half-Holiday"를 재번역하여 『현대영미단편소설감상』에 수록했다. 이 책은 상세한 주석과 해설을 첨부한 영한대역서로서 삭제나 누락 없는 완역본을 담고 있어 1934년 번역본의 맥락과 특징을 파악하는 준거가 되어 준다.[15] 우선 눈에 띄는 점은 이십여 년의 시간적 간극을 두고 이루어진 두 개의 번역이 표현과 고유명사 표기에 있어 상당한 차이를 드러낸다는 사실이다. 예컨대 소설의 서두를 살펴보자면 다음과 같다.

봄날이 화창한 반공일 오후이엇다. 안개가 자욱한 봄 해볏 아례 런돈倫敦은 꿈나라의 장안가티 아름다웟다. 해가 쪼히는 곳은 황금빗이요 그늘진 곳은 담자색淡紫色이엇다. 것잡을 수 업는 희망에 넘치여 공원하이드파아크의 그늘탄 나무들은 새눈을 뿜고 잇섯다. 그리고 새로운 잔디밧은 마침 그 풀닙들을 무지개의 맨가운데의 에메랄드 대帶에서나 따온 듯이 청신淸新하고 경輕쾌하엿다.1934[16]

맑게 개인 토요일 오후였다. 안개 낀 봄, 햇볕을 맞아 란든은 상상의 도시처럼 아름

---

15 1959년에 간행된 편역서의 해설에서 최재서는 "Half-Holiday"를 헉슬리의 단편소설을 대표하는 작품이라 설명한다. 게다가 제1차 세계대전 직후 정점에 도달한 현대의 위기가 여전히 현재 진행형임을 밝히는 등 제1차 세계대전에 이어 제2차 세계대전을 거친, 그리고 한국의 경우 한국전쟁까지 거친 '현대'를 동일선상에 놓고 있음이 드러난다. A.Huxley, 최재서 역, 『현대영미단편소설감상』, 한일문화사, 1959, 134~137쪽.
16 A.Huxley, 최재서 역, 「단편 반공일 1」, 『조선일보』, 1934.2.21.

다왔다. 빛은 황금색이고, 그늘은 푸르고 자색이었다. 어쩔 수 없는 희망을 품고 대공원의 끄름 묻은 나무에는 새잎이 싹트고 있었다. 신록의 잎은 믿기 어려울만치 산뜻하고 환하고 꿈같아서 조그마한 잎들은 무지개의 맨 가운데의 청옥 띠로부터 따온 것 같았다.1959[17]

그런데 여기서 보다 관심을 두고자 하는 것은 번역 내용의 차이이다. 1934년 번역본은 1959년 번역본과 달리 원 텍스트를 여러 부분 삭제하고 있다. 가령 말을 더듬는 피터가 발음이 어려운 단어들을 다른 말로 대치하기 위해 고군분투하는 장면을 들 수 있다.

피이터는 그의 쌕슨 시대 조상의 시적파격법詩的破格法을 전적으로 사용할 수는 없었으니까 때로는 편리한 산문동등어散文同等語가 없는 가장 발음하기 어려운 말은 이것을 그냥 한 자 한 자 띄어서 읽을 수밖에 없었다.(…중략…) 지금 이 순간에 있어서 그의 말문을 막히게 하는 것은 dog라는 보잘 것 없는 낱알같은 단어였다. 피이터는 dog의 동의어를 몇 개 알고 있었다. p는 c보다 발음하기가 약간 쉬우니까 그다지 흥분만 되지 않고 있다면 pup강아지이라고 할 수가 있었다. 혹은 p도 쉽게 나오지 않는 경우에는 그 짐승을 우습기는 하지만 영웅시적 모방조로 hound라 할 수도 있었다. 그러나 피이터는 두 여신의 존재로 풀이 죽어서, p나 h의 발음도 d처럼 안타깝게 나오지 않았다. 그는 차례로 처음엔 dog, 다음에는 pup, 다음에는 hound를 입 밖으로 내놓으려고 우물쭈물 하면서 애를 썼는데 괴로운 일이었다. 그의 얼굴은 시뻘겋게

---

17 원문은 다음과 같다. "It was Saturday afternoon and fine. In the hazy spring sunlight London was beautiful, like a city of the imagination. The Lights were golden, the shadows blue and violet. Incorrigibly hopeful, the sooty trees in the Park were breaking into leaf; and the new green was unbelievably fresh and light and aerial, as though the tiny leaves had been cut out of the central emerald stripe of a rainbow." 최재서 외편역, 앞의 책, 100쪽.

달았다. 고민하고 있었다. 드디어 "댁의 강아집니다"[18]하고 그는 간신히 말을 꾸며냈다. 이 말은 일상 회화치고는 좀 쉐익스피어 냄새가 진하다는 것을 그는 알고 있었다. 그러나 이 말 밖에는 나오지가 않았다.[19]

　인용문은 영문학 및 영어에 대한 지식이 있다면 피터의 안타까운 상황을 실감나게 이해할 수 있는 내용을 담고 있다. 그러나 1934년 번역본에서 이 부분은 그저 '개'라는 말이 안 나와서 고생하다가 "여기에 당신네 워리가 있습니다"[20]라고 답하는 것으로 대폭 축약된다. 그 밖에도 헉슬리적인 위트와 유머, 언어 감각이 잘 나타나는 대목이긴 하나 문화적, 언어적 차이로 인해 조선의 신문 독자들이 이해하기 어려울 만한 부분은 서사를 해치지 않는 범위 내에서 삭제가 이루어졌다. 불독을 영국 국왕의 문장紋章 속 '미친 사자'에 비유하는 대목이나 귀부인이 사용하는 속어 '정말로Awfully'에 대해 설명하는 부분 등이 대표적인 예이다.

　그럼에도 불구하고 원문에 충실한 번역을 선보이고 있는 장면이 있다. 서사의 클라이맥스인 개들의 싸움 장면이다. 호머의 서사시 *Ilias*를 차용하며 전개되는 이 부분에서 피터는 두 맹장 — 불독과 테리어의 싸움에 개입한 올림푸스 신으로 묘사된다. 또한 불독을 구해낸 그의 모습은 고르곤의 머리를 높이 들고 있는 영웅 페르세우스에 비유되기도 한다. 1959년도 해설에 따르면 이 장면은 고대 서사시의 스타일을 익살맞게 모방하는 Mock Heroic체의 전형을 보여주며, 이와 같은 문체 덕분에 피터의 말과 행동, 그리고 헛된 망상에 대한 풍자가 효과적으로 이루어졌다고 할 수 있다.[21] 따라서 1934년의 최재서 역시 소설의 스타일과 핵심 주제를 함께 드러내는 이 장면만은 원 맥락을 살려서 번역했던 것으로 생각된다.

18　"Here's your whelp." 위의 책, 116쪽.
19　위의 책, 117~119쪽.
20　A.Huxley, 최재서 역, 「단편 반공일 6」, 『조선일보』, 1934.2.27.
21　A.Huxley, 최재서 역, 앞의 책, 115쪽, 136쪽.

주목할 만한 점은 이렇듯 우스꽝스럽게 그려지는 피터가 단순히 모자라고 열등한 한 개인이 아니라 지식인의 전형으로서 해석되고 있다는 것이다. 최재서는 그 이유를 피터가 겪고 있는 자기 분열과 무력감, 출구 없음이라는 상황에서 찾고 있다. 현대 지식인은 이상과 현실의 괴리로 인해 고통받으면서도 적절한 해결책을 찾지 못한 채 센티멘털리즘으로 도피하는 경우가 비일비재하다. 늘 공상에 잠겨 있는 피터는 이런 점에서 지식인의 현실을 대변한다. 그러나 그마저도 쉽지 않음을 그의 구두는 상징적으로 보여준다. 발걸음을 옮길 때마다 눈앞에 나타나는 흉악한 구두는 현실을 상징한다. 새 구둣값을 벌기 위해 얼마가 필요한지 거듭 계산해 보지만 답은 없다. 따라서 그는 공상과 현실을 오가는 악순환을 무한 반복하고 있다. 이런 그의 비극은 상류 계층과의 위계 구조 속에서 더욱 심화된다. 성의를 모욕으로 돌려받았음에도 항의 한마디 건네지 못하는 피터는 돈과 권력에 짓눌린 지식인의 빈곤함을 대표한다. 그에게 허락된 유일한 것은 푼돈으로 살 수 있는 "애정이 없는 가열한 본능의 미캐니즘"[22]뿐이다. 피터는 이런 구조에 항의라도 하듯 지폐를 내동댕이치고 뛰쳐나오지만 이것으로 해결책이 마련되었다고 할 수는 없다. 따라서 1959년의 최재서는 마지막 장면에서 헉슬리 문학 정신의 허약성을 발견할 수 있다고 언급한다. '항의'로까지 나아가지 못한 채 '폭로'에만 머무르고 있다는 것이 그 이유이다.

그러나 1930년대 중반의 최재서는 헉슬리 문학에서 건설적이지는 않지만 현대를 견딜 수 있는 최소한의 혹은 최후의 보루를 발견하고 있었다.[23] 그가 비평가

---

22 위의 책, 137쪽.
23 그러나 유럽이 파시즘의 위협 아래 놓이게 되면서 최재서는 헉슬리적 지성과 거리를 두기 시작한다. "학스레이에 대하야 그의 이해 능력과 비판적 지성을 의심할 사람은 없다. 그러나 모든 이해가 회의와 씨니씨즘에 끈친다면 지성의 효용이란 대관절 무엇인가? 우리는 여기서 현대 지성의 한계를 보는 동시에 학스레이에 대한 실망도 표명할 수 잇다. 그의 테크니크가 교묘하면 교묘할사록 그의 문체가 다채하면 다채할사록 독자는 이 근본적 불만을 감출 수 없다." 최재서, 「인테리작가 학스레이 – 작중인물을 통해 본 작가의 지성」, 『동아일보』, 1938.2.4.

로서 제출한 출사표에 해당하는 「풍자문학론 – 문단 위기의 일 타개책으로서」『조선일보』, 1935.7.14~21가 그 증거이다. 여기서 그는 민족주의와 사회주의 문학이 모두 막다른 골목에 다다른 이때, 종래와 같이 내용과 사상에 중점을 두지 않고 태도와 기술에 중점을 두는 방법론을 취해 보는 것이 어떻겠냐고 제안한다. 그리고 과도기인 현대의 특성을 감안하여 수용도 거부도 아닌 비평적 태도의 필요성을 주창한다. 그것은 모든 종류의 정서로부터 스스로를 냉각시켜 흐리지 않은 눈으로 세상을 직시하는 태도를 의미하며, 이 태도의 문학적 표현이 바로 풍자문학이라 할 수 있다. 그에 따르면 현대인이 취할 수 있는 길은 두 가지인데, 하나는 우울의 길, 또 하나는 풍자의 길이다. 전자가 굴욕의 길인 데 반해, 후자는 소극적이나마 일종의 복수가 될 수 있다는 것이 그의 생각이다. 특히 그가 관심을 가지고 있던 것은 '자기 풍자'라는 새로운 예술 형식이다. 작가 스스로 자신이 속한 지식인 계급을 해부하고 조소하고 질타하는 태도에서 비롯된 자기 풍자는 제1차 세계대전 이후에 심화된 정신적 위기의 소산으로 정리된다. 그러나 당시 조선 문단에 소개된 최신 영문학이란 주로 19세기에서 20세기 초반의 산물에 지나지 않았다. 따라서 그는 "Half-Holiday"를 번역함으로써 자기 풍자라는 새로운 기술의 실제를 제시하고자 한 것이다.

이는 또 한 편의 소설 번역을 통해 실천된다. 그는 「반공일」 연재를 완료한 후, 영국의 저널리스트 겸 방송인 맬컴 머거리지의 소설을 번역하여 『조선일보』에 또다시 연재하기 시작한다. 다양한 경력을 지닌 맬컴 머거리지의 단행본은 저널리스트로서의 활동이나 종교적 저술을 중심으로 간행되었기 때문에 「낙엽」이라는 제목으로 번역된 이 단편소설의 원제와 출처, 내용, 번역본의 변개 여부를 확인하기는 어렵다.[24] 그럼에도 「낙엽」이 「반공일」의 연장선상에 놓여 있다는 사

---

24 맬컴 머거리지(1903~1990)는 현재 국내에서 마더 테레사 관련 저술로 그 이름이 알려져 있다. M.Muggeridge, 이정아 역, 『마더 테레사의 하느님께 아름다운 일』, 시그마북스, 2010 참조.

실은 번역된 내용만으로도 충분히 파악된다.

「낙엽」은 낮과 밤, 집과 거리, 무위와 일상, 삶과 죽음 등의 상호 대립항 사이에서 분열되는 현대인의 초상을 다룬 소설로, 「반공일」과 상당히 유사한 모티브와 구조를 지니고 있다. 그러나 봄이 아닌 가을을 배경으로, 청년이 아닌 노인의 입장에서 서사가 전개된다는 점에서 초점을 달리한다. 주인공 뻬이츠는 아침 10시면 시민 도서관으로 가서 직업 소개란을 훑는 것으로 일과를 시작한다. 하루아침에 실직을 당한 그는 변변치 않은 경력에다 많은 나이로 인해 재취업이 쉽지 않은 상황이다. 게다가 가족 내에서도 발 디딜 곳이 없는 생활을 하고 있다. 어느 날 며느리의 심부름으로 고기를 사러 나온 뻬이츠는 철도 자살 소식을 전해 듣곤 자살을 시도하는 공상 속으로 빠져든다. 자살을 통해 직장, 가족, 사회에 복수하고 싶은 욕망 때문이다. 그러나 정작 플랫폼에 내려선 그는 아무도 자신의 자살에 관심을 기울이지 않을 현실을 깨닫곤 다시 집으로 발걸음을 돌린다. 이 서사가 의도하는 것은 불쌍한 노인의 삶에 대한 공감이 아니다. 고통받는 영혼이 무색하게 넘치는 식욕, 직업을 원하면서도 거지의 삶을 선망하는 마음, 소외당하는 것인지 소외시키는 것인지 알 수 없는 인간관계, 자살을 생각하다가도 며느리의 잔소리가 무서워 귀가하는 모습 등을 작가는 풍자적 태도로 그려낸다. 심지어 자기 파괴를 통한 복수를 꿈꾸는 순간에도 손익 계산을 따지고 있는 뻬이츠는 과잉된 자의식의 소유자이다. 독자들은 자기 자신을 타인처럼 관찰하는 뻬이츠를 재관찰하면서 어느새 현대적 인간의 해부도를 마주하는 듯한 느낌을 받게 된다. 그러므로 「낙엽」 역시 「반공일」과 마찬가지로 자기 풍자적 시선이 밑바탕에 깔린 텍스트라 할 수 있겠다.

최재서가 포착한 이 소설들의 의의가 『조선일보』 독자들에게 잘 전달되었는지 여부는 알 수 없다. 풍자의 진정한 효과란 풍자가의 공격이 독자들의 동의를 이끌어 낼 때 비로소 성취되는 법이기 때문이다. 특히 헉슬리적인 자기 풍자는 분열된 자아의 한 측면이 다른 측면을 비판적으로 응시하는 데서 비롯되는 것이므로 냉소적 지성의 소유자가 아니라면 공감하기 어려운 측면이 크다. 그러나 최재서는 당장은 낯설더라도 장차 도입되기를 바라는 것을 번역한 것이며, 그런 점에서 계몽적인 태도를 지닌 번역가였다고 할 수 있다. 그는 외국문학을 통해 현대적인 정신과 감수성을 학습하는 것은 물론, 이를 표현할 수 있는 새로운 언어와 기술 창조에까지 나아가길 바랐다. 근대문학어로서의 조선어를 탐색하고 개척하는 데 번역이 일조할 수 있으리라 생각한 것이다. 그러므로 번역된 외국문학도 그 자체로서가 아니라 "우리말로 이식된 문학"[25]으로 취급해야 한다고 그는 강조했다. 이처럼 외국문학이라는 참조점을 경유하여 조선(어)문학의 발전을 가늠해 보는 최재서의 논의들은 제국대학을 매개로 학습된 보편 지식이 민족적으로 수용되는 과정을 보여준다.

그러나 일그러지고 병든 서구 현대의 문학적 표현을 기반으로 조선 문단의 위기를 타개할 방책을 마련하자는 그의 의견은, 제대로 펼쳐지기도 전에 비판에 직면한다. 한 예로 비평가 안함광은 자기 풍자 문학을 사회적 삶의 토대와 분리된 "소시민적 협잡물"로 치부하는 한편, 우리 문학 유산의 비판적 계승을 통한 진정한 풍자 문학을 개척하는 것이 마땅하다고 주장했다.[26] 그럼에도 불구하고 최재서는 헉슬리적 풍자를 통해 조선 문단에 출현한 "알 수 없는 시"와 "알 수 없는 소설"[27]을 해명하는 자리로 나아간다. 그것은 김기림의 시였고 이상의 소설이었다. 현대 정치의 "기막힌 모순"들을 다각도로 관측해 낸 김기림의 「기상도」가 풍자적 웃음을 견인해 냈다면,[28] "현대 정신의 병세를 대표적으로 표상"하는 이상의 「날

---

25 최재서, 「번역문학관견」, 『청색지』, 1938.11, 81쪽.
26 안함광, 「풍자문학론 비판」, 『조선중앙일보』, 1935.8.7~8.11. 최재서의 자기풍자 문학론에 대한 비판들에 관해서는 임환모, 『문학적 이념과 비평적 지성』, 태학사, 1993, 202~205쪽.
27 최재서, 「『천변풍경』과 「날개」에 관하여─리아리즘의 확대와 심화」, 『문학과 지성』, 인문사, 1938, 107쪽.
28 최재서, 「현대시의 생리와 성격─장편시 「기상도」에 대한 소고찰」, 위의 책, 92쪽.

개」는 풍자를 통해 "가정생활과 금전과 성과 상식과 안일에 대한 모독"을 감행했다는 평가를 받았다.[29] 최재서에게 이들의 작품은 불완전하게나마 드디어 조선에도 등장한 현대적 작품의 실체로 여겨졌던 것이다.

3. 조선적인 것의 번역과 문학의 민족성

1936년 3월 "신진 영문학자"로 『개조』에 소개된[30] 최재서는, 같은 해 10월 이태준의 소설 「꽃나무는 심어놓고」와 박화성의 소설 「한귀」를 일본어로 번역해 동지同誌에 발표한다. 당시 『개조』에 글을 싣던 조선인 필자로는 최재서 외에 장혁주, 이광수 등이 있었다.[31] 이광수의 「만영감의 죽음萬爺の死」이 『개조』에 수록된 지 두 달 만에 소개된 이태준과 박화성의 소설은 목차에 '조선신진작가소설'이라는 코너로 분류되어 있다. 일본 출판 시장에서 말 그대로 신진에 속하는 두 사람에 대해 최재서는 다음과 같이 소개했다.

여기에 소개하는 두 사람은 모두 조선의 현역 작가이다. 이 씨는 확실한 수법으로
조선의 애수를 잘 포착하고, 박 여사는 리얼리스틱한 시각으로 조선의 현실을 파고

---

29 최재서, 「『천변풍경』과 『날개』에 관하여 ― 리아리즘의 확대와 심화」, 위의 책, 109쪽.
30 「編輯だより」, 『改造』, 1936.3, 117쪽.
  『개조』에 수록된 최재서의 글은 「英國評壇の動向」(1936.3), 「ハックスレイの諷刺小說」(1937.2), 「批評とモラルの問題」(1938.8)이다. 사노 마사토는 『개조』에 글을 발표한다는 것은 일본의 평론가이자 학자로 인정받았음을 의미한다고 언급한다. 佐野正人, 「경성제대 영문과 네트워크 ― 식민지 시기 한국문학에 있어서 '영문학'과 이중언어 창작」, 『한국현대문학연구』 26, 한국현대문학회, 2008, 325쪽.
31 1930년대 초반부터 개조사에서는 이윤 창출을 위해 식민지를 포함한 외부의 독자를 의식하기 시작했고, 이는 각종 미디어 이벤트를 창출하는 결과로 나타났다. 문학란의 경우 해외를 소재로 한 소설을 전략적으로 수록하는 것은 물론, 외지 출신 작가들을 영입하기 시작하는데 이를 통해 장혁주라는 조선인 '일본 작가'가 탄생하게 된다. 고영란, 「제국 일본의 출판 시장 재편과 미디어 이벤트 ― "장혁주"를 통해 본 1930년 전후의 개조사의 전략」, 『사이(SAI)』 6, 국제한국문학문화학회, 2009.

들어 가는 바에 각각의 작풍이 있다. 두 사람 모두 과거에 여러 편의 장편 및 단편을 발표하고, 이미 작품집도 가지고 있으나 그들의 일은 여전히 금후에 속하는 것이리라 기대된다. 전자는 1933년 월간 잡지 『신동아』에, 후자는 1935년 월간 잡지 『조광』에 발표된 것이다. 마지막으로 조선일보사의 이원조 씨는 뒤에서 이 일을 도와주셨고, 경성제국대학 예과 교수인 곤도 도키지近藤時司 씨는 친히 원고를 읽고 여러 번 교정을 봐주셨다. 공히 감사의 뜻을 표하고 싶다.최재서[32]

인용문에서 최재서는 이태준과 박화성 소설의 키워드로 조선의 '애수'와 '현실'을 꼽고 있다. 그리고 그 대표작으로 「꽃나무는 심어놓고」와 「한귀」를 선택하여 일본 독자들이 상이한 방식으로 조선적인 것을 감상할 수 있도록 했다.

「꽃나무는 심어놓고」는 이태준 특유의 스타일이 구축되던 시점에 쓰인 작품으로서[33] 줄거리를 요약하자면 다음과 같다. 지주가 일본 회사로 바뀌게 되면서 서울로 올라간 방 서방 부부는 추위와 배고픔에 떨다가 한 노파의 농간으로 서로 헤어지게 되고 그 와중에 어린애마저 죽게 된다. 그래도 봄은 오고 사쿠라가 지천에 피어나자 방 서방은 고향에 심어놓고 온 사쿠라 나무 생각에 잠긴다. 이때 눈이 마주친 꽃 같은 일본 여자의 얼굴에 가슴을 진동시키는 무언가를 느낀 그는 단골 술집으로 가서 술잔을 들이킨다. 술을 마실 때는 슬픈 것도 같고 즐거운 것도 같았으나 술을 깨고 나자 그는 견딜 수 없이 슬픈 세상을 또다시 확인한다.

이처럼 고향을 떠난 이농민의 애환을 그린 이 소설은 당대의 문제적인 현실들을 소재로 포착하고 있다. 그러나 "이농민의 문제가 어떠한 구조에 의해 발생했으며, 해결책은 무엇인가에 대해 언급하지 않"는다. "문제의 원인과 과정에 해당하는 부분은 일방적인 서술에 의해 축약적으로 제시되어" 있고, 대신 "묘사나 대

---

32 崔載瑞, 「編輯者のことば」, 『改造』, 1936.10, 29쪽.(번역은 저자)
33 박헌호, 『이태준과 한국 근대소설의 성격』, 소명출판, 1999, 162쪽.

화에 의해" 주인공이 겪게 되는 고통이 "선명히 재현"되고 있다는 점이 특징적이다. 그리하여 "이 작품에서 무게 중심은 고향에서 추방당한 한 인간의 슬픈 정조를 드러내는 데 있다"는 것이 이태준 연구자 박헌호의 분석이다.[34]

최재서가 주목한 애수의 본질도 이와 정확히 일치한다. 그는 이태준의 인물 묘사력을 거론하며 "이태준의 단편을 한 번 읽은 사람이면 그 작품의 인물들을 잊지 못한다. 인물 자체로 보면 하잘 것 없는 존재들이지만 읽고 난 뒤에 언제까지나 인상에서 사라지지 안는 야릇한 매력을 가진 것이 이 씨의 작품 인물들이다. 낙백한 유자, 누항에 침면하는 퇴기, 불우한 소학교원이나 혹은 유랑하는 농민, 어리석은 신문 배달부, 생에 희망을 잃은 노인 등 말하자면 인생의 그늘 속에서 움즉이는 희미한 존재들이 이태준의 예술 세계 안에선 선명한 인간상으로서 나타나 있다"[35]고 쓰고 있다. 또한 그들의 생활 속에 흐르는 유머와 페이소스를 포착하는 수법에서 이태준 특유의 매력을 찾아볼 수 있다는 지적을 하기도 했다.

그런데 많은 단편들 중에서도 「꽃나무는 심어놓고」라는 작품을 번역한 이유는 무엇일까?[36] 이 소설은 줄거리에서 드러나듯이 사쿠라라는 꽃나무를 주요 소재로 활용하고 있다. 비록 군청에서 시켜서 심은 것이긴 하나 사쿠라는 방 서방에게 고향을 떠올리게 하는 그리움의 매개체이며, 현재 자기의 불우한 처지를 더욱 두드러지게 만드는 서글픔의 매개체이다. 그런데 작품 외적 맥락에서 보자면 일본인에게는 굳이 설명을 하지 않아도 즉각적으로 그 이미지와 분위기를 떠올릴

---

34 위의 책, 165~167쪽.

35 최재서, 「단편작가로서의 이태준」, 『문학과 지성』, 인문사, 1938, 175쪽.

36 최재서가 번역한 「꽃나무는 심어놓고」는 최초 게재된 『신동아』(1933.3) 판본이 아니라 『달밤 – 이태준 단편집』(1934)에 수록된 개작본이다. 이 개작본은 『삼천리』(1935.3) '이십년래 문단 명작선'에도 재수록되었다. 원본과 개작본은 표기법, 어휘, 대화 등의 차이도 있지만, 결말에서 결정적 차이가 있다. 원본은 술집 주모가 된 아내와 조우하고도 그냥 떠나 버리는 방 서방의 분노, 남편의 오해에 울부짖는 아내의 애달픈 심정을 차례대로 서술한다. 반면 개작본은 방 서방과 아내가 만나는 장면을 아예 삭제해버림으로써 잃어버린 고향, 아내, 아이를 향한 방 서방의 애틋하고 미묘한 정서를 더 부각할 수 있었다. 최재서가 원본이 아닌 개작본을 번역 텍스트로 택한 것도 바로 이러한 특징 때문이리라 생각된다.

수 있는 소재이기도 하다. 따라서 「꽃나무는 심어놓고」가 「櫻は植ゑたが」로 번역되는 과정에서 제목의 '꽃나무'가 '사쿠라'로 바뀐 것은 도착지의 특성을 고려한 적절한 변개라 할 수 있다. 분명 조선이라는 장소를 배경으로 하는 소설이지만 사쿠라라는 키워드를 통해 일본인 독자들은 이국성과 친숙함을 즉각적으로 감지할 수 있게 되는 것이다. 게다가 고향을 떠난 자, 소중한 대상을 잃은 자의 정서는 각종 경계를 초월해 보편적인 공감을 가능케 한다. 이렇게 보건대 「꽃나무는 심어놓고」는 이태준의 소설 중 가장 뛰어난 것이라기보다 일본에 소개하기에 적합한 자질들을 보유한 텍스트라 할 만하다.

이와 같은 추론이 가능한 이유는, 최재서의 번역이 일차적으로는 조선적인 것을 알린다는 민족적 의미망에 위치하겠으나, 동시에 그것이 일본 저널리즘의 성격을 염두에 두고 선택된 문화 상품이라는 측면도 고려해야 하기 때문이다. 박화성의 회고 글에 따르면 최재서의 번역은 '좋은' 작품을 번역해 달라는『개조』측의 제안으로 이루어진 것이었다.[37] 무수한 독자를 거느린 종합지『개조』에 조선인 작가를 소개한다는 것은 일본 독자의 관심과 취향을 고려하지 않을 수 없는 작업이었을 터이다. 실제로『개조』편집부는 후기를 통해 조선의 소설이 독자들에게 크게 상찬賞讚되리라는 기대를 표명하는 등 이것이 특별한 읽을거리로서 게재된 것임을 명시하고 있다.[38] 다만, 최재서의 번역어가 이태준 소설의 정서, 혹은 서정을 충분히 살려냈다고 보기는 어려울 듯하다.

봄이 왔다. 그렇게 방 서방을 춥게 굴던 겨울은 다 지나가고 그 대신 방 서방을 슬프게는 더 구는 봄이 왔다. 진달레와 개나리 꽃가지들은 전차마다 자동차마다 젊은 새악시들처럼 오락가락하고, 남산과 창경원엔 사구라 꽃이 구름처럼 핀 때였다. 무

---

37 박화성, 「일어로 번역된 「한귀」」,『동아일보』, 1981.2.17.
38 「編輯だより」,『改造』, 1936.10, 144쪽.

딘 힘줄로만 얼기설기한 방 서방의 가슴에도 그 고향, 그 딸, 그 안해를 생각하기에
는 너무나 슬픈 시인이 되게 하는 때였다.[39]

春が來た。方ソバンに取つてはあれ程寒かつた冬が去つたが、その代り遣る瀨無く悲
しい春が來た。躑躅や連翹の花束は、自動車や電車が走る度に、若い女達の顔と共に町
を飛び交ひ、昌慶苑には櫻が雲のやうに咲き出す時分だつた。太い神經ばかりで絡んで
いる方ソバンの胸には 故郷や娘の思ひ出を蘇らせる悲しい季節だつた。[40]

이 대목에 대해 박헌호는 "모든 것을 잃어버리고 지게꾼으로 그날그날을 연명
하는 방 서방의 슬픔을, 화창하고 떠들썩한 봄날의 이미지와 대비함으로써 극대
화한다"고 보고 있다. '젊은 새악시'와 '구름'이라는 직유의 보조 관념들이나 '슬
픈 시인'이라는 은유가 방 서방의 정신 및 외적 형상과 비교되며 그의 비극을 서
정적 경지로 끌어올리는 역할을 하고 있다는 것이다.[41] 그러나 '젊은 새악시'는
'젊은 여자들若い女達'로 '슬픈 시인이 되게 하는 때'는 '슬픈 계절悲しい季節'로 바뀐
최재서의 번역본은 이태준이 구사하는 말의 느낌을 충분히 살리지는 못했다. 한
예를 더 들어보자면, 벚꽃 그늘 아래 서 있던 일본인 여인을 형용하는 '꽃결 같이
빛나는 그 젊은 여자의 얼굴'이라는 표현은 '그 젊은 여자의 얼굴あの若い女の顔'이라
는 무미건조한 표현으로 대체되고 있다.

그런데 당시 최재서의 번역에 대한 비판은 조선어의 어감을 잘 살리지 못했다
는 것이 아니라 일본어를 어색하게 구사했다는 점에서 비롯되었다. 비평가 김문
집은 최재서가 번역을 하며 사용한 국어일본어를 일일이 예로 들며 총 일곱 개로
분류하였다. 학교 국어, 잡지 국어, 조선 국어, 식민지 국어, 의식적 내지內地 국어,

---

39 이태준, 「꽃나무는 심어놓고」, 『달밤』, 한성도서주식회사, 1934, 136쪽.
40 李泰俊, 崔載瑞 譯, 「櫻は植ゑたが」, 『改造』, 1936.10, 31쪽.
41 박헌호, 앞의 책, 167쪽.

마지막으로 얼마 안 되는 '진짜 국어'가 그것이다.[42] 일찍이 유학을 가서 일본에서 학창 시절을 보낸 김문집은 유독 일본어 능력을 잣대로 도쿄 문단에 진출한 조선 문인의 글쓰기를 주시해 오고 있던 터였다. 문학의 표현이 중요하다는 원칙을 강조하는 것처럼도 보이지만, 그 밑바탕에는 일본어 사용 여부가 도쿄 문단 진출을 결정짓던 상황을 누구보다 의식하고 있던 김문집의 욕망이 깔려 있었다. 김문집은 도쿄에서 성공한 소설가가 되기를 열망했으나 실패한 장본인이었던 것이다.[43] 그는 창작 기술이 없는 최재서가 "이역 문학을 자기 문학으로 재창조하는 게 아니라 자기 문학을 이역 문학으로 재창조하는 모험"[44]을 했다는 것에 찬동할 수가 없으며, 최재서의 번역을 통해 오히려 조선문학의 수준이 이렇게 떨어진다는 부당한 인상을 주었다고까지 단언하고 있다.

그러나 김문집이 생각하는 '진짜 국어'의 경지에 도달했다 할지라도 「櫻は植ゑたが」는 「꽃나무는 심어놓고」와 비등가적 관계를 맺을 수밖에 없었다. 제국과 식민지 간의 위계 구조를 바탕으로 이루어지는 텍스트 검열 때문이다.

> 아모튼 김 의관네가 안성인가 어디로 떠나가고, 지주가 일본 사람의 회사로 갈린 다음부터는 제 땅마지나 따루 가진 사람 전에는 배겨나기가 어려웠다.[45]
>
> 兎に角金議官の家が安城とかへ引越し、土地が……………… 渡つてからと云ふもの は、僅かながら自分の土地でも持つた者でない限りいたたまれなかつた。[46]

인용문에서 확인할 수 있듯이 조선인 지주의 토지가 일본 회사 쪽으로 넘어갔

42 김문집, 「재서의 화역과 홍효민 씨의 신혼평론」, 『조선문학』, 1937.2, 149쪽.
43 김문집의 일본어 글쓰기에 대해서는 이 책의 2부 4장 참조.
44 김문집, 앞의 글, 148쪽.
45 이태준, 「꽃나무는 심어놓고」, 『달밤』, 한성도서주식회사, 1934, 126쪽.
46 李泰俊, 崔載瑞 譯, 「櫻は植ゑたが」, 『改造』, 1936.10, 31쪽.

다는 구절은 일본어 번역본에서 점선으로 대체되고 있다. 실상 방 서방을 비롯한 소작인들은 착하디착했던 지주 김 의관이 왜 땅을 잃어야 했는지 정확히 이해하지 못하고 있다. 김 의관이 일본 사람과 금광인지 회사인지를 했다는 소문을 읍내 사람들에게 얻어듣거나, 한동안 김 의관 집에 일본 사람들이 드나들던 것을 목격했을 따름이다. 그들이 갑자기 상승한 비료며 이자를 물기 위해 순순히 소를 팔고 집을 팔아 빚을 갚다가 결국 고향을 떠나게 되는 과정도 담담하게 서술된다. 군청의 조치도 자기 동리를 사랑하는 마음을 북돋기 위해 사쿠라 나무를 이백 그루 심는 정도로 낭만화되고 있다. 이처럼 탈향의 원인을 비판적으로 조명하고 있지 않음에도, 일본(인)에 대한 부정적인 뉘앙스가 결정적으로 드러난다고 간주되는 부분은 번역 불가능의 영역으로 처리되었다. 이로써 제국 안에서 안전하게 또한 대중적으로 유통 가능한 상품이 되기 위해 조선문학은 몇 겹의 심사를 거쳐야 했음을 알 수 있다. 그렇다면 「꽃나무는 심어놓고」와 달리 조선의 현실을 정면으로 다룬 「한귀」는 어떠했을까?

「한귀」는 「홍수전후」와 더불어 1930년대 중반 박화성의 역작으로 평가받는 소설이다.[47] 변신원의 연구에 따르면 이 소설들은 "현실 묘사의 치밀함으로 조선 빈궁의 현실을 박진감 있게 고발"함으로써 "초기 소설의 관념성"을 극복할 수 있었다. 하지만 "홍수와 가뭄이라는 천재지변의 요소가 지나치게 강조되어 계급 모순의 문제는 상대적으로 축소되어 나타"났고 "식민지 조선의 파행적인 경제 구조가 충분히 전달되지 못"했다는 점이 한계로 지적된다.[48] 이는 이상적인 사회주의 서사의 기준에 따른 평가일 터인데, 작가가 왜 이 소설들을 썼는지 전후 맥락을 보다 적극적으로 고려할 필요도 있다. 새로운 창작방법론을 탐색하던 와중[49]에

---

47 「홍수전후」는 『신가정』(1934.9)에 발표된 이후 『삼천리』(1935.3) '이십년래 문단 명작선'에 재수록 되었고, 「한귀」는 『조광』(1935.11)에 발표됐다.
48 변신원, 『박화성 소설 연구』, 국학자료원, 2001, 111~112쪽.
49 박화성, 「대중을 상대로 읽기 쉽게 알기 쉽게」, 『조선중앙일보』, 1935.7.17.

쓰인 이 소설들은 1933년 이후 전남 지역을 매해 덮친 자연재해를 증언하고 기억하는 데 목표를 두었다. 그리하여 홍수의 위력과 가뭄의 지난함을 사실적으로 그려내는 것은 물론, 공적 예방과 구제책이 부재한 농촌의 실정을 통해 식민지 통치성의 모순을 비판적으로 짚어냈다.[50] 그러나 지식인이 등장해 계몽적 메시지를 제시하던 기왕의 소설들과 달리 순박한 농민들의 사고와 행동을 전면에 내세웠기에 불온성이 두드러지는 텍스트로 읽히지는 않는다는 점이 특징적이다.

「한귀」는 빈곤과 굶주림의 문제를 집중적으로 조명하되 일제를 배후에 둔 지주의 몰인정함이 아니라 미국 선교사와의 마찰을 중심 갈등으로 내세우고 있다. 가난한 소작인인 성섭은 교회 집사로서 하나님 말씀대로만 살면 복이 오리라 믿고 모든 고통을 참고 견뎌 왔다. 그런데 성섭의 믿음을 조롱이라도 하듯 가뭄은 극한으로 치닫고, 이런 상황에서도 죄를 회개하라고만 하는 선교사를 참지 못한 농민들은 난투극을 벌이게 된다. 기르던 개마저 광기에 차서 주인을 물어뜯는 상황에 이르자 그는 이곳이 바로 산지옥임을 인정하지 않을 수 없게 된다. 결국 주먹을 쥐고 집 밖으로 뛰쳐나가는 성섭의 모습으로 소설은 끝을 맺는다.

이렇듯 암담한 결말은 똑같이 자연재해를 배경으로 삼는 「홍수전후」와 변별되는 가장 큰 특징이기도 하다. 「홍수전후」에서 두드러지는 갈등은 아버지와 아들의 의견 대립이다. 모든 것을 팔자소관으로 생각하는 아버지에 비해 아들은 '지주에게 소작료 감면을 요구하는 적극성을 지닌 인물이다. 그러나 홍수로 삶의 터전을 잃은 후, 아버지는 아들의 주장에 귀를 기울이게 되는 한편, 불량한 무리로만 생각했던 아들 친구들의 연대에 공감을 표하게 된다. 모든 것을 다 잃은 대신 "그보다도 더 크고 귀중하고 위대한 무엇"[51]을 깨닫게 된 것이다. 따라서 「한귀」의

---

50 이에 대해서는 서승희, 「식민지 재난과 통치, 그리고 재현의 역학—박화성의 「홍수전후」, 「한귀(旱鬼)」, 「고향 없는 사람들」을 중심으로」, 『이화어문논집』 54, 이화어문학회, 2021.

51 박화성, 「홍수전후」, 『삼천리』, 1935.3, 252쪽.

성섭과 달리 「홍수전후」의 재해민에게는 모종의 낙관-사상의 가능성이 허여된
다. 그렇다면 「한귀」는 사상의 흔적 없이 식민지적 비참을 재현했기 때문에 번역
텍스트로 선택된 것일까? 분명 이러한 요소도 고려되었을 수 있다. 다만 이미 장
혁주의 「아귀도餓鬼道」1932를 경험한 『개조』의 입장에서 보자면 조선 빈민의 극한
상황도 이로 인한 집단적 각성도 이미 경험한 조선적인 것에 속했을 터이다. 그러
므로 조선 문단에서 명작이란 반응까지 얻은 「홍수전후」가 아니라 「한귀」가 번역
된 결정적 요인은 조선적 풍속이 표현되었는지 여부에 있었다고 생각된다.

불이 타는 동안은 그것들을 보누라고 손을 멈췄든 농부들이 불이 커지자 다시 물
품기를 시작하였다. 여기저기서 「어-」「어허-」하는 소리들이 맹꽁이 소리처럼 터
저나왔다. 「자 성섭이. 우리도 시작해 보세」하고 노인은 한쪽 발을 내여딋고 다리에
힘을 주며 두 손으로 두레ㅅ줄을 잡아다려 물을 품어올리면서 「하나 둘-」하고 길게
소리를 빼니까 성섭이가 「어허-」하고 소리를 받으며 동작을 마쳤다. 「둘 셋-」소리
가 더 길게 빼졌다. 「어허-」「서히 너히-」소리가 더 커졌다. 그러나 「어허-」소리는
강약과 장단에 아모 변동이 없이 소리만 받았다. 「일-곱 여덜」할 때는 높은 구비에
서 멋있게 넘어나렸다. 그는 「이오는 시-ㅂ」하고 열을 헤이고 「열의 하나」「열의
둘」하고 헤이다가 스물을 헤일 때는 「사오는 이시-ㅂ」하였다. 이 모양으로 「오륙은
삼시-ㅂ」「오팔은 사시-ㅂ」하다가 쉬흔을 헤일 때는 「이러면은 반배-ㄱ」하고 길게
뺏다. 어쩐지 처량하게 들렸다. 「환갑 육십」「인생 칠십」「임종 팔십」「구십 당년」하
고 차례차례 헤이다가 백에 와서는 이러면은 일백이네-하고 성공한 듯이 소리처도
상대자인 성섭이는 「어허-」하는 단순한 소리로 받어 넘겼다.[52]

---

52 박화성, 「한귀」, 『조광』, 1935.11, 251~252쪽. 원문의 노랫소리는 각각 한 줄로 처리되어 있으나 인
용문에서는 줄 바꿈 없이 붙여 썼다.

인용문은 기우제와 논에 물 품기를 병치하는 「한귀」의 첫 장면이다. 노동요가 울려 퍼지는 조선 농촌의 일상과 제례를 함께 담아낸 「한귀」는 홍수의 위력을 핍진하게 묘사하는 데 집중한 「홍수전후」보다 확실히 풍속적이다. 번역자 최재서는 「한귀」에서 조선어 노랫가락이며 감탄사를 빠짐없이 살려낸 것은 물론, '마지기', '초복', '중복' 등 생소한 용어에 친절히 역주를 달아 독자들의 이해를 돕고자 했다. 반면 기독교의 교리를 비판적으로 되짚어보는 성섭의 상념을 담은 두 문단은 삭제됐다.[53] "남을 대접하기를 네 몸같이 하라", "나 외에 다른 신을 섬기지 말라" 등 성경 구절을 인용하며 농민의 현실을 되새기는 부분은 그저 신실하기만 했던 성섭의 내면에 변화가 일어나기 시작했음을 보여주는 중요한 장면이다. 그러나 최재서는 극한에 몰린 부녀자들이 금성산에 몰려가 분묘를 파헤치며 비가 오길 기원했다는 간단한 대목은 살릴지언정[54] 농민의 죄 없음을 논증하는 핵심 대목들은 지워버렸다. 도쿄 문단에서 지방색이나 향토색이 하나의 특권이자 무기로 작용한다는 점을 고려한 처사였을 터이다.

그런데 최재서의 조선문학 번역은 이국적인 것을 향유하려는 제국의 욕망은 물론, 민족적인 것을 현시함으로써 자존의 근거를 마련하고자 했던 식민지인의 욕망에도 부응했다. 김문집의 글에 따르면 『개조』의 조선인 독자는 조선문학이 일본 잡지에 실렸다는 것 자체에 큰 의의를 부여했다고 한다.[55] 작가인 박화성도 최재서가 번역한 「한귀」에 만족감을 표했다. "물 품는 노랫조의 흥겨운 가락이며 까다로운 사투리" 등 조선적 특징을 공들여 살려냈다는 것이 그 이유였다.[56] 다

---

53 이명희, 「박화성의 '일본어소설' 「한귀(旱鬼)」 연구─원본과 최재서 번역본의 비교를 통한 다층성 분석」, 『일본어문학』 68, 한국일본어문학회, 2016, 250쪽.
54 朴花城, 崔載瑞 譯, 「旱鬼」, 『改造』, 1936.10, 49쪽. "錦城山へ ×を發きに(금성산으로 ×를 파헤치러)"와 같이 '묘'는 ×라는 복자로 처리되긴 했으나, '파헤치다'라는 동사 때문에 무엇을 파헤치는지 충분히 짐작할 수 있다.
55 김문집, 「서재평론과 조선문단─최재서를 주제해서」, 『사해공론』, 1937.5, 39~40쪽.
56 박화성, 「일어로 번역된 「한귀」」, 『동아일보』, 1981.2.17.

만 사투리 표현 문제에 대해서는 보충 설명이 필요하다. 우시지마 요시미는 최재서의 번역본에서 남편 성섭의 말은 사투리로, 아내의 말은 세련된 어투의 표준어로 표현되고 있음을 지적한 바 있다.[57] 그 이유를 추론하기 위해서는 「한귀」 속 아내가 단순히 피해자의 영역에 놓여 있지 않다는 점에 주목해야 할 것 같다. 여기서 아내는 교리의 맹점을 직시하고 남성 가부장의 허약함을 지적하는 등 자기의 입상과 목소리를 지닌 인물로서 등장한다. 신분과 계급의 한계에 묶여 망설이는 성섭과 달리 아내는 지주를 찾아가 권리를 요구하겠다고 주장하기도 한다. 최재서가 아내에게 교양 있는 사람의 표준어를 부여한 것은 이러한 캐릭터를 고려한 선택이었으리라 짐작된다. 번역자로서 최재서는 남성에 기대지 않은 채 악전고투를 벌이고 있는 여성 캐릭터의 언어를 적절하게 표현하기 위한 나름의 방법을 모색했던 것이다.

4. 번역 생산의 가능성과 임계

비서구 식민지의 번역가로서 최재서는 서구, 조선, 일본의 문화적, 정치적 위계를 의식하며 번역의 생산성을 실험했다. 영문학 번역이 조선문학의 발전을 위한다는 계몽적 목적을 지닌 것이었다면, 조선문학 번역의 의도는 보다 복합적이다. 조선문학의 존립을 드러내면서도 도쿄 저널리즘의 취향에 부합해야 하는 이중의 과제를 안고 있었기 때문이다. 이처럼 영어, 조선어, 일본어 사이를 유동하던 그의 실천들은 그간 구체적으로 조명되지 못했으나, 식민지 번역 행위의 다층성과 복합성을 보여주는 유의미한 사례로서 충분히 강조될 필요가 있다. 이는

---

57 牛島佳美, 「최재서의 일본어 번역 표현 연구―이태준 「꽃나무는 심어놓고」와 박화성 「한귀」의 번역을 중심으로」, 『국제어문』 77, 국제어문학회, 2018, 209쪽.

식민지 제국대학의 엘리트 생산이 낳은 결과였다는 점에서도 주목된다. 최재서는 식민 통치에 복무할 관료와 조선학 연구자 양성이라는 경성제대의 목표에서 벗어나 민족문학의 지평으로 눈을 돌린 많지 않은 인물들 중 하나이다. 그는 제국대학에서 배운 지식을 제국이 아닌 민족을 위한 것으로 전용했지만, 한편으로는 제국대학의 지적 네트워크를 기반으로 조선문학과 자신의 이름을 도쿄 문단 및 학계에 알릴 수 있었다. 따라서 그의 번역 행위는 식민지제국 체제의 자기장에 속해 있되 제국의 중심으로 치우치지 않는 긴장과 균형감각의 소산이라 평가할만하다.

1934년 헉슬리 소설 번역의 취지는 번역소설의 스타일, 같은 시기에 쓴 비평문, 1959년도에 출판된 완역본 및 해설 등을 통해 유추해볼 수 있다. 헉슬리는 당시 조선 독자에겐 매우 생소한 작가에 속했다. 그러나 최재서는 소설을 스토리 중심으로 요약하거나 조선적 맥락에 맞추어 번안하지 않고 원문의 문장을 그대로 옮겼다. 그러면서도 대중 독자가 이해할 수 없는 영문학의 전거들을 선택적으로 삭제하거나 의역함으로써 자기 풍자라는 새로운 기법의 실례를 용이하게 전달하고자 했다. 유명 작가가 아니어서 전공자가 아니면 알 수 없는 동시대 언론인 맬컴 머거리지의 소설을 번역 대상으로 선택한 것도 같은 이유에서였다. 그는 작가의 명성이나 텍스트의 대중성보다는 조선의 독자가 잘 알지 못하는 문학의 현대성, 영문학의 최전선을 선보이는 데 집중한 것이다. 이는 일회성 소개로 끝나지 않았다는 점에서도 중요하다. 이후 최재서는 비평과 연구를 통해 헉슬리적 내면 묘사가 사회주의적 관점에서 미처 다 조명하지 못한 현대의 리얼리티를 어떻게 보완할 수 있는지 상술해 나갔다.

1936년 이태준과 박화성 소설 번역은 여러 차례의 조율을 거쳐 『개조』 지상에 게재됐다. 번역자의 말을 통해 보건대 최재서는 조선의 정서와 현실을 대표하는 작품이 무엇인가? 라는 질문에 대한 답변을 동료 비평가 이원조의 도움으로 마무리했던 것으로 보인다. 한편 작품을 번역한 이후에는 경성제대 교수 곤도 도키지近藤時司에게 여러 번 교정을 의뢰했다고 밝히고 있다. 조선어의 어감을 충분히 살리지 못한 번역문투는 그러므로 곤도 도키지의 첨삭을 통해 더 강화되었을 가능성도 있다. 요컨대 이태준과 박화성 소설의 번역본은 조선 문단 내부의 논의, 일본인 전문가의 첨삭, 일본 저널리즘의 검열을 통과하며 완성, 공개된 것이다. 영문학 번역가 최재서가 독자의 계몽을 염두에 두었던 것과 달리, 조선문학 번역가 최재서는 독자의 흥미를 우선적으로 고려했다. 사쿠라로 뒤덮인 봄날이 환기하는 애수와 가뭄 속에서 펼쳐지는 전통 풍속은 일본인 독자에게 조선적인 것을 다채롭게 음미할 기회를 제공했다.

인문사를 창립한 후에도 최재서는 외국문학 전공자들을 역자로 섭외하여 『해외서정시집』을 발간했고[58] 노벨문학상 수상자를 비롯한 유명 작가의 단편소설을 번역해 『인문평론』에 소개하는 등[59] 번역을 지속해 나갔다. 이러한 작업은 외국문학을 대중 계몽과 교양에 활용해 온 기존의 관행과 그다지 먼 자리에 있는 것이 아니었다. 번역의 감각과 실천을 둘러싼 근본적인 지각변동은 일본의 전세戰勢와 더불어 찾아왔다. 동아신질서라는 새로운 세계의 지평에서 서구문학은 선진성을 상실했고 점차 과거의 것으로 간주되기 시작했다. 또한 조선문학을 일본에 소개하고 교류하는 차원을 넘어서 조선문학을 일본문학으로 통합하려는 움직임이 본격화된 것도 큰 변화였다.[60]

---

58 『인문평론』에 총 다섯 편의 단편소설을 번역하여 수록했다. 「성모의 곡예사(아나톨 프랑스)」(1939.10), 「등대직이(헨릭 시엔키에비츠)」(1939.12), 「호반의 처녀(셀마 라게를뢰프)」(1940.4~6), 「아리시아의 일기(토마스 하디)」(1940.8), 「마을의 외방 사람(필리프 깁스)」(1941.1)

59 영국, 에이레(아일랜드), 미국, 프랑스, 벨기에, 독일, 러시아편 등으로 나누어진 이 시집에서 최재서는 졸업 논문에서 연구했던 셸리(P. B. Shelly) 시를 번역했다. 최재서 외편역, 『해외서정시집』, 1938, 인문사 참조.

60 제국 일본의 판도 확장에 따라 식민지에 대한 관심이 치솟으면서 당시 도쿄 문단에서는 '조선 붐'이라 불리는 현상이 확산되고 있었다. 1938년 일본 극단 신협(新協)이 일본어로 연출한 「춘향전」이 절찬리에 공연되고, 『모던일본』 조선판(1939 · 1940)과 『문예』 조선문학 특집호(1940.7) 등이 간행되었으며, 1940년 김사량의 「빛 속으로」가 아쿠타가와상 후보에 올랐다. 이러한 흐름 속에서 도쿄에서 출간

이 시점에서 최재서 번역론의 초점은 조선어문학 발전이 아니라 조선어문학 존립으로 이동하게 된다. 1939년 일본 전역에 중계된 경성중앙방송국 라디오 강연에서 최재서는 조선인이 일본어로 직접 창작을 하는 것보다는, 자신이 했던 것처럼 좋은 작품을 번역해서 일본에 보내는 것이 좋겠다고 제안한다. 이러한 주장의 근거로 거론된 것은 영국과 아일랜드의 관계였다. 예이츠는 아일랜드인이라는 자각 아래 작품을 썼음에도 영문학에 큰 공적을 끼친 작가이다. 영국 본토에서는 찾아볼 수 없는 특수성을 통해 영문학에 '답례'할 수 있었기 때문이다. 마찬가지로 조선의 신문학도 일본문학의 지대한 영향력 아래 성장해오긴 했으나 조선만의 독창적인 것을 통해 일본문학에 답례할 기회를 달라는 것이 최재서의 주장이었다. 한 나라의 문화는 그 안에 복잡하고 다양한 것을 받아들임으로써 위대성을 더하게 된다는 것을 강조하는 그의 발언[61]은 조선어문학의 생존을 위한 우회적 요청이었다고 할 수 있다. 번역 가능성을 전제로 하는 한에서만 조선어문학이라는 단위가 독자적 가치를 유지할 수 있다는 것을 최재서는 너무도 잘 알고 있었던 것이다. 그러나 동아 공통어로서의 일본어가 유일무이한 언어로서 통용되는 세계가 도래하면서 번역이라는 매개적 실천은 불필요한 것이 되어버렸다. 최재서가 다시금 번역가로서 복귀한 것은 한국전쟁 발발 이후였다.

된 『조선소설대표작집(朝鮮小說代表集)』(1940.2)은 오역은 물론 작가와 작품 이름도 틀리게 기재한 '부정출판물'로서 문화 번역 및 교류의 불평등성을 공론화하는 계기가 되었다. 『조선소설대표작집』에 대한 조선 문단의 반응은 「갈추어(葛秋語)」, 『인문평론』, 1940.4; 정광현, 「저작권 문제—신건 역편 『조선소설대표작집』의 출판을 계기로」, 『인문평론』, 1940.5 등을 참조.

61 최재서, 이경훈 편역, 「내선문학의 교류」, 『한국 근대 일본어 평론·좌담회 선집 1939~1944』, 역락, 2009, 66~67쪽.

제4장

인문사人文社의 소설 개조 프로젝트

인문사의 출판 기획 1

1. 1937~1941년의 인문사

인문사는 식민 말기 문학·문화 장에서 중요한 역할을 담당한 출판사이다. 동시대를 풍미한 문장사가 『문장』지 출간을 중심으로 삼았고,[1] 학예사가 조선문고 시리즈 발간에 주력한 것과 달리,[2] 인문사의 출간물은 조선의 언어, 역사, 문학 관련 서적과 서구문학 번역서, 월간 잡지와 연감 등을 망라하는 다양성을 지니고 있었다. 그러나 인문사의 출판 기획은 이제까지 적극적으로 조명된 바가 적다. 물론 인문사라는 키워드를 내세우지 않았을 뿐, 인문사를 주관한 최재서 관련 연구가 다양하게 축적되어 있고 『인문평론』의 문학사적 중요성은 새삼 언급이 필요하지 않을 정도이다.[3] 이와 같은 연구에서도 인문사는 최재서의 개인 이력을

---

1 문장사에서 출간된 단행본으로는 김상용 시집 『망향』, 박태원의 『소설가 구보씨의 일일』, 이병기의 『가람시조집』, 이태준의 『딸삼형제』, 『문장강화』, 정지용 시집 『백록담』 등이 있다. 이와 같은 저서들은 문장사의 기획으로 출간된 것이 아니라 이미 발표된 창작을 엮어서 낸 창작집의 성격을 지닌다.

2 조선문고는 『원본 춘향전』(1939) 등의 조선 고전, 김태준의 『증보 조선소설사』 등의 문학사, 유진오의 『해바라기』와 김남천의 『소년행』 등 현대문학선집, 임학수의 『일리아드』 상.하권 등 번역물을 포함 총 20종이 간행되었다. 방민호, 「임화와 학예사」, 『상허학보』 26, 상허학회, 2009, 278쪽.

3 관련 연구로는 강유진, 「『인문평론』의 신체제기 비평 연구」, 중앙대 석사논문, 2007; 신동준, 「『인문평론』 연구 — 전체주의에 대한 대응 담론을 중심으로」, 인천대 석사논문, 2008; 채호석, 「1930년대 후

거론하는 와중에, 혹은 서지 사항과 관련해 언급될 뿐 주된 논의의 대상은 아니다. 따라서 인문사 출간물의 편제를 정리하고 핵심 기획의 함의를 짚어볼 필요성이 제기된다.[4]

문학 연구에서 텍스트의 바깥을 적극적으로 고려하기 시작한 것은 사실 그리 오래된 일이 아니다. 이천 년대 이후부터 한국의 문학 연구자들은 독자, 미디어, 검열, 출판, 제도, 문학 시장 등 텍스트를 둘러싼 환경과 토대에 관심을 기울였으며[5] 이를 통해 한국의 근대문학이 어떻게 존재했는가를 다각도로 조명할 수 있었다. 개별 작가나 텍스트가 아닌 인문사에 주목하는 이 글 역시 선행 연구들의 이와 같은 문제의식에 힘입은 바가 크다.

그런데 1940년을 전후한 시기의 출판 문화를 조망한다는 것은 간단치 않은 과제들을 제기한다. 이 시기는 조선 출판 문화의 전성기[6]인 동시에 중일전쟁으로

반 문학 비평의 지형도-『인문평론』의 안과 밖」,『외국문학연구』 25, 한국외국어대학교 외국문학연구소, 2007; 송병삼, 「1930년대 후반 "비평의 기능"-『인문평론』의 문화 담론을 중심으로」,『현대문학이론연구』, 34, 현대문학이론학회, 2008; 「일제말 근대적 주체되기의 감성과 문화 담론-1930년대 후반『人文評論』지(誌) 문화론을 중심으로」,『용봉인문논총』 36, 전남대학교 인문학연구소, 2010. 한편 편집주간 최재서와 집필진의 특징, 주요 코너의 내용 분석을 통해『인문평론』과『국민문학』의 연속성과 비연속성을 고찰한 연구와『인문평론』내 외국문학 담론을 고찰한 연구가 있다. 채호석, 「1930년대 후반 문학의 지형 연구-『인문평론』의 폐간과『국민문학』의 창간을 중심으로」,『외국문학연구』 29, 한국외국어대학교 외국문학연구소, 2008; 서은주, 「파시즘기 외국문학의 존재 방식과 교양-『인문평론』을 중심으로」,『한국문학연구』 42, 동국대학교 한국문학연구소, 2012. 전자는 문제의식의 적절성에도 불구하고 출판 환경의 변화를 적극적으로 고려하지는 않았다. 후자의 경우,『인문평론』의 외국문학 담론을 서구문학 중심으로 고찰한 연구이다. 그러나 이와 더불어 '지나' 관련 번역과 비평, '일본' 문학 관련 비평과 연구를 포괄할 때 그 전모를 파악할 수 있다.『인문평론』의 지나 담론 관련 연구로는 박필현, 「『인문평론』에 나타난 "지나(支那)"-자기화된 만주와 제국의 "안의 밖" 지나」,『한국문예비평연구』 45, 한국현대문예비평학회, 2014.

4 이 글과 관련해 특히 중요성을 지니는 선행 연구는 장문석의 「출판기획자 최재서와 인문사의 탄생」(『근대서지』 11, 근대서지학회, 2015)이다. 장문석은 출판기획자 최재서를 조명하는 한편, 인문사의 창립 과정을 조망했다. 특히 인문사가 신문 광고 및 신간평을 활용해 서적을 광고하는 양상, 비평 잡지와 연감 출간 등이 가지는 의미를 적실히 짚었다. 이 글에서는 인문사 간행물의 함의, 총서 기획 분석에 방점을 두어 차별화된 논의를 진행하고자 한다.

5 대표적인 연구로 천정환,『근대의 책 읽기』, 푸른역사, 2003; 한기형 외,『근대어·근대매체·근대문학』, 성균관대 출판부, 2006; 박헌호 외,『작가의 탄생과 근대문학의 재생산 제도』, 소명출판, 2008; 검열연구회 편,『식민지 검열, 제도·텍스트·실천』, 소명출판, 2011; 유석환, 「근대 문학시장의 형성과 신문·잡지의 역할」, 성균관대 박사논문, 2013 등을 꼽을 수 있다.

6 천정환, 앞의 책, 308~314쪽.

인해 출판 통제 및 용지 제한이 이루어지기 시작하는 시기[7]라는 양면성을 지닌다. 1930년대 후반에 이르러 조선의 출판계는 전문 집필진의 확보와 독서 대중의 성장에 힘입어 융성기를 맞이했고, 인문사 역시 이와 같은 조건 아래 탄생할 수 있었다. 그러나 인문사는 창립 직후부터 황군위문작가단, 조선문인협회, 조선출판협회 결성 등에 관여해야 하는 입장에 놓였으며, 실제로 전쟁과 국책을 민감하게 의식하는 행보를 걷게 된다.[8] 따라서 인문사 연구는 이러한 양가적 조건 아래 인문 교양의 실현이란 목표가 출판을 매개로 어떻게 구현되었는지, 또한 그 영향력과 문화정치적 함의가 무엇인지 규명하는 작업이 될 것이다.

인문사는 1937년부터 1945년까지 존립했다. 그러나 아시아·태평양전쟁 발발 이후 국민문학 체제로 재편된 조선 문단과 인문사의 역할은 지면을 달리해서 논해야 하는 문제이다. 따라서 이 글에서는 1941년 11월 『국민문학』 창간 이전의 조선어 인문서 출판 기획에 초점을 맞추어 논의를 진행하기로 한다. 우선 인문사의 운영과 출간물의 지형도를 정리한 후, 전작장편소설 총서 및 세계명작소설 총서 기획의 의미에 대해 논할 예정이다. 그리고 다음 장에서 인문사의 기획이 『인문평론』을 통해 재생산되는 양상과 연감 출판의 의미에 대해 다루어보고자 한다.

7　이중연, 「중일전쟁 이후 일제의 출판·독서 통제」, 『한국문화연구』 8, 이화여자대학교 한국문화연구원, 2005; 이종호, 「출판신체제의 성립과 조선 문단의 사정」, 渡辺直紀 외편, 『전쟁하는 신민, 식민지의 국민문화』, 소명출판, 2010.

8　조선의 출판업은 1940년경을 기점으로 급속히 쇠퇴하였다. 아시아·태평양전쟁 준비로 인해 인적 물적 수탈이 본격화함에 따라 국내 경제력이 무너졌고, 출판물의 유통이 일본출판물배급회사의 단일 유통망에 의해 통제되면서 지방 소매 판매망들은 그 기반을 상실했다. 방효순, 「일제시대 민간 서적 발행 활동의 구조적 특성에 관한 연구」, 이화여대 박사논문, 2001, 22쪽.

2. 인문사의 운영과 단행본의 편제

1) 인문사의 운영

1937년 12월 창립된 인문사는 처음부터 일반 도서는 물론 잡지 발간을 예고하는 등[9] 확실한 지향점을 지닌 출판사였다. 사장 최재서의 업무는 기획은 물론 다양한 실무 영역을 포괄했다. 그는 간행물 교정을 직접 보았고[10] 소매상을 방문하여 서적 위탁을 타진하는 등 영업도 담당했다.[11] 그 밖의 구성원들이 어떤 방식으로 업무를 처리해 나갔는지는 확인하기 어렵다. 최재서 평론집 『문학과 지성』의 자서自序에 원고 정리 및 필사에 수고한 이필갑李弼甲, 선진수宣鎭秀 양 군에게 사의를 표한다는 말이 있어 업무를 분담하는 사원들이 있었음을 짐작할 수 있을 뿐이다.[12] 1939년 이후 시인 이용악이 『인문평론』 기자로서 근무했다는 기록들이 있으나[13] 구체적인 역할은 알려지지 않았다.

다만 인문사에서 진행했던 핵심 기획이 여러 지식인들의 조력으로 이루어졌다는 것만은 분명하다. 예컨대 인문사의 『조선작품연감』과 『조선문예연감』이 김남천, 백철, 안회남, 이원조, 임화, 최재서 등의 공동편집 체제를 취하고 있다는 데서 이는 가시적으로 드러난다.[14] 『인문평론』 창간 1주년 기념 현상 모집 심사 역시 공동으로 진행됐다. 장편소설 심사는 김남천, 이원조, 임화, 최재서가, 평론

---

9 「동서남북」, 『동아일보』, 1937.12.25. 인문사는 경성 광화문통 210번지(광화문 빌딩 2층, 전화는 광화문2644)에 위치했으며 인문사 간행물들의 인쇄는 주식회사 대동출판사에서 담당했다.
10 최재서, 「일기 일절 ― 일기장에서」, 『동아일보』, 1938.9.10. 교정 보는 최재서의 모습은 다음 글에서도 드러난다. 「질서잇는 예산 생활로 특이한 설계가 필요, 양서 대신으로 고전 서적을, 최재서 씨 담」, 『매일신보』, 1939.1.6.
11 최재서, 「출판 일년생의 변」, 『비판』, 1938.9, 71쪽.
12 최재서, 『문학과 지성』, 인문사, 1938, 7쪽.
13 박윤우, 『한국 현대시와 비판정신』, 국학자료원, 1999, 188쪽; 장석주, 『나는 문학이다』, 나무이야기, 2009, 이용악 편 참조.
14 쇼와(昭和)14년(1939년)판은 김남천, 백철, 안회남, 이원조, 임화, 최재서 등 6인, 쇼와15년(1940년)판은 김기림, 김남천, 백철, 안회남, 이원조, 이태준, 임화 등 7인 공동편집 체제였다.

심사는 이원조, 임화, 최재서가 맡았다.[15] 『인문평론』의 특집이나 고정 코너, 가령 「모던문예사전」의 집필도 김기림, 김남천, 이원조, 임화, 서인식, 최재서 등이 교대로 썼다.

위에서 거론된 이름만으로도 최재서와 연대한 핵심 인물이 누구인지 윤곽이 드러나지만, 인문사 출판물의 필진들을 좀 더 세부적으로 분류해보자면 다음과 같다. 우선 경성제대 출신 문인 및 학자들을 들 수 있다. 윗세대로는 이희승, 같은 세대인 유진오, 이효석, 후배인 배호, 임학수 등 최재서의 경성제대 인맥들은 번역, 기고, 저서 출간 등 다양한 방식으로 인문사와 관계를 맺었다. 둘째로, 『조선일보』 관계자들이다. 조선일보사 학예부 기자 이원조와 돈독한 사이였던 최재서는 『조선일보』 편집 고문 문일평의 유고집, 『조선일보』에 절찬리에 연재된 김남천, 김말봉의 장편소설, 『조선일보』 야담 이벤트를 이끈 신정언의 야담집 등을 간행했다. 셋째, 외국문학 전공자들이다. 최재서는 김기림, 이원조 등 막역한 인물뿐 아니라 해외문학파와도 연합해 공동 작업을 진행했다. 김진섭, 서항석, 손우성, 이헌구, 정인섭 등을 역자로 섭외한 『해외서정시집』은 인문사의 성공적 간행물 중 하나였다.[16] 넷째, 마르크스주의자들이다. 『인문평론』 권두 논문은 김오성, 박치우, 서인식, 신남철, 인정식 등을 필자로 내세웠고, 특히 김남천과 임화는 인문사의 문학 관련 기획에 깊게 관여했다. 일본의 영문학자 미하라 요시아키 三原芳秋는 문단의 좌에서 우를 규합한 『인문평론』의 체제를 "인민전선적 문화정치 프로젝트"라 표현하기도 했는데,[17] 이는 적확한 표현이다. 그렇다면 인문사가 느슨한 연대조차 맺지 않은 논자는 누구일까? 거대 출판 자본이 선호하던 전대 유명 문인들－대표적으로 이광수를 들 수 있다.

---

15 「본지 창간 1주년 기념 현상 모집」, 『인문평론』, 1940.3, 204~205쪽.
16 이 시집은 출간 3개월 만에 조판이 매진됐다. 「출판부 소식」, 『인문평론』, 1939.10, 229쪽.
17 三原芳秋, 「최재서의 order」, 渡辺直紀 외편, 『전쟁하는 신민, 식민지의 국민문화』, 소명출판, 2010, 95쪽.

합자회사[18]로 운영된 인문사의 출자가 어떤 방식으로 이루어졌는가에 대해서는 공식적인 기록이 없다. 김병익은 『한국 문단사』에서 『인문평론』의 창간이 "문학을 애호한 실업가 석진익石鎭翼"의 출자로 이루어졌음을 언급하였고,[19] 장문석 역시 광산 자본의 유입 가능성을 제기했다. 최재서의 제자인 김활의 언급을 들어 최재서의 해주 본가 과수원을 매각한 대금을 출자했다는 기록도 소개되나 그 정황을 상세히 파악하기는 어렵다.[20]

인문사의 서적 판매 방식은 본사 발송, 각지 서점 판매, 지사 활용 등의 방식을 취했다. 지사 모집은 『인문평론』 창간 이후에 시작된 것으로 잡지 지상에 모집 광고가 반복 게재되었다.

지사 모집 규정

一. 지사는 본사에서 발행하는 서적월간잡지급 단행본의 판매급 광고 모집의 업무를 취급함.

一. 잡지는 십 부 이상에 이할인二割引으로 하고 일시 주문 오십 부 이상에는 삼할인 三割引으로 함(보증금은 불요). 단행본은 본사에서 지정한 보증금을 납입하는 지사에 한하야 '위탁'제를 실시함(단 선금 주문에는 차한此限 부재不在코 잡지와 동일한 규정으로 함).

一. 지사는 매월 십일까지 소유 부수를 본사로 통지하는 동시 대금을 선금으로 부송付送함을 요함.

一. 송료는 본사 부담으로 하되 매잔賣殘 잡지의 반품은 불응함.

一. 광고 모집은 오할인五割引을 지사의 수입으로 함. 단 신입申込시 원고와 요금을 동송할 것.

---

18 출판물의 판권정가란에 합자회사임이 명시되어 있다.
19 김병익, 「문단반세기 48, 『문장』과 『인문평론』」, 『동아일보』, 1973.6.28.
20 장문석, 「출판기획자 최재서와 인문사의 탄생」, 『근대서지』 11, 근대서지학회, 2015, 601쪽.

경성부 광화문통 210 합자회사 인문사, 電(光) 二六四四番, 振 京二八六三三番.[21]

　인문사의 지사는 조선의 각 지역은 물론, 일본, 중국, 만주국 등의 주요 도시에 약 53개 설치되었다.[22] 한편 인문사는 자사 서적 판매 외에 월간 잡지『중국문예中國文藝』를 중개 판매하는 등 대행사도 겸했다.[23] 이는 중일전쟁 이후 중국에 대한 관심이 새롭게 폭발하면서 '지나 담론' 유통의 선편을 잡고자 노력한 결과로 보인다.

　인문사는 서적 판매율을 높이기 위해 다양한 홍보 활동에 나섰다.[24] 우선 일간 신문에 신간 소개, 신간평, 출판 기념회 소식, 광고 등을 게재했다. 신간 소개가 한 줄 소식이라면, 신간평은 인문사의 조력자들을 두루 활용한 서평이었고,[25] 출판 기념회 소식은 사진이 동반된 기사, 신문 광고는 주로『동아일보』석간 1면을 활용한 박스 광고였다. 책 제목과 주요 내용, 전문가의 평가, 목차 소개 등을 담은 박스 광고는『인문평론』이 창간된 1939년에 집중되었고,『인문평론』외에 인기 단행본의 단독 광고도 게재되었다.[26] 또한 인문사는『인문평론』지면에 자사의 주요 출간물 광고를 집중적, 반복적으로 게재하되 문구를 교체하는 등 적극적인 홍보를 선보였다. 소규모 박스 광고도 실었는데, 당대 잡지에서 텍스트가 끝

21　「지사 모집 광고」,『인문평론』, 1939.11, 23쪽.
22　지사의 숫자는 사고(社告)에 공지된 신규 지사의 개수를 합산한 결과이므로 변동 가능성이 있다. 지사 설치 공지는 3호(1939.12) 236쪽, 4호(1940.1) 135쪽, 7호(1940.4) 73쪽, 8호(1940.5) 72쪽, 12호(1940.9) 73쪽, 14호(1941.1) 147쪽, 16호(1941.4) 219쪽 등 참조.
23　『中國文藝』광고」,『인문평론』, 1939.11, 60쪽.
24　장문석은 인문사의 광고 전략이 소극적으로 광고만 내보내는 도서와 적극적으로 평론가들이 관여하여 담론을 생산하는 도서를 분할하는 전략을 동시에 썼다고 분석한다. 장문석, 앞의 글, 599쪽.
25　가령, 최재서 평론집의 서문은 이원조가 썼으며, 유진오가『동아일보』에, 김남천이『조선일보』에 서평을 게재했다. 유진오,「『문학과 지성』최재서의 신저」,『동아일보』, 1938.7.9; 김남천,「비평 정신은 건재 – 최재서 평론집 독후감」,『조선일보』, 1938.7.12 또한 김남천의『대하』가 출간된 후 서평이 집중적으로 게재됐다. 채만식,「『대하』를 읽고서」,『조선일보』, 1939.1.29; 유진오,「문학의 영원성과 역사성 –『대하』가 보여준 우리 문학의 신세기」,『동아일보』, 1939.2.2; 백철,「김남천 저『대하』를 독함」,『동아일보』, 1939.2.8; 유진오,「문예시평 –『대하』의 역사성」,『비판』, 1939.3 등.
26　「쩔레꽃」광고」,『동아일보』, 1938.11.3;「『대하』광고」,『동아일보』, 1939.2.4;「『조선문예연감』광고」,『동아일보』, 1939.5.12;「인문사 간행물 광고」,『동아일보』, 1939.9.26;「인문사 간행물 광고」,『동아일보』, 1939.11.24 등 참조.

나고 남는 공백에 박스형 광고를 수록하는 것은 하나의 관행이었다. 그러나『인문평론』은 개별 기사와 광고의 내용적 연계성을 강화했다. 가령, 최재서 비평 텍스트 말미에 그의 평론집 광고를,[27] 중문학 전공자 배호의 중국 기행문과 중국어 회화 책 광고[28]를 함께 배치하는 식이었다.

한편 인문사는『인문평론』에 상업 광고를 유치하여 재정의 이익을 도모하긴 했으나 그 수가 많지는 않았다. 창간호 광고는 창간 축하 광고, 자사 출간물 광고로 채워졌고, 통권 2호 역시 대동광업주식회사, 학예사 조선문고, 사진관 광고 등의 몇몇 광고를 제외하면 자사 광고가 대다수였다. 통권 3호도 양복점, 박문서관, 학예사 광고 등과 자사 광고로 채웠다. 신년호인 통권 4호는 각종 근하신년 광고, 박문서관, 동양극장, 양복점, 잉크 광고 등을 보다 다양하게 수록했다. 만주국 도문성圖們省에 지사를 설치한 덕분인지 도문의 상점에서 의뢰한 근하신년 광고들도 상당수 실렸다. 통권 7호에는 일간 신문에 빈번히 등장하던 백보환百補丸 약 광고가 수록되기 시작했다. 통권 11호부터 증혈강장增血強壯 약, 통권 12호에 기침약, 통권 13호에 위장약 등 약 광고가 증가하기 시작했고, 신년호인 통권 14호에 이르러 임질대하 약 광고가 등장하긴 했으나 노골적인 문구를 동반한 성병 치료제 광고는 없었다. 이처럼 상업 광고는 뒤 호로 갈수록 다양해졌고 일본어 광고도 다수 등장했다. 이는 재정 문제뿐 아니라 조선어가 공식 언론 장에서 사라져가던 사회적 정황과도 연관되는 현상이라 짐작된다.

인문사 간행물의 매진 및 재판 여부는『인문평론』내 사고社告와 「출판부 소식」을 통해 공지됐다. 최재서에 따르면 국책적 통제가 있기 전에도 경성 출판계는 용지 부족 문제를 겪어 왔다. 그런데 1938년 6월 물자 수급 동원 계획에 따라 정기간행물의 경우 ① 지질紙質의 저 ② 혈수頁數의 감소 ③ 부수의 감소 ④ 간행의 합

---

27 「『문학과 지성』 광고」,『인문평론』, 1939.10, 34쪽.
28 「『표준지나어회화』 광고」,『인문평론』, 1939.10, 67쪽.

리화 등을 통해 현재 소비되는 용지의 50퍼센트를 절약하기로 가결되었다.[29] 당시까지만 해도 단행본 출판과 관련해서는 구체적 지시가 없었으나, 1940년 이후로 조선 출판계는 극심한 "용지 기근"에 시달렸다. 『인문평론』의 「출판부 소식」은 "우리 출판부에서는 필사적 활동을 하여 수요의 수십 분 지 일이라도 충당해 드리려고 동분서주"하고 있다는 보고1940.2, "날로 격증하는 독자층에 반비례하여 우리 출산부의 초조는 모골이 송연할 지경"이라는 호소1940.5, "치명적인 용지 문제로 수개월 동안 가위 정지 상태"에 있었으나 이번에 용지 배급을 받게 되었다는 소식1940.11 등을 전달했다.[30] 그러나 출간 예고한 서적들을 미처 간행하지 못한 채 1941년 4월 『인문평론』 폐간을 맞이하게 된다.

2) 인문사 단행본의 유형과 특징

인문사는 1938년 4월부터 1941년 4월 『인문평론』이 종간하기까지 단행본 16권평론집 1권, 교과서 1권, 어학서 1권, 사화집 1권, 야담집 1권, 시집 4권, 장편소설 4권, 편역 시집 1권, 편역 소설집 1권, 완역 장편소설 1권, 연감 4권부록 2권 포함, 『인문평론』 통권 16호를 출간했다.[31] 인문사 단행본은 대부분 문학서로 구성되었으며 소수지만 어문학 관련 실용서도 있었다.

실용서로는 우선 이화여전 교수 이희승李熙昇이 편찬한 『역대조선문학정화 권상歷代朝鮮文學精華 卷上』을 들 수 있다. 인문사의 첫 간행 서적인 이 책은 이희승이 `인

---

29 최재서, 「출판 일년생의 변」, 『비판』, 1938.9. 이러한 조치는 단계별로 실천, 강화되었다. 이종호에 따르면 1939년 8월 1일 상공성이 잡지 용지 사용 제한에 관한 성령을 공포, 당일부터 시행에 들어갔으며, 1940년 5월 17일에는 내각정보부에 신문잡지용지·통제위원회가 설치되어 통제가 한층 더 강화되었다. 이종호, 「출판 신체제의 성립과 조선문단의 사정」, 앞의 책, 356쪽.

30 『國民文學』의 광고 지면을 확인해 보면, 문단의 공식 언어가 일본어로 전환된 이후에도 1938~40년경 인문사에서 발간된 조선어 간행물이 1942년까지 계속 판매되었으며 재판이 이루어졌음을 알 수 있다. 조선어 서적이지만 일본어로 광고했다는 깃도 흥미로운데 공식적으로 국어 상용이 강조되는 시점에도 조선어 책 읽기가 지속되었음을 알 수 있는 근거들이다.

31 인문사 출간 도서 목록은 부록으로 제시했다.

문사에 출판을 의뢰한 전문학교 조선문학 교과서이다.[32] 따라서 인문사의 자체 기획과는 무관한 책이지만, 각 학교와 문화 단체의 주문으로 6개월 만에 초판이 매진되고 용지란 속에서도 3판이 나온 인기 도서였다.[33] 조선의 전통 소설, 시조, 가요, 수필, 번역물 등을 엄선한 이 책은 비평계를 풍미한 고전부흥론에 부합하는 체제를 지니고 있었고 인문사도 이 점을 강조하며 홍보했다.[34] "조선학계의 경사"[35]라는 조윤제의 표현대로 『역대조선문학정화 권상』이 조선 고유의 언어와 문화를 익히고 보존한다는 취지에 부합하는 실용서였다면, 보성전문 교수 이상은李相殷이 집필한 『표준지나어회화標準支那語會話』는 신동아질서 건설이라는 일본발 전시戰時 담론의 특수를 누린 실용서였다. 『인문평론』 권두언에서 강조되고 있듯 "지나를 구라파적 질곡으로부터 해방하야 동양에 새로운 자주적 질서를 건설해야 한다"[36]는 모토는 비단 일본만의 사명은 아니었다. 조선 역시 종래의 민족적 정체성에서 벗어나 '동양인'으로서의 새로운 사명에 동참할 것을 요구받고 있었기 때문이다. 따라서 인문사는 이 책을 홍보할 때 중국어가 "신시대의 무기"라는 점을 강조했고, 4주면 중국어에 통달할 수 있음4週自通을 명기해놓았다. 덕분에 이 책 역시 3판이 예고되는 등 절찬리에 판매됐다.

인문사가 출간한 문학서의 유형은 시국 협력 문학, 대중문학, 순문학으로 분류할 수 있다.

첫째, 시국 협력 문학의 영역에 속하는 서적은 임학수林學洙의 『전선시집戰線詩集』이다. 1939년 초반 조선 출판업자와 문인들은 북지北支 전선에 문인 위문 사절단을 보내기로 결의하고 김동인, 박영희, 임학수 등 문인 세 명을 파견했다.[37] 이

---

32 이희승 편, 『역대조선문학정화 권상』, 인문사, 1938.
33 이희승 편, 『정정 역대조선문학정화 권상』, 박문출판사, 1947 범례 참조.
34 「출판부 소식」, 『인문평론』, 1939.10, 229쪽.
35 조윤제, 「신간평─이희승 편 『조선문학정화』」, 『동아일보』, 1938.5.6.
36 「건설과 문학」, 『인문평론』, 1939.10, 2쪽.
37 「조선문단부대 후보, 실행위원 선출」, 『동아일보』, 1939.3.16.

는 "펜 부대"의 위문이라는 명목하에 추진된 행사였으나 중일전쟁에 대한 일반의 관심을 고무한다는 목적도 컸다. 당시 총독부는 히노 아시헤이火野葦平의 종군기 『보리와 병정麦と兵隊』1938이 일본 출판계의 베스트셀러로 등극하자마자 조선어 번역 작업을 추진하는 등38 조선인을 상대로 한 문화적 선전에 착수했다. 나아가 조선 문인들이 직접 총후 계몽에 나서길 요구했는데 『전선시집』은 이와 같은 취지에 따라 창작된 전시 기획물이었다. 『전선시집』의 서문은 문단 부대 실행 위원 중 가장 연장자이며 대중적 파급력이 강했던 이광수가 썼다. 이광수는 "조선인 시집으로 된 최초의 사변 제재시", "지나사변에 관한 조선 문인의 최초의 전쟁문학", "국민 감정을 담은 최초의 조선문학" 등의 표현으로 이 책의 의미를 강조했다.39 또한 신간평에서 이 책은 서정시와 기행시적 면모, 다시 말해 문학성까지 겸비한 "총후銃後의 시, 필독의 서"로서 소개됐다.40 『인문평론』도 창간호 첫 광고로 『전선시집』 광고를 수록하고, 출판부 소식을 전하는 지면에서 "총후 조선 민족이 느낄 수 있는 감격"을 주는 책이라는 소개 문구들을 붙이는 등 총독부의 방침에 부응했다.

둘째, 대중문학의 영역에 속하는 책으로는 우선 여성 작가 김말봉金末峰의 신문 연재소설 『찔레꽃』을 들 수 있다. 인문사는 『찔레꽃』이 연애와 권선징악이라는 인간 본연의 관심사를 중심으로 "인생의 다각한 전모를 심각 예리하게 묘파"했으며 "면밀한 구상과 행문의 유려함"에서 "새로운 시대의 감각"을 발견할 수 있다고 홍보했다.41 이 책은 "대중문학의 새로운 경지를 개척한"42 소설로서 상찬되며 1938년 단행본으로 출간된 이후 4판까지 매진되고 또 다시 인쇄되어 1940년

---

38 「西村 通譯官 譯의 『보리와 兵丁』 간행」, 『동아일보』, 1939.4.9.
39 이광수, 「서문」, 임학수, 『전선시집』, 인문사, 1938, 5쪽.
40 이하윤, 「신간평 임학수 지 『진신시집』」, 『동아일보』, 1939.11.12.
41 『찔레꽃』 광고, 『인문평론』, 1939.10, 52쪽.
42 「출판부 소식」, 『인문평론』, 1939.10, 229쪽.

대까지 지속적으로 팔렸다.[43] 따라서 인문사의 재정에 크게 기여한 단행본으로 기록될 수 있을 것이다. 최재서는 신문연재소설의 화두를 "어떻게 하면 독자를 즐겁게 해 줄까"라는 질문에서 찾았으며, 독자 심리를 탐문해 나가는 과정에서 작가의 기교가 수련될 수 있다고 보았다. 그런데 "독자의 흥미를 인위적으로 도발하려는 유혹"에 빠진 소설들이 대다수인 만큼, 신문연재소설이 상품으로서 고유의 문법을 구축할 필요가 있다는 점을 강조했다.[44] 이렇게 볼 때 『찔레꽃』은 오락으로서의 문학, 상품으로서의 소설의 좋은 예로 인정받고 있었음을 알 수 있다.[45] 한편 인문사가 두 번째로 선택한 신문연재소설 김남천金南天의 『사랑의 수족관水族館』은 "단지 재미만을 위주하여 저급하기 비할 데 없는 통속소설"과 달리 "재미와 교양"을 겸비한 저서로서 또한 "저속하지 않은" 신문소설로서 선전되었다.[46] 이 책은 초판을 낸 지 열흘 만에 매진되어 재판에 착수했다.[47]

다음으로 신정언申鼎言의 『신정언명야담집申鼎言名野談集』과 박태원朴泰遠의 『지나소설집支那小說集』은 전근대적인 이야기 소비자를 겨냥한 인문사의 출간물이다. 신정언은 1933년 경성방송국이 한국어 방송을 시작하고 야담 방송 시간이 늘면서 야담계에 진출한 인물로서 주로 『조선일보』와 연계된 활동을 했다.[48] 따라서 이 책

---

43 1942년 2월에 6판이 간행됐다. 「『찔레꽃』 광고」, 『國民文學』, 1942.2, 193쪽.

44 최재서는 1937년 조선일보에 연재된 노자영의 『인생특급』을 잘 쓰지 못한 신문소설의 사례로 언급하며, "나는 입장과 동기는 다르지만 조선의 신문소설이 철저히 상품화되지 못한 것을 신문 편집자와 함께 분하게 생각한다. 신문소설이 신문소설로서 완전히 상품화된다는 것은 신문소설계를 위하여서나 또는 입장과 정신을 달리하는 다른 작품 세계에 있어서나 서로 색채를 선명케 함에 유리하다고 생각하기 때문이다"라고 밝힌 바 있다. 최재서, 「연재소설에 대하여」, 『조선문학』, 1939.1 참조.

45 『찔레꽃』은 "현대소설의 깊은 모순인 성격과 환경의 불일치"를 통속적인 방법으로 통일한 "유니크"하고도 "스마트"한 사례로 거론되기도 했다. 임화, 「통속소설론」, 임화문학예술전집 편찬위원회 편, 『문학의 논리』, 소명출판, 2009, 312쪽.

46 그러나 막상 교양 있는 독자에 속하는 전문대학 학생들은 『사랑의 수족관』에 박한 평가를 내렸음을 여러 좌담회에서 확인할 수 있다. 학생들은 『사랑의 수족관』보다 『대하』를 선호한다, 『사랑의 수족관』은 너무 통속적이다, 읽다가 그만 두었다는 등의 반응을 보였다. 「전문대학학생 좌담회」, 『인문평론』, 1940.5; 「이십 대 아가씨들 이상을 듣는 좌담회」, 『여성』, 1940.6 등.

47 「출판부 소식」, 『인문평론』, 1941.1, 299쪽.

48 신정언에 대해서는 이동월, 「야담가 신정언과 『신정언 명야담집』」, 『語文學』 122, 한국어문학회, 2013 참조.

의 신간평 역시 조선일보사의 호암 문일평이 썼다. 문일평은 조선 왕조의 각종 사화를 다룬 이 야담집을 "조선 정취"가 흐르는 "재미"있고 "점잖은" 이야기들이라 표현했으며,[49] 인문사는 이를 광고 문구로 활용했다. 또한 박태원의 『지나소설집』은 중국 명청대의 『금고기관今古奇觀』과 『동주열국지東周列國志』에서 열 편의 이야기를 골라 번역한 소설집이다. 원문에 충실한 번역은 아니었고 1938년 『조광』, 『야담』, 『사해공론』 등지에 연재된 결과물들이 한데 묶였다.[50] 인문사는 지나의 패사稗史를 "현대화한 박태원 씨의 설화체는 우리 소설 문학의 신경지를 개척하는 천하일품이다"[51]라는 문구로 책을 홍보했는데, 이는 소설가 박태원의 위치를 고려한 의례적인 문구라 볼 수 있다. '지나소설집'이라는 문구 역시 '지나' 담론의 붐을 반영한 전략적 표제였을 가능성이 높다. 신정언과 박태원의 이야기집은 근대문학 주 소비층인 학생이나 지식인만이 아니라 보다 폭넓은 대중을 겨냥한 출간물이었으나 출판 기념회를 생략하는 등 인문사의 주력 서적은 아니었고 재판 소식 또한 없었다.

셋째, 인문사가 중시한 순문학의 영역에 속하는 서적은 『문학과 지성文學과 知性』, 『해외서정시집海外抒情詩集』, 『팔도풍물시집八道風物詩集』, 『대하大河』, 『화분花粉』, 『촛불』, 『축제祝祭』, 『대지大地, The Good Earth』 등을 꼽을 수 있다.

『문학과 지성』은 잘 알려진 대로 최재서의 개인 평론집이다. 서문에서 최재서는 "실속있는 유일한 진보는 지성의 그것이고, 허망되지 않은 유일의 완성은 지적 양심의 그것"이니 "빈곤과 간난 속에서도 지성의 영위는 하로도 쉴 수 없는 것"[52]이라며 소견을 밝혔다. 이와 같이 지성과 교양을 중시하는 입장, 비평문에

---

49 문일평, 「흥미횡일한 『신정언 야담집』」, 『조선일보』, 1938.11.4.
50 박태원의 『지나소설집』에 대한 상세한 설명과 의미에 대해서는 박진영, 「중국문학 번역의 분기와 이원화-번역가 양건식과 박태원의 원근법」, 『동방학지』 166, 연세대학교 국학연구원, 2014. 참조.
51 「『지나소설집』 광고」, 『인문평론』, 1939.10, 225쪽.
52 최재서, 『문학과 지성』, 인문사, 1938, 6~7쪽.

등장하는 학술적인 전거들, 일본 학술지와 유명 잡지『개조』에 논문 및 조선소설 번역을 수록했다는 사실들은 최재서를 당대 독자 대중에게 세련되고 신뢰성 있는 지식인상으로 각인하는 계기로 작용했다.[53] 따라서『문학과 지성』은 물론 그가 펴낸『해외서정시집』역시 재판을 찍으며 호응을 얻었다. 최재서는 서문에서 '19세기 낭만시'가 진정한 예술과 교양의 관문이라는 사실, 그리고 시 문학의 부흥이 기대되는 문단적 상황을 들어 독자에게 이 책을 감상할 것을 권유하고 있다. 무엇보다 그는 전문성을 강조했다. 19세기 시인 40명의 대표시 150편을 11명의 외국문학 전공자가 번역해 수록한 이 책은 시인 소개까지 일일이 첨부하는 등 학교 교재로 사용되기에도 적합한 구성을 지니고 있었다.

임학수의『팔도풍물시집』, 신석정辛夕汀의『촛불』, 장만영張萬榮의『축제』등은 당대 시인들의 창작 시집이라는 공통점을 지닌다.『팔도풍물시집』의 경우 조선의 명승고적과 풍물을 두루 다루되 "회고적 센티멘타리즘에서 사로잡히지 않고 동양 시의 전통과 구라파 시의 감각을 잘 융합"[54]했다는 것이 특장점으로 부각되었고,『촛불』과『축제』는 '호화미본豪華美本'이라는 사실이 강조되었다. 전자는 상징적 이미지에, 후자는 조소적인 깊이에 방점을 찍는 광고문이 게재됐고[55]『촛불』의 경우 500부 한정으로 출판되었다.

시 문학에 관한 인문사의 관심은 개별 시집 출판에만 머무르지 않았으며 핵심 기획을 시사詩史 편찬에 두었다. 그래서 전 4권짜리『조선현대시집朝鮮現代詩集』[56]과 김기림의 시론집이 나올 예정이었으나 조선어 매체의 통폐합과 물자 통제의 가

---

53 그러나 동료 비평가 김문집은 최재서를 향한 긍정적 평가를 되짚어 공격하기도 했다. 김문집,「서재평론과 조선문단─최재서를 주로해서」,『사해공론』, 1937.5, 39쪽.

54 「팔도풍물시집」광고,『인문평론』, 1939.10, 43쪽.

55 「촛불」및『축제』광고,『인문평론』, 1940.1, 표지 뒤쪽.

56 『조선현대시집』의 구성은 다음과 같다. 제1권 김안서, 김동환, 김소월, 이상화, 박월탄, 주요한 등, 제2권 김상용, 김영랑, 임학수, 모윤숙, 신석정, 정지용 등, 제3권 김기림, 김광섭, 임화, 유치환, 이상, 노천명, 백석 등, 제4권 김광균, 이찬, 이용악, 서정주, 오장환, 윤곤강, 장만영 등 서정시와 모더니즘 시를 중심에 둔 근대시가 망라되었다.「근간 예고」,『인문평론』, 1941.4, 48~49쪽.

속화로 실현되지 못했다.[57] 목차로 보건대 『조선현대시집』은 학예사에서 임화가 펴낸 『현대조선시인선집現代朝鮮詩人選集』1939이 최남선, 조명희, 박영희, 박팔양, 김기진 등을 포함한 것과 변별되는 구성을 취하고 있다. 이는 출판사별 시문학의 계보 작성 방식을 비교해볼 여지를 남기나 미간행된 관계로 구체적 분석은 불가하다. 따라서 이 글에서는 『대하』, 『화분』, 『대지』 등의 소설을 중심으로 인문사의 출판 기획 논의를 진행하고자 한다.

인문사의 기타 서적으로는 문일평文一平의 유고집 『호암사화집湖岩史話集』이 있다. 이는 최재서가 호암 생전에 직접 저술을 의뢰한 책으로[58] 역사 교양서의 성격을 지니지만 문체독본, 문장독본 등 글쓰기의 모범을 보이는 책으로도 광고됐다.[59]

3. 소설 총서의 두 갈래 – 전작장편과 세계명작

1) 출판 방식의 전환을 통한 소설 개조 모색

1930년대 후반기는 장편소설 전집 출판의 전성기라 할 만하다. "전일에 보지 못하던 전집 수가 최근에 대규모로 쏟아져 나오는 것"이 "기쁨"을 넘어서 "일종의 경악"이라 표현될 정도로 전집 붐은 조선 문단이 맞이한 새로운 현상이었다. 따라서 "인선 문제의 불공평"이며 "작품 수준 문제"로 인한 논란도 적지 않았다.[60] 당시 출간된 삼문사의 『조선문인전집』1938, 한성도서주식회사의 『현대조선장편소설전집』1937, 박문서관의 『현대걸작장편소설전집』1938 등은 공통적으로 "잘 팔리는 장편 중심의 구성"을 취했다. 예컨대 한성도서주식회사의 전집은

---

57 인문사 미간행 도서 목록은 부록으로 제시했다.
58 이원조, 「跋」, 문일평, 『호암사화집』, 인문사, 1939, 274~275쪽.
59 「호암사화집」 광고, 『인문평론』, 1939.10, 61쪽.
60 엄흥섭, 「문예시평(1) 자비출판시비」, 『동아일보』, 1938.9.13.

『고향』이기영, 『이차돈의 사』이광수, 『제2의 운명』이태준, 『목단꽃 필 때』염상섭, 『청년 김옥균』김기진, 『순정해협』함대훈, 『삼곡선』장혁주, 『직녀성』심훈 등으로 구성되었는데, 한눈에 보기에도 선정 기준이 인기나 명성에 있었음을 알 수 있다. 이렇듯 장르, 시기, 대표작 등을 고려하지 않은 채 작품을 선정했다는 특징에 더하여[61] 이 시기에 나온 전집들은 반드시 이광수의 소설을 포함한다는 원칙을 공유했다. 좀 더 이른 시기인 1930년대 초반부터 조선문학을 명작화하는 일련의 기획을 선보인 삼천리사의 '명작소설 30선'은 심지어 30권 중 10권이 이광수의 책이었다.[62]

인문사의 전작장편소설 총서全作長篇小說叢書 기획은 이와 같은 추세에 제동을 걸고 대안을 모색하고자 하는 비평가 집단의 합작 속에서 탄생했다. 앞서 언급한 대로 최재서를 비롯한 비평가들은 상품으로서의 문학 자체를 부정하지는 않았다. 다만 문제는 전집 홍수라 할만한 현상 속에서 그리고 통속적 스토리텔링의 포화 속에서 전환기 조선의 현실을 타개할 방책을 전혀 찾을 수 없다는 데 있었다. 순문학의 영역이라 할만한 곳으로 눈을 돌려 보아도 사정은 마찬가지였다. 문단에 범람하는 세태소설과 내성소설만으로는 소설 본연의 인식론적 기능을 발휘할 수 없다는 것이 그들의 비평적 판단이었다. 임화의 세태소설론, 통속소설론, 본격소설론, 김남천의 고발문학론, 장편소설 개조론, 관찰문학론, 최재서의 현대소설연구 시리즈 등 서사의 이론과 실제에 대한 탐구는 이러한 문제의식에서 진행된 것으로, 그들은 소설 작법에 변화를 주거나 바람직한 소설 형식을 발견할 경우 충분히 인식론적 가치가 있는 작품을 쓸 수 있다는 믿음을 공유했다.[63] 따라서 그들은 인문사를 중심으로 전작장편소설이라는 제도 실험에 착수한다.

---

61 박숙자, 『속물 교양의 탄생 – 명작이라는 식민의 유령』, 푸른역사, 2012, 229쪽. 해당 전집의 각권 구성은 232쪽 참조.

62 박숙자, 위의 책, 240~241쪽.

63 이진형, 『1930년대 후반 식민지 조선의 소설 이론 – 임화, 최재서, 김남천의 소설 장르 논의』, 소명출판, 2013, 247쪽.

전작이란 새로운 어휘는, 소화 십삼년 오월, 인문사가 전작장편소설 총서의 간행을 발표하기 위하야 문단의 중진 이십여 명을 아서원에 초대한 일이 있었는데 그때에 일반의 협찬을 얻어서 비로소 맨든 말이다. 내지에서 흔히 말하는 '書き下ろし長篇'에 해당하는 어휘이다. 그러나 이것을 문학적으로 설명하자면, 조선적 장편소설의 특수성에 대한 약간의 고찰이 없어서는 안 될 것이다. 장편소설로만이란 '쟝르'사적으로 고찰하야, 봉건 제도가 점차로 붕괴되고 상업자본주의가 상승하는 시대의 시민 계급의 대표적 문학 형식으로서 발생해온 것인데, 조선서는 '로만' 발전의 태반이 될만한 자본주의적 발전이 비참하게 동양적으로 후퇴되었고 왜곡되었기 때문에, 신문학이 수입된 이후에도 '로만'의 개화는 볼 수 없었다. 사회적 경제적으로 시민적인 진보가 지지하고 왜곡되었기 때문에, 그 우에 건설되는 일반문화와 관념 제형태도 이를 반영하지 않을 수 없어서, 장편소설은 내적 질적 발전에 있어서 시민 사회의 이념을 충분히 발현치 못했을 뿐만 아니라, 발표 형식까지 신문지에만 의거한다는, 전혀 구라파에서는 볼 수 없는 기현상을 현출하기에 이르렀다. 신문지가 계몽적 기관이기를 자처하던 시대는 지나가고 점차, 상업적 기업 형태로 나아감에 따라 신문연재소설 우에 새로운 간섭을 시작하였고 이리하야 본시 아무러한 전통도 토대도 없이 발전해오던 '로만'은 중대한 위기에 처하게 되었다. 이것을 구하자고 일어난 운동이 장편소설 운동, 내지는 '로만' 개조의 논의였는데, '전작' 소설은 신문 잡지에 의하지 않는 발표 형식으로서, 이 운동과 협력하려고 비로소 탄생한 문학적 제도인 것이다.南[64]

인용문은 『인문평론』에 수록된 「모던문예사전」 중 '전작장편소설' 항목이다. 여기서 알 수 있듯이 '전작'은 매체 발표라는 형식 없이, 그리고 사측과 독자 대중의 반응에 좌우됨이 없이 작가의 기량과 세계관을 펼칠 수 있는 토대를 마련하

---

[64] 김남천, 「모던문예사전-전작장편소설」, 『인문평론』, 1939.10, 121~122쪽.

자는 제안이 담긴 용어였다. 전작에 참여할 작가로는 김남천, 이효석, 유진오 등이 일단 선정됐다. 이는 여타 장편소설 전집이 이광수를 필두로 염상섭, 나도향, 박종화, 현진건 등 이전 시대의 소설가를 선정한 것과 차별화된 선택이었다. 또한 과거에 쓴 소설을 선택하는 것이 아니라 이제부터 쓰일 소설이라는 점에서 전작은 미래 지향적인 의미를 강조했다. 순문학 진영에서 문학성을 인정받는 장편소설 창작자로 제한했다는 것도 하나의 특징이다. 예컨대 함대훈은 러시아어 전공자로서 러시아문학을 조선 문단에 번역 소개하는 역할을 담당했으나 그가 쓴 『순정해협』은 결코 비평 담론의 대상이 되지 못했다. 누구나 인정하는 단편의 대가 이태준도 전작의 실천자로는 지목되지 않았다.

인문사는 전작장편소설 총서의 간행을 발표한 후 창작 과정과 후일담을 일간 신문 및 『인문평론』 지상에 공개하여 세간의 이목을 집중시키는 데 힘썼다.[65] 이러한 과정을 거쳐 탄생한 총서 1권은 김남천의 『대하 제1부』 1939.1, 총서 2권은 이효석의 『화분』 1939.9이었다.

김남천은 '가족사연대기'라는 형식을 통해 조선의 근대를 재구하는 방법을 택했다. 조선의 전통과 근대성이 교차하는 과도기를 배경으로 평안남도 성천의 고리대금업자 박성권과 세 아들의 가족사를 다룬 『대하』는, 세태-사실-생활을 강조해온 작가의 문학관과 장편소설 개조론이 구현된 신작으로서 각광받았다. 신간평을 쓴 백철은 루카치 Georg Lukacs의 표현을 빌려와 『대하』를 조선 근세의 서사시라 고평했으며, 두 가지 측면을 들어 소설의 특징을 논했다. 첫째, 감상과 영탄의 흔적이 없는 장편소설이라는 점이다. 기존 장편소설에 넘쳐나는 파토스 대신 "건실한 서사"에 역점을 둔 점을 백철은 높이 샀다. 둘째, 풍속을 정밀히 그리

---

65 김남천과 유진오는 창작을 위해 각각 양덕산과 금강산으로 떠났고, 평양에서 교편을 잡고 있던 이효석은 겨울방학을 이용해 집중적으로 소설을 썼다. 관련 글로는 「동서남북」, 『동아일보』, 1938.5.10; 유진오, 「산중독어(山中獨語)」, 『인문평론』, 1939.10; 이효석, 「창작여담」, 『인문평론』, 1939.12.

되 단순 묘사와 서술에 머무르지 않고 그것을 비판하며 전진하는 자세를 취했다는 점이다. 백철은 이것이 바로 작자의 모럴이며 특히 서자 신분인 형걸이 이를 대표한다고 언급했다.[66] 그러나 실상 형걸은 근대성의 도래를 상징하긴 하되 전망을 적극적으로 제시하는 인물은 아니었다. 아버지와의 갈등 끝에 마을을 떠나는 소설의 결말만 보아도 이는 증명된다. 최재서 역시 '결말 없는 구성'의 문제를 언급했으나, 초점은 전망의 부재가 아니라 대중소설 작가라면 일대 미문으로 쓸 만한 장면들을 어떤 귀결 없이 제시했다는 데 있었다.[67] 이러한 평가는 기존의 통속소설과 변별되는 『대하』의 문법을 부각시키는 것이라 할 수 있다. 임화의 평을 내세운 인문사 광고도 "기성의 장편소설 수준 돌파"라는 점을 강조했다.[68] 이처럼 김남천의 『대하』는 가족사연대기의 형식을 통해 장편소설의 통속적 전개를 정정하는 데는 성공했으나, '제1부'라는 단서가 붙은 미완의 상태였던 만큼 완결된 논평 역시 차후의 과제로 남겨졌다.

성애의 문제를 중심에 둔 이효석의 『화분』은 흥미롭게도 '예술소설'이라는 애매한 표현으로 소개됐다.[69] 『대하』처럼 특정 형식을 지정하는 것이 불가능한 만큼 장르 대신 예술성을 내세운 것이다. 신간평을 쓴 김남천은 이효석의 『화분』에서 "기성 모럴의 부정"이라는 요소를 부각시켰다. 그는 기존의 성 모럴이 언제나 인간을 사회적 존재로 전제했던 데 반해, 『화분』은 인간을 동물로 환원시켜 기성 도덕 일체가 통렬히 부정되는 장면들을 그려냈다고 썼다.[70] 이 점에서 『화분』은 에로티시즘을 위한 에로티시즘을 위한 소설들은 물론, 온갖 장애를 전시하다가 권선징악 등의 교훈적 메시지로 마무리되는 여타 통속소설과도 확실히 차별화되

---

66 백철, 「뿍 레뷰—김남천 씨 저 『대하』를 독함」, 『동아일보』, 1939.2.8.
67 최재서, 「단상」, 『비판』, 1938.11 참조.
68 「『대하』 광고」, 『인문평론』, 1939.10, 23쪽.
69 「『화분』 광고」, 『인문평론』, 1939.12, 표지 뒤쪽.
70 김남천, 「뿍 레뷰—이효석 저 『화분』의 성 모럴」, 『동아일보』, 1939.11.30.

는 방향성을 선보였다. 다만 비평가들이 희구했듯, 전환기에 처한 현실의 향방을 지시하며 인식의 각성을 도모하는 소설에 속하지도 않았다. 소설의 핵심 인물인 피아니스트 영훈은 "버려둔 정원이나 빈민굴"조선의 현실에도 "고려나 신라 때"조선의 과거에도 아름다움은 없다고 단언한다. 오직 "구라파"예술의 세계만이 그를 풍성하게 만든다고 생각하기 때문이다. 이와 같은 구라파주의-세계주의는 미란에게 전이되어 마침내 그들은 구라파로 가는 길목에 있다고 여겨지는 하얼빈으로 떠난다. 이는 식민지 조선의 현실과 어떠한 연관성도 맺지 않는, 지극히 개인적이고도 부르주아적인 구원의 행로이다. 그래서 김남천은 『화분』의 전복성을 정확히 짚으면서도 "새 모랄의 탄생"에 대해서는 의구심을 표했다.

유진오가 저자로 예정된 총서 3권 『민요民謠』는 근간 예고가 여러 차례 공지되었으나 출간되지 못했다. 유족이 보관 중인 원고를 확인한 백지혜의 논의에 따르면, 이 소설은 "경성의 북촌에 살았던 조선 말기 세도가의 모습을 재현"하고 "이들의 풍속을 세밀히 묘사"한 소설이라고 한다.[71] 유진오 역시 김남천과 마찬가지로 조선의 과도기로 거슬러 올라가 근대성의 문제를 다루되, 양반가 출신으로 태어난 자신의 기원과 결부된 서사를 기획한 것이다.

총서 4권과 5권으로 예정되어 있던 채만식의 『심沈 봉사』, 이기영의 『해녀海女』도 광고만 나가고 출간되지 못했다.[72] 채만식과 이기영은 조선적 장편소설을 논할 때 빼놓을 수 없는 작가로서 이미 기성 장편소설 전집에서 중요한 취급을 받고 있었다. 그러나 인문사는 그들의 명망성이 아니라 장편소설 개조 실천의 가능성에 무게를 실었던 것으로 보인다.

이기영의 『해녀』는 그 내용을 전혀 가늠하기 어려우나, 채만식 소설의 경우 고전소설 다시 쓰기를 염두에 두었다는 단서가 존재한다. 그는 1936년 『심청전』을

---

71 백지혜, 「경성제대 작가의 민족지 구성 방법 연구」, 서울대 박사논문, 2013, 103쪽.
72 광고 시기는 부록의 인문사 미간행 도서 목록에 정리했다.

모티브로 삼은 희곡『심 봉사』를 발표했다. 이 희곡은 해피엔딩을 비극으로 뒤집어버렸다는 데 특징이 있다. 환생하여 왕후가 되었어야 할 심청은 인당수에 빠져 죽은 것으로 밝혀지고, 심 봉사는 눈을 뜨긴 뜨나 제 눈을 찔러 다시 장님이 된다. 부처님의 자비며 용궁 세계의 신이함, 권선징악의 희망 등이 사라져버린 냉혹한 리얼리즘의 세계를 그린 것이다.[73] 여기서 채만식이 초점을 맞춘 것은 심청의 효가 아니라 심 봉사의 무능, 나약, 공허함으로, 거세된 남성 지식인이 등장하는 동시대 소설과 유사한 설정을 지니고 있다. 전작장편소설 총서 제목으로 보건대 채만식은 이를 장편소설로 재창작할 생각을 가지고 있었던 듯하다.[74] 이처럼 전작 제도의 창안과 이를 둘러싼 지식인들의 합작은 1940년을 전후한 시기 출판문화장을 몰락과 암흑의 전야가 아닌 생산적인 미완의 시기로 평가하게 한다. 미완이긴 하되 실패는 아니었던 집단지성의 중심에 인문사가 위치했던 것이다.

2) 시의성과 대중성을 고려한 명작 번역

인문사는 1940년 5월 세계명작소설 총서 기획의 제1권으로 펄벅Pearl Buck의 『대지』 1부 완역본을 출간했다. 전작장편소설 총서 기획과 달리 세계명작소설 총서 기획 과정에 대해서는 알려진 바가 없다. 그러나 확실한 것은 전작장편소설 총서와 세계명작소설 총서 기획이 별개의 것이 아니라 연동되는 문제의식 속에서 탄생했다는 사실이다. 『대지』는 가족사연대기 소설의 전형적 형식 속에서 중

---

73 채만식,『심 봉사』, 지식을만드는지식, 2014 참조.
74 총서 발간이 무산되자 채만식은 종전 직전인 1944년 11월부터 잡지『신시대』에 소설「심 봉사」를 4회 연재한다. 호구지책으로 썼을 가능성이 높은 이「심 봉사」는 잡지에 '가정소설'로 소개되었다. 즉, 조선의 고전/전통 영역이 아니라 가정의 대소사와 애환을 다룬 읽을거리로서 등장한 것이다. 소설「심 봉사」는 희곡『심 봉사』와 달리 초현실적인 지평으로부터 시작된다. 하늘도 땅도 아닌 어떤 허공에서 한 양주가 "인간들이 비극이라는 걸 얼만침이나 견디어내는 끈기가 있을꾸?"라는 대화 끝에 '운명록'을 펴든다. 그리고 어떤 페이지를 펼쳐 심학규의 내력에 무어라 한 줄을 추가한 후 한번 구경이나 해 보자고 의기투합한다. 그러고나서 비로소 심학규 일가의 이야기가 시작되나, 미완인 만큼 이 액자소설이 어떻게 마무리되었을지는 미지수이다. 이것이 인문사 총서로 쓰고자 했던 소설 내용과 동일한 내용인지는 확인이 불가능하다.

국의 근대성 문제를 다루고 있어 소설 개조가 시급한 조선 문단의 현 상황에서 하나의 "전범"으로까지 일컬어졌다.[75] 따라서 펄벅의 『대지』는 김남천의 『대하』와 더불어 인문사의 아이덴티티를 드러내는 대표 서적이라 할 수 있다.

『대지』는 1938년 노벨문학상을 수상하면서 더욱 유명해졌지만, 여타 노벨상 작품선들과 달리 대문호의 창작으로 대접받지는 못했다. 일본과 중국의 전쟁 여파로 유명세를 얻게 되었다는 것이 중론이었기 때문이다.[76] 어쨌든 『대지』는 서구인이 누리고자 하는 이국성과 스토리의 재미까지 두루 충족하는 작품이었던 만큼 영화로도 제작되었다. 이 영화는 미국뿐 아니라 동양에서도 선풍적인 반응을 일으켰는데 그 맥락은 달랐다. 중국 북경에서는 "지나 농민"의 궁상을 실제보다 너무 과장하였다는 이유로 불쾌해하는 사람들이 많아서 상영 금지에 이르렀다.[77] 조선인 관람객이 보기에도 이 영화는 문제가 있었다. 서양인 배우들이 중국인으로 분장했기에 연기 및 분장이 어색하다는 지적이 뒤따랐고 내용적으로도 중국을 왜곡하였다는 비판이 제기되었다.[78] 무엇보다도 조선인의 입장에서는 중국의 표상을 신기한 것으로 맘 편히 향유하기가 어려웠다. 이는 조선의 빈곤한 현실, 조선의 피폐한 어머니상과 겹쳐지는 것이었기 때문이다.[79] 이렇듯 노벨문학상이라는 이슈와 영화를 둘러싼 논평들은 원작에 대한 관심을 새삼스럽게 자극하는 계기가 되었다.

이러한 화제성 때문에 인문사는 독자들이 『대지』를 (일본어로) 다 읽어버린 것

---

75 서구적 장편소설의 수법을 배움으로써 본격소설론이 성취될 수 있다고 논했던 임화는 "지나의 역사적인 에포크"를 담은 『대지』가 하나의 전범이 될 수 있다고 언급했다. 임화, 「『대지』의 세계성」, 임화문학예술전집 편찬위원회 편, 『문학의 논리』, 소명출판, 2009, 627쪽.

76 펄벅의 『대지』와 노벨상 수상을 둘러싼 맥락에 대해서는 Peter Conn, 이한음 역, 『펄 벅 평전』, 은행나무, 2004.

77 「영화 〈대지〉와 〈대전간첩망〉, 북경서 상영 금지, 묘사가 가혹타는 이유로」, 『동아일보』, 1938.2.19.

78 「근래의 대작으로 과장되는 〈대지〉의 시사를 보고」, 『동아일보』, 1938.2.2; 김성칠, 「펄벅과 동양적 성격」, 『인문평론』, 1940.6; 이헌구, 「신간평 『대지』, 김성칠 역」, 『인문평론』, 1940.11.

79 일례로 유진오는 영화 〈대지〉를 강경애의 「지하촌」과 연계하여 생각한다. 유진오, 「〈대지〉와 「지하촌」」, 『삼천리문학』, 1938.4.

은 아닌지 반신반의하며 조선어 완역본 출간을 준비했다. 사실『대지』1부가 간행된 해가 1931년인 데다 1930년대 중반에 일본어 번역본이 출간돼 베스트셀러로 등극한지라 웬만한 지식인들은『대지』를 다 읽은 상황이었다. "어떤 책이 '이미' 베스트셀러라는 사실 자체가 베스트셀러를 만드는 가장 중요한 문화적 '장치'"[80]가 된다는 공식이 식민지의 이중언어 상황 속에서는 오히려 번역과 출판의 곤혹스러움을 유발했던 셈이다. 여기서 드러나는 점은 인문사가 단지 많이 파는 것에 초점을 두었다면 상당한 기간이 걸리는 완역 작업을 감당하지는 않았을 것이란 사실이다.[81] 즉, 인문사의 세계명작소설 총서 기획에는 시대의 명작을 조선어로 번역해 널리 읽힌다는 계몽성이 큰 축을 차지하고 있었던 것인데, 이 점은 동시대 신생출판사인 명성출판사明星出版社의『대지』번역본과 비교해볼 때 확연히 드러난다.

인문사판『대지』출간보다 앞선 시점인 1940년 3월 명성출판사는 세계문학전집의 제1권으로『금색의 태양金色의 太陽』을 출간했다. 노자영盧子泳이 번역한 이 책은, '금색의 태양'이라는 표제를 지닌 특정 작품이 아니라 펄벅의『대지』1부와『어머니』, 그리고『퀴리부인』등 세 작품의 줄거리를 요약해 묶은 다이제스트였다. 이는 당대 일본과 조선을 동시에 강타한 펄벅과 퀴리부인[82]이라는 기표를 간편하게 두루 섭렵하고자 하는 대중의 욕망을 포착한 기획물이자, 문예물 위주로 문학 시장이 형성되어 있던 조선 출판계의 특수성을 십분 활용한 인스턴트 상품이라 할 수 있다. 이 책은『대지』의 줄거리를 임의대로 끊고 오란의 죽음 장면에서 서사를 종결지었다. 따라서 이 판본으로『대지』를 읽게 되면 오란의 죽음으로

80 천정환·정종현,『우리가 사랑한 책들, 지의 현대사와 읽기의 풍경』, 서해문집, 2018, 24~25쪽.

81 실제로『대지』의 번역을 담당한 김성칠은 3년여의 시간을 들여 번역을 완수했다.「『대지』광고」,『인문평론』, 1940.6, 71쪽.

82 일본과 조선의 퀴리부인 소설화에 대해서는 김성연,「"새로운 신" 과학에 올라탄 제국과 식민의 동상이몽―퀴리부인 전기의 소설화를 중심으로」,『현대문학의연구』44, 한국문학연구학회, 2011.

슬퍼하고 반성하는 왕룽의 눈물을 결말로 맞이하게끔 되어 있다.[83] 이처럼 왕룽 부부 스토리의 종결로 마무리하며 왕룽 아들 세대 스토리의 출발을 삭제하는 방식은, 왕룽의 반성을 강조하여 오란의 죽음을 슬퍼할 독자를 위로하는 효과를 자아냈을지는 모르나 가족의 역사와 중국의 근대사를 엮어내고자 한 작가 의식을 전혀 고려하지 않은 처사였다.[84]

따라서 인문사는 완역이라는 사실을 홍보의 최전선에 배치해 활용했다.[85] 이러한 광고 문구가 대표적이다. "임화 씨 왈─악역, 중역, 초역 등 출판계의 흥왕과 더불어 파생하는 온갖 악경향의 대두기에 있어 독학 김성칠[86] 씨의 수년 고심한 양심적 번역은 우리 출판계의 장거라 할 수 있다." 이 전략은 일정 부분 성과를 거두어 초판이 나오기도 전에 책 주문이 마감, 절판되었고 바로 재판에 들어갔다.[87] 이처럼 일본어를 자유롭게 다루는 식자층이 아닌 일반 독자들에게 『대지』를 조선어로 읽히고 싶다는 바람은 인문사만의 것은 아니었다. 보다 앞선 시점인 1936년 심훈은 니이 이타루新居格가 일본어로 번역한 『대지』를 중역해 『사해공론』에 6회 연재했으나 요절로 이를 완결짓지 못했다. 이때 심훈은 농민소설의 올바른 예로 『대지』를 지목했다. 그래서 "조선에서도 이러한 농민소설이 나오길 간절히 바란"[88]다며 스토리의 흥미에만 주목하지 말 것, 연재분을 꾸준히 읽

---

83 노자영 편역, 『금색의 태양』, 명성출판사, 1940, 140쪽.
84 홍효민은 이 요약본을 놓고 초역(抄譯)과 구태(舊態)의 문제성을 지적했으나 시간 절약, 명쾌한 내용, 종이 기근의 정세 등 장점도 최대한 이끌어 낸 주례사적 신간평을 썼다. 홍효민, 「뿍 레뷰─노자영 편 『금색의 태양』을 읽고」, 『동아일보』, 1940.4.13.
85 「광고」(목차 뒷면), 『인문평론』, 1940.9.
86 훗날 역사학자가 되는 김성칠(金聖七, 1913~1951)을 가리킨다. 그는 금융조합에 근무하며 『대지』 번역을 진행했으며, 시게마쓰 마사나오(重松鼎修)의 『朝鮮農村物語』(1941)의 조선어 번역본 『朝鮮農村譚』을 1942년 인문사에서 출간하는 등 조선 농촌 문제에 대한 자신의 관심을 번역으로 실천해 나갔다.
87 「출판부 소식」, 『인문평론』, 1940.5, 231쪽; 「출판부 소식」, 『인문평론』, 1941.1, 288쪽. 현재로서는 인문사판 『대지』를 발견하지 못했다. 그러나 김성칠의 『대지』 번역본은 김성칠의 사후에도 태극사(1953), 희문사(1957), 교양사(1958), 아동문화사(1961), 남창문화사(1970), 제문출판사(1972), 영홍문화사(1974), 창일출판사(1981) 등 다양한 출판사를 거치며 1980년대까지 거듭 출간되고 읽혔다.
88 심훈, 「장편소설 『대지』」(『사해공론』, 1936.4), 김종욱·박정희 편, 『심훈 전집 8─영화평론 외』, 글

어 줄 것을 당부한 바 있다.

인문사의 출판과 담론 형성에 조력했던 지식인들 역시 『대지』를 농민소설이라는 범주와 관련하여 논의했다는 점에서 심훈의 문제의식을 이어받았다. 다만 심훈이 생각한 농민소설과 1940년을 전후한 시점의 농민소설은 현저히 상이한 의미망을 지녔다. "요새 씌워지는 이 말은 특히 거번 유마有馬 농상을 고문으로 소화 13년 10월 4일에 결성된 농민문학간담회원들의 작품을 지칭한다"[89]는 설명이 드러내듯 이 시기의 농민문학은 일본의 국책과 긴밀히 연관된 장르였다. 이렇듯 국책으로서의 농민문학에 식민지 지식인들은 다양하게 반응했다. 이무영처럼 「제일과 제일장」1939, 「흙의 노예」1940 등의 귀농 소설을 발표해 시세에 적응하려는 움직임을 보이는 작가도 있었으나, 임화와 김남천 등의 비평가들은 농민의 의리나 향토에 대한 애착심을 표현하는 것, 명랑한 농촌을 그리는 것을 모토로 하는 경향에 비판적 의견을 표했다.[90] 따라서 이 시기에 농민의 생활을 그린 소설을 쓰거나 번역하고 평가한다는 것은 여러 겹의 맥락들을 통과해야 하는 복잡한 과제가 아닐 수 없었다.

이와 관련해 주목할 글은 『인문평론』 창간호에 수록된 인정식의 「조선농민문학의 근본 과제」이다.[91] 전향 마르크스주의자인 인정식은 시국론, 아시아적 정체성론, 농민문학론, 조선어문학론을 한데 엮어 『대지』를 분석했다. 『대지』에 대한 인정식의 논평은 『문장』지에도 실렸는데, "속류 경제학자의 소위 지나 사회사 몇백 권보담도 위선 이 대지를 충분히 열독하라고 모든 독자에게 권하고 싶다"고 하며 인문사의 기획에 힘을 실어 주었다.[92] 소설에서 묘사된 현실, 가령 강우량의

누림, 2016, 341쪽.
89 최재서, 「모던문예사전−농민문학」, 『인문평론』, 1939.10, 106쪽.
90 「좌담회−신건할 조선문학의 성격」, 『동아일보』, 1939.1.14.
91 인정식, 「조선농민문학의 근본 과제」, 『인문평론』, 1939.12.
92 인정식, 「『대지』에 반영된 아세아적 성격」, 『문장』, 1939.9, 135쪽. 인정식은 펄벅의 남편인 농촌경제학자 로싱 벽의 협조 덕분에 중국 농촌 현실에 대한 과학적 연구가 소설에 제대로 반영될 수 있었다

부족과 관개의 중요성, 자연재해로 인한 참상, 농민과 노예의 신분적 교착 관계, 토지에 대한 농민의 강렬한 예속성, 봉건주의와 상인 자본, 그리고 고리대 자본의 삼위일체 등은 일개 중국 농민의 생애를 넘어서 '아세아적' 현실의 전형을 보여주는 것으로 해석되었다. 나아가 「조선농민문학의 근본 과제」에서 인정식의 관심사는 응당 이러한 문제를 적극적으로 다루어야 할 조선의 농민문학이 어떤 상태인가로 전환되었다. 그는 조선 작가들이 농촌의 생활 관계를 과학적으로 이해하지 못하고 있다고 지적했다. 김동리와 박노갑 등이 그리는 농민은 아세아의 농민이 아니라 "괴물과 같은 인간"에 불과하다는 것이다.[93] 이러한 비판은 대표적 농민문학 작가로 일컬어지는 이기영도 피해갈 수 없었다. 인정식은 이기영조차도 극히 상식적인 농촌을 평범하게 묘사하는 경우가 많다는 점을 지적했다. 이와 더불어 지식인이 아니라 농민 자신이 읽는 농민문학의 가능성을 논하며 "언문의 혜택"에 희망을 걸어야 한다고 강조했다. 이는 일본어보다 조선어가 쉽고 간단히 배울 수 있는 언어라는 편의성의 차원과 결부되었으나, 결과적으로 조선어 존립의 타당성을 뒷받침하는 것이었다. 이처럼 『대지』를 참조 대상으로 삼아 조선 사회의 성격 규명을 위한 과학적 연구의 필요성, 그리고 이와 결부된 문화적, 문학적 실천의 중요성을 강조하는 인정식의 논의는, 1930년대 후반기 식민지 조선 사회에서 『대지』가 해석, 배치, 담론화되는 양상을 보여주는 인상적인 예이다.

인문사는 인정식의 논조를 이어받아 『대지』가 농촌의 부녀자들도 읽을 수 있는 소설임을 강조했다.[94] 번역자 김성칠 역시 "동양 여성의 전형"과도 같은 오란의 캐릭터를 조선 여성의 표상과 겹쳐서 논평했다. "우리의 주위에 신교육을 받지 못하고 신풍조에 물들지 않은 오란과 같은 타입의 어머님과 누이가 얼마나 많

고 보았다.

93 임화 역시 당시 발표된 농촌 제재 소설에 비판적이어서 정비석의 「성황당」이 조선적인 것이 아니라 민속학적인 것이라 지적했다. 「좌담회-신건할 조선문학의 성격」, 『동아일보』, 1939.1.14.

94 「『대지』 광고」, 『인문평론』, 1940.6, 71쪽.

을 것인가. 이것이 『대지』가 특히 이 따의 독자에게 어필하는 박력이 아닐까 생각한다."[95] 이는 일차적으로 학생과 지식인에 치우친 명작의 독자층을 민중으로 확대하자는 주장이었으며, 더 적극적으로는 독서를 통해 농촌의 현실을 자각하고 생활문화 향상을 도모하자는 함의도 지니고 있었다.

이와 같은 논의는 노벨문학상까지 받은 명작이되 너무 어렵지 않아 일반 민중도 읽을 수 있는 책을 '드디어' 포착해 번역했다는 자부심을 전제로 한 것이었다. 그러나 전시 동원과 통제가 가속화되는 농촌에서, 게다가 중층결정된 모순에 시달리는 여성들이 인문사판 『대지』를 손에 들 여력이 있을 것인가? 농촌의 부녀자라는 상상된 독자층을 향한 인문사의 호명은 구체성을 띤 것이라기보다 수사에 가까웠다고 봐야 한다. 지식인의 자기 각성과 실천 필요성에서 출발한 전작장편소설 총서가 어느 정도 실효성을 거둔 데 반해, 대중 교양의 문제와 맞닿아 있던 세계명작소설 총서는 이 지점에서 이상과 실제의 간극에 부딪쳤다. 물론 당시 농촌에서는 여전히 개인의 묵독이 아닌 단체독, 낭독 형식의 독서가 여전히 이루어지고 있었다. 따라서 단 한 권의 『대지』가 다양한 형태로 읽힐 가능성이 없었던 것은 아니다. 게다가 앞서 언급한 대로 이 책은 화제성을 기반으로 잘 팔리긴 했다. 그러나 이 책이 민족의 계몽과 자립을 전제로 한 민족주의적 의미망으로 수렴되는가, 아니면 조선 농촌의 민도 향상과 전쟁 수행이라는 제국의 전시 담론으로 수렴되는가는 활용 주체에 따라 달리 해석될 여지가 있었다. 결과적으로 본다면 『대지』는 식민 권력이 보기에도 괜찮은 서적이었다. 그리하여 '아름다운' 조선어 완역을 강조한 인문사의 애초 취지와 다르게 『대지』는 1942년 10월 『국민문학』 지면에서 여전히, 그러나 일본어로 광고되었다. 대중 계몽의 문제를 중심으로 『대지』를 홍보한 인문사와 달리 총독부는 이 책을 중국을 배경으로 삼은 안전한 읽을거리로 취급한 것이다.

---

95 김성칠, 「펄 벅과 동양적 성격」, 『인문평론』, 1940.6, 68쪽.

4. 텍스트 바깥을 통해 본 조선문학

1940년을 전후한 시기 조선문학 장을 살필 때 텍스트 분석만으로는 해명되지 않는 문제들이 있다. 가령, 소설의 통속화 문제를 고민했던 최재서는 왜『찔레꽃』을 인문사에서 출판했을까? 김남천의『대하』와 이효석의『화분』이 공유하는 특징은 무엇일까? 펄벅의『대지』가 전시체제하 식민지 조선에서 번역된 이유는 무엇일까? 이와 같은 질문들은 텍스트 생산의 환경과 조건을 고찰할 때 해명 가능한 논제이다. 이 글에서는 특히 인문사에서 간행된 책들의 현황을 짚고 소설 개조 프로젝트를 중심으로 식민 말기 출판과 문학 담론의 관계를 재구했다.

인문사는 최재서가 주관한 소규모 출판사였으나 거대 출판사와 마찬가지로 일간 신문과 자사 미디어를 최대한 이용해 서적의 홍보와 담론 재생산을 도모했다. 또한 문학서 출간 시 시국성과 대중성 문제를 제외하지 않는 등 출판사의 생존을 위한 방책을 두루 고려했다. 이는 용지와 재원 확보에 관건이 되는 출간물을 포괄하는 것으로 드러났는데, 예컨대 총독부 기획에 부응하는 출판을 맡는 것으로 협조의 의지를 보였으며, 중국 진출의 교두보가 될만한 학습서 홍보에도 힘을 썼다. 야담집과 같은 전근대적 이야기책을 비롯하여 시대를 풍미한 베스트셀러 김말봉의『찔레꽃』도 적극적으로 판매했다.

그러나 인문사의 핵심 기획은 문학의 상업화와 속물 교양의 보급에 반격을 가하는 전작장편소설 총서와 세계명작소설 총서 발간에 있었다. '전작' 제도는 통속소설의 범람과 순문학의 무기력이라는 두 가지 문제를 해결하기 위한 집단지성의 산물이었다. 최재서, 김남천, 임화를 중심에 둔 비평가 집단은 소설의 발표 형식을 바꿈으로써 상업적 저널리즘의 공세를 방어하고, 새로운 장르 실험을 통해 세태와 내성의 세계로 전락한 리얼리즘을 갱신하고자 했다. 이는 작가 자신의 각성은 물론, 전환기 현실을 올곧게 인식하고 전망하기 위한 방책이라는 점에서 문단의 고른 지지를 얻었다. 총서의 집필진은 김남천, 이효석, 유진오, 채만식, 이기영 등 소설 개조의 취지에 동의할 뿐 아니라 평단으로부터 문학성을 인정받은 작가들로 구성되었다. 그러나 실제 출간된 총서는 김남천의 『대하 제1부』와 이효석의 『화분』이었다. 두 소설은 각각 가족사연대기 형식의 역사성과 미적 문체의 예술성을 구현한 소설로서 낡은 관념을 깨고 나올 새로운 모럴을 예감케 한다는 점에서 통속소설과 변별되는 면모를 드러냈다.

한편 인문사는 『대지』를 세계명작소설 총서의 첫 권으로 배치하고 간행했다. 시의성 있는 명작을 선택해 지금 바로 여기의 현실을 살펴보는 거울로 삼겠다는 것이 인문사의 의도였다. 재미있는 노벨문학상 작품이라는 세간의 평판과 달리 이 시기에 『대지』는 다층적인 의미망 속에서 담론화되었다. 우선 『대지』는 『대하』와 더불어 소설 개조와 혁신을 둘러싼 비평 담론을 활성화하는 계기를 마련했다. 또한 당대 일본의 농민문학 담론과 이를 둘러싼 해석의 불/일치를 드러내는 비평적 대상이기도 했다. 인문사는 이 책을 농민의 현실과 맞닿아 있는 문학, 농민도 읽을 수 있는 조선어 완역 문학이라는 점에 방점을 찍어 홍보했으며 인문 교양의 확산을 전망했다. 이는 신문학과 구문학 독자 사이의 경계선을 넘어 세계 명작을 전파한다는 계몽적 취지를 띠고 있었으나 결과적으로 볼 때 『대지』 읽기는 반드시 민족적 의미망으로 수렴되지는 않았다. 『대지』를 통한 민도 향상은 일만지日滿支 동아협동체 담론을 구축해 온 식민 권력의 입장과도 무난히 연계될 수 있었기 때문이다.

이제까지 당대 문학의 쇄신을 통해 창작과 비평을 활성화하고 대중 교양을 앙양한다는 인문사의 목표가 출판을 매개로 어떻게 실현되었는가를 살펴보았다. 그러나 당대적 의미망을 떠나 이 문제를 살펴볼 필요성도 제기된다. 오늘날의 인문 교양 출판 기획들은 인문사의 주요 기획들과 겹치는 동시에 갈라지는, 동일해 보이지만 그렇지 않은 내포와 외연을 지니고 있다. 인문이란 시공간을 초월해 통용되는 보편적 가치에 대한 기대를 일으키긴 하나 실상 어떤 맥락에 배치되고 활용되는가에 따라 달라지는 특수한 개념이기 때문이다. 따라서 인문사 연구는 향후 인문 교양 혹은 명작의 계보학에 관한 논의로 확장될 수 있을 것이다.

<표 1> 인문사 출간 단행본 목록

	발행시기	도서 제목	도서 성격	판형[96]	정가	송료	저자
1	1938.4	『歷代朝鮮文學精華. 券上』	교과서	사육판 양장미본	1원 20전	12전	李熙昇 편
2	1938.6	『文學과 知性』	평론집	(B6판)	1원 30전	12전	崔載瑞 저
3	1938.6	『海外抒情詩集』	시집	사육판	1원 30전[97]	12전	崔載瑞 외편역
4	1938.8	『申鼎言 名野談集』	야담집	新사육판	1원 50전	15전	申鼎言 편
5	1938.9	『八道風物詩集』	시집	(B6판)	90전	8전	林學洙 저
6	1938.10[98]	『찔레꽃』	장편소설	사육판 양장 상제	2원	18전	金末峰 저
7	1939.1	『大河. 第1部』	장편소설	사육판 저자 자신의 裝畵에 의한 호화극미본	1원 70전	17전	金南天 저
8	1939.3	『昭和十四年版 朝鮮作品年鑑』	연감	사육판	1원 50전	15전	人文社 編輯部
9	1939.3	『昭和十四年版 朝鮮文藝年鑑』	연감	사육판	별책 부록	별책 부록[99]	人文社 編輯部
10	1939.4	『支那小說集』	소설집	사육판	1원 50전	15전	朴泰遠 편역
11	1939.7	『標準支那語會話』	어학서	국반절 (菊半截)	80전	8전	李相殷 저
12	1939.7	『湖岩史話集』	역사서	국반절 휴대판 포장 극미본	1원	10전	文一平 저
13	1939.9	『花粉』	장편 소설	사육판 양장미본	1원 40전	14전	李孝石 저
14	1939.9	『戰線詩集』	시집	사육판 미본	1원	8전	林學洙 저
15	1939.12	『촛불』	시집	사육판 상질양장 500부 한정 미본	1원 20전	15전	辛夕汀 저
16	1939.12	『祝祭』	시집	사육판 상질호화미본	1원	8전	張萬榮 저
17	1940.3	『昭和十五年版 朝鮮文藝年鑑』	연감	사육판	별책 부록	별책 부록	人文社 編輯部
17	1940.4	『昭和十五年版	연감	사육판	1원 80전	18전	人文社

	발행시기	도서 제목	도서 성격	판형[96]	정가	송료	저자
		朝鮮作品年鑑』[100]					編輯部
19	1940.5[101]	『大地』	장편소설 (완역)	사육판 양장 극미본	2원	20전	Buck, Pearl S. 저, 金聖七 역
20	1940.11	『사랑의 水族館』	장편소설	사육판	2원	18전	金南天 저

〈표 2〉 인문사 미간행 도서 목록

	근간 예고 출처	도서 제목	도서 성격	저자
1	1939.12 『人文評論』 광고	『民謠 － 全作長篇小說叢書』3	장편소설	俞鎭午
2	1940.4 『朝鮮文藝年鑑』 광고	『沈봉사 － 全作長篇小說叢書』4	장편소설	蔡萬植
3	1940.4 『朝鮮文藝年鑑』 광고	『海女 － 全作長篇小說叢書』5	장편소설	李箕永
4	1941.1 『人文評論』 광고	『朝鮮現代詩集』(전4권)	시집	人文社 編輯部
5	1941.1 『人文評論』 출판부 소식	『現代詩論集』	평론집	金起林
6	1941.4 『人文評論』 광고	『昭和十六年版 朝鮮作品年鑑』	연감	人文社 編輯部
7	1941.4 『人文評論』 광고	『昭和十六年版 朝鮮文藝年鑑』	연감	人文社 編輯部

---

96 당대 광고의 판형 소개를 따르되, 판형 언급이 없을 시 현대적 명칭으로 표기했다.

97 초판과 재판 정가가 다르다. 1939년 4월 10일에 발행된 책의 정가는 1원 60전, 송료 15전이다.

98 인문사 판본이 남아 있지 않아 『조선일보』 광고로 발행 시기를 추정했다. 「신간 소개」, 『조선일보』, 1939.10.30.

99 『조선문예연감』은 『조선작품연감』의 별권 부록이므로 '不許分賣'한다고 판권정가란에 쓰여 있다.

100 쇼와15년판 『조선문예연감』은 대동출판사에서, 『조선작품연감』은 한성도서주식회사에서 인쇄했다.

101 인문사 판본이 남아 있지 않아 『인문평론』 출판부 소식 및 광고를 참조해 정리했다.

제5장

조선문학 재생산과 전승의 장치들
인문사의 출판 기획 2

1. 조선 독서 시장의 성장과 문학의 좌표

최재서는 인문사 창간 이후 출판인이라는 새로운 직함 아래 「출판 일년생의 변」1938과 「최근의 독서 경향」1939 등의 글을 썼다. 조선 출판계의 현황과 방향성을 다룬 이 글들에서 그는 조선 독서 시장이 성장했다는 근거로 다음과 같은 사실을 거론한다. 첫째, 쇼와昭和 7, 8년 시대 도쿄에 비견할 정도의 규모에 이르렀다는 것,[1] 둘째, 초판 천 부 정도는 소화 가능하게 됐다는 것[2]이다. 역설적이게도 쇼와 7, 8년은 일본의 출판 경기가 가장 나빴던 시기로 기억된다. 그러나 식민지 출판 시장에서는 그 수준에 도달하는 것도 결코 쉬운 일이 아니었다. 자본란과 원고란, 미비한 인쇄술은 물론 용지 부족까지 가중되고 있는 상황이었기 때문이다. 그래서 최재서는 독서가 사회 현상으로 확립되기 위해서는 책을 사는 상행위가 정상적으로, 또한 일정 수준으로 이루어져야 한다는 점을 새삼스레 되새겨보고 있다.[3] 당시 조선에서 잘 팔리는 책은 모두 문예 서적으로서 대중소설, 문예소

---

1 최재서, 「최근의 독서 경향」, 『조선일보』, 1939.4.30.
2 최재서, 「출판 일년생의 변」, 『비판』, 1938.9, 72쪽.

설,[4] 단편소설, 시집, 수필집의 순으로 인기를 끌었고 평론집도 상당히 팔린다는 점이 언급됐다. 한편 학예사의 문고본 출간으로 고전 읽기 열풍이 생겨난 것도 주목할만한 현상이었다.

「최근의 독서 경향」과 같은 지면에 수록된 「출판계의 현조류」에서 함대훈 역시 문예물 중심의 독서 시장이 조선 특유의 것임을 지적했다. 일본의 독서 시장에서도 문학의 지위가 가장 높긴 하지만 다른 분야의 판매율 또한 높다는 점에서 조선과는 차별화된 양상을 드러냈다. 함대훈은 그 원인을 "문예는 자기 사회의 향기를 담지 안흐면 절실하게 호흡하기에 부적"[5]하다는 특수성에 찾았다. 정치 경제 및 시사 문제는 신문, 잡지를 통해 현황 파악이 가능하고 일본어, 외국어 문헌 등을 다양하게 참조할 수 있는 데 반해 문예만은 일본문학이나 기타 외국문학으로 만족할 수 없다는 것이다. 이처럼 민족적인 지평에서 연유를 찾는 함대훈의 설명도 일리는 있으나, 이를 전부라 볼 수는 없다. 역시 같은 지면에 수록된 동광당 서점 주인의 설명에 따르면 당시 가장 잘 팔리던 책은 『사랑』, 『찔레꽃』, 『운현궁의 봄』, 『직녀성』 순이었다. 총독부 도서관 직원 역시 『사랑』을 가장 많이 대출된 책의 첫 순위로 꼽았다. 이광수, 김말봉, 김동인, 심훈 등의 대중적 장편소설은 함대훈이 지적했듯 반드시 "제 땅 제 고향의 흙냄새"만 지녔다기보다 대중적인 스토리가 부각되는 소설에 속했다.

이와 관련하여 1930년대 독서계의 팽창은 "억눌린 민족의 정치적 욕구가 문화를 통해 우회하여 분출한 것이라고만 볼 수 없는 현상"이란 천정환의 지적을 되새겨볼 필요가 있다. 그의 분석대로 이 시기에 문학은 "선택 가능한 대중문화 향유의 한 양식으로서 그 위치를 재조정"받게 되었다. 이는 식민지 자본주의가

---

3 최재서, 「최근의 독서 경향」, 『조선일보』, 1939.4.30.
4 원문에는 文藝說로 표기되어 있다. 文藝小說의 오기이다. 연애 갈등을 위주로 하는 통속소설과 변별되는 장편소설을 가리키는 것으로 생각된다.
5 함대훈, 「출판계의 현조류」, 『조선일보』, 1939.4.30.

심화되면서 나타난 대중문화 융성의 결과였으며, 독자는 물론 연극 영화 관객 및 라디오 청취자의 수를 통해서도 확인 가능한 것이었다.[6]

최재서를 비롯한 당대 조선 지식인들도 문학이 대중문화의 한 영역으로서 자리 잡게 됐다는 사실을 충분히 인정하고 있었다. 나아가 신문 저널리즘의 상업적 전략이 독자를 견인해냈다는 사실을 되새기며 문학의 현재와 장래를 논하기도 했다.[7] 다만 앞 장에서 확인했듯이 그를 비롯한 비평가들이 공통적으로 강조하고자 했던 것은 문학의 생산과 소비가 통속적 재미의 영역에만 머물러서는 안 된다는 점이었다. 「최근의 독서 경향」에서 최재서는 현재 조선 잡지의 오락면이나 창작면은 크게 개선됐으나 독자 대중의 "지식적 욕구"를 채워 주지 못하고 있다고 비판했다. 평론집이 잘 팔리는 이유 역시 문예열의 일환이 아니라 "인포머티브 Informative"한 출판물에 대한 요구에서 비롯된 것이라 진단했다. 그러므로 조선 독서 시장에 "지식적이고 일상적인 서적"에 대한 수요가 없다기보다 그와 같은 서적을 공급할 조건이 구비되지 못했다는 것이 그가 파악한 조선 출판 현실의 문제점이었다.

한편 일본어 서적의 막강한 힘도 문제로 꼽혔다. 최재서는 서점들이 "언문 책"을 취급하기 꺼린다는 사실에 유감을 표했다. 당시 경성에는 일본어 책에 비해 잘 안 팔린다는 이유로 조선어 책을 아무렇게나 굴리는 서점들이 허다했다. 김기림의 시집 『기상도』를 받아놓고도 진열조차 안 하다가 모두 잃어버린 서점이 있

---

6 천정환, 『근대의 책 읽기』, 푸른역사, 2003, 312~313쪽.
7 관련 논의로는 임화, 「문화기업론」, 『청색지』, 1938.6; 최재서, 「연재소설에 대하여」, 『조선문학』, 1939.1; 김남천, 「신문과 문단」, 『조광』, 1940.10 등 참조.
유석환의 논의는 신문 저널리즘을 중심으로 이루어지던 기존 논의와 차별화된 주장을 펼쳤다는 점에서 주목할 만하다. 1930년대 『비판』, 『삼천리』, 『조광』 등의 문예 지면을 분석한 그는 "종합지들 사이에서 정론이 균질화될수록 생존 및 경쟁의 수단으로서 문학의 가치가 제고되었고, 문학은 종합지를 대표하는 구성물로 격상되어 갔다"고 주장한다. 다시 말해 1930년대 문학 서적의 융성은 종합지 간의 생존 경쟁이라는 환경 속에서 마련되었다는 것이다. 유석환, 「1930년대 잡지 시장의 변동과 잡지 『비판』의 대응—경쟁하는 잡지들, 확산되는 문학」, 『사이(SAI)』 6, 국제한국문학문화학회, 2009; 유석환, 「경쟁하는 잡지들, 확산되는 문학 2」, 『한국문학연구』, 53, 동국대학교 한국문학연구소, 2017.

는가 하면, 인문사의 서적 위탁을 요청해도 공연히 자리만 차지한다며 거절하는 서점도 있었다. "참고서 나부랭이에 집중하는 것보다는 단 한 권이라도 언문 책을 보급식히도록 전력을 다하라"[8]는 최재서의 일갈에서 알 수 있듯이 일본의 수험용 참고서는 각종 일본어 대중잡지, 대중소설들과 더불어 조선어 문예 서적의 최대 경쟁자였다. 채만식의 「치숙」1938에서 울려 퍼졌던, "나는 죄선 신문이나 죄선 잡지하구는 담 싸고 남 된 지 오랜걸요"[9]라는 소년의 목소리는 결코 과장된 게 아니었던 것이다.

그렇다면 통속문학과 일본어 간행물과의 경쟁 구도 속에서 조선어 순문학 담론을 어떻게 활성화할 것인가? 인문사의 비평 잡지는 이러한 질문을 바탕으로 탄생한 기획물이었다. 1939년 10월에 창간된 『인문평론』은 최재서의 표현대로라면 인포머티브한 차원에서 문학에 관심을 갖는 독자를 염두에 두고 조선문학의 방향성에 대한 다양한 담론을 구성해갔다. 비평가들의 입장에서 보더라도 이는 상호 협력과 교류를 위한 물적 토대로서 중요한 의미를 지녔다. 최재서는 발레리의 사실의 세기론을 경유하여 이십 세기의 무질서를 논평하는 글에서 지식인의 창조성과 지도성이 불가능한 시기임을 인정하면서도 "지적 에네르기만 살아 있다면 문화 전승이 반드시 가능"[10]하다고 썼다. 한편 영문학계의 아성이라 할 수 있는 비평지들의 폐간을 목도하면서도 "평론 잡지는 오늘날 문명을 수호하고 있는 제국諸國의 지적 안정을 위해서 필요불가결의 존재"이며 "현재의 무질서에 있어서 절실하게 요청되는 지적 활동의 일 형식"[11]임을 재확인했다. 이는 나치스의 공세에 놓인 유럽 상황은 물론 서구 근대에 정신적 기원을 두고 있는 조선 지식인들의 현재와 미래를 염두에 둔 발언이었다.

---

8 최재서, 「출판 일년생의 변」, 『비판』, 1938.9, 72쪽.
9 채만식, 「치숙 5」, 『동아일보』, 1938.3.11.
10 최재서, 「세기에 붓치는 말-사실의 세기와 지식인」, 『조선일보』, 1938.7.2.
11 최재서, 「『론돈·마-큐리』 폐간」, 『조선일보』, 1939.5.16.

130 제1부 | 최재서 문학의 지층들

인문사의 연감은 조선 지식인들의 협업이 만들어낸 또 하나의 "문화 전승" 장치였다. 일본의 경우 일본문예가협회가 연감을 발행했으며 발간 시기에 따라 각기 다른 출판사가 출간을 담당한 바 있다. 그런데 인문사와 같은 일개 출판사가 연감 발간을 기획하고 실행에 옮겼다는 것 자체가 식민지적 특수성을 드러내는 현상이었다. 연감이 기획되던 1939년 당시 조직된 조선문인협회는 전시체제하 문인 동원을 위한 단체로서 내선일체를 주된 목표로 삼았다. 최재서를 비롯한 연감 해설의 주요 주체들은 대부분 조선문인협회의 결성에 협조했으나, 동시에 조선어문학(만)의 한해를 정리하는 조감도를 발간하며 조선문학/문단의 고유성을 가시화해 나갔다. 이는 앞 장에서 논의한 인문사의 소설 개조 프로그램과 맞물리면서도 독자적인 과정 속에서 실현되었다. 그러므로 이 글에서는 『인문평론』이 실시한 현상 모집 제도와 『조선작품연감』 및 『조선문예연감』의 구성을 논제로 삼아 조선문학 재생산과 전승을 위한 인문사의 기획이 어떻게 전개되었는지 살펴보고자 한다.

2. 현상 모집의 차별화 – 장편소설과 평론

근대 종언과 극복은 1930년대 후반 지식계의 가장 큰 화두였다. 당시 유럽에서는 파시즘의 득세로 인문 정신이 파산 선고 직전에 놓였다는 관측이 현실화되고 있었고, 제국 일본의 지배 권역에서는 새로운 이론적 지주로서 대동아 신질서 담론을 공식화하는 작업이 한창이었다.[12] 카프 퇴조 이후 장기 침체에 처한 조선

---

[12] 1940년 6월 나치 독일이 파리를 함락시켰고, 1940년 7월 일본 제2차 고노에 내각(近衛內閣)이 신정치 체제 확립 및 대동아 신질서 확립을 위한 기본국책요강을 발표했다. 뒤이어 1940년 9월에는 유럽과 대동아의 신질서 건설 및 상호 원조를 결의하는 일·독·이 3국 동맹이 체결된다. 일본 신체제 운동의 성립 과정에 대해서는 전상숙, 「일제 군부파시즘 체제와 '식민지 파시즘'」, 『동방학지』 124, 연세

평단 역시 무엇이 올바른 시대 정신인지 가늠하기 어려워 헤매다가 "권태의 다양성"에 직면했다는 진단에 대체로 공감하는 분위기였다. 그러나 이원조가 논했듯이 "시민적 리베랄한 교양이 점차 무력화해가는 것"이 사실이라 할지라도 정치적 논리에서 파생된 동아협동체론이나 세계사의 철학을 검증 없이 수용하기는 어려웠다.[13] 이러한 상황에서 창간된 『인문평론』은 전대미문의 세기에 요구되는 인식론을 탐색하는 한편, 현실 재현과 역사적 전망의 양축을 담당할 서사문학 갱신의 방법론을 점검하는 장으로 기능했다.

『인문평론』은 역사철학자와 비평가들의 권두 논문을 통해 시국의 문화적 쟁점을 다루는 한편, 교양론, 문단의 동태와 성과, 현대미, 신세대, 현대와 인간 문제, 소설론, 문학과 직업 문제, 동양문학의 재반성, 사변 기념, 신인 창작 소개 등 다양한 특집을 구성해 조선문학 발전을 위해 필요하다고 판단되는 문제들을 공론화했다. 또한 최재서의 「현대소설연구」, 김남천의 「발자크 연구 노트」, 여러 비평가가 번갈아가며 평필을 잡은 「장편소설검토」 등 소설론을 집중적으로 연재했고, 「노벨상 작가선」, 「해외문화통신」, 「명저 해설」 등을 통해 서구문학과 동양문학을 아우르는 해외 논저 번역과 리뷰를 선보였다. Critical과 Culture를 의미하는 「구리지갈求理知喝」과 「갈추어葛秋語」 등 익명 비평 코너도 비정기적으로 운영했다. 이와 더불어 문단에 새롭게 대두된 키워드의 확장적 개념과 맥락을 짚은 「모던문예사전」도 이채로운 코너였다.

이처럼 『인문평론』은 제호 그대로 논평에 중점을 둔 잡지였기 때문에 창작자가 주도하는 동시대 『문장』처럼 신인 작가의 테크닉을 직접 지도해 문단에 진입시키는 추천제[14]를 상례화하지는 않았다. 그러나 신진 재생산의 문제를 도외시

대학교 국학연구원, 2004. 참조.

13 이원조, 「비평 정신의 상실과 논리의 획득」, 『인문평론』, 1939.10. 참조.

14 『문장』이 추천제를 통해 매체의 권력을 강화하는 방식에 대해서는 이봉범, 「잡지 『문장』의 성격과 위상」, 『반교어문연구』 22, 반교어문학회, 2007 참조.

했다고 보기도 어렵다. 오히려『인문평론』은 명확한 기준과 지침을 내건 현상 모집을 실시했다. 모집 분야는 장편소설과 평론 두 분야였다.

본지 창간 일주년 기념 현상 모집

오는 시월十月은 본지 창간 일주년이므로 이를 자축하는 동시에 문단에 새로운 생기를 환기하고자 좌와 여히 장편소설과 평론을 현상 모집하오니 뜻 있는 분은 많이 참가하여 주기 바란다. 자세한 내용은 사월호 본지상에서 발표하겠거니와 위선 요령만을 들어 준비를 촉하는 바이다.

장편소설

1. 전기 소설 : 내외국인을 막론하고 역사상 유명한 인물의 생애를 재료로.
2. 생산 소설 : 농촌이나 광산이나 어장이나를 물론하고 씩씩한 생산 장면을 될 수 있는 대로 보고적으로 그리되 그 생산 장면에 나타나 있는 국책이 있으면 될 수 있는 대로 그 점을 고려할 일.

이상 어느 것이나 선택은 자유, 사백 자 원고지 오백 매 전후.

평론

1. 김남천론 : 작품집 인문사 발행『대하』, 학예사 발행『소년행』
2. 이효석론 : 작품집 인문사 발행『화분』, 학예사 발행『해바라기』, 삼문사 발행『성화』
3. 유진오론 : 작품집 인문사 발행『민요』(근간), 학예사 발행『유진오 단편집』

이상 어느 것이나 선택은 자유, 사백 자 오십 매 내외.

1. 기일 칠월 십오일

2. 상금 소설 이백 원(단 본사 간행 전작 장편에 편입함으로 재판부터는 인세 지불) 평론

　오십 원

3. 심사위원 기타는 사월 호 본지에 발표. 이상.

인문사.[15]

인용문은 '신세대 특집호'인 통권 5호[1940.2] 지면에 게재된 창간 1주년 현상 모집 사고社告이다. 모집의 취지는 통권 6호 사고에서 제시되었는데, 여기서 강조된 것은 조선문학이 새로운 단계로 올라서야 한다는 목표였다. 인문사는 전작장편소설 총서 및 『인문평론』이 "새로운 자극과 새로운 무대"로 쓰이길 바란다고 당부했으며[16] 장편소설 당선작을 인문사 총서로 포함하겠다는 약속을 내걸며 신인 작가의 참여를 촉구했다. 주목할 만한 점은 평론 대상 작품집에 학예사의 간행물이 필수로 포함되어 있었다는 사실이다. 여타 출판사들이 이광수의 대중적 명성을 활용한, 그리고 명망성 있는 전 세대 작가나 대중소설 작가들이 포진된 시리즈들을 발간한 데 반해,[17] 인문사와 학예사는 비평가가 주도하는 비非대중문학 중심 출판사라는 공통점을 공유했다. 그러므로 『인문평론』의 평론 현상 모집은 인문사와 학예사의 핵심 간행물 독서와 판매를 독려하는 역할을 했다고 볼 수 있다.

장편소설 심사위원은 김남천, 이원조, 임화, 최재서 등 4인, 평론 심사위원은 이원조, 임화, 최재서 등 3인으로, 모두 인문사의 소설 총서 기획에 직간접적으로 관여한 인물들이었다. 나아가 이들은 당시 문단의 화제로 떠오른 세대론[18]의 양대 진영 중 기성 문단-삼십 대 비평가의 주축에 해당한다는 공통점을 지녔다. 이념적 근거와 문학적 입장의 개별적 차이에도 불구하고 이들 모두는 "문학 정신

15 「본사 창간 1주년 기념 현상 모집」, 『인문평론』, 1940.2, 69쪽.
16 「본사 창간 1주년 기념 현상 모집」, 『인문평론』, 1940.3, 204쪽.
17 박숙자, 『속물 교양의 탄생─명작이라는 식민의 유령』, 푸른역사, 2012, 212~243쪽.
18 세대론의 전개 과정에 대해서는 김영민, 『한국근대문학비평사』, 소명출판, 2002, 503~522쪽.

의 정상한 발전을 위하야 악전고투"[19]했던 세대로 규정되었다. 유진오는 신인들을 향해 이 같은 정신을 계승하기 위해 좀 더 시대적 고뇌 속으로 투신할 필요가 있다고 당부했고, 임화 역시 신인의 문학에 아이디얼리즘이 결여되어 있다는 점을 문제로 지적했다. 최재서는 유진오, 임화, 이원조 등처럼 논쟁의 당사자로서 신인 작가들과 대립각을 세우지는 않았으나 임화의 신인불가외新人不可畏론[20]에 대체로 동의하는 입장이었다. 그는『동아일보』의 신인 콩쿠르 심사 결과를 예로 들며 문학적 신세대론은 저널리즘적 논의일 뿐 실체화된 것은 아니라 진단했다.[21] 신인의 작품이 전혀 새롭지 않은 상황에서 신인이 곧 신세대라는 등식은 성립되지 않는다는 것이다. 그러나 조선문학의 미래에 대한 예측과 전망 없이 신세대 대망론을 논하는 것도 무리가 있다고 보았다.[22] 이러한 배경하에 인문사가 모집한 전기소설과 생산소설은 신인을 향한 선배 비평가들의 문학적 제안이자 실험으로서 의미를 지녔다.『문장』 추천제가 작품 지도를 통해 정지용과 이태준의 문학관을 전수, 확장했던 것과 달리,『인문평론』은 장편소설의 새로운 형식을 제안하는 방식으로 내성, 세태, 통속 등 기존 소설의 문제를 극복할 신인을 발굴해보고자 한 것이다.[23]

19　현민, 「'순수'에의 지향―특히 신인 작가에 관련하야」,『문장』, 1939.6, 135쪽.

20　임화, 「신인불가외」,『동아일보』, 1939.5.6.

21　최재서, 「신세대론―1.문학적 세대」,『조선일보』, 1939.7.6.

22　최재서는 신인=신세대라는 공식에 반대하며 다음과 같은 논평을 남기기도 했다. "유진오 씨는 요새 나오는 신인들과 삼십년대의 작가들 사이에는 벌써 언어가 통하지 않으리만큼 모든 사정이 일변하였다는 말을 하였다고 한다. 이것은 일종의 레토릭일 게다. 현재에 있어서 하로밤 새에 일백팔십 도의 전향이 가능한 것을 나는 부정치 않는다. 그러나 그것은 세대의 교체를 의미하는 것은 아니다. 왜 그러냐 하면 그 전향은 결국 같은 시대적 번민의 표현이기 때문이다. 그 제스추어가 왼손에서 바른손으로 옮아갔다 치더래도 제스추어 자체는 한 시대의 욕구를 표현한 것에 지나지 않는다. 따라서 그들 새에 세대적 차이라는 건 근본적으론 있을 수 없다. 말하자면 그들은 한 물 안의 고기이기 때문이다. 그러나 전연 다른 분위기 속에서 별다른 목표를 향하여 교양된 소년들이 사회에서 발언권을 가지게 될 때 따라서 그들의 의사를 대표하는 문학을 가지게 될 때 문학적 신세대는 비로소 도달할 것이다." 최재서, 「신세대론―2.신질서에 대한 새 인간」,『조선일보』, 1939.7.7.

23　"본지 창간 1주년 기념 현상 모집 당선소설 윤세중 씨의『백무선』은 다만 미지의 작가를 세상에 소개한다는 것보다도 종래 주제의 빈곤에 헤매이던 장편소설에 생기를 넣랴는 생산소설이라는 제약하에 씨워진 최초의 작품이라는 데 더 많은 의의가 있다."「편집후기」,『인문평론』, 1940.11, 238쪽.

인문사는 전기소설의 범주를 "개인의 전기를 재료로 하되 내외국인을 가리지 않고" "반드시 정치가나 문인이 아니어도" 좋으며 "학자나 실업가"도 허용하는 등 상당히 폭넓게 잡았다.[24] 이는 당대 도쿄 문단과 조선 문단을 동시에 강타한 에브 퀴리Eve Curie의 『퀴리 부인*Madame Curie*』1937, 일본어판 제목으로는 『퀴리부인전キュリー夫人傳』의 영향력을 떠올리게 하는 공고였다. 『퀴리 부인』은 일본에서 수십만 부가 팔린 베스트셀러였던 만큼 조선의 출판 관계자에게도 깊은 인상을 남겼다.[25] 『동아일보』는 인왕산인최승만의 번역으로 『퀴리 부인』을 연재하려 했으나 "특히 생각하는 바 있어 우리 문단의 중견 작가 이무영 씨에게 위탁"하여 『퀴리 부인』의 소설화에 착수했다고 밝혔다.[26] 뒤이어 명성출판사는 1940년 3월 노자영을 초역抄譯자로 내세운 『금색의 태양金色의 太陽』을 출간했다. 펄벅의 『대지』와 『어머니』, 에브 퀴리의 『퀴리 부인』을 축약해 묶은 이 책은 펄벅과 퀴리 부인의 유명세를 활용해 흥행을 도모한 기획서였다. 축약본인 이 책이 인문사판 완역본 『대지』만큼 절찬리에 판매됐는가는 확인하기 어려우나, 문단에서 진지한 검토의 대상이 되지는 못했다는 것만은 확실하다. 그럼에도 불구하고 전기물의 인기는 위대한 실존 인물을 다룸으로써 얻을 수 있는 효과에 대해 생각게 하는 계기가 되었다. 이에 대해 최재서는 "새로운 성격 창조가 극도로 곤란하게 된 이때에 전기소설은 확실히 풍요한 분야임에 틀림이 없다"며 "역사에 관한 리써치 워크"의 필요성을 강조했다.[27]

한편 인문사가 모집한 생산소설 개념은 일본적 용법에 연원을 둔 것이었다. 당시 생산문학은 "사변 이후 일본 문단에 현출한 신흥문학"으로서 "사회 생산면과

24 「본사 창간 1주년 기념 현상 모집」, 『인문평론』, 1940.3, 204쪽.
25 일례로 요즘의 독서 경향을 묻는 칼럼에서 엄흥섭, 김남천 등은 『퀴리부인』을 읽으며 받은 감동을 언급하기도 했다. 「최근 독서초-읽은 책, 읽는 책, 읽을 책」, 『동아일보』, 1939.5.2.
26 「세기의 딸 퀴리부인의 일생 근일 연재」, 『동아일보』, 1939.10.7.
27 최재서, 「역사 전기 생산 장면-(상)긴급한 새로운 소재의 개척」, 『조선일보』, 1940.5.8.

그 안에 살고 있는 사람들의 생활", 보다 구체적으로는 "생산 기구 그 자체, 직접 생산에 종사하는 사람들의 생활, 생산과 사회의 관계, 생산과 개인의 관련성, 그리고 인간의 일체의 생활과 생산과의 연계성"을 추구하는 문학으로 정의되었으며[28] 소재와 주제가 국책과 맞닿아 있다는 것이 가장 큰 특징으로 꼽혔다. 이 점을 인문사의 현상 모집 공고도 도외시하지는 않았으나, 현상 모집 기획자들의 초점은 일본의 국책이 아니라 조선의 문학에 맞추어져 있었다.

일례로 『인문평론』에 수록된 임화의 「생산문학론」은 '극히 조잡한 각서'라는 전제를 붙이면서도 조선문학의 지평하에서 생산문학이 어떻게 유의미한 형식이 될 수 있는지 짚어냈다. 그는 최근 조선소설의 문제가 기본적으로 문학을 세계관으로부터 분리하여 시정을 편력하는 데서 촉진됐다고 진단한 후, 생산소설이 시정으로 가라앉은 리얼리즘의 타개책으로 기능할 것이라 전망했다. 시정이란 소비의 공간이어서 이곳에만 머물면 생산의 문제는 도저히 알 도리가 없게 된다. 따라서 소비와 생산을 아울러 고찰해야 전체로서의 현실을 파악할 수 있으리라는 결론이 내려졌다.[29] 최재서 역시 조선 문단의 매너리즘을 타개할 방책으로서 생산소설에 주목했다. 그의 핵심 논제는 돌진하는 시대와 이를 미처 따라가지 못하는 자아 간의 거리를 어떻게 극복할 것인가에 놓여 있었다. 내면과 신변의 문제를 주로 다뤄온 조선의 작가들에게 생산소설은 외부 세계로 진입할 계기를 제공할 양식으로 기대되었다.[30] 다만 그는 만주나 중국으로 작가를 파견하는 도쿄 문단의 방침과 달리 생산의 '현지'를 황해도, 함경도, 경성 등 조선 내부로 상정했다. 그가 생산소설에서 기대하는 것은 국책의 선에 따르는 문학의 실천이 아니라 전환기라는 "시대의 동태"이자 조선의 "인간희극"이었기 때문이다.[31] 이렇듯 임화, 최

---

28 「모던문예사전—생산문학」, 『인문평론』, 1939.10, 114쪽. 이 항목은 최재서가 작성했다.
29 임화, 「생산소설론—극히 조잡한 각서」, 『인문평론』, 1940.4, 8~11쪽.
30 최재서, 「역사 전기 생산 장면—(상)긴급한 새로운 소재의 개척」, 『조선일보』, 1940.5.8.
31 최재서, 「편집자와 작가의 협동—(하)작가의 현지 파견 기타 대책 이삼」, 『조선일보』, 1940.5.10.

재서 등의 비평가들은 일본발 담론들을 참고하면서도 이와 변별되는 조선의 생산문학 창작을 염두에 두었다. 「모던문예사전」이 생산문학의 개념을 설명하면서 그 목표를 "창조적 문학"의 실현으로 잡았던 것도 이를 방증하는 대목이다.[32]

현상 모집의 결과는 예고대로 창간 1주년 기념호인 10월 특대호1940.10에 발표됐다. 평론은 한 편도 당선되지 못했으며, 장편소설 당선작은 훗날 북한의 대표 작가가 되는 신인 윤세중의 생산소설 『백무선白茂線』 한 편이었다.[33] 평론은 아카데미즘과 저널리즘 양자의 지식과 훈련을 요구한다는 점에서 진입 장벽이 높은 분야라 할 수 있겠으나 전기소설은 왜 당선작을 내지 못했을까? 아마도 실존 인물을 다루어야 한다는 전제가 창작의 장애물로 다가왔을 수 있다. 전시체제하 식민지 조선에서 '위인'이라고 간주할 만한 인물이 없는 것은 아니었다. 예컨대 이 시기에 부쩍 빈번히 소환되기 시작한 김옥균은 내선일체 선전이라는 목표로 수렴되는 인물이었다. 그러나 동아 신질서 담론을 전면에 배치하되 이것과 거리를 두는 조선 지식인의 목소리를 배제하지 않았던 『인문평론』이 김옥균적인 인물을 염두에 두고 전기소설을 모집했다고 보기는 어렵다. 그렇다고 해서 조선의 고대로 거슬러 올라가 현재적 연관성이 희박한 어떤 인물을 다루는 것을 김남천, 임화, 이원조, 최재서 등 근대주의자로 구성된 심사위원들이 원했을 리도 없다. 검열을 고려한다면 조선의 독립을 암시하거나 민족주의를 상징하는 인물을 내세우는 작품도 적합하진 않았다. 인문사는 외국인 인물을 다루는 것도 가능하다는 전제로 이러저러한 제약을 돌파해보고자 했으나 전기소설 모집은 실패로 돌아갔다. 민족성, 학술적 성과, 직업적 전문성, 본받을만한 품성과 내면 등을 동시에 포괄해 교훈을 줄 수 있는 위인, 가령 러시아의 속국 폴란드 출신으로서 탁월한 과학자가 된 '마리 퀴리' 같은 사람을 포착해 소설화하는 일은 상당히 어려운 과

---

32 「모던문예사전 – 생산문학」, 『인문평론』, 1939.10, 115쪽.
33 「창간 일주년 기념 당선작 발표」, 『인문평론』, 1940.10, 113쪽.

업이었다.

당선작인 『백무선』은 『인문평론』의 폐간으로 4회만 연재되었다.[34] 연재분으로 미루어볼 때 이 소설은 일본의 전쟁이나 국책과 직접 결부된 문제를 다루고 있지 않지만 현상 모집 공고가 주문한 대로 "씩씩한 생산 장면"에만 집중한 소설로 보기도 어렵다. 대신 식민지인이 생산소설 창작에 착수할 때 나타나는 변수들을 보여준다는 점에서 주목할 지점이 적지 않다.[35]

간단하게 주요 내용을 짚어보자면 『백무선』은 함경북도 지방의 철도 부설에 따른 도시의 생성과 공사 진행에 따른 측량, 폭파, 부설, 운반 장면 등을 차례로 제시하며 전개된다. 백무선은 개통된 지 일 년 만에 큰 문제에 직면하는데, 교량을 철재가 아닌 목재로 만든 탓에 대대적 보수 공사가 필요케 된 것이다. 이에 따라 공사 입찰 공고가 뜨고, 경성에 본점을 둔 합자회사 무라타쿠미村田組 소속 측량기사들과 조수, 하청업체 직원 등이 공사에 투입된다. 그런데 이들이 공동체나 집단의 목표보다는 개인의 관심사와 욕망에 따라 움직인다는 점에 주목할 필요가 있다. 가령 중심인물인 측량기사 박달은 성실한 직업인이긴 하나 그의 생산 장면보다는 의식과 내면을 묘사하는 데 더 많은 지면이 할애된다. 이와 대조를 이루는 인물은 측량기사 주창선으로, 그는 전문성도 없고 한몫을 잡는 데만 관심이 있어서 사리사욕에 충만한 일본인 '오야지'와 의기투합하고 있다. 또한 가난

---

34 『인문평론』 13호(1940.11), 14호(1940.1), 15호(1941.2), 16호(1941.4)에 연재되었다.

35 윤세중은 실제 백무선 공사에 참여한 경험을 바탕으로 창작에 착수한 만큼 관념적으로 노동이나 생산의 문제를 다루는 작가들과 변별되는 이력을 지니고 있었다. "내가 단이든 구미에서 백무선 개수공사를 맡어 가지고 그 공사를 착수한 것이 바로 작년 팔월달 붙어이다. 삼십여 명의 조원이 한패가 되어 무산으로 7월 말일에 드러갔었다. 그때 나도 조원의 한 사람으로 그들 틈에 끼여 처음 백무선 차를 타보았다. 원시림 같은 울창한 삼림과 무시무시한 산들을 차창으로 바라다보았을 때 나는 무한 속으로 놀내고 탄복하였다. (…중략…) 이것을 쓰게 된 동기는 별 게 없다. 내 간으로는 언제든지 한번 이 땅의 진실한 작가가 되어보리라 하는 달갑지 않은 욕망과 정열과 그 노력이 이번 『백무선』을 쓰게 된 동기라면 동기겠다. 작품의 무대와 작가와 인물은 내가 보고 듣고 또 직접 체험한 것들을 되도록 실질적으로 내모랐다. 다만 그 호흡만은 내 도마 우에 올려놓고 내 마음대로 난도질을 해보느라고 했다. 이 난도질이 금후의 내 작품 활동에 있어서도 끈임없이 튀여나올 것을 감히 선언한다. 이 난도질은 내 정신 생명의 진폭이다." 윤세중, 「『백무선』을 쓰고」, 『인문평론』, 1940.11, 40~41쪽.

한 조선인 소년 조수들의 배움에 대한 열망을 가로막는다는 점에서도 주창선은 문제적 캐릭터이다. 또 다른 중요 인물군은 노동자들인데 국민으로서의 노동자 상은 전혀 등장하지 않는다. 대신 소설은 철교 공사에 투입된 자유 인부와 모집 인부의 면면을 소상히 밝혀 보인다. 여기서 문제가 되는 것은 사기나 다름없는 조건으로 대거 뽑혀 와 노동에 적응하지 못하는 농민 출신 모집 인부의 곤경이다. 결국 모집 인부들은 부당한 대우를 견디지 못해 연재분의 마지막 장면에서 집단 적 탈출을 감행하고 있다. 이와 더불어 사상적 전력을 지닌 엘리트 인부들이 등 장해 모종의 역할을 수행할 것이 암시되는 등 소설은 일본인과 조선인이 뒤섞여 있는 식민지 노동 현장의 각종 문제들을 짚어 나간다. 따라서 국책의 실현은커녕 가능성조차 요원하게 보이는 것이 마지막 연재분의 주된 내용이다. 여기까지 살 펴볼 때 이 소설은 생산 현장의 위계와 기만성을 미화나 각색 없이 다루고 있는 것으로 판단된다. 물론 이후의 스토리나 결말을 확인하기 어려운 만큼 그 성격을 단정하긴 어렵다.

『인문평론』은 『백무선』 당선을 발표한 후, 단편소설, 시, 평론 등을 모집하는 신춘문예 공고도 냈다. 이는 인문사만의 기획에 기반을 둔 것이라기보다 신인을 모집하던 저널리즘적 관행을 따른 것이었으며 성과 또한 미미했다.[36] 오히려 동 일한 호에 수록된 특집 '신인 창작집'이 『인문평론』을 주도하던 비평가들이 원하 던 신인의 면면을 살펴볼 수 있다는 점에서 흥미롭다. 김남천, 유진오, 임화의 추 천으로 수록된 유항림의 「부호」, 김영석의 「월급날 이러난 일들」, 이석징의 「도 전」 등은 마르크스주의자와 모더니스트로 구성된 삼십 대 기성세대가 기대할만 한 '신인'으로 호명한 존재가 누구였는가를 보여준다. 전향 이후의 내면과 인간

---

36 「신춘문예 현상 모집」, 『인문평론』, 1940.10, 112쪽. 총 97편이 응모되었으며 시와 평론 당선작은 없 었다. 단편소설 분야에서 조성호의 「차륜」이 유일하게 당선됐다. 심사자는 김남천이었다. 「신춘문예 당선작 발표」, 『인문평론』, 1941.1, 186쪽.

성을, 그리고 시대의 중심적 지주가 사라진 자리에서 영위해가야 하는 일상의 문제를 다룬 이들 작가는 선배 세대와 동일한 시대 정신을 공유했으나 단순히 에피고넨이라 규정짓기는 어려운 개성을 드러냈다. 추천자들은 단층파 최초의 이단자가 나올지도 모른다는 예측, 현대 조선문학이 아직까지 발을 들여놓지 않은 고골리적인 것에 대한 기대 등을 표현했다. 김남천이 강조한 대로 "새로운 세대의 정신적 가치"[37]는 현존하는 것이 아니라 이제부터 발견해야 할 미래의 과제였기 때문이다.

3. 연감을 통한 당대 문학의 기록과 보존

일찍이 최재서는 T.S.엘리엇의 「전통과 개인의 재능」을 '현대 주지주의 문학 이론'이라는 명칭 아래 조선 문단에 소개하며 엘리엇 논의의 핵심이 예술가 개인에 선행하는 전통의 질서에 있음을 짚었다. 엘리엇의 전통은 유기적 전체로서의 일국문학 더 나아가 세계문학을 가리키는 개념인 만큼 최재서와 같은 비유럽권의 비평가에게는 서구와 비서구, 보편과 특수의 관계를 사유하는 틀로서 유용성을 지녔다. 이를테면 서구를 기준으로 보편적 문학 전통의 일부가 될 근대 조선문학의 개성을 계발하는 것이 그의 목표였다고 할 수 있겠다. 그런데 1940년을 전후한 시기에 이르러 최재서는 엘리엇 이론을 서구와의 관계가 아닌 조선문학 내부의 세대론에 적용해 논의하기 시작한다.

세대 교체를 압두고 구세대가 생각할 점은 어떠케 해서 그 체험을 살릴까 하는 점이다. 여기서 전통에 대한 진보적인 생각과 아울러 자기 자신에 대한 단호한 정리가

---

37 김남천, 「창작계」, 인문사 편집부, 『소화십오년판 조선작품연감』, 인문사, 1940, 14쪽.

필요하게 된다. 전통은 한 질서 ― 살아 잇는 한 유기체이다. 이 질서가 존속하기 위하여선 부절히 새로운 것을 섭취하는 동시에 또 부절히 자기 정리를 하여야 된다. 새로운 것을 섭취하지 안흐면 화석되고 또 자기 정리를 하지 안흐면 질서가 파괴되고 만다. 새로운 쇼크를 바들 적마다 신속하게 자기 정리를 하여 새로운 것을 그 전체적 질서 안에 포용하고 이리하여 얼마간 더 커진 전통은 새로운 추진력을 가지고 다음 세대에 대하게 된다. 이것이 전통의 보존이고 또 진보이다. 산골물은 가닥지물이 적다 하여 버리지 안는다. 그러나 가닥지물을 바다드린다 하여 그는 자기 자신의 본질적인 것을 하나도 상실함이 업다. 이리하여 시내물의 심과 폭은 증대하여 간다. 참된 전통주의자를 위하여 못토 ― 를 세우라고 하면 아무 것도 버리지 안코 아무 것도 읽(잃 ― 인용자)지 안코 ― 나는 이렇게 정하려 한다.[38]

이처럼 과거의 것과 새로운 것의 조응을 통해 지속적으로 갱신되는 조선문학의 전통을 논하고 있다는 점에서 최재서는 커다란 변화를 보이는 듯하다. 과거그의 비평에서 조선의 전통은 언제나 부정적인 표상으로 존재했기 때문이다.[39]그러나 여기서 정리와 계승의 대상이 조선의 근대였음에 주목할 필요가 있다. 최재서는 동시대 『문장』처럼 조선의 고전을 현재 속에서 반복하고 재현하는 방식[40]에는 관심을 보이지 않았다. 전통에 대한 그의 생각은 이론적 맥락은 다르지만

38 최재서, 「신세대론 ― 3. 문학사의 정리와 전통」, 『조선일보』, 1939.7.9.
39 최재서는 이전에도 문학적 전통의 중요성을 강조했으나 이는 이론의 차원에서 전개됐을 뿐 전근대 조선의 문학에는 관심을 보이지 않았다. 조선 문단에서 고전부흥열이 한창일 때도 어빙 배빗, 생트 뵈브, 테느 등에 의거해 고전과 전통에 관한 이론을 점검했다. 최재서, 「고전 연구의 역사성 ― 전통의 전체적 질서를 위하야」, 『조선일보』, 1938.6.10 참조. 또한 이십 세기에 불어닥친 문화의 위기 앞에서 역사를 회고하며 지성을 수련하자고 제안할 때도 동로마 시대와 르네상스 시대의 역사를 거론했다. 최재서, 「세기에 붓치는 말 ― 사실의 세기와 지식인」, 『조선일보』, 1938.7.2 참조.
40 차승기는 『문장』의 전통주의는 과거의 삶을 반복함으로써 과거적인 것의 잠재성을 현실화하는 '에피파니적'인 면모와 과거에 대한 그리움을 통해 심미적 아우라에 참여하는 '노스탤지어적'인 면모를 지니고 있었다고 분석한다. 차승기, 『반근대적 상상력의 임계들 ― 식민지 조선 담론장에서의 전통 · 세계 · 주체』, 푸른역사, 2009 참조.

서인식의 문화종합론[41]과 공명했고, 문단 내부의 작업 중에서는 임화의 신문학사 서술을 뒷받침하는 것이었다.[42] 임화의 문학사가 근대문학의 통시적 계보 작성을 담당했다면, 인문사의 연감은 미래의 문학사를 위한 당대 문학의 공시적 정리라는 점에서 상호 보완적 의미를 지녔다.

인문사의 연감은 『조선작품연감』과 별책부록 『조선문예연감』의 이원화된 체제를 지니고 있었으며 현재 확인할 수 있는 것은 1939년과 1940년판이다.[43] 보통의 연감은 요약과 통계에 초점을 두기 마련인데 이러한 기능을 수행하는 문예연감이 오히려 부록의 위치를 차지하고 있다는 점이 이색적이다. 연감의 편집자 명단을 살펴보자면, 1939년판은 김남천, 백철, 안회남, 이원조, 임화, 최재서 등 6인, 1940년판은 김기림, 김남천, 백철, 안회남, 이원조, 이태준, 임화 등 7인, 1941년판은 김기림, 김남천, 백철, 안회남, 이원조, 이태준, 임화, 최재서 등 8인이었다. 그런데 인문사는 왜 문장사의 『창작 32인집』이나 『창작 34인집』과 같은 '작품집'을 출간하지 않고 '작품연감'이라는 형식에 주목한 것일까? 동시대 독자대중의 독서가 아니라 후세대를 위한 자료 축적에 초점을 두었기 때문이다.

무릇 문화 발전의 비결은 기술을 전승하고 발명함에 있다. 일대의 체험을 차대가 같은 시간과 노력을 요하야 획득한다면 문화의 발전은 기할 수 없을 것이다. 전대의

---

41 문화종합이란 "역사의 과거를 종합하고 현재의 제경향을 평가함으로써 역사의 미래를 창조할 문화적 초석을 제공하는 것"을 의미한다. 이를 풀어서 설명하자면, 현재에 공존하는 수많은 문화 원리들을 원래 그것이 생성된 맥락으로 환원하여 이해하면서도, 이 문화 원리들을 원래의 맥락에서 분리하여 현재적 요청 아래 새롭게 종합하는 것을 의미한다. 따라서 문화 이해의 기준은 과거에 두되, 종합의 기준은 '미래적 현재'에 두어야 한다는 것이 서인식의 주장이다. 서인식, 「역사적 이성과 정열 – 현대의 세계사적 의의 6」, 『조선일보』, 1939.4.13; 「문화종합과 고전열 – 현대의 세계사적 의의 7」, 조선일보, 1939.4.14.

42 최재서는 신문학 삼십년사 집필을 당면 과제로 꼽으며 임화의 문학사 서술이 "신세대 논의의 당연한 귀결이자 가장 큰 수확"이라 평가한다. 최재서, 「평론계의 제문제」, 『인문평론』, 1939.12, 51쪽.

43 연감은 쇼와14년(昭和十四年), 쇼와15년(昭和十五年) 등 일본 연호를 따르고 있으나, 본문에서는 서기 연도로 바꾸어 언급하겠다. 1941년판의 경우 출간 준비 완료 후 광고까지 나갔으나 조선어 잡지가 폐간되고 단행본 출간도 제약을 받게 됨에 따라 발간되지 못했다.

체험을 단시간 내에 습득하고 이를 기초로 하야 새로운 발명을 하는 데서 문화 발전은 확보된다. 이리하야 인류 체험을 간명하게 기술화하고 또 기술을 전대 계승하는 것이 문화 발전의 모태이다.

이러한 기술 전승의 도구로서 가장 유력한 것은 말할 것도 없이 문서 기록이다. 서적이 현대 문명에 있어서 얼마나한 역할을 가지고 있는가는 새삼스리 말할 필요도 없다. 그런데 우리가 여기서 생각할 일은 우리 문단이 건설된 지 삼십여 년이 되도록 아직도 한 권의 문단 기록이 없다는 사실이다.

우리는 우리의 전대 문학자들이 신문학 초창기에 있어서 얼마나 개척자의 고투를 겪어 왔는지 누누히 들어왔다. 그러나 우리는 그를 실증할만한 아무런 기록도 갖지 않았다. 간혹 개인의 저서나 기록을 통하야 그 일단을 엿볼 수는 있어도 그것은 결코 문단 전체를 상대로 한 기록은 아니었다.

이리하야 우리는 전대 문학자의 창시를 모르고 자기의 독창으로 오신하는 수도 있었고 전인의 노정을 몰랐기 때문에 헛수고를 하는 수도 있었다. 더욱이 선배의 성과를 고증하고 학습하랴 하는 신진들에겐 조선 문단은 기록적으로 황무지라 하여도 과언이 아니다. 이 어찌 문화의 계대 전승을 확보할 수 있으랴.

이에 느끼는 바 있어 아등은 조선작품연감을 간행키로 하였다. 이것은 문예를 중심으로 하야 문화 각 부면에 있어서의 일 년간 대표작을 일 권에 수집하야 한 해의 자취를 일망지하에 볼 수 있도록 하려는 것이다. 이 연감은 자매편인 조선문예연감의 각 개관 및 자료 편람 등과 협력하야 조선 문단의 조감도가 되는 동시에, 친절한 안내서가 될 것을 확신한다.[44]

1939년판 『조선작품연감』 서문에서 최재서는 신문학 역사에 대한 공식적 기록이 부재한 탓에 그간의 조선 문단에 각종 오인과 헛수고가 횡행해 왔다고 언급

---

44 최재서, 「서(序)」, 인문사 편집부, 『소화십사년판 조선작품연감』, 인문사, 1939, 1~2쪽.

한다. 이는 조선 문학인들의 공식적인 협회나 기관이 부재하여 비롯된 문제이기도 했는데, 조선문인협회는 총독부의 외곽 단체로서 내선 문인을 망라해 만들어진 터라[45] 국책 협조를 최우선 목표로 삼았다. 이에 대해 "만일 문학을 풍부히 하지 않고 문학을 진보시키지 않고 나팔과 북만으로 문인협회를 살리랴 한다면 그는 청년단원이지 문인협회원은 아니다"라는 비판도 일었으나, 협회의 성격을 조선 문인이 결정할 권한은 없었다.[46] 인문사가 연감 작업에 착수한 배경에는 이러한 사정도 있었다.

연감이란 한해를 주기로 해당 분야에 대한 정보와 현황을 요약적으로 제공하는 것을 목표로 하는 간행물이다. 그런데 작품연감처럼 문학 텍스트를 취사선택해 제시하는 연감이라면 작품의 수준, 작가의 위치, 독자 반응 등을 두루 고려하되 시대 정신 및 문학사적 가치에 비추어 작품을 선정해야 하는 까다로운 과정이 필요하다. 이 때문에 『조선작품연감』은 "일체의 문단적 고려를 떠나 엄정한 작품 본위로 함", "작품의 질이 제일의적 중요성을 가짐은 물론"이나 "그 작가 전체의 일 년간의 노력 즉 작품 행동의 양적 일면도 고려"함, "일 년간의 경향과 조류를 파악"하기 위해 "각 경향의 대표작을 선택"함, "신인에 대하야 될 수 있는 대로 많은 지면을 제공"함[47] 등의 범례를 상세히 밝힘으로써 단순히 인기 있는 작품을 배열하거나 특정한 취향에 따라 작품을 선택한 것이 아님을 천명했다.

『조선작품연감』의 구성과 특징을 짚어보자면, 1939년판은 ① 시와 시조 ② 창작 ③ 평론 ④ 수필과 기행문으로 나누어져 있었고, 1940년판은 ① 창작 ② 시 ③ 평론으로 보다 간단해졌다.[48] 1939년판, 1940년판 모두 희곡 텍스트를 수록

---

45 이건제, 「조선문인협회 성립 과정 연구」, 『한국문예비평연구』 34, 한국현대문예비평학회, 2011, 452~458쪽.
46 「갈추어」, 『인문평론』, 1939.12, 91쪽.
47 인문사 편집부, 「범례」, 『소화십사년판 조선작품연감』, 인문사, 1939, 3쪽.
48 『조선작품연감』에 수록된 작품 목록은 부록에 제시했다.

하지 않았고, 장편소설을 일부분이라도 수록하지 않았다는 점도 눈에 띈다. 1940년판에서 시조, 수필, 기행문이 제외된 이유에 대한 설명은 없었으나 전근대 장르와 비허구적 글쓰기를 배제했다는 사실이 한눈에 드러난다. 작품 선정 과정에서 실제로 객관성과 공정성이 충족됐는지 여부는 수록된 작품의 면면을 통해 생각해볼 수 있다. 예컨대 당시 '창작'이라는 명칭으로 불리던 단편소설의 경우, 압도적으로 많은 쪽수를 차지하고 있는 데다 1939년판 11편에서 1940년판 16편으로 수록 편수가 증가하여 작품연감의 중심을 차지하는 듯한 모양새를 보였다.[49]

1939년판과 1940년판에 수록된 단편소설 목록을 확인해 보건대 문단 1세대 이광수를 비롯하여 김남천, 박태원, 안회남, 유진오, 이기영, 이무영, 이태준, 이효석, 채만식, 한설야 등 중진의 소설이 포함됐고, 범례에서 강조한 대로 김동리, 김영수, 박노갑, 엄흥섭, 정비석, 최명익, 현덕 등 신인 작가의 작품도 적지 않게 수록됐다. 또한 제한적이나마 여성 작가의 작품도 수록됐음을 알 수 있다. 사상 퇴조 이후의 내면과 일상, 빈궁한 조선 하층민들의 비극적 현실, 도시의 세태와 애정의 윤리, 그리고 각종 미적 시도들을 다양하게 포괄하고 있는 이들 소설은 전환기적 표정을 잘 드러낸 대표 작품들이라 인정할만하다.

한편 수록 작품에는 김남천, 임화, 최재서 등이 고평한 소설뿐 아니라 비판한 소설들도 포함되었다. 예를 들어 김남천은 김동리 소설을 "불투명한 민속적 취미"[50]의 소산이라 비판했고 임화 역시 이러한 경향의 소설을 인정하지 않았지만, 그렇다고 김동리 소설이 연감에서 제외되지는 않았다. 김동리 소설은 조선적인 것의 부흥이나 동양적 취미를 언급할 때 소환되는 대표 사례였기 때문이다. 이와 더불어 타사 작품집과의 비교를 통해 연감에 수록되지 않은 소설들에 대해서도

---

49 『조선작품연감』에 수록된 작품 목록은 부록으로 제시했다.
50 김남천, 「창작계」, 인문사 편집부, 『소화십오년판 조선작품연감』, 인문사, 1940, 14쪽.

생각해볼 수 있다. 가령 『문장』지에서 기획한 작품집에 내로라하는 작가들과 나란히 이름을 올린 신인 임옥인, 곽하신, 최태응의 소설은 인문사 연감에 수록되지 않았다.[51] 『문장』 추천제로 등단한 이들은 『문장』이라는 매체 내에서나 중요 신인일 뿐 한 해를 대표할만한 특색을 내보인 것은 아니라고 판단한 것이다.

평론 분야의 경우 저널리즘에서 상례화하고 있는 작품평, 월평, 작가론 등은 한 편도 실리지 않았으며, 지성, 교양, 성격, 신세대, 이념 등 조선문학의 아이덴티티와 방향성을 논하는 글로 채워졌다. 김기림, 김남천, 안함광, 유진오, 임화, 최재서 등 문예비평가, 김오성, 박치우, 서인식 등 역사철학자들의 글이 주류를 이루었으며, 백철, 박영희의 시국, 전쟁 관련 글이 포함돼 1939~1940년 평단의 특색이 부각될 수 있도록 했다.

이와 같이 작품연감이 가치 있는 문학 텍스트의 취사선택과 정리, 보존에 목적을 두었다면, 부록으로 출간된 문예연감은 개관, 휘보, 편람, 문필가 주소록, 출판 관계 법규와 서식 등 정보 제공과 분야별 리뷰에 초점을 맞춘 출간물이었다. 따라서 인문사의 연감은 작품연감과 문예연감을 동시에 섭렵할 때 한 해의 조감도가 그려지게끔 구성되었다.

문예연감의 경우 작품연감의 '작품' 개념과는 달리 확장적 '문예' 개념을 기준으로 삼았다. 1939년판 문예연감의 「쇼와昭和 13년도 개관」은 ① 창작계 ② 평론계 ③ 장편소설계 ④ 시단 ⑤ 연극계 ⑥ 수필기행계 ⑦ 조선어학계 ⑧ 음악계 ⑨ 출판계 ⑩ 영화계 ⑪ 레코드계 ⑫ 라디오계 등 총 12개의 분야로 나누어져 있었다. 조선어 예술뿐 아니라 어학 및 출판을 고려했고, 영화, 레코드, 라디오 등과 같은 뉴미디어도 포함됐다. 이는 근대 자본주의하 일상과 문화의 전개에 따라 문학 옆에 무엇이 위치하게 되었는가, 혹은 문학이 무엇과 경쟁하게 되었는가를 드러내는 분류 체계이다. 다만 뉴미디어를 향해 열린 편제와는 달리 실제 개관 내

---

51 이봉범, 앞의 글, 126쪽.

용에서는 레코드의 비속성과 라디오 방송의 낮은 수준을 우려하는 등 순수와 통속, 고급과 저급, 엘리트와 대중의 대립 관계를 전제로 한 서술들이 이어졌다.

문학 분야의 서술에서도 이 점은 현저하게 드러났다.[52] 김남천은 「장편소설계」에서 통속문학과 순문학의 관계를 기준으로 장편소설의 특징을 다음과 같이 분류했다. ① 순전한 통속소설이라고 단정할 수 있는 것 ② 순수한 통속소설은 아니지만 통속성이 명확히 드러난 것 ③ 통속성의 유혹 앞에서 순문학을 완강히 주장하기 곤란한 것 ④ 아직도 순문학이라고 말할 수 있는 것 ⑤ 이름이 소설이지 소설이라기조차 곤란한 것 등이다. 이처럼 세분화하여 통속의 스펙트럼을 제시할 수 있었다는 것은 당시 비평가들이 통속성을 얼마나 문제적으로 생각했는가를 증명한다. 김남천은 통속성의 기준에 대해 "우리 장편소설이 갖고 있는 모든 모순, 분열, 리괴[53](장편 논의의 성과를 총괄한 조건 중 제삼 항을 참조하라)에 대하야 고민하거나 초극할 방향에서 노력치 아니하고, 출판 기관의 상업주의에 영합하야, 그대로 안이한 해결 방법으로 몸을 던진 것, 그리하야 흥미 본위, 우연과 감상성의 남용, 구성의 기상천외, 묘사의 불성실, 인물 설정의 유형화 등등으로 가 버린 것을 '통속성'이라 불러볼 수는 있을 것 같다"[54]고 설명했다. 그가 순문학 장편소설로 인정한 것은 채만식의 『천하태평춘天下太平春』, 홍명희의 『임거정林巨正』, 이기영의 『신개지新開地』 등 세 작품이 유일했다.

통속적 장편소설의 융성은 단편소설의 위축으로 연결될 수 있다는 점에서도 문제적인 현상으로 지적됐다. 역시 1939년판 문예연감에 수록된 창작계 개관에

---

52 약간 앞선 시기이긴 하지만 1937년 일본 문예가협회에서 편찬한 『文藝年鑑』의 개관을 살펴보자면, 전반적 문단 동향과 사상계의 동향은 물론 '대중문예', '소화 십일년 탐정소설계' 등이 개별적 코너로 구성되어 있음을 알 수 있다. 이러한 편제는, 대중 서사가 폭넓게 읽히는 상황에서도 이를 비판적 언급의 대상으로만 거론하던 『조선문예연감』의 개관 방식과 비교해볼 만한 특징이다. 文藝家協會 編, 『文藝年鑑』, 第一書房, 昭和12, 2쪽 참조.

53 '괴리'의 오식으로 생각됨.

54 김남천, 「장편소설계」, 인문사 편집부, 『소화십사년판 조선문예연감』, 인문사, 1939, 13쪽.

서 임화는 "단편소설은 연래로 조선소설문학의 주류를 이루어 온 감이 불무하였는데 작년 이래 급거히 신문소설로 중견 작가의 일군이 신진출한 이래 소화 십삼년도 창작계는 자못 적막한 감이 없지 아니하였다"[55]고 정리했다. 서구와 달리 단편소설이 순문학의 생산 장치로 존재해 온 조선에서 단편소설의 위축은 문학 그 자체의 위축을 암시하는 것처럼 보였던 것이다.[56] 이처럼 소설 장르에서 문제된 것이 통속성이었다면 시 장르에서는 센티멘털리즘과 비현실성이 문제로 지적되었다. 최재서는 시단을 개관하며 시인들의 "시대 의식이 희박"[57]하다고 비판했다. 그리고 서사를 평가할 때 거론한 "주제의 빈곤" 문제를 시단에도 동일한 기준으로 적용하는 등 리얼리즘의 갱신 문제에 방점을 두고 시를 평가했다.

이와 같은 입장들은 인문사의 여러 출간물을 통해 누차 강조되어왔던 것이기도 했다. 그러나 문예연감이라는 형식 속에서 객관성의 외피를 입은 이들 비평가의 목소리는 특정한 입장이 아니라 엄연한 사실처럼 들리는 효과를 확보할 수 있었다. 나아가 식민지 체제하의 출판 환경을 염두에 둘 때 『조선작품연감』과 『조선문예연감』은 그 등장만으로도 문화정치적 의미를 환기하는 간행물이었다. 이 연감들은 일본어 독서가 일상화된 조선의 실제를 배제한 채 조선어문학 전통의 계승과 발전이라는 특정한 방향을 전제로 제작되었다. 작품연감이 조선어 텍스트를 현현하는 물질성을 지녔다면, 문예연감은 이를 해설하고 뒷받침하는 역할을 했다. 그러나 문예연감의 마지막 부분에 일본어로 수록된 출판 관계 법규들과 각종 서식들은 조선어 텍스트가 어떠한 제약 속에 놓여 있는가를 실증했다. 이처럼 민족적 자존의 불/가능성을 가로지르는 연감을 두고 인문사 출판부는 "우리 문화의 재산 목록이요 일 년간 문학 유산의 귀중한 연보"[58]라고 표현했다. 일본

---

55 임화, 「창작계」, 인문사 편집부, 『소화십사년판 조선문예연감』, 인문사, 1939, 1쪽.
56 임화, 「단편소설의 조선적 특성－구월 창작평에 대신함」, 『인문평론』, 1939.10, 128쪽.
57 최재서, 「시단」, 인문사 편집부, 『소화십사년판 조선문예연감』, 인문사, 1939, 18쪽.
58 「출판부 소식」, 『인문평론』, 1939.10, 229쪽.

중심 문화 교류와 통합의 요구 속에서 조선문학만을 위해 출간된 연감은 창작이나 비평 못지않게 중요한 실천으로 의미를 부여받은 것이다.

4. 지속 가능한 조선문학이라는 과제

1940년도 출판계를 개관하는 글에서 최영주는 최근 문학 출판이 성황을 이루고 있는 가장 큰 원인으로 학예사, 문장사, 인문사 등 신생 출판사의 활약을 꼽았다.[59] 이른바 '암흑기'적 면모에 집중해볼 때 출판의 흥성함을 논한 이 글은 과장된 것으로 여겨질 수도 있다. 그러나 전시戰時 통제의 강화와 문학 시장의 융성이란 양면적 조건은 실제로 이 시기 조선문학의 중요 토대로 기능했다. 당시 인문사는 북지北支 황군 위문 행사에 동원돼 내선일체를 뒷받침하는 출판물을 간행하면서도 조선문학의 독자성을 주장하는 출판물을 간행하는 등 이율배반적으로 보이는 실천들을 동시에 진행해 나갔다. 이 글에서는 후자의 측면에 주목해 조선문학 재생산과 전승을 위한 인문사의 기획들을 살펴보았다.

우선 『인문평론』 현상 모집 제도가 총서 기획 재생산에 활용됐다는 점에 주목했다. 『문장』이 추천제를 상례화한 것과 달리, 『인문평론』의 현상 모집은 창간 1주년 기념으로 단 1회 실시되었고 모든 모집 분야에서 당선작을 내지도 못했다. 따라서 이는 미완으로 마무리되었으나 인문사의 거시적 전망에 근거한 제도로서 평가될 필요가 있다. 『인문평론』은 전작장편소설 총서 1, 2권과 변별되는 전기소설과 생산소설이라는 새로운 형식을 모집 분야로 공고했다. 전기소설과 생산소설은 일본 출판계와 문단에서 먼저 담론화된 것으로서 이미 조선 독자 대중 및 문인들의 관심을 받고 있었다. 그런데 『인문평론』은 베스트셀러와 국책문학이라는 원

---

59 최영주, 「출판계」, 인문사 편집부, 『소화십오년판 조선작품연감』, 인문사, 1940, 37쪽.

래의 맥락을 변용하여 장편소설 개조의 방법론으로 이 두 형식을 제안했다. 전기소설의 경우 非非조선인도 가능하다는 조건을 통해 대상과 범주를 넓히고자 했고, 생산소설은 국책의 문제를 고려하되 필수 조건으로 내걸지는 않음으로써 생산이라는 키워드에 다양한 관점으로 접근할 수 있게끔 했다. 그 결과 당선된 윤세중의 생산소설『백무선』은, 식민지 공사 현장에 모인 다양한 인물 군상을 통해 노동 및 생산과 결부된 인간의 욕망을 포착해냈으며 농토를 떠나 이주 노동에 나선 노동자들의 비참상을 비판적으로 제시했다.『인문평론』의 폐간으로 연재가 완료되지는 못했으나 이 소설은 제국의 국책과 일치하지 않는, 더 나아가 식민지 생산 현장을 비판적으로 재현하는 생산소설의 가능성을 보여주었다고 평가할 수 있다.

한편『인문평론』의 신인 창작집 코너는 당대 비평가들이 강조한 새로운 정신의 문학화가 실제 창작에서 어떤 방식으로 구현되었는가를 예증한다는 점에서 중요한 의미를 지닌다. 이것이『문장』을 통해 등단한 신인 작품과 변별되는 특징을 지닌다는 점도 주목할만하다. 본고에서 구체적으로 논의하지는 못했으나 향후 전환기 신세대 담론과 신인 창작의 실제는 보다 확장된 구도 속에서 분석될 필요가 있다.

다음으로 인문사가 간행한『조선작품연감』과 부록『조선문예연감』의 편제와 내용을 살펴보았다. 인문사의 연감은 근대성 결산과 근대 이후 전망이라는 두 가지 과제를 바탕으로 기획되었으며, 조선문학 전통을 보존하고 지속시키기 위한 필수 수단으로서 의미를 부여받았다. 이때의 전통이란 고전부흥열이나 조선주의의 전통과 달리 과거, 현재, 미래가 연동되며 구성되는 일종의 질서를 의미했다. 작품연감은 텍스트에 권위와 대표성을 부여하는 데 유효한 형식이었다. 이는 공동편집체제와 범례에 의거하여 조선 문단의 각 경향을 대표하는 텍스트를 취사선택하여 수록했다. 문예연감에는 각 해의 문예 동향 개관과 출판 관련 정보, 법규가 수록되었다. 그중 개관 파트에는 최재서, 김남천, 임화 등 인문사의 각종 기획에 주도적으로 관여한 비평가들의 논평이 수록됐다. 이들은 전작장편소설 총서 기획의 취지, 다시 말해 통속문학에 대응해 문학의 인식론적 기능을 회복해야 한다는 취지를 문예연감의 개관에서도 강조했다. 이처럼 인문사의 각 기획은 상호보완적인 의미를 지니며 일정한 담론으로 형성되었으며 이 때문에 효력을 발휘할 수 있었다.

특히 주목해야 할 점은 인문사의 연감이 조선문학의 독자성을 주장하는 문화 정치적 효과를 발휘했다는 데 있다. 한 예로 1939년에 결성된 조선문인협회는 총독부와 경성제대 관계자, 일본 문인, 조선 문인이 함께 관여한 협회로서, 여기서 조선이란 조선의 민족성이 아니라 일종의 지역 개념으로 재조정된 의미를 지녔다. 그러나『조선작품연감』과『조선문예연감』은 일본어 간행물의 범람과 점차 거세지는 내선문화 추진의 압박 속에서도 조선어문학의 존립을 전제로 한 상태에서 구성되었다. 이는 1939년, 1940년 두 해에 걸쳐 추진된 후 1941년판을 내지 못한 채 중단됐지만, 조선 문인들의 집단적 실천 사례로서 의의를 지닌다.

이 글은 인문사의 총서 기획 연구의 후속편 성격을 지닌다. 두 편의 글을 통해 1937년~1941년 인문사 출판 기획의 특징들을 두루 짚은 셈이나, 1941년 이후의 인문사에 대해서도 별도의 논의는 필요하다. 인문사는『인문평론』이 폐간된 1941년 4월 이후로 새로운 출간물을 내지 못한 채 1941년 11월『국민문학』창간으로 전기를 맞이했다. 그 후의 인문사는 기존의 합자회사가 아니라 주식회사로 재출발한 회사로서 익히 알려져 있듯이 국민문학 창출에 주도적 역할을 담당했으며 각종 일본어 간행물도 출판했다. 이 시기의 국민문학은 여러 각도에서 연구가 활발히 진행되었으나 출판 제도의 관점에서 접근한 선행 연구는 그리 많지 않다. 따라서 인문사가 출간한 일본어 간행물 현황을 파악한 후 유의미한 논점을 잡아 추가 작업을 진행할 필요가 있다.

〈표 1〉『昭和十四年版 朝鮮作品年鑑』 목차(총 59편 수록)

구분		장르(편수)	작가	작품
第一部	詩及時調篇	시 (15편)	김광균(金光均)	설야(雪夜)
			김동명(金東鳴)	바다
			김광섭(金珖燮)	비개인 여름아침
			이찬(李燦)	다방(茶房) 에리자
			윤곤강(尹崑崗)	오! 솔레미오
			임화(林和)	별들이 합창(合唱)하는 밤
			유치환(柳致環)	기약(期約)
			임학수(林學洙)	팔각당(八角堂)
			서정주(徐廷柱)	바다
			노천명(盧天命)	촌경(村景)
			이용악(李庸岳)	우라지오 가까운 항구(港口)에서
			장만영(張萬榮)	여인(女人)
			최경섭(崔璟涉)	창공(蒼空)
			오장환(吳章煥)	헌사(獻詞)
			김종한(金鍾漢)	미망인(未亡人) R의 초상(肖像)
		시조 (3편)	김오남(金午男)	신년송(新年頌)
			이병기(李秉岐)	맘
			이광수(李光洙)	뵈오러가던 길
第二部	創作篇	소설 (11편)	이효석(李孝石)	장미(薔薇) 병(病)들다
			엄흥섭(嚴興燮)	아버지 소식(消息)
			현덕(玄德)	경칩(驚蟄)
			이기영(李箕永)	설
			정비석(鄭飛石)	저기압(低氣壓)
			김남천(金南天)	무자리
			유진오(兪鎭午)	어떤 부처(夫妻)
			안회남(安懷南)	기차(汽車)
			이무영(李無影)	전설(傳說)
			채만식(蔡萬植)	소망(小妄)
			한설야(韓雪野)	산촌(山村)

구분		장르(편수)	작가	작품
第三部	評論篇	평론 (10편)	김기림(金起林)	현대(現代)와 시(詩)의 르네쌍스
			임화(林和)	세태소설론(世態小說論)
			윤규섭(尹圭涉)	문학(文學)의 사상(思想)
			유진오(兪鎭午)	예지(叡智)·행동(行動)과 지성(知性)
			김남천(金南天)	현대조선소설(現代朝鮮小說)의 이념(理念)
			김오성(金午星)	정열(情熱)과 지성(知性)
			서인식(徐寅植)	전통론(傳統論)
			백철(白鐵)	시대적 우연(時代的 偶然)의 처리(處理)
			안함광(安含光)	문학(文學)과 성격(性格)
			최재서(崔載瑞)	서정시(抒情詩)에 있어서의 지성(知性)
第四部	隨筆及紀行篇	수필 (18편)	최정희(崔貞熙)	설심(雪心)
			박태원(朴泰遠)	옹로만어(擁爐漫語)
			김상용(金尙鎔)	춘소섬어(春宵譫語)
			정래동(丁來東)	춘·소·산·화(春·宵·散·話)
			정지용(鄭芝溶)	남병사칠호실(南病舍七號室)
			박노갑(朴魯甲)	거리의 독단(獨斷)
			이석훈(李石薰)	따옥새 울음
			최인준(崔仁俊)	독초(毒草)
			이헌구(李軒求)	해금강편상(海金剛片想)
			이태준(李泰俊)	고완(古翫)
			이양하(李敭河)	신의(新衣)
			유치진(柳致眞)	한강유반(漢江流畔)
			이선희(李善熙)	화채(花菜)
			김진섭(金晋燮)	추월(秋月)
			이원조(李源朝)	등하(燈下)
			모윤숙(毛允淑)	정민(靜悶)
			함대훈(咸大勳)	번역문학(飜譯文學)
			이육사(李陸史)	계절(季節)의 오행(五行)
		기행 (2편)	서항석(徐恒錫)	장수산행(長壽山行)
			문일평(文一平)	소요산행(逍遙山行)

〈표 2〉『昭和十五年版 朝鮮作品年鑑』목차(총 41편 수록)

구분		장르(편수)	작가	작품
第一部	創作	소설 (15편)	김영수(金永壽)	소복(素服)
			최명익(崔明翊)	폐어인(肺魚人)
			이광수(李光洙)	무명(無明)
			이기영(李箕永)	묘목(苗木)
			한설야(韓雪野)	이녕(泥濘)
			김동리(金東里)	황토기(黃土記)
			안회남(安懷南)	기계(機械)
			김남천(金南天)	이리
			이효석(李孝石)	황제(皇帝)
			현민(玄民)	나비
			이태준(李泰俊)	농군(農軍)
			이무영(李無影)	제일과제일장(第一課第一章)
			채만식(蔡萬植)	모색(摸索)
			박태원(朴泰遠)	음우(陰雨)
			박노갑(朴魯甲)	추풍인(秋風引)
第二部	詩	시 (16편)	김상용(金尙鎔)	어미소
			김태오(金泰午)	난초(蘭草)
			유치환(柳致環)	가마귀의 노래
			김광섭(金珖燮)	마음
			김동명(金東鳴)	하늘
			이찬(李燦)	침실(寢室)에의 길
			오장환(吳章煥)	The Last Train
			임학수(林學洙)	낭자관(娘子關)
			윤곤강(尹崑崗)	나비
			백석(白石)	안동(安東)
			김기림(金起林)	공동묘지(共同墓地)
			이용악(李庸岳)	오랑캐꽃
			신석정(辛夕汀)	슬픈 구도(構圖)
			서정주(徐廷柱)	봄
			장만영(張萬榮)	귀거래(歸去來)
			김광균(金光均)	도심지대(都心地帶)

구분	장르(편수)	작가	작품
第三部	評論	평론 (10편)	윤규섭(尹圭涉)	현단계(現段階)와 문예평론(文藝評論)
			백철(白鐵)	이상주의(理想主義)의 신문학(新文學)
			서인식(徐寅植)	문화인(文化人)의 현대적 과제(現代的課題))
			김오성(金午星)	신세대(新世代)의 개념(槪念)
			안함광(安含光)	문학(文學)에 있어서의 개성(個性)과 보편성(普遍性)
			임화(林和)	최근소설(最近小說)의 주인공(主人公)
			박영희(朴英熙)	전쟁(戰爭)과 조선문학(朝鮮文學)
			이원조(李源朝)	비평정신(批評精神)의 상실(喪失)과 논리(論理)의 획득(獲得)
			최재서(崔載瑞)	성격(性格)에의 의욕(意欲)
			박치우(朴致祐)	교양(敎養)의 현대적 의미(現代的 意味)

제6장

최재서의 레퍼런스와 인간성 탐구

가족사연대기 소설과 전쟁문학론

1. 전환의 시대, 서사의 전환

1938년 4월 22일 자『조선일보』에 수록된「현대세계문학의 동향」에서 비평가 최재서는 나치스의 프로이트S. Freud 체포 소식을 알렸다.[1] 프로이트의 신상에 닥친 위기는 프로이트를 이론적 대변자로 삼아 한 시대를 풍미한 "심리주의 문학의 몰락"을 예고하는 상징적 사건으로 해석되었으며, 나아가 파시즘의 정치와 문학이 결코 무관할 수 없음을 증명하는 사례로서도 의미를 지녔다. 최재서 개인에게도 이는 중대한 사태였다. 1930년대 중반에 등단한 이래 최재서는 정신분석학의 문제의식에서 비평의 다양한 소스를 구해 왔다. 우선 그는 리드H.Read 및 리차즈 I.A.Richards의 문학론을「비평과 과학」1934에서 소개했고, 뒤이어 정신분석학의 심리 유형론과 헉슬리A. Huxley의 심리적 리얼리즘론을 실제 비평에 활용하며 카프의 퇴조 이후 새로운 방향성을 모색하던 문단에 새로운 이슈를 불러일으켰다.[2]

---

1 최재서,「현대세계문학의 동향(상) - 심리주의 문학의 몰락」,『조선일보』, 1938.4.22.
2 최재서,「풍자문학론 - 문단 위기의 일 타개책으로서」,『조선일보』, 1935.7.14~7.21;「리아리즘의 확대와 심화-『천변풍경(川邊風景)』과「날개」에 관하야」,『조선일보』, 1936.10.31~11.7.

그런데 이렇듯 정신분석학을 새로운 과학적 비평 방법론으로서 자국 문단에 소개한 지 몇 년 지나지도 않은 시점에서 최재서는 그것의 시의성 없음을 고하게 됐다. 물론 정신분석학의 논점에 의거한 비평과 창작이 어떤 도전에 직면해 있는 지 그는 이미 잘 알고 있었다. 그래서 조선어로 글을 쓸 때 이론 소개와 그것의 유용성 전달에 집중했던 것과 달리, 보다 전문적 성격을 띠고 있는 일본어 논문 에서는 리드와 헉슬리의 비평적 딜레마가 무엇인가, 인간의 내면과 의식을 새롭 게 기술한 작품들이 어떤 비판과 도전에 직면해 있는가 등을 다루었다. 예컨대 「문학과 모랄」[3]에서 그는 프루스트M.Proust에 대한 휴머니스트들의 비판, 조이스 J.Joyce에 대한 마르크스주의자들의 비판을 언급한 후 "문학의 기능과 테마와 리 얼리티 등의 문제를 둘러싸고 전에 없든 혼란"[4]이 일어나고 있음을, 그리고 전후 파戰後派라 불리는 일군의 시인들이 마르크스와 프로이트의 통합을 새로운 과제로 추구하고 있음을 서술했다. 이와 같이 제1차 세계대전 이후에 전개된 유럽 지성 과 문학인들의 다양한 반응들은 위기 담론의 성격을 띠고 있었다. 그런데 1938 년도에 전한 세계문학의 새로운 동향―"심리와 의식의 세계로부터 사건과 행동 의 세계로"[5]는 기존의 위기 담론에 전쟁과 파시즘의 확산이라는 당대의 문제가 가세하며 만들어진 것이었다.

최재서는 리드의 「현대소설론」을 인용하며[6] 유럽에서 대두하고 있는 "좀 더

---

3   이 제목은 번역자 김활이 새로 붙인 것으로 보인다. 원 출전인 『改造』(1936.3)에 수록된 이 글의 제목
     은 「英國評壇の動向」이었다.
4   최재서, 김활 역, 「문학과 모랄」, 『최재서 평론집』, 청운출판사, 1961, 35쪽.
5   최재서, 「현대세계문학의 동향(중)―서사 문학의 제 단계」, 『조선일보』, 1938.4.23.
6   김윤식은 최재서의 리드에 대한 논의가 번역 비평의 수준에 머물렀다고 논한 바 있다. 김윤식, 『한국
     근대문학사상연구 1―도남과 최재서』, 일지사, 1984(1999), 241~244쪽. 실상 최재서의 논의가 리
     드 연구사에서 어떤 위치를 차지하는지, 그 공과 과가 무엇인지 전문적으로 논할 만한 능력이 저자에
     게는 없다. 다만 최재서가 고전주의와 낭만주의라는 두 상이한 예술의 경향을 이해하지 못하거나, 리
     드의 핵심 개념인 '개성'을 경시했다고 보기는 어렵다. 오히려 국민문학 시대 이전까지 최재서는 창작
     자의 개성(비평가의 경우 감수성)이 시대적, 현실적 과제와 어떻게 조화를 이룰 수 있을지 다양한 방
     법론을 타진했다. 최재서는 시대적, 문학적 논점의 이동에 따라 리드의 창작 과정론에서 모럴론, 그리
     고 서사시론 등 다양한 문헌을 인용하고 있는데 이에 대한 비교문학적 고찰은 본격적으로 이루어진

남성적인 힘의 문학—서사시와 서사극과 행동소설"을 "어떤 단체적 정신을 구상화具象化하여 일정한 목적하에 결정되는 행동을 나타내고 또 그 목적이 가지고 있는 인간적 가치에 의하야 서사의 단순한 정력을 재기裁可"하는 문학이라 설명했다.[7] 그리고 독일과 이탈리아의 내셔널리즘 문학, 프랑스의 행동적 휴머니즘 문학 등을 거론하며 이것이 파시즘과 반反파시즘 진영에서 공통적으로 나타나는 경향임을 짚었다. 영미 문학도 이러한 경향에서 예외는 아니었는데, 미국의 헤밍웨이E. Hemingway와 포크너W.Faulkner, 영국의 루이스P.W. Lewis 등이 쓴 "남성적", "정력적", "영웅적" 소설들을 살펴본 후 그는 매우 부정적인 결론을 내리고 있다. 헤밍웨이와 포크너 소설의 육체 쾌락, 범죄, 정신 착란, 그리고 루이스의 예술적 히틀러주의가 리드가 말한 "단체적 정신은커녕 자기 자신의 모럴도 가지고 있지 않다"는 이유에서였다. "행동적 인간"은 있어도 리드가 강조한 "의식과 행동이 조화된 이상적 인간"이 아직까지 등장하지 않고 있다는 진단은, 바꿔 말해 '단체적 정신'을 둘러싼 서사 실험이 부족함을 뜻하는 것이기도 하다.[8] 그렇다면 이 시대에 의미 있는 서사로서 무엇을 꼽을 수 있을까?

현대 작가로서 예술적인 장편소설이라도 써 보랴는 야심을 가진 사람이면 연대기 소설이나 그러치 않으면 보고 소설박게는 쓸 주제가 없지 않은가 하는 결론이 일반적으로 승인되어 있다. 어차피 서사 소설을 쓰랴면 인간의 가능성을 최대한도로 활동시키고 혹은 강조하는 대사건이 있거나 그렇지 않으면 사건의 진도는 완만할망정 인물들이 행동할만한 충분한 공간적 시간적 여유가 있어야 할 것이다. 전자가 보고 문학이고 후자가 연대기 문학이다.

연대기 문학이나 보고 문학이 현대소설의 왕좌에 오른 게 됨에 대하야 다만 작가

바가 없다.

7   최재서, 「현대세계문학의 동향(상) – 심리주의 문학의 몰락」, 『조선일보』, 1938.4.22.
8   최재서, 「현대세계문학의 동향(중) – 서사문학의 제 단계」, 『조선일보』, 1938.4.23.

의 기술적 이유만이 있는 것이 아니라 그 배후에 정치적 사회적 이유가 있다. 그러나 단순히 기술적 각도로만 본대도 현대 문학은 이 두 황야에 자기 수완을 시험할 밖에 없으리라고 생각한다.[9]

인용문에서 최재서는 시대성과 예술성을 두루 확보할 수 있는 창작 방법론으로 연대기 문학과 보고 문학을 거론하고 있다. 통시적으로 연대기를 그리거나 공시적으로 어떤 사건을 조명하는 가운데 전환기에 처한 현대의 실재와 전망을 두루 다룰 수 있을 것이라고 생각했기 때문이다. 과거와 같이 조선이 제외된 세계문학이 아니라 조선을 포함한 세계문학의 가능성을 가늠하기 위해 이러한 탐색은 필수적으로 여겨졌다. 그래서 비평가 최재서도 이 여정에 동참했다. 다만 최재서의 전환기는 영미의 문학적 스승들의 그것보다 더 복잡하고 긴박한 것이었다. 1930년대 후반에 리드는 아나키즘의 입장에서 새로운 문헌들을 작성했다고 알려져 있다.[10] 그러나 최재서는 자기 비평의 기원을 이루는 서구 이론을 떠나지 못한 채 서구의 몰락과 일본발 신질서를 지켜보며 문학의 장래를 타진해야 했다.

이 시기 최재서의 소설론에 대해서는 유의미한 선행 연구가 다수 제출되어 있다. 대표적으로 식민지 시기 최재서의 비평론을 일목요연하게 체계화한 이양숙의 경우, 최재서의 가족사 연대기 소설론이 전체주의 사상을 긍정하는 관점을 취하고 있다고 논평한 바 있다. "혈통과 민족에 대한 강조, 각 사회 단위에서 위계질서를 강조하는 것, 민족의 근원을 탐구하는 것, 이를 통해 전통에 대한 자부심을 앙양하는 것"[11] 등에서 당대 독일과 일본의 파시즘적 사상을 살펴볼 수 있다는 것이다. 이러한 논의는 최재서의 가족사연대기 소설론을 서사시적 지향의 중

---

9   최재서, 「현대세계문학의 동향(하)－연대기 문학과 보고 문학」, 『조선일보』, 1938.4.24.
10 장갑상, 「Herbert Read의 문학비평관에 대한 연구」, 『새한영어영문학』 2, 새한영어영문학회, 1974, 67~68쪽.
11 이양숙, 『한국 근대 문예비평의 논리』, 월인, 2007, 172쪽.

간 단계로서 배치하며 국민문학론으로의 전환이 어떤 과정 속에서 이루어졌는가를 논리적으로 해명하고자 했다는 점에서 의미를 지닌다. 그러나 앞서 언급한 바와 같이 최재서는 "단체적 정신"을 반/파시즘 진영을 막론한 시대의 공통된 요청으로서 파악했다. 따라서 국민문학 비평에서 본격화되는 파시즘적 사고 체계를 소급 적용하기보다는 서구 근대를 전제로 한 기존의 문학(관)과 새로운 시대의 구호가 모순적으로 공존하는 양상에 보다 강조점을 둘 필요가 있다.

한편 이진형의 경우 최재서, 임화, 김남천의 비평을 함께 살펴봄으로써 시대적 지평 속에서 최재서의 소설 장르 이론이 가지는 공통성과 고유한 의미를 밝혀냈다. 이양숙과 마찬가지로 이진형은 최재서의 서사시론이 외형상으로 루카치의 이론과 유사한 형태를 지니고 있으나 실상 전혀 다른 인식적 지반에 있음을 지적하는 한편, 여기에 이르는 최재서 소설론의 난맥상을 보다 구체적으로 분석하고 있다. 그에 따르면 최재서의 가족사연대기 소설론은 "세대의 유전을 물리적 시간에 따른 객관적 사태로 여기고 가풍과 혈통을 세대를 통해 전수되는 보편적 가치로 간주"[12]한 일종의 형식론으로서 '가치'의 내용에 대한 구체적 규명을 생략하고 있다. 그리고 이 공백의 지점에 일본 정신이 새로운 가치로 승인되면서 최재서 글쓰기의 전환이 이루어지게 된다는 것이 논의의 핵심이다. 이러한 견해는, 경성제대의 낭만주의나 서구의 주지주의 등 거대한 사조로 최재서의 비평관을 통관해내려는 논의들과 달리 비평 텍스트의 실제를 천착하고 있다는 점에서 의의가 적지 않다. 그럼에도 최재서 비평의 전개를 논리화하는 과정에서 재고할만한 서술도 눈에 띈다. 가족사연대기 소설의 문제점 때문에 그 대안 모색의 일환으로 르포르타주에 주목했다는 견해 등이 그것인데, 동시기에 병렬적으로 이루어진 글쓰기들의 인과 관계를 결정짓는 것이 가능한가의 문제가 제기된다.

---

12 이진형, 『1930년대 후반 식민지 조선의 소설 이론-임화, 최재서, 김남천의 소설 장르 논의』, 소명출판, 2013, 178쪽.

이처럼 최재서의 전환기는 '주지주의에서 친일로'라는 도식으로 간명하게 정리되지 않는 지향과 실천으로 이루어져 있다. 이 글에서는 특히 1940년을 전후하여 그가 주목했던 책에 집중하여 이 문제를 풀어가 보고자 한다. 『인문평론』에 연재된 「현대소설연구」 시리즈가 보여주듯 최재서는 조이스, 토마스 만Thomas Mann, 헉슬리, 말로A.Malraux, 지드A.Gide 등의 소설을 새롭게 혹은 다시 읽었는데, 이 중 토마스 만의 소설은 전환기에 이르러 비로소 읽게 된 책에 속한다. 그런데 선행 연구는 가족사연대기의 형식론에 집중한 나머지 최재서가 전달하고자 했던 핵심 주제에 대해서는 그다지 언급하고 있지 않다. 한편 보고 문학론과 관련해 선행 연구들은 말로의 소설을 주로 언급했으나, 눈앞의 전쟁이라는 사태와 관련해 그가 눈여겨보고 있던 것은 일본의 번역서였다는 사실도 논의해 보고 싶다. 이를 통해 '전체주의'론과 반드시 일치하지 않는 '전체성'에 대한 탐구가 어떻게 이루어졌는지 규명하는 것이 이 글의 목표이다.

2. 가족사연대기와 '전체 속 개인'의 고찰

1938년에서 1940년에 걸쳐 최재서는 토마스 만의 『부덴브로크 가의 사람들 Buddenbrooks』1901과 관련된 글을 여섯 편 썼다. 1929년 노벨문학상을 수상한 이 작품은 누구나 인정하는 세계적 명작이었으나 식민지 조선에서 널리 읽힌 작품은 아니었다. 토마스 만은 나치스에 대항하는 망명 지식인으로서 명성을 지니고 있었을 뿐 러시아나 프랑스, 영미권의 문학처럼 조선 작가들에게 큰 영향을 끼치지는 못했다. 1940년에 이르러서야 토마스 만의 단편소설 「묘지로 가는 길」이 『인문평론』 4호1940.1 노벨문학상 작품선 코너에 수록됐다.[13] 이 코너에 수록된

---

13 토마스 만 수용의 현황에 대해서는 김륜옥, 「토마스 만 작품의 한국 내 수용 현황 및 양상」, 『독일언어

소설 번역은 최재서와 영문학을 전공한 시인 임학수가 번갈아 가며 맡았는데, 토마스 만의 소설은 임학수가 번역했다. 「묘지로 가는 길」과 『부덴브로크 가의 사람들』 모두 독일어 원작보다는 영문 번역본을 참조했을 가능성이 크며, 이와나미 문고岩波文庫로 발간된 『토마스만 단편집トオマス·マン短篇集』実吉捷郎 역, 1930, 『부덴부로크 일가ブッデンブロオク一家』成瀬無極 역, 1937 등이나 신쵸사新潮社 세계문학전집에 수록된 일본어 번역본을 읽었을 가능성이 가장 크다.

최재서에게도 토마스 만의 소설은 처음부터 주요 참조 대상이 아니었다. 1935년 4월 프랑스 니스에서 개최된 지적협력국제협회 담화회를 소개하는 글[14]에서 토마스 만은 소설가이기보다는 서구를 대표하는 지성인으로서 등장한다. 토마스 만은 담화회에 제출한 서간문에서 현대의 청년들이 문화를 향한 개인적 노력을 기피하고 집단적 행동에 도취해 있다고 비판했다. 그리고 제1차 세계대전 이전부터 시작된 유럽의 지성 포기가 선전, 폭력주의, 감상적 내셔널리즘, 신비주의, 미신, 몽롱 철학, 비합리적 영웅주의, 선정문학 등을 낳으면서 인간의 예지를 질식할 지경으로 만들었다고 진단했다. 이는 현대의 병폐를 요약한 것으로서 회의의 출발점이 되었다. 이후 진행된 회의에서 유럽의 지식인들은 현대의 위기를 구제할 방책으로 장차 만들어내야 할 '이상적 인간'에 방점을 두고 개인의 자유, 지성인의 반성, 휴머니즘의 의의 등을 논의했으며, 이는 멀리 조선에까지 소개될 만큼 전 세계 지식인의 주목을 받았다.

최재서는 파시즘의 문화 통제에 대항하는 지성 옹호의 움직임들을 관심 있게 지켜보면서도 이 논제 자체에 동참하기보다는 지성과 조선문학의 관계로 초점을 변용하여 글을 써나갔다. "우리들에게 절실한 문제는 어떠케 지성을 옹호할까? 가 아니라 옹호할 지성이 잇느냐? 하는 것이다."[15] 이와 같은 문제의식 아래 그가

문학』 15, 독일언어문학연구회, 2001 참조.
14 최재서, 「이상적 인간에 대한 규정—지적협력국제협회 담화회 보고」, 『조선일보』, 1937.8.24~28.

주목한 것은 조선 문단을 대표하는 작가 정지용과 이태준의 현재였다. 그는 이들 "조선적 작가"들에게 "경애"를 표하면서도 정지용이 가톨리시즘으로, 이태준이 동양적 체관으로 돌아가려는 경향을 보이고 있음을 아쉽게 생각했다. 시인이 지적으로 진보해 나간다면 현대성에 부딪히게 마련인데 정지용은 종교적인 데로 나아가고 있고, "자와 타를 비교 분석하여 판단하고 비평"하는 데서 지성이 표현되는데 이태준은 "외국종의 산문정신"을 버리고 "동방 정취에 순절"하려 하고 있다. 따라서 보다 현대적 의식으로 현대의 문제를 취급할 수는 없는가 라는 것이 최재서의 의견이었다. 그런데 "외국종의 산문정신" 그 자체가 근본적인 변화를 겪는 상황에서 조선의 소설가가 추구해야 할 현대성과 산문정신의 실체를 당장 확언하는 것은 어려운 일이었다.

그럼에도 불구하고 최재서를 비롯한 당대 비평가들이 확신을 가지고 공동으로 추진하던 산문의 과제가 없지는 않았다. 통속적인 장편소설이 범람하면서 그들은 입을 모아 장편소설 개조의 필요성을 주장했다. 장편소설의 대중 추수성이 신문 연재 방식에서 비롯된다고 판단한 이들 지식인들은 소설의 출판 관행을 바꿈으로써 문제를 해결하고자 했다. 연재가 아닌 전작全作으로 장편소설을 쓰고 인문사의 총서 시리즈로 출판하여 창작과 비평을 아울러 촉발하자는 것이 그들의 계획이었다. 그리하여 김남천의 가족사연대기 소설 『대하大河』1939가 인문사 전작 장편소설 총서 제1권으로 탄생했다. 또 다른 중견 작가인 한설야, 신인 김사량도 가족사연대기 소설을 집필하는 등 서구에서 이미 유행하던 형식이 조선에서도 이슈가 되기 시작했다. 이렇게 볼 때 최재서가 가족사연대기 소설에 관한 레퍼런스를 필요로 하게 된 것은 당연한 일이었다.

「토마스 만의 가족사 소설 붓덴브로-크 일가」『동아일보』, 1938.12.1는 더 훗날 쓰이는 「현대소설연구-토마스 만 붓덴브로-크 일가」『인문평론』, 1940.2·1940.3의 원

---

15 최재서, 「문학·작가·지성-지성의 본질과 그 효용성 (1)」, 『동아일보』, 1938.8.20.

형이 되는 글이다. 이 글은 20세기의 새로운 소설 유형으로서 가족사연대기 형식을 짚고 소설의 인물을 소개하는 것을 주요 내용으로 삼고 있다. 최재서가 여기서 '20세기'라는 제한을 군이 붙인 이유는 이전 시대 가족사 소설과의 차별성을 부각하기 위해서이다. 19세기 가족사 소설이 가족을 중심으로 펼쳐지는 단순한 스토리인 데 반해, 20세기의 가족사 소설은 가족의 역사를 통해 사회의 변동과 시대 및 전통의 추이를 그려냈다. 예컨대 요한 부덴브로크 1세와 2세, 제3대 토마스와 그의 아내 게르다, 그리고 토마스의 동생들인 크리스찬과 토니, 제4대 하노로 이어지는 몰락의 과정은 한 가문의 개인적 역사는 물론 북독일 뤼베크의 상회를 중심으로 근대 부르주아의 형성과 그 추이를 보여준다고 할 수 있다.

이와 같은 내용을 차례로 소개한 후, 흥미롭게도 최재서는 스마트하고 위트 있는 프랑스 작가를 모방하는 것은 불가해도 토마스 만은 "우리들이 스승 삼을 수 있는 작가"라 언급하고 있다. 예술의 다양한 실험에 호의적이었던 그가 왜 이러한 단서를 붙였을까? 이 구절을 이해하기 위해서는 "동양에서 구라파 문화를 수입하고 있는 우리들의 번민"[16]을 직간접적으로 표현한 다양한 텍스트들을 염두에 둘 필요가 있다. 「교양의 정신」에서 최재서는 자기 개성의 양식이 될 만한 것이라면 무엇이든 받아들이는 것이 교양의 정신이라 하면서도, 이질적인 문화를 너무 많이 섭취한 탓에 자아 분열을 일으킨 예도 흔히 발견할 수 있다고 썼다. 이는 서구와 일본을 거쳐 근대적 문학 개념을 받아들인 식민지 조선의 상황을 가리키는 것이다. 그래서 그는 앙드레 지드의 『사전꾼들*Les Faux-Monnayeurs*』처럼 고도의 형식 실험을 실천하기보다[17] 토마스 만의 리얼한 필치를 통해 착실히 '수업 시대'를 밟는 것이 온당하다고 제안했던 것으로 보인다.

---

16 최재서, 「교양의 정신」, 『인문평론』, 1939.11, 28쪽.
17 최재서는 『인문평론』에 연재하는 '현대소설연구' 시리즈에 『사전꾼들』 비평을 게재할 예정이었으나, 잡지의 폐간으로 이 글은 수록되지 못했다.

이처럼 최재서는 지도 비평의 자세를 일부 견지한 채 소설 전반의 가치를 논하는 글을 쓰기도 했지만, 연애, 교훈, 임종 등 소설에서 두드러지게 나타나는 세 가지 테마를 중심으로 책을 소개하기도 했다.[18] 그러나 비평적 관심사를 분명히 드러낸 글은 『인문평론』에 게재한 「현대소설연구－토마스 만 붓덴브로-크 일가」이다.[19] 여기서 우선 짚고자 했던 것은 가족사 소설의 개념과 특징이다. 가족을 다루는 소설에는 중류 계급 시민의 가족 관념과 생활을 보여주는 가정 소설, 가정생활을 사회 문제로서 다루는 입센H. Ibsen 식의 문제 소설 등 여러 유형이 있다. 그런데 가족사 소설은 어떤 가족의 역사를 여러 세대에 걸쳐서 취급하는 소설이라는 점에서 '가족사 연대기 소설'이라 명명할 수 있다. 극적 형식이나 논리적 인과 관계에 따라 서사를 전개하기보다는 무수한 에피소드들을 엮어서 "세대의 교체를 통하여 본 시간의 흐름, 그리고 그것이 주는 인생의 의미"[20]를 추구하는 것이 곧 가족사 연대기 소설의 이념이다.

그런데 토마스 만과 더불어 영국의 골즈워디J.Galsworthy, 프랑스의 마르탱 뒤 가르R. Martin du Gard 등 현대의 탁월한 작가들이 일제히 가족사연대기 소설의 창작에 나선 이유는 무엇일까? 최재서는 골즈워디의 소설 『포사이트 가 이야기』*The Forsyte Saga*』1922의 제목 속 'Saga'를 토대로 이 문제를 생각해 보고 있다. Saga란 중세 아이슬란드의 전설을 집대성한 구송 문학으로, 영웅 속에 구현된 민족의 성

---

18 최재서, 「작가의 다양성－토마스 만의 작품에 나타난 연애 (1)」, 『조선일보』, 1940.2.29; 「작가의 유모아－토마스 만의 작품에 나타난 교훈 (2)」, 『조선일보』, 1940.3.1; 「작가의 운명관－토마스 만의 작품에 나타난 임종 (3)」, 『조선일보』, 1940.3.2.
그밖에 최재서는 '양서(良書) 안내' 코너에 독일 문학자 사토 코이치(佐藤晃一)가 편역한 토마스 만 평론집을 소개하는 「토마쓰 만」의 시대의 요구」, 『조선일보』, 1940.8.2를 게재한 바 있다.

19 「현대소설연구」 시리즈는 "비평의 알바이트화" 경향을 보여주는 것으로 "평론가가 한 테마를 가지고 계속적으로 그 연구의 성과"를 발표하되 "아카데미산의 순학술적 연구"와 달리 "시사성과 효용성에 특별한 관심과 용의를 가진 글"로 정의되었다. 한편 내용에 있어서는 인간 탐구, 기교에 있어서는 실험적 방법의 분석을 중심에 두는 것을 원칙으로 삼았다. 최재서, 「소화십오년도 문단 총결산－전형기의 평론계」, 『인문평론』, 1941.1, 10~12쪽.

20 최재서, 「현대소설연구－토마스 만 붓덴브로-크 일가」, 『인문평론』, 1940.2, 114쪽.

격과 운명을 노래하는 일종의 서사시를 가리킨다. 따라서 골즈워디의 소설 제목은 가족사연대기 소설이 현대 시민 사회의 서사시에 대응된다는 사실을 암시하고 있다. 토마스 만과 골즈워디의 소설에서 공통적으로 드러나듯이 가족사연대기 소설은 자본가를 주인공으로 삼아 그 가족을 취급하면서 사회 정세 속에서 융성, 절정, 몰락의 과정을 걷는 한 가족의 운명을 그려낸다. 여기서 자본가가 고대의 영웅을 대신한다면 그 가족은 고대의 민족에 해당된다. 그러나 건강하고 명랑한 고대의 서사시와 달리 자본가는 자기 분열을 드러내고 그 가족들은 몰락의 과정을 걷는다. 이런 점에서 가족사연대기 소설은 현대 문명의 성격 그 자체를 드러내는 양식이라 할 수 있다.

무엇보다도 최재서는 가족사연대기 소설이 동시대 파시스트들과 변별되는 방식으로 "전체와 부분의 관계"를 그려내고 있다는 점에 주목했다. 정치적 고려와 무관하게 예술적 직관력으로 서사를 구성해낸 토마스 만은 가족을 한 전체로 봄으로써 인간의 성격이 가족을 기반으로 형성된다는 사실을 효과적으로 보여주었다. 이것이 문학적으로 의미 있는 이유는 기존의 성격 탐구가 가족보다 사회를 중심으로 이루어졌기 때문이다. 일례로 괴테J. W.Goethe는 인간의 성격이 세계의 대하에서 형성된다고 언급했고, 테느H.Taine 역시 자연적 풍토와 그 사회적 상태를 강조한 바 있다. 그러나 성격학의 기초가 유전 연구에 있다시피 성격 탐구는 혈통의 문제를 고려하지 않고는 완전해질 수 없다고 최재서는 강조한다. 이렇게 볼 때 "주로 가족을 그리고 단순한 환경으로서가 아니라 성격의 수원지요 훈련소로서의 가족을 탐구하려는 가족사 소설은 성격 탐구의 한 경지를 개척한 문학"[21]이라 할 만하다.

토마스 만은 리얼리스트답게 부덴브로크 가족의 성격을 일상적인 생활—출생, 세례, 결혼, 초대, 상업상의 여행, 시정, 사망, 장례 등—을 통해 효과적으로

---

21 위의 글, 117쪽.

제시했다. 예컨대 요한(2세)이 딸 토니의 결혼과 이혼을 처리하는 방식에서 드러나는 견실한 실무가의 면모, 1848년 뤼베크 시에서 일어난 노동자들의 폭동에 대처하는 보수주의자로서의 한계 등은 전형적인 독일 북부 자본가의 모습을 사실적으로 드러낸다. 그러나 자산가의 집에서 자라나서 사치스럽고 매사에 너그러웠던 요한 부인의 성격이 더해지면서 요한 부부의 자녀 세대인 토마스, 크리스찬, 토니는 각각 다른 성격의 소유자로 자라게 된다. 이들의 성격은 심리 묘사보다 정황Situation 속에서, 또한 인물 간의 대화를 통해 제시되는데, 특히나 토마스와 동생들의 대화는 "노포의 영광과 구가의 전통"에 짓눌린 토마스의 내부적 동요를 효과적으로 드러낸다. 부계의 근엄하고 실제적인 경향과 모계의 쾌활하고 예술적 경향의 투쟁, 그리고 이로 인한 "가장 근대인다운 내면적 고뇌"는 「토니오 크뢰거」 등의 단편소설에서도 빈번히 다루어진 테마였다. 그러나 최재서는 토마스 만의 가족사를 다룬 『부덴브로크 가의 사람들』에서 이 문제가 보다 전면적으로 다루어지고 있다고 보고 있다. 가족에 대한 애착과 회고도 창작 동기로써 작용했겠지만, 무엇보다 토마스 만 자신의 성격이 어디에서 유래됐으며 어떤 고뇌를 겪었는가를 표현하고자 하는 욕망이 이 소설을 탄생하게 했다는 것이다. 그러므로 이 소설은 토마스의 성격 분열의 유래 및 결과를 사 세대에 걸친 가족의 연대기를 통해 추적한 "현대의 서사시"이며 "현대 인간 탐구의 한 모뉴멘트"[22]로서 정리될 수 있다.

　여기서 드러나는 것은 최재서가 현대인의 이원적 자아에 대한 오래된 관심을 내려놓지 않았다는 점이다. 그의 질문은 말하자면 이런 것이다. 조이스가 보여준 의식의 흐름과 내면 독백이 이미 시효를 만료했다면, 어떤 방식으로 현대인의 존재론을 다룰 것인가? 앞서 논의했듯 현재 대세로 떠오른 방향성은 전체 속의 개인인 만큼, 가족이라는 전체 속에서 인간성의 문제를 가늠해보자는 것이 그의 잠정

22　위의 글, 117쪽.

적 결론이다. 여기서 혈통과 유전이란 가족 개개인에게 비균질적으로 배분되어 고유의 개성으로 정립되는 비가역적 요소로서 논의될 뿐 국가 및 민족을 구성하는 원리로 확장되지는 않는다. 이렇듯 궁극적으로 한 인간의 생성에 초점을 맞추는 최재서의 책 읽기는 역사적 발전이나 객관 현실을 그리는 방법론으로써 가족 사연대기 소설의 유용성을 찾던 논의들과 변별되는 성격을 지닌다. 이는 리드가 *Form in Modern Poetry*1932에서 다룬 바 있는 시인의 '개성Personality과 성격Charac-ter' 문제를 다시금 소환하는 대목에서 분명히 확인된다. 이 두 개념은 일찍이 「비평과 과학」에서 다루어진 이래, 최재서의 여러 글에서 반복적으로 등장한 바 있다.[23] 리드는 비평의 중심 과제인 낭만주의와 고전주의의 투쟁이 작가의 정신 내부에서도 발생한다고 하며, 프로이트가 논의한 이드Id와 에고Ego의 관계를 기반으로 작가의 개성과 성격의 관계를 설명했다.

리드에 의한다면 개성이란 "심적 과정의 통일적 조직"이다. 그리고 심적 과정이란 요컨대 감각의 종합이어서 체험에 따라 증대하고 변화한다. 그렇기 때문에 개성은 고정되고 제한된 것이 아니라, 부절히 변화하고 동요하는 것이다. 그러나 그것은 단순한 변화일 뿐은 아니다. 그것은 자기 내부에 일정한 관점을 가지고서 통일을 보존하면서 진전하는 것이기 때문에 전체로 본다면 항상 통일적 조직체인 것이다. 그리

---

23 창작에서의 '개성과 성격' 문제는, 비평의 경우 '감수성과 도그마' 문제로 치환될 수 있다. 최재서가 「비평과 모랄의 문제」에서 논의한 바에 따르면, 리드는 비평에서 과학적 엄밀성이 중요하긴 하나 어떤 법칙의 완성에 열중한 나머지 대상과 동떨어진 개념을 만들고 과학이라는 이름 아래 무감각한 주형을 강요해서는 안 된다고 강조한다. 비평가는 도그마를 조심스럽게 세우되 일단 도그마가 고정되면 거기에 머물지 않고 부단히 어떤 방향으로 향하여 밀고 나가야 한다. 그리고 그를 밀고 나가게 하는 힘은 그 자신의 정서여야 하며 비평의 동기는 늘 자발적이어야 한다. 요컨대 창작과 마찬가지로 비평의 영역에서도 개성을 외부적인 윤리나 가치에 무조건 종속시키는 것은 바람직하지 않다. 문학의 "모랄은 늘 주체와 객체, 감성과 지성, 정서와 사상이 종합하는 곳에 성립"하기 때문이다. 최재서, 김활 역, 「비평과 모랄의 문제」, 『최재서 평론집』, 청운출판사, 1961, 22~24쪽. 이러한 입론은 파시즘이나 내셔널리즘적 규율로 예술가의 개성을 제어하려는 시도들과 차별화된 의미망을 형성했으며, 최재서는 이를 바탕으로 조선 문단에서의 모럴론을 전개해 갔다.

고 감각의 잡다한 집합에다 이러한 통일성을 주고 윤곽을 형성하는 것은 지성—즉 내재적 판단 작용이다.

여기서 우리가 주의하여야 할 것은 그 판단 작용이 내재적이라는 점이다. 개성의 존립에 필요불가결한 판단 작용은 우리들 자신의 감각의 역사 속에서 우러나와 그를 감각 자신에 의하여 인정된 것이 아니어선 아니 된다. 다시 말하면 자연 발생적으로 지도권이 확립된 지성이 아니어선 아니 된다. 만일에 이 통일력이 내재적이 아니라 외래적이라면 그 경우에 생겨나는 것은 충동의 억압이고, 그 결과는 성격이다. 성격 이란 이리하여 결국 개성이 어떤 외부적 이념에 들어맞도록 자기 자신을 고정하고 제한하여서 형성되는 것이니 말하자면 개성의 비개인적 양상이라 할 수 있다.[24]

이처럼 리드는 예술 창작의 근원을 개성에 두되, 개성과 성격의 조화 속에서 예술의 생성을 논의했다. 그러나 그 둘의 조화가 그리 쉽게 이루어지지 않는다는 것이 문제이다. 「비평과 모랄의 문제」에서 현대 예술가들이 처한 이 문제는 '리 드의 고민'이라는 소제목 아래 다음과 같이 서술된다. "예술가로서는 될 수 있는 대로 풍부하고 보편적인 개성을 가지고 싶다. 그렇지만 사회인으로서는 될 수 있 는 대로 견고하고 영구적인 성격을 가지고 싶다."[25] 이는 토마스의 성격에 내재 된 '관상가'와 '실제가'로서의 이중적 면모, 혹은 토마스와 크리스찬의 대립 구도 등 소설의 핵심적 인간상을 해명해주는 이론적 근거로서 의미를 지닌다.

그런데 일반적으로 '인물의 성격'을 지칭할 때 성격이라는 용어와 정신분석학 적 견지에서 "개성의 비개인적 양상"을 뜻하는 성격이라는 용어는, 다 같이 성격 으로 번역되기는 했어도 다른 의미를 지니고 있다. 이를 의식한 듯 최재서도 '개 성'과 '성격'을 '사적 자아'와 '공적 자아', '센티멘털리스트'와 '리얼리스트' 등

24 최재서, 「현대소설연구—토마스 만 붓덴브로—크 일가」, 『인문평론』, 1940.3, 51~52쪽.
25 최재서, 김활 역, 「비평과 모랄의 문제」, 『최재서 평론집』, 청운출판사, 1961, 22쪽.

으로 바꾸어 쓰기도 하고, 페르낭데스가 논한 '개성의 인'과 '역할의 인', 루이스가 언급한 '시인'과 '행동인' 등을 끌어다가 설명하기도 하지만, 용어의 맥락을 엄밀히 분리해 놓고 있지는 않다. 이 글에서 중요했던 것은 이론과 용어의 엄밀성이 아니라 토마스의 내적 균열이 지닌 현대적 의미를 짚어내는 것이었기 때문이다. 결국 최재서는 시대가 요청하는 서사성과 산문정신을 탐색하는 과정에서 가족사연대기 소설을 발견했으나, 현대 인텔리겐치아의 회의와 방황이라는 본래의 관심사에 비추어 『부덴브로크 가의 사람들』을 분석했다.[26] 이는 최재서라는 비평가의 감수성에 충실한 글쓰기로서 20세기 현대에 탄생한 지적 인간형을 결산하고 재정리하는 데 일조할 수 있었다. 그러나 지금 바로 여기, 전쟁이라는 사태에 처한 인간의 문제를 논하기 위해 그는 또 다른 레퍼런스를 필요로 했다. 『독일 전몰 학생의 편지』 읽기는 이러한 상황 속에서 이루어졌다.

3. 전시戰時의 양서와 휴머니즘론

최재서는 1939년의 평론계를 결산하며 평단의 새로운 이슈로 전쟁문학을 꼽고 있다. 그는 시국과 조선문학의 관계를 살펴본 백철, 박영희 등의 평론이 지닌 선구적 의미를 고평하면서도, 백철의 글은 시국 문학을 다소 센티멘털하게 보고 있고, 박영희의 글은 문학론이 아닌 연설이라 지적하는 등 향후 해결할 과제가 적지 않음을 암시했다.[27] 그만큼 조선에서는 전쟁문학에 대한 비평이 활성화되

---

26 최재서가 리드의 개성과 성격론을 응용해 현대인의 내면 문제를 해석하는 방식은 최재서라는 지식인의 아이덴티티 문제와도 맞닿아 있다고 생각된다. 그가 제일차세계대전 이후 영미 지식인의 고민과 방황 문제를 되풀이하여 주목하고 언급할 수 있었던 이유는, 맥락은 다르지만 '현실과 불화하는 지식인의 정체성'이 자기의 문제이기도 했기 때문이다.
27 최재서, 「평론계의 제문제」, 『인문평론』, 1939.12, 46~47쪽.

지 못한 상태였다. 창작이 없는 만큼 당연한 결과이기도 했다. 중국의 국공내전國
共內戰, 에티오피아 전쟁, 스페인 내전 등을 거치며 유럽 문단에서는 일찍부터 보
고 소설이 유행했고, 일본의 경우 중일전쟁 발발 이후 도쿄의 문인들이 중국에
대거 건너가면서 전쟁 관련 기사와 서사물이 쏟아져 나왔다.[28] 이 시기의 조선 논
단 역시 전황 소식으로 뒤덮이긴 했으나 전선에 직접 가본 조선인이 드물어서 실
감을 가지긴 어려웠고 무엇보다 식민 본국 국민과 전쟁을 대하는 자세가 달랐다.
예컨대 중일전쟁 3주년 기념으로 마련된『인문평론』의 특집 코너에서 문인들은
상찬의 언어를 나열하는 와중에도 대부분 전쟁하는 일본인을 지켜보는 관찰자의
입장에서 글을 풀어갔다. 채만식은 출정 장병들이 수송되는 광경을 목격한 에피
소드를 토대로 글을 썼고, 임학수는 전선에 나간 경성제대 동기를, 그리고 이원
조는 도쿄에 있는 대학 동창을 그리워하는 마음을 표했다. 김남천은 같은 시기에
일했던 직장 동기를 회고했으며, 중일전쟁 발발 당시 마침 도쿄에 체류 중이던
최재서는 일본인의 애국적 정열에 보조를 맞추지 못했던 기억을 더듬고 있다.[29]
시국의 언어들과 적당히 혼합되어서 쓰인 이러한 이야기들은, 훈훈한 미담처럼
읽히기도 하지만 중일전쟁이 조선인들에게는 어느 날 갑자기 발생한 남의 전쟁
이기도 했다는 점들을 보여준다.

　그럼에도 불구하고 조선을 포함한 일본, 만주, 중국을 잇는 신동아 건설에 있
어서 문화적 이해와 교류의 중요성이 제기되면서 조선 문단도 전시체제戰時體制로
급격하게 전환되었다.『문장』과『인문평론』과 같은 문예 잡지들도 예외 없이 권
두언을 시국적 메시지로 장식해야 했다. 민족의 고전 텍스트를 매호 게재하며 고
유의 아이덴티티를 만들어가던『문장』은 고전 못지않게 거의 매호 일본의 보고
소설들을 발췌해 실었고,[30]『인문평론』의 경우에는 유럽 및 동아시아의 전쟁과

---

28 최재서, 「현대세계문학의 동향(하)-연대기 문학과 보고 문학」, 『조선일보』, 1938.4.24.
29 「특집 일지사변 삼주년 기념」, 『인문평론』, 1940.7, 88~106쪽.

문화, 문학의 관계를 다루는 각종 기획, 논평, 번역물들을 다양하게 구성했다. 그리고 조선 문인을 전선에 파견한 결과로서 마침내 조선에서도 전쟁문학이라고 할 만한 것이 출간되었다. 바로 임학수의 『전선시집戰線詩集』인데 이는 조선 문인 최초의 전쟁문학이자 문학성을 겸비한 필독서로서 선전되었다.[31] 그러나 먼발치에서 전선을 사흘 동안 관찰하고 나서 쓴 이 시집[32]을 일반적인 전쟁문학과 동일선상에 놓긴 어려운 노릇이었다. 조선어로 된 진정한 전쟁문학은 번역서의 형태로 왔다. 히노 아시헤이火野葦平의 종군기 『麦と兵隊』改造社, 1938를 조선어로 번역한 『보리와 병정兵丁』조선총독부, 1939이 그것이다.[33]

검열관 니시무라 신타로西村眞太郎가 번역한 『보리와 병정』은 조선인들에게 중일전쟁의 실상을 알리고 전시 국민의 자세를 정비하게 하는 데 목표를 둔 조선총독부의 기획물이었다.[34] 최재서는 당국의 기획에 부응하여 이 책의 출간 이후 『매일신보』에 『보리와 병정』 독후감을 2회에 걸쳐 연재했다.[35] 독후감에서 최재서는 일본어 원저와 조선어 번역본을 모두 읽었음을 밝히면서 책의 문학적, 시국적, 언어적 가치를 아울러 논했다. 우선 그는 『보리와 병정』을 새로운 전쟁문학의 한 전형으로 평가했다. 서구에서 흔히 볼 수 있는 센세이셔널한 반전反戰 문학도, 메

---

30 『문장』에 수록된 '전선문학선'의 의미에 대해서는 하재연, 「『문장』의 시국 협력 문학과 「전선문학선」」, 『한국근대문학연구』 22, 한국근대문학회, 2010 참조.
31 『인문평론』 창간호는 『전선시집』 광고를 첫 번째 광고로 수록했다. 광고 문구는 아래와 같다.
  "조선 최초의 전장 문학 : 거번에 황군 위문 조선 문단 사절이 파송되매 저자 임학수 씨는 조선 시단을 대표하야 일행에 참가하였다. 씨는 전후 이개월 동안 북지 전선을 치구(馳驅)하야 포연탄우의 밑을 멀리 전선까지 진출하였다. 이 시집은 그때에 얻은 견문과 또 일찌기 저자가 가슴에 품었든 동양적 기개가 혼연통일되야 이루어진 조선 최초의 전장 문학이다. 시국에 적합한 독물로서 가가호호에 애독되기를 바란다."
32 전봉관, 「황군위문작가단의 북중국 전선 시찰과 임학수의 『전선시집』」, 『어문론총』 42, 한국문학언어학회, 2005, 323쪽.
33 「西村 통역관 역의 보리와 병정 간행」, 『동아일보』, 1939.4.9.
34 조선총독부와 일본인 검열관이 번역에 나선 맥락에 대해서는 이상경, 「제국의 전쟁과 식민지의 전쟁문학-조선총독부의 기획 번역 히노 아시헤이(火野葦平)의 『보리와 병정(兵丁)』을 중심으로」, 『한국현대문학연구』 58, 한국현대문학회, 2019 참조.
35 최재서, 「西村眞太郎 씨 번역의 『보리와 병정』 독후감」, 『매일신보』, 1939.7.22~24.

이지明治 시대의 전쟁문학처럼 비분강개가 넘치는 낭만적 문학도 아닌 "현대 문학의 산문정신의 세련을 받지 않은 사람으로선 쓸 수 없는" 보고 문학이라는 것이 그 이유이다. 독자가 감격을 느낄만한 장면조차 흥분에 초점을 두지 않은 탓에 처음 읽는 사람은 산만하다는 인상을 받기도 하지만, 오히려 "어떠한 상상보다도 복잡하고 급격한" 전쟁이라는 사실을 후세에 전달하기 위해서는 작가의 주관보다 기록이 중요할 수 있다고 최재서는 쓰고 있다.[36] 한편 『보리와 병정』이 훌륭한 이유는 전투의 고초를 여실히 보여주면서도 전장이 아니고선 체험할 수 없는 인간 정신을 보여준다는 데 있다. 우정과 애국심, 그리고 부모에 대한 생각들은 매우 평범할 수 있는 것이지만 전장이라는 상황에서 표출되면서 엄연한 의미를 지니게 된다. 이와 더불어 최재서는 조선어 번역의 유려함에도 호평을 표하는 등 이 책이 지니는 장점만을 요령 있게 짚어냈다.

그런데 최재서가 언급했듯 "전선에 있는 황군 장병의 고초를 문학 작품에 의하여 직접 일반 민중에게 알리려는" 이 작품의 의도가 얼마나 성공적으로 관철되었는지는 의문이다. 1939년 4월 30일자 신문에 실린 총독부 도서관원 인터뷰에 따르면 당시 가장 많이 읽히던 책은 시국물과 산업 방면의 책이었다. 다만 시국을 다룬 문예 서적의 경우 『보리와 병정麦と兵隊』, 『황진黃塵』 같은 전쟁문학류는 벌써 때를 지난 감이 있고 토요다 마사코豊田正子의 『작문교실綴方教室』 같은 가벼운 것이 애독된다고 그는 밝혔다.[37] 4월 초에 번역본 『보리와 병정』이 출간된 만큼 추후 어떤 변화가 나타났을지는 모르지만, 적어도 당시 총독부 도서관에 출입하던 조선의 교양 있는 독자들은 전선 그 자체보다 총후銃後의 일상생활을 다룬 『작문교

---

36 당시 최재서는 '기록'을 전쟁문학의 속성이 아니라 "사실의 세기"를 횡단하는 방법론으로 확장해서 논하기도 했다. "시대의 대하에 밀려가면서도 자기 자신과 주위를 질서화하지 못하는" 이 시기에 관찰과 기록이 어떤 해답을 줄 수 있을지도 모른다고 본 것이다. 이를 통해 작가는 예술적 개성과 민중과의 거리를 좁히는 한편, 민중의 리듬과 표정을 캐치하는 것으로부터 새로운 가능성을 찾아볼 수 있을 거라ー그는 전망했다. 최재서, 「소설과 민중 (하)」, 『동아일보』, 1939.11.12.

37 「도서관의 대출 상태」, 『조선일보』, 1939.4.30.

실』쪽을 선호했다는 것을 알 수 있다.

당시 학생들의 독서 경향을 엿볼 수 있는 사례로서 「전문대학 학생 좌담회」『인문평론』, 1940.5도 흥미로운 결과를 보여준다. 여기서 최재서는 각 학교에서 어떤 책이 많이 읽히는지 질문하고 있는데, 대부분 서구의 소설, 특히 노벨문학상 수상작, 일본의 베스트셀러 등을 거론할 뿐 시국물을 찾아 읽는다고 대답한 학생은 없었다. 최재서가 히노 아시헤이의 작품이 많이 안 읽히느냐 질문하자, 그다지 읽히지 않는다, 재미가 없다, 전우들 간의 우정은 감동적이다 등의 대답이 나왔다. 대중적 스토리와는 거리가 멀다는 특징을 최재서는 세련되게 또 호의적으로 평가했으나, 정작 이 책을 읽어야 할 독자들이 동의하지 않는 경우도 있었던 것이다.

독자 대중들이 어떤 상황에서나 재미있는 독물을 찾는다는 것은 이상한 일도 예외적인 일도 아니다. 그러나 비평가로서 최재서는 일반적인 문학과 마찬가지로 전쟁문학도 예술성이 있어야 한다는 입장을 견지했다. 당시 "에티오피아 모노, 서반아 모노, 지나 모노"라 지칭되던 대중 작가의 보고 소설들은 배경과 스토리를 전쟁에서 취했을 뿐 구태의연한 대중소설이므로 "삼류극장에서 보는 거와 같은 안이하고 저속한 만족"만을 충족시킨다는 것이 그의 생각이었다.[38] 최재서는 『보리와 병정』의 가치를 높이 사기는 했으나, 총독부 기관지인 『매일신보』에 간단한 독후감을 썼을 뿐 이에 대한 글을 따로 쓰진 않았다. 따라서 앞서 언급한 좌담회로 다시 돌아가 학생들에게 비트코프P.Witkop 교수가 편찬한 『독일 전몰 학생의 편지』를 읽지 않았냐고 묻고 있는 장면에 주목할 필요가 있다. 제1차 세계대전 중 전선에 나가 사망한 독일 학생들의 편지를 모은 이 책을 읽거나 최소한 안다고 대답한 학생들은 단 한 명도 없었다. 그러자 최재서는 "전쟁문학으로선 독특할 뿐만 아니라 아까 말한 전우 간의 우정이 그 기조를 삼고 있기 때문에 종래의 반전 문학과는 판이한 인간성과 정열"을 지닌 작품이라고 설명한다.[39] 그리

---

38 최재서, 「현대세계문학의 동향(하) – 연대기 문학과 보고 문학」, 『조선일보』, 1938.4.24.

고 이 책의 가치를 집중적으로 다룬 비평 「전쟁문학」『인문평론』, 1940.6이 다음 호에 바로 게재되었다.

최재서가 읽은『독일 전몰 학생의 편지』는 이와나미 서점岩波書店의 새로운 기획인 이와나미 신서岩波新書로 출간된『ドイツ戦歿学生の手紙』高橋健二 역, 1938이다.[40] 『독일 전몰 학생의 편지』의 신서 내 의미는 "전장에서 어떻게 행동하고 죽어야 할지 점점 커져 가는 그 물음들에 대답해주고자 한 것"에 있었다.[41] 실제로 이 책은 출정을 기다리거나, 이미 전장에 나가 있는 일본의 학생들에게 깊은 감명을 주었다. 나아가 이를 본떠 일본 전몰 학생들의 서간집이 출간되고 되풀이하여 읽히고 기념되는 등 이 책은 시공간을 뛰어넘어 일본 사회에 큰 영향을 끼친 것으로 알려져 있다.[42] 1938년 일본어 번역판은 "전사한 학생의 편지 2만여 통 중 120여 명의 편지로 구성된 원서에서 또 한 번 50여 명으로 추려서 번역한" 판본이었다.[43] 일본어 번역본의 바탕이 된 원서 자체가 1933년 나치의 정권 획득 이후 발행된 보급판[44]이었던 만큼 학생들의 편지를 취사선택하는 원리로서 내셔널리즘이 고려되었을 것은 당연한 일이다.

---

39 「전문대학 학생 좌담회」, 『인문평론』, 1940.5, 104쪽.
40 1938년 11월 20일부터 발간되기 시작한 이와나미 신서는 "현대인의 현대적 교양"을 발간 목적으로 내세운 이와나미 서점의 새로운 시리즈였다. 고전과 학술을 중심에 두었던 이와나미 서점이 '현대'에 주목하게 된 계기는 중일전쟁으로 마련되었다. 이와나미 서점의 창업자 이와나미 시게오(岩波茂雄)와 편집부는 간행사에서 "자국 문화 수준을 높이는 데 미력을 다하는 것을 문화 건설의 일개 병사로서의 사명"을 다하겠다며 겉으로는 유화적인 제스처를 취했으나, 실상은 전시체제하의 비합리적인 강압을 견뎌야 하는 현대인들에게 양식이 될 만한 지식을 제공한다는 취지를 내세우고 있었다. 그들이 의도하던 교양에는 "지적 소비로서의 오락과 다르며 통속 도덕에 맞춰 쌓은 수양과 대립하고 전문성을 자랑하는 학술로 빠지지 않는 지적 향상주의"가 포함되어 있었으며, 이는 "교양의 대중화 또는 대중의 교양화"라는 목표를 낳았다. 이와나미에게 문화는 저속과 고답의 두 종류뿐이었으며, 전자를 후자로 끌어올리겠다는 신념이야말로 그가 기업 활동을 하는 동력이 되었다. 鹿野政直, 기미정 역, 『이와나미 신서의 역사』, AK, 2016, 27~30쪽.
41 위의 책, 56~57쪽.
42 아시아·태평양전쟁 중 사망한 일본인 전몰 학생들의 서간집에 대해서는 高田里惠子, 김경원 역, 『문학가라는 병』, 이마, 2017 참조.
43 위의 책, 57쪽.
44 ヴィットコップ, 高橋健二 譯, 『ドイツ戦歿学生の手紙』, 岩波書店, 1938, 1쪽.

최재서 역시『독일 전몰 학생의 편지』에 나타난 "애국심"을 중요하게 언급했고, 이 편지에 나타난 전장 체험이 "총후 국민"의 "국민 의식"에 미치는 긍정적 영향력에 대해서도 높이 평가했다. 한편 번역자인 다카하시 겐지高橋健二가 이 책의 서문에서 인용하고 논평한 내용[45]을 그대로 가져와서 "용감하게 싸운 국민"이 단지 전쟁 중에만 의미를 발휘하는 것이 아니라 전후戰後 독일의 부흥에도 큰 영향을 미쳤음을 언급했다. 그러나 그는 "멸사봉공의 정신" 그 자체보다는, 병사들이 전쟁에서 발견한 문화적 의의는 무엇인가, 생사의 기로에서 어떤 정신 상태에 있었는가, 전장에서 무엇을 신념으로 삼았는가 등 극한 상황에서 발휘되는 인간성 문제에 관심을 표했다. 편지에서 병사들은 죽음을 앞둔 전장 생활이 얼마나 단순하고 소박한 것인가를 이야기했다. 또한 전우들 사이의 우정을 묘사했고 찰나에 찾아드는 명랑한 기분, 그리고 고국의 비전투원들을 향한 인류애를 표현했다. 인간과 자기 자신, 그리고 이 세상의 모든 선한 것에 대한 신뢰를 잃는 것이 그 무엇보다 두렵다고도 썼다. 이러한 생각과 감정들은 어떤 국가와 국민이라는 특수한 범주를 넘어서 보편적인 휴머니즘의 문제에 가닿았다. 최재서가 주목한 것도 전쟁문학의 군사적 일면보다는 이 "인간적 일면"에 있었다. 그는『독일 전몰 학생의 편지』를 통해 시공간을 초월하여 공감을 자아낼 수 있는 전쟁문학의 가능성을 발견했던 것이다.

한편 최재서는 비평가답게 미증유의 사태에 처한 인간에게 문학은 어떤 의미를 지니는가의 문제에 대해서도 생각해보고 있다. 그가 특별히 감동받았다고 밝힌 에피소드의 내용은 다음과 같다. 한 병사가 전우에게 괴테의 시집을 빌려다 읽

---

[45] 본서의 내용과 의의에 대해서는 원저 서문의 간결하고 강력한 설명에 많은 것을 부연할 필요를 느끼지 않지만, 반복해 읽을 때마다 본 역서의 마지막 편지에 쓰인 대로 "이렇게 비할 데 없이 용감하게 싸운 국민이 멸망하리라곤 믿을 수 없다는 느낌을 새롭게 가지게 된다. 그리고 패전 독일이 이십 년을 지나서 금일의 놀라운 부흥을 보이게 된 것도 우연이 아니라는 것을 깨달을 수 있다." 위의 책, 2쪽.(번역은 저자)

고 있는데, 부하 병사가 시를 좀 읽어 달라고 간청했다. 그래서 그는 괴테의 생애와 바이마르의 공원, 괴테의 집안 이야기 등을 간단히 들려준 후 시를 읽어 주었다. 그러자 공장 노동자나 농촌 출신이 대부분인 부하들이 한두 사람씩 나오더니 괴테의 시를 듣고 또 듣기 시작한다. 놀랍게도 그들은 괴테의 청춘 시대 연애시가 아니라 "「달에 기함」과 같이 섬세하고 정밀하고 청징한 시"에 깊은 인상을 느꼈다. 이처럼 "내일을 모르는 병사들이 참호 속에서 고요히 괴테의 시를 낭독하고 그곳에서 영혼의 위안과 평화를 구하며 내일의 전투를 위하여 예비한다는 사실"을 통해 최재서는 위대한 문학의 가치를 확인하고 있다. 그래서 그는 학생들과의 좌담회에서 "전장에서 죽엄과 맞서게 되면 괴테와 같은 위대한 시인의 예술은 위안과 정신적 평화를 주나 봐요"[46]라고 언급하기도 했다. 이러한 논의의 끝에 최재서는 이 서간집의 의미가 "보고성"에 있다고 정리했는데, 이때의 보고란 전장의 실황 전달이 아니라 비범한 인간성에 관한 기록을 의미하는 것이었다.

전쟁이라는 우리의 일상생활을 초월한 생활세계에 있어선 모든 체험이 비범하달 뿐만 아니라 또한 인간 능력을 최대한도로 발휘시키고 인간성을 그 최고의 경지에까지 고양시킨다는 의미에 있어서 우선 그것은 보고될 가치가 있는 것이다. 이러한 엄숙한 경험에 대하여 우리는 인위적인 혹은 예술적인 가공을 하기 전에 우선 그것을 소재 그대로 받아들이는 겸허한 정도가 필요할 줄 안다. 첫째로 그것이 전쟁에 희생된 용사들에 대한 총후국민으로서의 의무이고 둘째로 장래의 진실하고 위대한 전쟁문학을 창조하는 데도 밑바닥이 되기 때문이다.[47]

흥미로운 점은 이와 같은 독법이 이와나미 시게오岩波茂雄가 신서를 발간한 의도

---

46 「전문대학 학생 좌담회」, 『인문평론』, 1940.5, 104쪽.
47 최재서, 「전쟁문학」, 『인문평론』, 1940.6, 63쪽.

에 부합했다는 사실이다. 이와나미 시게오를 비롯한 신서의 편집진들은 신서에 담긴 교양의 정신을 통해 전시체제하 일본의 상황을 현명하게 성찰할 수 있는 독자들이 많아지기를 희구했다. 그렇다면 내셔널리즘의 독법 안에 있되 이에 매몰되지 않고 그 이상의 의미를 가늠할 수 있는 최재서야말로 그들이 상정한 모범적인 독자라 할 수 있었다. 그런데 그가 논의한 '고도의 인간성' 문제나 '명작'의 보편적 가치를 식민지 상황에 대입하면 전혀 다른 의미망이 생성된다. 아주 작은 사례일 수 있으나 앞서 살펴본 좌담회에서 조선인 학생들은 출정을 앞둔, 그리고 출정한 일본인 학생들과 상이한 감정과 태도를 지니고 있었다. 마찬가지로 최재서 역시 '국민'이라는 '전체'에 대해서 적극적으로 또한 구체적으로 논하지는 못했다. 그가 이야기하는 "전쟁의 감정"은 다카하시 겐지가 두 명의 아들을 전장에 내보낸 채 남다른 감회로 이 번역서의 서문을 작성하고 있던 그 감정과 같은 것이 아니었기 때문이다. 이 장의 서두에서 언급한 「평론계의 제문제」라는 글에서 그는 시국을 다룬 동료 비평가들의 논의가 감상적이며 비문학적이라 평가한 바 있다. 그러나 그의 비평은 일본의 전쟁 수행을 위한 조선문학이 아니라 지나간 전쟁을 다룬 외국문학에 초점을 맞추었다는 점에서 불균형한 전쟁문학론에 속할 수밖에 없었다.

4. 나치스 문화 이론의 조선적 비/효용

1940년을 전후하여 최재서는 출판사 운영, 잡지 발간, 번역, 평론, 연구 등을 동시에 진행하며 정치의 언어와 문학의 언어가 뒤섞인 글쓰기를 선보였다. 그래서 특정한 글 한 편만 읽어서는 그의 의도나 입지를 파악하기 어렵다. 이는 비평 스타일 때문이기도 한데, 최재서는 논문은 물론 비평을 쓸 때도 수많은 레퍼런스를 언급하며 글을 전개해 나갔다. 그는 주로 영미 저널과 단행본을 참조했지만, 영문 원서 못지않게 많은 수의 일본어 번역본을 참조했던 것으로 보인다. 일본어로 번역된 세계문학을 읽고 비평하면서도 그는 일본(어) 학술과 문화, 번역이라는 매개를 가린 채 조선(어) 문학의 발전이라는 목표만을 부각시켰다. 그러나 1940년이라는 시점에 이르러 일본 국민의 교양 함양을 의도로 기획된 이와나미 서점의 출간물을 읽고 조선어로 글 쓰는 행위는 그리 간단치 않은 맥락들을 생산해냈다. 그는 고도의 인간성이라는 측면에 집중하여 『독일 전몰 학생의 편지』를 평했다. 그런데 이러한 논의의 도착점은 어디일까? 보편적 인간일까, 특정한 국민일까? 최재서는 두 가지 범주를 넘나들며 애매하게 글을 전개했다. 최재서 자신은 보편적 휴머니즘을 염두에 두었다 하더라도 누가 어디에서 왜 이것을 말하느냐에 따라 정치적 함의가 개입될 수 있다는 사실을 그는 언급하지 않았다.

반면 『부덴브로크 가의 사람들』 읽기는 일본의 전시戰時 출판 기획보다는 세계문학과 노벨문학상이라는 보편적 맥락 속에서 촉발된 듯 보이기도 한다. 그러나 최재서가 책을 읽은 시기로 보건대 이 또한 전체성을 적극적으로 사유하라는 전환기적 분위기 속에서 이루어진 것임을 알 수 있다. 가족사연대기에서 현대의 서사시를 읽어냈다는 점에서 이 문헌은 종래 대일 협력으로의 경사를 보여주는 글쓰기로 평가받았다. 그러나 국가가 아닌 개인을, 영웅이 아닌 반反영웅을, 성공이 아닌 몰락을, 현대적 서사시의 불/가능성을 논평하는 이 글을 국민문학론과 직접 연결하기는 어려워 보인다. 오히려 최재서는 토마스 만을 통해 종래 자신의 비평적 관심사였던 개성과 성격론을 완수했다. 성공적이긴 했으되 시대착오적이라 할만한 이 글은 자신을 포함한 현대 지식인의 20세기를 거대한 서사 속에서 조망하는 것이었을 뿐 전쟁기의 인간성 문제에 즉답하는 것은 아니었다. 그는 일찍이 주목했던 헉슬리의 냉소, 유머, 풍자가 어떤 한계를 가지고 있다는 것을 여러 번 언급하면서도 그 자신 역시 민중과 거리가 있는 지적 인간형에 대한 논의를 멈추지 않았다. 그가 고평한『독일 전몰 학생의 편지』의 학생 병사들도 근본적으로는 이러한 카테고리에 속했다. 괴테의 시를 낭독해주는 엘리트 병사와 이에 귀 기울이는 무지한 병사가 공감의 장을 순간적으로나마 열었다 해도, 지식인과 민중 간 계몽의 구도까지 사라진 것은 아니었다. 전환기 최재서의 글에서 점진적으로 드러나기 시작하는 논리의 한계들은 시대의 요청에 접속해가는 과정은 물론 엘리트 중심적 구노를 고수하는 가운데 심화된 바가 크다.

이처럼 근대적 교양과 시국적 요청의 모순적 공존 속에서 전개된 최재서의 읽기와 쓰기는 아시아·태평양전쟁의 발발 이후 근본적인 변화를 맞이하게 된다. 전체성에 대한 다양한 탐문이 허용되지 않는 시대, 오로지 국가주의와 결부된 전체성만이 허용되는 시대가 시작되었기 때문이다. 1943년도에 출판된 두 번째 평론집『전환기의 조선문학轉換期의朝鮮文學』의 서문에서 최재서는 자신의 모든 글이 인쇄소의 독촉을 받으며 급하게 쓰인 것이라 밝히고 있다. 또한 어떤 주제를 정해도 그것에 대해 생각하고 발전시킬 여력이 전혀 없었으며, "조선 문단의 전환에 있어서, 나는 불행히도 의지할 만한 이론을 갖지 못했다"고도 언급하고 있다.[48] 근대문학 개념에 의거한 기존 레퍼런스가 모두 폐기되는 사태 속에서 최재서가 새롭게 읽은 것은 나치스의 문화 이론이었다.

「문학자와 세계관의 문제文學者と世界觀の問題」『국민문학』, 1942.9에서 최재서는 1942년 5월 일본문학보국회의 결성 이후, "황국 문학자로서의 세계관 확립"이 문제시되고 있음을 언급하며 관변 측의 의견과 변별되는 문학자의 의견을 제시하고자 했다. 이때 최재서는 독일 킬 대학 교수이자 일독日獨 교환 교수로서 동양문화연구소에 체류 중[49]인 뒤어크하임의 저서『민족성과 세계관民族性と世界觀』橋本文夫 역, 1940을 인용하며 논의를 구성해 나갔다.[50] 일본 교학국敎學局의 선장選獎 도서였던

---

48 최재서, 노상래 역, 「머리말」, 『전환기의 조선문학』, 영남대 출판부, 2006, 6쪽.
49 デュルクハイム, 金載元 譯, 「歐羅巴文化の理念」, 『國民文學』, 1943.2, 49쪽. 저자 소개 참조.

『민족성과 세계관』은 1940년 일본의 주요 잡지에 게재된 뒤어크하임의 소논문들을 묶어서 펴낸 책으로서, 당시 일독 문화 교류의 양상과 나치스 문화 이론의 성격을 엿볼 수 있게 해 준다. 그 밖에도『생활과 문화生活と文化』,『생의 윤리生の倫理』등 최재서도 언급한 바 있는 뒤어크하임의 여러 저서들은 독일의 나치즘은 물론 일본의 천황제 파시즘을 뒷받침하는 근거로써 폭넓게 활용되었던 것으로 보인다. 조선에서는 이미 1930년대부터 나치스 담론이 지적 유행처럼 번졌으나 파시즘 문학의 가능성에 대해서는 엇갈리는 반응이 존재했다. 그러나 1940년대에 들어서 전체주의와 애국주의에 회의를 표하는 언어가 자취를 감추었으며, 특히 시문학의 경우 나치스 문학을 통해 호전적인 주제와 표현을 개발해 나간 것으로 확인된다.[51]

『민족성과 세계관』에 수록된「민족성과 세계관」에서 뒤어크하임은 기존에 다양한 맥락에서 사용되던 세계관이라는 용어와 특정 민족의 생활을 가리키는 세계관을 근본적으로 구별해야 한다고 주장했다. 한 민족의 세계관에는 다른 민족과 공유할 수 없는 본질적 특징이 있다는 이유에서였다. 그는 이것이 피와 흙, 신화와 역사, 선조의 유산에서 유래된 민족 공동체의 천부적 사명을 자각하는 데서 마련된다고 보았다. 그리고 개개인의 총합이 아니라 유기적 전체로 이루어진 민족 공동체에서 개별적, 독립적 존재란 있을 수 없다고 강조했다. 따라서 "총통을 중심으로 하여 철과 같은 결단으로써 선조 전래의 유산을 수호하고, 이제야말로 선조

---

50 독일어 표기 없이 デュルクハイム로만 이름이 표기되고 있기 때문에 뒤어크하임(Dürckheim, Karlf
   -ried Graf, 1896~1988)은 에밀 뒤르켐(Durkheim, Emile)으로 오인되기도 했다. 이양숙,「일제 말
   기 비평의 존재 양상—최재서의 '국민문학론'을 중심으로」,『비평문학』28, 한국비평문학회, 2008.
   그러나 최재서의 뒤어크하임 참조 및 인용은 나치즘과 천황제 파시즘의 교호 관계를 바탕으로 이루어
   진 것이었다. 사희영에 따르면 뒤어크하임은 문화 외교로 1938년 일본에 파견된 이후, 1940년부
   터 1947년에 이르기까지 일본에 체류했다고 한다. 사희영,『제국 시대 잡지『국민문학』과 한일 작가
   들』, 도서출판 문, 2011, 119쪽.
51 나치즘에 대한 조선 문단의 인식과 친일 전쟁시의 이념적 구조에 대해서는 허혜정,「나치스 문학과
   친일 전쟁시(親日戰爭詩)의 논리」,『동악어문학』65, 동악어문학회, 2015. 참조.

의 유언을 받들어 진정한 나라, 독일국을 건설"[52]하자는 것이 이 글의 결론이다.

이와 같은 주장이 일본에서 통용될 수 있었던 것은 총통을 천황으로 치환하는 것이 그리 어려운 일이 아니었기 때문이다. 그러나 조선발 국민문학의 입장에서 뒤어크하임의 논의들은 그대로 수용할 수 없는 난점들을 포함하고 있었다. 그것은 바로 일본적 세계관이 조선이라는 이질적 범주를 어떻게 끌어안을 수 있는가의 문제였다. 뒤어크하임은 독일적 세계관의 기원과 형성, 역사를 장황하게 설명했지만, 일본의 신화와 역사, 피와 흙에 대한 지식과 실감을 가지지 못했던 최재서는 일본적 세계관의 본질과 핵심에 대해 자세히 쓸 수 없었다. 그가 유일하게 자신 있게 쓸 수 있던 것은 '무엇이 일본적 세계관에 위배되는가'의 문제였다. 이는 병적 개인주의와 타락한 자유주의가 인류 사회에 몰고 온 문제들을 과장하고 극단화하는 방식으로 전개되었다. 이제 그에게 개인주의와 자유주의란 지나간 시대의 낡은 사상인 동시에 맞서 싸워야 할 적국敵國의 세계관에 불과했다. 근대문학의 유산마저 모두 부정한 것은 아니었지만 그는 유독 토마스 만에 대해서는 평가절하하는 의견을 내놓았다. 이는 토마스 만이 자국을 버리고 망명한 지식인이라는 조건에서 기인한 바가 컸다. 그래서 토마스 만의 민주주의는 무책임한 코스모폴리타니즘으로, 『부덴브로크 가의 사람들』은 국민문화의 건전성 및 명랑성과 거리가 먼, 황폐하고 퇴락한 이야기로 강등되어야 했다.[53] 이러한 전환은 『독일 전몰 학생의 편지』의 번역자 다카하시 겐지가 헤르만 헤세로부터 나치즘으로 이월하는 과정[54]에 비견할만한 것이었다. 그러나 최재서는 독일과 일본의 등가 관계에 완벽히 포함되지 않는 조선의 민족성으로 인해 매끄럽지 못한 담론들을 지속적으로 생산해야 했다. 국가의 전쟁에 개인주의, 자유주의 세계관

52　デュルクハイム, 橋本文夫 譯, 『民族性と世界觀』, 理想社出版部, 1940, 20쪽.

53　최재서, 노상래 역, 「문학자와 세계관의 문제」, 앞의 책, 2006, 85~86쪽.

54　독일 문학자 다카하시 겐지의 전환에 대해서는 高田里惠子, 김경원 역, 『문학가라는 병』, 이마, 2017. 참조.

이 왜 위협적인가를 논리적으로 서술하기 위해 그는 뒤어크하임의 민족 공동체론을 빌려 왔지만, 자기 논의의 수신인이 '내지의 평론가'인 경우에는 "나찌투의 민족순혈론"을 들어 국민문화 건설에서 "조선 동포"를 제외하지 말라고 비판했다.[55] 그가 여러 글에서 나치스의 이론을 인용하면서도 이를 이론의 구심점으로 밀고 나가지 못했던 것은 조선-일본 간 피와 흙의 차이가 논리의 패착으로 작용했기 때문이었다.

이와 같이 각각 이십여 년의 간격을 두고 쓰인 『부덴브로크 가의 사람들』, 『독일 전몰 학생의 편지』, 『민족성과 세계관』 등이 1940년을 전후하여 최재서라는 비평가에게 읽히는 과정은 식민 말기에 이루어진 특정한 지식과 교양의 순환, 혹은 전환기 독서(사)의 일면을 드러낸다. 이는 일독日獨 문화 교류가 구체화되던 시기, 일본의 식민지에서 독일의 문화적 텍스트들이 독해되고 수용되는 방식을 보여주는 인상적인 사례로서도 의미를 지닌다.

---

55 최재서, 노상래 역, 「조선문학의 현단계」, 앞의 책, 75쪽.

제7장

식민지 국민문학론의 향방

최재서 비평의 전개를 중심으로

1. 문화의 국민화와 비평의 과제

프랑스 혁명 이래 백오십 년에 걸쳐 세계를 지배해 온 구질서는 완전히 그 역사적 사명을 다하고, 지금 도리어 인류의 발달을 저해하는 질곡이 되었습니다. 이 질곡을 깨고 인류를 새로운 질서 안으로 해방시켜야만 합니다. 이 역사적 대사업을 담당할 자는 누구일까요? 이것은 신흥국가, 즉 구라파에서는 독일과 이탈리아이고, 동양에서는 일본입니다. 특히 동양은 오랫동안 구미 여러 나라의 제국주의에 지배를 받아서 발달에 대단히 지장이 있었습니다. 이들 여러 민족을 해방시켜 진실로 자주적인 동양을 건설해 나가야 합니다. 그리고 그것을 잘 해낼 수 있는 것은 우리 일본입니다. 따라서 팔굉일우八紘一宇의 대이상은 오늘날 대동아공영권 확립이라는 역사적 위업 속에서 실현되는 것입니다.[1]

1940년 11월, 제2차 고노에近衛 내각의 신체제운동이 한참 진행되던 시기에

1　崔載瑞,「新體制と文學」, 大村益夫·布袋敏博 編,『近代朝鮮文學日本語作品集 : 1939~1945 - 評論·隨筆篇』2, 綠蔭書房, 2002, 75쪽.(번역은 저자)

최재서는 조선문인협회가 주최하는 문예보국강연대의 일원으로서 순회 강연에 나섰다. 대동아공영권을 동양에 도래할 단 하나의 미래로 승인하는 그의 말들은, 시국에 대한 언급을 지연시키거나 우회해 왔던 그의 입장에 모종의 변화가 도래했음을 감지케 한다. 그러나 이를 동원과 강제의 맥락으로 이해하는 것도 변절과 투항의 차원으로 해석하는 것도 적절하지는 않다. 그보다는 최재서가 그간 전개해 온 근대성 검토 및 비판과 불/연속되는 지점들을 짚어가며 전환의 맥락들을 살펴볼 필요가 있다.[2]

연설문에서 최재서는 근대정신으로서의 자유주의와 개인주의가 르네상스의 생명력을 잃고 점차 전락의 길을 걸어왔음을 언급한다. 오늘날 자유주의 체제는 완전히 붕괴된 나머지 인간의 자유를 방해하는 경지에 이르렀으며, 자유주의의 문학적 해석인 개성 추구나 개성 표현도 기발한 개성과 병적인 개성, 그리고 반항적인 개성으로 전락했다. 그는 과거에도 인용한 바 있는 스토니어G.W.Stonier의 "병실의 공기가 문학을 덮고 있다"[3]는 말을 다시금 인용하면서, 오늘날의 병폐는 작가가 고립됨으로써 생겨난 불행한 결과인 만큼 개인의식 대신 일반 의식을 추구할 필요가 있다고 주장한다. 이러한 논의는 1930년대 중반 그가 주지주의 문학론을 전개하며 주장한 내용과 거의 동일해서 구별할 수 없을 정도이다. 그러나 결정적인 차이는 결론에 이르러 드러난다. 과거에 미확정된 범주로서 언급되던 일반 의식이 이제는 국민 의식으로 확실히 규정되고 있는 것이다.

이러한 견해는 이후 비평적 글쓰기에서도 나타나기 시작한다. 「전형기의 문화이론」『인문평론』, 1941.2과 「문학 정신의 전환」『인문평론』, 1941.4은 『인문평론』을 토대로 전개해온 문화적 성찰과 전망이라는 과제가 국가의 범주 속으로 통합되는 과

---

2 김재용은 최재서의 방향 전환이 극적이기는 했으나 문명적 위기를 타개하려는 그간의 노력 속에 내적 연속성이 이미 존재했음을 지적한다. 김재용, 「'대동아문학'의 함정 – 최재서의 친일 협력」, 민족문학연구소 편, 『탈식민주의를 넘어서』, 소명출판, 2006, 14쪽.

3 최재서, 「현대 주지주의 문학이론의 건설 1 – 영국 평단의 주류」, 『조선일보』, 1934.8.5.

정에 놓여 있는 글이다. 최재서는 새로운 목표를 "문화주의의 반성"과 "문화의 국민화"라는 용어로 정리하며 그것의 필연성을 세계사적, 민족적, 문학적 차원에서 제시하고 있다. 여기서 문화주의란 근대 개인주의와 낙관적 진화론의 산물로서 문화적 가치의 영원성과 자율성을 중시하는 태도를 의미한다. 이는 추상적인 인간성을 바탕으로 하는 만큼 국민 생활에 기여하는 바가 적은 데다 이미 합리주의로는 처리할 수 없는 통제 불능의 상태에 이르렀다. 일반 국민들의 생활 조건과 지식인들의 개인주의적 문학 정신이 괴리되면서 문학 역시 사멸의 위기 앞에 놓이게 됐다. 그러므로 국가이상國家理想이라는 새로운 기준을 적용하여 이 같은 문제들을 해결하고 국민문화를 건설하자는 것이 그의 주장이다. 이러한 관점에서 그는 과거 자신이 유럽의 문화 위기를 몇몇 독재자의 위협이나 반달리즘Vandalism으로 받아들였던 것을 반성하고 있다. 보다 근본적으로 그러한 독재자가 출현할 수밖에 없었던 역사적 의미, 즉 근대가 몰락에 이르게 된 조건들을 고려하지 못했다는 것이다. 그래서 그는 나치스의 파리 함락이라는 상징적 사건을 다음과 같이 논평한다.

문화의 옹호와 국가의 옹호가 결코 별다른 두 가지 것이 아니라 부즉불리不卽不離의 한 가지 것이라는 것을 우리는 불란서의 비극에서 배웠다. 문화의 옹호를 위하여서 국가를 옹호한다면 어폐가 있을런지도 모르나 원래가 동일한 것이니 문화를 위하여서라도 국가를 옹호한다는 것이 지당할 것이다. 그것을 그렇지 않다고 생각해온 것은 역시 십구세기적 코스모포리타니즘의 환상이었던 것이다. 국가의 기반을 벗어나서만 문화는 순수하게 발달할 수 있다는 문화주의적 사고형식은 이 십구세기적 환상과 더부러 대포 소리에 깨어지고 말았다. 여기까지에 생각이 미친다면 현대문화가 취할 바 전환의 목표란 거지반 자명에 속한 일이 되고 만다. 문화의 국민화―이 이외에 길은 없을 것이다.[4]

이처럼 최재서는 프랑스의 결정적 실수가 "문화의 국가성을 등한시"하는 태도에 있었다고 분석한다. 그리스의 페리클레스 시대나 영국의 엘리자베스 시대가 자랑한 강력한 전투력은 조국의 문화를 지키고자 하는 자세가 있기에 가능했다. 그러므로 문화 옹호와 국가 옹호는 별개의 것이 아니며 문화를 위해서는 국가부터 지켜야 한다는 논법이 성립된다.

그런데 서구에서 조선으로 눈을 돌리면 문화주의의 반성이라는 과제가 한층 더 복잡해진다. 최재서는 조선의 근대 문화를 "문화생활과 문화주의의 분열"이라는 표현으로 요약하고 있다. 조선적 맥락에서 문화생활이 서구의 생활 형식을 표면적으로만 모방하는 경박한 생활을 의미한다면, 문화주의는 문화의 참다운 이념을 추구해갔던 소수 지식인들의 지향을 가리킨다. 전자가 대중 속에서 비속화된 문화 이념을 가리킨다면, 후자는 현실과 괴리된 지식인의 고뇌와 연관된다고 할 수 있다. "그들은 문화와 전연 절연되어 있는 일반 대중의 생활에 거지반 절망을 느끼는 동시에 또한 문화생활을 내휘두르는 일부 부박浮薄의 도徒에 대하여도 경멸을 금치 못하였다. 그들은 감히 실생활의 파도와 맞부딪칠 용단에까지는 못 미처도 깊이 문화의 이념을 추구하였다."[5] 이처럼 조선 지식인들이 처해 있던 중층적인 딜레마는, 계몽적 의지로 조선 문단에 진출한 최재서 그 자신의 것이기도 했다. 따라서 조선의 문화주의는 서구의 그것처럼, 시효를 다한 부정적인 함의로서만 거론되지는 않는다. 물론 그렇다 하더라도 결론은 다르지 않았다. 자기 땅에 뿌리박지 못한 채 "영혼의 고향"을 찾아서 코스모폴리탄적 대기에서 헤매던 조선의 문화주의자들에게도 국민문화라는 안식처가 생겼음을 그는 강조한다. 국민문화는 근대적 분열의 대안으로 전체 속의 개인 혹은 일본 속의 조선이라는 '일체'의 논리를 제시했다는 점에서 서사시적인 총체성을 새롭게 구현할 것으로

---

4 최재서, 「문학정신의 전환」, 『인문평론』, 1941.4, 10쪽.
5 최재서, 「전형기의 문화이론」, 『인문평론』, 1941.2, 19쪽.

기대되었다.

이에 따라 비평의 임무 또한 새로 설정될 필요가 있었다. 최재서는 '국책 협력'을 새로운 비평의 과제로 천명했다. 주목할만한 점은 비평이 당국의 지시를 그대로 받아쓰는 행위가 되어서는 안 된다는 단서를 달았다는 사실이다.[6] 비평가가 국책을 문화적으로 재해석해 전달하는 것이 중요한 이유는, 현재와 같은 과도기 체제에 당장 창조적 예술이 탄생하길 기대하기 어렵기 때문이다. 구질서에 "병적"인 문학이 범람하고 있다면, 신질서에는 "생경"한 문학이 주류를 이루고 있다. 그러므로 「현시기 비평의 기능」에서 아놀드가 논의했듯, 당대 최고의 사상과 지식을 사회 전반에 확충하며 위대한 창작 시대를 준비하는 것을 비평의 임무로 삼아야 한다고 최재서는 주장한다. 이 또한 일찍이 「조선문학과 비평의 임무」『조선일보』, 1935.1.1에서 강조된 바였다. 당시에는 서구의 인문주의 전통이 "최고의 사상"이었고 이제 일본의 국민문화가 그 자리를 대체했다는 차이가 있을 뿐, 문화의 이상이라는 목표를 그는 내려놓지 않았다. 그리고 여전히 계몽적 주체의 자리에서서 국민문학 비평을 통해 국책과 문화의 관계를 담론화하는 과제를 실천해 나가게 된다. 이 글에서는 그 과정을 중심으로 식민지 조선에서 제출된 국민문학론의 특징을 살펴보고자 한다.

2. 문단 재편과 혁신의 논리

조선의 국민문학론은 1941년 11월 『국민문학』 창간을 계기로 본격화되었다.[7] 『국민문학』의 발행인 겸 편집인은 최재서, 발행사는 인문사였다. 따라서 『국민

---

6   崔載瑞, 「新體制下の文藝批評」, 大村益夫・布袋敏博 編, 앞의 책, 93쪽.
7   『국민문학』은 1945년 5월까지 통권 39호가 발행되었다.

문학』은『인문평론』의 후속 잡지로 여겨질 수도 있다. 그러나 1940년 8월『동아일보』와『조선일보』가, 1941년 4월『문장』과『인문평론』이 폐간된 상황 속에서 창간된『국민문학』은, 일개 잡지가 아니라 조선 문단 그 자체라 할 수 있는 위상을 획득했다. 총독부 경무당국은『국민문학』으로 잡지를 일원화한 이유로 용지 절약을 내세웠으나, 사실은 이를 통해 조선 문단의 혁신을 일거에 해결하려는 의도를 지니고 있었다.[8] 그러므로『국민문학』은 기존의 문예 잡지와는 완전히 다른 체제 속에서 출발하고 운영되었다고 할 수 있다.

단적으로 이는『국민문학』편집을 각 방면의 권위자를 망라한 위원회에서 공동으로 진행했다는 사실로 증명된다. 최재서는 창간호에 수록된 좌담회「조선 문단의 재출발을 말한다朝鮮文壇の再出發を語る」에서 편집 방법이 바뀌어서 갈피를 못 잡겠다고 말했다. 편집 방법뿐 아니라 투고나 원고 의뢰에 있어서도 예전과 다른 기준이 적용되었다. 창간호 좌담회에 참석한『경성일보』학예부장 데라다 에이寺田暎는 이제 잡지는『국민문학』밖에 없는 만큼, 필자를 정하는 데도 인선人選이 필요하다고 강조했다. 시국에 협조하는 사람들을 위주로 발탁하여 더 많은 원고료를 지불해 주고 차차 신진 작가도 발굴하자는 의견이었다.[9]

조선총독부와 최재서가 여러 차례 회의를 거쳐서 공동으로 결정한 편집 요강은 ① 국체國體 개념의 명징 ② 국민 의식의 앙양 ③ 국민 사기의 진흥 ④ 국책에의 협력 ⑤ 지도적 문화이론의 수립 ⑥ 내선문화內鮮文化의 종합 ⑦ 국민문화의 건설 등의 항목으로 이루어졌다.[10] 그런데 징병, 징용, 공출 등 일상적 동원과 달리 문

---

8 잡지 폐간 및 당시 문단 상황에 대해서는 최재서, 노상래 역,「조선문학의 현단계」,『전환기의 조선문학』, 영남대 출판부, 2006, 68쪽.
9 「座談會 朝鮮文壇の再出發を語る」,『國民文學』, 1941.11, 89~90쪽.
　　『국민문학』은 조선문인협회와의 공조 아래 현상제를 실시하여 1942년 4월 당선작을 발표했으며, 조선인보국회 결성(1943.4.17)을 계기로 신인 추천제를 공고한다. 모집은 소설, 희곡, 시, 단가, 평론 등이었다. 당선작에 대한 분석은 정선태,「일제 말기 '국민문학'과 새로운 '국민'의 상상」,『한국현대문학연구』29, 한국현대문학회, 2009. 참조.
10 각 항목의 내용은 최재서, 노상래 역,「조선문학의 현단계」, 앞의 책, 69쪽.

화적 동원은 그 범주는 물론 실천 과정에서도 애매모호한 부분이 적지 않았다. 위에서 언급한 『국민문학』의 편집 요강만 해도 항목이 많은 데 반해 내용 및 방법론은 구체적이지 못했고, 부정과 금지를 통해서 목표를 제시하는 방식을 취하고 있다. 첫 번째 항은 민족주의, 사회주의, 개인주의, 자유주의 금지를, 세 번째 항은 퇴폐적 기분 금지를, 네 번째 항은 불철저하고 소극적인 태도 금지를 내세웠다. 나머지 항도 국민적 정열이라든지 지도적 문화, 국민문화 등 갑자기 일본 국민으로 호명된 조선인으로서는 요원한 목표를 내세웠다. 최재서가 정의한 조선의 국민문학도 이 점에서 있어서는 마찬가지였다.

> 국민문학이란 고도국방국가 체제의 필요에 부응하기 위해서 세워진 혁신적인 문학상의 목표이다. 단적으로 말해 유럽의 전통에 근거한 이른바 근대문학의 한 연장선은 아니다. 일본 정신에 의해 통일된 동서 문화의 종합을 지반으로 하여, 새롭게 비약하려는 일본 국민의 이상을 강조한 대표적인 문학으로서, 이후 동양을 지도해야 할 사명을 띠고 있다.[11]

인용문은 창간호에 수록된 최재서의 비평 「국민문학의 요건國民文學の要件」의 일부이다. 여기서 국민문학은 일본의 국가 이상을 원리로 삼아 동양문학을 지도할 사명을 띤 문학으로 정의된다. 그러나 조선의 국민문학이란 무엇이어야 하는가는 모호한 상태에 머물러 있었으므로, 그 역시 이제까지의 근대문학을 반면교사로 삼아 국민문학을 설명해나갈 수밖에 없었다. 최재서는 이제까지 조선 문단에 만연하였던 창작 정신의 균열과 주제 빈곤을 해결하기 위해서는 국민적 입장에 서서 국민 생활과 국민적 감정에서 소재와 주제를 발견해야만 하며, 이것이 조선의 유능한 작가를 구원할 수 있는 유일한 방법이라 강조했다. 이제부터 문학은 개인

---

11 최재서, 노상래 역, 「국민문학의 요건」, 위의 책, 49쪽.

의 표현이 아니라 '교육'이라는 신념을 바탕으로 새롭게 출발하자는 것이 그의 주장이었다. 최재서가 언급했듯이 조선의 국민문학은 "지금부터 만들어가야 할 문학"[12]이었던 것이다.

따라서 혁신에 대한 강조만큼은 전면적이고 강력한 형태로 이루어졌다. 창간호 권두언 「조선 문단의 혁신朝鮮文壇の革新」은 역사의 방향을 직시하여 혁신의 필연성을 인정하고, 문학의 진보를 위해 노력하자는 내용을 담고 있다. 이는 일본의 주도 아래 펼쳐질 새로운 역사와 그 속에서 탄생할 새로운 주체의 상을 염두에 둔 것이었다. 그러나 "무엇보다도 상쾌해지고 싶"고 "칙칙했던 혹은 주저주저했던 지식인의 표정"[13]을 버리고 싶다는 부르짖음은, 그것이 근대 일반의 분열을 가리키든 식민지인의 고뇌를 겨냥하든 이제까지 조선 문단이 겪어 온 고민과 갈등의 흔적을 짙게 드러냈다. 이는 국민문학과 조선문학의 일치라는 난제와 맞닥뜨린 조선 문인들의 현재 진행형 고민이기도 했다.

『국민문학』은 '회고'와 '전망'의 기획을 담론화함으로써 혁신의 필연성을 강조하고자 했다.[14] 이러한 측면에서 창간호 비평의 필자로 김동인, 박영희가 섭외된 것은 여러모로 의미심장한 일이었다. 우선 김동인은 「조선 문단과 내가 걸어온 길朝鮮文壇と私の歩んだ道」에서 1919년 『창조』 발간으로 시작된 자신의 문학 활동을 회고한 후, 철저히 자유주의의 신봉자였던 자신이 전쟁을 통해 국가에 대해 인식하기 시작했음을 고백한다.[15] 박영희 역시 「임전체제하의 문학과 문학의 임전체제臨戰體制下の文學と文學の臨戰體制」에서 문학에서 개인주의와 자유주의를 제거하여 일본 국가의 이상에 합치되는 국민문학을 실천해야 한다고 주장한다. 또한 작가

---

12 위의 책, 50쪽.
13 「朝鮮文壇の革新」, 『國民文學』, 1941.11, 2쪽.
14 박광현, 「"국민문학"의 기획과 전망－잡지 『국민문학』의 창간 1년을 중심으로」, 『배달말』 37, 배달말학회, 2005, 328쪽.
15 金東仁, 「朝鮮文壇と私の歩んだ道」, 『國民文學』, 1941.11.

는 작가이기보다 먼저 전시하 국민으로서 붓을 총의 임무로까지 드높여 가야 한다고 강조하고 있다.[16] 이와 같이 최남선, 이광수의 계몽 문학과는 질적으로 다른 '진정한' 근대문학의 창시자로 자임해 왔던 김동인, 또한 카프의 이론가로서 사회주의 문학 형성에 막대한 영향을 주었던 박영희가 과거를 회고·정리하며 전시하 국민의 역할을 강조하는 것이야말로 혁신의 실감을 자아냈다.

한편 전망의 차원에서 혁신의 논리를 뒷받침한 것은, 경성제대 법문학과 교수 오다카 토모오尾高朝雄, 최재서의 동창으로 녹기연맹을 주도하던 쓰다 쓰요시津田剛 등 경성제대 관계자들이었다. 오다카는 「세계문화와 일본문화世界文化と日本文化」에서 대동아공영권의 문화 이념을 일본 정신에 의한 동양 문화와 서양 문화의 종합에서 찾고 있다.[17] 그는 과거에는 유교와 불교를 종합하고, 메이지明治 시기에 이르러서는 서양 문화를 기꺼이 받아들였던 일본 정신의 포용성을 부각시키면서, 앞으로 서양 문화의 폐해를 극복하여 동양 문화와 조화롭게 통일해 나가자고 주장한다. 그리고 바야흐로 문화의 흐름이 동점東漸에서 서점西漸으로 이동하는 추세인 만큼, 조선은 일본의 대륙 전진 문화 기지이자 가교로서의 사명을 자각하는 한편, 일본문화를 바탕으로 내선문화 종합에 힘쓸 것을 당부한다. 쓰다는 「혁신의 논리와 방향革新の方向と論理」에서 보다 강력한 어조로 현재 일본이 수행하고 있는 혁신의 세계사적 의의를 강조한다.[18] "앵글로 색슨 지배를 뒤집어엎고 자유주의 사회 기구를 변혁"하여 신사회 체제를 수립해야 한다는 것이 이 글의 논점이다. 그는 일본의 신체체운동을 전범으로 제시하면서, 반도는 대동아공영권 안의 대륙기지로서 내선일체 및 문단의 총력체제 완성에 박차를 가해야 한다고 주장한다.

오다카와 쓰다는 공통적으로 조선에 일본의 대륙 전진 기지라는 위상을 부여

---

16 朴英熙, 「臨戰體制下の文學と文學の臨戰體制」, 『國民文學』, 1941.11.
17 尾高朝雄, 「世界文化と日本文化」, 『國民文學』, 1941.11.
18 津田剛, 「革新の方向と論理」, 『國民文學』, 1941.11.

하고 있으며, 이것이 조선인의 국민화를 통해서만 달성될 수 있다고 주장한다. 그리고 국민 창출의 수단으로써 문화가 지니는 중요성을 무엇보다도 강조하고 있다. 이들의 논의는 당시 문화라는 용어가 어떠한 맥락 아래 사용되고 통용되었는지 명시적으로 보여준다. 특히 국민문화 건설을 세계문화를 향한 도정으로 연결시키는 논리는, 당시 일본 제국이 유포하던 대동아 문화 이념과 직접적으로 맞닿아 있는 것이라 할 수 있다.

창작란도 문단 혁신의 증거를 뚜렷하게 드러냈다. 창간호 시란의 필진을 보자면 사토 기요시佐藤清, 스기모토 나가오杉本長夫, 임학수 등 경성제대 영문학 전공 교수 및 졸업생과 더불어 주요한, 김용제의 작품이 실렸고, 소설란에는 다나카 히데미사田中英光, 미야자키 세이타로宮崎清太郎, 그리고 이효석, 이석훈, 정인택의 작품이 실렸다. 한눈에 보더라도 1930년대 후반까지 활발하게 활동했던 조선의 중견 작가들 대신 재조일본인 작가들이 대거 등장했다는 사실을 알 수 있다.[19]

이와 같이 국민문학의 사명이 강조되면서도 그 실체는 불분명하고, 조선 문단의 혁신이 제창되었지만 기존의 조선인 작가 및 비평가들은 대부분 자취를 감춘 것이 『국민문학』 창간호의 풍경이었다. 그뿐만 아니라 전면적인 일본어 글쓰기의 도입으로 대부분의 조선인 독자들도 배제되었다고 볼 수 있다. 작가도 독자도 없고 언어도 사라진 상황, 그럼에도 불구하고 거대한 이상과 혁신에 대한 의지가 열정적으로 강조되는 기이한 구조, 이것이 바로 조선 국민문학의 출발점이었다.

---

19 채호석은 『국민문학』이 『인문평론』과 『문장』의 폐간으로 만들어진 공간을 신인 작가와 재조일본인 작가들로 채웠으며, 이는 기존 작가들을 배제하는 동시에 일종의 '길들이기'의 의미도 지녔다고 언급한다. 채호석, 「1930년대 후반 문학 지형 연구—『인문평론』의 폐간과 『국민문학』의 창간을 중심으로」, 『외국문학연구』 29, 한국외국어대학교 외국문학연구소, 2008.

3. 조선인 징병제와 어문語文의 징발

　식민지배하 삼십여 년이 지나는 동안에도 대부분의 조선 작가들은 일본어 글쓰기에 적극적으로 뛰어들지 않았다. 조선에서 일본어는 국민정신의 지표인 국어로서 강조되긴 했으나[20] 문학어는 아니었다. 조선어로 문학을 한다는 것은 상실된 국가를 대신하는 것이었고, 미적 근대를 성취하는 것이었으며, 식민지 근대의 파행성을 비판하는 의미를 지녔다.[21] 이태준의 『문장강화』1939를 통해 살펴볼 수 있듯이 1930년대 후반에 이르면 언어예술로서의 보편성과 조선문학으로서의 특수성을 아울러 갖춘 조선어문학의 규칙이 분명히 작동하고 있었다. 일본어 창작에 대한 압박이 점차 거세지면서 번역이 고려되기도 했으나 조선어가 지닌 어감을 살릴 수 없다는 점에서 이 또한 그리 탐탁지 않은 대안으로 받아들여졌다.

　그런데 『국민문학』 창간과 더불어 일본어는 선택이 아니라 의무로 강제되었고, 일본의 남태평양 진출 이후로는 국어를 넘어서 동아 공통어라는 의미를 획득했다. 이에 따라 일본어는 대동아공영권 내 문화적 헤게모니의 필수 요소이자 문화적 우열의 척도로 자리 잡게 되었다.[22] 제국 일본이 식민지 조선의 작가들을 포섭하는 수단으로 공영권 내 주도권 획득이라는 청사진을 활용할 수 있었던 것도

---

20 국어는 일본 정신과 일본어의 결합을 표현하는 궁극의 개념이었다. 식민지에는 일본어 교육이 아니라 국어 교육이 시행되었으며, 그것이 모든 동화 정책의 근간에 놓였다. 이연숙, 『국어라는 사상』, 소명출판, 2006, 21쪽.

21 『삼천리』76호(1936.8)에 수록된 「조선문학의 정의」라는 설문에서 이광수, 박영희, 이태준 등의 작가들은 조선어를 조선문학의 가장 중요한 조건으로 꼽고 있다. 언어를 제이차적 조건으로 꼽은 염상섭, 순수한 조선문학과 광범위한 조선문학을 설정한 이병기, 조선인의 생활 감정을 잘 드러낼 수 있는 언어를 강조한 임화 등 다른 의견도 있었지만, 대부분의 작가들은 엄격한 속문주의(屬文主義)를 주장하며 장혁주의 소설이나 연암의 『열하일기』 등을 조선문학에서 배제하고자 했다.

22 제국 일본의 언어 정책은 1940년대에 이르러 국어를 바탕으로 한 국민국가적 언어 편제(내지, 외지)에서 동아공통어를 바탕으로 한 제국적 언어 편제(대동아공영권)으로 전환된다. 국어가 국민정신의 표상이라면 동아공통어로서의 일본어는 하나의 외국어로 취급됨을 의미했다. 일본이라는 중심에서 가까울수록 국어의 가치가 강조되고 고유어의 지위가 압박당했고, 중심에서 멀어질수록 동아공통어적 가치가 강조되며 어느 정도 고유어를 인정해주었다. 安田敏朗, 이연숙·고영진·조태린 역, 「제국 일본의 언어 편제」, 三浦信孝·糟谷啓介 편, 『언어제국주의란 무엇인가』, 돌베개, 2005. 참조.

이 때문이다. '미개한' 남방 민족을 지도할 원리,[23] 그리하여 대동아 문화를 건설할 원리는 일본어로 쓰인 국민문학을 기반으로 형성된다는 것이 제국의 논리였다. 최재서가 이 시기 조선 문단의 대표자이자 대변자로 부상한 것은, 일본이 제시하는 세계성에 새로운 기대를 걸었기 때문이기도 하지만, 제국대학 출신이기에 가능했던 일본어 구사 능력, 그리고 이를 통해 선취한 언어적 헤게모니가 뒷받침되지 않았으면 불가능한 일이었다.

반면 대부분의 조선인 작가들은 국민문학에 동조한다 해도 일본어를 구사하는 데 따르는 부담감을 떨치지 못했다.[24] 조선문학 장 내부에서 최고의 지식인이라 할 수 있는 그들은 졸지에 '깨어진 일본어'를 구사하는 이류 작가로 전락하고 있었다.[25] 가령, 최재서는 김남천의 첫 번째 일본어 창작 「어떤 아침或る朝」1943.1의 불안정한 문체를 득남의 기쁨으로 연결시키고는 있으나,[26] 중견 작가의 작품에 이런 지적이 나온다는 것 자체가 과거에는 있을 수 없는 일이었다. 초창기에는 조선어 작품을 모집하기도 했으나 국민문학이라는 지향점에 걸맞은 내용을 창작하는 일 자체가 어려운 과제였다. 1942년『국민문학』신년호 편집 후기에서 최재서는 "솔직히 말해 원고가 모이지 않아"서 조선어판을 내지 못했다고 밝히고

---

23 조선인은 남방에 대한 선행 지식이 일천했기 때문에 일본 제국주의의 지배 담론을 손쉽게 내면화해서 남방을 "열등하고 미개하고 게으른 원주민의 나라"로 전유하였다. 여기에는 대동아공영권에서 이인 자로서의 우월한 지위를 점하려는 식민지인의 분열적 욕망이 자리 잡고 있었다. 권명아,「남방 종족지 와 제국 판타지」,『역사적 파시즘』, 책세상, 2005, 350쪽.

24 「國語の諸問題會談」(『國民文學』, 1943.1)에서 이무영과 이석훈은 조선인 작가들이 국어 창작에서 겪 는 어려움을 언급한다. 이무영은 시골 사투리 사용 문제 때문에 농민소설을 접어두고 있다고 밝히는 한편 일본어 발음의 어려움을 토로하고 있으나, "조선인의 행복"을 위해서 앞으로도 계속 국어 창작을 해나가겠다는 결심을 표하고 있다. 이석훈은 비록 서투르더라도 용기를 가지고 사용하는 자세가 중요 하다고 강조하면서, "올바른 표준어 일본 문장"을 익히는 데까지 나아가야 "일류문학"이 될 수 있을 것이라 전망한다.

25 천정환,「일제 말기 작가 의식과 '나'의 형상화」,『현대소설연구』43, 한국현대소설학회, 2010, 46쪽. 한편 '깨어진 일본어' 혹은 조선어와 일본어의 잡종적 형태인 '内鮮語'를 의도적으로 구사하며 국어의 경계 혹은 외부에 위치하고자 한 김사량과 같은 작가도 있었다. 황호덕,「국어와 조선어 사이, 内鮮語 의 존재론」,『대동문화연구』58, 성균관대학교 대동문화연구원, 2007.

26 최재서, 노상래 역,「국민문학의 작가들」, 앞의 책, 167쪽.

있다. 국어 전용이라는 총독부의 방침에 누구보다 적극적으로 뛰어든 최재서였지만, 용어 문제는 그의 최대 고민거리였던 셈이다.

1942년 4월 10일에 열린 좌담회 「반도 학생의 여러 문제를 말한다^{半島學生の諸問題を語る}」는 조선인 징병제 실시를 앞두고 장차 징병의 대상이 될 학생 및 청년 교육에 대해 논의하는 자리였다. 그런데 학생들의 사상 경향이라든지 분위기, 태도 등을 논의하는 와중에, 최재서는 갑자기 학생들의 국어 상용 문제를 국어 창작 문제로 이끌고 온다. 현장에는 총독부 학무과장 혼다 다케오^{本多武夫}와 보안과장 후루카와 가네히데^{古川兼秀}가 함께 참석한 상태였으므로, 국어 문제가 언급된 김에 창작 용어 문제를 짚어보고자 했을 터이다.

> 최재서 : 아까 호리우치 선생님이 말씀하셨던 국어 문제에 대해 이야기해보도록 하
> 죠. 요즘 제가 고민하는 것은 8회에 걸쳐 『국민문학』 언문판을 내는 일입니다. 학
> 무과장께서 도서과장으로 계셨을 때, 조선의 언문 문예 잡지를 통합해서 『국민
> 문학』을 창간하게 되었습니다. 그때 국어판 4회, 언문판 8회를 내기로 했지만,
> 지금은 그때와는 상황이 많이 달라져서 결국 언문판을 없애는 것이 어떻겠냐는
> 이야기도 점점 나오고 있습니다. 이런 경우 솔직하게 생각해봐야 하는데, 한편에
> 서는 국어를 열심히 보급하고 있습니다. 저도 아이들을 학교에 맡기고 있기 때문
> 에 그런 점을 충분히 의식하고 있습니다. 그런데 보통의 가정이나 사회에서는 아
> 직 조선어가 사용되고 있습니다. 이처럼 조선어가 구어인 이상, 그것을 표현하는
> 문학도 나올 것입니다. 바로 이 때문에 언문 문학은 큰 딜레마에 처하게 된 거죠.
> 따라서 문인들의 고민 역시 그 점에 있습니다. 실제로 『국민문학』에서도 심각한
> 문제가 되고 있는데, 우선 평론란의 경우 쓰는 사람이나 읽는 사람이나 수준이
> 상당히 높기 때문에 전부 국어로 하려고 생각하고 있습니다.[27]

---

27 문경연 외편역, 「반도 학생의 여러 문제를 말한다」(1942.5·6), 『좌담회로 읽는 『국민문학』』, 소명출판, 201쪽.

최재서는 구어와 문어의 불일치로 인해 국민문학이 맞닥뜨린 어려움을 지적하고 있다. 한편 현실적으로 일본어 창작이 가능한 작가가 네다섯 명밖에 안 된다고 토로했다. 매달 창작란을 채우는 것조차 어려운 상황인지라 궁여지책으로 도쿄 등지에서 일본인 작가들의 글을 받고는 있지만, 가능한 한 조선인 작가의 작품들로 게재하고 싶다는 것이 그의 희망이었다. 그리고 "단지 언어의 문제만으로 우수한 작가가 매장당하는 것은 우리 입장에서는 참을 수 없는 일"이라 강조했다. 따라서 최재서가 총독부 측에 제안한 것은 조선어판을 아예 폐쇄하는 대신 매호 소설만은 조선어로 쓰게 하면 어떻겠냐는 것이었다. 이제까지 소설이라는 장르는 그에게 시대적 위기와 맞설 미학 탐구의 계기를 제공해 왔다. 그런데 서투른 일본어로 쓰이는 소설에서는 어떠한 미학도 발견할 수 없다는 문제가 있었다.

기존에도 최재서는 일본 작가와 동등한 실력을 지닌 게 아니라면 조선인 작가는 차라리 일본어 창작을 하지 않는 편이 좋다고 밝힌 바 있다. 해봤자 모방에 그치거나 "내지 작가의 캐리커처"에 머무를 위험성이 크다는 것이 이유였다. 그리고 "조선의 문학은 조선의 말을 떠나서는 생각될 수 없"[28]다는 점을 그는 무엇보다도 강조했다. 이렇듯 문학의 언어와 문체에 관심을 기울여 온 비평가로서 최재서는 조선어로 쓰인 예술의 존립 가능성을 제기할 수밖에 없었다. 그러나 학무과장은 국어 상용은 더욱 철저히 하는 것이 좋다는 관점을 고수했다. 학무과장에게 조선어는 한갓 관습어에 지나지 않는 것이었고, 관습은 얼마든지 바꿀 수 있다는 입장이었다. 하물며 전쟁 수행이라는 목표 앞에서 조선인 작가의 존립 여부가 중요할 리도 없었다. 이렇듯 일본어에는 일본 정신과 혼이 깃들어 있다고 선전하면서도 다른 민족의 언어는 관습으로 치부해 버리는 태도는 일본 제국의 언어관이 지닌 모순성을 그대로 드러내는 것이었다. 학무과장은 국어 교육을 통해 조선인

---

28 최재서, 이경훈 편역, 「내선문학의 교류」, 『한국 근대 일본어 평론·좌담회 선집 1939~1944』, 역락, 2009, 68쪽.

학생들에게 필승불패의 신념을 불어넣어야 한다는 다짐으로 발언을 끝맺었다. 따라서 최재서의 제안은 제안으로 끝났을 뿐 다시 논의되지 못했다.

그로부터 두 달 뒤에 발간된 1942년 5·6월 합병호『국민문학』은 최종적으로 "국어 잡지로의 전환을 결의"한다.[29] "이 고민의 종자를 깨뜨리지 않는 한 우리의 문화적 창조력은 정신의 수인囚人이 될 수밖에 없다"[30]는 최재서의 판단은 1942년 5월 8일, 일본 내각의 조선인 징병제 실시 결정에서 비롯되었다. 당시 국어 정책은 병역 제도와 연동되며 교육 현장에 적용되었는데, 1942년 5월 5일 발표된「국어보급 운동요강」은 "문학, 영화, 연극, 음악 방면에 대하여 극력 국어 사용을 장려할 것" 등을 명시하고 있었다.[31] 따라서 징병제가 1940년대 조선 문단에 불러온 파장은 충분히 강조될 필요가 있다. 이는 정치적, 군사적 사건인 동시에 문학적 사건이기도 했기 때문이다. 의욕적으로 출발했지만 여전히 불투명한 기운을 지니고 있던『국민문학』은 징병제 실시 이후 명실공히 국어 잡지로 재탄생해서[32] 협력의 방법론을 구체적으로 검토해나가기 시작한다. 이때부터 최재서를 비롯한 지식인들은 조선인도 일본인과 똑같이 국민의 지위에 설 수 있다는 것을 피력했다. 실상 징병제는 조선인의 생명을 전쟁에 동원하기 위한 제도적 장치 이상도 이하도 아니었다. 그러나 역설적이게도 최재서는 존재 말살의 위기를 존재

---

29 1942년 8월호 권두언에서 최재서는 이러한 조치에 대한 부연 설명을 달고 있다. "물론 국어 보급 운동은 조선어 사용 금지를 의미하는 것이 아니고, 언문 문학에 대해서도 이런 의미의 압박은 전혀 없으므로, 앞으로 언문으로 우수한 작품이 생산될 가능성은 충분히 있고, 또한 번역을 통해서 내지인 독자가 이들 작품에 접할 기회도 있을 것이다. 그러나 반도에 오로지 하나 남아 있는 문예 잡지『국민문학』이 순국어 잡지로 전환한 것은 전체적 체제를 정비한다는 점에서는 충분히 의미가 있을 것이다."「內鮮文學の交流」,『國民文學』, 1942.8.
　　 그러나 1943년 평론집『轉換期の朝鮮文學』에 이 글이 수록될 때 위의 구절들은 삭제된 채로 실렸다.
30 「編輯後記」,『國民文學』, 1942.5·6, 208쪽.
31 윤대석,『식민지 국민문학론』, 역락, 2006, 120쪽.
32 징병제를 원활하게 진행하기 위해서는 무엇보다도 조선인의 일본어 해득률을 높이는 것이 최대 관건이었던 만큼,『국민문학』은「國語普及の現地報告」(1943.1~2)라든지,「國語の諸問題會談」(1943.1),「國語詩特輯」(1943.2) 등 국어의 중요성을 강조하는 기획을 마련하여 사회문화적 여론을 조성하는 데 주력했다.

전환의 기회로 전치시킨다. 그가 주목한 부분은 바로 그 생명, 원초적인 몸의 실천이 지닌 의미였다. 그는 몸으로 운명을 같이 한다는 의식을 바탕으로 내선 간에 진정한 공동체 의식이 싹트게 될 것이라 보았고, 이를 통해 일본의 국민화 프로젝트를 자기 논리 안으로 수용했다.

> 반도인은 어떻게 하면 대동아공영권의 건설에 직접 참여할 수 있을까? 생산 확충도 있고, 노무 제공도 있으며, 헌금도 있고, 저축도 있다. 물론 이들 하나하나가 충분히 의의를 갖는 봉공임에는 틀림없다. 그러나 그것만으로 과연 대동아권의 건설이라고 할 수 있을까? 이런 염려는 생각이 있는 반도인의 머리를 스치는 어두운 그림자였다. 따라서 어떻게 하면 반도인은 정말 황국신민이 될 수 있을까 하는 의문도 일었다. 이런 모든 불안과 의심에 대하여 극적으로 명쾌한 해답을 준 것이 이번의 징병제의 발표이다. 말할 것도 없이 그것은 조선인이 대동아공영권 건설에서 직접적인 역할을 해낼 길을 깔아 준 것이다. 이것으로 명실공히 반도인은 황국신민이 되어, 대동아의 지도 민족이 될 수 있는 길이 열린 것이다.[33]

「징병제 실시의 문화사적 의의徵兵制實施の文化史的意義」에서 최재서는 식민지 조선인이 가져야만 했던 초조함에 대해 고백하고 있다. 아무리 직역봉공을 열심히 수행한다 하더라도 조선인은 일본인이 아니다. 조선인이 곧 일본인이라면 일체를 말할 필요도 없는 것이다. 그런데 징병제는 조선인의 국민적 위치를 법적, 제도적으로 보장해주는 계기가 될 것이라는 점에서 진정한 내선일체의 시발점처럼 여겨졌다.[34] 최재서는 영국 식민지 병사로 전선에 나간 말레이시아인이나 인도

---

33 최재서, 노상래 역, 「징병제 실시의 문화사적 의의」, 앞의 책, 146쪽.
34 좌담회 「軍人と作家, 徵兵の感激を語る」(1942.7)에서 최재서는 어린이들을 바라볼 때 벅차오르는 심경을 고백했으며, 김종한 역시 이런 감정에 촉발되어 「幼年」이라는 시를 지었다고 언급한다. 이들은 존재 전환의 열망을 '小國民'의 형상 속에 이입시켰다.

인의 처지를 거론하며 조선인의 전쟁 참여가 지닌 의미를 확실히 규정하고자 했다. 말레이시아인과 인도인은 식민지인이기에 강제로 참전한 것에 지나지 않으나, 조선인은 국민으로서 참전하는 것이다. 그러므로 징병제는 조선 민족의 지위를 대폭 향상시킬 수 있는 절호의 기회라는 것이었다.

최재서는 징병제 실시가 결정되고 나서야 비로소 블레이크W.Blake의 시를 빌려서 "의혹은 맑아진다"고 말할 수 있었다.[35] 그러나 이는 '맑아져야 한다'는 당위의 표현이었다고 해야 옳다. 당시 그는 조선 문인들이 '어떻게 써야 하는가'보다는 '어떻게 하면 쓰지 않을 수 있을까'를 더 생각해온 것 같다는 말로 조선 문단의 실정을 진단했다.[36] 나날이 고조되어가는 전쟁의 열기 속에서도 조선 지식인들은 방관적이고 회의적인 태도를 취해 왔다는 것이다. 그러나 징병제 발표로 인해 조선 지식인들에게도 신념의 기반이 주어졌다고 그는 자신했다. 종래 강조되던 국민 의식과는 질적으로 구별되는 '조국 관념'이 형성될 계기가 주어졌다고 보았기 때문이다. 국민 의식이 국가라는 전체의 일부임을 자각하는 의식이라면, 조국 관념은 개인이 '피'로서 국가와 유기체적으로 연결되어 있음을 느끼는 신념이다. 피의 동일성 담론은 당시 독일 게르만 민족의 일체성을 표현하는 데 빈번히 동원된 것이었다. 그러나 이것이 민족과 문화적 전통을 달리하는 조선과 일본 사이에 적용될 수 있을지는 미지수였다. 따라서 최재서는 이 문제를 해결하고 국민문학으로서의 조선문학이라는 명제를 논리화하기 위해 '지방문학'이라는 돌파구를 마련하게 된다.

---

35 「卷頭言－太陽を仰げ」, 『國民文學』, 1942.5·6, 3쪽.
36 최재서, 노상래 역, 「징병제 실시와 지식 계급」, 앞의 책, 150쪽.

4. 지방문학으로서의 조선문학 구상

「내선문학의 교류內鮮文學の交流」1942.8에서 최재서는 조선문학과 일본문학은 이제 과거와 같이 단편적인 교류 방식에서 탈피해야 한다고 주장한다.[37] "국민문학적 체제"[38]가 구축된 이상, 조선문학은 진기한 볼거리로 진열되거나 소비되는 기존의 방식에서 벗어나야 한다는 문제 제기였다. 최재서의 구상은 대동아공영권이라는 판도 내에서 중앙과 지방의 관계성을[39] 문학에 응용하는 것으로 구체화되었다. 이러한 견해는 『국민문학』 기자인 김종한의 「일지의 윤리一枝の倫理」1942.2에서 '신지방주의'라는 용어로 표현되었는데, 최재서는 김종한의 논의를 더욱 구체적으로 확장시켰다.

기존 연구에서 신지방주의론은 제국의 중앙과 다른 가치를 생산해내는 조선 혹은 조선문학을 상정했다는 점에서 권력이 편재된 제국에 대한 구상,[40] 지성의 방법으로 모색된 일본인 되기의 방편[41]등으로 평가받았다. 그러나 최재서 비평의 추이와 국민문학론의 전개 속에서 신지방주의론의 의미를 다시금 살펴보아야 한다. 최재서가 신지방주의론을 통해 어느 정도 조선문학의 독자적 출구를 마련하는 듯했으나, 징병제 실시를 계기로 완전히 일본 국가주의로 돌아서고 말았다는 분석은 실상과 거리가 있다.[42] 최재서의 「조선문학의 현단계朝鮮文學の現段階」1942.8

---

37 「內鮮文學の交流」, 『國民文學』, 1942.8. 이 글은 필자가 명시되지 않은 권두언이지만 최재서의 평론집에 수록되었으므로 최재서가 집필한 것이 확실하다.
38 최재서는 국민문학적 체제에 대해 다음과 같이 설명한다. "국어로 쓰는 것"이 원칙이고, 집필자는 "내선인 공동"이며, 독자는 내선 1억 명을 넘어서 "대동아 10억 여러 민족"을 염두에 둔다. 최재서, 노상래 역, 「조선문학의 현단계」, 앞의 책, 71쪽.
39 대동이라는 범주는 국민국가의 경계를 넘어선 국가 간 연합체의 의미가 아니라 중앙 제국 일본과 각 지방 식민지 사이의 관계로 기반으로 한다. 오태영, 「조선 로컬리티와 (탈)식민 상상력」, 『사이(SAI)』 4, 국제한국문학문화학회, 2008, 231쪽.
40 윤대석, 『식민지 국민문학론』, 역락, 2006, 28쪽.
41 고봉준, 「지성주의의 파탄과 국민문학론」, 『한국시학연구』 17, 한국시학회, 2006, 10쪽.
42 위의 글, 11~12쪽.

는 징병제 실시 선언 이후에 발표된 글로, 일본문학의 일환으로서 조선문학을 이론화하고 있던 최재서 비평의 첫 단계에 해당된다. 조선 문단에 일본의 지방 문단이라는 지위를 부여하는 것은 언뜻 보기에 종속성을 강조하는 것처럼 보이지만, 최재서는 중앙과 지방의 관계를 일방적인 지배와 종속이 아니라 상호 조정의 관계로 설정했다. 조선 문단을 향해서는 지방이라는 용어에 석연치 않은 감정을 품을 필요가 없다고 역설하고, 일본 문단을 향해서는 독자적 전통이 있는 조선 문단의 특수성을 인정해 달라고 요청하는 등 이중적인 요구를 표명하였다. 이로써 그는 과거 조선의 정형화된 이미지에서 탈출을 도모하는 동시에, 일본과 조선의 완벽한 일체나 동화를 주장하는 제국 담론과도 차별화된 논의를 생성해냈다. 이러한 입장이 지니는 의미를 분명히 파악하기 위해 과거 최재서가 조선문학과 일본문학의 관계에 대해 어떠한 시각을 지니고 있었는지 살펴볼 필요가 있다.

최재서는 1939년 「내선문학의 교류」라는, 「내선문학의 교류」1942.8와 동일한 제목의 강연에서 내선 관계와 조선문학의 임무를 거론했다. 이때 그는 이인직에서 카프에 이르기까지 일본어 중역重譯을 거쳐 발전해 온 조선 신문학의 역사를 정리한 후, 그럼에도 불구하고 조선 작가들은 "독창적인 문학을 만들어내는 것을 잊지 않았"다고 강조한다. 일본문학은 조선 신문학 건설에 하나의 모범이었을 뿐, 실제 내용과 형식에 있어서 조선문학은 독자적인 정체성을 만들어왔다고 볼 수 있다. 그러므로 이제부터 조선문학은 "진정으로 독창적인 것을 만들어내서 내지 문학에 답례하지 않으면 안 된다"[43]는 것이 그의 결론이다. 우회적으로 표현하고는 있지만 그는 조선문학과 일본문학이 엄연히 다른 전통에 속하는 개별적 존재임을 강조하고 있는 것이다.

1940년대 최재서의 지방문학론은 이와 같은 조선문학 독창성론의 연장선상에 있으면서도, 중요한 차이를 드러낸다. 우선 1939년도에는 내선문학의 교류

---

43 최재서, 이경훈 편역, 「내선문학의 교류」, 앞의 책, 66쪽.

가능성을 번역에서 찾고 있는 데 반해, 1942년도에는 번역 없이 직접 교류한다는 전제가 깔려 있다는 것이 큰 변화이다. 또 한 가지 변화는 일본문학과 조선문학의 관계를 설정하는 방식에서 나타난다. 1939년도 강연에서 최재서는 영국과 아일랜드의 관계를 내선 관계에 적용하고 있으나, 1942년도에 이르러 그는 스코틀랜드적인 문학에 대한 구상을 새롭게 제시한다.

조선문학은 규슈문학이나 동북문학이나 아니면 대만문학 등이 가지고 있는 지방적 특이성 이상의 것을 갖고 있다. 그것은 풍토적으로나 기질적으로도 다르다. 따라서 사고 형식상으로도 내지와는 다를 뿐만 아니라, 오랫동안 독자적인 문학 전통을 함유하고 있으며, 또 현실적으로도 내지와는 다른 문제와 요구를 지니고 있다. 앞으로도 조선문학은 이들 현실과 생활 감정을 소재로 하게 될 것이므로, 내지에서 생산되는 문학과는 상당히 다른 문학이 될 것이다. 굳이 예를 찾는다면 그것은 영국문학에 있어서 스코틀랜드문학과 같은 것이 아닐까? 그것은 영문학의 일부분이지만 스코틀랜드적 성격을 견지하여 다수의 공헌을 하고 있다. 또 언어 문제가 시끄러웠던 때에 자주 조선문학을 아일랜드문학에 비교하는 경향도 있었는데, 그것은 위험하다. 아일랜드문학은 역시 영어를 사용하고는 있지만, 정신은 처음부터 반영적反英的이며 영국으로부터의 이탈이 그 목표였다.[44]

이와 같은 논의는 결국 조선의 독립은 포기하되 문화적 전통은 유지해 나가겠다는 주장으로 해석된다. 최재서는 국민문학으로의 편입을 "조선문학의 멸망을 외치는 절망론"이나 "조선문학을 말살하려고 하는 획일론"이라고 보는 입장에 명백히 반대를 표하며, 조선문학이 일본의 지방문학으로서도 충분히 독창성을 유지할 수 있다고 주장한다. 그는 이를 조선문학의 축소가 아니라 확대라 보고 있는

---

[44] 최재서, 노상래 역, 「조선문학의 현단계」, 앞의 책, 72쪽.

데, 이러한 주장은 대동아공영권의 10억 독자를 염두에 두었기에 가능하였다.

당시 일본에서는 출판신체제 성립 이후, 도쿄를 본점으로, 경성과 타이페이 등 식민지 도시를 지점으로 하는 출판배급주식회사가 설립되는 등 광역적 문화의 제도적 기반이 형성되고 있었다. 이는 대동아의 공용어인 일본어로 쓰인 서적이라면 언제든지 제국의 중심으로 진출할 수 있다는 환상의 물적 토대이기도 했다.[45] 이러한 체제에 부응할 조선문학과 일본문학의 관계, 혹은 대동아 문화의 내적 구성 원리를 최재서는 엘리엇의 전통 이론에 근거하여 정리한다. 일본문학이 일종의 전통이자 현존 질서라면, 조선문학은 전통에 새로이 진입한 개별 요소라 할 수 있으며, 이 둘은 결국 조화를 이루어 보다 더 큰 전통을 이루게 된다는 것이 그가 구상하는 바람직한 내선 교류의 귀결이었다. 이는 일본어 사용을 매개로 도쿄 문단을 위성처럼 둘러싸고 있는 여타 지방 문단들과의 경쟁 관계를 의식한 것이기도 했다.

흥미로운 점은 새로운 질서에 대한 그의 구상이 제국에 대한 요구와 충고의 방식으로 전개되었다는 사실이다. 최재서는 일본 문단을 향해 공영권의 맹주답게 "보다 넓은 시야와 보다 높은 이상"을 가지라고 주문하면서, 당시 고이소小磯 총독이 조선 통치의 새로운 강령으로 내걸었던 도의조선道義朝鮮이라는 표어를 거꾸로 일본 쪽으로 되돌리고 있다. 일본 국가가 높은 도의성을 가져야만 조선문학도 창조적 의욕을 자극받을 수 있다는 것이다. 그는 민족적 차이에서 비롯될 수 있는 문제들을 지적할 때도, 조선에서 나올 만한 민족 독립론은 묵인한 채 일본 언론에서 제기되는 조선민족 배제론이나 일본민족 순혈론을 비판했다.[46] 그리고 "조

---

45 이종호, 「출판신체제의 성립과 조선 문단의 사정」, 渡辺直紀 외편, 『전쟁하는 신민, 식민지의 국민문화』, 소명출판, 2010 참조.
46 이 시기 일본 민족론은 혼합론과 순혈론이 대립하고 있던 상황이었다. 징병과 동원을 시행하는 데는 혼합론이 편리하지만, 황민화 정책이 고양되면서 혼혈에 대한 두려움이 확산되고 있었다. 일본 군대가 조선인이나 타이완인들로 넘쳐날 것은 두렵고, 그렇다고 해서 동조론이나 혼합민족론을 부정하면 일본의 전쟁이 아시아의 연대를 위한 것이 아니라 단순한 권력 지배라는 것을 스스로 자백하게 된다는

선에는 국가가 없기 때문에 위대한 문학이 나오지 않을 것"이라는 아리시마 다케오有島武郞의 글이라든지, "조선의 작가는 전향해도 돌아갈 조국이 없다"고 한 하야시 후사오林房雄의 말을 직접 인용하며, 일본인들을 향해 이제 국가에 대해 언급할 때는 반드시 조선을 염두에 둘 것을 당부하고 있다.

> 지방에 각각의 문화적 단위를 설정하는 것은 앞으로 일본문화에 부여된 가장 중대한 과제 중 하나이다. 모든 문화적 설비와 인재가 동경에 집중되어, 지방은 다만 그 형식적 모방에 열중하고, 더욱이 조악한 유럽의 퇴폐 문화가 미국문화였던 것처럼 동경의 문화가 한때의 추태를 다시 한번 되풀이하는 일은 결코 없을 것이다. 대신 이번에는 국민문화의 이름으로 어떤 종류의 형식주의가 획일적으로 강제될 위험이 있다. 당연히 국민문화는 국민 전체가 지지하고 애호하고 연마해야 할 문화이다. 그러나 그것은 하나의 덩어리로 존재하는 것이 아니다. 따라서 그것을 동경으로부터 경성으로 옮겨올 수 있는 성질의 것이 아니다. 말하자면 그것은 하나의 표준적 문화이며, 일본 국민이 건설한 문화에 근거하여 그것을 표준으로 삼아야 할 하나의 전통이며 기준인 것이다. 그런 의미에서 그것은 또 대동아 제국민에게도 규범이 될 것이다. 그런 까닭에 국민문화는 형식적 모방을 강요해서는 안 된다. 그것은 어디까지나 이해를 바탕으로 한 합리적이고 비판적인 적용을 권유해야 할 성질의 것이다.[47]

최재서는 지방문화 보존과 이것의 독려가 일본문화의 중대 과제라 강조하면서도, '지방문화=조선적 독창성=문화적 독립성'으로 해석될 가능성을 피하고자, '중앙문화=도시적 퇴폐성, 지방문화=향토적 건강성'이라는 도식을 내세우고

점에서 민족론은 곤경에 처해 있었다. 小熊英二, 조현설 역, 『일본 단일민족신화의 기원』, 소명출판, 2003, 416~434쪽.

47 최재서, 노상래 역, 「조선문학의 현단계」, 앞의 책, 78쪽.

있다. 논의의 초점을 과거 아메리카니즘에 탐닉했던 도쿄문화의 불건전성으로 돌림으로써, 문화의 도시 집중으로 비롯된 폐해를 부각하고 동시에 지방문화 건설의 필연성을 강조하고자 한 것이다. 이러한 주장은 인문사 주최로 1942년 10월 2일에 열린 국민문학 강좌[48]에서도 동일하게 전개되었다. 최재서는 각 지방의 향토에 뿌리를 내리고 그 생활과 요구 속에서 태어난 문화의 중요성을 언급하면서, 이는 하나의 독립적인 요소로서가 아니라 지방문화로서 의미를 지닌다고 강조했다. 그에 따르면 각 지방의 향토에는 일본 정신으로 통일됨으로써 결국 일본에 대한 조국애로 연결될 수 있다. 즉, 조선의 향토에 충실하면 할수록 그만큼 더 일본에 충실한 것이라는 논리가 성립되는 것이다. 이는 당시 일본 정신이자 대동아공영권의 실천 원리로 선전되던 팔굉일우八紘一宇의 원리를 변주한 것이라 할 수 있다. 팔굉일우가 이민족을 포용하기 위한 개념이라면, 천황귀일天皇歸一은 일본 정신의 순수성을 강조한 개념이다. 최재서는 조선에서는 팔굉일우가 지닌 확대의 측면이, 내지에서는 천황귀일이 담고 있는 순수화의 측면이 강조되는 것이 옳다고 보았다. 이와 같이 제국의 용어를 그대로 사용하면서도 제국과의 동일화에서 빗겨 나갔다는 점에서, 최재서의 비평은 당대 국책을 그대로 재생산하던 비평들과 변별되는 의미를 지녔다. 그러면서도 결론적으로는 제국 문화에 편입하고자 하는 열망을 충분히 강조했다는 점이 특징적이다. 따라서 지방문학론은 1940년대 최재서가 합법적으로 구상할 수 있었던 이론의 최고치라 할 수 있다.[49]

---

48 「國民文學の立場」이라는 제목으로 『轉換期の朝鮮文學』에 수록되었다.

49 만주국 결전예문회의에 참석하고 돌아와서 쓴 「古丁氏に―滿洲國決戰芸文會議から歸って」(『國民文學』, 1945.1)에서, 최재서는 신경(新京)(만주국 수도)과 북경(北京)의 관계를 조선과 동경의 관계에 대입하며, 만주국 작가들이 입으로는 만주의 뼈가 된다고 하면서도 마음속으로는 끊임없이 동경과 북경에 향수를 느끼고 있는 것이 아닌지 반문한다. 대동아공영권의 이상을 살리는 방법은 다종다양해서 조선에는 조선의 방식이, 만주국에는 만주국의 방식이 있다는 것이었다. 1943년 이후 고전과 전통이 국민문학의 중심 논제가 되었음을 감안한다면, 이 글은 새삼스럽게 재강조된 지방문학론이다. 수신인이 일본인 작가가 아니라 만주국 작가였기에 가능한 논의였으리라 생각된다.

5. 국민문학 이론과 실제의 괴리

최재서는『국민문학』창간 1주년을 맞이하면서 조선의 국민문학이 빠르게 진전되고 있다고 자부했다. 백여 편에 가까운 국어 작품이 발표되었고, 기성 작가들도 열심히 국어 공부를 하고 있는 상황이었다.[50] 실제로 1942년 6월부터 1943년 1월까지의 소설 창작란을 보면, 재조일본인 작가와 신진 작가의 소설들은 물론 이북명, 최정희, 한설야, 김남천, 이태준 등 중견 작가들의 작품이 한 달에 한두 편 정도는 수록되어 있다. 그러므로 최재서가 이렇게 공언하는 것도 무리는 아니었다. 특히 그는 중견 작가들의 국어 창작에 반색을 표했다. 한설야의 「피血」 1942.1와 「그림자影」 1942.11가 내선연애를 애매하게 그림으로써 혹평을 받고 있음에도, "어딘가 한 군데 일본에 대한 사랑이 싹트고 있다면 그것을 쑥쑥 키워나가면 된다"[51]고 옹호하는 문장을 덧붙였고, 일 년 이상 침묵했던 김남천의 재등장을 반겼으며[52] 원래 조선어로 쓰인 이태준의 소설 「돌다리石橋」 1943.1를 번역해서 싣기도 했다.

최재서에게 국민문학이란 단지 전쟁 수행을 위한 선전과 동원을 강조하는 수단에만 머무르는 것이 아니었다. 앞서 살펴본 대로 그는 조선문학의 독창성을 토대로 수준 있는 지방문학을 창출한다는 목표를 지니고 있었다. 따라서 완미한 일본어 구사 능력은 물론 누구나 인정할 수 있는 작품성이 필요했고, 그러기 위해서는 실력과 지명도를 갖춘 기존 작가들의 뒷받침이 필수적이었다. 그는 기술적으로는 완벽하되 무미건조한 글을 경계하면서, 국어 창작에 전혀 부자유스러움을 느끼지 못하는 젊은 신인들의 글을 감흥 없는 글쓰기라고 비판했다. 국민 계

---

50 石田耕人, 「文藝時評」, 『國民文學』, 1942.12, 53쪽.
51 위의 글, 52~53쪽.
52 최재서, 노상래 역, 「국민문학의 작가들」, 앞의 책, 167쪽.

몽을 염두에 두더라도 작가들은 정치가나 교육자와는 달리 국민을 이끌 수 있는 문장을 쓸 수 있어야 한다는 것이 그가 강조하는 바였다.[53]

그런데 과연 문학성과 시국성이 조화를 이루면서 일본어 문장력까지 갖춘다는 목표는 성공적으로 완수될 수 있었을까? 오히려 국민문학 이론과 실천, 혹은 비평과 창작의 괴리는 전쟁이 전개될수록 더욱 현저하게 나타났다. 1943년 4월 조선문인협회를 비롯한 4개 문학 단체의 발전적 해산에 따라 조선문인보국회朝鮮文人報國會가 결성되면서[54] 조선 문단에는 결전문학決戰文學이 새로운 슬로건으로 떠올랐다. "싸우는 국민의 자세를 묘사해야만 한다"[55]는 결의가 제창되던 이때, 문단에서는 동원 논리의 젠더적 배분에 따라 전선戰線의 아들과 총후銃後의 어머니가 바람직한 국민의 대표적 형상으로 논의되기 시작했다.

정인택의 「뒤돌아보지 않으리かえりみはせじ」1943.10는 출정한 지원병이 고향의 어머니와 동생에게 보낸 편지 형식을 취한 소설로서, 죽음에 대한 각오와 어머니에 대한 당부가 반복적으로 등장한다. 그러나 최재서는 이 소설이 전혀 감동적이지 않다고 신랄하게 비판한다. 주인공은 분명히 모범 병사임에도 불구하고 소설 전체가 지나치게 온통 좋은 이야기뿐이어서 작품 자체가 관념적이라는 것이다. 학도병의 수기 형식을 취한 정인택의 「각서覺書」에 대해서도 비슷한 지적이 뒤따랐다. 남편에게 버림받고 아들 하나만 바라보며 살아 온 어머니가 아들의 학도 출진 앞에서 심리적 동요를 전혀 보이지 않는 게 어색하다는 평가였다. 최재서는 군인을 취급한 소설을 쓸 때 가장 주의해야 하는 것은 그저 곱고 아름다운 이야기에 그치는 것이라 강조했다.

반면 신인 작가 김사영金士永[56]의 「성스러운 얼굴聖眼」1943.5은 정인택의 소설과

---

53 石田耕人, 「文藝時評」, 『國民文學』, 1942.12, 54쪽.
54 조선문인보국회의 결성과 전개에 대해서는 임종국, 『친일문학론』, 민족문제연구소, 2005, 146~161쪽.
55 柳致眞, 「決戰文學の確立－戰ふ國民の姿」, 『國民文學』, 1943.6, 42쪽.
56 1944년 인문사에서 간행된 『新半島文學選集』에 실린 작가 소개에 따르면 김사영은 1915년생으로

반대되는 의미에서 호평을 이끌어 냈다. 총후판 '여자의 일생'이라 할 수 있는 이 소설은, 주인공 분녀가 인고의 세월을 보내면서도 아들을 기꺼이 군대에 보내고 마침내 국가의 일원이 되어가는 과정을 그려냈다. 최재서는 김사영의 작품이 지니는 매력은 등장인물들의 소박함에서 비롯된다고 보았다. 학식도 교양도 없지만, 본능적으로 국가의 의도를 알고 지도에 따라가는 분녀의 모습이 인상적이라는 것이다. 그리고 그는 이것이야말로 꾸밈없는 조선 어머니들의 모습에 가깝다고 언급하였다.[57]

이처럼 건실하고 소박한 인간상에 대한 강조는 노동자와 농민 등 조선의 근로 대중에 대한 관심과 맞닿아 있는 것이었다. '근로문화 특집'으로 꾸며진 1943년 5월호에서 최재서는 근로정신과 소설 창작의 관계에 대한 자신의 견해를 밝힌다.[58] 그는 국책 협력을 위해서 뿐만 아니라 조선문학의 갱생을 위해서도 근로정신을 체득하는 것이 매우 중요하다는 논리를 펼치고 있다. 근대문학은 농민, 노동자와 절연되고 일부 지식인의 소일거리가 됨으로써, 영화관 문화나 레코드 문화처럼 쇼윈도 문화의 일종이 되어버렸다. 이광수의 『흙』이나 이기영의 『고향』과 같은 반성이 일어나지 않았던 것은 아니지만, 이런 식의 농촌 개조나 농촌 해부로는 부족하다는 것이 최재서의 판단이다. 그는 시야를 근로자 일반으로 넓혀서 이들을 황국 신민으로 고양하는 것이 문학의 임무임을 자각해야 한다고 주장한다. 그리고 농민과 노동자를 위해 쓰는 작가, 그들에게 위안과 교양을 주는 작가가 탄생해야 한다고 강조하고 있다.

그런데 근로문화 건설이라는 슬로건과 더불어 최재서의 국민문학론은 모순성

1940년 『매일신보』에 「춘풍」이라는 조선어 소설로 등단했으며, 일본어로 쓴 첫 번째 소설은 1942년 봄 조선문인협회 현상 공모에 가작 입선된 「형제」이다. 石田耕造 편, 노상래 역, 『신반도문학선집』 1, 제이앤씨, 2008, 287쪽.

57 정인택, 김사영에 관한 최재서의 평가는 「決戰下文壇の一年」, 『國民文學』, 1943.12; 「徵兵と文學」, 『國民文學』, 1944.8 참조.

58 崔載瑞, 「勤勞と文學」, 『國民文學』, 1943.5.

을 드러내게 된다. 그는 이전 시기 조선 지식인들의 이상주의와 관념성을 비판하며 대중과의 진정한 일치와 공감대 형성을 강조하였으나, 총력전기 브나로드 운동이야말로 관념성의 극치를 달리는 것이었다. 이는 식민지 농촌의 궁핍한 현실을 완전히 삭제한 채 전개되었고,[59] 농민 및 노동자와의 소통에 대한 구체안을 결여하고 있었다. 농촌 문화를 다루는 좌담회에서 이동극단 관계자는 막상 농촌에 가서 보면 조선 농민들이 연극과 같은 근대적 문학 개념을 아예 모르고 있다는 사실을 언급했다.[60] 이러한 지적들은 물론 대중을 계몽하여 농촌문화, 근로문화를 건설해야 한다는 방향으로 수렴되고는 있으나, 결국 이것이 얼마나 요원한 목표인가를 증명하는 것이었다.

최재서는 구체적인 창작방법론으로 "조선의 전형적인 농민의 성격을 깊이 파고 들어가라"[61]는 지침을 제시했으나, 이는 오히려 그가 비판하는 기존 지식인의 관점을 답습하는 것이었다. 우직함, 성실함, 소박함이란 농민의 성격이라 생각되는 자질일 뿐 실제 농민에 대해서 그는 아는 바가 없었다. 또 다른 관념론은 농민에게서 조선 사회를 유지해 온 정신적 원천을 찾고 있는 대목에서 발견된다. 전통적 인간상에서 근대로 인해 중단된 가치를 찾아내서 새로운 시대의 윤리로까지 연결시키는 논의들은 당시로선 매우 일반적인 것이었고, 징병 및 학병 권유와 연결되며 신세대론으로 표출되었다. 고대인에서 농민으로, 그리고 군인에 이르기까지 면면히 이어져 내려오는 본질이란 과연 무엇일까? 결국 이 시기 농민-국민은 동양의 전통적 가치와 농민적이라 여겨지는 자질이 결합하여 탄생한 허구적 표상이라 할 수 있었다.

---

59 이 시기 조선의 농촌은 생산력 증대의 현장이었으며, 농민은 오직 노동력 제공의 대상이었을 뿐이었다. 따라서 조선 농민 혹은 조선 농촌에 대한 담론은 식민지적 현실과 식민지 지식인의 이데올로기가 직접 충돌하는 장소로 간주된다. 이원동, 「식민지 말기 지배 담론과 국민문학론」, 『우리말글』 44, 우리말글학회, 2008, 298쪽.
60 「座談會 農村文化のために」, 『國民文學』, 1943.5, 87쪽.
61 崔載瑞, 「勤勞と文學」, 『國民文學』, 1943.5, 81쪽.

최재서가 논의한 지방문학의 실제는 그의 지도 교수이자 시인인 사토 기요시佐藤淸의 시 세계에서 유일한 가능성을 드러냈다. 사토 기요시의 시집 『벽령집碧靈集』62 출간을 기념하며 쓴 글에서 최재서는 사토가 응시하는 조선의 자연이 일본 문학에 새로운 요소를 도입할 것이라 언급한다. 이 글이 기념과 찬사의 성격을 띤 것을 감안한다 하더라도, 사토가 주목하는 조선의 추위와 일광日光, 벽공碧空, 그리고 풍우風雨에 조선적 독창성과 예술적 가치를 부여하는 최재서의 태도는, 누군가 사토의 시에 대해 지적했듯이 "조선의 자연을 노래하고는 있지만 조선의 인간에 대해서는 단 한 마디 언급이 없"63다는 특성과 일맥상통하는 것이었다.

이처럼 최재서의 국민문학 이론은 도쿄 문단을 향할 때가 아니라 조선의 창작을 다루는 실제 비평에서 자가당착을 드러냈다. 그가 조선 현실에서 추출해 내고자 한 바람직한 인간형들은 조선적 독창성과는 관계없는 보편적 관념형에 불과했고 조선적 특수성 역시 조선의 전통이 아니라 조선의 자연에 국한됐다. 결국 최재서가 강조하는 지방문학은 실제 작품과 연계되지 못한 채 내용 없는 형식에 머물렀던 것이다.

6. 고대로의 회귀, 천황으로의 귀일

1943년을 전후하여 『국민문학』 지면에는 일본 고전을 소개하고 분석하는 글이 활발히 게재되기 시작했다. 일본의 역사서 『고사기古事記』나 『일본서기日本書記』64를

---

62 『國民文學』에 실린 『碧靈集』 광고에서는, 『碧靈集』이 조선에서 태어난 벽공(碧空)과 한랭(寒冷)의 문학이라 하며, 징병제 실시가 선포된 이때, 내선인의 혼과 혼이 숭고하고 순결한 시의 세계에서 하나로 융해되는 것은 새로운 국민 윤리의 표징이자 새로운 국민문학의 모태(母胎)라 선전하고 있다. 「『碧靈集』 광고」, 『國民文學』, 1942.11, 67쪽.
63 「座談會 詩壇の根本問題を衝く」, 『國民文學』, 1943.2, 22쪽.
64 『고사기』와 『일본서기』는 8세기 초에 성립한 역사서로 천황제의 정통성을 강화하고 유지하기 위해

통해 일본 정신의 원류를 습득할 것이 권장되었고, 문인들에게는 『만엽집萬葉集』이나 『고금집古今集』를 통해 일본의 정통 가론歌論과 일본적 교양을 습득할 것이 강조되었다.[65] 메이지 시대 국가 만들기의 일환 속에서 창조된 이 고전들은 1940년대에 이르러 서구적 세계관과 교양을 대신할 순수한 일본적인 보고寶庫로서 새롭게 읽히기 시작했다.

최재서는 일본 고전이 근대문학의 교양을 대신할 새로운 비평 원리를 제공할 것이라 전망했으나 영문학에서 출발한 그로서는 너무나 생소한 분야였고[66] 조선의 문학인들 역시 그러했다. 그러므로 『국민문학』의 일본 고전 시리즈들은 도쿄 문단의 고전 부흥열을 뒤따른 조치이기도 했지만 조선 지식인의 사상 개조를 위한 성격이 컸다. 이른바 국학은 물론 국학자에 대한 논의도 중요한 비중을 차지했는데, 유교와 불교 등 외래 사상을 배격하고 일본 고유의 사상에 주목했던 에도 시대 모토오리 노리나가本居宣長의 주장이 전범처럼 소개되었다.[67] 모토오리 노리나가를 강조하는 것과 같은 맥락에서 조선 실학파에 대한 연재물도 기획되었다. 일례로 아오키 슈조青木修三는, 이조의 학문이 중국의 문학 내지 경술에 의거했던 것과 달리 조선 말기에 나타난 실학파는 비실제적, 비실용적, 비생산적인 학문에 반대하여 피와 땀, 기술과 과학을 통한 생활을 주장했음을 설명한다. 그러므로 실학파의 문헌은 조선에 대한 연구뿐 아니라 생활의 새로운 지표에도 많은 도움을 줄 수 있다는 것이 그의 평가였다.[68]

이러한 담론들이 조선문학 장을 지배하면서 최재서는 고대를 매개로 새로운

끊임없이 재해석, 재구성되어 왔다. 특히 민족 정전을 필요로 했던 메이지 시대 이 두 고전은 신화로 구축되었다. 이에 대해서는 神野志隆光, 왕숙영 역, 「천황 신화의 구축—고사기와 일본서기」, 白根治夫, 鈴木登美 편, 『창조된 고전』, 소명출판, 2003 참조.

65 최재서, 노상래 역, 「우감록(偶感錄)」, 앞의 책, 139~141쪽.
66 최재서, 노상래 역, 「새로운 비평을 위하여」, 앞의 책, 63쪽.
67 山崎良幸, 「近世文學者列傳」, 『國民文學』, 1943.5; 徐斗銖, 「國學者列傳」, 『國民文學』, 1943.6; 荻原淺男, 「國文學硏究案內」, 『國民文學』, 1943.11~1944.3 등.
68 青木修三, 「朝鮮近世古典總擔 1」, 『國民文學』, 1943.11 참조.

국민문학 이론을 구상하기 시작한다. 그의 방향 전환에는 사토 기요시의 시적 변화도 중요한 영향을 미쳤다. 사토 기요시는 『벽령집』 출간 이후 조선의 자연에서 조선의 고대로 시적 소재를 전환하여 「담징曇徵」1943.1과 「혜자惠慈」1943.8를 발표했다. 재조일본인 시단의 창시자이자 지도자로서 모범을 보일 필요가 있었던 그는 고대를 시적 세계로 택함으로써 시국에 부응했고[69] 최재서는 사토가 재현한 '담징'과 '혜자'에서 내선일체를 논리화할 근거를 추출했다. 그것이 바로 조선에 징병제가 실시된 1943년 8월에 게재된 「징병서원행 – 감격의 8월 1일을 맞이하여微兵誓願行 – 感激の八月一日を迎へて」라는 글이다. 최재서는 "징병 발표가 있는 날부터 나는 우리 상대인上代人을 늘 생각한다"라는 구절로 이 글의 서두를 시작했다. 그가 주목했던 것은 쇼토쿠 태자를 따라 순사殉死했던 혜자의 신념과 정신이었다. 위대한 지도자 쇼토쿠 태자를 좇아 조선과 중국에서 학자와 승려, 예술가들이 구름처럼 모여들어 동양문화의 정수를 만들었고, 나아가 그것이 오늘날 일본문화의 토대가 되었다는 것이다. 일본의 빛을 통해 대동아공영권 내 모든 민족이 소생하고 있는 오늘날, 황군의 사명은 얼마나 큰 것인가. 특히 천황 폐하가 직접 명하신 징병제는 얼마나 신성한 것인가. 최재서는 이러한 감격으로 글을 끝맺는다.

천삼백 년 전, 혜자는 외국인이지만 야마토의 쇼토쿠 태자의 총우寵遇에 감격하여 스스로 목숨을 끊지 않았던가? 이 상대인上代人의 마음가짐은 또한 우리의 마음가짐이 되어야 한다. 아니 우리는 오늘 외국인으로서 쇼토쿠 태자의 총우에 감격하고 있는 것이 아니다. 하늘처럼 어버이처럼 받들어 모시고 있는 천황폐하 스스로가 '부탁

---

69 같은 해 2월과 3월에는 일본 호류지(法隆寺) 다마무시노즈시(玉蟲廚子) 대좌(臺座) 양면에 그려진 그림을 다룬 「시신문게본생도(施身聞偈本生圖)」, 「사신사호본생도(捨身飼虎本生圖)」를 발표했다. 김윤식은 기독교인이자 엄격한 영문학자였던 사토가 끝까지 천황과 종교의 세계로 넘어가지 않았다고 보고 있다. 사토가 그려낸 상대인들의 문화적 관계는 "그 자체가 시적 장치에 해당되는 것"이었고, 시간을 초월한 영원한 예술성에는 내선일체와 같은 현실이 끼어들 틈이 없었다는 것이다. 김윤식, 「『벽령집』에서 『내선융동에 이르는 길」」, 『최재서의 국민문학과 사토 기요시 교수』, 역락, 2009, 90~95쪽.

한다'고 말씀하시는 것이다. 감격이라 할까 감분感奮이라 할까, 아무튼 우리는 신명身命을 바쳐 이 대어심大御心을 받들어야 한다고 마음속 깊이 맹세하는 것이다. 이것이 우리의 서원誓願이다. 7.27[70]

뒤이어 발표된 제2회 대동아문학자대회1943.8.25~27의 소감문 「대동아의식에 눈뜨며大東亞意識の目覚め」 역시 동일한 논리에 의거하여 쓰였다. 일본문학보국회가 개최한 대동아문학자대회는 조선, 만주, 몽고, 중국, 타이완 등의 대표들이 모여서 동아시아의 장래를 논의하고 문학의 목표를 다지는 자리였다. 조선 대표로 참석한 최재서는 이 자리를 일본의 쇼토쿠 태자를 사모하며 각지에서 학자와 예술가가 모여들었던 1390년 전 역사의 재현으로 묘사한다. "천삼백 년 시간의 흐름은 한 점에 응축되어 고금古今이 하나로 맺어진다. 예술로 맺어진 동양의 숙명을 나는 절실히 체감했다."[71] 이와 같이 태어날 때부터 정해진 숙명을 강조하는 순간, 최재서에게 일본 국민되기는 일종의 투신이자 정신적 고양으로 자리매김된다. 그리고 그는 창씨개명 이후 모토오리 노리나가의 「직비령直毘靈」을 토대로 마침내 천황으로의 귀의를 결의하였다.[72]

그의 스승 사토 기요시가 일본인임에도 천황 숭배의 경계에서 멈추었던 데 반해, 정작 최재서는 한 걸음 더 나아가 '받들어모시는 문학まつろふ文學'에 귀의한 이유는 무엇일까? 돌이켜보건대 그는 근대의 분열 극복을 목표로 비평 활동을 해왔다. 어느 시기이든 그의 비평은 완전성에 대한 욕망에 추동된 나머지, 식민지의 현실을 초과하는 논의를 이어가고 있었다. 초창기 비평에서 이것이 근대적 개인의식을 대신할 일반의식의 탐구로 나타났다면, 1940년대에 이르러 국민의식

---

70 崔載瑞, 「徵兵誓願行－感激の八月一日を迎へて」, 『國民文學』, 1943.8, 9쪽.(번역은 저자)
71 崔載瑞, 「大東亞意識の目覚め」, 『國民文學』, 1943.10, 137쪽.
72 石田耕造, 「まつろふ文學」, 『國民文學』, 1944.4.

의 도입으로 방향을 전환했고, 마침내 조국관념의 강조에서 천황숭배로 귀결된 것이다. 물론 보편적 가치와의 관계 설정을 고민하는 과정에서 생산적인 문제의식들이 탄생하지 않은 것은 아니다. 그러나 그의 보편 기준은 언제나 조선문학의 외부에 있었다는 점을 고려해야 한다. 이런 점에서 천황귀일이라는 결론은 그가 이제까지 전개해온 비평의 구조에서 예비된 것이라 할 수 있다.

그런데 최재서가 정신적 자립성을 지키지 못한 것을 단지 개인의 문제로 돌릴 수 있을까? 다시 앞의 질문으로 돌아가 사토 기요시와 그의 차이가 무엇인가를 생각해볼 필요가 있다. 도쿄대학 영문과 출신인 나쓰메 소세키夏目漱石는 "서양을 따라잡고 추월하자"는 시대의 이념에 "자기 본위의 근대화"라는 목표로 응수했다.[73] 사토 기요시 또한 "일본문학을 위해 영문학을 연구"한다는 것을 기본 모토로 삼았고 제자들에게도 이를 권유하였다.[74] 최재서 역시 조선문학을 위한 외국문학을 지향했다는 점에서 이들의 노선을 이어받았고, 1940년대에 이르러서도 이는 조선문학을 위한 국민문학이라는 목표로 명맥을 이어갔다.

그러나 최재서는 정치적 자기 본위가 불가능한 상태에서 문학의 활로를 모색해야 했다는 점에서 이들과 근본적으로 다른 환경 속에 놓여 있었다. 저들이 서구문학과 일본문학의 대결에 집중한 데 반해, 식민지인 최재서는 일대일 대결 구도에 조선문학을 배치할 수 없었다. 일본을 통해 배운 서구 앞에서 조선은 압도적으로 지체된 존재였고, 뒤늦게 자기의 문제로 닥쳐온 서구문학 대 일본문학의 대결은 그에게 이중의 전향—서구문학을 부정하고 국민문학에 투신하는—이란 과제를 안겼다. 비평가 최재서는 선험적으로 완성된 세계의 내부에서 조선문학의 발전을 도모했을 뿐, 세계의 바깥에 대한 상상력을 보여주지는 못했다. 오히려 그는 자기 비평체계의 근간이 되는 교양주의를 반복, 재생산하며 자기완성

---

73 윤상인, 『문학과 근대와 일본』, 문학과지성사, 2009, 6쪽.
74 최재서, 노상래 역, 「시인으로서의 사토 기요시 선생」, 앞의 책, 177쪽.

을 향한 환상 속으로 더 깊게 걸어 들어갔다. 교양이라는 가치는 초시대적 중립성을 지닌 듯 보이지만, "무질서, 혼란, 비합리성, 조악함, 나쁜 취향, 그리고 비도덕성" 등을 적발해내는 차이와 배제의 정치학[75]을 통해서만 성립 가능한 것이다. 그는 자신이 걸러버린 분열과 모순, 혼란에서 주체성의 계기가 마련될 수도 있다는 점을 인식하지 못했다.

천황 숭배라는 결론에 이르러 최재서는 비평이라는 논리적 글쓰기를 계속할 수 없었다. 종교적 신념의 세계에서 비평의 논리성이란 더이상 가능한 것도 필요한 것도 아니었기 때문이다. 당시 그의 심정은 다음의 구절에서 확인할 수 있다. "나는 동포들과 함께 생각해보고 싶은 여러 가지 주제를 가지고 있다. 그것이 평론으로는 표현될 수 없다. 솔직히 말하면 내겐 훨씬 많은 독자가 필요하다."[76] 이는 1944년 인문사에서 발행된 『신반도문학선집新半島文學選集』에 「부싯돌燧石」『국민문학』, 1944.1이라는 소설을 수록하면서 밝힌 작가의 말이다. 그는 평론으로는 표현할 수 없는 주제를 다루기 위해 역사의 지평을 택했다. 그리고 신라를 소재로 한 「부싯돌燧石」, 「때아닌 꽃非時の花」1944.5~8, 「민족의 결혼民族の結婚」1945.1~2 등을 쓰며 일본어 소설가로 전신했다.

---

75 허병식, 「한국 근대소설과 교양의 이념」, 동국대 박사논문, 2005, 8쪽.
76 石田耕造 편, 노상래 역, 『신반도문학선집』 2, 제이앤씨, 2008, 31쪽.

제2부

식민지 말 조선문학의 쟁점

제1장

'가정의 벗'이라는 난제難題

박태원의 「만인의 행복」과 「점경」론

1. 『가정의 벗家庭の友』과 농촌 여성 계몽

박태원의 「만인의 행복萬人의 幸福」과 「점경點景」은 1939년~1941년에 걸쳐 여성지 『가정의 벗家庭の友』[1]에 연재된 소설이다. 이 시기에 이르러 박태원을 비롯한 명망 있는 작가들이 여성 독자를 위해 소설을 쓰는 것은 그리 특별한 일이 아니었다. 당시 한글이나 일본어를 읽을 수 있는 여성은 "1.9%의 예외들"이었음에도 불구하고 "전체 사회 변화의 표징"으로서 집중적 관심을 받았고 작가와 지식인들에게 역으로 큰 영향력을 끼쳤다.[2] 이는 여성 집단의 욕망이나 소망을 직·간접적으로 충족시키는 플롯이 여성지의 문예란에 대거 등장하는 현상을 통해서도 확인

---

1 『家庭の友(가데이노도모)』는 1936년 12월 1일 『家庭之友』라는 제목으로 창간됐다. 1938년 3월호(통권 9호)까지 발간된 후, 1938년 5월호(통권 10호)에는 『家庭의友』라는 제호를 사용하기도 했으나, 1938년 7월호(통권 12호)부터 『家庭の友』로 바뀌었다. 또한 1941년 4월(통권 42호)에 이르러 『半島の光』로 개제한 이후 일본어판과 한글·한자 혼용판의 두 가지 형태로 발행됐다. 오영식, 「여성잡지 영인본 해제」, 『2014 아단문고 미공개 자료 총서─여성잡지』 15, 소명출판, 2014, 8~9쪽. 이 글에서는 『家庭の友』 시기에 수록된 연재소설들을 검토 대상으로 삼는다. 따라서 매체의 이름을 『가정의 벗』으로 통일해 표기하기로 하겠다. 아단문고 영인본으로 엮인 『家庭の友』를 저본으로 검토했으며, 영인이 누락된 호에 수록된 소설 텍스트의 경우 국립중앙도서관 디지털도서관 자료 검색을 통해 내용을 확인했다.
2 천정환, 『근대의 책 읽기』, 푸른역사, 2006, 343쪽.

할 수 있는 바였다. 따라서 적극적으로 표현하자면 근대적 의미의 여성 독자는 생성과 더불어 문학의 소비자인 동시에 생산자라는 이중적 지위에 올랐다고 볼 수 있겠다.[3] 그런데 1.9% 바깥의 여성들, 무학 문맹의 여성들을 잠재적 독자로서 포섭하고자 했던 여성지에서도 이러한 현상을 살펴볼 수 있을까? 위에서 언급한 박태원의 두 소설이 수록된『가정의 벗』은 '농촌 여성'을 위한 관변 매체라는 특이성을 지닌다.

조선금융조합연합회가 발행한『가정의 벗』은 "농촌 지역 조합원 부인에게 '자미잇고 유익한 세상 물정'을 전달하고, 이를 통해 독자층의 '조합 정신과 일본 정신'을 이끌어내는 전쟁 선전·선동 매체"로 정리된다.[4] 그래서 이 잡지는 조선일보사의『여성』이나 신동아사의『신가정』등 동시대 발간된 여성 잡지들과 달리 문화사적 차원에서 고찰된 바가 없다. 매체와 독자, 필자와 독자 간 상호 작용이 어느 정도 이루어졌던 여타 잡지와 달리 지배 담론을 일방적으로 또한 편향적으로 전달했으리라는 사실을 예상할 수 있기 때문이다. 따라서『가정의 벗』의 전반적 성격을 고찰한 논의로는 역사학계에서 제출된 문영주의 연구가 유일하다. 이 연구는 잡지의 창간 배경을 조선금융조합연합회의 출판보급사업과 연관해 조명했다. 본래 조선금융조합연합회의 조사과에서 담당해오던 출판보급사업은 중일전쟁 이후인 1938년 5월 보급과 신설로 강화되었다. 이에 따라 잡지의 성격도 변화하게 되는데 초창기부터 노골적으로 전쟁 선전을 앞세운 것은 아니었다. 기본적으로『가정의 벗』의 내용은 "의생활, 식생활, 보건 의료, 오락 문화, 부인 문제, 농촌 생활 개선 등 농촌 부인을 계몽하기 위한 근대 지식 기사"[5]가 주류를 이

3　여성 잡지와 독자의 관계에 관해서는 노지승,「여성지 독자와 서사 읽기의 즐거움-『여성』(1936~1940)을 중심으로」,『현대소설연구』42, 현대소설학회, 2009 참조.

4　문영주,「일제 말기 관변잡지『가정지우(家庭の友)』(1936.12~1941.3)와 '새로운 부인(婦人)'」,『역사문제연구』17, 역사문제연구소, 2007, 186쪽.

5　위의 글, 180쪽.

루었으며, 특히 부인회 활동과 관련한 기사를 매호 게재해 농촌 경제 향상을 도모했다. 잡지는 개인 독자의 구매가 아니라 각개 금융조합의 단체 구매를 통해 유통되었으며, 1940년에는 십만 부를 상회할 만큼 부수가 점차 늘어가는 추이를 보였다. 무엇보다 주목되는 특징은 독서회를 매개로 부인회 간부 등 소수의 읽는 독자와 다수의 듣는 독자[6]가 함께 잡지를 읽었다는 점이다. 이는 대부분 무학과 문맹이었던 농촌 여성들을 계몽하기 위한 효과적 방책으로 활용, 권장되었다. 또한 1940년 이후부터 이 잡지는 근대 지식을 습득한 '모범 부인'상을 '총후 부인銃後婦人'으로 연결하는 데 주력했고, 전쟁 정보에 관한 기사를 확충하는 등 점차 선전·선동적 성격을 강화해가는 양상을 보였다.[7]

그렇다면 『가정의 벗』의 문예란은 어떤 성격을 지니고 있었을까? 관변 잡지라는 특성상 기본적으로 문예의 영역에도 논설 및 기사와 조응하는 시국성이 요구되기는 했다. 그러나 일본어 읽기는 물론 조선어 읽기도 불가능한 농촌 여성들, 다시 말해 '듣는 독자'들에게 위안과 오락을 제공하고 이를 통해 잡지에 대한 흥미를 이끌어 내야 한다는 미션은 시국의 언어만으로 가능한 것이 아니었다. 문영주가 규명한 대로 이 잡지의 궁극적 목표가 '내지'의 총후부인적인 여성들을 창출해내고 재조직하는 데 있었다 해도 중간 단계로써 잡지를 '재미있게' 읽고 들

6 　당시 농촌 여성의 취학 및 문해력 상황에 대해서는 김부자, 조경희·김우자 역, 『학교 밖의 조선 여성들-젠더사로 고쳐 쓴 식민지 교육』, 일조각, 2009, 291~320쪽 참조. 김부자는 『농가경제조사』 분석을 통해 1930년대 농촌의 보통학교 취학률에 가정의 경제 문제 및 계급 요인뿐 아니라 학교 교육을 둘러싼 성별 편향적 젠더 요인이 크게 작용했음을 밝혔다. 아들과 달리 딸은 학교나 서당에 취학하지 않아 문맹인 경우가 많았다. 그러나 가정이나 글방에서 한글을 배운 불취학 식자자 여성도 적지 않게 존재했다. 이들이 부인회 간부의 아내 등 지식인 여성들과 더불어 『家庭の友』를 묵독·낭독하는 주체가 되었을 것으로 예상된다.
7 　그밖에 『家庭の友』에 관한 각론적 연구로는 '의학 상식'에 초점을 맞추어 『家庭の友』와 이 잡지의 후신인 『半島の光』을 조명한 이병례의 논문이 있다. 그에 따르면 『家庭の友』는 동시대 여성 잡지들과 달리 여성의 개별적 신체에 대한 주목 없이 전쟁과 국가를 위한 공적 상식만을 유통했으며, 개인 질병보다는 전염병 등 사회적 질병에 초점을 맞춤으로써 일본의 지배 이데올로기를 뒷받침하는 역할을 했다. 이와 같은 논의는 『家庭之友』라는 구체적 장을 토대로 일본의 식민지 농촌 지배와 지식 보급 양상, 그리고 여성 동원 문제를 규명해냈다는 점에서 의의를 지닌다. 이병례, 「1930,40년대 대중잡지에 나타난 의학상식-『家庭之友』·『半島の光』을 중심으로」, 『역사연구』 35, 역사학연구소, 2018.

을 수 있는 장치들이 대거 필요했던 것이다. 이는 도시 중산층 주부, 학생, 직업 여성의 라이프 스타일에 기반한 오락이나 재미의 창출과는 확실히 변별되는 과제였다. 농민문학의 방향성이나 농민 작가의 가능성을 논할 때 새삼스럽게 재확인되었듯이 당시 식민지 조선의 농민들은 여전히 『춘향전』과 『심청전』, 『흥부전』 등을 즐겨 향유하고 있었다.[8] 초창기 『가정의 벗家庭之友』의 지면 역시 이러한 실정을 고려해 다양한 전근대적 이야기와 노래들을 게재했다. 창간호의 경우 부인회 소식과 농촌 생활과 관련한 실용적 정보가 주류를 이루었으나, 통권 2호부터 부인 열전과 민담을 각색한 이야기[9]를 비롯하여 조선 각 지방의 민요가 수록되는 등 농민의 흥미와 여가를 고려한 텍스트가 점차 늘어나기 시작했다.

이와 동시에 영화 등의 뉴미디어 활용을 적극 고려했다는 점도 주목할만한데, 당시 조선금융연합조합회는 영화반 조직을 통해 농민들과의 교감에 나서고 있었다. "농촌 위안 목적으로 영화반 이반을 만들어 작년 중에 평남북 함남 황해 충남 전남북 경남의 팔도를 순회"하였으며 "금년에는 이에 증반하여 전선 각지 방방곡곡을 빈틈없이 순회하여 자미있는 사진을 보여드릴 예정"이라 밝히는 등 조합회 측은 영화의 대중성과 계몽적 활용도에 주목했다.[10] 『가정의 벗家庭之友』의 영화 소개 코너 역시 동일한 의도의 산물이었다. 이 코너는 〈장화홍련전〉, 〈홍길동전〉, 〈오몽녀〉 등 고전 원작 혹은 농촌 배경 영화를 선택적으로 소개해 농촌 여성들의 호응을 유도했고, 스틸컷을 다수 배치하여 색다른 감상의 재미를 선사했

---

8 일례로 인정식은, 농민은 문학을 향유할 능력이 없다고 한 백철의 견해를 비판하면서, 조선 농민이 여전히 『춘향전』, 『심청전』의 열렬한 애호자라는 사실은 그들이 무지해서가 아니라 현대 농민 작가들의 능력 부족을 증거하는 것이라 주장했다. 또한 평이한 조선어로 건전한 문예를 생산해 내는 것이 급선무임을 제시했는데 궁극적 목표를 '국민 사상의 보급'으로 놓아 농민 계몽을 시국성의 차원으로 연결하고 있다. 인정식, 「농민과 언어」, 『문장』, 1939.11 참조.
9 통권 2호의 '명부인 열전'은 차상찬이 쓴 「신사임당」이었다. '실화소설'이라는 명칭이 붙은 「황진사와 검정소」는 작자 이름 '최첨지'가 암시하듯 전문 작가의 창작물은 아니었으며, 말하는 소와 선녀가 주요 캐릭터로 등장하는 등 내용 또한 현대적 리얼리티와는 거리가 있었다.
10 「본회 영화반의 활약」, 『家庭の友』, 1937.1, 56쪽.

다.[11] 창간호의 경우, 영화 소개 내용을 일본어로 다시 한번 수록하는 등 일본어 교육의 매개체로 스토리텔링을 활용하려는 시도를 선보이기도 했다. 이처럼 농촌 여성들에게 무엇을 어떻게 읽히고/듣게 할 것인가, 그리고 오락과 위안을 계몽과 어떻게 연계할 것인가의 문제를 둘러싼 실험은, 민담, 전설, 동화, 야담, 미담, 실화소설, 만화, 영화 줄거리, 민요, 시가 등 다양한 이야기와 노래들이 어떤 기준 없이 교차하고 난립하는 현상 속에서 지속되었다. 그럼에도 불구하고 근대적 문학은 꽤 오랫동안 취급되지 않았다. 동시대 소설가의 창작이 마침내 등장한 것은 잡지의 규모가 커지고 부수가 대폭 늘어나는 1939년 4월호통권 19호부터였으며, 첫 시작을 끊은 작품이 바로 박태원의 「만인의 행복」 1회였다.

이 시점에서 『가정의 벗』은 판형을 국판으로 바꾸고 부수도 1만 4천 부로 늘려 6만 4천 부를 발간하는 등 새로운 도약을 다짐했다. 편집 후기에서 강조되었듯이 "일본 정신의 배양, 시국의 재인식, 가정생활의 개선 합리화"라는 목표에 따른 부수 증가는 전시체제하 농촌 여성 동원을 보다 강화하고자 하는 당국의 방침에 부응하기 위함이었다. 이에 따라 『가정의 벗』의 지면에는 보다 다양한 조선인 명사들이 매호 등장하기 시작했다. 이것이 가능했던 이유는 강요나 협력의 의미를 넘어서 식민 당국과 조선 지식인들이 공통적으로 농촌 여성 계몽의 필요성을 인정하고 있었기 때문이다.[12] 나아가 편집진은 여성들에게 수동적인

---

11 이 영화들은 모두 경성촬영소에서 제작한 작품들이다. 경성촬영소는 1934년에 설립된 영화제작사로 이필우, 박제우, 김소봉 등 조선인들이 설립을 주도했으나, 실제 소유주는 일본인 와케지마 슈지로였다. 1937년까지 총 9편의 영화를 제작했으며, 1940년대에 이르러 고려영화협회의 제작 부서로 합병됐다. 김남석, 「1930년대 '경성촬영소'의 역사적 변모 과정과 영화 제작 활동 연구」, 『인문과학연구』 33, 강원대학교 인문과학연구소, 2012. 참조.
홍개명 감독의 〈장화홍련전〉(1936.1.31 개봉)은 『家庭之友』 창간호(1936.12)에, 김소봉·이명우 감독의 〈홍길동전〉(1935.5.23 개봉)은 『家庭之友』 2호(1937.1)에 주요 내용이 스틸컷과 더불어 실렸다. 이 중 〈홍길동전〉은 고전 원작과 상이한 활극의 스토리를 지니고 있으며, 추후 속편도 만들어졌다. 한편 이태준 원작, 나운규 감독 영화 〈오몽녀〉(1937.1.20 개봉)도 『家庭之友』 3호(1937.3)에 동일한 형태로 소개됐다. 『家庭之友』 4, 5, 6호의 경우 유실되어 현재 그 내용을 확인할 수 없는 상황인데, 경성촬영소에서 제작된 다른 영화가 연이어 소개됐을 가능성도 있다.
12 하나의 예이지만 「부인과 독서」 칼럼은 여성의 우수성에서 민족/국가의 우수성을 가늠하고자 했던 당

독자를 넘어서 잡지의 구성에 참여하는 행위자가 되기를 독려했다. 이를 위해 김활란과 이인 등을 초빙해 「부인신상상담」, 「가정법률상담」 등의 상담란을 신설했고 독자 투고를 확대해 소통을 강화했다. 또한 "우리 부인회의 자랑, 중견 지도 인물의 활동 상황, 농촌농가 갱생 실화 특히 세상에 슴은 모범 인물 모범 가정, 총후보국의 정황 등 자미있는 기사 자료와 그 실정을 엿볼 수 있는 동적인 사진 등"[13]을 모집해 조선의 농촌을 '부인회'라는 소조직의 총합체로 재구성하려는 시도도 본격화되었다.

이때 편집진은 앞으로 "대가 여러 선생의 장편을 두 편 이상" 싣겠다는 포부를 밝히며 문예란의 강화도 예고했다. 박태원을 필두로 집필이 우선 확정된 작가는 전영택, 이기영, 이광수 등이었으며,[14] 이후 엄흥섭, 박계주, 박노갑, 여성 작가로는 최정희가 섭외되었다.[15] 선전·선동 매체로의 정체성 강화라는 국면 속에서 이처럼 근대 소설이 본격 등장한 것은 시의적절하고도 자연스러운 일이었다. "가정생활의 개선 및 합리화"라는 목표는 저축과 절약 등의 경제적 영역은 물론, 문해력 증진과 취미의 근대화 등 문화 수준의 문제도 아우르는 폭넓은 의미망을 지녔기 때문이다. 무엇보다도 근대 소설은 옛날이야기 속에 풍부하게 함유된 보편적 교훈과 차별화된, 현실적이고도 직접적인 메시지를 전달하는 데 적합한 장르이기도 했다. 그러나 연재된 소설의 성격을 미루어볼 때, 편집진은 근대 세계 전반의 리얼리티를 다루기를 원치는 않은 듯하다. 다음 장부터 자세히 논의하겠지만 『가정의 벗』의 연재소설들은 농촌을 주요 배경으로 삼고 있으며, 농촌의 사람

대의 상식을 잘 보여준다. 개신교계 인사인 장정심은 여성 자신은 물론 자녀, 남편, 시국 인식을 위해 책을 읽자고 권유했다. 장정심, 「책은 속임없는 친구」, 『家庭の友』, 1939.6, 30~31쪽. 의사인 장문경 역시 같은 입장이었다. 특히나 그는 여성이 주로 문학서를 읽는 현상에 주목하여, 저급하고 성적 흥분을 일으키는 "분홍색 소설" 대신 "견실하고 미듬직한 인생관이나 사회관을 가진 작가의 소설"을 읽을 것을 권장했다. 장문경, 「독서와 조선 여성」, 『家庭の友』, 1939.6, 31~32쪽.

13 「원고 모집」, 『家庭の友』, 1939.4, 70쪽.
14 「하단 광고」, 『家庭の友』, 1939.4, 69쪽.
15 전영택과 박계주의 연재소설은 잡지 유실로 소설의 전모를 파악할 수 없어 분석에서 제외했다.

들이 주요 배역을 맡고 있다는 공통점을 지니고 있다. 이 글에서 다루고자 하는 것은 바로 농촌이라는 장소성, 여성 독자, 선전·선동 매체 등 자신에게 주어진 문학적 요구들 앞에서 박태원이 선택한 창작방법론이 무엇이었는가의 문제이다. 이를 논하기 위해 우선 『가정의 벗』에 수록된 연재소설들이 공유하고 있던 특징을 분석해 보겠다. 그리고 이와 연계되면서도 변별되는 「만인의 행복」 및 「점경」의 구성 원리를 살펴봄으로써 식민지 후반기 박태원의 글쓰기 전략과 그 의미에 대해 논해보고자 한다.[16]

2. 젠더화된 농촌 가족 서사들

『가정의 벗』에 수록된 이기영, 박노갑, 엄흥섭, 최정희의 연재소설은 카프의 농촌소설, 조선어 신문에 연재된 농촌계몽소설, 아시아·태평양전쟁 시기에 쓰인 농촌소설 모두와 변별되는 성격을 지닌다. 『가정의 벗』의 성격에 맞추어 소설가들은 농촌 계몽에서 계급이나 민족의 장래를 찾고자 했던 과거의 주의·주장을 배제하고 작품을 제작했지만, 일본의 농촌 동원 정책을 직접적으로 서사 안에 삽입하는 방향과도 거리를 두었다.[17] 대신 그들이 선택한 것은 젠더화된 가족 서사

---

16 이 글의 논지와 관련해 주목해야 할 박태원 연구는 김미지의 논문이다. 김미지는 「소설가 구보 씨의 일일」(1934), 「보고」(1936), 「만인의 행복」(1939)을 교차 분석하면서 사회주의와 무정부주의의 기치였던 '만인 행복'론이 '덕-행복'이라는 고대적 윤리 의식으로 전화해가는 과정을 분석하는 한편, 전체주의와 일본주의에 대응하는 작가의 내면을 짚어냈다. '행복'을 키워드로 본 박태원론이자 개별 작품론으로서도 탁월한 견해를 제시한 이 연구는 여성지라는 '매체적 조건'이 중요한 참조항이 될 수 있음을 지적했다. 김미지, 「박태원의 「만인의 행복」과 식민지 말기의 '행복론'이 도달한 자리」, 『구보학보』 14, 구보학회, 2016 참조. 이 글은 김미지의 견해에 동의하며, 같은 잡지에 수록된 「만인의 행복」과 「점경」을 중심으로 1940년을 전후한 시기 박태원의 소설 제작법에 대해 논의하려고 한다.
17 이기영은 사회주의적 관점에 의거한 농촌 서사, 대일 협력과 관련된 농촌 서사를 모두 창작했다. 그러나 『家庭の友』에 수록된 그의 소설은 이 둘 중 어떤 것과도 합치되지 않으며 내용상으로 볼 때 매체의 성격에 따라 쓰인 기획 소설임을 알 수 있다.

였다. 아내, 어머니, 딸 등의 가족 내 역할 모델을 바탕으로 결혼, 출산, 질병, 죽음, 연애, 가족관계 등을 다루는 『가정의 벗』의 소설들은 기본적으로 여성의 섹슈얼리티에 부정적인 입장을 취했다. 또한 농촌의 빈곤 같은 문제적 리얼리티를 배면에 둘지라도 구조적 원인의 탐구로 나아가는 것을 차단함으로써 여성 개인은 물론 그가 속한 공동체의 문제를 탈정치화하고 있다는 것이 공통된 특징이다. 사실 가족 소설은 사적 영역을 중심에 두고 있긴 해도 정치화의 가능성과 무관한 장르라 하기 어렵다. 중산 계급의 승리를 이끌어낸 가정여성의 저력에 주목한 낸시 암스트롱의 논의를 통해 살펴볼 수 있듯이 19세기 영국 가정소설의 담론들은 귀족 계급과 변별되는 새로운 주체-개인의 탄생을 가능케 했다.[18] 그러나 관변 매체인 『가정의 벗』의 소설에서 드러난 규율은 여성의 주체성에서 비롯된 것이 아니라 조선 전래의 가부장제와 농촌 공동체의 윤리를 재확인, 재창출하는 것에 지나지 않았다.

우선 이기영의 「권 서방」[19]과 박노갑의 「어머니의 마음」[20]은 정확히 반대되는 스토리를 지니고 있다. 「권 서방」에 등장하는 아내이자 두 아이들의 어머니인 음전은 친정어머니의 술집에서 일하다가 바람이 나서 가출을 감행한 상태이다. 소설은 자기 욕망에 충실한 음전이 얼마나 그릇된 선택을 했는가를 점진적으로 입증해 나간다. 일단 음전의 가출에 정당한 이유가 없다는 점을 권 서방의 캐릭터를 통해 알 수 있다. 권 서방은 억압적이거나 폭력적인 남편이 아니다. '두더지'라는 별명을 지니고 있을 정도로 성실한 농부이며 경제력도 있는 권 서방의 모든 방황은 음전의 가출에서 시작된다. 게다가 그는 아내에 대한 비난이나 재혼 권유 모두를 물리치며 아내가 돌아오길 기다리는 순정도 지녔다.

---

18 Nancy Armstrong, 오봉희·이명호 역, 『소설의 정치사—섹슈얼리티, 젠더, 소설』, 그린비, 2020 참조.
19 이기영의 「권 서방」은 1939년 5·6·7·8월호에 4회 연재됐다.
20 박노갑의 「어머니의 마음」은 1940년 7·8·9·10월호에 4회 연재됐다.

이러한 남편을 떨치고 나간 음전 역시 마냥 행복한 생활을 했던 것은 아니다. 음전은 김산의 가정에 '첩'이라는 이름으로 소속된 채 기묘한 동거 생활을 이어 나간다. 당연히 본부인과 이웃들의 비난과 질타를 한 몸에 받지만 그럼에도 불구하고 반드시 지켜야 할 진정한 사랑이 존재한다고 볼 수도 없다. 그저 젊은 여성의 육체를 누리는 것이 좋아 일시적으로 옆에 두는 것일 뿐 김산은 자기의 가정을 깰 생각이 전혀 없다. 음전 역시 기존 가정과 절연하지 못한 것은 마찬가지이다. 친정어머니에게 남편과 아이들을 맡기고 나와서 떳떳하지 못한 상황인 데다, 바로 이웃 동네이다 보니 자신의 아이와 본부인의 아이가 같은 반에서 공부를 하는 등 손가락질 받을 상황이 계속되고 있는 것이다. 결국 음전 어머니와 김산 어머니의 다툼이 일어난 이후, 음전과 김산은 경성으로 이주한다. 둘만 살면 변화가 있을 것이란 기대와 달리 끊임없이 본가로 향하는 남자의 물적, 심적 지원을 목도한 후, 음전은 이 관계를 종료하고 어느 가정의 안잠자기로 취직한다. 이는 일찍이 음전이 했던 술집 접대와 달리 건전한 노동이며, 그 때문에 노동의 결실인 돈도 차곡차곡 모아 나가게 된다. 그러나 개과천선이라 할 만한 변화에도 불구하고 서사는 음전에게 복귀의 기회를 부여하지 않는다. 마침내 고향에 돌아와 거리에서 자신의 아들을 마주친 음전은 권 서방이 속병이 들어 죽었다는 소식을 전해 듣게 된다. "어머니가 안 드러와서 생긴 병"임을 전하는 아들의 목소리는 정상가족의 신성한 경계를 깨뜨린 여성이 명백히 죄인임을 알리는 선고라 할 수 있다. 이 엄중한 선고 앞에서 음전은 "남의 안해는 아주 단렴하고 두 아이의 어머니로만 압호로 사러갈 것을 굳게 맹서"[21]한다.

박노갑의 「어머니의 마음」 역시 병든 남편의 죽음으로 서사가 종료되는 소설이다. 그러나 이 소설은 아내-어머니의 자리를 끝까지 고수하는 여성상을 제시한다는 점에서 이기영의 소설과 변별되는 특징을 지닌다. 「어머니의 마음」은 혼

---

21 이기영, 「권 서방 4」, 『家庭の友』, 1939.8, 61쪽.

기에 이른 정순의 가정에서 일어나는 자질구레한 일상들을 보여주며 시작된다. 신랑감을 이리저리 견주어보는 정순 부모의 대화는 사윗감을 고를 때 응당 주고받을 법한 이야기이다. 그런데 정작 주인공인 정순의 목소리가 단 한 번도 등장하고 있지 않다는 점이 눈에 띈다. 정순은 부모의 말에 귀를 기울이며 마음을 졸이고 때로는 한숨을 쉬기는 하나 대화에 동참하지는 않는다. 따라서 어떤 욕망과 취향의 소유자인지에 대한 정보도 거의 제시되지 않는다. '정순'이라는 이름 그대로 그는 그저 바르고 순한 딸일 뿐이다. 부모가 정해 준 혼처에 순응해 결혼한 정순은 시가에 첫발을 디딘 다음부터는 시부모의 뜻에 순종하며 새로운 생활에 자신을 맞추어 나간다. 결혼 첫날 비로소 만나게 된 남편과도 의좋게 지내고, 수월하게 아들을 임신하고, 순조롭게 출산하고, 시부모의 지침대로 양육에 임하면서 정순이라는 한 여성의 일생은 물 흐르듯 전개된다.

이렇듯 조선 가정의 소소한 풍경을 보여주던 소설이 변곡점을 맞이하는 것은 시아버지의 죽음 이후다. 이를 기점으로 시어머니, 남편 등 가족 구성원들은 질병과 죽음을 차례차례 맞이하게 된다. 다만 이는 어떤 예외적인 사건이라기보다 사람이 나서 병들어 죽는 과정의 일환으로 전개되며, 그 과정을 통해 정순은 현명하고 강력한 어른으로 거듭나게 된다. 아직 젊은 남편의 죽음에도 결코 자신을 놓아가며 비애에 잠기지 않는 한편, 이웃들의 수근거림에도 불구하고 '경제적'이며 '간소'한 장례 절차를 진행하는 정순의 모습은 가정의 새로운 주재자로서 확신과 위엄을 띠고 있다. "남의 안해로서 못다한 정성을, 아들의 어머니로서 아들에게 다해 보자"[22]는 결심으로 마무리되는 이 소설의 결말은 제목 그대로 '어머니의 마음'이 어떤 것이어야 하는가를 분명히 제시한다.

이기영과 박노갑의 소설은 바람직한 여자의 일생에 대해 생각하게 한다는 점에서 동일한 주제를 지니고 있다. 전자가 집 나간 어머니의 말로를 통해 가정의 테

---

22 박노갑, 「어머니의 마음 4」, 『家庭の友』, 1940.10, 27쪽.

두리를 벗어나는 여성의 욕망을 경계하고 처단하고자 했다면, 후자는 시가에 적응해 마침내 그 자신이 '안주인'의 위치에 서게 되는 여성의 성장기를 그려냄으로써 가정의 유지와 존속에 여성의 역할이 얼마나 지대한 것인가를 강조하고 있다. 조선 재래의 관습과 모성의 미덕을 강조하는 이러한 서사들은 전시체제하 여성 담론과 조응하는 것이기도 했다. "가부장제의 모성 억압에 문제를 제기하고 어머니로서보다는 인간으로서의 삶을 선택하고자 한 의지는 전시체제하 사회의 보수화 속에서 국가에 대한 도전이요 반역으로 규정"되었기 때문이다.[23]

엄흥섭의 「유혹」[24]과 최정희의 「밤차」[25]는 결혼하지 않은 소녀를 중심인물로 삼고 있는 만큼 아내와 어머니됨에 대한 직접적인 묘사가 이루어지지는 않는다. 또한 농촌의 빈곤을 배경에 깔고 있다는 것이 이기영, 박노갑 소설과 변별되는 가장 큰 특징이다. 일찍이 카프의 맹원이었던 엄흥섭은 1930년대 후반에 이르러 도시를 배경으로 삼는 통속적 장편소설을 집필한 바 있다.[26] 「유혹」 역시 남녀 간 성애를 다루는 소설이긴 하나 장소를 농촌으로 옮겨 이에 걸맞게 사건을 배치하고 있다. 주인공 순이는 가난이 싫다며 읍내 술집에 일하러 가버린 어머니 대신 아버지를 보살피며 살아가는 소녀이다. 순이 앞에 닥친 시련은 크게 두 가지로 나뉜다. 우선 이웃집 갑돌이와 지주인 최 참봉 아들과의 삼각관계에서 발생하는 갈등이다. 최초에 순이는 두 남성 중 누구에게도 호감을 느끼지 않는 것처럼 보인다. 두 남성은 순이의 의사와 상관없이 막무가내식으로 사랑을 갈구하기 때문이다. 차이가 있다면 지위와 자본, 학식이 있는 최 참봉 아들에 비해 갑돌이는 "어리석고 불쌍"하게 보인다는 점인데, 서사가 진행될수록 농촌 청년 갑돌이의

---

23 안태윤, 「일제 말기 전시체제와 모성의 식민화」, 『한국여성학』 19, 한국여성학회, 2003, 109쪽.
24 엄흥섭의 「유혹」은 1939년 9, 10, 11, 12월호, 1940년 1월호에 5회 연재되었다.
25 최정희의 「밤차」는 1940년 4, 5, 6월호에 3회 연재되었다.
26 당시 쓰인 엄흥섭의 장편소설 『인생사막』에 대해서는 정하니, 「1930년대 후반 대중소설 속 지식인 청년상 고찰—이근영의 『第三奴隷』와 엄흥섭의 『人生沙漠』을 중심으로」, 『인문논총』 72, 서울대학교 인문학연구원, 2015 참조.

가치가 부각되고 있다.

> 최 참봉 아들은 너 같은 촌 게집애 따위를 눈두 떠보지 안는다. 그러구 말아지 최 참봉은 양반이란다. 인제 올가을에는 서울로 이사간단다라. 돈 만코, 땅 만코, 양반인데 너 가튼 것 학교도 못 댕긴 무식쟁이를 눈이나 떠볼 줄 아냐? 괘애니 헛물켜지 마라. 느 아버지두 그러더라. 너는 읍내 사람한테 시집 안 보낸다구! 너두 다 알지 안어! 느 큰성은 공주 읍내로 시집갓다가 촌년이라구 소박맛구 쪼겨와서 병드러 죽었지. 느 적은 성은 서울에 가문 양반 서방이나 할 줄 알고 박 서방하구 살지두 안쿠 다라나 가더니만 어떤 놈 꼬임에 빠저 청눈지 신마찐지로 팔려버리고 말었지! 그나 그 뿐이냐! 건넌마을 옥분인지 금례인지두 봐라. 대전인가 어듸 제사 공장인지 고무 공장인지루 돈버리 감네 하고 가드니만 일 년도 못돼서 외꽃처럼 뇌외란하게 병드러 가지고 왔지? 너 괘앤스리 읍내니 서울이니 가구 싶허 허다가는 큰코 다친다. 둠벙에 놀던 괴기가 강으로 나가면 큰 괴기 밥밧게 안 된다. 촌년은 초놈하고 살게 마련이구 가난뱅이는 가난뱅이허구 살게 마련이다. 너 괘애니 딴 생각 말고 나하구 살자! 응?[27]

인용문은 최 참봉 아들이 본격적으로 등장하지 않았던 연재분 1화에서 옮긴 갑돌이의 말이다. 서울, 대전, 읍내, 청루靑樓, 신마치新町, 공장 등의 용어는 각기 다른 층위와 범주에 속한 장소들이지만 순이와 갑돌이 속한 농촌의 반대항으로써 차례대로 언급된다. 갑돌이 입장에서 최 참봉 아들은 농촌에서 상경한 여성들을 유혹해 학대하고 팔아버리는 도시-남성들을 대표하는 존재이며, 순이의 탈향은 타락이나 죽음과 동일시된다. 설사 공장 노동자로서 취직한다 해도 다가올 미래는 질병이며 이 또한 죽음으로 연결된다고 소설은 농촌 남성의 목소리로 단언한다.[28] 실제로 최 참봉 아들은 순이 아버지의 병을 고쳐주고 장차 순이를 도시로

---

27 엄흥섭, 「유혹 1」, 『家庭の友』, 1939.9, 60쪽.(원문의 오식도 수정 없이 그대로 인용함)

데려가 공부도 시켜주겠다며 순이의 육체를 집요하게 요구했지만 모두 거짓말이었음이 곧 들통난다. 반면 갑돌이는 순이 아버지의 약을 구하기 위해 동분서주하고 최 참봉 아들과의 싸움에서도 이겨 순이를 타락하고 병든 근대와의 접촉과 감염에서 구제해낸다. 그리고 순이와 갑돌로 이루어진 새로운 농촌 가정의 탄생을 암시하며 소설은 종료된다. 순이 아버지는 죽었고 가난은 여전하며 순이는 촌부村婦로서 살 것이다. 그럼에도 불구하고 농촌의 안주인이 될 소녀의 순결과 건강을 수호하는 데 성공했다는 점에서 이 소설의 결말은 해피엔딩의 분위기를 띤다. 이는 『가정의 벗』이 선택적으로 강조, 보급하고자 했던 근대성의 성격을 재확인하게 한다. 농촌의 요리, 의료, 저축 등의 효율적 방법론 전파에 초점을 맞춘 이 잡지에서 도시적 일상, 노동, 학업은 공백으로 처리됐으며 농촌 공동체—부인회 조직 바깥의 여성 문제는 전혀 다루어지지 않았다. 앞서 「권 서방」에서도 확인했듯이 농촌—집을 떠나는 여성들은 순치해야 할 존재이거나 구출해야 할 존재로 치부되었다.

그런데 예외적이게도 최정희의 「밤차」는 시골 소녀 금이가 기차를 타고 도시로 떠나는 장면으로 마무리된다. 이 소설은 엄흥섭의 「유혹」보다 한층 더 혹심한 빈곤과 기아를 배경으로 삼고 있긴 하지만, 가족 구성원이 병들거나 사망에 이르지는 않는다. 그럼에도 불구하고 엄흥섭의 소설보다 훨씬 더 비극적인 정조를 풍기는 이유는 끊임없이 흘러내리는 등장인물의 눈물들 때문이다. 이곳의 주민들은 굶다 못해 감정 자체를 상실한 상태로 등장한다.

엇잿든 금이네를 제외하고는 산 우에 금이네와 가차이 사는 여덜집만 하드래도 두

---

28 이처럼 시골을 떠난 소녀의 미래를 향한 우려의 목소리는 비단 이 소설 고유의 것만은 아니었다. 당시 공장에 대한 부정적 인식은 폭넓게 퍼져 있었고, '여공 모집'이라는 감언이설에 속아 대도시와 만주, 일본의 유곽으로 팔려 간 농촌 처녀들에 대한 기사도 빈번히 등장했다. 서지영, 『경성의 모던걸—소비, 노동, 젠더로 본 식민지 근대』, 여이연, 2013(2015), 220~221쪽.

집은 목단강 이민부대移民部隊에 뽑혀가고 순이 아버지 어머니는 순일 갈보로 보낼 때 받은 돈 삼십 원으로 인조견 행상을 떠나고 옥이네 큰 옵바는 대판에 돈벌이 가고, 옥이는 대구 성내 서울서 새댁이 왔다는 집사리를 가고, 꼽새 아들은 아버지와 전연 같지 않고 건강해서 철도길 닦는 델 가고, 봉이도 업이도 남의 집에 가고, 입뻬두레기의 여편네는 입뻬두레기와 열 살 먹은 아들과 일곱 살 먹은 아들과 다섯 살 먹은 딸을 두고 남의 집을 살고…….[29]

인용문은 극심한 빈곤이 가족 이산이라는 결과를 낳았음을 보여준다. 산지기 가족의 딸인 금이는 불행이라는 것을 모르고 자라다가 사 년여에 걸친 대흉년을 계기로 비로소 굶주림을 알게 된다. 이처럼 구제받지 못한 이들의 현실은 통치성의 실패를 환기하며, 식민지인들에게 허용된 노동과 그 조건을 미시적으로 증언하고 있다는 점에서도 주목된다. 금이네 가족은 형편없이 적은 임금을 받고 "내지인 남자들 유까다 오비로 많이 사용하는 시보리 만드는 일"에 매달려 있다. 홀치기 같은 단순노동 외에 식민지인들에게 열려 있는 또 다른 선택지는 공장 노동이다. 금이 아버지는 '오사카 고주파 공장'에 어떻게든 취직하고자 여행권을 구하지만 관공서의 문턱을 넘는 것 자체가 하층민들에겐 무척 어려운 일이다. 만주 이민도 하나의 길이 될 수 있으나, 금이 할아버지는 건강한 신체를 구비하지 못했다는 이유로 이민 자격에서 부적격 판정을 받는다. 그러나 소설은 이러한 맥락들을 연결해 담론화하는 대신, 금이네의 이웃인 옥이 어머니의 이기심을 문제의 핵심으로 부각시킨다. 옥이 어머니는 자기 딸을 서울에 식모로 보내는 것을 막고자, 금이를 서울에 식모로 보내면 공부도 할 수 있고 오사카 여행권도 수월히 받을 수 있다고 금이 부모를 속인다. 요컨대 금이네 가족의 이별은 자연재해와 이웃의 거짓말이라는 우연성에 의해 빚어진 결과인 것이다. 그래서 최정희의 소설

---

29 최정희, 「밤차 1」, 『家庭の友』, 1940.4, 31쪽.

은 식민지 농촌의 리얼리티 묘파가 아니라 가난하고 힘없는 사람들의 애화哀話로 전개돼 나간다.

다만 이 소설의 개성은 스토리 그 자체가 아니라 어머니와 딸의 애달픈 심정을 섬세하게 묘사하고 있다는 데서 확보된다. 잘 알려진 대로 이 시기에 최정희는 모성을 다룬 일련의 작품들을 써내며 독자적인 작품 세계를 구축해 갔다.[30] 이 소설에서도 최정희는 아이를 지켜야 한다는 의무가 아니라 감정의 차원에 중점을 두어 어머니를 그려낸다. 자기 옷을 고쳐 딸의 저고리를 만들고, 쌀밥 한 그릇을 먹이지 못해 애타 하며, 딸의 뺨이 눈물로 얼새라 연신 훔쳐내고, 남의 집에 가는 딸이 안타까워 다 큰 애를 기어이 업고 걷는 어머니의 면면은 대가 없는 사랑 그 자체를 보여준다. 어머니는 모든 사람이 감정을 상실한 상황에서도 인간성을 간직한 단 하나의 인물이라 할 수 있다. 반면 금이의 아버지는 먹고살기 위해 딸의 탈향을 종용하는 한편, 딸을 도로 집에 데려온 어머니에게 폭력까지 행사한다. 그 또한 금이를 업고 걷지만 이는 오로지 빠르게 금이를 보내기 위한 수단에 지나지 않는다.

그렇게까지 해서 금이를 서울로 보낸 후, 마을의 노인에게 아버지는 "남의 옷 듬되는 노릇을 하게 될 뿐 아니라 돈이 물 쏟아지듯 쏟아져서 한 이삼 년만 하면 남에게 부자 소릴 드르리라"는 덕담을 듣는다. 그러나 이것은 하나의 착각이자 희망 사항일 뿐 아무리 금이가 식모 노릇을 잘한다고 해도 금이 가족이 부자가 될 리 없다. 그러므로 "저년이 가서 잘하면 수는 피일 낀디"[31]라는 아버지의 혼잣말은 이 가족의 미래가 현재와 다를 바 없으리라는 것을 역으로 강조하는 효과를 낳는다. 엄흥섭 소설이 문제 상황의 해결을 보여주되 주인공들의 미래를 직접적

---

30 「지맥」(『문장』, 1939.9), 「인맥」(『문장』, 1940.4), 「천맥」(『삼천리』, 1941.1~4) 등 3부작 시리즈를 비롯해, 대일 협력의 메시지를 드러내는 일본어 소설 「野菊抄」(『國民文學』, 1942.11) 등에서도 모성은 최정희 소설의 핵심 키워드로 다루어진다.

31 최정희, 「밤차 3」, 『家庭の友』, 1940.6, 35쪽.

으로 언급하지 않은 것과 달리, 최정희 소설은 애초에 기만적으로 결정된 금이의 상경이 가족의 행복을 가져올 수 없다는 사실을 솔직하게 드러냈다. 물론 이 소설 역시 이기영, 박노갑, 엄흥섭 소설과 마찬가지로 기존 질서와 가치관 내부에 위치하는 서사라 할 수 있다. 여성들의 운명을 결정짓는 것은 자기 자신이 아닌 가정의 질서이며 여성들이 상처받을 때도 가부장의 권위는 흔들림이 없다. 최정희는 이를 대체할 다른 선택지를 제시하지 않았다. 그러나 이것이 정당하지 않음을 표현해낸 유일한 작가였다.

3. 박태원의 다시 쓰기와 여행 서사

1) '만인의 행복'이라는 우화

이기영, 박노갑, 엄흥섭, 최정희와 달리 박태원은 가족 소설이 아닌 여행 소설을 썼다. 경성에서 태어나 유학 시절을 제외하면 경성에서 살았던 박태원에게 농촌 가족 소설 쓰기는 그다지 잘 어울리는 과제는 아니었다. 그래서인지 박태원은 농촌을 배경에 두되 인물을 농촌에서 경성으로 가게 하거나「만인의 행복」, 경성에서 농촌으로 가게 하는「졉경」이동의 서사를 기획했다. 또한 도시를 배경으로 이미 썼던 소설들을 수정, 변개하는 다시 쓰기를 통해 그가 농촌 여성 독자를 위해 무엇을 고려하거나 하지 않았는지 분석할 수 있게 하는 단서들을 남겼다. 우선 살펴볼「만인의 행복」[32]은 단편소설「보고報告」1936를 고쳐 쓴 작품이다. 삼 년의 간극을 두고 쓰인 이 두 소설은 1939년에 학예사에서 출간된『박태원 단편집』에 나란히 수록됐다.「만인의 행복」은 작품집에 인물과 이동성을 강조하는「윤 초시의 상경」이라는 제목으로 수록됐지만, 작품의 주제를 생각한다면 원래 제목이 더 적

---

32 「만인의 행복」은 1939년 4, 5, 6월호에 3회 연재되었다.

합하다. 「보고」와 함께 읽으면 이 점이 더 확연히 드러난다.

「보고」는 매우 짧은 소설이다. 처자식이 있는 친구 최 군이 다른 여자랑 살림을 차린 것을 알게 된 주인공이 최 군의 처소를 찾아갔다 오는 것이 서사의 전부이다. 멀리 평안도 강계에서 부쳐 온 최 군 동생의 편지를 받았을 때만 해도 그는 착잡한 마음으로 최 군의 "죄 많은 삶"과 "천하의 몹쓸 년"을 개탄해 마지않는다. 최 군이 현재 살고 있는 관철동 삼십삼 번지의 풍경 또한 신산스럽기 그지없어 그는 꺼림칙한 마음으로 그의 방에 발을 들여놓는다. 그러나 그곳에서 그는 의외로 순조롭고 질서 있는 일상과 오탁에 물들지 않은 한 여성, 그리고 가난과 질병, 비난과 질시 속에서도 포기하지 못하는 사랑을 마주하게 된다. 여러 말이 오간 것도 아니었건만 "나는 정자를 사랑하오"라는 최 군의 말에 그는 그만 이상한 감격을 느끼며 고개를 끄덕이고 만다. 그리고 "최 군과 그 정인이 행복을 유지하기 위하여서, 한편 최 군의 가족들이 불행하지 않을 수 없다 하면, 그것도 또한 어찌할 수 없는 일로 불행하려거던 얼마든지 마음대로 불행하라"[33]고 생각하며, 보고자로서의 의무를 방기하고 만다. 결국 이 소설은 가족의 윤리가 아니라 개인의 사랑에 손을 들어주며 마무리된 것이다.

이와 같은 결과는 작가 의식은 물론 소설이 수록된 잡지 『여성』의 독자층과 연관해서도 생각해볼 만하다. 여학생과 직업부인 등 젊은 여성 대중들의 감수성이나 욕망을 고려할 때 이 도시 남녀의 '자유연애'는 저속한 불륜보다 불운한 사랑으로 해석됐을 가능성이 크다. 당시 평론가들이 소설의 타락을 아무리 개탄해도 낭만적 사랑에 대한 수요는 적지 않았다.[34] 또한 작가들 또한 이를 충분히 의식했기에 사랑에 대한 시와 소설은 여성 잡지 문예란의 주된 자리를 차지할 수 있었다.

---

33 박태원, 「보고」, 『여성』, 1936.9, 19쪽.
34 김남천, 임화, 최재서 등 당대를 대표하던 비평가들은 내성 소설, 세태 소설과 더불어 통속 소설의 범람을 가장 문제적 현상으로 지목했다. 1930년대 후반기에 진행된 그들의 글쓰기와 비평적 대화는 이 문제를 중심으로 전개됐다.

그런데 농촌 여성 독자를 위한 소설 쓰기라는 과제에 직면하면서 박태원은 「보고」에서 승인한 '둘만의 행복'을 '만인의 행복'으로 정정하고 있다. 서두부터 「만인의 행복」은 「보고」보다 훨씬 더 보수적인 결말이 예상되는 소설이다. 우선 관철동에 찾아가는 사람을 지식인 친구가 아닌 시골 노인으로 설정했다는 점에서 그러하다. 때 이른 모기가 극성을 부리는 어느 봄밤, 윤 초시에게 동네 청년 경수가 찾아오며 이야기는 시작된다. 경수는 서울에서 카페 여급과 살림을 차린 형 홍수를 데리고 내려와달라고 윤 초시에게 부탁한다. 그도 그럴 것이 윤 초시는 전통적 세계관과 행동 양식을 대표하는 인물이었기 때문이다. 마을공동체 안에서 평생을 살아오며 훈장 노릇을 한 그는, 병석에 누운 홍수 아버지를 대신할 어른이자 계도의 주체로서 낙점되며, 그 또한 "견의불위무용야見義不爲無勇也"[35]와 같은 『논어』의 구절을 빌려 이 사명을 정당화한다.

그런데 윤 초시는 상경 이후 누구를 계몽하기는커녕 그 자신이 최고 약자로서 도움을 받아야만 하는 상황에 처하게 된다. 경성역에 내린 직후부터 그는 각종 "고이한 일"에 시달린다. 응당 마중 나올 것이라 생각했던 구장 아들 갑득이가 보이지 않을 뿐더러 한낱 지게꾼조차 그의 질문에 턱짓으로 대답한다. 전차 운전수와 교통 순사는 노인 공경은커녕 "빠가"라고 외치며 이 경성 초행자를 모욕한다. "애비도 없고, 할애비도 없느냐?"는 "준절한" 꾸짖음이 통하지 않는 비정한 도시의 생리를 윤 초시는 상상조차 못했던 것이다. 정거장에서 마주친 젊은 여자의 도움을 받아 간신히 서대문정 갑득이의 처소를 찾아가지만, 갑득이 또한 "아니꼽고", "맹랑하고", "괘씸한" 것은 마찬가지이다. 다음 날 갑득이는 홍수가 산다는 관철동 골목까지만 윤 초시를 바래다준 후 그곳을 떠나 버린다. 갑득이가 친구의 누이라는 여자와 진짜로 급히 해야 할 일이 생긴 건지 아니면 연애하느라 바쁜

---

[35] "의로운 일을 보고 하지 않음은 용맹이 없는 것이다." 성백효 역주, 『논어집주』, 전통문화연구회, 2014, 76쪽.

건지 윤 초시는 알 도리가 없다. 게다가 윤 초시의 불안에 화답이라도 하듯 홍수와의 만남도 불발된다. 홍수가 새로 이사 갔다는 아파트를 찾아 남대문에 물어물어 도착하지만, 아파트가 곧 주소를 말하는 것이 아님을 윤 초시는 미처 알지 못했다. 결국 윤 초시는 하루 만에 또다시 같은 자리에서 미아와 같은 신세에 처한다. 그는 짐짓 "자입대묘子入大廟 매사문每事問 혹왈或曰 숙위추인지자지례孰謂鄹人之子知禮乎 입대묘入大廟 매사문每事問"[36]을 중얼거리며, 겸허하고 삼가는 것이 '예'임을 논한 공자에 자신을 빗대어 보지만 이는 그의 난감한 처지를 우스꽝스럽게 극대화할 뿐이다.

이처럼 존경받던 어른이 시골뜨기로 전락하는 과정은 안타까움과 흥미를 동시에 고조시킨다.[37] 그리고 어제 남대문 정거장에서 만났던 "갸륵한 색씨"가 또다시 나타나 윤 초시에게 구원의 손길을 내밀 때 독자들은 그 색시가 홍수와 함께 사는 카페 여급일 것임을 충분히 추리할 수 있게 된다. 윤 초시는 그 여자의 첫인상을 이렇게 표현한 바 있다. "머리를 쌍둥 짜른 것은 마음에 좀 못마땅"하였으나 "얼굴만은 환하고 복성스럽게 생긴 여자가 마음씨도 생긴 모양 달며서 고혼듯" 싶다고. 이는 시골에서 경수와 예상했듯이 "아양이나 떨고 요사스럽게 구변이나 놀리"는 "교언영색巧言令色"과 정반대되는 특징이다. 마침내 홍수를 만나서 듣고 보니 이 여자─영자[38]의 "무던함"은 생각했던 것 이상이었다. 영자는 병들고 수입 없는 홍수를 지극정성으로 보살폈으며 밥값과 약값까지 카페 일로 충당했다. 따

---

36 "공자께서 대묘에 들어가 매사를 물으시니, 혹자가 말하기를 '누가 추땅 사람의 아들(공자)을 일러 예를 안다고 하는가? 대묘에 들어가 매사를 묻는구나' 하였다. 공자께서 이 말을 들으시고 말씀하시기를 '이것이 바로 예이다' 하셨다." 위의 책, 93쪽.

37 이는 서사의 흥미 유발을 위한 장치를 넘어서 알레고리 기법의 차원에서 독해될 수도 있다. 권은은 전통적 도시와 달리 신작로로 구획된 격자형 도시에서 헤매는 윤 초시의 모습에서 조선의 전통적 가치가 사라져 버린 식민지 현실의 알레고리를 읽어낸다. 권은, 『경성 모더니즘─식민지 도시 경성과 박태원 문학』, 일조각, 2018, 93~99쪽.

38 이 여성은 친구에게 '숙자'라는 이름으로 호명되지만 이후 영자로 불린다. 『박태원 작품집』에 다시 수록될 때는 숙자로 이름이 정정됐다. 이 글은 「만인의 행복」을 판본으로 삼아 분석하는 만큼 영자로 호칭을 통일하겠다.

라서 홍수는 "처자 있는 몸으로 다른 여자에게 정을 주었다는 것이 저의 죄면 죄지, 그 정을 받았다고 하여 영자가 부당하게 비난을 받는 것"은 옳지 않음을 역설한다. 오히려 영자는 자기의 "은인"이라는 것이다. 결국 윤 초시는 홍수에게 귀가를 강권하지 못한 채 난처한 상황에 빠진다. 이러한 그들을 '도운' 것은 이번에도 영자였다.

> 지금은 생각이 달라젓어요. 자기의 행복을 위하여 남을 불행한 구뎅이에 떨어터리는 것이 결코 옳지 않다고요. 그것도 남이 아니고 바로 양친 부모님께 그처럼 근심을 끼치고 부인과 애기까지 불행허게 하여 드리다니……(…중략…)
>
> 당신의 부모님께서나 부인께서는 댁의 행복을 위하시어 저의 불행을 요구하실 권리가 있으시죠. 그러나 그 권리가 저에게는 없으니까요. 생각이 미처 돌지 않았을 때는 모르고 한 일이니 어쩌는 수 없읍니다만은 이제 알고야 옳지 않은 일을 어찌 하겠읍니까? 제가 당신을 모시고 있어서 행복이라 하드라도, 그것은 참말 행복이 못되지요. 행복은 행복이라도 의롭지 못한 행복일 것이 아니겠읍니까. 제발 부모님께 이 이상 근심을 더 끼쳐드리지 마시고 댁으로 돌아가십시요. 그리고 고요한 시골 맑은 공기 속에서 어서어서 병환을 고치세요.[39]

「보고」의 여성이 목소리를 지니지 못했던 것과 달리 영자는 자기의 의사를 스스로 표명한다. 따라서 이별을 주체적으로 선택하고 결단한 것처럼 보일 수도 있겠다. 그러나 연애할 때는 헌신적이고 문제가 생기자 법적 '권리'가 없는 자신의 처지를 헤아릴 줄 아는 영자는 기혼남 입장에서 가장 바람직한 연인의 모습을 띠고 있다 해도 과언이 아니다. 경성역에서 헤어지는 그 순간까지 영자는 홍수의 마음을 슬프게 할까 봐 웃음을 띤 모습으로 인사를 고한다. 그러나 이러한 캐릭

---

39 박태원, 「만인의 행복 3」, 『家庭の友』, 1939.6, 58~59쪽.

터가 반드시『가정의 벗』만을 위해 새롭게 창출됐다고 보기는 어렵다. 박태원의 전작前作들에서도 다양한 의미에서 '선량한' 여급 캐릭터가 다수 등장한 바 있다. 『천변풍경』에 등장하는 '기미꼬'의 이타심[40]까지 도달하지는 못하더라도, 생계와 사랑을 영위하느라 희비애환을 겪는, 팜파탈은커녕 소소하고도 다정한 이웃의 얼굴을 한 여급의 형상을 그는 누구보다도 생생하게 그려온 터였다. 그러므로 「보고」가「만인의 행복」으로 다시 쓰이며 나타난 중요한 변화는 두 연인의 선선한 이별이라 보아야 한다. 이는 가정의 수호와 안정을 도모하고 있던 이 잡지의 방향성에 완벽하게 부합하는 결말이라 할 수 있다.

그러나 이와 동시에 고려해야 할 것은 박태원이 가족주의를 궁극의 가치로 강조하지 않았다는 점이다. 홍수의 귀가 이후 가족이 행복을 되찾고 정상성을 복구할 것인가의 문제는 이 소설의 관심사와 무관하다. 오히려「만인의 행복」은 윤초시가 경성행을 통해 가족 바깥의 여성-여급에 대한 선입견과 혐오에서 벗어나는 여정을 그린 소설이라 정리될 수 있다. 앞서 살펴본 농촌 가족 소설의 캐릭터들은 기본적으로 꽉 짜인 각본과 주제 의식에 맞추어 움직일 뿐 성별 정치나 선악 이분법에서 벗어난 관계를 맺거나 이를 통해 캐릭터가 진화하는 모습을 보이지 않았다. 그러나 이 소설은 경성역두에서 슬픔과 죄스러움, 괴로움, 애달픔 등을 오가던 노인이 결국 눈물을 흘리며 영자를 향해 "덕불고필유린德不孤必有隣"[41]이라 외치는 장면을 인상적으로 묘사하고 있다. 이처럼 영자를 '덕' 있는 인간으로 칭한 것은 영자를 이해하고 존중하고 있다는 사실을 표기하기 위함이다. 윤 초시가 소설의 도입부에서『전등신화』를 읽고 있던 것도 같은 맥락에서 해석이 가능하다. 그 책에 수록되어 있는 애절하고 지고지순한 사랑 이야기들과 마찬가지로 영

---

40 박태원의『천변풍경』(박문서관, 1938)에서 기미꼬는 시골에서 올라와 사창가로 팔려 갈 위기에 처한 금순이를 구제하고 결혼한 하나꼬를 친동생처럼 보살피는 등 고단한 식민도시의 일상 속 우정과 자매애를 몸소 보여주는 캐릭터이다.

41 "덕은 외롭지 않아 반드시 이웃이 있다." 성백효, 앞의 책, 124쪽.

자의 사랑도 그러하다는 것, 시련을 겪긴 했으나 지탄받아야 하는 것은 아님을 암시하고 있기 때문이다. 결국 박태원은 사악한 근대와 선량한 전통, 도시인과 농민, 여급과 여염집 부인의 구별을 넘어서, 윤 초시의 표현대로 "마음이 그처럼 착하고 좋은 일이 왜 없겠수?"로 요약되는 이야기를 쓴 것이다. 1940년 이후 그는 이른바 '사소설' 3부작[42]에서 무해하고 선량한 자기 가족에게 연이어 재해처럼 닥친 나쁜 일들에 대해 썼다. 이것은 전쟁하는 일본과 식민지 현실에 대한 감각을 바탕으로 제작된 자화상 혹은 자기표현의 글쓰기라 할 수 있다. 그러나 농촌 여성 독자를 위해서 그는 '착한 사람은 복을 받고야 만다'는 메시지를 담은, 어쩌면 그 자신도 믿기 힘들었을 이야기를 써냄으로써 위로와 공감을 선사하고자 했다. 이는 『가정의 벗』에 지속적으로 게재되던 총후 미담과 변별되는 '아름다운 이야기'였다.

2) 불발된 로맨스와 실패한 성장

「점경」[43]은 『가정의 벗』에 수록된 연재소설 중에서 유일하게 지식인 청년이 초점 화자로 등장하는 소설이다. 「만인의 행복」을 연재 종료한 후 1년 5개월 만에 재개한 이 연재물에서 박태원은 그가 즐겨 그리던 산책의 서사를 여행의 서사로 바꾸어 썼다. 「소설가 구보 씨의 일일」에서 구보 씨가 노트를 들고 경성 거리를 활보했다면, 「점경」의 주인공 영식은 책이 몇 권 든 가방을 들고 경성에서 원주로, 다시 제천으로 이동한다. 연인에게 배신당한 후 "시끄러운 서울 거리"가 싫어서 "고요한 시골 구석"에 가 있겠다는 것이 영식의 심산이었는데, 이는 자연에서 순수나 영원성을 찾고자 하는 도시인의 전형적인 환상 혹은 착각을 보여준다.

---

42 「음우(淫雨)」(『조광』, 1940.10), 「투도(偷盜)」(『조광』, 1941.2), 「채가(債家)」(『문장』, 1941.4)에서 박태원은 자신의 가정에 닥친 장마, 도둑, 채무의 이야기를 소설화했다.
43 박태원의 「점경」은 1940년 11, 12월호, 1941년 1, 2월호에 4회 연재되었다.

온천이나 관광지가 아닌 유모의 고향을 찾아가는 것도 의미심장하다. 번잡하고 타락한 도시에서 받은 상처를 어머니-대지에서 치유하고자 하는 욕망이 그대로 드러나기 때문이다.

그런데 영식의 생각과는 달리 시골 가는 길은 멀고도 험난했다. 원주읍 차부에서 제천으로 가는 자동차를 타려고 했으나 일단 표를 구하는 것부터 쉽지 않다. 삼십 분 있어야 판다길래 음식점에서 시간을 때웠지만 표 파는 시간에 이르러 차부에 가니 이번엔 만원 버스라 탈 수 없다고 한다. 안내의 부정확함에 항의해봤자 달라지는 것은 물론 없다. 다음 차를 기다리자니 내일에야 차가 출발한다는 대답이 돌아온다. 대절 차가 있긴 한데 가솔린이 없어서 가지 못한다는 설명도 듣는다. 지연에 불발을 거듭하는 이러한 과정은 "식민지인들이 개별 이동의 가능성을 상실한 채 제국의 노선에 고정되기 시작하는 지점들을 조명"하는 것으로도 해석이 가능하다.[44] 그러나 여기서 주목하고자 하는 것은 서사 내적으로 이것이 어떤 효과를 산출하고 있는가의 문제이다. 「만인의 행복」에서도 그러했듯 낯선 곳으로 이동하고자 하는 자의 시행착오는 소설의 초입에 긴장감을 불러일으키며 독자들의 흥미를 이끌어 내는 역할을 한다. 그러나 상황에 무지하며 일방적으로 당하는 자의 입장이었던 윤 초시와 달리 영식은 무엇이든 관망하고 평가하는 자라는 차이점을 지닌다. 그는 "어수선한 이 읍내"의 시스템에 적응하거나 문제를 해결하려는 시도를 하지 않고 철저히 이방인이자 지나가는 자로서의 정체성을 고수하고 있다. 비빔밥이나 장국밥 같은 서민 음식이 구미에 당기지 않고, 원주 읍내에서 하룻밤 묵는 것을 용납할 수 없는 그는, 결국 양복에 구두 차림으로 제천에 걸어가는 무모한 행보를 시작한다. 이러한 에피소드들이 중첩되면서 드러나는 것은 그의 캐릭터가 지닌 계급성의 문제이다.

---

44 하신애, 「제국의 법역(法域)으로서의 대동아와 식민지 조선인의 모빌리티(mobility) (2) ─ 박태원을 중심으로」, 『구보학보』 23, 구보학회, 2019, 82쪽.

이는 영식이 제천에 도착해 본격적으로 "데련님" 대접을 받으면서 더 확연히 부각된다. 영식이 어린 시절 한 번 와 봤던 이곳은 유모의 집이기에 앞서 영식 집안의 사유지이다. 유모는 그에게 서울에서는 도통 맛을 볼 수 없는 "보리 안 둔 햅쌀밥"이며 닭고기와 제육 등 전시체제하 농촌에서는 더더욱 불가능한 진수성찬을 차려준다. 영식 집안의 땅에 의탁해 살아가는 유모네 집이 부자일 리는 만무하다. 무엇보다도 유모는 돈을 받고 젖과 돌봄, 친밀성을 제공했던 가내 노동자이지 진짜 어머니가 아니다. 그러나 이 상을 차려냈을 유모의 수고는 영식의 시야에 포착되지 않는다. 시골 실정에 대한 그의 무관심은 어릴 적 친구들인 옥희, 정순 등의 안부를 묻는 대화 속에서도 여러 번 모습을 드러낸다. 옥희의 아버지가 잘 계신지 묻는 영식의 말에 유모는 "남의 땅 부쳐 먹구 살지. 오래전부터 댁의 논두 부치는데 모르고 기셨수"라고 반문한다. 또한 시골에 온 김에 추수한 결과도 보고 '신 서방'에게 도지도 받아 가라는 유모의 말에 영식은 그가 누구냐고 묻는다. 신 서방이 마름이라는 것을 미처 몰랐기 때문이다. 이처럼 집안 살림이 어떻게 돌아가는지 아무것도 모르는 영식에게 다른 직업이 있느냐 하면 그런 것도 아니다. 그는 재작년에 학교를 졸업한 후, 내내 무직자 상태에 머무르는 중이다. 물론 구보 씨처럼 글을 쓰고 있을 수도 있다. 그러나 소설은 그가 실연당한 도시 남자라는 사적 상황 외에 고학력자 지식인으로서의 일상이나 의식, 관점을 의도적으로 삭제하고 있는 것처럼 보인다. 구보 씨가 식민 자본주의하 경성의 모던한 일상을 우울하고도 풍자적으로 응시하고 있던 것과 달리, 농촌으로 여행 간 영식에게는 이 같은 사회적 비판의 렌즈가 장착되어 있지 않다. 대신 강조되는 것은 '멀리 점점이 이루어진 경치'라는 뜻을 가진 제목 그대로 도시인과 시골이라는 공간 사이에 존재하는 심리적, 물리적 거리이다. 영식은 소작인인 옥희 아버지의 질병과 정순 아버지의 전근대적 의술을 통해서 농촌의 현실에 대해 사유할 수도 있었을 터이다. 그러나 농촌 아버지들의 몰락은 인물 간 대화를 통해 '소식'으로 전달될 뿐, 영식의 사색에 하등의 영향을 미치지 않는다. 영식에게 농촌의 노동 현장은 그저 풍경으로, 농촌의 사람들은 노스탤지어나 섹슈얼리티의 대상으로 해석될 뿐이다.

특히 영식의 관심을 끄는 존재는 옥희와 정순이라는 여성들이다. 옥희의 실루엣이며 발소리를 애써서 느끼려 하고, 집에 돌아가는 옥희의 모습을 상상하는 것도 모자라서, 옥희와 정순이를 비교하는데 정확히 말해 이는 자기의 전 연인인 은숙까지 포함해 세 여성을 비교하는 것이라 할 수 있다. 망상의 파노라마 속에서 여성들은 엎치락뒤치락 순위를 바꿔가며 등장한다. 학력이나 문벌로 치면 도시의 은숙이 제일이겠으나, 교만하지 않고 순박한 옥희야말로 좋은 여성의 전범처럼 느껴지기도 한다. 물론 정순이 옥희보다 인물은 좋지만, 유모에게 듣기로 정순은 무허가 의사인 아버지가 사람을 죽이는 바람에 술집에 나가 일하는 신세가 되었다고 한다. 그렇게 "오래전에 오탁汚濁에 물들었던 계집"에 비하면 자신 앞에서 얼굴을 붉히던 옥희의 수줍음은 귀한 것이 아닐 수 없다. 한편 영식의 내면은 성적 욕망에서 더 나아가 시혜적 욕망으로 비약하기도 한다. 만약 정순이 원한다면 정순 일가의 생활비를 부담하는 것은 어려운 일이 아니라고 그는 생각한다. 옥희의 순결성이나 은숙의 오만함과 비견해볼 때 정순의 오탁은 영식이에게 다층적인 감정을 일으키는 매개체로 작용한다. 따라서 이 소설의 클라이맥스가 영식과 정순이 조우하는 대목에서 형성되는 것은 당연한 일이다.

정순이 일하는 술집은, 경성의 카페들이 그러하듯 여성 종업원들이 '하나짱'과 '요시짱'이라는 일본식 애칭으로 불리긴 하되 "여급"이라기보다 "작부" 혹은 사창으로서의 노동이 이루어지는 곳이다. 남성의 돈과 여성의 성이 교환되는 이곳에서 관계의 주도권은 남성에게 주어진다. 그러므로 영식이 이곳에 발을 들여놓는 순간 그는 상품으로서 놓여 있는 정순의 현재를 확인할 수밖에 없게 된다. 과연 영식은 정순을 대면하여 편견 없이 감정을 교환하고 모종의 도움을 줄 수 있을 것인가? 그러나 영식의 욕망과 이를 따라가는 독자의 궁금증은 정순의 등장과 함께 여지없이 깨지게 된다.

> "여긴, 웨, 오셨수?"(…중략…)
>
> "내, 잘된 쓸 보러 이러케 차저오셨수?"(…중략…)
>
> "구성이 아버지하고 가치 동행하래두 듯지 안쿠, 기를 쓰구 혼자 나섯답쎅다그려. 하여튼 용허겐 차저 왓수. 차 서방을 어데서 붓잡어 가지구 안내를 시켯는지……"[45]

인용문은 정순이 자신을 찾아온 영식에게 "왜" 왔냐고 묻는 장면이다. 가련한 옛 소녀도 노련한 여급도 아닌, 정순이라는 개인의 목소리로 영식의 의도를 묻는 이 장면은, 「만인의 행복」에서와 마찬가지로 자기 생각을 말하는 여성의 형상을 소설에 기입하고 있다. 정순은 영식이 자기가 일하는 술집에 일부러 찾아와 있다는 사실을 알고는 '작부답게' 술을 먹고 나타나 먼저 질문을 던진다. 이는 여성에게 베풀거나 여성을 향락하려 드는 남성 주체의 특권이 불가능해지는 순간을 그려내고 있다는 점에서 주목할만하다. 영식은 여성에 대한 자신의 다채로운 망상들을 잊기라도 한 듯, "천한 직업"에 종사하는 옛 친구의 변화를 슬퍼하는 윤리적 위치로 신속하게 이동하긴 한다. 그러나 이번에도 솔직하게 발화하는 것은 정순이다. 정순은 자신의 다소 거친 언사가 자격지심에 나온 것임을 사과한다. 또한 놀랍게도 "이런 년두 진정으로 생각해주는 이는 있어서, 명년 봄에는 살림을 차리자고 서루 언약이 굳은 터"라고 밝힌다. 이로써 영식과 정순 간 로맨스의 발전 가능성은 완전히 종료된다. 그렇다면 물정 모르는 서울 도련님의 작은 모험기로 소설이 종료되어야 마땅할 터인데, 이 소설의 전개와 결말은 매우 애매모호하다. 정순에게는 희망 대신 좌절감이, 영식에게는 각성 대신 우월감이 강조되고 있기

---

45 박태원, 「점경 4」, 『家庭の友』, 1941.2, 33쪽.

때문이다.

소설은 정순의 공언이 거짓말일 가능성을 암시한다. 정순은 영식에게 결혼 여부를 물은 이후 "부인께서는, 물론, 미인이시구, 정숙하시겠죠."라고 말한 후 갑자기 풀이 죽는 모습을 보인다. 정상가족의 아내나 어머니가 지닐법한 미덕이 자신에게는 허용되지 않을 것임을 예단하고 있는 것이다. 정순의 결혼 소식을 완벽히 믿지 않기로는 영식 역시 마찬가지이다. 그러나 실상 그에겐 이렇든 저렇든 상관없는 일이다. 그는 정순과의 만남을 통해 어떤 종류의 깨달음이나 변화를 전혀 이루지 못했다. 여전히 그는 우울하며, 새롭게 출발하겠다는 다짐은 공허하다. 그래서 그는 이렇게 속으로 뇌까린다. '대체, 어쩌하겠다는 말이냐…….'[46] 이처럼 자의식의 공전 속에 있는 도시의 무직 청년을 통해 배울 수 있는 것은 무엇일까? 결국 이 소설은 농촌 여성 독자를 위한 교훈과 위안이라는 목표로부터 이탈된다. 1939년도의 박태원이 「만인의 행복」이라는 아름다운 이야기를 지어냈던 것과 달리, 1941년도의 박태원은 로맨스의 불발과 성장의 실패로 소설을 마무리지었다. 이것은 누구도 행복할 수 없는 결말이었으며, 매체의 방향과도 합치하지 않는 것이었다. 이는 과거와 같은 산책이 불가능해진 시기에 산책자를, 익숙지도 않은 농촌에 여행자로 탈바꿈해 보낼 때부터 예견된 실패였을 수도 있다.

4. '가정의 벗' 되기의 불/가능성

이 글은 조선금융조합연합회에서 발간된 여성 잡지 『가정의 벗』에 수록된 박태원의 「만인의 행복」과 「점경」을 이해하기 위해 전시체제의 본격화라는 시대적 상황, 『가정의 벗』의 성격, 이 잡지의 문예란에 수록된 연재소설의 특징 등 여러

---

46 위의 책, 34쪽.

맥락을 염두에 두었다. 「만인의 행복」과 「점경」은 텍스트의 내용 자체로만 본다면 그다지 관련성이 없어 보이며, 실제로 함께 분석된 사례도 드물다. 그러나 수록 매체의 공통성을 염두에 둔다면 1940년을 전후한 시기 박태원의 글쓰기 양상을 새로운 각도에서 검토할 수 있으리라는 것이 이 글의 전제였다. 이 시기 박태원은 중국소설을 번역했고, 대중적 장편소설을 연재했으며, 자신의 심경과 일상을 담은 일련의 단편소설들을 집필했다. 이에 대한 연구가 다양하게 축적된 데 반해, 농촌 여성 독자를 위한 소설 쓰기의 문제는 다루어진 바가 적다. 이는 박태원의 주된 장기가 아니어서이기도 하지만, 『가정의 벗』라는 관변 매체가 문학 연구에서 의미 있게 조명받지 못했기 때문이기도 하다. 그래서 이 글은 매체의 요구가 작가의 개성을 어느 정도 제어하는 와중에 박태원이 제작한 소설이 어떤 특징을 지니고 있는지 검토해 보았다.

박태원의 「만인의 행복」 1회1939.4를 필두로 『가정의 벗』 문예란은 근대 소설을 게재하기 시작했다. 수록된 작품들로 미루어볼 때 반드시 농촌소설을 쓰는 작가를 섭외했다기보다 집필이 가능한 중견 작가들에게 잡지의 방향성에 부합하는 창작을 의뢰했을 것으로 예상된다. 앞서 살펴본 대로 이기영, 박노갑, 엄흥섭, 최정희 등의 연재소설은 가정 내 역할 모델인 어머니, 아내, 딸이라는 캐릭터를 중심에 두고 사건을 구성했다. 이기영, 박노갑의 소설이 어머니의 헌신과 의무를 강조했다면, 엄흥섭, 최정희의 소설은 외적 위협에 처한 가난한 딸들의 사연을 통해 공감을 자아내고자 했다. 유일한 여성 작가인 최정희는 남성 작가들과 달리 가부장제의 폭력성을 다루며 젠더적 문제의식을 드러내긴 했으나 이를 구체적으로 비판하거나 해체하는 사건이나 대화를 구성하지는 않았다. 이는 지배 담론에 순응적인 독자를 양산하고자 했던 매체의 지향을 고려한 결과라 생각된다. 농촌 현실의 처참함을 구조적 측면이 아니라 자연재해나 인물 간 관계에서 비롯된 문제로 그린 것도 같은 이유였다. 어쨌든 이들 소설은 농촌의 공동체성과 가족 윤리 내부에 있다는 점에서 동일한 의미망을 형성했다.

그밖에 연재소설이 아니어서 본론에서 구체적으로 검토하지는 않았으나, 작가 자신의 일상에 토대를 둔 이광수의 단편 「선행장善行章」1939.12 역시 『가정의 벗』의 입론과 긴밀하게 조응하는 소설이다. 이광수는 워낙 널리 알려진 명사였기에 그의 소설을 수록하는 것만으로도 주목 효과가 있었지만 내용도 '모범적'이었다. 받아쓰기 점수 때문에 선행장을 빼앗기고도 선생님을 원망하기는커녕 끈기 있게 숙제를 완성하는 어린이의 모습은 성실, 근면, 순종 등의 미덕을 효과적으로 강조했으며, 올바른 자녀 교육에 대해서도 생각게 했다. 또한 조선어로 쓰였으되 일본어 대화를 삽입하는 등 가장 적극적으로 이중어 글쓰기를 선보이고 있다는 점에서도 「선행장」은 농촌 여성 독자의 일본어 교육을 중시하던 『가정의 벗』의 방향성에 부합하는 소설이었다.

이와 같은 가족 소설들과 달리 박태원의 「만인의 행복」과 「점경」은 여행 서사의 형식을 취하고 있다. 또한 기존에 쓴 서사를 고쳐 쓰거나 변형한 결과물이라는 점도 주목할 만하다. 이기영이나 박노갑 등과 같이 농촌이라는 공간을 본격적으로 조명해본 적이 없는 박태원으로서는 자신이 즐겨 그리던 캐릭터인 여급이나 산책 모티브를 변형하는 편이 창작의 수월성을 도모하는 길이었을 터이다. 또한 독자들의 흥미 유발이라는 측면에서 보더라도 공간의 이동에 따른 발견과 성장을 다루는 여행 서사 쓰기는 적절한 선택이었다. 「만인의 행복」과 「점경」은 장르만 다른 것이 아니라 주제의 측면에서 보더라도 이기영, 박노갑, 엄흥섭, 최정희의 소설들과 확연히 구별되는 특징을 드러냈다.

「만인의 행복」은 여급과의 연애 때문에 경성에서 돌아오지 않던 남편이자 아버지이며 아들이며 형인 한 남성의 귀가로 귀결되지만 가정의 수호와 안녕을 강조하는 소설들과 변별점을 지닌다. 이는 여급에게 복 받아야 마땅한 선한 인물의 대표성을 부여했다는 점에서 기인한다. 게다가 보수적이어야 할 시골 노인이 여급의 사랑을 인정하며 기존의 편견에서 벗어나는 결말을 보여준다는 점에서도 흥미롭다. 이를 통해 박태원은『가정의 벗』이 폭넓게 모집하고 게재했던 각종 미담류와 자신이 지어낸 아름다운 이야기의 차별성을 도모하고자 했다. 한편「점경」은 소설가 구보 씨의 몇 년 이후를 연상시키는 소설이다. 실연하고 유모의 고향이자 자기 집안의 사유지로 정신적 휴양을 떠난 주인공은 이곳에서 어릴 적에 놀던 동무들의 현재와 조우하게 된다. 그런데 로맨스에 대한 기대를 음미하기엔 여성 캐릭터의 몰락이 주는 무게가 적지 않고, 어떤 교훈을 찾기엔 남성 캐릭터가 사회적 발언이나 실천에서 배제되어 있다.「만인의 행복」도 완벽한 해피엔딩은 아니었으나 낙관과 소망의 기운이 서려 있었던 것과 달리,「점경」은 좌절과 우울이라는 감정을 부각시키며 종료된다. 따라서 이 소설은 불온하지 않긴 하나 여성 독자를 위무하거나 교육한다는 매체의 목표를 놓치고 있는 듯 보인다. 서사의 출발에서 빈번하게 등장하던 '우울'이라는 단어는 말미에도 동일하게 등장한다. '새로운 출발'을 '우울'하게 다짐하는 아이러니는 도대체 왜 발생했을까? 이는 1941년도의 박태원이 시국과 창작 사이에서 느끼던 어려움과 관련된 것일 수 있다.

이처럼 박태원은「점경」에 이르러 관변적인 '가정의 벗' 되기라는 목표에서는 이탈했으나 여성 독자에게 읽힌다는 사실마저 방기하지는 않았던 것으로 보인다. 그는「만인의 행복」과 마찬가지로「점경」의 클라이맥스에 여성이 스스로 자신을 대변하는 장면을 넣어 남성적 망상의 드라마와 차별성을 꾀하고 있다. 농촌 여성 독자를 가르침의 대상으로 생각했던 이기영, 박노갑, 엄흥섭의 소설과 달리 박태원 소설은 여성 캐릭터가 관계나 상황에 따라 판단할 수 있는 기회를 열어두었고 발언의 기회를 부여했다. 도시의 하층민들과 여성을 유심히 관찰하고 이들에 대한 이야기를 줄기차게 써 왔던 박태원 고유의 특징이 농촌 소설 제작이라는 과제에서도 유효했던 것이다. 그러나「골목 안」『문장』, 1939.7의 말미를 장식했던 집주름 영감의 거짓말이 청중의 찬탄 속에 상연되며 희비애환을 동시에 제기했던 것과 달리 정순의 거짓말은 울적한 유머마저 불가능해진 어떤 한계 지점을 가리키고 있다.

이와 같은 논의는 궁극적으로 전시체제에서 글을 쓴다는 것의 의미를 탐구해 온 선행 연구의 논점들과 연결된다. 그간 저항 혹은 협력이라는 이분법으로 나누어질 수 없는 작가들의 실존과 선택, 그리고 개별 작품의 특징과 사용 언어에 대한 연구들이 다양한 방향으로 이루어졌다. 이러한 연구와의 차별성을 위해 이 글에서는 전쟁의 언어가 전폭적으로 확대되기 직전이라는 시기, 관변 여성 매체라는 특수한 상황, 그리고 어쩌면 대부분 글을 읽지 못할 여성 독자들을 위해 쓰인 조선인 작가들의 창작을 아울러 고려했다. 박태원 연구에서 상대적으로 덜 조명된 텍스트들의 의미를 짚었다는 점에서도 의미를 지닐 수 있을 것으로 생각된다. 다만 지면과 논점의 문제로 인해 『가정의 벗』 문예란의 전체적 성격과 변모에 대해서는 상세하게 논의하지 못했다. 이 글에서는 소설 창작에 집중해 논의를 전개했으나, 『가정의 벗』에 수록된 여러 장르의 글쓰기들을 아울러 고려할 때 관변 여성지가 수행한 문화적 계몽의 전모를 파악할 수 있을 것이다.

제2장

전환의 기록, 주체화의 역설
정인택 소설의 변모 양상과 의미

1. 내면에서 국책으로

중일전쟁 이후 일본의 전세 확장에 따라 식민지 조선에도 새로운 이념의 바람이 불어왔다. 이른바 동아신질서 건설을 주창하는 고노에近衞 수상의 성명이 발표된 이후, 중일전쟁은 중국 대 일본의 대립이 아니라 서구 제국주의로부터 동양의 해방이라는 명목을 얻게 되었다. 동아시아로 전파된 일본발 근대초극론과 세계사적 전환이란 용어가 결국 일본의 군비 확충을 뒷받침하는 것이었다 할지라도, 조선 지식인들에게는 제국주의적 슬로건을 뛰어넘어 절멸의 위기에 처한 식민지 조선문학의 위치를 재조정할 수 있는 계기로 다가왔다.[1] 따라서 이 시기 문단에서 통용되던 '전환기'라는 용어는 위기의식의 표현이기도 했지만, 역설적으로 어떤 가능성을 기대케 하는 것이기도 했다.

그런데 조선 문단의 전환은 그 내용과 형식에 있어서 복잡다단한 문제들을 안고 있었고 순탄하게 이루어지지도 않았다. 개개인이 기존의 사상적, 문학적 이념

---

[1] 이 시기 근대성의 가치 전도와 조선 지식인들의 반응에 대해서는 차승기, 『반근대적 상상력의 임계들 – 식민지 조선 담론장에서의 전통·세계·주체』, 푸른역사, 2009 참조.

을 수정하는 방식이 각기 달랐고 전환 이후의 행보에도 차이가 있었다. 그중 명백한 저항이나 저항과 협력의 경계에 위치한다고 판단되는 글쓰기 양상에 대해서는 이미 충분한 논의가 이루어졌다. 이에 비해 협력의 글쓰기는 문학의 영역을 초과해 버린 것으로 간주되었기에 상대적으로 연구자들의 관심이 저조했다. 그러나 당대 조선 문단의 재편과 조선문학(인)의 존재 조건을 제대로 알기 위해서는 협력의 계기와 과정을 살펴보는 작업이 필요하다. 1940년대에 이르러 갑자기 국민문학의 기린아로 부상한 정인택이야말로 이러한 관심에 적합한 존재일 터이다.

정인택은 1930년대 후반에는 주로 내면 심리가 두드러지는 소설을 쓰다가[2] 일련의 세태소설 창작[3]들을 거쳐 일본어 창작으로 나아갔다. 그런데 작품의 "질보다 양이 훨씬 앞질러 갔다"[4]는 평가가 지배적인 데다 '친일'에서 월북으로 이어지는 경력 때문에 한동안 잊힌 작가에 속했던 듯하다. 기존에 정인택 소설 연구는 주로 1930년대 심리주의 소설의 범주 안에서 이루어졌고[5] 이천 년대 이후 일본어 창작에 대한 본격적 연구도 진행되기 시작했으나[6] 심리주의 소설과 국책문학의 관계에 대해서는 밝혀진 바가 적다.[7] 확실한 것은 정인택에게 일본어 창작은 주변적 작가라는 불명예스러움에서 탈출할 수 있는 계기가 되었다는 사실이다. 내면에서 국책으로 이동하는 그의 행보는 급작스럽게 보이긴 하나, 문

---

2 「촉루」(1936), 「준동」(1939), 「미로」(1939), 「업고」(1940), 「우울증」(1940) 등을 들 수 있다.

3 「범가족」(1940), 「착한 사람들」(1940), 「구역지」(1941) 등을 들 수 있다.

4 조남현, 「정인택론-시대와 역사에의 의문 부호」, 『북으로 간 작가 선집』 8, 을유문화사, 1988.

5 이강언, 「1930년대 심리주의 소설의 전개-정인택의 「준동」을 중심으로」, 『우리말글』 3, 우리말글학회, 1985; 강현구, 「정인택의 소설 연구」, 『어문논집』 28, 안암어문학회, 1989; 이종화, 「정인택 심리소설 연구」, 『현대문학이론연구』 3, 현대문학이론학회, 1993; 오병기, 「1930년대 심리소설과 자의식의 변모 양상-이상과 정인택을 중심으로」, 『우리말글』 11, 우리말글학회, 1993.

6 박경수, 「정인택의 일본어 소설 연구」, 전남대 석사논문, 2005; 「정인택의 일본어 문학 연구」, 전남대 박사논문, 2011.

7 이영아는 정인택의 친일문학 활동이 이상 콤플렉스에서 비롯된 자기 존립 근거 찾기에서 비롯되었다고 보고 있다. 이 연구는 정인택 소설이 변모 계기를 자전적 요소를 통해 상세하게 분석했다는 점에서 의미를 지닌다(이영아, 「정인택의 삶과 문학 재조명-이상 콤플렉스 극복 과정을 중심으로」, 『현대소설연구』 35, 2007). 이상과 정인택 문학의 연관성에 대해서는 일찍이 이경훈의 「이상과 정인택 1」, 「이상과 정인택 2」(『이상, 철천의 수사학』, 소명출판, 2000)에서 언급된 바 있다.

단 헤게모니 확보와 작가로서의 주도권 획득을 향한 내적 욕망의 발로였으리라 생각된다.

이러한 점을 염두에 두면서 이 글에서는 식민 말기에 널리 퍼졌던 전환기 의식의 문학적 형상화와 국민문학 창작의 한 사례로서 정인택 소설이 지니는 의미를 생각해보려 한다. 우선 1930년대 후반 내선연애를 다룬 소설을 통해 여성이라는 타자를 통해 주체성이 구성되는 과정을 살펴본 후, 1940년대 초반에 이르러 식민지 남성성이 국민적 주체로 변화하는 양상에 대해 짚어보겠다. 마지막으로 정인택의 국민문학 창작이 봉착한 난제와 그 의미에 대해서 생각해본 후 논의를 마무리하고자 한다.

2. 백수-병자의 우울과 신생

정인택의 「준동蠢動」『문장』, 1939.4과 「미로迷路 — 어느 연대의 기록」『문장』, 1939.7은 제국의 메트로폴리스에서 식민지 출신 청년이 겪는 고독과 무기력을 다룬 작품이다. 전자는 실업을, 후자는 전향을 배경으로 삼고 있다는 차이는 있지만, 두 소설은 현실에서 거세된 남성 지식인이 여성을 매개로 삶의 의지를 되찾는다는 결말을 공유하고 있다.

「준동」의 주인공은 굶주리는 것이 너무도 싫어서 도쿄에 건너온 조선인 청년이다. 그는 삼 년여 동안 죽을힘을 다해 생존을 도모했으나 도쿄는 그에게 "동물이 되라고 요구"[8]할 뿐 어떤 기회도 주지 않았다. 생산자로서의 자격을 박탈당한 그는 제국의 심장부에서 무목적적으로 배회하며 불안과 공포를 느끼고 있다. 「미로」의 주인공도 사정은 마찬가지이다. 그는 염세증과 염인증 증세를 보이며 "산

---

8 정인택, 「준동」, 『문장』, 1939.4, 66쪽.

송장 같이 꼼작 못하고 자리에 누운 채 하루 온종일 신열과 기침과 담에 시달"리고 있다.[9] "이 년 동안의 고역苦役"을 치르고 나온 후 각혈까지 해서 앙상한 몸은 산송장이나 다름없는 상태이다. 이렇듯 두 소설의 주인공들은 생산으로부터 원천적으로 배제된 백수와 병자의 전형적 모습을 띠고 있다.[10] 일상의 질서 바깥에서 자본으로부터 소외된 채 이들은 끊임없이 자고 또 잔다. 살아 있어도 살아 있는 상태가 아닌 이들은 식민지 근대의 환멸을 체현해내는 존재 그 자체라 할 수 있다. 그러나 결론부터 말하자면 정인택 소설은 식민지인의 우울을 극한까지 밀어붙이지는 않는다.

이 점은 「준동」과 「미로」의 주인공들이 여성과 관계 맺는 양상을 통해 살펴볼 수 있다. 두 소설의 여성 인물은 모두 '유미에'라는 일본인 여성으로 「준동」에서는 하숙집 하녀, 「미로」에서는 카페 여급으로 등장한다. 조선인과 일본인의 연애 및 결혼이라는 모티브로만 볼 때 두 소설은 당시 유행하던 내선일체內鮮一體 담론의 문학적 구현물이라 할 수 있을 터이다. 그러나 초점이 자기에 대한 상념에 놓여 있는 만큼 국책 담론을 적극적으로 다루는 내선연애담이라 보기는 어렵다. 한편 연애와 결혼을 다루면서도 여성의 내면을 삭제하고 있다는 점이 큰 특징이다. '남성 대 여성'이라는 젠더적 위계와 '지식인 대 비非지식인'이라는 문화자본의 차이가 '식민지 대 식민 본국'이라는 출신 성분을 압도하면서, 여성 인물은 서사 안에서 하나의 독립된 인격체라기보다 그저 남성 심리에 변화를 가져올 수 있는 하나의 매개체로 기능한다. 이러한 구도 속에서 부각되는 것은 여성 인물들의 순종적이고 희생적인 면모이다. 남성보다 굳은 심지를 지니고 있으나 주인공을 대할 때만은 누구보다 약한 여자로 변모하는 유미에들은, 생활을 담당하면서 남성

---

9 「미로(迷路)−어느 연대의 기록」, 『문장』, 1939.7, 99쪽.
10 식민지 문학의 백수에 대한 전반적 논의로는 이경훈, 「대합실의 추억」, 『대합실의 추억』, 문학동네, 2007.

지식인이 마음껏 정신적 유희를 할 수 있는 기반을 마련해 주고 있다.

「준동」의 주인공은 밥값을 모면하고자 아픈 척에 돌입하는데 점차 유미에의 애정 어린 보살핌을 깨닫게 된다. 그런데 이제까지 오직 유미에를 하녀로서만 생각해온 그는 유미에의 배려가 고마우면서도 달갑지 않다. 교양이 없는 여성이 감히 자신의 연애 대상이 되리라 생각해 본 적이 없었기 때문이다. 유미에가 어린 나이에도 스스로 생활을 영위해나가는 것은 "생각할 능력"이 없기 때문이고 자신이 아직까지 자리 잡지 못하고 있는 것은 영리하기 때문이라는 게 그의 생각이다. 이렇듯 유미에를 동등한 인간으로 간주하지 않는 그는 유미에를 범함으로써 자신이 아직 살아 있다는 사실을 확인하고자 한다. 유미에의 이타적 사랑을 이기적 정욕으로 되돌려 준 그는 유미에를 범한 직후 도리어 유미에를 "적대 못할 악마"로 느끼며 폭력을 행사하기까지 한다. 그러나 그는 유미에가 이제까지 몰래 자신의 밥값을 내주었다는 사실을 알게 되곤 감동한다. 때마침 일어나는 도쿄의 지진은 대지의 진동을 넘어서 그의 마음속에서 일어나는 지각변동을 상징하는 장치이다. 그는 유미에를 재난에서 구출해낸 후 "힘 있게 흔들리는 대지를 딱 버티어 밟고, 유미에를 사랑해야 할 것"을, "그리고 내게도 유미에를 사랑할 힘이 있다는 것"[11]을 반갑게 여긴다. 따라서 이 소설은 탈남성화된 식민지인이 순정한 여성으로의 귀일을 통해 남성성을 회복하는 이야기라 할 수 있다.

「미로」는 마치 「준동」의 속편처럼 아내가 된 유미에를 등장시키고 있다. 옥살이를 한 후 폐병쟁이가 된 남편을 먹여 살리기 위해 유미에는 밤마다 카페에 나가 돈을 벌어온다. 그런데 남편은 유미에 덕분에 건강을 회복하게 되었음에도 이중적 감정에 시달리고 있다.

> 결국은 유미에가 지시하는 대로 꿈틀거릴 수밖에 없는 내 운명인 것 같고, 그것이

---

11 「준동」, 『문장』, 1939.4, 77쪽.

상책인 것 같고 하여 거기서 나는 기진역진해서 내 사고의 문을 닫고 마나, 그것에 만족할 수도 없고, 그것에 만족 안 할 수도 없고, 그래도 혹시, 그래도 혹시 하며, 판수가 밤길 더듬듯 헤매였고, 그러는 사이에 내 세계와 사고는 위축될 대로 위축되고 말았는지 어느 틈에 나는 정말 유미에의 그늘에서만 숨을 쉬고 잠을 자고 모든 것을 요구하며 해결해야만 되도록 변모하고 말았던 것이다.[12]

이렇듯 그는 자신의 삶을 이끌어나가는 유미에에게 감사하면서도 한편으로는 자신의 질병과 무기력증을 유미에 탓으로 돌리고 있다. 유미에 덕분에 육체는 살아 있지만, 정신은 방해받고 있다고 생각하는 것이다. 그러나 "소성小城의 생활에 안주하고 만다면 큰일"이라고 하면서도 그가 시도하는 것은 아무것도 없다. 변화의 계기는 그의 내면이 아니라 외부에서, 아이를 통해 마련된다. 유미에는 자신이 임신했다는 사실을 알고 나서 집을 마련하기 위해 동분서주한다. 처음에 이를 달갑지 않게 생각했던 주인공은 이사를 기점으로 크게 변한 모습을 보인다. 이삿짐을 나른 후 우물물을 길어 온몸을 씻고 흡족한 마음으로 밥상을 받는 그의 모습은 평범한 남편 그 자체이다. 그는 전등이 켜질 무렵 출근하던 아내를 하루 종일 집에 두어야 한다는 해답에 다다르며 과거의 위축된 생활을 부끄럽게 반추할 수 있게 된다. 그래서 소설은 그가 유미에를 등 뒤에서 끌어안으며 "인제부턴 몸조심해야지……이렇게 점잖게, 남편답게" 타이르는 장면으로 끝난다. 이는 "유미에를 사랑하려면 나는 다시 한번 사람이 돼야"하고 "사람이 되려면 자기의 생활을 가져야" 한다는 「준동」에서의 다짐과 맞닿아 있는 것이다. 그러므로 식민지인의 우울은 정인택 소설의 주제가 아니다. 오히려 '생활', 그것도 여성의 희생을 대가로 구축된 생활로 안착하는 것이 참된 주제라 할 수 있다.

동시대 사회주의자들의 전향소설에서도 생활로의 복귀는 중요한 테마로 다루

---

12 정인택, 「미로(迷路)-어느 연대의 기록」, 『문장』, 1939.7, 103~104쪽.

어졌다. 전향자들에게 생활은 이데올로기를 대신하는 것으로서 중요한 의미를 지녔지만, 많은 경우 세속적이고 무지한 아내가 등장하는 치욕의 일상으로 그려졌다. 결국 이 생활로 편입되는 과정에서 겪는 염오와 갈등, 망설임에 대한 기록이 사회주의자의 전향소설이라 할 것이다. 그러나 정인택 소설의 생활은 너무도 안이하게 획득된다는 점에서 이와는 변별된다.

정인택 소설에서 생활로 돌입하는 것을 머뭇거리게 하는 유일한 요인은 아버지이다. 「준동」과 「미로」의 서사에서 등장인물은 남녀 두 사람뿐이지만 조선에 있는 아버지를 제삼의 인물로 꼽을 수 있다. 이 아버지는 편지로만 등장하면서도 주인공의 의식 한 편에 무시하지 못할 비중을 차지하는 존재이다. 특히나 유미에와 부부가 된 「미로」에서 이 문제를 둘러싼 고뇌는 더욱 구체적으로 전개된다. 늙고 완고한 아버지는 무위도식을 향유하고 있는 아들을 위협한다. 귀향을 재촉하는 아버지의 편지를 받은 후 그는 유미에와 아이를 낳고 행복하게 살아갈 미래를 그려보는 것이 "몹시 불순한 사상"처럼 느껴지고, "자칫하면 정말 나는 큰 불효가 되고, 다시는 고향에 발도 못 들여놓게 될 것만 같아" 괴로워한다. "나날이 형성될 조그만한 가정이란 껍데기 속에 사로잡히고" 말 것이 "나를 괴롭게, 두렵게 하는"[13] 것이다. 유미에의 집안에서도 그와의 결합을 반대하기는 마찬가지다. 부모에게 세 번이나 붙잡혀 갔던 유미에는 국적國賊 취급까지 받으면서 도망쳐 온다. 이처럼 상호교차하는 두 민족-가족 간의 증오는 이들의 결합을 기이하고 불합리한 것으로 만들어 버린다. 그러나 주인공은 내적 고뇌를 떨쳐내고 도쿄에서 한 가정의 아버지가 되기를 선택한다. 지극히 개인적인 사랑의 승리라 하겠으나, 사실 민족성에 연연하거나 사상 따위에 휘둘리지 말고 일상인으로서 직분을 열심히 수행하는 것이야말로 지배 권력이 바라마지 않는 일일 터이다.

「준동」과 「미로」를 전후하여 정인택은 자기 복제라 할 수 있을 정도로 비슷한

---

13 정인택, 「미로(迷路) – 어느 연대의 기록」, 『문장』, 1939.7, 113쪽.

경향의 소설들을 써냈다. 「연연기戀戀記」1940와 「여수旅愁」1941는 헌신적인 아내와의 사랑 이야기라는 점에서 「준동」과 「미로」의 연속선상에 있는 소설들이고, 반대로 「동요動搖」1939, 「고업業苦」1940, 「우울증」1940 등은 방탕하고 동물적인 아내와 무력한 지식인 남편의 관계를 담아낸 소설들이다. 이러한 소설들의 심리주의적 특징은 동시대 단층파나 최명익 등의 소설들에서도 공히 나타난다. 단층파와 최명익은 근대의 환멸을 이겨내는 방법으로 내면으로의 침잠을 선택했다. 그들은 이상이나 김기림으로 대변되는 모더니스트와 같이 삶 그 자체를 미학화하는 데 관심이 있는 것도 아니었으며 문명에 대한 매혹이나 동경을 표하지도 않았다. 이들은 오히려 근대적 주체의 '동경 없음', '매혹될 수 없음'의 상태를 심리적 차원에서 직설적으로 재현하는 데 집중함으로써 전대 모더니스트들과는 차별적 면모를 보였다.[14] 이러한 종류의 소설이 미학적 저항을 통해 현실 비판에 도달할 수 있는지 여부는 그 소설이 내면성을 어느 지점까지 끌고 갔는가, 그것이 식민주의 질서를 교란하고 내파할 가능성을 지녔는가에 달려 있다.

그러나 정인택 소설에서 나타나는 무력한 식민지인은 식민주의 질서의 균열을 보여주되 식민주의 질서를 근본적으로 뒤흔들 만한, 아니 최소한 감내하고자 하는 몸짓도 보여주지 않는다. 최명익도 추상적 자의식과 생활인으로서의 감각 사이에서 겪는 갈등을 노정했지만, 정인택처럼 쉽사리 생활로 투신하는 결말을 취하지는 않았다. 따라서 최명익과 정인택 작품이 비슷한 경향을 지녔다고 서술하는 것은 단지 기법 차원으로 한정되어야 한다. 정인택 심리소설의 대표작으로 언급되는 「준동」이 벌레처럼 꿈틀거리며 싹트는 희망에 대한 이야기라면, 「미로」는 미로 그 자체라기보다 미로에서 빠져나온 기록이기 때문이다.

---

14 단층파와 최명익의 문학사적 위상에 대해서는 김예림, 『1930년대 후반 근대인식의 틀과 미의식』, 소명출판, 2004 참조.

3. 계몽의 귀환과 국민 주체의 탄생

정인택의 일본어 소설 「청량리 교외淸涼里界隈」『국민문학』, 1941.11와 「껍질殼」『녹기』, 1942.1은 조선 문단이 국민문학 체제로 전환한 직후에 발표된 소설들이다. 생활로의 복귀로 마무리됐던 「준동」 및 「미로」와는 달리 「청량리교외」와 「껍질」은 각각 애국반과 내선결혼이라는 키워드를 중심으로 바람직한 생활이란 어떤 것이어야 하는가를 제시했다는 점에서 조선적 국민문학의 본격적 출발을 알렸다.

당시 정인택의 창작 태도는 『국민문학』 1942년 1월호의 기획코너인 「앞으로 어떻게 써야 할 것인가?今後如何に書くべきか」를 통해 유추해볼 수 있다. 그는 이 설문에 "문학자의 입장을 고수하면서 그것이 자연히 국책에 따르도록 하는 것이 필요하다. 이러한 마음가짐이 확실하다면 데카당티즘적인 것도 국책에 순응하게 할 수 있다"[15]고 응답했다. 이는 이제까지 자신이 즐겨 형상화해왔던 실업자와 전향자 등 비非국민적 인간상을 부정하는 발언을 포함하고 있어 주목된다. 실제로 이 시기에 그는 더이상 균열된 심리의 문제를 다루지 않았으며, 계몽의 주체로 거듭난 조선인 남성을 주인공으로 설정했다. 이때 계몽이란 모든 인간은 이성을 지니고 있고 그 이성을 올바르게 발휘함으로써 세계를 지배할 수 있다는 의미가 아니라 이미 계몽된 자가 그렇지 않은 자를 타자화하고 지배하는 구도를 전제로 성립하는 것이었다.[16]

이러한 타자 계몽의 수단으로 가장 효율적인 것은 학교라는 제도이다. 「청량리 교외」는 학교의 두 가지 양식을 통해 국민 주체의 등장을 뒷받침하고 있다. 가정 내에서는 남편과 아내가 사제 관계를 맺고 있고, 가정 밖에서는 실제로 학교

---

15 「葉書問答 - 今後如何に書くべきか」, 『國民文學』, 1942.1, 163쪽.
16 자기 계발로서의 계몽과 타자 계몽에 관해서는 채호석, 「1930년대 후반 소설에 나타난 새로운 문제틀과 두 개의 계몽의 구조」, 『한국근대문학과 계몽의 서사』, 소명출판, 1999, 190쪽.

재건이 추진된다. 소설은 주인공 부부가 이사를 온 직후 이웃 인문학원 아이들과 친분을 맺게 되는 것으로 시작된다. 인문학원은 국민학교에 가지 못하는 어려운 형편의 아이들이 다니는 곳으로 매우 열악한 환경 속에서 운영되고 있다. 어느 날 아이들이 장난을 치다가 우물가 펌프를 망가뜨리자 아내는 인문학원에 항의 하겠다고 벼른다. 그러나 청량리 애국반 반장으로 선출된 후 아내는 인문학원에 대한 시각을 바꾸게 된다. 주민들의 사정에 익숙해지면서 형편이 어려운 인문학 원을 도울 방법이 없을지 모색하게 되는 것이다. 남편은 아내에게 일일이 지시하 는 것을 삼가며 인내심 많은 선생님처럼 아내를 지켜본다.

> 바빠서, 아니 그보다는 여름방학으로 아이들의 장난이 없어지자 갑돌이나 인문학 원의 문제는 아내의 뇌리에서 사라진 것 같았다. 그러나 아내의 노력은 언젠가 반드 시 그 문제로 옮겨질 거라 생각하며 나는 끈기 있게 때가 되길 기다렸다. 나는 나대로 각오도 있고 자신도 있었지만 아내를 성장시키기 위해서 아내의 손으로 그 문제를 해결하게 하고 싶었다.[17]

그러나 아내는 남편의 가르침을 통해서야 현 상황에서 가장 중대한 문제가 무 엇인지 깨닫게 된다. 남편은 방공호 문제를 해결하느라 분주한 아내에게 어떤 일 이든 "한쪽으로 치우쳐서는" 안 되며 "우리들의 일에는 앞과 뒤"가 있다는 점을 지적한다. 당장 방공호를 파는 것보다 더 시급한 것이 미래의 국민을 길러내는 일임을 알도록 해 준 것이다. 이렇듯 남편이 나서게 된 중대한 계기는 이웃집 갑 돌이의 단지斷指 사건으로 마련됐다. 어머니가 다 죽게 되자 손가락을 자른 갑돌 이는 갑자기 "마을의 보물"로 떠오르지만 남편은 갑돌이를 그런 식으로 바라보는

---

17 정인택, 김재용·김미란 편역, 「청량리 교외」, 『식민주의와 협력 – 일제말 전시기 일본어 소설선』 1, 역락, 2003, 131쪽.

것을 달갑지 않게 생각한다. 이 일로 인해 친구들이 갑돌이를 경원하는 사태가 벌어진 것이다. 남편은 우울에 빠진 갑돌이를 밝은 아이로 되돌아가게 하기 위해서는 무엇보다도 좋은 학교, 좋은 선생님, 좋은 친구들이 필요하다고 역설한다. 이는 조선 민족의 각종 믿음이나 관습들을 미개한 것으로 치부하며 교화와 시정의 대상으로 보았던 식민 지배자의 관점과 무관하지 않다. 이렇듯 「청량리 교외」는 유일하게 완성된 국민으로서 남편이 아내를 포함한 마을 사람들을 가르치느라 동분서주하는 서사라 할 수 있다.

한편 「껍질」은 「준동」에서 「미로」로 이어지는 내선연애·결혼 서사의 최종판에 해당한다. 이 소설은 일본인 여성과 결혼한 후 제국 일본의 이데올로기를 실천하며 살아가던 조선인 남성이 드디어 자신의 아버지와 조우하는 장면을 담았다. 주인공 학주는 거의 의절하다시피 했던 아버지가 위독하다는 소식에 홀로 아버지를 찾아간다. 아내인 시즈에와의 사이에서 낳은 아이를 데리고 갔을 때조차 "내지인과는 풍속도 습관도 다르고, 집안도 천하고 조상도 모르는 여자와는 같이 앉지 못하겠으니 집에 들일 수 없다, 가문의 수치다라며 문턱을 넘지 못하게 했"[18]던 아버지였다. 그런데 일말의 기대를 지닌 채 고향에 간 혁주는 아버지가 자신을 새로 결혼시키기 위해 불러들였다는 사실을 알게 된다. 아버지의 논리는 명목상으로라도 조선인 여성과 결혼을 하고 시즈에는 첩으로 삼으라는 것이었다.

무조건 시즈에와 헤어지라고 명령하는 아버지는 '껍질'이라는 제목이 보여주듯 낡은 인습의 소유자이자 도덕적으로 단죄받아야 마땅한 인물이다. 따라서 "아버지를 죽일 것인가 시즈에를 살릴 것인가"라는 고민 앞에서 학주는 시즈에를 선택한다. 여기서 학주의 선택은 "사랑에 살고 사랑에 죽겠다는 감상"의 발로가 아니라" 자신이 믿고 있는 길을 가겠다는 신념의 결과임이 강조된다. 일본인 여성과의 결합은 부자간 핏줄의 유대보다 더 크고 숭고한 차원의 유대를 가능케 하는

---

18 정인택, 김재용·김미란 편역, 「껍질」, 위의 책, 141쪽.

내선일체를 실천하는 것이기 때문이다. 당대 내선결혼은 '같은 조상 같은 뿌리인 양 민족이 혼연일체'가 되어야 한다는 내선일체의 최후 단계로 간주되었는데, 실제로 미나미 총독은 내선결혼한 부부를 표창까지 할 정도로 이를 장려하는 데 열심이었다. 그러나 내선결혼은 조선 민족의 정체성을 훼손하고 부정하는 내면적 차원의 문제라는 점에서 조선인들에게 민감한 사안이 될 수밖에 없었다.[19] 피의 순수성은 조선 민족뿐 아니라 일본 측 황도주의자들에게도 민감한 문제였다. 조선인의 피가 섞임으로써 일본인의 피가 잡종이 될 것을 그들은 우려했다. 이는 내선결혼을 통해 내선일체를 효과적으로 성취하고자 하는 입장과 상호 공존하면서 대동아공영권 이데올로기의 허점을 여실히 드러냈다.

정인택은 이렇듯 복잡한 문제의 유일한 장애물이 구세대적이고 봉건적인 아버지의 사고방식인 것처럼 형상화했다. 그러나 동시에 조선의 구세대는 곧 사라질 존재이며 앞으로 태어날 신세대가 내선일체를 완수할 것임을 암시하고 있다. 흥미로운 것은 신세대의 표상을 학주와 시즈에 사이에서 태어난 아이가 아니라 혁주의 동생 용주에게서 구하고 있다는 사실이다. 내선 결합의 산물이라 할 만한 아이는 할아버지에게 문전박대를 당한 후 폐렴으로 얼마 살지 못한 채 죽음을 맞이한 것으로 설정돼 있다. 그러나 못 본 사이에 어른처럼 단단한 어깨를 가진 소년으로 성장한 용주는 지원병이 되겠다고 말하며 학주에게 놀라움을 안긴다. 결국 내선일체라는 테제 앞에서 지금 당장 존재론적 혁신이 필요한 존재는 조선인이라는 사실을 서사는 무/의식적으로 보여주고 있는 셈이다. 식민지인이 일본의 국민으로 등록될 수 있는 가장 확실한 방법으로서 이 소설은 참전을 제시한다. 향후 용주가 누릴 수 있는 것은 일본인과 "똑같은 천황의 적자"[20]로서

---

19 이상경, 「일제 말기 소설에 나타난 내선결혼의 층위」, 김재용 외, 『친일문학의 내적 논리』, 역락, 2003, 119쪽.
20 이광수, 이경훈 역, 「군인이 될 수 있다」, 『한국 근대 일본어 소설선 1940-1944』, 역락, 2007, 273쪽.

죽을 수 있는 권한일 터이지만, 죽음으로써 국민이 된다는 이 역설에 대해 정인택을 의문을 표하지 않았다. 그는 마지막까지도 아버지의 딱딱한 껍질을 "적"으로서 논했으며, 용주라는 또 하나의 "대역죄인" 혹은 일본 국민의 탄생을 비장하게 환영했을 따름이다.

4. 식민지 작가의 이중구속

1930년대 후반에서 1940년대 초반기 정인택의 소설은 연애나 결혼 관계를 바탕으로 식민지 조선인이 일본 국민으로 전환하는 과정을 보여준다. 조선어 소설의 핵심 테마가 생활로의 복귀에 있었다면, 일본어 소설은 국민 생활의 실현에 초점을 맞췄다. 전자에서 여성에게 의탁함으로써 식민지적 결여를 극복하고자 했던 남성은, 후자에 이르러 여성을 가르치는 것은 물론 조선 사회가 나아가야 할 방향을 지시하는 존재로 탈바꿈했다.

정인택 소설의 변화는 그에게 "국민문학의 선구자이자 지주"[21]라는 명성과 영광을 가져왔다. 그는 1943년도에 발간된 『조선국민문학집朝鮮國民文學集』에 이광수, 유진오 등 선배 문인들과 함께 이름을 올리는 한편, 민중 계발 선전 효과와 예술적 내용에 있어서 가장 우수한 작품에 수여되는 국어문학총독상國語文學總督賞까지 수상1945.3했다. 김용제의 시, 최재서의 평론에 이어 소설가로서는 최초의 수상이었다. 소설은 다의성과 애매성을 표출하기 쉽다는 특성 때문에 정론적인 구호가 두드러지는 시나 비평 장르에 비해 성공적인 국민문학으로 인정받기 힘들었다. 그러나 그의 작품은 내용상 식민지 국민문학이 지닐 법한 틈새가 보이지 않는다는 점에서 당국의 환영을 받았던 것으로 짐작된다. 또한 일본어 실력으로 이

---

21 石田耕人, 「決戰下文壇の一年 — 特に創作にみる」, 『國民文學』, 1943.12, 11쪽.

미 『매일신보』 기자 시절부터 정평이 나 있던 만큼[22] 정인택의 매끄러운 일본어 글쓰기는 국어 창작을 강조하던 분위기 속에서 더욱 빛을 발했을 것이다.

그러나 이 틈새 없음과 매끄러움은 역설적으로 깊이 없는 국민문학이라는 평가를 불러일으켰다. 『국민문학』의 주간으로서 문학 권력의 중심에 있던 비평가 최재서는 정인택의 소설들이 작가적 다재다능함을 보여준다고 높이 평가하면서도, "읽어서 감탄하긴 하나 그것뿐인 작품"이라고 비판했다. 「청량리 교외」는 "잔재주의 기예"라는 혹평을 동반했고, 만주 시찰을 통해 창작한 「농무濃霧」는 "통속성"을 지적받았다. 동양적 가치를 그려낸 「색상자色箱子」는 문학적 묘사와 시국적 모럴이 "부조화"를 이루고 있다고 평가되었다.[23] 이는 비단 최재서만의 의견은 아니었다. 유진오도 정인택에 대해 "솜씨 좋게 정리하는 수단"에는 감탄할 만하지만, "어떤 주제를 선택하더라도 깊이 파고드는 것이 다소 부족한" 작가라고 평가했다.[24]

이처럼 정인택을 향한 평가가 한결같이 '진정성 없음'으로 귀결되었다는 점은 의미심장한 일이다. 문단에서 인정받는 것이 급선무였던 정인택은 국민문학을 자기 창작의 다양성을 실험할 수 있는 기회로 삼았다. 그래서 시국적 소재인 애국반, 동양 정신, 만주 개척, 징병제 등을 섭렵하며[25] 국민문학이 다룰 수 있는 모든 주제를 다루었다. 이러한 노력은 정인택에 대한 평가를 극에서 극으로 옮겨놓았다. 1930년대에는 솜씨 없는 작가로 통했던 그가, 1940년대에 이르러서는 지나치게 솜씨만 과시하는 작가로 평가되었던 것이다. 한편 구체적 인물과 사건 설

---

22 박경수, 「정인택의 일본어 소설 연구」, 전남대 석사논문, 2005, 10쪽.
23 최재서, 노상래 역, 「국민문학의 작가들」, 『전환기의 조선문학』, 영남대 출판부, 2006, 156~158쪽.
24 俞鎭午, 「國民文學というもの」, 『國民文學』, 1942.11, 5쪽.
25 정인택의 일본어 소설은 1944년 12월 조선도서출판주식회사에서 『淸凉里界隈』라는 제목의 단행본으로 출판되었다. 이 창작집에는 총 11편의 작품이 수록되어 있고 수록된 작품 목록은 다음과 같다. 「淸凉里界隈」, 「色箱子」, 「穀」, 「傘」, 「晩年記」, 「美しい話」, 「連翹」, 「濱」, 「雀を燒く」, 「かえりみはせじ」, 「覺書」.

정을 통해 국책을 전달하려 했던 정인택은, 혁신과 전환에 대한 고뇌를 드러낸 동시대 작가 이석훈과 종종 비교되기도 했다. 정인택이 국민문학을 지나치게 안이하게 생각한다면, 이석훈은 국민문학을 지나치게 심각하게 생각한다, 따라서 전자는 통속적이고 후자는 이론적이라는 평가가 대표적이다.[26] 결코 만족할 만한 창작을 선보인 것은 아니지만 언제나 국민문학의 선봉에 선 작가로 거론되었다는 점에서 이 둘은 기묘한 위치에 있었다.

이러한 상황은 식민지의 국민문학에 근본적으로 창작 불/가능한 지점이 있었음을 보여준다. 식민지성이 드러나는 글을 쓰면 비판받고 식민지성이 완전히 삭제된 글을 쓰면 진정성을 의심받는다는 점에서 식민지 국민문학 작가는 이중구속에 처해 있었다. 정인택의 경우, 지나치게 완벽한 주체성을 획득하고자 하는 욕망 때문에 역설적으로 허점을 노출했다고 볼 수 있다. 그는 국민문학 작가라는 공적인 입지점은 마련했으나 작품의 수준에 있어서는 늘 판단 보류 상태에 머물러 있었다. 조선인 비평가들의 평가에서 볼 수 있듯이, 이는 제국의 시선이 아니라 식민지 문단의 자기 검열에 의해 문제시되는 것이었다.

해방 이후 정인택은 또 한 번의 전환을 감행한다. 그의 행보가 상세히 알려져 있지는 않지만, 일부 작품을 통해 그의 입장을 짐작할 수 있을 듯하다. 「황조기黃鳥歌」『백민』, 1947.3는 독립운동을 하다가 수감된 사회주의자 연인에게 돈을 마련해주기 위해 사랑하지도 않는 남자와 결혼을 한 혜옥이라는 여성을 주인공으로 내세운다. 혜옥은 석방되었을 연인의 소식을 애타게 기다리다가, 친일파였던 남편으로부터 해방되기를 다짐하는 한편 연인에게도 돌아가지 않기로 결심한다. 여성의 해방은 민족의 해방과 더불어 당대의 주요 화두였다. 이처럼 정인택은 해방 이후에도 시대적 맥락 속에서 필요하다고 여겨지는 소재와 주제를 선택했음을 확인할 수 있다.

---

26 최재서, 노상래 역, 「국민문학의 작가들」, 앞의 책, 158쪽.

이제까지 살펴본 정인택 소설의 변천 과정은 한국근대문학이 거쳐야 했던 다사다난한 여정을 보여준다. 따라서 역사적 전환의 시기마다 문학적 전환을 수행해 갔던 정인택의 소설을 파탄의 기록으로 간주하기보다는, 당대 우리 문학이 처했던 대내외적 조건과 식민지 지식인의 욕망이라는 틀로 읽어나감으로써 국민문학의 실제 모습이 어떠했는가를 짚었다. 다만 일부 작품만을 다룬 만큼, 이 시기 정인택의 국민문학의 전모는 다른 소설들을 포괄할 때 보다 구체적으로 밝혀지리라 생각한다.

제3장

국민문학과 자기의 테크놀로지

이석훈의 소설 쓰기를 중심으로

1. 멸사봉공滅私奉公 시대의 나

"화살은 이미 활시위를 떠난 것이다."[1] 1941년 이석훈은 「고요한 폭풍静かな嵐」
에서 조선문학의 방향 전환을 이처럼 돌이킬 수 없는 사태로 묘사했다. 당시 국
민문학의 화두는 반성과 혁신으로 양분되는 양상을 보였는데, 문제는 혁신 이후
였다. 오로지 "조국 일본"만이 "절대적 사실"이 된 시대, 그러나 단 한 번도 국가
의식을 가져본 적이 없고 더구나 전쟁을 경험하지 못한 식민지에서 당장 국민문
학을 창작해내야 한다는 것은 상당히 난감한 과제로 다가왔다.[2] 일본어 구사력
도 문제였거니와, 단 하나의 목표로 수렴되는 문학이다 보니 필연적으로 소재의
빈곤과 관념적 형상화라는 난관에 직면할 수밖에 없었다. 따라서 내선 교류의
역사, 내선연애와 결혼, 징병과 총후 일상, 동양 정신의 가치 등 몇 가지 소재를

---

1 李石薰, 「静かな嵐」, 『國民文學』, 1941.11, 169쪽.
2 황호덕은 조국 일본만을 냉혹한 사실로서 인정하라는 정치적 리얼리즘은 명백히 실재하는 조선민족
과 조선어를 픽션으로 돌리는 전향적 사고 변환에 의해서만 성립 가능한 것이었다고 일제 말기 조선이
처한 정치 문화적 상황을 설명한다. 황호덕, 「식민지 말 조선어(문단) 해소론의 사정」, 『벌레와 제국』,
새물결, 2011, 179~187쪽.

담은 서사가 반복되었으며, 이석훈의 소설도 이와 같은 소재를 수용하는 가운데 전개되었다.[3]

그러나 이석훈만큼 자기 자신을 강력하게 환기하는 텍스트를 써낸 작가는 드물다. 앞서 인용한 「고요한 폭풍」은 3부까지 이어졌으며, 당시 이석훈의 활동과 완벽하게 일치하는 사건 구성을 통해 그 자신의 고백으로 읽힐 수밖에 없게끔 쓰였다. 후속편인 「선한 영혼善靈」에서는 작가의 목소리가 텍스트 속에 직접 등장하는 메타소설적 구성을 선보이기도 했다. 한편 그는 일본의 '성지聖地'와 간도, 만주 등을 여행한 후 실제 체험에 허구를 약간 가미하여 소설로 발표했는데, 이 역시 자신의 분신이라 할 만한 주인공이 등장하는 연재물 형식을 취했다. 여기서 여로의 구조는 발견과 각성을 통해 주인공의 성장을 이끌어 내기 용이한 기반을 조성했으며 경험의 주체인 작가 자신의 진정성을 강조하는 데도 기여했다. 이와 같은 서사들은 이석훈의 국민적 신념은 물론 국민문학 제작 과정을 드러냄으로써 혁신의 시대에 소설을 쓴다는 행위를 반성적으로 되새기게 하는 효과를 거두었다.

이제까지 식민 말기에 쓰인 자기의 이야기는 주로 내면으로의 망명이나 소극

---

3 이석훈은 『静かな嵐』(毎日新報社, 1943.6)과 『蓬島物語』(普文社, 1945.3) 등 두 권의 일본어 소설집을 출간했다. 이석훈의 일본어 소설에 대한 주요 연구로는 김재용, 「일제 말 문학의 양극화」, 『협력과 저항』, 소명출판, 2004; 윤대석, 『식민지 국민문학론』, 역락, 2006; 진영복, 「일제 말기 만주 여행 서사와 주체 구성 방식」, 『대중서사연구』 23, 대중서사학회, 2010; 이원동, 「주체의 시선과 타자 경험의 정치학-이석훈 소설의 내적 논리」, 『語文學』 112, 한국어문학회, 2011 등을 들 수 있다.
우선 김재용은 이석훈의 소설을 '친일' 협력의 자발성과 내면화를 보여주는 대표적인 사례로 지목하였는데, '친일'을 변절이나 훼절의 차원에서 다루던 시각에서 벗어나 협력의 기반과 '내적 논리'를 살펴볼 수 있게 하는 지평을 열었다는 점에서 의미가 있다. 한편 윤대석은 김재용이 설정한 협력 대 저항이라는 이분법보다는 이석훈 작품에 드러난 식민지인으로서의 갈등과 균열에 주목하고 있다. 제국 담론을 식민지인이 반복할 때 발생하는 차이에 주목하는 그의 논의는 이석훈을 비롯한 식민지 작가의 작품을 해석할 방법론적 근거를 제시해 준다. 진영복은 이석훈 소설의 주체성이 제국 담론의 동일시 및 만주를 향한 타자화된 시선을 통해 형성되었음을 지적하고 있다. 그러나 이석훈 소설의 주체-타자 형성 양상은 만주를 향한 의사 제국주의적 의식만으로 설명될 수 없으므로, 보다 확장된 지평에서 고찰되어야 할 필요가 있다. 마지막으로 이원동의 연구는 본격적인 이석훈론이자 전향 논리를 실제 작품에 기반하여 본격적으로 다루었다는 점에서 의의가 크다. 그러나 조선어 작품과 일본어 작품을 아울러 검토할 때 전향의 양상이나 전향 이후에 관한 논의가 보다 풍부해질 수 있으리라 여겨진다. 한편 그간 부분적으로 진행돼 오던 이석훈의 이중어 글쓰기의 전체상을 살펴볼 수 있는 통시적 연구로서 신미삼, 「이석훈 문학 연구」, 영남대 박사논문, 2014를 참조할 수 있다.

적인 저항의 측면에서 논의된 듯하다.[4] 멸사봉공滅私奉公의 시대에 '공'과 일치하지 않는 자기에 대한 이야기는 문학적 전유와 우회의 전략을 증명하는 사례로서 해석되어 왔다.[5] 그러나 국민문학 작가 이석훈이 자기의 이야기에서 벗어날 수 없었던 것이야말로, 또한 끝내 '공'과의 일치를 달성하지 못한 채 자기모순의 회로에 갇히는 것이야말로 식민지 작가가 직면한 한계 상황을 낱낱이 증명하는 것이 아닐까? 이 글에서는 이석훈의 소설을 중심으로 문학적 협력을 위해 구사한 자기의 테크놀로지[6]와 의미를 생각해보고자 한다.

2. 귀향 서사의 반복과 차이

이석훈은 등단 이후 신문잡지사와 방송국 등에서 근무하면서 꾸준히 작품 활동을 이어 나간다. 장르에 있어서도 시와 희곡, 소설, 콩트 창작과 비평을 두루 시도하는 등 문학에의 열망이 남달랐던 것으로 보인다. 바로 이 점 때문에 오늘날 그는 자기만의 분야를 확실히 구축했다기보다는 다양한 주제를 두루 선보인 작가로 인식되고 있다.[7] 전향, 친일, 월북으로 이어진 그의 이력도 작품에 일관성

---

4 이와 같은 경향에 대한 전반적 정리는 천정환, 「일제말기 작가의식과 '나'의 형상화」, 『현대소설연구』 43, 한국현대소설학회, 2010, 36~40쪽.
5 대표적으로 방민호, 「일제 말기 이태준 단편소설의 '사소설' 양상」, 『상허학보』 14, 상허학회, 2005; 장성규, 「일제 말기 소설 유형의 탈식민성 연구」, 『우리문학연구』 31, 우리문학회, 2010. 그러나 사소설이 강력한 협력의 도구로 활용되기도 했음을 아울러 고려할 때 일제 말기 소설의 정치적 의미를 종합적으로 논의할 수 있을 것이라 생각된다.
6 여기서 자기의 테크놀로지란 미셸 푸코의 용어에 의거한 것이다. Michel Foucault, 이희원 역, 『자기의 테크놀로지』, 동문선, 1997, 36쪽. 80년대에 들어서 푸코는 지배와 권력의 테크놀로지에서 자기의 테크놀로지로 연구의 관점을 전환하며 편지, 일기, 고백, 참회 등에서 드러나는 자기 배려의 전략을 서술한 바 있다. 푸코가 다룬 고대 서양의 사례와 이 글의 대상은 맥락상의 차이가 크나, 푸코의 논의는 자기 형성 및 통제의 기술로서의 글쓰기, 지배 권력과 자기의 관계 등을 생각하는 데 다양한 시사점을 제공한다.
7 이석훈의 소설 세계는 ① 의식 개혁과 계몽 운동 ② 일제하의 이주와 해방기의 귀향 ③ 남녀의 애정 심리 ④ 해학적 세계 ⑤ 섬 공간 등으로 분류된다. 김용성, 「해설-민족사의 비극적 궤적을 따라간 삶과

이 없다는 평가를 뒷받침한다. 그러나 이석훈의 자전적 텍스트에 나타난 고향의 장소성과 귀향/탈향을 매개로 한 아이덴티티의 (재)조정 문제에 주목한다면 작품을 관통하는 논리를 읽어내는 것이 가능하다.

고향이라는 개념/공간은 근대 이후 도시화, 산업화가 본격화되면서 새로운 공간으로의 이동이 본격화되는 시점에 발견되고 구성된 것이다.[8] 일국 내에서의 이동은 물론이고, 제국과 식민지 사이에서 교차된 이주, 여행, 시찰, 유학 등 각종 탈장소displacement의 경험은 개인적, 집단적 정체성과 사회문화적 기반 재구성에 지대한 영향을 미쳤다. 근대 소설이 재현한 다양한 이야기들이 증명하는 대로, 식민지인이 이동해 간 제국/도시에 대한 반응은 언제나 식민지/고향이라는 참조항을 염두에 둔 상태에서 문명-야만, 타락-순수, 그리움-혐오 등 복잡한 인식과 감정, 이야기를 낳았다. 그러므로 고향이란 실체로서 존재하는 것이 아니라 문맥에 따라 달라지면서 말하는 사람의 아이덴티티를 드러내는 공간이라 할 수 있다. 문학적 출발과 전향의 시점에 쓰인 이석훈의 고향 서사에 주목하는 이유가 여기에 있다.

우선 이석훈 초기 소설의 문제의식은 『황혼의 노래』1933를 통해 살펴볼 수 있다. 이 소설은 "1936년과 해방기에 각각 발간되었던 이석훈의 소설집 표제로 쓰일 정도로 작가에게는 각별한 것"[9]이었으며 현재에도 그의 대표작으로 평가받는 장편소설이다. 『황혼의 노래』의 주인공은 신경쇠약증을 앓고 있는 23세의 일본 유학생 정철이다. 아버지의 파산 소식을 계기로 귀향한 그는 거대 자본의 침투와 일본인의 독점 속에서 속절없이 몰락하고 있는 고향의 실상을 목도한다. 꿈에 그리던 공감의 공동체는 온데간데없고 친척들은 만주로 이주하거나 정신이상이 되

문학」, 이석훈, 『이주민 열차(외)』, 범우, 2005, 424쪽. 『황혼의 노래』는 이 중 4번을 제외한 나머지 주제를 취급하고 있다.
8 成田龍一, 한일비교문화세미나 역, 『고향이라는 이야기』, 동국대 출판부, 2007, 29쪽.
9 이원동, 앞의 글, 332쪽.

고 생활난에 허덕이다가 뿔뿔이 흩어진 상황이다. 그럼에도 철의 문중에서는 지위에 아첨하며 서자를 차별하는 인습을 지키고 있고, 축첩을 일삼는 아버지 역시 권위 의식과 탐욕을 버리지 못하고 있다. 철은 고향 사람들의 전근대성을 암담하게 생각하는 한편, 현실적 파산의 원인을 "사람의 힘으로써는 어찌할 수 없는" 자본주의 제3기의 필수 정세로 파악하면서 "몰락하지 않을 수 없는 운명"을 받아들인다.[10]

그러나 브나로드를 실천하러 떠난 친구 박에게서 자극을 받은 철은, S도島에서의 청년회 활동을 통해 본격적으로 계몽 운동에 눈뜨게 되고 점차 삶의 희망을 되찾는다. 그 과정은 신여성과의 자유연애를 청산하고 아버지가 권유하는 부잣집 혼처도 거절한 후 가난하지만 성실한 어민의 딸 보패에게 이끌리는 과정과 병치되고 있으며, '민중을 위한 삶'이란 일생일대의 목표로 귀결된다. 낡고 부정적인 전통, 다시 말해 지배계층의 계급의식과 금권주의, 반反문화주의 등과 결별함으로써 독립적인 주체로의 재탄생이 시작되는 것이다. 그리고 이 소설은 아버지로 표상되는 기성세대의 세계관을 부정하고 이루어지는 철의 자발적 탈향으로 마무리된다.

줄거리로만 본다면 성공적인 성장담처럼 읽히는 소설이다. 그러나 정작 성장의 계기들을 검토해 보면 필연보다는 우연이, 실감보다는 관념이 두드러짐을 발견하게 된다. 애초부터 주인공 철이 발현하는 계몽의 의지는 고향의 현실에서 환기된 것이 아니라, 위대한 문호의 책 속에서 받은 감동과 몽상에서 출발한 것이다. 평소 러시아문학 전공자로서 "러시아적인 침통하고 위대한 농민문학을 창작하여 암매한 농민을 각성시키리란 원대한 포부"를 안고 있던 철은, 버나드 쇼의 "사회 개조의 프로파간다로 문학을 창조한다"는 주장에 깊은 공명과 존경을 표하고 있던 터이다.[11] 그것은 당시 청년들의 역사적 임무로서 묘사된다.

---

10 이석훈, 「황혼의 노래」, 김용성 편, 『이주민 열차』, 범우, 2005, 57쪽.

그런데 고향의 황폐함과 실제로 마주쳤을 때, 그가 한 일이라곤 우울을 호소하는 것과 끊임없이 망설이는 것밖에 없었다. 그의 우울은 섬 처녀 보패를 사랑하게 됨으로써, 또한 "가난한 농민이 잘살게 될 때까지" 몸을 바치겠다는 결의를 통해 가까스로 해소되긴 한다. 그러나 보패를 끝끝내 교양의 대상으로 사고하는 그의 사랑은 자기 우월감의 소산이며, 낙관적인 계몽에의 의지는 대책 없는 이상주의에 머무르고 만다.[12] 대부분의 고향 사람들이 반강제적으로 출향을 당한 것과는 달리, 철은 유일하게 탈향을 스스로 결정한 주체이다. 그러나 고향의 몰락을 승인하고 잘못된 관습과의 결별을 고할 때와는 달리, 정작 민중을 위한 실천의 문제에 있어서는 구체성을 상실한다. 이는 실천의 출구가 봉쇄되어 있던 식민지적 현실 속에서 주체화를 도모했던 지식인의 이상과 무력함을 동시에 보여주는 것이라 할 수 있다. 따라서 알려진 대로 『황혼의 노래』를 계몽소설로 분류하기 위해서는 다음과 같은 보충 설명이 반드시 필요하다. 여기서 계몽이란 지식인 아이덴티티를 유지하기 위한 수단이라는 것, 민중을 위한 계몽이 아니라 지식인 자신을 위한 계몽으로 귀결된다는 것이다. 그러므로 이석훈을 비롯하여 당대 청년 지식인이라면 가졌을 법한 계몽주의적 환상이 이 소설의 진정한 주제라 할 수 있다.

1930년대 중후반에 이르러 이석훈은 탈향 이후 수많은 '철'들이 겪었을 법한 실패와 좌절, 이전과 같은 지식인적 환상마저 불가능하게 된 시대의 변화를 조명했다. 소설 속 공간은 고향에서 도시로 이동되고, 서사의 전면에는 민중을 매개로 한 타자 계몽의 환상 대신 시정의 리얼한 풍속이 등장했다. 「여자의 불행」, 「라일락 시절」, 「만춘보」, 「부채」, 「백장미 부인」, 「재출발」 등에서 근대적 지식

---

11 위의 책, 34쪽.
12 『황혼의 노래』에서 나타난 지식인의 민족 계몽 논리는 문명과 야만의 이분법이라는 서구 제국주의의 논리를 재생산하고 있다. 일례로 철이 보패의 신비한 매력을 보는 시선은 원시인의 열정을 부러워함으로써 자기 문명의 병폐를 비판했던 서구 지식인의 그것과 별반 다르지 않다는 비판이 가능하다. 이원동, 앞의 글, 335~336쪽.

과 감수성을 겸비했으나 문화운동에 대한 열정을 상실하고 연애에도 여지없이 실패한 채 생활 속에서 부대끼며 이러지도 저러지도 못하는 주인공들의 모습은 한껏 왜소해진 식민지 지식인들의 초상을 반영한다. 이는 당시 문단에 범람하던 신변소설 및 풍속소설과 맥을 같이 하는 것이었다.

그런데 조선어 문예지들이 폐간되기 직전인 1941년 3월, 이석훈은 「고향ふるさ と」이라는 일본어 소설을 발표하고 있다. 이 소설은 『황혼의 노래』에서 이석훈 자신의 분신이라 할 만큼 출신, 가계, 학력, 이력 등이 일치했던 '철'을 또다시 주인공으로 설정하고 있으며 귀향-탈향의 서사 구조를 반복하고 있다는 점에서 주목된다.[13] 이처럼 다시금 등장한 자전적 고향 서사는 문단 전환의 시점에 그가 자기 정체성을 재조정할 필요에 직면해 있음을 보여준다.

십 년 만의 쓸쓸한 귀향 장면으로부터 「고향」은 시작한다. 그간의 세월을 반영하여 철은 장년의 나이에 이른 상태이다. 철은 아버지의 묘 앞에 가서 과거의 소원함을 사과드리고, "꿈에서도 잊지 못하던 마음의 고향"이자 젊은 날 꿈이 깃든 S도를 돌아보고자 기차에 오른다. 금의환향은커녕 조선어 신문 폐간으로 실직상태인 데다 생활에 찌든 모습인 채였다. 기차에서 그는 우연히 최정호라는 중학 동창과 동행하게 되는데, 『황혼의 노래』에서 박이라는 친구가 큰 자극을 주었던 것과 마찬가지로 최 역시 그러한 역할을 한다. 다만 이번 만남에서 두드러지는 것은 공감과 우정이 아니라 시종일관 자신만만한 금광 채굴업자 최와 그다지 잘 나가는 작가가 아닌 철의 자신감 없는 모습이 자아내는 대비 효과이다.

"자네, 소설을 쓰고 있지? 가끔 자네가 쓴 것을 읽었네. 소설 써서 밥을 먹을 수 있나?"

"아니, 더욱이 나는 아직까지 자립할 수 있는 능력이 없기 때문에 ...."

---

13 이 소설의 철은 『황혼의 노래』에서와 같이 '정철'이 아니라 '박철'로 설정되어 있다.

"겸손하군. 소설을 쓴다는 일은 무엇인가. 결국 먹고 살기 곤란하지 않을 만큼 자산이라도 있는 자라면 그런 도락道樂도 괜찮을 듯하네."

"도락이라고? 어처구니없군. 핫하하."

박은 어쩐지 불쾌한 느낌이 들었지만, 웃음으로 얼버무리는 수밖에 달리 방법이 없었다. 이렇듯 불쾌한 말은 다른 사람들로부터도 자주 들었고, 게다가 십 년 전부터는 자신도 빈궁 속에서 목숨을 걸고 소설을 쓰고 있기 때문에 사람들이 뭐라 하든 상관하지 않았다. 그것보다도 요즘처럼 시국이 절박해지는 때에 걸맞게, 조선문학의 올바른 방향 등을 어떻게 세워야만 할까 같은 것이, 훨씬 더 중대한 과제로서 하나의 정신적 부담이 되고 있는 것이었다.[14]

시국에 편승하여 자기 이득만을 도모하는 최와는 달리, 철은 시국의 중대성에 비추어 조선문학을 어떻게 이끌어 갈 것인지 고민하고 있다. 그러나 최의 반응에서 드러나듯이 문단 외부 사람들은 그러한 고민을 이해하지도 못할뿐더러 그 자신도 딱히 확신이나 전망이 없는 상황이다. 어렵게 돌아온 고향도 위로를 주지는 못한다. 아버지는 미쳐서 돌아가시는 비참한 최후를 맞이했고 집도 없어졌다. 게다가 묘비를 세우지 않아 아버지를 모신 곳조차 제대로 찾지 못하자 철은 통곡이라도 하고 싶은 심정이 된다. 아버지의 소유였던 과수원도 옛 소작인의 딸이자 현재 유명한 평양 기생인 오월선의 차지가 되어 철의 비애를 북돋운다. 한때 부정과 비판의 대상이었으며 그리움과 혐오라는 양가적 감정 속에서 부침하던 고향은 완벽한 몰락을 맞이한 것이다. 따라서 철은 고향과 더불어 침몰할 것이냐, 아니면 국민문학이라는 새로운 미래로의 도약을 결심하느냐의 갈림길에 서게 되었다.

이때 철의 결단을 가로막는 것은 유약한 자기 자신이다. 문학을 노골적인 조롱거리로 삼는 최는 세상에 흔한 속물에 불과할 뿐 근본적인 장애물이라 하기는 어

---

14 李石薰, 「ふるさと」, 『綠旗』, 1941.3, 176~177쪽.(번역은 저자)

렵다. 오히려 철이 맞서야 하는 것은 자기 내면에 도사리고 있는 온갖 의혹과 회의라 할 수 있다. 소설의 마지막에 이르러 자기도 모르게 행진하는 소년들을 따라 힘차게 합창하며 걷기 시작하는 철의 모습은, 배를 타고 뭍으로 돌진해가는 『황혼의 노래』의 마지막 장면과 마찬가지로 희망찬 미래로의 전진을 암시하는 것처럼 보인다. 십 년 전의 철이 타자 계몽이라는 목표를 향하고 있었다면, 현재의 철이 해결해야 할 것은 자기 계몽, 다른 말로 자기 혁신이라는 과제이다. 그런데 타자 계몽이 하나의 환상에 불과했듯이, 자기 혁신도 또 다른 환상에 기대고 있음을 이석훈은 미처 인식하지 못하였다.

3. 고백과 참회의 글쓰기

> 지금, 세계에 각각으로 내려지는 사실을 누가 감히 거부합니까? 사실은 곧 운명이외다. 사실을 그대로 받어드리는 자가 다음의 운명에도 옮아갈 것이오, 사실 앞에 눈을 감는 자는 쇠망할 뿐이외다.[15]

이석훈은 희곡 「사자루의 달밤」에서 "현실주의 시인"의 입을 빌려 민족적, 개인적, 문학적 혁신의 불가피성을 위와 같이 밝힌 바 있다. 그런데 제국 일본이 승리할 것이며 영원할 것이라는 사실을 절대적인 것으로 승인하면, 사실에 부합하지 않는 그 밖의 것들, 즉 제국적인 것 — 공적인 것과 일치하지 않는 민족적인 것 — 사적인 것은 한갓 비본질적이고 불필요한 것에 지나지 않게 된다. 특히나 앞서 철의 경우에서 볼 수 있듯이 조국祖國 일본을 받아들이길 주저하고 망설이는 식민지인의 내면은 가장 철저한 혁신의 대상이 될 수밖에 없다. 그렇다면 혁신 이후에는

---

15 이석훈, 「泗洲樓의 달밤」, 『문장』, 1941.4, 128쪽.

무엇이 기다리는가? 몰락한 고향—민족을 떠나 신생 대동아—제국의 작가가 되는 것이다. 그러나 결단을 내렸다 해도 이는 쉽게 허락되지 않았다.[16]

당시 조선인 작가들에게는 자기 혁신을 이루는 동시에, 창작을 통해 독자 대중의 혁신을 이끌어 내라는 이중의 과제가 주어졌다. 그러나 과연 조선인 작가가 대중을 선도할 만한 자질이 있는가의 문제에 대해서는 논란이 분분했다. 일본에서와 달리 식민지의 작가는 교육의 주체이기에 앞서 교육의 대상으로 간주되었다. 예를 들어 문예 동원의 문제를 논하는 좌담회에서 조선인 작가를 지도자로 생각하는 것이 시기상조라든가, 민중 계몽에 앞서 작가 자신이 민족 사상을 일소할 필요가 있다는 지적이 제기된 것은 이러한 사정을 반영한다.[17]

그래서 식민 당국은 문인 조직 및 출판 기관과 연계하여 강연, 기행, 시찰, 참배 등 문인 교육을 위한 다양한 프로그램을 끊임없이 마련했고, 귀환 후 작성된 체험담을 통해 문인의 내면을 점검하고 이를 독자 대중에게 전사하는 일석이조의 효과를 거두고자 했다.[18] 이석훈은 이러한 제국의 혁신 프로그램에 충실히 참여하는 것은 물론 그 여정을 자기 작품의 기본 서사 구조로 수용했다. 이 시기에 쓰인 그의 비평들을 살펴보면, 단순히 대세를 따른다는 차원을 넘어서 서구 모더니즘 및 이를 토대로 형성된 자기 교양에 대한 반성을 염두에 두었음을 알 수 있다. 이는 서구의 물질주의 대 동양의 정신주의라는 이분법과 이것을 넘어설 일본 문화의 우수성이라는 변증법을 답습하고 있다는 점에서 제국 일본의 선전 논리를 반복하는 데 지나지 않았다.[19]

---

16 「黎明－或る序章」(『國民總力』, 1941.4)에서 이석훈은 한일합방을 하나의 해방처럼 묘사하며, 전근대적인 차별대우(신분, 성별)와 억압이 일본 국민이 됨으로써 해결될 수 있었다는 메시지를 전한다.

17 「座談會 文藝動員を語る」, 『國民文學』, 1942.1 참조.

18 이석훈은 성지순배의 소임을 마치고 귀환했음을 언급하며, 이것이 개인의 사적 행동이 아니라 문인협회원으로서의 공적 행위임을 밝히고 있다. 牧洋(이석훈의 창씨개명), 「聖地巡拜錄」, 『國民文學』, 1942. 3, 44쪽.

19 牧洋, 「牛島の新文化ということ」, 『緑旗』, 1941.11, 36~37쪽.

그러나 이석훈은 조선이 일본과는 완전히 다른 위치에 있다는 점을 민감하게 자각하고 있었다. "지나사변 전까지 일본을 안중에 두지 않았던 것"[20]이 조선의 문화 상황이었고, 당연한 결과로 조선인들은 "지금까지 국가 의식을 가지지 않았다"[21]는 사실을 그는 거듭 지적한다. 그리고 이와 같은 차이 때문에 조선 국민문학에서는 무엇보다도 "지식인 작가의 태도가 예전에 비해 어떻게 달라졌는가"를 드러내는 것이 중요하다고 보았다. 과거 지식인들이 특유의 객관성으로 시대의 흐름과 거리를 두었던 것과 달리, 새로운 시대의 지식인들은 엄연한 현실로부터 도피해서는 안 된다는 것이다.[22] 동화 『파랑새』가 보여주듯이 행복은 가까운 데 있으니 일본 국가의 도래라는 현실적 조건 속에서 조선인의 행복을 도모하자는 것이 그의 입장이었다.[23] 따라서 조선의 경우 내지에서 유행하는 바와 같이 역사물을 활용한 국민문학 창작은 바람직하지 않으며, 지금 바로 여기의 현실에 대한 작가 자신의 정치성을 강조하는 것이 중요하다고 그는 강조했다.[24] 조선인도 일본인과 다르지 않음을, 오히려 보다 더 일본적일 수 있음을 그는 문학을 통해 보여줄 수 있다고 생각했던 것이다.

이러한 과제를 실천하기 위해 이석훈이 택한 창작 방법은 사소설이다. 사소설이라 하면 일단 1인칭으로 기술된 작가 자신의 실제 이야기를 연상하게 마련이나, 여기서는 스즈키 토미가 논의한 바 있는 '독법'으로서의 사소설 개념을 고려해야 한다.[25] 이석훈의 국민문학 창작은 1인칭은 아니지만 작가 자신을 강력하게

---

20 牧洋, 「徵兵·國語·日本精神」, 『朝光』, 1942.7, 28쪽.
21 문경연 외편역, 「국민문학의 일년을 말한다」(1942.11), 『좌담회로 읽는 『국민문학』』, 소명출판, 2010, 283쪽.
22 牧洋, 「主觀と客觀－國民文學ノート」, 『朝光』, 1942.3, 184쪽.
23 牧洋, 「徵兵·國語·日本精神」, 『朝光』, 1942.7, 29쪽.
24 문경연 외편역, 「국민문학의 일년을 말한다」(1942.11), 앞의 책, 295~296쪽.
25 일본 사소설의 담론화 과정을 연구한 스즈키 토미는 독자가 텍스트의 작중 인물과 화자, 그리고 작가의 동일성을 기대하고 믿는 것이 궁극적으로 그 텍스트를 사소설로 만들기 때문에, 사소설을 일종의 읽기 모드로 정의하는 것이 타당하다고 지적한 바 있다. 鈴木登美, 한일문학연구회 역, 『이야기된 자기』, 생각의나무, 2004, 31쪽.

환기하는 설정을 통해 작중 인물 혹은 서술자와 작가의 동일성을 기대하게 만드는 형식을 취하고 있다. 앞서 살펴본 『황혼의 노래』와 「고향」 역시 자전적 요소가 깊게 반영된 소설이긴 했으나, 이후 쓰인 본격적인 국민문학 창작물에서는 "독자가 받아들여 주길 원하는 '진정한 자기'의 상을 개별 텍스트와 텍스트 간의 참조적인 맥락 위에 구축하고 있다"[26]는 인상을 준다. 앞서 언급했듯이 자신의 실제 행보를 차용한 이석훈의 국민문학 창작들은 상호텍스트적 관계를 맺으면서 하나의 주제로 수렴되고 있기 때문이다. 이때 그가 보여주고 싶었던 것은 자기 혁신의 진정성이었으며, 그가 진정으로 의식하고 있던 독자는 조선 민중이기보다는 제국의 눈이었다고 할 수 있다.

이것은 자기를 직설적으로 고백하는 일본 특유의 사소설 전통과 맞닿아 있는 것처럼 보이지만, 주관적 내면이 아닌 사회화된 자기에 대한 표백이라는 점에서 식민지적 특수성을 지닌다.[27] 이른바 달착지근한 생활 감정을 다루는 것이 일본적 사소설이라는 인식은 당대 조선 문단에서도 일반적으로 통용되던 바였다. 국민문학 시대가 도래한 이후에도 몇몇 재조일본인 작가들은 자국의 사소설 전통 안에서 소설을 썼고, 시국성이 옅은 나머지 안이하다는 평가를 받기도 했다.[28] 그러나 이석훈에게는 자기 심경을 담담히 묘사할 여유가 없었다. 그가 드러내고자 한 것은 제국이라는 공적인 지평으로 나아가고자 하는 식민지적 자기의 열망과 의지였으며, 그럼에도 불구하고 여전히 존재하는 내면의 의혹과 불신에 대해서

---

26 이는 이태준의 사소설에 대한 정종현의 표현이지만 국책문학에 나선 이석훈의 경우에도 적용이 가능하다. 정종현은 이태준의 처사적 자아상이 당대 동양론과 어떻게 관련되는가를 분석함으로써 식민 말기 작가들의 자아상(주체)과 사소설 문제를 살펴보는 데 유효한 선례를 제공한다. 정종현, 『동양론과 식민지 조선문학』, 창작과비평사, 2011, 164쪽.

27 분석의 관점은 다르지만 동일한 지적으로는 장성규, 앞의 글, 544쪽. 장성규는 일제 말기 김남천, 박태원, 이효석 등의 일본적 사소설 형식을 전유하는 가운데 우회적으로 현실 비판 기능을 수행하고 있다고 보고 있다.

28 石田耕人, 「文藝時評」, 『國民文學』, 1942.12, 55쪽; 金鍾漢, 「文藝時評－新進作家論」, 『國民文學』, 1943. 3, 26~27쪽.

는 속죄의 몸짓을 내보였다. 이와 같은 고백과 참회는 식민지적 자기를 거부하고 자기로부터 탈출함으로써 일본 국민이라는 새로운 정체성에 이를 수 있는 길을 만들어 주었다. 따라서 자기 자신에 관해 말하면 말할수록 그의 소설은 정치적인 성격을 띠게 된다.

「고요한 폭풍」 3부작은 사소설의 정치소설화를 살펴볼 수 있는 대표적인 소설이다.[29] 1부는 1940년 12월 조선문인협회의 시국 문예 강연에 함경도반의 일원으로 참가하게 된 박태민의 내적 고민에 초점을 맞추고 있고, 2부는 마침내 함경도로 출발한 이후, 함흥, 성진 등에서 강연을 수행하면서 일어나는 갈등과 대립의 양상들을 다루고 있으며, 3부는 마지막 강연지인 원산에서 경성으로 귀환한 후, 아시아·태평양전쟁과 징병제 실시 발표의 기쁨 속에서 전향을 완료하는 박태민의 희망찬 모습으로 마무리된다. 이 소설의 핵심 문제는 일개 식민지인이 과연 황국 신민으로 거듭날 수 있을지 여부에 놓여 있다. 소설의 초반부에서 박태민의 일상과 내면은 마치 살얼음판을 걷는 듯한 상태로 묘사되는데, 그의 고민은 식민지 작가로서의 정체성을 날카롭게 자각하는 데서 출발한다.

그는 동경에 있는 어떤 작가처럼 신체제라고 해서 지금까지의 자신의 창작 태도를 바꾸지는 않겠다고 말할 수 있는 처지가 못 되었다. 이 나라에서 작가로 살아가기 위해서는 이런 거친 시대의 폭풍을 극복하지 않으면 안 되었다. 이를 위해서는 그저 무의식적으로 생활해서는 안 되었다. 의식적으로 시대를 호흡해야 했다. 먼저 소승적인 민족적 입장을 일단 포기하지 않으면 안 된다. 보다 높은 대승적 지성과 예지가 필요한 것이다. 박태민은 깊은 회의 속에서 방황했다.[30]

---

29 1부는 「靜かな嵐」(『國民文學』, 1941.11), 2부는 「夜」(『國民文學』, 1942.6), 3부는 「靜かな嵐ー續篇」
   (『綠旗』, 1942.11)이며, 이석훈 작품집 『靜かな嵐』에 수록되었다.
30 이석훈, 김재용·김미란 편역, 「고요한 폭풍」, 『식민주의와 협력』, 역락, 2003, 58쪽.

박태민은 작가답게 새로운 시대를 자신의 언어로 표현하길 원하지만 이를 풀어낼 논리를 지니지 못한 상태이다. 게다가 선천적으로 예민한 성격인지라 세간의 평판을 지나치게 의식하고 있다. 화술도 부족한 탓에 강연 여행은 긴장의 연속이다. 그런데 교육을 받고 다짐을 하고 고민을 해도 풀리지 않던 문제가 타인의 격렬한 비난과 폭력을 경험한 후 일거에 처리된다. 조선인으로서의 민족적 입장을 포기한다는 것은 이론으로 해결될 문제가 아니다. 그에게 진정 필요한 것은 일본 국민이 될 수 있다는 오인誤認의 구조로 진입할 결정적 계기였으며, 강력한 시련이 그 역할을 했다고 할 수 있다. 이를 통해 핍박받는 선구자로서의 자기 이미지를 구축하고 사상적, 윤리적 우월함을 획득할 수 있었기 때문이다. 그는 앞으로 타인의 평판이나 서툰 문장에 구애받지 않고 일본어 창작에 매진할 것을 다짐한다. 무엇보다도 새롭게 출발하겠다는 각오가 이 시점에서는 가장 중요하다는 깨달음에 이른 것이다. 이처럼 「고요한 폭풍」은 미성숙한 자아가 여로에서 시련을 겪고 마침내 혁신적 주체로 성장하는 과정을 그려냄으로써 이석훈의 또 다른 문학적 출발이 시작되었음을 보여준다.

4. 사소설의 파국과 미완의 국민화

이석훈은 「고요한 폭풍」을 통해 '결의의 문학', '혁신의 문학'의 대표자로서 부상하였고, 조선인 이석훈이 아닌 일본인 마키 히로시牧洋로서 창작 활동을 하게 된다. 이석훈이 수행한 강연, 기행, 창작과 황도주의 단체 녹기綠旗 활동에 근거한 줄거리, 이름만 바꾸었을 뿐 그의 주변 인맥과 그대로 일치하는 인물 설정 등으로 인해서 이 소설은 당대 문단에서도 이석훈 자신의 전향 고백으로도 받아들여졌는데, 반드시 긍정적으로 평가된 것만은 아니었다.

논란이 된 것은 그의 혁신 자체가 아니라 혁신에 이르기까지의 과정이다. 일례로 비평가 최재서는 자기 혁신의 완성을 위해 이석훈이 짐짓 대립자를 찾아 헤매는 경향을 보이고 있다고 언급한다.[31] 「고요한 폭풍」에서 혁신의 장애물로 등장하는 대상은 수많은 조선인들이다. 우선 1부에서는 조선 문인들 사이에 감돌던 냉랭하고 침울한 분위기와 더불어 이미 혁신에 가담한 자들의 오만함과 그렇지 않은 자들의 음험함이 묘사된다. 또한 2부에서는 강연을 듣는 조선인 청중들의 노골적인 반감과 조롱, 비아냥거림을 상세히 기술함으로써, 그들이 얼마나 회의적이었는가를 역설적으로 증언하고 있다. 최재서는 이 점을 의식한 듯, 어느 한 사람의 혁신이 아니라 모든 사람의 국민화가 중요하다고 언급하고 있다. 유진오도 동일한 문제를 지적했다. 특히 그는 「고요한 폭풍」 1부가 발표된 직후, 박태민이 러시아어 잡지를 불태우는 장면을 거론하면서 전향이란 사상적 잔재를 청산하는 것이지 이미 습득한 지식을 버리자는 것은 아니라는 말로 박태민의 편향된 행동을 비판했다.[32]

「고요한 폭풍」을 둘러싼 문단의 반응은 사소설 계열에 속하는 김남천의 「등불」이나 「어떤 아침或3朝」에 대한 호평을 통해서도 짚어볼 수 있다. 최재서는 김남천이라는 상징적 존재가 일본어로 글을 쓴다는 행위 자체를 반겼고, 사상에서 생활이라는 문제로 진입한 김남천의 변화를 높이 샀다. 특히 「어떤 아침」의 여유 있고 너그러운 분위기를 지적하며 재미있는 작품이라 언급하였다.[33] 결국 이석훈의 문제는, 과도한 서술로 굳이 드러내지 않아도 좋을 조선의 부정적 현실까지 부각시킨 데다 지나치게 심각한 내용으로 명랑성이라는 시대의 표어를 정면으로 위배한 데 있었다. "반도인은 혁신한다고 할 때 묘하게 딱딱해져서 이론적으로

---

31 최재서, 노상래 역, 「국민문학의 작가들」, 『전환기의 조선문학』, 영남대 출판부, 2006, 155~156쪽.
32 兪鎭午, 「知識人의 表情」, 『國民文學』, 1942.2, 8~9쪽; 兪鎭午, 「國民文學というもの」, 『國民文學』, 1942.11, 5~6쪽.
33 최재서, 앞의 글, 165~167쪽.

각角을 세운다"[34]는 지적을 그의 소설은 몸소 증명했다.

그러나 이석훈의 입장에서는 바로 그것이 국민문학의 헤게모니 확보를 염두에 둔 글쓰기 전략이자 인정 투쟁이었다고 할 수 있다.[35] 여러 지면에서 스스로 언급한 대로 그는 인기 작가가 아니었고 자기 창작에 자신을 지닌 축도 아니었다. 그렇다고 해서 유진오나 정인택처럼 일본어를 능수능란하게 구사하지도 못했으므로 내세울 것은 진정성의 강조밖에 없었다. 그러나 조선인 비평가들은 시국성이 약하더라도 김남천, 이태준과 같은 유명 작가들의 서투른 혹은 번역된 일본어 창작에 주목하였고, 도쿄 문단 쪽에서도 마찬가지였다. 국민문학은 선전과 동원을 목표로 하는 만큼 어떤 내용인가에 못지않게 누가 쓰는가도 중요하였기 때문이다. 어쨌든 「고요한 폭풍」은 국민문학이 나아가야 할 바와 지양해야 할 바를 논의할 수 있는 기반을 마련했다는 점에서 화제작인 것만은 분명했다. 그러나 화제 성과는 달리 국민문학 대표작을 수록한 선집인 『조선국민문학집朝鮮國民文學集』1943에는 수록되지 못했다.[36]

「고요한 폭풍」 1부를 발표한 이후부터 쏟아진 혹평을 의식한 듯 이석훈은 작품의 심각한 분위기를 쇄신하고 관념의 영역에서 생활의 영역으로 건너가려는 노력을 하게 된다. 그의 분신이라 할 만한 '철'이 다시금 등장하는 「동으로의 여행東への旅」, 「북으로의 여행北の旅」, 「여행의 끝旅のをはり」 등은 작가의 실제 기행에 허구적 사건을 가미하여 새로운 시대의 사랑, 우정, 생활이라는 주제를 형상화한 소설이다.[37] 이 중 「북으로의 여행」은 북만주로 이주한 이석훈의 숙부 일가를 통

---

34 이경훈 편역, 「좌담회 – 새로운 반도 문단의 구상 (『綠旗』, 1942.4)」, 『한국 근대 일본어 평론·좌담회 선집 1939~1944』, 역락, 2009, 297쪽.

35 「自作自題」(『國民文學』, 1942.11)와 「座談會 國民文學의 一年을 語る」(『國民文學』, 1942.11) 등에서 이석훈은 「고요한 폭풍」 발표 이후 자신에게 쏟아진 비판과 반감을 언급한다. 그러나 그는 전환기에는 무엇보다도 작가의 비약과 정치성을 강조할 필요가 있다는 주장을 굽히지는 않았다.

36 조선문인협회가 엮었으나 일본출판배급주식회사가 배급을 담당한 소설집으로 조선 외부로 판매될 것을 염두에 두고 기획되었다. 「靜かな嵐」가 누락된 대신 이석훈의 소설로는 「東への旅」가 수록된다. 어떤 작품이 선택되었는가를 통해 당시 권장되던 국민문학 창작의 기준을 가늠해볼 수 있다.

해 개척촌의 생활을 서사화하고 있으며,[38] 「동으로의 여행」, 「여행의 끝」은 내면적 혁신의 문제를 집중적으로 보여줌으로써 「고요한 폭풍」의 주제 의식을 공유하고 있다.

「동으로의 여행」은 이석훈의 일본 성지순배 여행에 내선연애 에피소드를 결합시킨 소설로서, 그가 느낀 신국神國 일본에의 매혹과 일본인 여성에 대한 사랑을 나란히 제시하고 있다. 철은 성지순배 프로그램에 따라 일본의 국토를 둘러보고 나서 이 아름다운 나라가 자신을 진정한 동포로서 포용해준다면 얼마나 행복할 것인지 생각한다. 이렇듯 긍정적인 자세는 십 년 전 반도인이라는 숙명 때문에 사랑하는 여자 루미를 포기했던 철과는 완전히 다른 모습이다. 당시의 철과 루미는 장애인으로 묘사되는데, 철이 조선인이라는 태생적 장애를 지닌 존재라면, 루미는 다리를 저는 육체적 장애를 지닌 존재이다. 그러나 이제 철은 완벽한 일본인이 될 수 있다는 신념으로 루미에게 청혼의 편지를 쓰게 된다. 철은 행복감에 젖어 다음과 같이 외친다. "아! 나는 일본이 좋다. 나는 일본인이 되리라. 이 아름다운 국토, 아름다운 사람, 풍부한 생활, 누가 뭐래도 나는 일본인이 되는 것이다!"[39]

「고요한 폭풍」의 박태민이 대립과 투쟁의 폭풍 속에서 국민이 되었다면, 철은 이처럼 감격과 눈물의 홍수 속에서 국민으로서 완성되었다. 그러나 「여행의 끝」에서 간도 용정에 시찰을 간 철은 다시금 외로움과 비분에 떠는 식민지인의 모습으로 퇴행한다. 그곳에 사는 오랜 친구를 만날 수 있으리라는 기대에 차 있던 철은 친구가 일부러 환영회장에 나오지 않았음을 알게 된다. 국어문학운동의 선두에 서 있는 자신을 경원하는 친구의 본심을 짐작한 그는 자신이 얼마나 외로운 입장에 있는지 새삼 뼈저리게 깨닫는다. 그러나 이와 같은 외로움은 오래 가지

---

37 「東への旅」(『綠旗』, 1942.5), 「北の旅」(『國民文學』, 1943.6), 「旅のをはり」(『綠旗』, 1943.6).

38 「北の旅」에 등장하는 사촌 동생 이야기를 따로 소설화한 「血緣」(『東洋之光』, 1943.8)은 양자 결연을 통한 내선간 피와 흙의 극복 문제를 중심에 두었다.

39 李石薰, 「東への旅」, 『綠旗』, 1942.5, 164쪽.

않아 서사 안에서 사라진다. 내선일체를 표방하는 조선인을 비난하는 동료 작가를 향해 대신 분노를 터뜨림으로써 그는 자기의 정당성을 신속히 회복한다.

그러나 확신과 의혹 사이를 오가며 가까스로 유지되던 일본 국민으로서의 정체성은 사소설의 형식 속에서 파국을 맞이하게 된다. 이와 같은 문제는 「선한 영혼善靈」『국민문학』, 1944.5에서 살펴볼 수 있다. 1943년 8월 이석훈은 제2회 대동아문학자대회의 조선 대표로 선출되지만 이를 고사하고 만주로 떠났다.[40] 그리고 국민문학 진영에서의 이탈을 우려하는 시선[41]에 맞서 자신의 입장을 해명하고자 「선한 영혼」을 집필한다. 「선한 영혼」은 「고요한 폭풍」의 주인공 박태민의 후일담에 해당되는 소설로서, 소설의 초반부에 작가가 직접 등장하여 박태민이 자신의 분신인 동시에 별개의 인간이기도 하다는 점을 밝히고 있다. 그런데 이는 작중 인물과 작가의 불일치를 가리키는 일반론이 아니라 내면의 균열 문제로 언급된다는 점에서 문제적이다. 물론 이석훈은 박태민이 권력이나 출세에 관심이 있는 편승주의자가 아니라 단지 시대의 진리를 탐구하고자 했던 선구자였음을 다시금 공들여 설명하긴 한다. 그러나 이후 박태민의 행보에서 부각되는 것은 선구적 의지나 결단만으로는 해결될 수 없는 내면과 일상의 한계이다.

우선 박태민의 균열은 생활의 문제에서 비롯된다. 전향 이후 황도주의 단체에서 근무하게 된 그는 윤 선생이라는 선배에게서 전쟁이 끝나면 몰락해버릴 단체에서 이용당하고 있다는 질책을 듣는다. 이때 박태민은 다음과 같이 항변한다. "정말로 내가 존경할만한 선배라면 저렇게 말하지 않을 것이다. 여섯 명의 대가족을 등에 지고 간신히 직업을 얻게 된 내가 아닌가. 진리 탐구와 같은 공상으로 우리들의 생활이 보장된다는 것만으로도 커다란 일이다. 당신은 사퇴하라는 무책임

---

40 조선 대표로 津田剛, 유진오, 유치진, 이석훈, 최재서, 김용제 등 6명이 선정되었으며, 이석훈은 일신상의 이유로 대회에 결석을 통보하였다. 「文報の頁」, 『國民文學』, 1943.9, 43쪽.

41 石田耕人, 「決戰下文壇の一年 ― 特に創作のみる」, 『國民文學』, 1943.12, 12쪽.

한 말을 아무렇지 않게 말할 수 있지만 나에게는 책임이 있다—가족을 먹여 살려야만 한다."⁴² 생활인의 입장에서 본다면 전혀 이상할 것이 없는 논리이다. 그러나 이제까지 이석훈의 소설이 모든 종류의 사적인 욕망을 청산하고 국민에의 길로 돌입하는 구조를 취해 왔음을 고려한다면 이 장면은 상당히 생소한 느낌을 불러일으킨다. 먹고살아야 한다는 일상의 과제와 비교할 때 국민이 되어야 한다는 과제가 얼마나 인위적이고도 관념적인 문제인가를 생각게 하기 때문이다.

게다가 박태민은 사상적, 이념적으로도 균열을 맞이하고 있다. 일본인 동지들이 진심으로 우국지정憂國之情을 토로할 때 그는 홀로 고독감을 느낀다. 단체에 충성함으로써 아버지의 영혼을 위로하고 싶다고 공개적으로 고백하긴 했으나, 스스로의 고백을 진심으로 믿지 못하는 것이다. 게다가 신궁 참배에 늦었다고 면박을 주는 일본인 간부를 향하여 이것이 과연 진정한 훈련이며 규율인지 의문과 반감을 품는 그의 모습은 이미 과거의 박태민이 아니다. 조선인들 사이에서는 선구자로 자처할 수 있었으나, 진짜 일본인들 사이에서 느끼는 차이의 감각이 박태민을 다시금 조선인으로 되돌려 놓는 것이다. 따라서 의혹이 찾아올 때마다 참배와 보도 연습 등에 매진하는 그의 모습은 오히려 국민 되기의 실패 가능성을 제기한다. 결국 단체를 탈퇴하고 창작 생활에서도 어려움을 겪던 그는 대동아문학자대회 참석까지 거절한 채 새로운 생활을 찾아 숙부가 있는 만주국 수도 신경新京으로 떠나게 된다.

이와 같이 「선한 영혼」은 식민지 작가의 상처와 실패에 대한 기록이며, 봉합이 아니라 이탈을 결말로 삼고 있다는 점에서 반反국민문학적 내러티브를 취하고 있다고 해도 과언이 아니다. 그런데도 이석훈은 어떠한 거리낌도 없이 제목 그대로 박태민을 '선한 영혼'이라 명명하면서 '신생 만주'에서의 새로운 미래를 기약한다. 여전히 그는 균열이라는 죄를 숨김없이 고백하는 것이 국민으로서의 올바른

---

42 李石薰, 「善靈」, 『國民文學』, 1944.5, 92쪽.(번역은 저자)

자세라 생각했을지도 모른다. 그러나 사소설이라는 형식을 고수하는 이상, 자신의 진정성을 증명하기 위한 고백의 내용도, 국민화를 방해하는 장애물의 범주도 점차 확대될 수밖에 없었고, 그것은 제국 질서의 모순성을 건드리는 지경으로까지 나아가고 말았다.[43]

해방기에 이석훈은 만주로 이탈하고 난 후 일본 제국주의의 기만 정책을 명확히 깨닫게 되었다고 밝힌 바 있다.[44] 실제로 그는 「여행의 득실旅の得失」라는 수필에서 조선을 바라보는 일본인 학자 킴바라 세이고金原省吾의 시선이 얼마나 자기중심적인가를 조심스럽게나마 지적한다. 킴바라는 조선을 여행하면서 발견한 내지와는 다른 관습들, 가령, 묘지라든가 거리 풍경, 육아 방식 등을 조선의 황량한 풍경과 폐습을 뒷받침하는 사례로서 묘사했다. 가령, 조선의 어른들은 아이를 전혀 애무하지 않는다는 지적이 한 예가 될 수 있을 텐데, 이석훈은 내지와 아이를 사랑하는 방식이 다른 것이라고 언급하는 등[45] 여행자의 눈에는 현지의 결점이 사실 이상으로 확대되어 보일 수 있다고 지적한다. 물론 이 글의 결론은 모든 사람이 여행자의 시선으로 자신을 되돌아볼 수 있어야 한다는 교훈으로 마무리되나, 민족적 차이에 대한 감각을 짙게 남기고 있다.

그러나 이 감각은 일본과 조선 사이에만 유효한 것일 뿐, 만주를 향해서는 적용되지 않았다. 그는 만주국 건국을 "제이의 미대륙 발견"과 비견할 사태로 인식하였으며, 만주의 '발전'을 제국이 행한 "대낭만의 실험"이자 "과학의 기적"으로 전망하였다.[46] 결국 이석훈은 식민지인으로서의 차이와 균열을 자각하는 순간에

---

43 이 글을 발표했을 당시 필자는 「善靈」 이후에 쓰인 「處女地」(『國民文學』, 1945.1)를 누락한 채 논의를 마무리했다. 신미삼의 연구에 따르면 「處女地」는 오족협화와 만주개척 이념을 드러낸 국책 협력 작품이지만, 재만조선인이 만주의 여러 구성원들과 화합하기를 바라는 전망을 드러내는 등 '겹눈'으로 읽어야 할 필요성도 제기된다. 1회만 연재된 미완의 장편소설이라서 의미를 확정하기 어려우나 만주 이주 이후 이석훈의 문학적 행보를 짚어볼 수 있는 작품으로 생각된다. 이 소설에 대한 분석은 신미삼, 「이석훈 문학 연구」, 영남대 박사논문, 2014, 280~286쪽.
44 이석훈, 「고백」, 『백민』, 1947.1, 45쪽.
45 牧洋, 「旅の得失」, 『內鮮一體』, 1944.8, 39쪽.

도 제국주의의 외부를 적극적으로 상상하지 못했다. 그의 소설에는 언제나 전향 중인 상태에 머물러 있는 조선인, 의혹과 고독에 찌든 식민지인의 열망만이 새겨졌을 뿐이다.

5. 진정성이라는 덫

이석훈의 소설은 일본의 국민문학을 식민지인이 서사화하는 과정에서 청산 혹은 극복해야 했던 것, 그리고 그 과정에서 마주친 난제와 결론까지 읽어낼 수 있다는 점에서 독특한 위상을 지닌다. 당대 국민문학은 식민지 교화 수단이자 지배의 도구로서 고안된 것이나, 일부 식민지인에게는 정치적 욕망의 실험장이기도 했음을 그의 소설은 증명한다. 이석훈은 국민문학의 대표 작가가 되길 원했으며 그 스스로도 일본 국민이라는 새로운 정체성을 성취하길 기대하였다. 따라서 내선일체를 기술적으로 묘사하는 작가들과 달리 사소설 창작을 통해 식민지인에게 요구되는 자기 혁신의 과제를 정면 돌파하고자 하였고 혁신적 선구자라는 자기 이미지를 구축하고자 노력했다. 그러나 사소설 형식이 기반으로 하는 진정성이라는 덫으로 인해 그의 소설은 인위적인 정체성 변환의 어려움들을 전시하는 장이 되었고, 본래 의도와는 달리 일본 국민화의 메커니즘이 지닌 허점까지 노출하는 결과를 초래하였다.

이와 같은 여정은 근대적 내면성의 신화와 이를 뒷받침했던 글쓰기라는 제도가 파시즘 체제하에 어떤 방식으로 변형과 파국을 맞이하고 있는지 보여준다는 점에서 주목할 만하다. 이석훈의 소설에서 작가의 내면이란 자기의 고유성이 아니라 국가에의 예속성을 증명하는 증거로서 동원되었으며, 글쓰기는 예술이 아

---

46 牧洋, 「滿洲の話」, 『新時代』, 1944.5, 72~74쪽.

니라 훈련의 차원에서 사고되었다. 이것은 식민지적 의식 구조의 종착지를 보여주는 것으로, 이석훈의 1930~40년대 소설은 타자 계몽을 통해 그나마 유지되던 지식인적 주체성이 자기 계몽이라는 시대의 과제 속에서 객체로 전락하는 과정을 재현한다. 그는 자기 자신에 대해 끊임없이 성찰하는 듯 보였으나 자기 자신과 윤리적이고도 주체적인 관계를 형성하지 못하였다.

한편 이석훈의 사소설은 타자와의 관계에 있어서도 무지와 무관심으로 일관하면서, 자신과 같은 식민지인들의 목소리를 잡음으로 재현하거나 자기 진정성을 증명할 수 있는 부정적 사례로서 활용하였다. 그렇기 때문에 식민지와 제국 사이에 존재하는 간극을 포착한 이후에도 제국주의 자체에 대한 근본적 반성을 하지는 못했다. 오히려 그는 만주에 대한 일본의 시선을 답습함으로써 다시금 일본 국민으로서의 '나'로 회귀했다. 당대 많은 협력자들과 마찬가지로 이석훈에게 반성적 주체성의 형성은 정확히 1945년 8월 15일 이후에야 비로소 가능하였다. 그것은 "나는 결국結局 조선인朝鮮人이었읍니다!"[47]라는 선언을 동반한 것이었다.

---

47 이석훈, 「고백」, 『백민』, 1947.1, 46쪽.

제4장

식민지 데카당스의 정치성

김문집의 이중어 글쓰기론

1. '국문학'의 안과 밖, 김문집의 위치

1937년 12월 15일, 동아일보사에서 진행된 문학 좌담회 기록은 김문집金文輯[1]이라는 비평가의 일면을 여실하게 담아내고 있다.[2] 이 좌담회에는 박영희, 임화, 김남천 등 구舊 카프 계열 비평가들을 위시하여 정인섭, 이헌구, 서항석 등 해외문학파의 핵심 멤버들, 또한 정지용, 김상용, 모윤숙 등의 중견 시인과 비평가 최재서, 김문집 등이 참석하였다. 연말 좌담회의 관행대로 한 해를 결산하고 문학의 새해를 전망하는 자리였다. 그런데 김문집은 당대 조선문학의 중요 의제인 리얼리즘에 대해 논의하는 참석자들 사이에서 "도시 평론가들이 예술이 뭔지 문학이 뭔지를 알고 쓰는 겐지"라고 도발하는가 하면 "고발이니 리얼이니 공연히 이

---

1 김문집은 1909년 대구 출생으로 1920년 일본에 유학을 가서 1921년 도쿄 와세다 중학에, 1926년에는 마츠야마 고교에 입학하였으나 두 학교 모두 졸업하지 못했다고 한다. 1932년 도쿄제대에 입학했다고 하나 확실하지는 않다. 그는 학창 시절 동인지 활동을 활발히 전개했고 개조사 현상문예에도 투고하며 일본 문단 진출을 위해 노력하였다. 그러나 1935년 말 조선에 귀국, 소설 대신 비평을 쓰며 비평가로 행세하게 되었다. 1940년 4월 최재서를 폭행한 혐의로 체포되었다가 조선문인협회 간사직을 사임하고 6월 도일(渡日)한 후 한국에 돌아오지 않았다.
  김문집 연보는 염무웅·고형진 외, 『분화와 심화, 어둠 속의 풍경들』, 민음사, 2007, 281~285쪽 참조.
2 「명일의 조선문학 좌담회」, 『동아일보』, 1938.1.1~3.

즘만 찾지 말고 먼저 예술 전의 감정을 기르라"고 충고하고 있다. 임화와 최재서의 발언에 대한 그의 반응은 다음과 같았다. "무슨 소리!", "그도 안 될 말!" 이와 같이 좌중을 낮추어보는 김문집의 막무가내식 태도와 상대방의 무반응은 김문집과 조선 문단의 관계를 보여주는 축소판이라 할만하다.

김문집은 1935년 일본에서 돌아온 후 신인답게 기성 문학을 비판하며 평단에 등장했다. 딜타이W.Dilthey, 와일드O.Wilde, 발레리P.Valéry, 요코미쓰 리이치横光利一, 고바야시 히데오小林秀雄 등을 참조하며 이루어진 그의 비평은 조선 평단의 관념성과 난해성을 비판하는 것으로 시작하여, 비평 역시 창조적 감성의 영역임을 천명하는 내용들로 채워졌다. 대표적으로 「비평예술론」은 비평의 본령이 작품 분석이 아니라 비평가 자신의 미적 완성에 대한 이상을 표현하는 데 있음을 주장한 글이다. "비평의 기질은 온건한 현실주의도 냉정한 과학적 정신도 아니어서 다만 미적 가치에의 광폭한 이상주의를 내장하고 있"어야 한다.[3] 그런데 조선의 비평가들은 "추상적인 노트 지식과 관념적인 술어"만을 금과옥조로 삼으며 비평예술을 '자살' 상태에 이르게 했다는 것이 그의 진단이다. 이와 같은 입장은 조선 문예비평에서 이론적 지주 역할을 담당해 왔던 사회주의 리얼리즘을 "경제학적 노예의 이론"으로 보거나 당시 주목받던 T.S.엘리엇 등의 비평 이론을 "문학 정신의 질식"으로 판단하는 부분에서도 간접적으로 드러난다.

그런데 김문집이 주장한 예술로서의 비평은 이론의 영역에서 가능했을 뿐, 그것의 실체가 무엇인지는 모호하다. 개별 작품에 점수를 매긴 "채점비평"을 시도하고 문인들을 신발에 비유한 "신발문학사"를 쓰는 등 그는 직관과 재치에 근거한 글을 주로 써냈고,[4] "성 생리의 예술성"이라는 명목 아래 여성 작가들에게 여성 호르몬의 정화에 힘쓰라고 충고하는 등 모독이나 희롱에 가까운 언사를 즐겨

---

3   김문집, 「비평예술론」, 『비평문학』, 청색지사, 1938, 68쪽.
4   김문집, 「채점비평」, 위의 책; 「신발문학사에 나타난 이무영」, 『조선문학』, 1939.3.

나열했을 뿐이다.[5] 이는 그가 지향한 비평가로서의 자기완성은 물론 미적 가치의 앙양과도 무관한 글쓰기였다. 게다가 그는 누구보다도 먼저 대일 협력의 지평으로 나아감으로써 예술지상주의에 대한 종래의 신념을 손쉽게 포기했다.

이러한 사정 때문에 김문집은 이론과 실제, 공과 과에 대한 평가가 뚜렷이 구분되는 비평가이다.[6] 주로 문학을 통한 시대 현실의 방향성 탐색에 주력해 왔던 조선 문예비평의 전개 과정을 고려한다면 확실히 그의 창조적 비평론에는 색다른 지점들이 있다. 그래서 김윤식은 김문집 비평이 "순문학 옹호라는 중요한 일을 담당했고 비평을 하나의 예술적 장르에로 비로소 올려놓을 수 있는 가능성"[7]을 열어 보였다고 평가했다. 후대의 연구자들 역시 근대 비평계의 다양화에 기여한 김문집의 공적을 일정 부분 인정하고 있다. 하지만 많은 경우 그는 문학 그 자체로서보다는 희대의 괴짜나 스캔들 메이커로 기억되며,[8] 특히 비평가 최재서에 대한 그의 대결 의식은 매우 유명한 에피소드로 인구에 회자된 바 있다.

그러나 이제까지의 논의에서 벗어나 김문집 문학의 기반에 대해 생각해볼 필요가 있다. 일국의 문학사라는 틀로는 온전히 파악되지 않는 문제성이 식민지에서 태어나 제국에서 성장한 김문집의 삶과 글쓰기 속에 깃들어 있기 때문이다.

---

5 김문집, 「여류 작가의 성적 귀환론」, 『사해공론』, 1937.3; 「성 생리의 예술성」, 『문장』, 1939.11.

6 김문집 비평의 주요 논점, 특징, 영향 관계 등을 밝힌 연구로는 강경화, 「한국문학비평의 존재론적 지평에 대한 고찰」, 『반교어문연구』 10, 반교어문학회, 1999; 이은애, 「김문집의 예술주의 비평 연구」, 『한국문예비평연구』 15, 한국문예비평학회, 2004; 『향토문학연구』 7(2004)에 수록된 홍정표의 「김문집 비평의 몇 가지 논거들」, 신재기의 「창조적 비평의 주창과 그 실천」, 장도준의 「김문집의 비평예술가론」 등이 있다. 한편 김문집의 문단 위상을 다룬 연구로는 한형구, 「한국 탐미(주의) 비평의 한 사례」, 『어문논집』 47, 중앙어문학회, 2011; 김문집 비판에 초점을 맞춘 논문으로는 노상래, 「김문집 비평론」, 『한민족어문학』 20, 한민족어문학회, 1991; 이보영, 「Oscar Wilde 문학의 수용과 그 한국적 변용」, 『세계문학비교연구』, 한국세계문학비교학회, 1996 참조. 노상래는 김문집 비평을 가식적, 비약적, 독선적이라는 수식어로 평가하고 있으며, 이보영은 김문집이 오스카 와일드를 피상적이고 비주체적으로 소화했다고 비판한다.

7 김윤식, 『한국근대문예비평사연구』, 일지사, 1976(2002), 301쪽.

8 당시에도 김문집은 잡문상, 광인, 욕설 비평가 등으로 지칭되었다. 장병우, 「雜文商 김문집에 대한 공개장」, 『비판』, 1936.11 참조. 김사량은 소설 「天馬」에서 그를 모델로 '현룡'이라는 "조선문화의 끔찍한 진드기 같은 존재"를 형상화하기도 했다. 김사량, 김재용 외편역, 「천마」, 『식민주의와 비협력의 저항』, 역락, 2003.

그는 1938년 조선어 비평집『비평문학批評文學』청색지사과 일본어 소설집『아리랑고 개ありらん峠』박문서관를 출간한다. 전자가 1936년 이후의 비평 활동을 담고 있다면, 후자는 1936년까지 쓴 소설 창작을 망라하고 있다. 그 경계가 되는 1936년, 김 문집은 서투른 조선어로 쓴 최초의 비평문에서 다음과 같은 소회를 밝힌다.

> 불행히 나는 나이를 먹지 못해서부터 오늘날까지 언어와 문물을 달리하는 곳에서 팥죽을 먹고 왔는니만치 제 고장에 대한 지식과 그 말에 무지하고, 그 무지를 느끼면 느낄수록(소인의 비애) 자신의 무지는 망각하게 되고 이 땅 이곳의 부족만이 망상적 으로 반영되는 것만은 사실이며, 비록 망상적이라 할지라도 그 '부족'의 반영이 당자 에 있어서는 절절한 사태인 이상 내 땅 내 곳에 대한 나의 욕심이요 기하급수적으로 광폭해진다는 것도 사실이다.[9]

여기서 발견되는 것은 애착과 혐오가 뒤섞인 모순된 감정이다. 라디오 방송을 듣고 신문잡지를 닥치는 대로 읽으며 조선 말과 글을 배우고 있던 그가 정작 조 선어문학에서는 배울 바가 없다고 단언하는 모습이 상당히 아이러니컬하다. 자 신의 "조선애朝鮮愛는 동경애東京愛의 반동"[10]이었다는 고백이 드러내듯 그는 일본 이라는 보편 기준에 비추어 조선문학을 판단했고 그것이 그의 문학적 출발점이 었다. 따라서 김문집의 행적과 글쓰기의 의미를 이해하기 위해서는 제국과 식민 지, 도쿄 문단과 경성 문단, 일본어와 조선어, 소설과 비평 등 그가 유동했던 범 주들을 동시에 고려해야 한다.

이를 위해 우선 조선 문단 진입 이전의 김문집에 대해 살펴보고자 한다. 그 문 턱이 되는 글은 일본어로 쓴 후 타인의 번역을 빌려 발표된[11] 「장혁주 군에게 보

---

9 김문집, 「전통과 기교 문제 – 언어의 문화적 문학적 재인식」, 『비평문학』, 청색지사, 1938, 178쪽.
10 김문집, 「동경 청춘기 – 화약과 순정의 문학적 추억」, 『조광』, 1939.8, 159쪽.

내는 공개장」『조선일보』, 1935.11.3~10이다. 일본의 소설가로서 발언하고 있는 이 공개장을 통해 김문집은 조선의 비평가로 재탄생한다. 조선인 최초로 도쿄 문단에 입성한 신진 문인이며 과거 그의 절친이기도 했던 장혁주를 비판함으로써 조선 문단 내부로 들어올 수 있었다는 점도 흥미롭지만, 이 글은 당시 조선인이 일본어로 문학을 한다는 것이 어떤 맥락 속에 있었는지, 도쿄 문단을 겨냥하며 작품 활동을 하는 작가들 사이에 어떤 견해 차이가 있었는지 보여준다. 따라서 이 문제들을 짚어본 후, 장혁주와 변별되는 김문집의 일본어 창작 전략을 살펴보기 위해 『삼전문학三田文學』[12]에 수록된 「경성이문京城異聞」 1936.5[13]과 『아리랑고개』에 수록된 「귀족貴族」 등 데카당스 서사의 특징을 분석하고자 한다. 그리고 『비평문학』에 수록된 비평과 이후에 쓰인 칼럼을 중심으로 예술지상주의가 국책과 만나는 접점들을 짚어봄으로써 기행奇行과 비약의 산물로 보이는 김문집의 글쓰기를 논리적으로 해명하고 그가 추구한 미美의 본질에 대해 생각해보도록 하겠다.

2. 도쿄 문단을 향한 욕망의 경합

식민지 조선인들에게 이중 언어 상황은 일상적인 것이었다. 공교육은 물론 취미의 영역에서도 일본어 책 읽기는 자연스럽게 이루어졌다.[14] 그러나 일본어로 문학을 하는 것은 그렇지 않았다. 가령, 장혁주의 「문단의 페스토균」『삼천리』, 1935.10과 이무영의 「「문단 페스트균」의 재검토」『동아일보』, 1935.10.17~24는 제국어

---

11 金文輯, 「朝鮮文壇の特殊性」, 『新潮』, 1936.7, 154쪽.
12 『三田文學』은 1910년 나가이 가후(永井荷風)를 편집 주간으로 창간된 문예잡지로서 게이오의숙대학 문학부를 중심으로 간행되었다. (https//www.mitabungaku.jp/ 참조)
13 大村益夫, 布袋敏博 編, 『近代朝鮮文學日本語作品集－1901~1938－創作編 4.小說』, 綠蔭書房, 2004, 179~188쪽에 재수록되어 있다.
14 천정환, 『근대의 책 읽기』, 푸른역사, 2003, 227쪽.

와 모어로 동시에 작품을 쓰는 식민지인의 등장으로 말미암은 갈등의 현장을 보여준다. 도쿄 문단 진출을 둘러싼 선망과 시기라는 양가적 감정에 더하여, 조선 문학의 정의, 범주와 목적을 확정하는 문제에 이르기까지 장혁주는 논란의 핵심에 위치한 존재였다. 여기서 페스트균이란 문단의 시기와 증오를 비유한 말로서, 장혁주 자신의 표현이 아니라 그가 받은 도쿄의 한 문학청년의 편지에서 인용한 것이다. 그러나 장혁주의 생각도 그리 다르지 않은 듯하다. 그는 조선 문단에는 가작佳作이 나와도 그대로 인정하지 않는 습관이 있으며, 이 점은 자신의 일본어 소설에 대한 반응을 통해서 충분히 증명할 수 있다고 지적한다. 이와 같은 것은 "망족적 질시望族的 嫉視"에 속하는 것이므로 자신은 앞으로도 "조선 문인될 영광은 영원히 바라지 아니하리라"는 것이 그의 입장이다.

이에 이무영은 "조선 문단에서의 자기의 작품 행동을 돌아보지 안코, 조선 문단은 대판大阪이나 경도京都의 지방문학 청년층의 집단처럼 보고, 조선에서 장혁주 장혁주 하고 떠받들지 않는 것을 이 땅 문인들의 시기로만 전가시키고 자위를 삼는 것 같으나, 이러한 태도는 조선 문단에 대한 장 씨의 인식 부족이오 조선 문단에의 모독이다"[15]라며 강하게 맞선다. 문제는 장혁주가 당시 『동아일보』에 연재했던 조선어 소설이 그다지 높은 수준을 달성하지 못했다는 데 있었다. 그런데 이를 수긍하기는커녕 자신을 인정해주는 도쿄 문단에서 즐겁게 일하고 싶다는 장혁주의 다소 감정적인 태도는 이무영을 비롯한 조선 문인들의 심기를 크게 건드렸다. 이와 더불어 민족주의적 의분의 문제도 있었다. 이무영은 다음과 같이 묻는다. 도쿄 문단에서 인정받는다고 해서 조선 문단에서도 그대로 인정해야 하는가? "정치적으로 종속 관계"에 있다고 해서 문단 또한 그래야만 하는가? "우리말로 우리의 문학을 건설하려는 그 피비린내 나는 투쟁"[16]에 동참하기는커녕, 작품만 우

---

15 이무영, 「「문단 페스트균」의 재검토 4」, 『동아일보』, 1935.10.23.
16 이무영, 「「문단 페스트균」의 재검토 5」, 『동아일보』, 1935.10.24.

수하다면 어떤 언어로 써도 상관없다는 입장은 이처럼 큰 반발을 일으켰다.

그런데 이와는 다른 관점에서 쓰인 장혁주 비판론이 뒤이어 등장한다. 바로 김 문집의 「장혁주 군에게 보내는 공개장」『조선일보』, 1935.11.3~10인데, 여기서 김문집 은 조선 문단 외부의 시점에서 장혁주를 바라보고 있으므로, 문단 수호와 관련된 방어 의식을 전혀 드러내지 않는다. 다만 과거 장혁주의 "유일한 선배"로서 「아귀 도餓鬼道」의 제목에서부터 인물, 스토리, 문장에 이르는 일체를 자기 손으로 지도하 고 고쳐주었다는 사실을 강조하며 글을 시작한다. 이것이 사실인지 여부는 알 수 없으나 김문집은 이무영처럼 장혁주와 논쟁하는 구도에서 빗겨나 상위 범주에서 문제를 관망하고 평가하는 위치를 취했다. 그는 자신을 일본문학 연구자 겸 작가 라 소개했고 유력한 문예지『삼전문학』의 동인이자 요코미쓰 리이치橫光利一와 환 담을 나눌 만한 위치로 묘사했다. 이 모든 이력은 장혁주에 대한 도쿄 문단의 반 응을 전달하고 비평할 수 있는 자격을 부여하는 것이나 다름없다. 즉, 장혁주가 개조사 현상 문예에 당선된 덕분에 조선 문단에서 널리 알려지긴 했으나, 자신이 야말로 인맥과 실력을 갖춘 작가임을 은근히 강조하고 있는 것이다.

김문집이 보기에 장혁주는 한마디로 개조사의 '신제품'이다. 그에 따르면 "진 보적 자유주의자인 산본山本 사장의 약소 민족에 대한 연민으로 생긴 의협심과 영 리 출판회사 개조사의 상업 정책, 다시 말하면 개조사 쩌나리즘이 조선 청년 장 혁주 군을 대중적으로 상품화"[17]한 것임에도 불구하고, 정작 장혁주 자신은 이를 인식하지 못한 채 마치 일본의 중견 작가라도 된 것처럼 조선 문단을 무시하고 있는 상황이다. 이러한 지적은 "『개조』나『중앙공론』에 자기의 작품이 한 편만 발표되면 곧 안하무인이 되는 것 같"[18]다는 반응에 비해 확실히 일본 문단의 동

<hr>

17 김문집, 「장혁주 군에게 보내는 공개장 3」, 『조선일보』, 1935.11.6.
    이 문제와 관련한 연구로는 고영란, 「제국 일본의 출판시장 재편과 미디어 이벤트–"장혁주(張赫宙)"
    를 통해 본 1930년 전후의 개조사(改造社)의 전략」, 『사이(SAI)』 6, 국제한국문학문화학회, 2009.
18 「조선문학 건설을 위한 문예 좌담회」, 『신동아』, 1935.9, 113쪽. 조선 사람은 제 것을 과소평가하는

향에 대한 감각을 전제로 한 것이었다.

그런데 본질적인 문제는 저널리즘의 상술보다 장혁주 소설의 문장력 부족, 그리고 이에 따른 예술성 결여에 있다는 것이 김문집의 판단이다. 가령, 도쿄 문단 최고의 그룹이라 할 수 있는『문학계』동인, 특히 고바야시 히데오小林秀雄 같은 예술가 기질의 비평가는 장혁주 문학을 전혀 인정하지 않으며, 요코미쓰 리이치 역시 괴로운 듯한 얼굴로 장혁주의 거친 문장을 지적했다는 일화는 이러한 지적에 신빙성을 부여한다. 사실 모어가 아닌 언어로 문학을 하는 자들은 수준 높은 예술적 문장을 구사하기는커녕 어휘 선택의 차원에서 숱한 오류를 남발할 가능성이 있었다. 김문집은「갈보ガルボウ」의 실제 문장들을 예로 들면서 이 문제를 생각해보고 있다.

「あるある。そこの金庫にも。溫突の中の木箱にも。果ては天井の下まで。」이런 일본말이 잇으며 조선말이 잇는가를 과문한 나로서는 아직 듯지 못했다. (…중략…) 溫突の中の木箱라니 구들 밋에 무슨 궤짝이 한 개 잇단 말인가. 방 안에 어떤 나무 상자가 감추어 잇단 말인가. 果ては天井の下라니 정말 나도 果て가 우수워서 '果ては' 기가 맥혓스나 天井の下라는 장소는 지붕 우란 말인가 처마 밋치란 뜻인가. (…중략…)「この家の主人のガルボウ」이건 걸작 중에 하나인대 主人のガルボウ라고 하는 것은 주인의 첩이란 말인가 이 집 주인 남자가 갈보란 의미인가 혹은 갈보 노릇하는 이집 여주인의 정부란 말인가.[19]

이밖에도 집요하다 싶을 정도로 김문집은 장혁주 문장의 오류를 상세하게 집어냈다. 이는 일본어와 조선어 모두에 능통하다는 장혁주의 호언장담에서 촉발

경향이 있다는 유진오의 발언에 대한 김광섭의 대답이다.
19 김문집,「장혁주 군에게 보내는 공개장 5」,『조선일보』, 1935.11.8.

된 비판이기는 했으나, 김문집이 가장 힘주어 말하고 싶었던 바는 예술의 생명은 무엇보다도 '표현'에 있다는 사실이었다. 특히나 타지어로 글을 쓸 때, 언어와 생활상을 달리하는 이유로 빚어지는 독특한 문장과 어학적 상식 부족에서 비롯된 치졸한 문장은 천지 차이라 할 수 있다. 그런데 그가 볼 때 장혁주는 문장력은 고사하고 조선어라고도 일본어라고도 할 수 없는 어휘들을 나열해 놓고 시치미를 떼고 있는 형국이다. 이러한 지적은 김문집 자신이 일본어 문장에 능숙하다는 자신감에서 비롯된 것이었으나, 한편으로는 식민지 출신이기에 가질 수밖에 없는 자의식의 발로이기도 했다. 통렬하게 비판하다가도 "마치 백인이 아프리카 광대를 놀리는 것에 비견되는" 일본 문인들의 우월감에 분노와 반발심을 느꼈음을 솔직히 언급하는 등 여기서 김문집은 간단치 않은 속내를 내비치고 있다.

　김문집의 비판은 단순히 자연스러운 일본어 구사력 문제에 머무르는 것이 아니라 지방색의 표현 문제와 연관되는 것이기도 했다. 김문집은 장혁주의 소설 「아귀도」가 그나마 눈길을 끌 수 있었던 것은 오로지 조선인이 썼다는 사실과 조선 농촌의 현상이라는 특이한 소재 때문이라고 언급한다. 또한 「갈보」에 대한 세간의 호평은 "조선 매춘부라는 제재의 재미"에 힘입은 바가 크다는 하야시 후사오林房雄의 비평을 인용하면서, 현재 도쿄 문단에서 유통되는 조선적인 것의 의미에 대해 생각해보고 있다. 김문집은 조선 출신 작가가 지방색을 드러내는 것이 하나의 전략이 될 수 있음을 충분히 인지하고 있었다. 조선의 민요 활용을 추천하는 등 조선적인 색채를 자아내는 방법에 대해서도 생각했던 것으로 보인다.[20]

　그런데 그가 보기에 장혁주는 조선적인 것을 표층의 차원에서 활용하고 있으며, 그것마저 제대로 그려내지 못하고 있다는 점에 큰 문제가 있었다. 김문집은 「갈보」에서 '이십만 원'을 '이천 석'으로, '자산가'를 '지주'로 썼더라면 조선의 농촌 풍경을 표현하는 데 보다 효과적이었으리라 충고한다. 또한 온돌ォンドル이라

20　실제로 김문집은 자신의 소설 「아리랑 고개」의 처음과 끝을 민요 아리랑으로 장식하고 있다.

는 말이 수십 개 등장하긴 하나 이것이 무엇인지 모르는 일본 독자들을 위해 이를 그려 보인 적은 단 한 번도 없었다고 지적한다. "예술적 수완을 보여야 될 때는 예외없이 조선이란 스핑크스 뒤에 숨어서 예컨대 대감 영감님 온돌과 같은 불가해의 단어만 내밀면서 그야말로 일거양득으로 지방색을 보이려는 것",[21] 바로 이 점에 도쿄 문단 작가 장혁주의 기만성이 있다는 것이다.

이렇게 볼 때 일본어로 문학을 하고자 하는 조선인은 도쿄 문단에 진입한 이후 작품 안에서 조선이라는 범주를 어떻게 배치하고 표현할 것인가 라는 문제를 안고 있었던 셈이다. 이것이 도쿄 문단에서는 호사가의 흥밋거리로 언급되거나 새로운 시장 개척의 차원에서 취급된다 할지라도, 조선인들 사이에서는 문학적 정체성과 문단 진입 여부가 걸린 사안으로 받아들여졌음을 김문집의 글은 증명한다. 조선 문단에서 이 문제가 전면화되는 것은 아시아·태평양전쟁을 전후하여 국민문학이 유일한 창작 지침으로 부여되는 시점이다. 이때에 이르러 이무영이 누구보다도 성실한 국민문학 작가로 변신하는 것은 매우 역설적인 일이라 하겠다. 그러나 장혁주와 김문집은 이미 1930년대 초반부터 이 문제를 자기의 것으로 받아들이고 있었다. 물론 계급적 의식을 기반으로 출발한 장혁주의 문학과 순수 예술파를 자처한 김문집의 문학은 전혀 다른 원리를 전제로 하는 것이었다.

3. 몰락한 조선과 데카당스 서사

김문집은 간토關東 대지진 이후 폐허가 된 도쿄에서 싹튼 신감각파 문학의 영향력 아래 문학청년 시절을 보냈다. 그의 스승 요코미쓰 리이치가 "미래파 입체파 표현파 다다이즘 상징파 구성파 사실파의 어떤 일부, 나는 이 모두를 신감각파에

---

21 김문집, 「장혁주 군에게 보내는 공개장 7」, 『조선일보』, 1935.11.10.

속하는 것으로 인정하고 있다"「신감각론」, 「문예시대」, 1925.2[22]고 언급한 대로, 서구 전위예술 운동의 계보를 수용한 신감각파는 새로운 표현 양식을 실험하며 문학의 혁명을 전개해 나갔다. 불타버린 도시에서 솟아오른 새로운 감수성을 모던한 풍속 안에 담아낸 이들의 문학은, 기성 문학에 대한 도전은 물론 프롤레타리아 문학에 대한 반격의 의미를 지니며 일본문학 장을 새로이 재편하게 된다. 김문집은 이와 같은 일본 문단의 추이 속에서 문학의 최첨단에 있다는 자의식을 체득한 것으로 보인다. 훗날 이상의 「날개」1936를 일컬어 "지금으로부터 칠팔년 전 신심리주의의 문학이 극성한 동경 문단의 신인 작단에 있어서는 여름의 맥고모자와 같이 혼했다"[23]고 언급한 것도, 이상 자체에 대한 혹평이라기보다 '전위'로서의 문학 체험에서 비롯된 자부심의 표현이라 읽어야 할 것이다.

그런데 자신이 의식했든 안 했든 김문집은 '조선인' 전위로서 창작 활동을 했다는 점, 그의 심층에는 '폐허가 된 도쿄' 대신 '몰락해버린 조선'이라는 장소성이 보다 더 큰 동인으로 자리 잡고 있었다는 사실이 중요하다. 그의 일본어 창작집 『아리랑고개』에 수록된 소설들[24]은 조선인 유학생들이 주인공이거나 조선이라는 장소성을 매개로 한 내용이 대부분이다. 이 중 「아리랑고개」와 「여자 조리와 내 청춘女草履と僕の靑春」, 「소변과 영원의 여성들小便と永遠の女性達」은 아버지 부재, 일본 유학생이라는 모티프와 더불어 주인공이 각각 여성의 털, 조리, 우키요에에 탐닉하는 페티시적 성향을 보이고 있다는 서사상의 공통점이 나타나는데, 이 세 작품에 대해서는 이미 적절한 분석이 이루어졌다. 거세된 조국이라는 상황이 주인공들을 '영원한 여성'의 표상에 집착하는 페티시즘으로 몰고 갔으며, 이를 통해 절대미를 동경한 김문집의 의식 구조를 이해해볼 수 있다는 것이 그 내용이

---

22 保昌正夫 외, 고재석 역, 『일본현대문학사』 상, 문학과지성사, 1998, 34쪽에서 재인용.
23 김문집, 「「날개」의 시학적 재비판」, 『비평문학』, 청색지사, 1938, 40쪽.
24 『ありらん峠』에 수록된 9편의 작품들에 대한 대략적 소개로는 송민, 「김문집의 일본어 작품집 읽기 —『아리랑고개』」, 『문학 판』 6, 열림원, 2003 참조.

다.[25] 실제로 이 소설들은 상당 부분 김문집의 이력을 나눠 담고 있으며, 청년 김문집의 심리적 판타지를 각기 다른 버전으로 보여주고 있다고 볼 수 있다.

이와 같이 탐미적 욕망의 서사가 김문집 소설의 한 축을 담당한다면, 다른 한 축에는 데카당스적 환멸의 서사가 있다. 일본을 배경으로 하는 전자와 달리 조선을 배경으로 하는 「그랜드보헤미안호텔グランド・ボヘミアン・ホテル」과 「귀족貴族」이 그 예가 될 터이다.[26] 이 중 「그랜드보헤미안호텔」은 「경성이문京城異聞」『삼전문학』, 1936.5을 수정해 수록한 소설이다.[27] 「귀족」은 다른 매체에 발표된 바가 있는지 개작된 작품인지 여부를 알 수 없으나 주제나 형식의 유사성으로 볼 때 「경성이문」과 비슷한 시기에 쓰였을 것으로 추정된다.

「경성이문」과 「귀족」은 전형적인 데카당스 스타일을 취하고 있는 소설이다. 원래 데카당스는 조화와 균형을 잃고 부도덕함에 빠진 고대 로마 말기의 문화적 상태를 부정적으로 가리키는 말이었다. 그러나 19세기 후반 프랑스 문화가 형성한 근대적 기원을 통과하면서 그 의미가 크게 바뀌게 된다. 당시 예술가들은 근대적 '진보' 관념이 낳은 고통과 소외감에 대한 성찰의 의미로 '퇴보'의 관념이 함축된 데카당스 개념을 차용했다. 이를 통해 데카당스는 사회적 병리성을 비판하는 문화적 전위로 기능하게 되었고 나아가 근대적 문학 운동 전반에 관여하는 미적 스타일로 자리 잡았다.[28] 이때 데카당스가 계발한 미적 스타일의 특징으로는 파편화된 문장, 비유기적이고 무질서한 형식, 인공성, 장식성, 죽음이나 질병,

---

25 이에 대해서는 황경, 「김문집의 일본어 소설 연구—『아리랑고개』를 중심으로」, 『한민족문화연구』 39, 한민족문화학회, 2012.

26 현재 확인할 수 있는 『ありらん峠』는 1938년도 박문서관이 아니라 1958년에 도쿄에서 출간된 第三書房이다(고려대학교 소장본을 참조했다). 김문집은 1958년판의 작가 후기에서 이 소설집에 수록된 소설들이 청년 시절의 자화상을 담고 있다고 밝혔다.

27 「グランド・ボヘミアン・ホテル」의 원작 「京城異聞」은 「別れの曲」로 개명되어 『國民新報』(1939.11.5, 11, 12)에 실리기도 했다. 각각의 소설 스토리는 비슷하나 세부 문장과 결말에서 차이가 있다.

28 오양진, 『데카당스』, 연세대 출판부, 2009, 7~23쪽; M.Calinescu, 이영욱 외역, 『모더니티의 다섯 얼굴』, 시각과 언어, 1998, 189~216쪽.

병적인 것에 대한 옹호, 과장된 심미성, 이국취향, 팜파탈, 운명적 분위기 등을 들 수 있는데[29] 「경성이문」과 「귀족」은 그와 같은 요소를 활용하면서 환멸이라는 주제를 그려내고 있다.

우선 「경성이문」에서 두드러지는 것은 식민도시 경성의 모던한 장소성이다. 자동차의 스피드 뒤로 밤거리가 병풍처럼 펼쳐지고 선전등의 불빛이 고층 빌딩의 옥상에서 명멸하는 경성은 "자본전장資本戰場", 곧 문명화된 공간으로 재현된다. 그러나 여기서 문명에 대한 찬탄이나 매혹은 전혀 발견할 수 없으며 오히려 권태의 정서가 지배적이다. 주인공인 조선 귀족 민 자작의 미망인이야말로 이러한 분위기를 체현하는 존재이다. 이미 한창때를 지난 이 미망인은 아메리카 등지를 돌며 화려하게 살아왔고 현재도 서구식 문화를 향유하고 있으나 삶에 대한 깊은 회의를 지닌 존재이다. 과거 봉건주의자인 남편과의 관계에서 갈등을 겪었던 그녀는 일상의 자극을 구하기 위해 흑인 팡유를 운전사 겸 하인으로 두고 있는데, 이 둘이 보헤미안 호텔로 들어서면서 본격적으로 서사가 시작된다.

백계 러시아인이 운영하는 이 호텔에는 다양한 인물들이 등장한다. 식민지 조선의 미망인과 식민지 소말리아 출신 팡유를 비롯하여 남구의 혼혈인 연주자, 동양의 혼혈인 댄서, 국권을 잃은 아라비아 왕자, 몰락한 제정 러시아에서 온 노인에 이르기까지 하나같이 뿌리 뽑힌 보헤미안적 풍모를 지닌 무리이다. 이들은 로비 보헤미안에서 함께 술과 음악, 춤을 즐기고 저마다 니힐한 감상에 잠겨 있다. 그런데 제정 러시아의 작곡가 글린카M. Glinka의 오페라 〈황제에게 바친 목숨〉이 울려 퍼지자 러시아 노인이 자신의 과거를 회고하기 시작한다. 과거 페트로그라드 고등법원의 장이었던 노인은 10월 혁명으로 아내와 자식 넷을 잃고 이방으로 흘러들어오게 되었다고 밝히며 통곡한다. 비탄에 잠긴 이 노인을 성심성의껏 위로한 자는 다름 아닌 팡유였다. 따라서 이들 이방인들은 이 공간에서 일말의 연

---

29 김예림, 『1930년대 후반 근대 인식의 틀과 미의식』, 소명출판, 2004, 87쪽.

대 의식을 나누고 있는 것처럼도 보인다.

그러나 분위기는 급전한다. 자신의 지나온 세월을 돌아보다가 "역겹다"라는 인식에 다다른 미망인은 팡유에게 아프리카로 돌아가라며 갑작스런 이별을 고한 다. 그리고 절망에 빠져 몸부림치는 팡유의 모습으로 이 기이한 이야기異聞는 막 을 내린다. 사실 이 두 사람이 인간적 교류를 맺었다고 볼 단서는 애초부터 존재 하지 않았다. 미망인은 귀부인답지 않은 "비동양적" 취미로 팡유를 고용한 것이 었으며, 그에게 연민과 혐오를 오가는 양가적인 감정을 느끼고 있었던 것으로 서 술된다.[30] 여기서 팡유는 인종주의적 시선 아래 충성심에 가득 찬 동물처럼 취급 받고 있으며, 실제로 한 마리 고릴라로 포착되기도 한다. 한편 팡유가 흠모해 마 지않던 것은 동양 여인의 육체로서, 그녀가 입은 "고전조선복古典朝鮮服"은 스러져 가기에 더욱 아름다운 존재에 둘러진 장식물처럼 보인다. 결국 이들의 에로틱하 고도 그로테스크한 관계는 무의미 그 자체라 할 수 있다. 결별 이후에도 미망인 은 권태 속에서 헤어나지 못할 것이며, 혹은 또 다른 취미를 찾아 소일거리로 삼 을 수도 있겠다. 팡유 또한 자신을 도구로 사용하는 "냉혹한 사회" 속에서 허덕일 것으로 여겨진다. 그러므로 이 소설은 돌고 도는 데카당스의 악순환 속에 위치한 이방인의 운명을 주제로 삼았다고 할 것이다.[31]

「귀족」 역시 과거와 현재는 있으나 미래 없음이라는 시간성을 바탕으로 하는 소설이다. 이는 식민지로 전락한 조선의 현실에서 비롯된 것으로, "나라를 판 할 아버지"를 둔 주인공 경추敬秋와 그의 형 귀추龜秋는 삶의 의미를 상실한 채 하루하루 를 보내고 있는 중이다. 구한말의 흔적이자 할아버지의 유품으로 언급되는 것은 오로지 오백 평이 넘는 장미 정원뿐, 이는 그들이 물려받은 긍정적 유산이 단 하

---

30 「京城異聞」 보다 「グランド・ボヘミアン・ホテル」에서 팡유의 이국풍 악센트와 어린아이 같은 대화 방 식, 커다란 목소리가 더욱 강조되는 양상을 보인다.
31 「グランド・ボヘミアン・ホテル」에서는 아프리카로의 귀환을 다짐하는 결말이라는 점에서 차이가 있다.

나도 없음을 암시한다. 그래서 금치산자인 귀는 다음과 같이 말한다. "이조李朝는 망해서 식민지를 남겼다. 나는 죽어서 NOTHING을 남기리라. 알겠나. 무無다. 무로 돌아가는 것이다."[32] 귀는 자신의 소모적이고도 비생산적인 생활이 이 민족과 시대에 바치는 유일한 공헌이 되리라고 자조한다. 그의 머릿속은 "죽을 수 있으면 죽고 싶다"는 생각으로 가득 차 있으며, 따라서 가장 큰 승리는 자멸에 있다고 주장한다.

경추는 귀의 간청에 따라 '낙양구락부'라는 수수께끼 같은 장소에 따라가게 되고, 여기서 조선의 젊은이들을 마주친다. 이들은 대부분 '일한병합'의 공로자인 조선 귀족의 후손들로서 뚜렷한 목표나 희망 없이 술과 음악, 춤에 취해 있거나 공허한 논쟁으로 시간을 보내고 있다. 소설의 말미에 형의 애인을 사랑한 청년이 죽음을 맞이하는 것이 이 소설의 유일한 사건이다. 「경성이문」의 결별 선언과 마찬가지로 죽음의 소식 역시 갑자기 서사 안으로 끼어든다. 다만 이 소설은 등장인물의 대화를 통해 환멸의 분위기를 보다 강화하고 있으므로 누군가 죽었다는 사실이 그다지 갑작스럽게 읽히지는 않는다. 살아 있으나 죽음을 열망하는 존재들, 혹은 삶의 의미를 자각하지 못하는 존재들이라는 점에서 이 젊은이들은 이미 죽어 있는 것이나 다름없기 때문이다.

이와 같이 「경성이문」과 「귀족」은 모던 조선의 귀족을 중심인물로 내세워 몰락과 쇠퇴의 분위기를 조성하는 데 주력하고 있다. 반反전통주의를 토대로 하는 데카당스 서사답게 유기적 인과 관계의 설정에도 관심이 없고, 특정한 교훈이나 메시지를 전달하려는 목적도 없어 보인다. 화려한 묘사에 심혈을 기울이고는 있으나 이것이 대단히 미학적인 성취를 이루어낸 것도 아니므로, 이 소설들은 그저 데카당스 스타일에 경도되었던 문학청년 김문집의 습작물 정도로 읽어도 무방하다. 그러나 「경성이문」과 「귀족」의 진정한 의미를 파악하기 위해서는 소설 내부

---

32 金文輯, 「貴族」, 『ありらん峠』, 第三書房, 1958, 105쪽.

의 문제뿐 아니라, 일본인 독자에게 읽히기 위해서 일본어로 쓰였다는 외적 맥락을 아울러 고려할 필요가 있다.

4. 미美의 정치, 문예의 내선일체

철저히 의미 없는 삶, 희망 없는 세계를 그려낸 김문집의 소설은 서구 데카당스 미학에서 그 사례를 확인할 수 있다시피 비판적 전위의 역할을 기대하게 한다. 혹시 그는 식민지 근대의 파국을 암시하고자 했던 것일까? 그러나 그의 소설은 미적 모더니티의 방법론을 차용하긴 했으되 정치성을 제거한 자기 충족적이고도 쾌락적인 텍스트로 읽힌다.

소설 속 인물들이 소외와 고통을 느끼는 이유로 지목되는 봉건주의, 조국의 멸망, 식민지 현실 등의 기표들은 기의를 지니지 못한 채 부유하는 양상을 보인다. 그들은 입으로는 환멸을 이야기하나 사실상 식민지 근대의 몇 안 되는 수혜자이며 이 체계 밖으로 나가고자 하지 않는다. 나라는 몰락했으되 그들은 여전히 귀족이다. 그러므로 데카당스는 하나의 스타일이자 제스처일 뿐 일상과 생활의 문제에서 비롯된 것이 아니다. 「귀족」에서 과거 사회주의자로서의 이력은 이념 상실의 차원이 아니라 러시아의 젊은 사상가를 본뜬 복장을 통해 시각적으로 드러나며, 민족주의의 불가능성은 "동양의 고대 그리스-신라라는 현란한 문화의 조국"[33]에 대한 자부심 혹은 노스탤지어로 편리하게 대체된다. 따라서 그들의 권태와 환멸은 모더니티의 가치체계를 문제 삼고 심문하기에는 불철저한 수준에 머무르고 있다.

한편 이국 취미의 문화적 표지들이 과장되게 그리고 피상적으로 표현된 소설

---

33 金文輯, 「貴族」, 위의 책, 103쪽.

의 공간은 경성이 아니라 하더라도 하등 이상할 것이 없는 모습이다. 그랜드 보헤미안 호텔은 중세 슬라브 취향과 인도풍, 남국 정서가 뒤섞인 모습을 띠고 있으며, 그 안에서는 오페라와 조선 무용, 나폴리 무용 등이 뒤섞여 상연된다. 낙양 구락부는 벽에 춘향전이 쓰여 있고 연주는 필리핀 및 상하이 연주자가 담당하는 등 정체 모를 풍속과 묘한 춤이 흘러넘치는 비밀스러운 곳으로 묘사된다. 그런데 이를 나열하고 묘사하는 데 엄청난 공을 들이고 있는 것과는 달리, 김문집은 당시 경성의 살아 있는 풍경을 재현하는 데서는 상당히 취약한 모습을 보인다.

예컨대 종로 거리 풍경은 「경성이문」에서와 같이 "민족적, 계급적으로 몰락해 가는 것을 내면적 취지로 삼고 있는 종로 거리"[34]라는 식으로 직접 설명되거나, 「귀족」에서 그러하듯 나무신, 부채, 담뱃대, 기생, 천하대장군 등의 토산품들, 장구와 가야금 반주를 곁들인 박녹주의 판소리 방송 등과 같은 소재의 나열로 대체된다. 당연한 결과로 살아 있는 조선인의 형상은 어디에도 보이지 않는다. 단 한 장면, 서사 속에 갑자기 흰옷을 입은 일군의 남녀가 등장하기는 한다. 그러나 초라한 행색으로 손에 바가지를 든 채 만주로 가는 이들 유랑민은 앞서 언급한 토산품들과 마찬가지의 기능을 수행한다. 경추의 형 귀는 자신들을 "시대와 역사의 희생자"라 말한다. 그러나 그의 서사에서 진짜 희생자는 일반 조선인들이라 할 수 있다. 조선의 유랑민들이 겪는 "빈고와 유랑과 굴욕은 태어날 때부터 그들에게는 당연한 일"[35]로서 서술되며 그 이상 사유되지 않는다. 김문집은 '내지인'의 시선으로, 다시 말해 일본인이 경성을 생각할 때 연상할 법한 소재들을 전시하고 있을 뿐이다. 그의 소설은 식민지에서 환기되는 몰락과 쇠퇴의 이미지만을 소비하면서 경성이라는 공간의 역사성이나 고유성을 삭제해 버리고 있다.

결국 김문집은 언제나 신기하고 재미있는 것을 요구하는 저널리즘의 요구에

---

34 金文輯, 「京城異聞」, 『三田文學』, 1936.5, 28쪽.
35 金文輯, 「貴族」, 앞의 책, 103쪽.

장혁주와는 다른 방식으로 부응하고 있었던 셈이다. 「경성이문」은 탐미주의의 아성으로 알려진 『삼전문학』에 최적화된 스토리로서 고안된 것이었을 가능성이 높다. 식민지라는 특수한 소재에 에로, 그로, 넌센스적인 취향을 추가하고 자칭 예술파답게 데카당스 미학을 덧칠함으로써 그는 도쿄 문단의 중심을 향해 구애의 손길을 내민 것이다. 이 점은 그의 소설에 일본인들이 등장하지 않는다는 사실을 통해서도 생각해 볼 수 있다. 『아리랑고개』는 조선인, 만주인, 인도인, 아프리카인 등 각양각색의 인종적 마이너리티를 등장시키며 이방에서 혹은 몰락한 조국에서 욕망과 환멸의 드라마를 펼쳐 보이고 있다. 그러므로 이 소설집은 일본인 독자 앞에 펼쳐진 일종의 이야기 박람회장이라 할 수 있겠다.

김문집은 애초에 일본인이 등장하는 평범한 이야기로는 승부를 걸 수 없다고 생각했을 수도 있다. 그는 일본에서 성장하면서 제국 일본의 상승과 확장을 목도했고 모국의 초라한 몰락을 기정사실로 받아들였다. 그의 데카당스 미학은 완전한 끝, 그리하여 어떤 종류의 능동적 상상력도 허여치 않는 지점을 급진적으로 겨냥하고 있었던 것이 아니라, 오히려 매우 실제적인 욕망, 일본의 작가로서 명성을 얻고 싶다는 바람에 기댄 것이었다. 그러나 일본에서의 작가 생활이 좌절되자 이는 조선 문단을 향한 우월감과 계몽의 욕망으로 탈바꿈한다. 목표는 달라졌으나 권력 의지의 발현이라는 점에서 그 욕망은 동전의 양면처럼 긴밀하게 맞닿아 있는 것이었다. 따라서 그의 글쓰기는 근대적 데카당스의 또 다른 측면, 몰락의 자리에서 머물지 않고 미래의 재생 가능성을 믿으며 신생주의적인 지평으로 나아간 흐름[36]과 연관된다.

그렇다면 예술비평의 주창자이자 탐미주의 작가였던 김문집이 대일 협력에의 길로 나아간 것은 결코 비약이 아니다. 조선 문단에 진입한 이후 미적 스타일에 대한 그의 관심은 "언어의 조선"을 재인식하는 데서 조선문학이 재출발해야 한다

---

36 M.Calinescu, 이영욱 외역, 『모더니티의 다섯 얼굴』, 시각과 언어, 1998, 200쪽.

는 주장으로 이어졌다.[37] 조선어만큼 예술성이 풍부한 언어가 없음을 강조하였고,[38] 신인 작가 김유정 소설의 언어 미학을 지지했으며,[39] 조선 총독 미나미 지로南次郎를 찾아가 조선교육령 개정에 따른 조선어 과목 축소를 항의하고 그 전말을 잡지에 상세히 보고하는 등[40] 누구보다도 조선어의 운명을 걱정하는 듯 보였던 그였다. 그러나 그의 관심은 '민족'이 아니라 '민속'에 국한된 것이었고 박물화된 조선어, 토착어로서의 조선어에 고정된 것이었다. 이는 현실 연관성을 상실한 예술론이자, 불온성을 제거한 미美의 세계로서 운위되었다. 그에게 아름다운 것은 좋은 것이었다. 그리고 미적 지평에서 제국과 식민지는 나란히 공존하는 것으로 상상되었다.

중일전쟁 이후 김문집은 총독부의 내선일체 방침에 '일원적 일체주의'로 화답한다. "조선 민족이 형식상으로 대화大和 민족에게로 자기 해소를 해버리는 일이 있드래도 그는 조선 민족의 변증법적 확대 강화이기는 할망정 조선 민족의 절멸은 결코 아닌 것으로 나는 믿는다."[41] 이와 같은 견지에서 그는 "가무기歌舞伎, 부세회浮世繪 등이 일본 제국의 유수한 예술 요소인 것처럼 조선문학은 예컨대 아악, 고려자기 등과 같이 우수한 일본 제국의 예술적 영야의 성원인 것이 명백하다"[42]고 주장한다. 여기서 조선문학은 전근대적 유물의 진열대 중 한 품목으로서 다루어지고 있다. 주목할 만한 점은 이때에도 김문집은 여전히 예술지상주의자이자 문화주의자로서 자처하고 있다는 사실이다. 그는 내선일체의 정당성을 예술과 문화의 영역에서 찾고자 했다. 그래서 고대로 귀환하여 일본의 무사도와 신라 화랑도의 친연성을 찾고, 신사의 조선적 기원을 탐색하는 한편, 백제 왕조 때 이식

---

37 김문집, 「전통과 기교 문제 – 언어의 문화적 문학적 재인식」, 『비평문학』, 청색지사, 1938, 176쪽.
38 김문집, 「언어와 문학 개성」, 위의 책, 10쪽.
39 김문집, 「김유정」, 위의 책, 403~404쪽.
40 김문집, 「남총독 회견기 – 조선 문단 옹호의 전말」, 『조광』, 1938.9.
41 김문집, 「문단 재건론」, 『삼천리』, 1939.4, 213쪽.
42 김문집, 「신문화주의적 문예시평 – 비상시에 처한 문단의 자각」, 『삼천리』, 1938.11, 222쪽.

된 야마토 혈통에 대해 언급한다.[43] 고대 문화예술에 산재한 교류의 흔적들은 일본과 조선이 원래 하나였고 하나여야 한다는 증거로 제시되었으며, 이와 같은 주장은 김문집의 종래 예술관과 어떠한 갈등도 빚지 않았다. 이처럼 김문집의 글쓰기는 식민지 근대라는 조건 속에서 예술을 위한 예술이 문단 권력 및 국가를 위한 예술로 흡수되는 과정을 보여준다.

5. 제국으로 회수된 예술

김문집은 한국근대비평사에서 예술주의 비평의 주창자로 평가받고 있다. 그러나 그가 일본어 소설과 조선어 비평을 오간 이중어 글쓰기의 실천자였다는 사실은 그간 별반 주목을 받지 못했다. 그래서 이 글은 김문집의 이중어 글쓰기 과정을 다음과 같은 순서로 재구해 보았다.

첫째, 김문집이 쓴 장혁주에 대한 공개장을 통해 김문집의 문학관과 작가적 태도를 생각해보았다. 김문집은 장혁주 문학을 일본 저널리즘이 요구하는 특수한 상품으로 규정하면서, 예술성과 문장미를 기준으로 보면 졸작에 불과하다고 비판했다. 또한 장혁주가 조선 사정을 잘 모르는 일본 독자들을 기만하고 있다고 지적하며 조선적인 것을 효과적으로 운용하는 방법론을 제안했다. 여기서 예술의 본질은 표현에 있다고 보는 김문집의 입장과 더불어 식민지 조선인의 도쿄 문단 진출에 있어 조선적인 것의 표현 문제가 중요 사안으로 거론되었음을 확인할 수 있었다.

둘째, 김문집의 일본어 소설을 통해 그의 미학적 방법론과 조선이라는 범주 활용 문제를 살펴보았다. 김문집은 「경성이문」과 「귀족」이라는 두 편의 소설에서

---

43 김문집, 「내선일체 구현의 방법 – 조선 민족의 발전적 해소론 서설 : 상고에의 귀환」, 『조광』, 1939.9.

식민지 조선을 배경으로 데카당스적 환멸의 서사를 선보이고 있다. 경성은 문명화된 근대 도시인 동시에 권태와 무기력의 공간으로 묘사되는데, 이는 부정적으로 환기되는 과거, 몰락한 조국의 현재, 전망 없는 미래라는 시간성에서 비롯된다. 두 소설은 호텔과 클럽 등 폐쇄적인 공간을 중심으로 특별한 사건 없이 분위기 환기와 배경 묘사에 집중하다가 갑작스런 결별 및 자살로 마무리된다. 이러한 구성은 데카당스적 악순환을 강조하고 있다는 점에서 공통적이다.

셋째, 이와 같은 데카당스 서사가 지니는 의미에 대해 생각해보았다. 데카당스의 전위성 내지 정치성을 소거한 채 데카당스적 분위기만 차용하고 있는 것이 「경성이문」와 「귀족」의 특징이다. 그는 여기서 조선적인 것을 오로지 미적인 것으로 향유하였다. 특히 작품의 무대가 된 모던 경성은 이국적이고도 낯선 장소로 묘사되는 과정에서 고유성과 역사성을 상실하고 있다. 그러므로 김문집의 데카당스 미학은 식민지 근대에 대한 비판적 사유에 이르지 못했다. 그의 진정한 관심사는 몰락이 아니라 몰락 이후의 신생에 있었다. 그의 글쓰기는 도쿄 문단의 중심에 접근하고자 하는 욕망의 산물이었으며, 이후 별다른 괴리나 갈등 없이 제국 일본을 위한 미적 내선일체의 지평으로 나아가게 된다.

이와 같은 논의를 통해 이 글은 김문집의 일본어 소설과 조선어 비평의 관계를 밝히고 예술지상주의가 파시즘과 접목되는 계기에 대해 생각해 볼 수 있었다. 김문집의 일본어 소설은 내용은 물론 미학적 가치로 볼 때 현재성과 보편성을 지닌 작품이라 할 수 없다. 그럼에도 불구하고 이것이 환기하는 바도 적지 않다고 생각한다. 김문집의 글쓰기는 식민지 데카당스의 비전위적 사례로서, 혹은 제국으로 회수된 예술의 한 노선으로서 주목할 만하다. 무엇보다도 식민지와 제국 사이에서 일종의 경계인으로 살아갔던 김문집은 존재 그 자체로 환기하는 바가 크다. 이와 같은 경계인들, 그리고 여전히 한일 문학사의 어느 쪽으로 회수되지 못한 글쓰기들에 대한 연구가 진전되길 기대해 본다.

제5장

『문화조선文化朝鮮』의 조선(인) 표상

조선인 작가들의 소설을 중심으로

1. 잡지『문화조선』과 소설란의 성격

『문화조선文化朝鮮』은 일본여행협회 조선지부에서 격월간으로 간행된 일본어 잡지로서[1] 1939년 6월 『관광조선觀光朝鮮』이라는 이름으로 창간되었다. 이 시기에 조선 관광은 개인적 여행을 넘어서 전쟁을 뒷받침할 애국적 산업의 일환으로 새롭게 정의되고 권장되는 추세였다.[2] 1940년 8월 대동아공영권大東亞共榮圈이라는 슬로건이 새로이 제창되면서 일본의 언론은 열도와 대륙을 잇는 반도의 군사적, 경제적, 지리적 가치를 강조하는 담론들을 본격적으로 생산해내기 시작했다. 이러한 분위기에 힘입어 『관광조선』은 1940년 12월 『문화조선』으로 제호를 변경하고[3] "일대 계몽 운동"으로서 관광 개념을 선포하는 한편[4] 일개 식민지에서 대

---

1   『문화조선』의 독자는 일반적인 의미의 여행객은 물론, 일제 말기 전시(戰時) 업무 관련자, 각종 근대적 사업을 수행하는 자들로서, 본국과 조선 내의 일본인 다수 및 일본어 문식력을 확보한 조선인 일부가 포함되었다. 문경연, 「『文化朝鮮』(前身『觀光朝鮮』, 1939~1944), 식민지 경영과 잡지 미디어의 문화정치」, 『근대서지』 8, 소명출판, 2013, 497쪽. 이 잡지는 경성을 비롯한 조선 각 주요 도시의 백화점 안에 설치된 일본여행협회 조선지부에 비치되어 30전에 판매되었다. 서기재, 「『관광조선(觀光朝鮮)』에 나타난 '재조일본인'의 표상-반도와 열도 일본인 사이의 거리」, 『일본문화연구』 44, 동아시아일본학회, 2012, 341쪽.
2   加藤豪, 「觀光朝鮮-雜誌 『觀光朝鮮』 創刊の言語に代へて」, 『觀光朝鮮』, 1939.6, 2쪽.

동아의 요충지로 재탄생한 문화조선의 새로운 면모를 과시하고자 했다.

『문화조선』은 조선의 각 지역과 자원을 소개하는 실용적인 기능에 더하여 조선인의 생활과 풍속, 예술을 조명하는 데 상당한 지면을 할애했다. 컬러 표지와 화보, 옛 조선의 흥미로운 이야기와 모던 조선의 새로움을 담은 에세이, 조선의 음악, 미술, 연극, 영화계의 동향을 알리는 각종 기사들, 또한 작가들의 순수 창작물에 이르기까지 그 내용도 다채로웠다. 이는 조선문화의 우수성 그 자체를 부각시키기 위함이 아니라, 제국의 영토에 대한 국민적 관심을 환기함으로써 대동아라는 새로운 지역 구상을 원활히 수행해나가는 데 목표를 둔 것이었다. 따라서 『문화조선』은 아시아·태평양전쟁기 조선의 장소성이 문화적으로 동원되는 양상을 확인할 수 있는 중요한 잡지이다.

『관광조선』 및 『문화조선』의 전모는 서기재의 집중적이고도 지속적인 연구를 통해 밝혀졌다. 그는 『관광조선』이 보유한 흥미와 오락의 요소를 관광지에 관한 글, 문학적인 글, 취미적인 글, 회화적인 요소 등의 네 가지 범주로 나누어 정리했으며, 관광의 욕구를 자극하는 여성성의 활용 방식, 웃음을 유발하는 만화라는 장치, 재조일본인 작가의 소설 및 김사량 소설의 성격 등을 규명해낸 바 있다. 따라서 서기재의 연구들은 잡지의 기본 성격과 내용을 파악하는 데 큰 도움을 준다. 다만 그는 잡지의 명칭 전환, 그리고 이후의 변화에 대해서는 그다지 의미를 부여하지 않는 듯하다. 『문화조선』으로 전환된 이후부터 이 잡지는 "예술성을 상실하고 노골적인 황국화의 모습"을 비추며 "국책을 위한 자료"로 전락하고 말았다[5]고 보고 있기 때문이다. 그러나 오히려 국책과 문화가 만나는 장으로서 『문화조

---

3 발행처의 명칭도 일본여행협회에서 동아여행사로, 그리고 동아교통공사로 변경하며 '여행'에서 '이동'과 '교통'으로 그 범주를 점차 확장해 갔다. 문경연, 위의 글, 499쪽.

4 武内愼一, 「改題 『文化朝鮮』の言語」, 『文化朝鮮』, 1940.12, 9쪽.

5 서기재, 「근대 관광 잡지 『관광조선(觀光朝鮮)』의 탄생」, 『동아시아문화연구』 46, 한양대학교 동아시아문화연구소, 2009, 77쪽.

선』을 주목해볼 수 있을 터이다. 문경연은『관광조선』과『문화조선』의 연속성을 염두에 두며 이 잡지를 "'여행'에서 확대된 '문화' 개념을 모토로 하여 제국과 식민지 간의 물적, 인적 이동과 교통을 지향한 매체"[6]로 정의했다. 한편 식민지 경영의 문화 전략에 초점을 맞추어『문화조선』에 수록된 연극, 영화 관련 기사를 수합, 분석하고, 사진 이미지를 중심으로 제국의 카메라적 시선 앞에 전시된 조선문화의 성격을 규명했다.[7]

선행 연구를 검토해 보건대 1941년 이후의 발행본을 포괄한『문화조선』연구는 향후에도 다양한 방향으로 전개될 수 있으리라 생각된다. 우선 선행 연구에서 진행한 바 있는 표지와 화보, 특집 및 주요 코너에 대한 논의를 보충하여 잡지의 전모를 총체적으로 정리하는 작업이 필요하다. 또한 잡지 내 콘텐츠의 변화 양상과 새롭게 추가된 콘텐츠의 성격을 살펴봄으로써 대동아 문화 창달을 위해 소환된 식민지 문화의 내용을 시기별, 주제별로 규명할 수 있을 것이다. 잡지 외부로 시야를 넓혀 당대 조선을 비롯한 일본 식민지의 선전 미디어와『문화조선』의 전략이 어떻게 차별화되는지 생각해보는 것도 가능하다.

이 글은 특히『문화조선』으로의 재편 이후에 수록된 조선인 작가들의 일본어 소설에 주목하고자 한다.『문화조선』은 2권 1호[1940.1]부터 완결소설讀切小說이라는 코너를 통해 어디서든 부담 없이 읽을 수 있는 짧은 분량의 소설을 수록해 왔다. 완결소설은 "조선이라는 지역과 어떻게든 관계"되는 내용을 통해 조선의 다양한 면모를 생생하게 그려내 주는 장으로 기능했다.[8] 4권 5호[1942.12]의 경우 완

---

6 문경연, 앞의 글, 496쪽.
7 문경연, 「『文化朝鮮』(1939-1944)의 미디어 전략과 제국의 디스플레이」, 『한국문학연구』46, 동국대학교 한국문학연구소, 2014; "Korea/Culture as the Chosen Photographic Object : Focusing on Culture Joseon", *Korea Journal* 55-2, 유네스코한국위원회, 2015. 이 잡지의 표지와 화보 등을 통한 이미지 활용 전략은 흥미로운 논제이다. 특히 화보는 당대 어느 미디어에서도 접할 수 없는 조선의 풍경을 생생하게 담고 있다. 이 잡지의 표지와 여성성의 문제에 관해서는 미술사학계 쪽의 논의도 참조할 수 있다. 윤소라, 「일제강점기 조선인 여성의 시각화와 이미지 생산」, 이화여대 석사논문, 2013.
8 서기재, 「『관광조선(観光朝鮮)』에 나타난 '재조일본인'의 표상-반도와 열도 일본인 사이의 거리」,

결소설 대신 소설, 그 이후로는 단편소설이라는 용어를 사용하고 있으나 그 성격은 동일하게 유지되었다. 그러나 필진의 성격에는 명백한 차이가 있다. 『관광조선』으로 발간되던 시기에는 주로 재조일본인 작가들이 필자로 나섰고[9] 조선인 작가의 작품으로는 장혁주의 「해후邂逅」가 유일하게 실렸다. 조선인 작가들이 본격적으로 등장하는 것은 『문화조선』으로 재편된 이후부터였다. 시국색이 강화되고 조선의 이용 가치를 강조하는 목소리가 높아지면서 조선인과 함께 하는 문화운동을 보여줄 필요가 있었던 것이다. 최정희의 「정적기靜寂記」를 필두로 정인택의 「갑종합격甲種合格」에 이르기까지 조선인 작가의 소설은 총 11편으로 확인된다.[10] 이동연극 특집호였던 5권 4호1943.8에는 소설 대신 김건의 창작 희곡 「바가지瓢」가 수록됐는데, 이 작품까지 합한다면 1940년에 1편, 1941~1944년에 매해 3편씩 『문화조선』에 수록된 조선인의 창작은 총 13편에 이른다. 개중에는 조선어 소설을 일본어로 개작하거나 한문소설을 번역한 경우도 있었으나 대부분 『문화조선』을 위해 창작한 오리지널 일본어 창작이었음을 편집 후기에서 확인할 수 있다.

『문화조선』의 조선인 작가들은 일본 영토 내 조선을 긍정적으로 그리고 흥미롭게 알려야 한다는 과제를 부여받았다. 이는 관광지에서 기대되는 이국성을 전시하는 것과는 차원을 달리하는 과업이었다. 개인적 유흥과 감상의 의미가 소거된 관광 개념에 부응하는 소재를 구상, 선택, 조정, 변개하는 과정을 필요로 했기

『일본문화연구』 44, 동아시아일본학회, 2012, 348~350쪽.

9 서기재는 이 잡지에 수록된 재조일본인 소설(1942년도까지의 수록분 13편)의 특징을 3가지로 정리했다. 첫째, 일본 본토의 입장에서 조선을 미지의 세계로 그린 소설, 둘째, 조선에서 자란 일본인들의 입장에서 고향 의식을 드러내는 소설, 셋째, 완벽한 황국 신민 지향의 소설. 위의 글, 351~356쪽.

10 목록을 정리하자면 다음과 같다. 「邂逅」(장혁주, 『觀光朝鮮』, 1940.5), 「靜寂記」(최정희, 『文化朝鮮』(이하 잡지 명칭 생략), 1941.5), 「山の神々」(김사량, 1941.9), 「インテリ, 金山へ行く!」(이석훈, 1941.11), 「どじょうと詩人」(牧洋(이석훈), 1942.5), 「乞食の墓」(김사량, 1942.7), 「名付親」(임순득, 1942.12), 「愛の倫理」(정비석, 1943.4), 「宏淮氏」(이무영, 1944.2), 「連翹」(정인택, 1944.5), 「甲種合格」(정인택, 1944.12) 등이다. 조선의 고전(한문소설) 중에서는 讀物小說 「萬福寺樗蒲の記」(金時習, 冬村克彦 역, 1943.10)가 수록됐다.

때문이다. 이렇게 쓰인 그들의 소설은 분명 제국주의 저널리즘의 산물이지만, 제국의 시선에서 일방적으로 재현된 것이 아니라 조선인 스스로 재현한 조선적인 것이라는 점에서 변별되는 성격을 지닌다.[11] 게다가 작가별로 지향점이나 주제의식면에서 차이를 드러내고 있으므로 작가적 욕망과 내면을 생각해볼 수 있는 근거들을 남기고 있다. 이 글에서는『문화조선』의 조선인 작가들이 국민과 민족의 불일치 속에서 산출해 낸 조선(인)의 표상을 두 가지 범주로 나누어 보았다.[12] 이를 통해『문화조선』에 수록된 소설의 내용을 소개하고 그 특징을 밝히는 한편, 그동안『국민문학』을 중심으로 논의되어 왔던 식민 말기 일본어 텍스트 연구의 지평을 확장해보고자 한다.

2. 결전 반도 – 파트너로서의 조선인

『문화조선』은 오랜 점령 기간 동안 스테레오타입으로 굳어버린 식민지 조선의 이미지를 답습하는 대신, 제국의 영토이자 국책의 요충지로서 조선을 새롭게 표상하고 있다. 그때까지 주로 포착, 유통된 조선의 풍경은 호기심과 지배자의 시선이 교차하며 만들어낸 왜곡된 이미지들이 대부분이었다.[13] 그런데 곰방대를 문 노인, 게으른 양반, 불결하고 비열한 노동자, 빨래하는 조선 여인들, 민둥산, 적토, 지게를 진 짐꾼 등으로 대표되는, 어딘가 미개하고 열등하며 가엽게 보이는 조선[14]에 성전聖戰의 사명을 부여하는 것은 적절치 않은 일로 간주됐다. 따라서

---

11 서기재 역시 완결소설란이 "작가의 주관적인 생각과 창의성을 발휘할 수 있는 공간"이라는 점에서 특별히 주목할 필요가 있다고 지적한 바 있다. 서기재,「『観光朝鮮』의 '문학'의 전략성–〈완결소설〉란의 김사량 소설을 통해」,『일본어문학』53, 한국일본어문학회, 2012, 158쪽.
12 최정희, 임순득, 정비석의 소설은 민족/국가의 문제와 여성성이라는 논제로 수렴되는 만큼 별도로 분석하기 위해 이 글에서는 제외했다.
13 김수현·정창현,『제국의 억압과 저항의 사회사–사진과 엽서로 본 근대 풍경』, 민속원, 2010, 115쪽.

『문화조선』은 1941년경부터 지하자원 특집, 경남지대 특집, 수풍댐 특집, 고주파와 마그네사이트 특집, 황해 지역의 광산 특집 등을 본격적으로 구성하며 반도의 지리적 가치를 강조하기 시작한다.[15] 일본인들은 조선 사정에 무지했기 때문에 제국 건설에 유용한 장소라는 인식을 새로이 심어줄 필요가 있었기 때문이다. 이에 부응하여 『문화조선』의 소설란은 당시 국민문학의 대표 작가로 부상한 이석훈을 필자로 섭외하여 일본 국민으로 한걸음씩 나아가는 반도인의 모습을 보여주고자 했다. 그가 형상화한 대상은 그간 조선인 작가가 일본어 창작에서 선보인 농민도, 노동자도, 기생도, 혼혈아도, 노인도 아닌 '지식인'이었다. 여기서 조선의 지식인은 출신만 조선일 뿐 일본인과 다름없이 일본 국가의 장래를 위해 고민하고 행동하는 협력자이자 동반자로서 그려진다.

이석훈이 『문화조선』을 위해 창작한 소설은 「인테리, 금산에 가다!インテリ, 金山へ行く!」와 「미꾸라지와 시인どじょうと詩人」 두 편이다. 우선 「인테리, 금산에 가다!」는 금광을 소재로 취한 소설이다. 이 소설의 주인공 '최'는 경성에서 시골로 내려와 오 년째 금광 사업에 복무하고 있다. 밤이면 늑대가 울어대는 그곳에서 최는 때때로 경성에서의 월급쟁이 생활을 그리워하기도 한다. "벌써 질릴 정도로 바라본 변화 없는 살풍경한 바위산과 들과 구름, 그리고 내일을 알 수 없는 밑바다 생활"[16]에 지쳐가는 것이다. 이러한 그를 든든하게 지탱해주는 것은 아내의 헌신이다. 그와 함께 금산에 온 친구 '이'의 아내는 가난에 지쳐 친정인 평양으로 돌아

14 서기재, 「일본 근대 「여행안내서」를 통해서 본 조선과 조선 관광」, 『일본어문학』 13, 한국일본어문학회, 2002, 433~434쪽.

15 1권 1호(1939.6)부터 4권 5호(1942.12)까지의 특집 목록 정리는 서기재, 『『観光朝鮮』의 '문학'의 전략성-〈완결소설〉란의 김사량 소설을 통해』, 『일본어문학』 53, 한국일본어문학회, 2012, 164~166쪽. 1943~1944년에 간행된 『문화조선』의 특집을 추가 정리하자면 다음과 같다. 싸우는 삼림(5권 2호), 지원병을 목표로 연성하는 반도 청년(5권 3호), 이동연극(5권 4호), 감투(敢鬪)하는 조선 철도종사원(5권 5호), 반도 학도의 결의를 묻는 좌담회(5권 6호, 특집 대신 수록), 항공 결전과 반도(6권 1호), 경금속 증산에 매진하는 조선(6권 2호), 반도의 여성 총궐기(6권 3호), 적국 항복(6권 4호).

16 李石薰, 「インテリ, 金山へ行く!」, 『文化朝鮮』, 1941.11, 187쪽.

가겠다고 선언하지만, 최의 아내는 오히려 가난하기 때문에 남편에게 따뜻한 위로를 받을 수 있음에 감사한다. 이렇듯 소박하고 성실한 그들 부부는 마침내 좋은 소식을 듣게 된다. 광산 자금 운동을 위해 경성에 간 정 서기가 대성공을 거두고 의기양양하게 귀환한 것이다. "자아, 이제부터야. 힘차게 가자"는 외침으로 막을 내리는 이 소설의 지향점은 개인적 성공 너머에 있다. 금의 증산이 크게 요청되는 오늘날 "막대한 부를 수중에 넣어 국가를 위해 유익한 사업을 경영"하는 것이야말로 "일신일가의 영예"이자 "남자의 숙원"[17]임을 강조하고 있기 때문이다. 이에 대해 『문화조선』 편집진은 "금일의 반도 문단이 지닌 뛰어난 인재"[18]라며 이석훈과 그의 글쓰기에 담긴 주제의식을 높이 평가했다.

조선 지식인의 열정과 성실함은 산업전産業戰 뿐만 아니라 문화전文化戰의 현장에서도 부각된다. 이석훈의 「미꾸라지와 시인」은 반도 문단을 일구어 나가는 문학인들의 갈등을 주요 사건으로 내세우고 있다.[19] 주인공 황만수는 국민문학 운동의 기수 역할을 하고 있는 『신인문학』의 편집자이다. 그는 도쿄 문단에서 출세하는 것을 단념하고 신지방주의 문학을 건설하겠다는 일념으로 6개월 전 경성에 돌아온 참이다. 그런데 그가 본 반도 문단은 생각보다 더 완강하고 편협한 곳이다. 설상가상으로 자신의 의욕을 풍자하는 우화가 실린 신문을 보고 그는 더욱 분노한다. 어느 파출소 옆에 맑은 물이 가득 한 수조가 놓여 있어 오가는 말들이 늘 목을 축였는데, 언제부터인가 말들은 이 물을 마시지 않게 되었다. 이상한 생각에 수조를 들여다보니 미꾸라지 장수가 미꾸라지를 한가득 담아 두었더라는 것이 이 우화의 내용이다. 어느 전문학교의 교수이자 문단 선배가 집필한 이 글은, 황만수

17 위의 글, 190쪽.
18 「編輯後記」, 『文化朝鮮』, 1941.11 참조.
19 이 소설에 등장하는 인물의 실제 모델과 당시 문단 상황을 재구한 논의로는 신미삼, 「「미꾸라지와 시인」을 통해 본 일제 말기 조선 문단-이석훈과 김상용을 중심으로」, 『語文學』 139, 한국어문학회, 2018 참조.

가 하는 문학은 "시국에 편승한 가짜 문학이니까 아무도 읽을 사람이 없다"는 야유와 경고의 메시지로 해석된다. 그러나 황만수는 이 우화를 수록한 신문사의 학예부장과 허심탄회하게 토론을 벌인 끝에 다음과 같은 결론에 다다른다.

> 대립을 위한 대립은 물론 타기唾棄해야 할 것이다. 그러나 우리가 시대와 더불어 순순히 나아가려고 하는 것과 달리 가능한 한 구태의연하게 머물고 싶다는 사람들이 있다면 사실상 대립은 피할 수 없다고 생각한다. 그리고 대립에서 교류로, 새로운 조선 문단은 거기서 형성된다고 생각한다. 그 새로운 조선 문단의 중심은 바로 우리다.[20]

자신의 동지는 물론 기성세대 선배들까지 모두 이끌고 가겠다는 결심을 굳힌 그는 오히려 작은 갈등이 있어서 다행이라고까지 여기게 된다. 이처럼 「미꾸라지와 시인」은 조선의 젊은 작가들이 어려움 속에서도 의욕적으로 국민문학을 개척해나가고 있음을 보여준다. 앞서 살펴본 「인테리, 금산에 가다!」와 마찬가지로 이 소설은 '시련을 통한 성장'이라는 주제를 효과적으로 부각시키고 있다.

그런데 이와 달리 『관광조선』 시기에 게재된 장혁주의 「해후邂逅」에 등장하는 조선 지식인은 국가적 사명과 무관한 지점에 위치하는 듯도 하다. 여행지에서 뜻하지 않게 마주친 사람에 대한 추억과 이제는 돌아갈 수 없는 옛날에 대한 아쉬움, 그리고 격세지감이라는 보편적 감정의 문제를 다루고 있기 때문이다. 이는 소설란의 또 다른 구성 요소인 삽화를 통해서도 드러난다. 여기서 삽화는 형식적으로 삽입된 것이 아니라 한 페이지의 절반 이상을 차지할 정도로 큰 비중을 차지하였다. 관광 미디어의 소설란답게 시각적 자극까지 고려한 구성이었다. 물론 전쟁 후반기에 접어들수록 그 비중이 소략해지긴 했으나 적어도 1942년경까지는 소설 한 편당 거대 삽화가 두 개 첨부되었다. 이석훈 소설들의 경우, 등장인물

---

20 牧洋, 「どじょうと詩人」, 『文化朝鮮』, 1942.5, 327쪽.(번역은 저자)

이 조선인임을 한눈에 알 수 있는 사실적인 삽화들을 동반하고 있다. 반면 장혁주 소설의 삽화들은 중절모에 양복을 입은 근대적 남성의 표준화된 모습을 담고 있다.[21] 이는 삽화가의 차이[22]에서 비롯된 것이 아니라 텍스트를 이미지로 구현한 결과라 생각된다.

「해후」에서 장혁주의 분신이라 할 수 있는 주인공의 향수는 과거 교사 시절에 가르쳤던 제자를 우연히 만남으로써 촉발된다. 현재 작은 극단의 배우로서 순회 공연을 하고 있는 제자는 자신의 처지를 부끄러워하면서도 연극에 대한 열정만은 누구 못지않음을 피력한다. 게다가 아직도 선생을 잘 기억하고 있어서 일본 극단 신협新協이 조선에 왔을 때 선생을 찾아오고 싶었으나 사정이 여의치 않았음을 밝히기도 한다. 그런데 제자는 유행에 뒤떨어진, 당당하지 못한, 갸름한 황색 얼굴에 애수에 젖은 낯빛 등의 표현들을 통해 어딘지 모르게 안타까운 존재로 묘사된다. 무명 삼류 배우의 꿈이 그리 쉽게 이루어지지 않을 것임을 예고하는 것이다. 이처럼 일본 문단의 선배이자 전문가 입장에서 조선인을 관망하고 평가하는 식의 태도는 당대 조선 작가들의 소설에서는 찾아보기 어려운 것이다. 일찌감치 도쿄로 진출했고 신협의 춘향전 공연 대본을 집필한 장혁주이기 때문에 가능한 것이라 할 수 있겠다. 그래서인지 현재의 나와 옛 제자의 사이에는 큰 격차가 존재한다. 제자는 선생을 반가워하면서도 눈치를 보고, 자신의 극단에 애정을 지니고 있으면서도 도쿄에 가고 싶다고 말한다. "나도 변했지만 그도 변한 것이다."[23] 그러나 여행지에서의 돌연한 만남과 엇갈림에만 집중하면 이 소설의 전제를 놓칠 수도 있다. 만주국 도문 거리에서 시작되는 「해후」는 주인공으로 하여금

---

21 부록의 〈그림 1~4〉 참조.
22 이석훈 소설의 삽화는 오카지마 마사모토(岡島正元)가 그렸고, 장혁주 소설의 삽화는 기타하라 데쓰야(北原哲哉)가 그렸다. 오카지마 마사모토는 김사량과 최정희 소설의 삽화도 담당했는데 조선적인 특색을 사실적으로 반영하고 있다. 다른 작가의 소설에도 작게라도 삽화가 반드시 삽입되나 삽화가의 이름이 누락되어 있다.
23 張赫宙, 「邂逅」, 『觀光朝鮮』, 1940.5, 26쪽.

조선과 철도로 연결된 북만주 일대의 지역들을 고루 방문하게끔 한다.

그 후 나는 연길에서 묵고 다음날 용정에 있었다. 내가 용정을 출발한 후에 그의 극단이 또 용정으로 내연한다는 것을 알고 나는 그 지방의 많은 명사들과 시간을 보내면서도 문득 그를 생각하기도 했다. 그 다음에 나는 약 네 시간 동안 북만주의 이민지 移民地를 걷고 목단강에서 합빈을 거쳐 봉천으로 나갔다. 봉천에서 만철滿鐵의, 내가 만주로 간 것과 직접적인 관계가 있는 여객과와 관광과에서의 용무를 끝내자, 마침 여름철이 되는 3월에 가까운 만주의 여행에 완전히 지쳐 버렸다. 따라서 예정대로 북중국을 도는 것이 아무래도 마음에 내키지 않는 채로 신경으로 가서 청진에서 동경으로 돌아가는 것으로 예정을 변경했던 것이다.[24]

이 짧은 단락에서 차례대로 언급되는 연길, 용정, 목단강, 합빈, 봉천, 신경, 청진, 동경 등은 중국, 조선, 일본이라는 각기 다른 장소에 속한 것이 아니라 어떤 장애물이나 이질감 없이 드나들 수 있는 제국 내의 한 영토들이다. 동북아로 뻗어가는 제국의 여정을 불편 없이 그리고 이의 없이 따르고 있는 나는 굳이 일본 국민이 되고자 하는 소망을 내비칠 필요가 없다. 이미 일본 국민 그 자체이기 때문이다. 이런 점에서 장혁주의 소설은, 식민지인에서 국민으로 나아가고 있는 도정을 그린 이석훈의 소설과 성격을 달리한다.

1944년에 이르러 등장하는 정인택의 소설 역시 조선 지식인의 성장을 다루고 있으나 국민적 열정을 보다 강조하고 있다는 점이 눈에 띈다. 우선 그는 이미 발표한 조선어 소설을 일본어로 다시 쓰는 방식을 택하였다. 「동창東窓」「조광」, 1943.7을 「개나리連翹」로 개작한 것인데,[25] 크게 볼 때 이 두 소설은 병약한 지식인이 고

---

24 위의 글, 25쪽.(번역은 저자)
25 정인택 작품의 개작 상황에 대해서는 박경수, 『정인택 그 생존의 방정식』, 제이앤씨, 2011, 281~284쪽.

향과 흡사한 고장으로 내려가 갱생의 다짐을 새롭게 다진다는 점에서 동일한 주제 의식을 지닌다. 그러나 원작에서 나의 변화에 결정적 계기로 작용한 '해군제일차공격대'의 전모 발표는 「개나리」에서 야마자키 부대의 옥쇄玉碎 소식으로 변경된다. 이는 1943년 5월 29일 알류산 열도의 애투 섬에서 일본 부대가 미군의 공격으로 거의 전멸에 이르게 된 사건을 가리킨다. 그 이후로도 이어진 옥쇄의 행렬들은 일본 국민에게 대대적으로 선전되며 귀축미영鬼畜米英을 다짐케 하는 계기로 작용했다. 이때 죽은 군인들은 군신軍神으로 숭앙되었고 그들이 남긴 수기를 읽은 일본의 많은 청춘들은 기꺼이 죽음에 동참했다.[26] 「개나리」의 주인공이 재현하는 것은 바로 이러한 감정의 연쇄 폭풍이다. 소설 속 나는 감동, 분노, 부러움, 죄책감을 느끼는 것은 물론 급기야 졸도에까지 이르고 있다. "반도 태생인 나에게는 병적兵籍이 없"는 데다 나이가 사십이 넘어서 지원할 자격조차 없음에 상심했기 때문이다. 정인택은 이러한 서술을 통해 반도인도 애국의 진정성에 있어서는 내지인에 뒤지지 않는다는 점을 강조하고 있다.

한편 원작에서 표현된 도회지에 대한 그리움과 미련, 시골 생활에 대한 의구심 등 애국의 외부에 속하는 감정들을 모두 삭제하고 있다는 점도 눈에 띈다. 개나리꽃이 만발하여 고향을 연상시키는 시골의 풍경 역시 애국의 지평에서 해석되는데, 아침녘의 고요한 마을은 마치 "싸우는 일본"과 같이 강인한 힘을 안으로 간직한 장소로 그려진다. 이곳에서 비로소 나는 "좋아, 하고 말 거야"라는 의지를 다지게 된다. 이처럼 「개나리」는 도회지의 생활을 청산하고 "고향에 묻힌 역사, 향토사 연구나 하면서 ― 허약한 내 몸에 알맞은 생활을 시작"[27]하겠다는 다짐으로 귀결되는 원작과 달리 "일억 모두 일어서기"라는 내선 국민의 자세를 강조하는 것으로 마무리된다. 여기서 부각되는 것은 실제 군인이든 아니든 군인에 준하

---

26 大貫惠美子, 이향철 역, 『사쿠라가 지다 젊음도 지다』, 모멘토, 2004 참조.
27 정인택, 「동창」, 『조광』, 1943.7, 156쪽.

는 존재로서 성장해가는 조선인상이다.

『문화조선』 종간호의 특집 적국항복敵國降伏란에 수록된 정인택의 「갑종합격甲種合格」 역시 제목만 보더라도 조선인의 군인 되기에 대해 다룬 소설임을 짐작할 수 있다. 편집 후기에 따르면 이 특집은 "사이판 섬의 분격憤激에 멸적滅敵의 열도熱禱를 올리기 위하여"[28] 조선 내 각지各誌 10월호에 실린 조선문인보국회원들의 작품을 모아 구성되었다. 「개나리」가 애투 섬의 옥쇄로 인해 재창작되었다면, 「갑종합격」은 미국의 사이판 점령을 배경으로 하는 소설인 것이다. 이 소설은 평화롭고 소박한 어느 마을의 풍경 묘사로부터 시작된다. 스토리는 간단하다. 아침 일찍부터 부지런을 떨며 좋은 소식 운운하던 카네무라金村 노인은 마침내 아들 의웅이 갑종으로 지원병에 합격했다는 소식을 듣는다. 그리고 의웅이 합격하면 실행하리라던 약속대로 흔쾌히 자신의 상투를 스스로 자른다는 결말이다. 전시체제로 돌입하면서 조선인들의 머리 모양이나 의복 규제가 이루어진 것은 익히 알려진 사실이다. 그러나 마을의 구장이자 어른인 노인의 자진 삭발은 상당히 예외적인 결단에 속한다. 전쟁 말기 조선에 요구된 파트너쉽, 그리고 그것의 문학화는 이석훈의 소설에서 확인할 수 있던 것보다 한결 더 강력한 메시지를 발신하고 있던 것이다.

『문화조선』에 수록된 이석훈과 정인택의 소설은 『국민문학』에 발표하던 소설들보다 각각 덜 우울하고 더 강력하다는 점에서 약간의 차이를 보인다. 이석훈은 같은 시기 자기 소설에 종종 등장시킨 싸늘하고 회의적인 조선인들의 눈초리와 목소리를 감추었다. 한편 패전 직전에 쓰인 정인택 소설은 조선어 소설보다 과잉된 충성의 표지들을 곳곳에 배치하거나 잡지의 특집과 연결되는 맞춤형 서사를 창조해냄으로써 일본의 대사업에 동참하는 반도인으로서의 자세를 강조하고 있다.

---

28 「編輯後記」, 『文化朝鮮』, 1944.12.

3. 생활 조선-토착민으로서의 조선인

『문화조신』은 내선일체가 실현된 조선의 새로운 면모뿐만 아니라 예부터 전해 내려오는 조선 고유의 생활에 대해서도 조명하고 있다. 조선인은 어떻게 살아왔으며 그 특성은 무엇인가에 대한 관심은『관광조선』시기부터 종간 직전까지 일관되게 유지되었다.[29] 시기에 따라 초점 설정이나 콘텐츠 배치에 다소 차이는 있었으나, 더 구체적인 조선을 향한 이 잡지의 욕망은 근대와 전근대, 도시와 시골, 지식인과 민중 등을 망라하며 전방위적으로 뻗어나갔다. 소설란의 경우에도 예외는 아니었다. 특히 조선인 작가의 소설은 현지인만의 감각으로 조선인의 생활문화를 조명하는 특별한 장으로 기능하였다. 이 주제와 관련하여 주목해야 할 작가는, 1940년 아쿠타가와상芥川賞 후보에 선정되며 도쿄 문단의 신예로 떠오른 김사량이다. 그는「산의 신들山の神々」과「거지의 무덤乞食の墓」이라는 두 편의 소설을 통해 자신의 고향인 평양 부근에서 살아가는 조선 토착민들의 삶을 다루었다.

김사량의「산의 신들」은 여러 번의 개작을 통해『문화조선』에 최적화된 형태로 완성되었다. 조선어 수필「양덕통신陽德通信」『新時代』, 1941.1을 소설로 개작한「산의 신들」『文藝首都』, 1941.7을 다시금 개작한 것이 바로『문화조선』판「산의 신들」이다.[30] 두 소설의 모태가 된「양덕통신」은 누이를 잃은 김사량이 심신을 회복하기 위해 머물던 양덕온천의 풍경을 담고 있는 서간문 형식의 수필이다. 여기서 그가 주목한 것은 탕 속에 앉아 숫자를 세는 조선 사람의 버릇이다. 그런데 "철철 끓는 탕 물속에 늘큰히 들어앉어 머리에 수건을 척 얹구서 살이 삶어지두룩 그냥 세어

---

29 대중적이고 오락적인 기획물들이 대다수였던 초창기에도 피상적인 조선의 겉모습이 아닌 "현실적 생활적"인 조선에 주목해야 할 필요성이 제기되었다. 서기재,「『관광조선(観光朝鮮)』에 나타난 '재조일본인'의 표상-반도와 열도 일본인 사이의 거리」,『일본문화연구』44, 동아시아일본학회, 2012, 343쪽.
30 이 작품은 한 달 후 약간의 수정을 거쳐「神々の宴」라는 제목으로『日本の風俗(満洲·朝鮮·臺灣 特輯』(1941.10)에 수록되었다. 번역본은 김사량, 김재용·곽형덕 편역,『김사량, 작품과 연구』2, 역락, 2009, 127~144쪽.

만 가며 오백까지 천까지 또한 수천에 이르기까지 견대배긴다는 정신"[31]에서 그는 조선 사람의 우수성을 발견하고 있다. 이는 당시 광범위하게 유통되고 있던 게으르고 나태한 조선인상[32]을 뒤집는 견해였다. 그는 이런 "인내의 정신"만 있으면 "개량주의"도 필요 없을 성싶다는 등 짐짓 민족개량론을 겨냥한 발언도 내놓고 있다. 물론 이야기는 진지한 비판으로 치닫지 않은 채 백까지 숫자를 세다가 신발을 도둑맞은 사연으로 넘어간다. 남탕의 신발을 지니면 자식을 낳을 수 있다는 그곳 여인들의 믿음 때문에 종종 이런 해프닝이 벌어진다는 것이다. 따라서 김사량은 다음과 같이 유머러스한 제안으로 이 글을 마무리하고 있다.

> 그러나 나는 백구白駒야 껑충도 하였으며 또 어떤 부인은 아들도 낳게 되었으니 오늘밤은 무척 축복된 밤이외다. 이리하여 한 조선 사람은 우수하여졌으며 또 한 사람은 끊어질 대를 잇게 되었으니깐요.
> X형 형같이 결혼한 지 이미 몇 개 성상 아직 소생이 없는 이는 기어코 만사 제지하고 한번 나오셔서 여탕에라도 잠입하여 고운 흰 고무구쓰 채 내이고 달같은 딸 하나 낳으셔야 잖소.[33]

일본의 지한파知韓派 작가 야스타카 토쿠조保高德藏[34]가 주재하던 동인지 『문예수도文藝首都』에 수록된 소설 「산의 신들」에서도 이 수필의 중심 사건은 그대로 반복된다. 그러나 장르와 독자층이 달라진 만큼 내용, 형식, 문체 등의 세부적인 수정

---

31 김사량, 「양덕통신」, 『신시대』, 1941.1, 144~145쪽.
32 이와 같이 부정적인 조선인상의 규격화는 일본이 처음으로 체험한 근대 전쟁(청일전쟁)과 그것을 대대적으로 보도한 미디어라는 구조 속에서 이루어졌다. 中根隆行, 건국대학교 대학원 일본문화언어학과 역, 『'조선' 표상의 문화지』, 소명출판, 2011, 158쪽.
33 김사량, 「양덕통신」, 『신시대』, 1941.1, 145쪽.
34 야스타카 토쿠조는 장혁주와 김사량 등 조선인 작가의 일본어 문학 활동을 지속적으로 지원한 대표적인 일본인 지식인이다. 中根隆行, 앞의 책, 14~16쪽.

이 이루어지고 있다. 우선 양덕온천의 위치나 교통편에 대한 보다 상세한 설명이 추가되고 있으며, 당시 널리 알려진 주을온천을 거론하며 양덕온천의 뛰어난 경관을 강조하는 서술들도 눈에 띈다. 이는 일본인 독자들을 고려한 부연 설명이라 할 수 있다. 무엇보다 중요한 차이는 온천의 유래와 관련된 전설을 새롭게 추가함으로써 독자들의 흥미를 자극하고 있다는 점이다. 먼 옛날 호랑이 발에 박힌 나무 그루터기를 빼 준 덕분에 온천을 발견하게 되었다는 이야기를 비롯하여, 이 호랑이를 산신으로 섬기는 부인네들의 사연에 이르기까지 이 소설은 조선의 전래 설화와 민간 신앙을 차근차근 펼쳐 놓는다. 그러고 나서 비로소 욕탕의 숫자 세기와 신발 도둑에 관한 에피소드가 전개되는데 여기서도 인내심 있는, 그렇기에 우수한 조선인의 습성이 동일하게 거론된다. 다만 개량주의 운운하던 대목이 "조선인 누구나가 이렇게 인내하는 정신을 생활상에 살릴 수 있다고 한다면 대단한 일이리라"[35]라는 온건한 구절로 대체되고 있을 뿐이다. 어쨌든 여기서 김사량은 일본과 조선을 비교 대조가 가능한 독자적인 문화 단위로 상정하고 있다. 일본의 혼욕이며 조선 특유의 미신 등 일본과 조선 간 목욕 문화의 차이와 특징을 짚어내는 대목에서 이 점은 잘 드러난다.

그러나 『문화조선』에 수록된 「산의 신들」에서 초점은 온전히 조선에만 맞추어진다. 이 소설은 서술자를 무속 연구자로 설정한 후 그가 보고 듣는 설화, 제의, 탕가湯歌, 미신 등에 대한 서술을 대폭 늘림으로써 하나의 풍속지를 마주하는 듯한 느낌마저 자아내고 있다. 이전 작품에서 간단하게 언급된 산신제의 주문[36]이나 목욕탕에서 부르는 노랫가락[37]들을 상세하게 번역해 옮기는 것은 물론, 장면

---

35 김사량, 김재용·곽형덕 편역, 「산의 신들(문예수도판)」, 『김사량, 작품과 연구』 2, 역락, 2009, 105쪽.
36 "산신님이 그대의 소원을 들어주시며 하는 말에, 처음에 태어나는 아이는 대해랑(大海郞)이라 이름 지어라. 다음에 태어나는 아이는 칠비 동산(東山)이라 이름 붙이거라. 칠 년 동안 대한(大旱)이 닥쳐도 대해(大海)는 마르지 않는다. 구 년 동안 큰비가 내려도, 칠비 동산은 무너지지 않는다." 김사량, 김재용·곽형덕 편역, 「산의 신들(문화조선판)」, 『김사량, 작품과 연구』 2, 역락, 2009, 112쪽.
37 "인생 칠십 고래희(古來稀)라 하나 탕 안에서 칠십은 이 얼마나 짧더냐. 칠십일, 이에서 삼이요 삼에서

묘사에도 신경 쓴 흔적이 역력하다. 예컨대, 은인을 알아본 호랑이가 기쁜 듯이 다가서서 그르렁거리는 소리라든지, 꼬리를 실룩실룩 흔들고 까슬까슬한 혀로 핥는 모양 등에 대한 서술은 실제로 목격한 장면을 보여주는 듯하다. 한편 대대적인 무제의 현장을 새로이 추가함으로써 이 소설은 독자들을 낯설고도 신비로운 무속의 세계로 적극 이끌어 간다. 신들의 노여움을 풀고 자식을 얻기 위해 장장 사흘에 걸쳐 행하는 무제의 상차림과 복장,[38] 음악, 의식 등 그 절차에 대한 설명은 말 그대로 신들을 위한 향연이 펼쳐지고 있음을 보여준다.

첫날은 산신당을 중심으로 무제를 벌였고, 이튿날에는 산신당 기슭 계류제溪流際에 성황신城隍神이 깃들어 있다는 커다란 고목古木 아래에서 벌였다. 술마리무당의 종자들을 말한다라는 술마리는 전부 모여서 원진圓陣을 치고, 장구나 북을 치며, 방울을 흔들고, 정리鉦鑼를 울렸다. 붉은색이나 보라색 무복巫服을 입은 무녀들은 빙글빙글 춤을 추며 도는가 싶더니, 주먹을 하늘로 밀어 올리고 무시무시한 말로 주문을 외워대고, 바투 다가서서 손을 비벼대며 죄를 청하는 산파나 그 늙은 어미를 향해 어마어마한 신탁을 하사하고 있었다. (…중략…) 무당은 합쳐서 네 명으로, 그 가운데 한 명은 박사무博士巫라고 해서 머리를 길게 기른 하이칼라 남무男巫로, 납색 구군복舊軍服을 걸치고 채색화로 보살을 그린 단선團扇을 마구 흔들면서 큰 소리로 주문을 걸쳤다.[39]

여기서 향연은 비단 신들의 것만은 아니다. 이 소설은 허구적 인물과 사건을 새롭게 배치하여 긴장감과 흥미를 더하고 있다. 특히 신들의 종자從者로 표현되는 무녀와 늙은 중, 그리고 목욕탕 지기 사이에서 펼쳐지는 애욕의 줄다리기는 인간

사…… (…중략…) 슬픈, 팔십이요, 팔십에 장남을 얻어 어느 세월에 키워서 영화를 누릴꼬, 팔십 하나에서 둘, 둘에서 셋……." 위의 책, 116쪽.
38 부록의 〈그림 5〉 참조.
39 김사량, 김재용·곽형덕 편역, 앞의 책, 120쪽.

의 본능에서 비롯된 희비극을 보여주며 서사에 생동감을 불어넣는 역할을 한다. 이처럼 신과 인간이 어우러진 향연 속에서 조선이라는 장소는 고유의 신앙과 문화가 살아 숨 쉬는 곳이자 유쾌하고 생명력 넘치는 생활의 터전으로서 새롭게 조명되고 있는 것이다.

그렇다면 『문화조선』은 왜 이러한 서사를 필요로 했을까? 일본 저널리즘의 입장에서 볼 때 이 소설에 등장하는 조선인들은 조선 민족이기에 의미 있는 것이 아니라 일본 영토 내 조선이라는 한 지방/현지에 속한 신민들이기에 고려할 가치가 있는 존재들이다. 전근대적이고 비정치적인 이들은 전혀 위협적이지 않은 데다, 낯설기 때문에 풍물이나 다름없는 향유의 대상이라 할 수 있다. 김사량 자신도 『문화조선』의 요구를 충분히 의식하고 있었다고 생각된다. 『문예수도』판에서 숫자를 백까지 셈으로써 '우수한 조선인'이 되고자 했던 서술자의 바람은 『문화조선』판에서 "인내심 강한 훌륭한 국민의 한 사람이 되려고 하는 욕망"[40]으로 대체된다. 여기서 발견되는 것은 지극히 조선적인 것을 통해 일본에 기여할 수 있다는 기묘한 연쇄의 구조이다. 그러나 이것이야말로 당시 그가 최선을 다해 그려낼 수 있던 "조선의 문화나 생활, 인간"[41]이었는지도 모른다. 이런 점에서 조선을 (이용하기 위해) 알리고자 한 『문화조선』의 전략과 조선을 (이렇게라도) 알리고자 한 작가 김사량의 욕망은 상호 보완적인 관계를 맺었다고 할 수 있겠다.

김사량은 「거지의 무덤乞食の墓」을 통해 다시 한번 조선 풍속의 세계로 나아간다. 「산의 신들」이 출생의 문제를 다루었다면 「거지의 무덤」은 죽음과 관련된 조선인들의 관념과 의례를 다룬 소설이다. 서사는 주인공이 백모의 77세 생일을 맞이하

---

40 위의 책, 116쪽.

41 김사량은 내지어(일본어)로 글을 쓰려는 조선인은 "조선의 문화나 생활, 인간을 보다 넓은 내지의 독자층에게 호소하려는 동기. 또한 겸손한 의미에서 더 나아가서는 조선문화를 동양과 세계에 널리 알리기 위해서 그 중개자가 되어 수고를 하겠다는 동기"가 없으면 안 된다고 말한 바 있다. 김사량, 김재용·곽형덕 편역, 「조선문학풍월록」, 『김사량, 작품과 연구』 2, 역락, 2009, 282~283쪽.

여 평양 대성산 북쪽 장수원에 위치한 백모 댁으로 떠나는 여정으로부터 시작된
다. 대성산은 그 자체가 고구려의 유적이라 해도 과언이 아닐 정도로 수많은 고분
과 사찰, 유물을 간직한 곳이자 다양한 민간 신앙과 유명한 설화의 발상지로서 소
개된다. 또한 나 개인에게는 가족의 역사와 유년의 기억이 겹겹이 서린 소중한 장
소이기도 하다. 이날 나는 길가의 국숫집 앞에서 어린 시절 몹시도 따르던 봉삼이
ボンサミ를 우연히 맞닥뜨리게 된다. 백모 댁의 머슴이었던 그는 땔감을 구하러 대
성산에 갈 때마다 나를 데리고 가 주었던 정겨운 추억 속의 인물이다. 봉삼이는 그
동안 머슴살이에서 벗어나 우차牛車의 주인이 되어 있었다. 그래서인지 마치 고구
려 옛 무사에 비견될 정도로 커다란 자부심과 위엄을 갖추고 있는 것처럼 보인다.

　이 소설은 봉삼이가 이룬 성공의 연원을 조선 고유의 명당名堂에 대한 믿음을
바탕으로 풀어나간다. 종형의 이야기에 따르면, 백모는 봉삼이를 마소처럼 부려
왔으면서도 거지꼴로 찾아온 봉삼의 아버지를 거두어 주기는커녕 그대로 내쫓아
버렸다고 한다. 그런데 열흘 후 봉삼의 아버지는 세상을 떠나고 말았다. 풍수지
리에 조예가 깊던 봉삼이는 분풀이도 할 겸 백모가 봐둔 명당자리에 자신의 아버
지를 몰래 매장했다. 이 때문에 한바탕 소동이 빚어지기도 했지만 현재 백모는
또 다른 명당자리를 찾으며 죽음을 준비하는 중이다. 이 사연을 듣고 나는 옛날
에 봉삼이가 그러했듯 조카들을 데리고 대성산에 올라간다. 그저 재미로 땅을 파
며 이조계의 백자나 진사묘 파편을 골라내던 나는 마침내 봉삼이 아버지의 묘소
에까지 이른다. 성신聖山을 뒤로 하고 왼쪽에는 청룡, 오른쪽으로는 백호가 뻗어
있는 데다 눈앞에 강이 흐르는 그곳은 과연 조선의 풍수설에 합치하는 완벽한 명
당자리였다. 비록 도자기 파편과 돌로 뒤덮인 초라한 무덤이지만 나는 이곳이
"대성산의 정기를 모두 모은 왕후 귀인의 무덤"[42]이나 다름없다고 생각한다. 그
리고 혹시라도 봉삼이에게 해를 끼칠까봐 두려워 무덤가를 파헤치던 손을 멈추

---

42 金史良,「乞食の墓」,『文化朝鮮』, 1942.7, 31쪽.

고 그의 앞날을 위해 기원을 올린다.

이렇듯 명당이란 죽음을 정성스럽게 준비하고 죽은 이후에도 후손을 보살피고자 했던 조선인의 소망을 담고 있는 장소이다. 김사량은 일본인 독자들의 이해를 돕기 위해 명당이라는 용어 옆에 "묘로 삼기에 가장 좋은 장소絶好の墓所"라는 설명을 덧붙이는 등 "과거 조선 여행자들에게 흙만두土饅頭로 대표되던 조선인의 묘에 대해 새로운 시각을 제시"[43]한다. 그 둥근 모양 때문에 종종 비하의 대상이자 우스갯감이 되던 조선인의 무덤을 선조의 비원이 깃든 상서로운 공간으로 바로잡고 있는 것이다. 이 소설의 서술자는 관찰자의 영역에 머물렀던 「산의 신들」에서와 달리 명백히 조선이라는 공동체의 일원으로서 발언하고 있다. 특히 봉삼이의 앞날에 대한 진심 어린 기원은 명당을 통해 영생을 누리고자 했던 조선인들에 대한 존중과 애정의 표시라 할 만하다. 그러나 이는 옛 유적지에서 느끼는 감회, 그리고 유년 시절에 대한 향수 등과 뒤얽히며 보편적으로 이해될만한 감정의 회로를 형성하는 데 그칠 뿐 현실 연관성을 지니지는 못한다. 소설의 메인 삽화는 당시 조선적인 것이 어떤 형식으로 소비되었는가를 상징적으로 보여준다. 나와 봉삼이가 만나는 장면을 담은 이 삽화의 배경에는 '상밥'이라는 조선어가 '그려져' 있다.[44] 여기서 조선어는 한복이나 기와와 마찬가지로 토착성을 드러내는 하나의 소재일 뿐이다.

『문화조선』은 김사량의 소설을 기점으로 조선 고유의 색채를 보다 더 부각시키는 방향으로 나아간다. 그래서 4권 5호1942.12부터 5권 6호1943.12에 이르기까지 조선의 탈, 전통 인형, 연꽃 무늬, 고구려 벽화 등으로 표지를 채우고 있다. 이와 더불어 '조선미의 탐구'라는 부제 아래 「조선모양의 성격朝鮮模樣の性格」5권 2호,

---

43 서기재, 「『観光朝鮮』의 '문학'의 전략성-〈완결소설〉란의 김사량 소설을 통해」, 『일본어문학』 53, 한국일본어문학회, 2012, 179쪽.
44 부록의 〈그림 6〉 참조.

「조선미술의 특이성朝鮮美術の特異性」5권 3호, 「조선의 특수공예기술朝鮮の特殊工藝技術」5권 4호, 「조선상대복식과 비상시朝鮮上代服飾と非常時」5권 5호, 「조선화각장공예에 대하여朝鮮華角張工藝に就て」5권 6호가 연재되었으며, '조선의 생활문화'라는 부제 아래 「온돌溫突」6권 1호, 「농기農家」6권 3호 등의 기획 기사가 수록되었다. 한편 조선의 민담5권 3호, 김시습의 「만복사저포기萬福寺樗蒲記」와 조선의 인형극5권 5호, 조선 「현부전賢婦傳」6권 1호 등 과거의 텍스트를 번역, 소개하는 글들도 실렸다. 패전의 기운이 짙어지던 시기에 이르러서도 『문화조선』은 조선의 생활 풍속을 다룬 기사들을 결전을 강조하는 기사들과 나란히 게재했던 것이다. 이는 대부분 일본의 과거 및 현재와의 연관성을 서술하기 위한 사례로 활용되었다. 가령, 고구려 복식을 소개하되 그것을 현재의 결전의복 문제와 연결한다든지,[45] 김시습의 소설을 수록하되 이것이 일찍이 일본으로 건너와 널리 읽혔음을 명시하는 식[46]이다. 이와 같은 기획물들은 주로 일본인 학자 및 전문가들이 집필하였다.

조선인의 생활 풍속은 창작에서도 다루어졌다. 김건은 희곡 「바가지瓢」5권 4호[47]에서 조혼早婚을, 이무영은 「굉장씨宏壯氏」6권 1호라는 이색적인 제목의 소설에서 양반ヤンバン을 소재로 삼았다. 이 두 작품을 지배하는 코드는 유머이다. 그런데 「굉장씨」는 조선 역사의 부정적인 산물을 통해 "반도 농촌의 일면"[48]을 보여주고자 했다는 점에서 김사량 소설과 배치되는 성격을 지닌다. 당시 조선 역사는 선택적으로 거론되는 경향이 강했는데, 내선일체의 성스러운 기원은 삼국 시대에서, 조선인의 결함은 대부분 "이조 시대의 오랫동안 잘못된 정치와 교육"[49]에서 이끌어

---

45 「編輯後記」, 『文化朝鮮』, 1943.10.
46 冬村克彦, 「萬福寺樗蒲の記-解題」, 『文化朝鮮』, 1943.10, 82쪽.
47 꼬마 신랑과 새색시 분이가 갈등을 겪다가 화해를 한다는 내용을 담고 있는 「瓢」는 "풍자가 드러나는 희곡"이 아니라 "결말의 역전을 통해 따뜻한 인정미를 확인할 수 있는 아기자기한 소품에 가깝다". 이재명 편, 『해방 전(1940~1945) 일문 희곡집』, 평민사, 2004, 284쪽.
48 「編輯後記」, 『文化朝鮮』, 1944.2.
49 최재서, 노상래 역, 「징병제 실시의 문화사적 의의」, 『전환기의 조선문학』, 영남대 출판부, 2006, 145쪽.

내는 것이 일반적이었다. 이무영은 이런 담론에 기대어 말끝마다 '굉장하다'를 연발하는, 기이하고 시대착오적이며 우스꽝스러운 양반의 형상을 창조해냈다. 그는 すごい라는 대체 가능한 일본어가 있음에도 불구하고 굳이 가타가나로 조선어 '굉장クエンヂャン'을 반복하여 표기함으로써 온갖 부정적인 요소들을 이 단어 안으로 결집시키고 있다. 이로써 일본인 독자들은 어디에나 있을 법한 이 허풍선이를 조선 양반의 전형으로 인식할 수밖에 없게 된다.[50]

굉장 씨의 경성 행차 에피소드는 자칭 양반의 실상을 적나라하게 보여준다. 굉장 씨는 한 달에 평균 열흘 이상 경성에 올라가지만, 실상 그에겐 뚜렷한 용무가 없다. 그저 종로나 본정을 거닐고 쇼윈도를 들여다보는 것이 일정의 전부이다. 그런데도 경성에 한 번 가려면 양반답게 집안 하인들과 여자들을 들볶아 대며 온갖 의복 시중을 받고, 집에서 오 분 거리밖에 안 되는 역에 기차 파수꾼까지 내보낸다. 귀가할 때도 요란한 것은 마찬가지여서 달밤에도 꼭 하인이 불을 밝히고 마중을 나오게 한다. 그의 허세는 이 정도에 그치는 것이 아니라, 쓸데없이 멀쩡한 집을 부수고 돈을 빌려서 다시 짓는 등 가산 탕진으로 이어져 몰락의 길을 걷고 있는 중이다. 그럼에도 불구하고 누군가 그의 허풍에 맞장구라도 쳐 주면 돈을 빌려서라도 융숭하게 대접하는 것이 굉장 씨이다. 이처럼 집 안에서는 봉건적으로 군림하고 밖에서는 과시적으로 행세하는 굉장 씨는 이조의 낡은 유물이자 인습 그 자체라 할 수 있다.[51] 그런데 이야기는 여기서 그치지 않는다. 굉장 씨는 국가의 일에도 적극적이다. 애국반장이며 면 협의원 등 중요한 자리를 도맡아 할 뿐 아니라, 국가에서 부과하는 세금의 액수가 도리어 적다고 불평을 해대고, 국방헌금은 너무 많이 내서 도로 가져가라는 소리까지 들을 정도이다.

---

50 서승희, 「국민문학 작가의 해방 이후 글쓰기 전략 연구—이무영, 이석훈, 정인택을 중심으로」, 『한민족문화연구』 43, 한민족문화학회, 2013, 258~259쪽.
51 위의 글, 259쪽.

사변 발발의 날, 국방헌금에 가장 모범을 보인 것도 그였다. 선뜻 1천 엔이나 냈다.

"당신의 지성에 정말 감격했습니다. 잘 알았습니다. 그러니까 이 돈의 절반 정도는 부디 가져가 주세요." 수석 부장은 감격에 겨워 말한 것이었다. 그는 벌써 재임한지 2년이나 되었기 때문에, 그의 재력을 잘 알고 있었기 때문이었다.

"무슨 소립니까!"라고 그는 분연히 말했다. "나는 박건양입니다. 썩어도 준치입니다. 아무리 (재산이－인용자) 줄었다고 해도 먹고사는 데 곤란하지는 않습니다."

"아니, 고맙습니다. 당신의 기분도 잘 알겠습니다. 그러나 나라에서도 이 정도의 전쟁으로 그렇게 곤란하지는 않을 겁니다. 그러니 부탁입니다. 하다못해 절반이라도 가지고 가세요. 애국의 지성은 물질의 많고 적음에 따르는 것이 아니니까 당신의 지성은 한 푼도 내지 않더라도 잘 알겠습니다."

순사부장도 또한 열심이었다. 그러나 결국 말이 막혀버리고 말았다.

"뭐래. 지성은 최대의 희생입니다. 최대의 희생에 곤란하고 곤란하지 않은 것이 있나. 받아주세요."

부장도 엄연한 기분이 들어서 우체국으로 달려갔다. 2년간 즐겁게 해 왔던 저금의 전부를 그는 천 엔에 첨부하여 헌금의 수속을 밟은 것이었다.

물론, 그 헌금액도 빌린 돈이었다.[52]

빌린 돈으로 국가에 충성하는 것은 당연히 올바른 자세가 아니다. 이처럼 양반 특유의 것으로 설정된 허세를 비국민적 오류로 연결시킴으로써 「굉장씨」는 교훈적으로 마무리된다.[53]

이제까지 살펴본 김사량과 이무영의 소설은 정반대되는 방식으로 조선의 생활을 보여준다. 전자가 '백성'의 삶을 통해 밝고 생명력 넘치는 조선을 다룬 데 반

---

52 李無影, 「宏壯氏」, 『文化朝鮮』, 1944.2, 65쪽.(번역은 저자)
53 위의 글, 259~260쪽.

해, 후자는 '양반'의 후예를 통해 퇴출되어야 마땅할 조선을 우스꽝스럽게 그려냈다. 이를 통해 두 작가는 일률적인 국민문학 작풍과는 변별되는 문화적 '특산품'을 만들어낼 수 있었다. 그러나 김사량적인 조선 탐구가 지속될 수 없었던 데 반해, 제국적 시선에서 조명된 조선의 미와 풍속은 1943년 이후의 『문화조선』을 잠식하게 된다. 이무영의 「꾕장씨」는 후자의 흐름을 풍자의 양식 속에서 재해석한 소설이었다.

4. 조선 표상을 통해 본 대동아 문화

『문화조선』의 조선인 작가들은 두 가지 방식으로 문화조선의 표상을 만들어냈다. 조선의 지식인을 파트너로 내세운 '결전 반도'와 조선의 토착민들을 등장시킨 '생활 조선'의 표상이다. 전자의 경우, 국민문학의 대표 주자인 이석훈과 정인택이 필자로 나선 만큼 당대 국민문학과 연동되는 특성을 지닌다. 그들의 소설 속 지식인들은 익숙하고 편안한 도회지를 떠나 광산으로, 지방 문단으로, 시골로 이동한다. 그리고 바로 그곳에서 의미 있는 시련을 기꺼이 감내하겠다는 의지를 보이고 있다. 인물이 단순할 뿐 아니라 갈등도 쉽게 해결이 되므로 서사는 매우 단조롭고 기계적이다. 그럼에도 지방에 관심을 가지고 희생을 감내하는 자세가 필요하다는 주제 의식만은 선명히 드러난다. 당시 조선인 작가들은 내선일체를 형상화하기 위해 결혼, 연애, 혼혈의 문제 등을 주요 소재로 다룬 바 있다. 그러나 『문화조선』에 수록된 이석훈과 정인택의 소설은 조선인의 결단과 행동력에 초점을 맞춤으로써 제국의 지방에서 긍정적인 기운이 자발적으로 퍼져나가고 있음을 강조한다. 이와 달리 『관광조선』 시기에 수록된 장혁주의 소설은 흥미로운 비교 지점을 제시한다. 조선의 현실을 알리겠다는 일념으로 도쿄에 진출한 그는 젊은 시절 자신의 자화상과도 같은 조선인 청년을 어느덧 타자로서 응시하고 있다. 그러므로 장혁주의 소설은 비참한 '아귀도'를 그려냈던 과거 자신의 소설과도, 국민 되기를 향한 온갖 다짐과 계획으로 가득 찬 이석훈, 정인택의 소설과도 변별되는 특징을 지닌다. 제국의 영토를 재현하는 그의 서사는 일본인 작가의 소설을 방불케 할 만큼 안정된 정체성을 토대로 전개된다.

후자의 경우, 조선인들은 어떻게 살아왔는가라는 질문에 응답하는 소설들이 속해 있다. 김사량의 소설은 현재적 시각에서 보더라도 손색없는 방식으로 조선 고유의 풍속을 그려낸다. 그는 조선인의 삶과 죽음이라는 문제를 그려냄으로써 특수한 것이긴 하되 보편적으로 이해 가능한 내용을 선보였다. 장혁주와 마찬가지로 조선의 현실을 널리 호소하고자 일본어 글쓰기를 시작한 그는 전쟁 발발 이후 조선의 과거로 돌아서야만 했다. 그러나 그는 제이의 내지로서의 조선, 대동아 건설의 교두보로서의 조선 표상과는 변별되는 조선의 모습을 부각시키고 있다. 거듭되는 개작은 전시체제하에서 재현 가능한 조선적인 것을 형상화하기 위한 고투처럼 보이기도 한다. 그러나 김사량의 의도가 무엇이었든 『문화조선』 내에서 그의 소설은 일종의 특산품과 같은 역할을 담당했다. 이는 조선에 대한 관심을 환기하는 데 모자람이 없었으나 이후 『문화조선』은 대동아와의 연관성이 보다 강화된 '생활 조선'의 표상들을 구성해내기 시작했다. 이무영의 소설은 공식적인 담론 장에서는 금지된 조선어를 텍스트 전면에 내세워 조선적인 색채를 자아냈다. 그러나 이를 우스꽝스럽고 부정적인 지표로 활용함으로써 손쉽게 시국 담론으로 수용될 수 있었다. 그의 소설은 제국주의적 인류학의 시선으로 포착된 양반의 이미지를 재활용하는 것에서 더 나아가 비非국민적 속성을 부여함으로써 양반을 완벽히 부정적인 존재로 고착화하는 역할을 했다. 이처럼 『문화조선』에서 최종적으로 허용된 생활 조선의 표상은 조선의 독자성이나 정당성과는 무관한 것이었다.

그럼에도 불구하고『문화조선』의 조선 표상은 암흑기로 알려진 이 시기의 '암흑'이 반드시 네거티브한 방식을 통해 이루어진 것이 아님을 증명한다. 여기서 조선인 작가들은 인적 물적 자원이 풍부하며 활기차고 생명력 넘치는 인간들이 살아가는 조선을 그려냈다. 분명 이는 과거의 부정적인 조선 상과 차별화된 것이긴 하되,『문화조선』의 미디어 정치를 토대로 만들어진 조선 상이었다. 실제로 이석훈과 정인택 소설의 지식인들, 그리고 김사량과 이무영 소설의 토착민들은 고통 받는 조선 민족의 실재와는 무관한 자리에 위치한다. 전쟁 동원으로 인해 피폐해 가는 식민지의 현실이 제국의 세력을 과시하는 데 그다지 도움이 되지 않는다는 점을『문화조선』은 물론 이들 조선인 작가도 인지하고 있었기 때문이다. 전쟁 말기에 이르러 이무영이 부정적인 조선인상을 답습할 수밖에 없었던 것은 '생활 조선'을 인위적으로 게다가 긍정적으로 서사화한다는 것이 그리 쉬운 과제가 아니었음을 보여준다. 결국 제국 일본이 주창한 대동아 문화는 포용을 강조하며 출발했으되 이렇듯 배타적이며 부정적 표상들을 수반할 수밖에 없었던 것이다. 남는 과제는 당대 조선과 더불어 만주나 대만 등의 장소성이 구성되는 방식을 살펴보는 것이다. 이를 통해 보다 확장된 지평에서 제국주의 저널리즘과 여행지 표상이라는 문제를 논의할 수 있으리라 생각한다.

〈그림 1〉「인테리, 금산에 가다!」 삽화

〈그림 2〉「미꾸라지와 시인」 삽화

〈그림 3〉「해후」 삽화

〈그림 4〉「해후」 삽화

〈그림 5〉「산의 신들」 삽화

〈그림 6〉「거지의 무덤」 삽화

제6장

전쟁과 재조일본인 서사의 좌표

시오이리 유사쿠와 미야자키 세이타로의 창작

1. 반도 문단의 신인들

시오이리 유사쿠汐入雄作와 미야자키 세이타로宮崎淸太郎[1]는 식민 말기 조선 문단에서 활동한 재조일본인 작가들이다. 당시 재조일본인 작가는 조선인 작가와 더불어 새로운 조선을 그려내라는 시대적 과제를 실천했다. 그들은 실거주자의 입장에서 조선에 대한 정보를 제공하거나 대동아의 핵심으로 상상된 조선의 청사진을 문학화하면서 조선 사정을 알지 못하는 도쿄 문단의 작가들과 차별화된 관점을 제시했다. 재조일본인이 조선을 그리는 방식은 조선인 작가와도 변별되는 특징을 지녔는데, 이는 무엇보다도 내셔널리티의 문제로부터 비롯된 것이었다.

---

[1] 1912년생인 시오이리 유사쿠는 일본의 국민가인으로 일컬어지는 사이토 모키치(齊藤茂吉) 문하에서 단카를 공부했으며 1938년 경성에 왔다. 石田耕造 편, 노상래 역, 『신반도문학선집』 1, 제이앤씨, 2008, 259쪽. 한편 그는 경성의 마루젠(丸善) 서점 경성 지점의 직원이었다고 한다. 神谷美穗, 「재조일본인 작가의단편소설에 나타난 일제 말기 일본 국민 창출 양상」, 『일본문화연구』 39, 동아시아일본학회, 2011, 8쪽.
1904년생인 미야자키 세이타로는 조선에서 교사로 근무하였다. 그는 『성대문학』을 중심으로 1930년대 중반부터단편소설 작품을 발표했고, 조선문인협회 결성 이후에는 『국민문학』을 작품 발표의 주 무대로 삼아 작가 활동을 했다. 신승모, 「식민지 조선의 일본인 교사가 산출한 문학」, 『한국문학연구』 38, 동국대학교 한국문학연구소, 2010, 139쪽.

그러므로 재조일본인 작가들의 글쓰기는 조선이라는 장소를 둘러싼 문화지정학이 (재)생산되는 양상을 다각도로 살펴볼 수 있는 기회를 제공한다.[2]

그간의 연구사에서 재조일본인 작가의 글쓰기는 적극적인 고려 대상이 아니었다. 가장 근본적인 원인이라 할 수 있는 창작 주체와 사용 언어 문제는 차치하더라도, 작품이 아마추어적인 수준에 머물렀다는 점,[3] 일제 파시즘을 뒷받침하는 작품들이 주류를 이루었다는 주제상의 특수성[4]을 그 이유로 꼽을 수 있겠다. 그러나 국민문학 연구와 이중어 글쓰기 연구[5]가 활발히 이루어지면서 재조일본인 문학 연구도 활기를 띠고 있는 추세이다. 근대 초부터 1940년대 전반기에 이르기까지 시기별, 미디어별, 작가별, 주제별 연구가 이루어지기 시작했고,[6] 향후 식민지 비교문화론에 관한 다양한 연구들도 기대되는 상황이다. 이 글은 재조일본

---

2 윤대석은 식민 말기 재조일본인의 글쓰기가 어떤 점에서 의미를 지니는지 다음과 같이 밝힌다. "당시 조선에서 이루어진 조선인의 문학 활동은 같은 지역에서 동시대에 이루어진 일본인의 문학 활동에 대한 검토 없이 파악될 수 없다. 대타 의식이라는 주체의 의식 활동의 측면 뿐만 아니라, 이 시기의 문학 자체가 일본인과의 길항 관계 속에서 형성되었고, 끊임없이 형성되고 있었다는 문학 생산의 측면에서도 그러하다. 즉, 일본인(문학)과의 동화와 이화라는 끊임없는 모순과 요동 속에서 이 시대의 조선인의 문학 활동(보통 '친일문학'이라 부르는 것)이 존재했던 것이다." 윤대석, 「1940년대 전반기 조선 거주 일본인 작가의 의식 구조에 대한 연구」, 『현대소설연구』 17, 한국현대소설학회, 2002, 184~185쪽. 이원동 역시 『국민문학』에 수록된 재조일본인과 일본인 작가의 텍스트를 검토하면서 이것이 곧 조선인 작가의 심리 구조를 이해하는 일과 연결된다고 지적한다. 이원동, 「『국민문학』의 일본인 작가와 식민지 표상」, 『우리말글』 53, 우리말글학회, 2011, 427쪽.

3 윤대석, 위의 글, 185쪽.

4 조선문인협회 성립을 계기로 조선 문단은 내선일체를 전제로 하는 '반도 문단'이라는 새로운 개념 아래 존재하게 된다. 박광현, 「조선문인협회와 내지인 반도작가」, 『현대소설연구』 43, 한국현대소설학회, 2010, 91쪽.

5 김윤식, 『일제 말기 한국 작가의 일본어 글쓰기론』, 서울대 출판부, 2003; 한수영, 『친일문학의 재인식』, 소명출판, 2005; 윤대석, 『1940년대 '국민문학' 연구』, 서울대 박사논문, 2006 등 참조.

6 재조일본인 관련 연구 성과로는 박광현·신승모 편, 『월경의 기록—재조일본인의 언어, 문화, 기억과 아이덴티티의 분화』, 어문학사, 2013; 김효순·엄인경 편, 『재조일본인과 식민지 조선의 문화』 1, 역락, 2014 등 식민 일본어 문학 문화 시리즈들; 서기재, 「『관광조선(観光朝鮮)』에 나타난 '재조일본인'의 표상—반도와 열도 일본인 사이의 거리」, 『일본문화연구』 44, 동아시아일본학회, 2012; 정선태, 「일제 말기 '국민문학'과 새로운 '국민'의 상상」, 『한국현대문학연구』 29, 한국현대문학회, 2009; 「일제 말기 초등학교, '황국신민'의 제작 공간」, 『한국학논총』 37, 국민대학교 한국학연구소, 2012; 채호석, 「1940년대 일본어 단편소설 연구—『녹기』를 중심으로」, 『외국문학연구』 37, 한국외국어대학교 외국문학연구소, 2010; 이수열, 「재조일본인 2세의 식민지 경험」, 『한국민족문화』 50, 부산대학교 한국민족문화연구소, 2014 등.

인과 관련한 문학적 논제 중에서도 아시아·태평양전쟁기의 문화 선전에 초점을 맞추어 논의를 진행하고자 한다.

시오이리 유사쿠와 미야자키 세이타로는 1943년 『문화조선文化朝鮮』에 각각 「꽃과 고양이花と猫」와 「오하기와 송편おはぎと松片」을, 1944년 『신반도문학선집新半島文學選集』에 「선택받은 한 사람選ばれたる一人」과 「창백한 얼굴蒼い顔」을 수록했다.[7] 원래 『관광조선觀光朝鮮』1939.6으로 창간되어 총 30호까지 발간된 『문화조선』1940.10~1944.12은 여행 미디어라는 특수성 안에서 새로운 조선의 이미지를 적극적으로 구성해낸 잡지이다.[8] 일본인 여행객을 겨냥한 이 관광 잡지는 1940년대에 들어서 전쟁 중의 전략적인 이동이나 이주를 염두에 둔 구성으로 변화를 꾀했다. 특히 두 작가가 단편소설을 발표한 1943년부터 군사 시설 및 군인 관련 도상과 텍스트가 폭증했으나 잡지를 대표하는 표지와 기획은 조선의 미와 풍속으로 채워졌다. 이러한 배경 속에서 두 작가가 문화조선을 어떻게 표상했는지 짚어보는 것이 이 글의 첫 번째 과제이다.

한편 인문사에서 간행된 『신반도문학선집』1944은 제목 그대로 새로운 반도문학의 실례를 보여주는 작품집이다. 조선인 작가와 재조일본인 작가들의 대표작을 엄선한 『조선국민문학집朝鮮國民文學集』1943이 내선일체에 대한 응답[9]을 담고 있다면, 패전의 기운이 짙어지던 시기에 발간된 『신반도문학선집』은 "전황의 긴박함"을 배면에 깔고 있으며 "지원병과 징병의 문학"[10]을 선보였다는 것이 편역자의 설명이다. 시오이리 유사쿠와 미야자키 세이타로의 단편소설 역시 이와 같은

---

7 汐入雄作, 「花と猫」, 『文化朝鮮』, 1943.6.
   宮崎清太郎, 「おはぎと松片」, 『文化朝鮮』, 1943.12.
   汐入雄作, 「選ばれたる一人」, 石田耕造 編, 『新半島文學選集 第1輯』, 人文社, 1944.
   宮崎清太郎, 「蒼い顔」, 石田耕造 編, 『新半島文學選集 第1輯』, 人文社, 1944.
8 잡지의 창간과 전개에 관한 소개 및 분석으로는 서기재, 「근대 관광 잡지 『관광조선(観光朝鮮)』의 탄생」, 『동아시아문화연구』 46, 한양대학교 동아시아문화연구소, 2009.
9 이원동, 『조선국민문학집』과 내선일체의 정치학」, 『語文學』 103, 한국어문학회, 2009, 435쪽.
10 노상래, 「머리말」, 石田耕造 편, 『신반도문학선집』 2, 제이앤씨, 2008, 1쪽.

분위기를 바탕으로 총후銃後 경성에서 살아가는 사람들의 모습을 그려냈다. 따라서 그들이 제시한 모범 국민의 내면과 일상을 분석하는 한편, 같은 잡지에 수록된 조선인의 창작과 차별성을 생각해보는 것이 두 번째 과제가 되겠다. 이처럼 미디어와 개별 텍스트의 조응 양상을 염두에 두며 단편소설의 특징을 분석한 후, 이것이 재조在朝라는 작가의 입지와 어떤 관련성을 맺는지 논의해보고자 한다.

2. 재조 예술가-문화인의 탄생

『관광조선』은 "신동아 건설이라는 역사적 대사업"을 성취하기 위해 일반 국민도 "조선을 알아야 한다"는 취지를 표방하며 창간됐다.[11] 특히『문화조선』으로 제호를 바꾼 이후부터 이 잡지는 조선의 지리적, 산업적, 교통적, 문화적 가치를 홍보하는 콘텐츠들을 적극 배치하며 국책에 부응한 개편을 단행해 나갔다. 조선인 작가와 재조일본인 작가가 공존하고 있던『문화조선』의 문학란 역시 조선(인)의 문화를 선별해 조명하고자 한 잡지의 지향에 충실히 부응하는 양상을 보였다. 이들은 다 같이 반도 작가이자 문화조선의 담당자로 호명되었으며 서로를 비추는 거울로서 기능하였다. 실제로『문화조선』은 조선인 작가와 재조일본인 작가의 문학을 번갈아 수록하는 방식을 취했는데, 정비석과 시오이리 유사쿠가 조선의 미에 대해 다루었다면, 김건과 미야자키 세이타로는 조선의 풍속을 선택함으로써 주제를 분담하고 있다.

우선 정비석의 「사랑의 윤리愛の倫理」1943.4는 식민지를 여성화해서 향유해 온 제국의 해묵은 관행에 편승한 서사라 할만하다. 이 단편소설은 독자들 앞에 꽃으로 비유되는 조선의 아름다운 여성들을 하나씩 펼쳐 보이며 두 여성 중 누구를

---

11 加藤豪, 「觀光朝鮮-雜誌『觀光朝鮮』創刊の言語に代へて」, 『觀光朝鮮』, 1939.6, 2쪽.

선택할 것인가를 타진한다. "가을 하늘처럼 맑게 갠 눈"을 가진 옥채가 패랭이꽃과 같은 여자라면, 과부인 정온 부인은 "잡초 속에서 피는데도 잡초에 흡수되지 않고 대범한 자세로 자신을 지켜나가는" 도라지꽃과 같은 여자이다. 주인공 현은 두 여성 중 정온 부인에게 끌리고 있는 자신을 자각한다. 그러나 정온 부인은 현재 생활에 만족한다며 거절의 의사를 표명한다. 이단편소설에서 제시하는 사랑의 윤리란 이렇듯 정온 부인의 고결한 의지와 이를 기꺼이 존중하고 승인하는 현의 태도에서 형성된다. 정온 부인의 아름다움은 조선의 전통과 맞닿아 있는 것으로도 언급되는데, 이는 일본과 공유 가능한 가치라는 점에서 의미가 있다. 단편소설의 클라이맥스라 할 수 있는, 정온 부인이 새하얀 옷을 입고 새빨간 능금이 달린 나무의 가지치기를 하고 있는 장면에 대해 정비석 연구자 진영복은 "하얀 조선옷은 순결성을, 빨간 능금은 히노마루의 정열을 상징하며, 이 둘의 조화는 내선일체의 순수한 정열을 이미지화"한다고 해석하고 있다. 그러므로 이단편소설은 시국색을 전혀 드러내지 않음에도 불구하고 "전쟁기에 필요한 여성의 정절의 가치"를 전면화한 작품으로 해석된다.[12]

정비석 소설에 뒤이어 수록된 시오이리 유사쿠의 「꽃과 고양이」1943.6 역시 아름다움과 전쟁의 상관성을 서사화하고 있다. 이 소설의 서두는 주인공 완식의 단조로운 일상을 묘사하는 데 할애된다. 지게며 온돌, 장죽長竹에 이르기까지 일본인에게 익히 알려진 조선인 남성의 표지들을 한몸에 지니고 있는 그의 직업은 꽃장수이다. 그는 아침 일찍 꽃 지게를 짊어지고 나가고 꽃을 다 팔면 집에 돌아와 우두커니 시간을 보낸다. 이렇듯 "완전히 고독에 익숙해진 그의 모습"은 아내가 없음에서 비롯된 것으로 풀이된다. 그러던 어느 날 "한 점의 얼룩도 없는 순백의" 아기 고양이를 얻어다 기르면서 완식의 생활에도 변화가 찾아온다. 고양이가 혹시라도 떠날새라 전전긍긍하는 완식의 모습은 고양이가 가족을 대체하는 존재가

---

12 진영복, 「정비석의 일본어 단편소설이 선 자리」, 『정비석 문학 선집』 2, 소명출판, 2013, 455~456쪽.

되었음을 보여준다. 그러나 고양이의 의미가 비단 친밀성의 영역에만 머무르는 것만은 아니다. 화려한 꽃다발 사이에 웅크리고 있는 고양이의 모습은 지고의 아름다움을 체현한다. 이를 소유한 완식은 이제 단순한 꽃장수가 아니라 "매일 아름다운 예술을 등에 지고" 걷는 예술가의 경지에 올랐다고 할 수 있다.

그런데 전쟁이 시작되면서 완식은 고양이 먹이로 식량을 낭비하고 있다는 비판에 직면한다. 그 또한 이러한 시국에 꽃이나 팔러 다니는 것이 합당한 일인지 고민에 잠긴다. 국가의 운명이 달린 절체절명의 시기에 미적 대상을 탐닉하는 것이 온당한 일인가 라는 의문을 품게 된 것이다. 이에 대한 소설적 답변은 서사상의 전개가 아니라 일본인 인물의 갑작스런 개입을 통해 이루어진다. 고양이의 아름다움을 귀하게 여기던 한 부인으로부터 "꽃도 탄환"이라는 가르침을 얻게 된 것이다. 부인은 제1차 세계대전 당시 독일에 "창문에 꽃을!"이라는 표어가 존재했다는 사실을 알려준다. 그날 밤 완식은 다음과 같은 꿈을 꾼다.

고양이가 국가의 중요 자원이 되어 그도 코키코를 헌납하게 되었다. 코키코와 이별하는 것은 목숨을 끊는 것보다도 아팠다. 그러나 그는 국가를 위하여 깨끗하게 사랑하는 고양이를 헌납한 것이다. 그가 코키코를 안고 온 곳은 고양이로 가득했다. 그런데도 어쨌든 뒤처지지 않는 아름다운 고양이었다. 주변에는 고양이를 헌납한 사람들이 싱글벙글 웃으면서 서 있었다. 그는 사람들의 시선을 한눈에 받으면서 코키코를 안고 확실한 발걸음으로 앞으로 나아갔다.[13]

그리고 다시금 꽃 지게에 고양이를 싣고 집을 나서는 완식의 모습으로 소설은 막을 내린다. 전시체제하 예술의 존립 가능성과 그 의미를 꽃과 고양이의 상징을 통해 제시한 시오이리 유사쿠의 소설은, 정비석의 소설과 마찬가지로 조선인 남

13 汐入雄作, 「花と猫」, 『文化朝鮮』, 1943.6, 78쪽.(번역은 저자)

성을 주인공으로 삼고 있으나 일종의 교사로서 기능하는 일본인상을 삽입했다는 점에서 차이를 드러낸다. 이 소설에서 문제 삼는 것은 아름다움 그 자체가 아니라 아름다움이 국가로 귀속되어야 한다는 것을 깨닫지 못하는 무지에 있다. 지게를 진 채 더듬대는 일본어를 구사하는 주인공 완식은 이와 같은 오류에 빠진 초보 예술가의 전형이다. 그의 성장은 아름다움의 가치를 알고 있는 일본인을 통해 극적으로 이루어진다. 이 일본인의 서사적 자리는 시오이리 유사쿠 자신의 정체성과 무관하지 않다. 당시 시오이리 유사쿠는 이제 막 창작을 시작한 무명 신인에 불과했다. 신인답게 그는 소재의 상징성이며 우화의 형식 등을 적극적으로 실험했으나 정작 조선에 거주하는 자로서 서사의 디테일을 고민한 흔적은 드러내지 않는다. 그는 조선인을 하나의 소재로 활용했을 뿐 인물로서 진지하게 묘사하지 않았고, 식민 본국 출신이기이에 선험적으로 확보한 선배-지도자의 위치에 입각해 갈등을 마무리지었다. 그러므로 「꽃과 고양이」는 총력전 시대에 예술가로 나선 작가 자신의 출사표를 계몽담에 버무린 결과물이라 정리할 수 있겠다.

그렇다면 조선의 풍속 문제는 어떻게 다루어졌을까? 김건은 단막 희곡 「바가지瓢」1943.8에서 조선의 조혼早婚 풍습을 주요 소재로 다루었다. 여섯 살이나 어린 꼬마 신랑과 결혼한 후 하루 종일 일만 하는 분이는 남성 중심적 조혼 풍습의 불합리성을 친정어머니에게 토로하는 등 순응적이지 않은 모습을 보인다. 그러나 어머니로부터 돌아오는 대답은 그것이 바로 "옛날부터 며느리의 일"이라는 것이다.[14] 이처럼 며느리이자 아내로서의 부덕婦德을 강조하는 목소리는 전근대 조선의 오래된 풍습에서 비롯된 것이지만, 총력전체제하 부녀자의 미덕과 궤를 같이하는 것이기도 하다.[15] 따라서 작가 김건은 비판적 풍자의 수준을 높이는 대신 역

---

14 김건, 「바가지」, 이재명 편, 『해방 전(1940~1945) 일문 희곡집』, 평민사, 2004, 13쪽.
15 총력전체제하 새롭게 부상한 총후부인 담론은 구시대적 여성상을 새롭게 재편하고 신여성이라는 정체성을 부정함으로써 구성되었다. 이에 대해서는 권명아, 「총후부인, 신여성, 그리고 스파이 – 전시 동원체제하 총후부인 담론 연구」, 『상허학보』 12, 상허학회, 2004 참조.

전을 통해 갈등을 유머러스하게 해소하는 길을 택하고 있다. 결말에서 분이는 꼬마 신랑과의 실랑이 끝에 신랑을 지붕 위로 던져버리고 시부모의 추궁을 받게 된다. 그런데 오히려 꼬마 신랑은 박을 따고 있었다는 말로 분이를 감싸준다. 난생처음 신랑에게 믿음직스러움을 느낀 분이는 눈물을 흘리고 훈훈한 분위기 속에서 막이 내린다.

이처럼 김건이 전시戰時라는 맥락에 대한 언급 없이 서사를 마무리한 데 반해, 미야자키 세이타로는 조선과 일본의 음식 문화를 현재적 지평으로 소환하고 있다. "(이웃집에) 오하기おはぎ를 가지고 가게 했습니다"라는 구절로 시작되는 미야자키 세이타로의 소설 「오하기와 송편」1943.12은, 우선 오하기란 무엇인가를 설명하는 데 많은 지면을 할애한다. 오하기는 아이의 생일이나 선친의 제삿날, 춘분과 추분을 전후한 특정 시기에 만드는 경단으로 일본인이라면 누구나 잘 알고 있는 음식에 속한다. 그럼에도 불구하고 미야자키 세이타로는 그 재료의 비율과 식감, 색깔, 이름, 별명에 이르기까지 오하기의 모든 것에 대해 일일이 공들여 서술하고 있다. 그리고 "음식물 이름 하나에 의해서도 민중이라는 것, 민중이 영위해 온 생활이란 것이 회상"된다는 점, 그리고 "그 민족이 지닌 심정의 풍부함, 그 윽함"이 나타나 있음을 강조한다. 어린 시절부터 접해 온 일본 고유의 음식 문화에 대한 애정과 향수 어린 어조가 돋보이는 대목이다.

재조일본인인 주인공은 장남인 이치로의 생일을 맞이하여 이치로가 직접 오하기를 들고 이웃을 방문하게 한다. 그런데 나는 유일한 조선인 이웃인 정촌鄭村 씨를 각별히 신경 쓰는 모습을 보인다. 실상 나는 정촌 씨 부부와 이야기를 나누어 본 적이 없다. 그럼에도 불구하고 나라를 위한 위문금이며 회비를 최저금액이나마 성실히 내는 정촌 씨 부부를 지켜보며 나는 그들이 호인임을 직감한다. 그리고 이를 증명이라도 하듯 추석 때 정촌 씨 가족은 오하기에 대한 답례로 송편을 보내온다. 송편을 받아 든 나는 조선의 연회나 동료 집에 초청받았을 때 맛본 송편의 형태며 맛, 조선 청년에게 배운 송편의 한자 등 재조일본인으로서의 생활 감각을 최대한 발휘하여 송편에 대해 소개하는 한편, 인절미, 떡국에 사용되는 떡, 약밥 등 그 밖의 떡에 대해서도 아울러 언급하고 있다. 이처럼 조선의 풍속과 음식, 그 맛에 대하여 열성적으로 소개하는 이유는 자명하다. 일본과 조선은 떼려야 뗄 수 없는 문화적 공통성을 지닌 장소임을 강조하기 위해서이다.

> 동양의 떡은 거의 다 그렇습니다. 자연과의 아름다운 관계 속에서 생겨났습니다. 일률적으로 동양이라 해도 고기만두가 그 왕좌를 차지하고 있는 중국은 조금 사정이 다릅니다만, 일본 내지나 조선의 떡은 모두 그렇다고 해도 괜찮을 것입니다. 서양에는 '떡'은 없을지 모르겠지만, 케이크입니다. 현재 우리들이 알고 있는 다양한 서양 과자, 어느 하나를 떠올려 봐도 거기에는 '자연'은 없습니다. 자연에 대한 추모는커녕 자연으로부터 가능한 한 멀리 도피하려고 하는 것 같습니다. 마음가짐이 동양인과 근본적으로 다릅니다. 자연에 대한 추모나 순응이 아니라 그들이 즐겨 사용하는 말로 말하면 자연의 '정복'입니다. (…중략…) 논에서 만든 쌀이나 밤을 조상들의 주식으로 하고 있었던 나무 열매 형태로 해서 먹는다, 단지 그것만으로도 나는 즐거워집니다. 앞에서 말씀드렸듯이 눈물겨워집니다. 당시 사람들의, 조상에 대한, 자연에 대한 애모의 정이 아플 정도로 나타나 있습니다.[16]

인용문에서 확인할 수 있듯이 동양 문화라는 범주는 동양을 구성하는 여러 민족의 공통성은 물론, 서양 문화라는 대타항을 상정함으로써 더욱 확실히 형성되는 것이다. 미야자키 세이타로는 서양의 음식들, 가령 껌, 슈크림, 비스킷 등을 아름답지도 풍요롭지도 않은 음식의 예로서 열거함으로써 은연중에 동양이 왜 서양보다 우월한지를 전달하고 있다. 이것이야말로 시국을 뒷받침하는 음식문화

---

16 宮崎淸太郎,「おはぎと松片」,『文化朝鮮』, 1943.12, 64쪽.(번역은 저자)

론이라 할 수 있을 것이다. 주인공은 검은콩이 단 두 개 들어 있을 뿐인 정촌 씨의 소박한 송편을 맛있게 먹고 칭찬한다. 어린 아들 이치로 역시 오하기와 송편 모두 맛있다고 크게 외치며 이 한 편의 미담은 훈훈하게 마무리된다.

이처럼 「오하기와 송편」의 주인공은 관대한 일본인의 모습을 지니고 있다. 조선인에 대한 편견을 가지고 있는 노모와 아내를 향해서는 단호하게 대하고, 행여 어린 아들이 이런 편견을 물려받기라도 할 새라 나눔을 통해 즐겁게 교육하는 모습은 식민 지배자의 형상과 거리가 멀다. 그러나 그가 지닌 재조의 감각도 조선인들의 삶에 대한 거리두기를 바탕으로 형성되었다는 점이 중요하다. 일본어 사용이 불가한 대부분의 조선인들은 실상 그로서는 알 수 없는 타자이며 미지의 영역에 놓여 있다. 시오이리 유사쿠가 그려낸 완식이 그러했듯 이 소설의 정촌 씨 부부도 일본어에 서툰 상태로 묘사된다. 국어 상용이 엄격히 강제된 전시체제하 조선에서 국어인 일본어를 못한다는 것은 공식적인 장소에서 말할 권리를 박탈당한 것이나 다름없다. 인사말조차 없이 조용한 사람들로 묘사되는 정촌 부부의 형상 속에 이와 같은 현실은 어렴풋이 흔적을 남기고 있다. 그러나 말 없이 바쁘게 일을 하고 있고 끊임없이 아이의 죽음을 맞이하는 그들 삶이 지닌 무게는 여기서 뒷배경으로 스쳐 지나간다. 미야자키 세이타로는 조선과 일본의 문화를 동시에 이해하며 가교 역할을 담당하는 문화인으로서 자기 충족적인 서사를 펼치는 데 더 골몰하고 있기 때문이다. 실제 그의 직업은 교사였으나 총력전 시대에 이르러서 그는 내선일체화된 반도에 진정 필요한 문화인으로 재탄생했던 셈이다.

3. 신반도문학 창출이라는 당위와 균열

인문사 사장 이시다 古조石田耕造 : 최재서가 엮은 『신반도문학선집』은 이광수, 이태준 등 조선을 대표하는 기성 작가와 함세덕, 김사영 등의 신인 작가, 재조일본인 작가의 작품이 총 15편 수록된 작품집으로, 1집과 2집으로 나뉘어 발간되었다. 이 선집은 내선일체로 탄생한 반도의 새로운 지역성을 강조하는 한편 여기서 빚어진 문학적 성과들을 과시하는 데 목표를 두었다. 시오이리 유사쿠와 미야자키 세이타로의 소설이 실린 제1집의 경우, 황민화 교육이광수, 세대 갈등이태준, 결승 다짐정인택, 신라의 에밀레종함세덕, 전선과 후방의 우정飯田彬, 군국의 어머니김사영, 일본인 주인을 향한 신의奧本篤彦 등을 다룬 소설이 수록되었는데, 대부분 일본과 조선의 일체성을 강조하거나 전쟁에서의 승리를 다짐하는 방향성을 공유하고 있었다. 다만 이들 작품은 전투 장면을 그리거나 종군의 체험을 다룬 전쟁문학과는 거리가 멀었다. 조선은 실제 전투가 벌어지는 장소와는 거리가 있었고 전선 시찰도 일부에 그쳐 전투 현장을 목격한 작가가 거의 없었다.[17] 따라서 작가들은 군인을 주인공으로 세워도 마음의 자세에 초점을 맞추었고 대부분 총후 일상에서 일어날법한 사건들을 중심에 두고 작품을 제작했다. 시오이리 유사쿠와 미야자키 세이타로의 소설 역시 신반도의 중심 도시 경성을 배경으로 평범한 회사원들의 내면과 일상을 소재로 취했다.

우선 시오이리 유사쿠의 「선택받은 한 사람」은 나라를 위해 죽을 수 있겠는가를 묻고 있는 소설이다. 이 시기에 전사戰死를 미화하는 담론은 매우 공공연하게 유포되어 있어서 그리 새로운 것은 아니었다. 가까운 예로 이 선집에 함께 수록

---

17 최재서는 조선인 작가들은 전쟁에 관한 글을 쓰고 싶어도 생활에서 우러나오는 체험이 없기 때문에 쓸 수 없음을 언급하며, 징병제 실시가 이런 문제를 해결할 것이라 전망했다. 문경연 외편역, 「군인과 작가, 징병의 감격을 말한다」(1942.7), 『좌담회로 읽는 『국민문학』』, 소명출판, 2010, 236쪽.

된 정인택의 「뒤돌아보지 않으리かへりみはせじ」는 자신의 어머니에게 보내는 조선인 지원병 청년의 편지로 구성된 소설이다. 이 청년은 어머니에게 벚꽃이 가득 핀 도쿄를 보여주겠노라 다짐하며 집을 떠나왔다. 이는 자신이 전사하면 야스쿠니靖国 신사에 자리 잡게 될 것임을 우회적으로 전달한 것으로서, 모범적인 '군국의 어머니'라면 기꺼이 아들의 명예로운 죽음을 승인할 것이 예상된다. 그럼에도 불구하고 이 청년은 편지를 보낼 때마다 자신이 죽어야만 하는 이유에 대해서 거듭하여 강조하고 또 설명한다. 이는 죽음이라는 것이 실은 그 가족에게 얼마나 받아들이기 힘든 고통인가를 반증하는 것이라 하겠다.

김사영의 「성스러운 얼굴聖顔」에서도 '분녀'의 아들은 "저는 어머니의 아들이면서 어머니의 아들이 아닙니다"라고 말하며 자신의 죽음을 받아들일 것을 촉구하고 있다. 그러나 아들의 죽음에 직면한 분녀의 본능이 가장 먼저 터뜨린 반응은 "어떻게 하지! 어떻게 하지!"이다. 결국 아들의 뜻을 존중하기는 했으나 이후 분녀의 삶은 빈 껍데기에 불과한 것이었다. 분녀는 늘 아들의 환영을 그리다가 못에 빠져 최후를 맞이한다. 소설은 그녀의 마지막 얼굴을 성모聖母의 얼굴로 격상시키며 마무리되나 "생물학적 죽음이 상징적 삶으로 이어질 것이라는 믿음"이 "아들을 잃은 조선 어머니의 슬픔과 고통 앞에서 한갓 망상에 불과"[18]함을 부정하기는 어려웠다. 어떤 이유를 제시하더라도 한 인간의 죽음을 촉구하는 서사가 설득력을 확보하는 것은 불가능에 가까운 일이기 때문이다.

시오이리 유사쿠의 「선택받은 한 사람」도 이러한 불가능성에서 자유로운 서사는 아니다. 이 소설은 자못 평화로운 경성의 풍경으로부터 시작한다. 재조일본인인 서술자는 오랫동안 조선에서 살아오면서 많은 조선인 벗들을 사귀었는데 이와모토岩本 군은 그중 가장 친한 동료이다. 같은 회사에서 일하면서 아이들 이야

---

18 이원동, 「군인, 국가, 그리고 죽음의 미학―『신반도문학선집』의 소설들」, 『현대소설연구』 42, 한국현대소설학회, 2009, 356쪽.

기를 매개로 의기투합하는 이들 사이에 민족적 차이가 끼어들 틈은 전혀 없다시피 하다. 그런데 그렇게 명랑하던 이와모토가 어느 날부터인지 의기소침한 모습을 보인다. 자신을 '시간'이라 지칭하는 한 남자를 만난 다음부터 고민에 빠져든 것이다. 이와모토의 목숨과 일본의 승리를 교환하자는 제안을 던진 이 남자는 이와모토의 죽음이 결코 영웅적이지도 않을 뿐더러 누군가에게 기념되지도 않을 것이라 예고한다. 오직 단 한 사람에게만 그 죽음의 의미를 털어놓을 수 있을 뿐 이와모토는 가족에게도 이를 알리지 못한 채 죽어가야 한다. 그에게 가장 큰 괴로움은 사랑하는 아이들을 남긴 채 세상을 떠나야 한다는 데서 비롯된다.

앞서 살펴보았듯이 조선인 작가들은 출정 군인의 가족을 겨냥한 서사를 창작하면서도 정작 군인 자신의 고통에 대해서는 논하지 못했다. 그러나 시오이리 유사쿠는 죽음을 망설여야 하는 이유가 이토록 많음에도 국가를 위해 죽을 수 있겠는가라는 질문을 당사자에게 던지고 있다. 이러한 질문이 가능했던 이유는 「꽃과 고양이」에서와 마찬가지로 시오이리 유사쿠 자신이 국민으로서의 완성된 정체성을 확보하고 있기 때문이다. 일본인은 당연히 일본을 위하여 헌신할 수 있으나 일본인으로 편입된 조선인도 그러할지 여부는 미지수라는 판단이 이 소설의 배면에 깔려 있다. 마침내 이와모토가 죽음을 결심했을 때 서술자가 되풀이하여 고마움을 표시하는 것도 이 때문이다.

저는 죽음을 결심한 지금보다 더 조국을 사랑스럽다고 생각한 적은 없습니다. 생명을 걸고 지킬 때에만 조국은 정말로 우리 조국이 돼요. 생각해보면 제 아이에 대한 사랑은 그대로 조국에 대한 사랑이었습니다. 그렇지요, 그렇지 않습니까? 아이가 있어도 나라가 망하면 아무것도 되지 않습니다. 아이는 끊임없는 책임과 고통을 짊어질 뿐입니다. 제가 죽는다는 것은 조국에 영광을 가져옴과 동시에 아이들에게 행복을 남기는 겁니다. 제 자신을 영원한 장래에 살리는 거예요. 제 아이는 제 자신이에

요. 아이는 제 세포를 받아 저를 잇고 있어요. 병리학적으로 말해도 틀림없이 제 자신입니다. 제 육체는 없어져도 자자손손에 이르기까지 언제까지라도 저는 계속 사는 것입니다. 문제는 어떻게 계속 살 것인가 하는 겁니다. 정말로 살아 있다고 할 수 있는 삶을 살아갈 수 있을지 어떨지 말입니다. 미래의 제 생활은 늘 국가와 함께 있어요. 그 흥패가 결국 중대 문제가 돼요.[19]

이처럼 이와모토는 아이에 대한 사랑을 국가에 대한 사랑이라는 거시적 지평으로 넓힘으로써 죽음을 받아들이게 된다. 자신의 죽음으로 조국의 멸망을 막을 수 있다면 아이도 살고 아이의 삶 속에서 자신도 영원히 살 수 있게 된다는 것이 그 이유였다. 이와 같은 고백을 듣고 나서야 서술자는 "나도 그래. 나도 죽어!"라고 외치며 자신 역시 국가를 위해 선택받은 사람임을 밝힌다. 이를 통해 전시체제하의 국민들은 모두가 다 선택받은 한 사람이라는 자세로 전쟁에 임해야 한다는 주제 의식이 선명해진다. 그러나 원래 일본인으로 태어난 자는 죽음의 공포조차 초월한 존재인가? 시오이리 유사쿠는 이 곤란한 질문에 답하는 것을 회피한 채 식민지인의 속내만을 문제 삼는다. 그러므로 그가 내세운 서술자는 조선인의 벗임을 자청하고는 있으나 실은 식민 지배자의 정책이 식민지인의 내면까지 뿌리 깊게 파고들었는가를 감시하는 마음의 검열관이나 다름없다.

미야자키 세이타로의 「창백한 얼굴」에서도 완벽한 국민으로서의 일본인상이 제시된다. 회사원인 '그'는 제목 그대로 창백한 얼굴을 한 채 엄숙하게 하루하루를 영위해 나가는 사람이다. 그는 늘 같은 표정으로 늘 같은 시각에 같은 길을 걷는다. 회사에서는 열심히 일하고 거리에서는 말없이 타인을 돕는다. 심지어 그는 전차에 자리가 나도 혹시라도 자리가 필요한 사람이 있을까봐 절대 좌석에 앉지 않는다. 만약 누군가 도움에 대한 감사를 표하고자 하면 모른 척하는 것도 큰 특

---

19 汐入雄作, 노상래 역, 「선택받은 한 사람」, 『신반도문학선집』 1, 제이앤씨, 2009, 283쪽.

징이다. 그런데 그가 얼마나 모범적인가를 서술하는 과정에서 드러나는 총후 일상의 맨얼굴은 당대 미디어에서 선전하던 질서정연하면서도 활기찬 모습과 큰 차이점을 지니고 있다. 언제나 '해야 한다'는 명령과 '할 수 있다'는 '긍정'으로 귀결되는 세계의 틈새에서 불평과 위반, 무질서로 가득한 경성 시가지의 실상이 드러나는 것이다. 국어 상용 원칙이 무색하게 조선인 학생들은 조선어를 일상어로 사용하고 있고, 보도연맹保導聯盟의 지령은 험담의 대상이 된다. 또한 한 줄 서기 원칙을 지키기는커녕 버스가 만원이 되면 앞문에 무리하게 매달리고 새치기도 버젓이 일삼는 사람들이 대부분이다.

한편 회사 안에서도 그는 대단히 예외적인 인물이다. 그는 기꺼이 국채대國債貸로 할당받은 금액을 지불할 뿐 아니라 추가 지불까지 한다. 이런 그의 모습이 돋보이는 이유는 그와 달리 "할당액에 대해 이러쿵저러쿵 말하는" 동료들이 있기 때문이다. 정오正午의 묵도黙禱 시간으로 1분이 너무 길다는 등 갑론을박을 벌이는 장면에서도 그는 1분이 좋겠다는 말로 논쟁을 끝내 버린다. "식사할 때를 제외하고는 결코 고형물을 입에 대지 않는" 그는 단돈 12전짜리 커피를 한 잔 마실 때에도 자기 성찰을 그치지 않는다. 그러나 대부분의 사람들은 자각 없이 커피와 케이크, 카스텔라와 같은 서양 음식을 즐기고 끊임없이 먹을 것을 화제에 올린다. 설탕이며 버터, 맥주에 대한 욕망이 거침없이 피력되고, 언제 어디에 가면 맥주 한 병과 안주를 얼마에 먹을 수 있다는 구체적인 정보가 교환된다. 결국 신반도의 바람직한 풍경으로 내세울 만한 것은 단 한 사람, 그밖에 없는 것이다. 물론 일종의 안전장치는 존재한다. 동료들은 국채를 내거나 물자를 절약하는 것 자체에 불평을 품는 것은 아니며 그저 재미삼아 이런저런 이야기를 한다는 부연 설명이 그것이다. 그럼에도 불구하고 이 소설에서 가장 실감 나는 장면들은 평범한 회사원들의 불평불만과 한담들이다. 지배 권력이 결코 제어할 수 없는 인간의 본능적 욕망과 개성들이 곳곳에서 분출되고 있기 때문이다. 이에 비해 정작 주인공인 그는 소설 캐릭터로서의 매력을 전혀 발휘하지 못한 채 그저 하나의 지령이나 교훈 그 자체로 기능하고 있다.

> 모두 갖추어져 있어. 품행 방정, 학력 우등 등이다. 모두 한 점 나무랄 데 없어. 그러나 말이지. 단 한 가지, 그에게 한 가지만 빠지는 것이 있어. 사랑. 사랑이다. 사랑이 없어. 인생에 대한, 자연에 대한 열애가 없어. (…중략…) 아깝게도 사랑이 없어. 불행하게도 그가 소유하는 모든 것이 零器이다. *그가 말하는 것, 그가 하는 일, 모든 아름다운 점이 아픈 결점이 되어 추한 모습을 들추어 내. 사랑의 뒷받침이 없어서.* 가련한 성격이다.[20]

한 직장 동료의 품평대로 그는 너무도 완벽한 나머지 그를 제외한 나머지 것들을 추악한 것으로 만들어 버린다. 만약 이 소설이 교훈적으로 마무리되기 위해서는 동료들이 그로 인해 감화를 받고 변화에 이르러야 할 것이다. 그러나 대부분의 사람들은 이야기를 나누다가도 늘 그로 인해 모멸감과 증오를 느낀다. 우연히 그의 집에 방문한 사람도 말할 수 없는 불안감에 서둘러 일어선다. 그가 나쁜 사람이라고는 아무도 생각하지 않는다. 그러나 그를 본받기는커녕 모두가 멀어지고자 한다. 결국 아무것도 달라지지 않은 채 이 소설은 변함없이 전차 속에서 창

---

20 宮崎淸太郎, 노상래 역, 「창백한 얼굴」, 『신반도문학선집』 1, 제이앤씨, 200, 108~109쪽. 가미야 미호는 이 인용문에서 재조일본인의 우월감에 대한 자기 비판적 시각을 엿볼 수 있다고 해석한다. 조선인을 완벽한 일본인으로 만들기 위해서는 동족애가 불가결함을 지적하고 있다는 것이다. 神谷美惠, 앞의 글, 17쪽. 인용문 자체로 본다면 이와 같은 해석은 설득력을 지닌다. 그러나 주인공에 투영된 모범 국민의 모습으로 볼 때 이 소설이 재조일본인의 태도 비판 그 자체를 목표로 삼고 있었다고 보기는 어려울 듯하다. 이 문제와 관련해서는 우정덕의 분석을 눈여겨볼 만하다. 우정덕은 그토록 조용히 살아가며 내적인 만족을 추구하는 그가 거리의 학생들이 질서를 지키지 않거나 분란을 일으킬 때면 망설임 없이 즉각 개입하는 장면에 주목했다. 일본인으로서 조선인에게 가르침을 베푼다는 자세를 내면화하고 있다는 것이다. 우정덕, 「1940년대 일본어 소설에 드러난 '황국신민'이라는 허상」, 국제어문학회 학술대회 자료집, 2012, 97쪽. 이는 교사로서 미야자키 세이타로가 평소에 가지고 있던 자세와 관련이 있을 것으로 생각된다.

밖을 응시하는 그의 모습을 묘사하며 끝난다. 아마도 미야자키 세이타로는 「오하기와 송편」에서와 마찬가지로 훌륭한 재조일본인, 누가 알아주든 그렇지 않든 묵묵히 자기의 길을 걷는 신반도인의 형상을 조명하는 것을 목표로 삼았을 터이다. 그리고 이러한 작품 경향 때문에 그는 일찍이 최재서로부터 "반도에 사는 내지인의 문학을 견실하게 펼쳐나가고"[21] 있는 작가로서 고평된 바 있다. 만약 「창백한 얼굴」도 전작에서처럼 조선인이라는 타자가 침묵하도록 설정했다면 어려움 없이 마무리되었을지도 모른다. 그러나 경성 거리를 오가는 수많은 조선인들이 조선어로 말을 하고 평범한 재조일본인들까지 가세하여 일상의 이야기를 나누는 순간, 완벽한 국민의 형상은 어딘가 어색하고 과도한 것이 되고 만다. 모범 국민이란 현실의 공기가 틈입하지 않은 진공 상태에서만 유지될 수 있는 허상임을 그의 소설은 보여주고 있는 것이다.

4. 일본인 아이덴티티의 재확인

이 글에서는 재조일본인 작가 시오이리 유사쿠와 미야자키 세이타로의 소설을 중심으로 내선일체를 전제로 주창된 반도문학의 실재를 살펴보았다. 우선 『문화조선』에 수록된 시오이리 유사쿠의 「꽃과 고양이」와 미야자키 세이타로의 「오하기와 송편」은 조선의 미와 풍속에 대한 고찰을 담고 있는 소설이다. 「꽃과 고양이」는 제목 그대로 꽃과 고양이를 미적 상징으로 내세웠으나 이는 실체 없는 기호에 불과하다. 조선의 아름다움이 무엇인가를 탐색하는 것이 아니라 미적인 것도 총동원해야 한다는 주장을 펼치는 것이 이 소설의 목적이기 때문이다. 또한 이 소설은 아름다움의 애국적 의미를 깨닫지 못하는 조선인을 일본인이 계몽하

---

21 최재서, 노상래 역, 「국민문학의 작가들」, 『전환기의 조선문학』, 영남대 출판부, 2006, 168쪽.

는 급작스런 결말을 배치하는 등 기본적으로 조선(인)을 계도의 대상으로 간주하고 있다. 이에 비해 「오하기와 송편」은 떡이라는 음식의 소박하고도 자연스러운 가치에 주목한 소설이다. 조선의 송편은 일본의 오하기와 병치되며 두 민족의 풍속에 깃든 유사성을 증명하는 소재로 활용될 뿐 아니라, 자연을 존중하는 동양적 세계관의 산물로서 극찬되고 음미된다. 이로부터 대동아 문화란 인위적인 것이 아니라 과거로부터 준비된 것이라는 주제가 형성되기에 이른다. 이 소설 속 재조일본인은 조선인을 존중하는 좋은 이웃의 형상을 띠고 있긴 하나 이는 조선(인)에 대한 거리두기를 통해 획득된 관대함이라 할 수 있다.

한편 『신반도문학선집』에 수록된 시오이리 유사쿠의 「선택받은 한 사람」과 미야자키 세이타로의 「창백한 얼굴」은 신반도의 일상을 배경으로 국민됨의 문제를 형상화하고 있다. 「선택받은 한 사람」은 반도인 누구라도 국가로부터 '선택받은 단 한 사람'이 될 수 있음을 강조하는 소설이다. 조선인 작가들은 징병의 대상인 청년의 내면을 완성된 국민의 것으로 설정한 후, 주로 그를 둘러싼 가족, 특히 어머니를 설득하는 서사를 써낸 바 있다. 그러나 시오이리 유사쿠는 징병 당사자의 내면을 향해 일본의 군인들이 그러하듯 벚꽃처럼 산화散花할 수 있겠는가를 묻고 있다. 따라서 이는 내선일체를 강조하면서도 조선인에 대한 의혹과 감시를 놓지 못했던 식민 지배자의 불안을 대변하는 소설이라 할 만하다. 「창백한 얼굴」은 모범 국민인 재조일본인의 일상들을 통해 전시체제에 요구되는 마음의 자세와 행동 양식들을 제시했다. 그러나 주인공의 남다른 면모를 강조하기 위해 배치된 경성의 실상들이 소설의 성격을 애매모호한 것으로 만들고 있다. 평범한 사람들의 불평불만과 자잘한 욕망들이 응당 매끈해야 할 신반도의 표상에 균열을 일으키고 있기 때문이다. 이를 통해 재조일본인으로서 작가가 그리고자 한 것과 실제로 경험하고 있던 것의 차이를 발견할 수 있다.

이처럼 시오이리 유사쿠와 미야자키 세이타로는 재조在朝라는 조건에 기반하여 작품 활동을 전개했다. 우의성과 환상성을 도입한 시오이리 유사쿠의 서사가 식민 지배자의 입장을 소설적으로 대변한 데 반해, 조선 생활의 디테일을 리얼하게 반영한 미야자키 세이타로의 서사는 재조일본인의 인간적 면모를 드러냈다. 그러나 미야자키 세이타로 역시 일본과 조선의 위계 그 자체에 대해서는 고민하지 않았다. 각기 형상화하는 방식은 달랐으나 그들에게 재조란 제국 일본의 영토에 머문다는 의미를 지녔다. 따라서 그들의 서사는 재조의 역학에 대한 탐구가 아니라 일본인으로서의 아이덴티티를 재확인하는 것으로 귀결되었다.

제7장

국민문학 트러블

『국민문학』 좌담회의 문화정치

1. 좌담회의 시대

식민지 말 조선 잡지는 좌담회를 빈번하게 게재했다. 『조광朝光』은 1940년대에 들어서면서 좌담회 개최 수를 대폭 늘렸고, 『신시대新時代』 역시 창간호1941.1부터 거의 매호 좌담회를 수록했다.[1] 유일한 문예지 『국민문학國民文學』도 예외는 아니어서 통권 39호 중 좌담회를 실은 호가 25개에 달했다.[2] 이 시기 좌담회의 급증은 제국 일본의 언론 동원과 통제를 증명하는 것으로서 총력전기 문화정치의 내용과 형식을 아울러 살펴볼 수 있는 계기를 마련해 준다.[3] 이 글에서 특히 초점을

---

[1] 1930년대 후반 『조광』에는 1년에 2, 3회 정도 좌담회가 실렸으나, 아시아·태평양전쟁 발발 이후인 1942년도에는 총 9회 수록되었다. 『신시대』는 창간 후 1년 동안 13편의 좌담회를 게재하였다.

[2] 사희영은 일대일 대담들도 포함하여 『국민문학』 좌담회를 29회로 산정하고 있다. 사희영, 『제국시대 잡지 國民文學과 한일 작가들』, 문, 2011, 216~218쪽.

[3] 총력전기 좌담회에 대한 선행 연구는 다음과 같다. 권나영, 「어긋난 조우와 갈등하는 욕망들의 검열」, 『일제 식민지 시기 새로 읽기』, 혜안, 2007; 신지영, 「전시체제기(1937~1945) 매체에 실린 좌담회를 통해 본, 경계(境界)에 대한 감각의 재구성」, 『사이(SAI)』 4, 국제한국문학문화학회, 2008; 이원동, 「『국민문학』의 좌담회 연구」, 『어문론총』 48, 한국문학언어학회, 2008; 신지영, 「『국민문학』 좌담회의 양가성과 발화 게임」, 『민족문학사연구』 40, 민족문학사연구소, 2009. 논지와 대상은 조금씩 다르지만 이 연구들은 공통적으로 총력전기 좌담회가 수행한 역할에 주목하였으며 좌담회라는 미디어의 성격 때문에 야기되는 담론상의 특징들을 지적하고 있다.

맞추고자 하는 것은『국민문학』좌담회의 성격이다.

당시 조선 문단은 일본의 국민문학으로 재편되기 위한 제도적 수순을 밟고 있었다. 1940~41년에 걸쳐 조선총독부는 대부분의 조선어 신문잡지를 폐간했고, 『국민문학』 창간을 계기로 출판편집권을 장악한 후 조선 문인의 전향과 협력을 유도했다. 이때 조선 문단에 주어진 궁극적 목표는『국민문학』편집 요강의 최종 단계에 명시된 국민문화의 건설이었다.[4] 국민문화는 내선문화의 통합을 전제로 하는 것으로서 장차 대동아공영권 문화의 중심을 이룰 것으로 선전되었다.

『국민문학』은 국민문화를 효과적으로 정착시키고 전개해가기 위해 여러 가지 기획을 마련했는데, 그중에서도 좌담회는 가장 지속적으로 활용된 문화 선전 장치였다. 이전에도 좌담회는 흥미 유발, 정보 제공, 여론 환기 등에 효과적인 형식으로서 저널리즘의 애호를 받아 왔으나, 아시아·태평양전쟁 발발을 전후하여 전쟁 수행을 위한 공공성이 강화된 장으로서 성격과 기능이 재조정되었다. 그런데 독자와 필자 모두 소수의 지식인으로 구성되었던『국민문학』좌담회는 대중 교화보다 이념 창출에 초점을 두었다는 점에서 독특한 성격을 지닌다. 이러한 성격은 참석자를 통해서도 확인할 수 있는데,『국민문학』좌담회 참석진은 문학인을 비롯해 총독부 관리, 경성제대 교수진 등 조선의 학술문화 및 이에 대한 정책을 담당하는 지식인들로 구성되었다. 따라서『국민문학』좌담회는 제국 일본의 식민지 정책과 학지와 문화가 교차하던 전문적 공론장으로서 기능할 수 있었다.

그런데『국민문학』좌담회는 창간호부터 여러 가지 쟁점을 빚어냈다. 일본인과 조선인이 공동으로 참석하는 좌담회는 이것 자체가 검열의 장이었던 만큼 반反국민적 발언이 직접적으로 제기될 가능성은 전혀 없었다. 그러나 전체적인 방

---

4 『국민문학』의 편집 요강은 ① 국체(國體) 개념의 명징 ② 국민 의식의 앙양 ③ 국민 사기의 진흥 ④ 국책에의 협력 ⑤ 지도적 문화 이론의 수립 ⑥ 내선 문화의 종합 ⑦ 국민 문화의 건설이다. 최재서, 노상래 역,「조선문학의 현단계」,『전환기의 조선문학』, 영남대 출판부, 2006, 69쪽.

향성에 동의한다 해도 미묘하게 불/합치하는 논점과 반응들이 매회 제기되었다. 이는 단순한 의견 차이가 아니라 제국과 식민지 간 위계와 갈등의 국면을 드러내는 순간들이었다. 식민지 문화를 순치하기 위한 발언들이 제기되는 가운데 조선 지식인들은 화제를 우회하거나 전환했고 때로는 질문과 제안의 형식으로 이에 대응했다. 말들의 흐름에 기반을 둔 좌담회의 형식상 사회자가 있다 해도 우발적 상황을 완벽히 제어하는 것은 어려운 일이었다. 또한 편집을 거친다 해도 발언의 맥락 자체를 삭제하는 것은 불가능했다. 따라서 한 명의 필자가 기승전결의 구조에 맞추어 작성하는 비평이나 창작의 문면에서는 즉각적으로 드러나지 않는 적대와 길항, 동조와 순응의 현장이 부분적으로나마 좌담회에 기입될 수 있었다. 한편 화려하고 강력한 문어로 구성된 시국 담론이 개개인의 구어로 어떻게 번역되는가를 보여준다는 점에서도 좌담회는 제국의 언어를 그대로 반복하는 담론 공간들과 변별되는 특징을 드러냈다. 『국민문학』 좌담회의 세부 주제는 언론, 문화, 예술, 종교, 학술 등으로 다양하게 구성됐다.[5] 그러나 이 글에서는 주로 내선일체의 문학적 표현으로서 국민문학이라는 당위가 식민지 공론장에서 파열음을 빚어내는 장면들을 중심으로 그 의미를 짚어보고자 한다.

2. 기울어진 공론장과 민족성의 역학

『국민문학』은 창간되자마자 누가 국민문학을 읽고 쓸 것인가라는 근본적인 문제에 직면했다. 일본어를 사용 언어로 했다는 점에서 지식인 전용이라는 성격은

---

5 『국민문학』 좌담회는 25회 중 '문학'을 표제어로 한 것이 8편, '문화'를 표제어로 한 것이 5편, 영화, 이동연극, 미술 등 기타 예술 관련 좌담회가 5편이었고, 나머지 좌담회들도 교육, 종교, 언론, 사상 등 전반적으로 문화와 긴밀히 연관된 사안을 다루었다. 이에 대해서는 문경연 외편역, 『좌담회로 읽는 『국민문학』』, 소명출판, 2010, 12~17쪽.

자연스럽게 결정된 것이나 다름없었다. 그러나 국민문학 창작에 누가 나설지 알수 없는 데다 일본어를 문학어로 구사할 수 있는 조선 문인의 숫자가 적다는 것이 문제였다. 전쟁 동원 때문에 일본어 교육이 전면적으로 실시되고 있다고는 해도 독자층 역시 한정적이기는 마찬가지였다. 기존의 문학 개념을 둘러싼 모든 것을 리모델링해야 하는 상황인데 만족스러운 예시가 없는 탓에 비평은 급진적이고 창작은 부진을 면치 못했다. 국어로 쓴다는 전제 조건과 더불어 혁신이라는 목표만 주어졌을 뿐 실체는 없는 것이 조선의 국민문학이었다.

그러므로 『국민문학』 좌담회는 잡지의 표제이기도 한 국민문학의 정의와 범주를 설정하는 논의로부터 시작되었다. 창간호에 수록된 「조선 문단의 재출발을 말한다朝鮮文壇の再出發を語る」에서 가장 먼저 화제에 오른 것은 새로운 국민문학의 목표였는데, 우선 박영희芳村香道가 일반론에 해당하는 발언으로 좌담회의 장을 열었다. 앞으로 국민문학은 단순히 시대성을 반영하는 것이 아니라 시대를 선도할 수있는 문학이어야 한다는 것이 요지였다. 뒤이어 백철은 새로운 국민문학의 목표로 민중 계몽과 선전을 언급하는데, 경성제대 법문학부 교수인 가라시마 다케시辛島驍의 생각은 조금 달랐다.

> 가라시마 : 처음부터 의식적으로 계몽 선전의 국책문학을 생각하는 것은 언뜻 도리에 맞는 듯하지만, 너무 비근한 사고방식은 아닐까요. 결과적으로 보면 내가 말하는 새로운 문학도 넓은 의미의 계몽이기도 하고 선전이기도 합니다만, 문학의 본령은 이런 손쉬운 목표를 지향하는 것이 아니라, 우선 작가가 비상시국하에서 진정한 일본 신민으로서의 철저한 정신을 갖추고, 그 정신을 바탕으로 현실과 맞서 본래의 길로 맥진驀進해야 한다고 생각해요.[6]

---

6   문경연 외편역, 「조선 문단의 재출발을 말한다」(1942.11), 위의 책, 26~27쪽.

가라시마는 선전과 계몽이라는 어휘는 자칫하면 작위성이나 강제성과 연결될 수 있으므로 국민문학의 최종 목표로서는 적합하지 않다고 보았다. 그에게 국민문학은 머리가 아니라 가슴으로 파악해야 할 것이었고, 나아가 혼魂으로 그려내야 할 감동의 장이었다. 따라서 그는 일본 신민으로서의 정신 습득을 무엇보다도 강조했다. 이에 백철은 선전과 계몽 자체만을 주장한 것은 아니라고 재차 해명했다. 그러나 가라시마 역시 선전과 계몽에 반대했다기보다는, 조선 문인이 과연 선전과 계몽의 주체가 될 만한 자격이 있는지 점검하고 있었다고 할 수 있다.

통권 2호에 수록된 좌담회 「문예 동원을 말한다文芸動員を語る」에서도 가라시마는 문인의 자기 수양이라는 문제를 통해 조선 문인의 존재 변환을 강조하고 있다. 보통 문예 동원이란 문인을 강연이나 글쓰기를 통해 동원하는 것을 의미하는 것인데, 가라시마는 조선 문인이 민중의 지도자로 나서기 전에 본인의 정신 개조부터 확실히 해야 한다는 입장을 고수했다.

> 가라시마 : 문예가 동원의 경우, 문예가를 지도자라는 입장에서만 생각하려는 방식은 아직 시기상조이겠죠. 문예가 자신의 자기 건설 문제가 그 앞에 가로 놓여 있음을 고려해야 합니다. (…중략…) 이 시대를 건설해야 하는 총후의 작가 자신이 올바른 지도적 입장에서 대중을 대한다면 그것으로 충분합니다만, 조금만 실수해도 크게 잘못될 위험이 있습니다. 거기서 정확한 판단을 하지 않으면 안 됩니다. 문인협회가 일찍이 작가를 지방 강단에 파견했던 것은 작가가 어느 정도 지도적인 역할을 완수할 수 있을 것이라는 생각에서 동원했던 것입니다. 또한 지원병 훈련소를 견학하거나 근로 봉사를 한 것은 작가 자신의 수양과 그에 따르는 감득感得을 통해 작가 자신이 다시 새롭게 전진할 수 있도록 하려는 것입니다. 동원은 제2의 자기 수양이라는 점에서 기획된 하나의 예입니다만, 동원은 이 두 가지 측면에서 고려되어야만 합니다. 자기 수양의 측면에만 집중하는 것은

너무나 비굴한 사고방식이고, 또 지도적 역할을 해낸다는 안이한 태도로만 사고하는 것도 위험합니다.

최재서 : 그러면 동원에 앞서 작가의 자기 수양이라는 단계가 필요하다는 것이네요.

가라시마 : 아니죠. 자기 수양을 돕기 위해서 동원하는 것도 하나의 동원이라는 말입니다. 그런 것이죠.

최재서 : 결국 포함되는 것이 아닙니까.

가라시마 : 두 가지 경우를 포함해서 생각하면 좋겠죠.

최재서 : 결국 상대에 따라 방식이 변하는 거네요.[7]

가라시마에게 문예 동원의 범위는 문인의 신체뿐 아니라 내면에까지 적용되는 것이었다. 다른 일본인 논자들도 마찬가지여서 동원에 임하는 조선 문인의 자세에 대한 논의가 집중적으로 이루어졌다. 『경성일보』 편집국장 시마모토 스스무嶋元勸는 조선 문인의 마음가짐을 강조하면서, 문인이 스스로 동원에 나섰다고 생각하는 것과 동원되었다고 생각하는 것은 매우 다르다고 강조했다. 총독부 보안과장 후루카와 가네히데古川兼秀는 조선 문인들은 민족 사상의 잔재를 일소一掃해야 한다고 주장하며 좌담회 안내장을 받고도 참석하지 않은 문인들에 대한 불쾌감을 대놓고 표현하기도 했다. 총독부 도서과장 혼다 다케오本多武夫는 조선의 기성 문인의 활동이 저조하다는 점을, 녹기연맹綠旗聯盟 측의 호시노 소고星野相河는 조선 문인의 보수성과 과거 지향성을 비판했다.

이처럼 일본인 참석자들이 문예 동원이 부진한 이유를 조선 문인의 수동성 탓으로 돌리는 데 반해, 『국민문학』 주간 최재서는 조선 문인의 태도가 아니라 문학예술이라는 범주의 특수성을 중심으로 동원 문제를 제기했다. 문예는 주관적인 속성이 강한 영역인지라 과학만큼 시국 동원이 원활하게 이루어지지 않고 있

---

7   문경연 외편역, 「문예 동원을 말한다」(1942.1), 위의 책, 83~85쪽.

으나 구체적 실천 방책을 잘 세우면 문제가 해결되리라는 것이 최재서의 주장이었다. 따라서 그는 전향과 반성 운운하는 일본인 참석자들 사이에서 동원의 구체적 방법론이나 실천 방안으로 논의를 이끌어 가고자 했다. 조선문인협회를 활성화한다든지 조선 출판 기관의 종합적인 네트워크를 형성하면 좋겠다는 기획을 적극적으로 내놓는 등 최재서는 문예 동원을 통해 새로운 조선문학의 제도적 기반이 확립되기를 희망했다. 그러나 일본인들로서는 최재서처럼 절실하게 문예 동원과 문단의 운영 문제를 관련지어 생각할 필요가 없었다. 그들은 조선 문단의 존속 여부나 발전 가능성 자체에 그다지 관심이 없었기 때문이다.

오히려 『경성일보京城日報』 학예부장 데라다 아키라寺田瑛는 「조선 문단의 재출발을 말한다」에서 새삼스럽게 3년 전에 열렸던 좌담회 「조선문화의 장래와 현재朝鮮文化の將來と現在」[8]를 거론하며 과거와는 달라진 조선문학의 환경을 강조하고 있다. 그 좌담회에서 쟁점이 되었던 것은 일본어 창작 문제였다. 일본 문인들은 처음부터 조선문학 그 자체보다도 조선 작가들의 생계 문제에 초점을 맞춰 논의를 이끌어갔고, 내지內地라는 더 큰 시장을 고려하여 일본어로 창작할 것을 권유했다. 그러나 이태준, 유진오, 임화는 국어로는 전달할 수 없는 조선어만의 특정한 미감美感이 있으므로, 설사 번역을 한다 해도 한계가 있을 수밖에 없다고 반박했다. 데라다가 굳이 이 대화를 상기시킨 이유는 그로부터 고작 3년 만에 일본어가 문단의 공용어가 되어버린 현실을 강조하기 위해서였다. 앞으로 시국은 더욱 절박해질 터이니 과거에 연연하지 말고 전향하라는 것이 그의 당부였다. 그리고 조선적인 것은 어디까지나 '일본적인 것 속의 조선적인 것'으로서만 존재할 수 있음을 강조했다.

---

8 만주와 북지(北支)를 시찰하는 길에 조선에 들른 『문학계』 동인 하야시 후사오(林房雄)와 무라야마 도모요시(村山知義) 등을 주축으로 '문화의 내선일체'를 논하고자 마련된 자리였다. 주최 측인 『경성일보』 학예부장 데라다 에이(寺內瑛) 외에 경성제대 교수 가라시마 다케시(辛島驍)와 총독부 도서과장 후루카와 가네히데(古川兼秀), 일본 측 문인으로는 무라야마 도모요시, 하야시 후사오, 아키다 우자쿠(秋田雨雀), 조선측 문인으로는 김문집, 이태준, 유진오, 임화, 장혁주, 정지용 등 총 12명이 참석했다. 1938년 11월 29·30일, 12월 2·6·7일 자 『경성일보』에 수록되었다.

사실상 조선적인 것의 폐기를 가리키는 것이나 다름없는 발언이었다.

그런데 최재서, 이원조, 백철 등 조선 문인들은 오히려 이를 조선적인 것의 재검토로 재해석하면서 조선적 독창성 문제를 좌담회의 중심 논제로 밀고 나간다. 최재서는 조선적인 것이 일본 문화에 새로운 가치를 부가해 줄 거라 해석하며, 조선적인 것의 지위를 청산의 대상에서 가능성의 대상으로, 과거적인 것에서 미래적인 것으로 옮겨놓고 있다. 그리고 지금까지 전개돼 온 조선문화를 모두 말살해버리는 것은 국민문화에 전혀 보탬이 되지 않는다고 강조한다. 콘래드Joseph Conrad가 영국인이 쓸 수 없는 새로운 경지를 영문학 안에서 펼쳤듯이, 조선 문인들도 일본문학 안에 새로운 경지를 펼쳐야 한다는 것이다. 이원조는 조선의 풍토나 풍속 중 좋은 부분은 충분히 되살릴 필요가 있다고 했고, 백철은 국민문학이라는 보다 커다란 시각에서 조선문학을 새롭게 볼 필요가 있다고 했다.

논의가 여기까지 이르자, 가라시마는 조선적인 것을 의식적으로 강조하는 것은 옳지 않다며 여러 차례 제지하다가 마침내 다시 그 문제를 거론할 필요는 없다고 선언해 버린다. 이렇듯 『국민문학』 좌담회는 토의가 허용되는 문제와 그렇지 않은 문제가 명확히 구별되는 기울어진 공론장이었다. 연령, 직업, 계층, 젠더 등 수많은 주체 위치들을 가로질러 가장 강력한 힘을 발휘한 것은 발언자의 민족성이었다. 가라시마를 비롯한 일본인들은 조선 문인들의 의견을 제어하며 국민문학의 경계를 점진적으로 만들어갔다.

3. 로컬 컬러를 둘러싼 동상이몽

조선적 특수성 문제가 창간호에서 제기된 이후, 『국민문학』에서는 대동아공영권의 중앙과 지방의 관계 설정을 둘러싼 본격적인 탐구가 시작된다. 특히 최재서,

김종한 등의 신지방주의론은 대동아공영권 내 조선 반도의 지정학적 위치를 문학 영역에 적용함으로써 조선문학이 처한 딜레마를 해결하고자 한 기획으로서 주목할만하다. 김종한이 「일지의 윤리一枝の倫理」1942.2에서 도쿄의 문화든 경성의 문화든 하나의 공간적 단위에 불과할 뿐 어떤 위계 관계를 설정할 수 있는 것이 아니라는 주장을 제출한 이후, 최재서는 「조선문학의 현단계朝鮮文學の現段階」1942.8에서 지방문학론을 보다 구체적으로 이론화했다.[9] 중심 없는 권력의 편제를 상상한 이들의 논의는 주체로서의 조선을 강조하려는 시도로서 다양한 반응을 이끌어 냈다.[10]

그중 하나가 반도 문단의 또 다른 주체인 재조일본인의 창작을 어떻게 수렴할 것인가의 문제였다. 이를 둘러싼 문인들의 입장 차이는 좌담회 「국민문학의 일년을 말한다國民文學の一年を語る」에서 뚜렷이 드러났다. 이 좌담회의 참석자는 총독부의 모리 히로시森浩 도서과장을 제외하고는 전원이 문인이었는데, 조선인으로는 김종한, 백철, 유진오, 이석훈牧洋, 최재서, 일본인으로는 스기모토 나가오杉本長夫, 미야자키 세이타로宮崎清太郎, 다나카 히데미쓰田中英光[11]가 참석했다. 이 좌담회는 제목 그대로『국민문학』창간 1주년을 총결산하는 자리로 마련되었다. 우선 시국과 문학성의 조화 혹은 문학의 정치성에 대한 의견 교환이 이루어지는 가운데, 다나카와 유진오는 작품에 정치성을 인위적으로 도입하는 것이 아니라 정치와 생활이 조화를 이룰 때 좋은 작품도 가능하다는 취지의 발언을 하고 있다. 그러나 이 둘의 '생활'이란 개념은 반드시 일치하는 의미를 지닌 것이 아니었다.

---

9 최재서의 지방문학론에 대해서는 이 책의 제1부 제7장 참조.

10 1940년대 전반기 국민문학에서 일어나는 반복과 차이의 양상에 대해서는 윤대석, 『식민지 국민문학론』, 역락, 2006 참조.

11 스기모토 나가오는 경성제국대학 법문학부 출신 시인이며, 미야자키 세이타로는 조선에서 문학 활동을 시작한 교사였다. 다나카 히데미쓰는 와세다대학을 졸업한 소설가로서 경성에서 회사 생활을 했다. 이 작가들에 대한 소개는 문경연 외편역, 앞의 책, 699~702쪽 참조.

최재서 : 다나카 씨는 국민문학론을 어딘가에 발표하셨지요?

다나카 : 네. 썼습니다. 지금 언급하신 정치성이나 그 무엇도 생각하지 않고 생활에
　　　충실한 것을 예술적이고 세련되게 쓰면, 그것이 그대로 국민문학이 된다고 그
　　　글에서 이야기했습니다. 예를 들어 『만요슈萬葉集』를 보면 작자 미상의 노래가 있
　　　는데, 그런 것은 훌륭한 국민문학이지요.

최재서 : 요컨대 생활에 충실하다는 점에서 국민문학이라는 말씀이시군요.

다나카 : 그렇지요.

최재서 : 생활에 충실하다는 것은 결국 어떤 생활을 말하는 것인가요.

다나카 : 실제 생활이 아니라 윤리로서의 생활이지요.[12]

　윤리로서의 생활을 논하는 다나카의 입장은 조선의 생활 전통에 초점을 맞추
던 조선 문인들과의 차이를 선명하게 드러냈다. 조선 문인들이 조선적 생활의 구
체적 예로 거론한 작품은 유진오의 「남곡선생南谷先生」『국민문학』, 1942.1[13]이었다.

　김종한 : 유진오 씨의 「남곡선생南谷先生」에 대한 비평을 최근에 다시 생각해보고 있
　　　는데, 나치 독일의 국민문학 중에도 그 작품처럼 합리주의적인 문화성에 대항해
　　　서 피와 땅에 뿌리 내린 자연성과 신화성을 강조하는 것이 있는 듯합니다. 어떤
　　　가요. 작자께서는 의식적으로 그것을 강조하려고 그 작품을 쓰신 건가요?

　유진오 : 꼭 그런 것은 아닙니다. 실은 어떻게 하면 무리 없이 우리의 새로운 방향

12　문경연 외편역, 「국민문학의 일년을 말한다」(1942.11), 앞의 책, 278~279쪽.

13　「남곡선생」은 청렴결백한 노(老) 한의사인 남곡선생과 주인공 수동의 인연을 통해 사라져가는 전통
　　윤리와 인정(人情)의 세계를 그린 작품으로 비(非)친일 일본어 소설로 분류되기도 했으나(노상래,
　　「이중어소설 연구―『국민문학』 소재 비친일 일본어 소설을 중심으로」, 『語文學』 86, 한국어문학회,
　　2004) 1940년대 유진오의 문필 활동을 당대 동양 담론의 문학화라는 맥락 속에서 살펴볼 수도 있다.
　　일제 말기 동양론을 다룬 연구로는 정종현, 「식민지 후반기(1937~1945) 한국문학에 나타난 동양론
　　연구」, 동국대 박사논문, 2005.

을 보여주는 작품을 쓸 수 있을지 생각했었지요. 꽤 오래전부터 그런 주제에 관심을 갖고 있었습니다. 일반 조선인들의 현재 생활을 보면, 아주 오래전부터 좋은 인정人情이나 아름다운 정신이 없었던 게 아닌가 싶기도 하지만, 반드시 그렇지도 않습니다. 풍부하게 가지고 있었지요. 그런 것을 우리의 현재 생활에 되돌아오도록 끌어낸다는 의미에서 쓴 것입니다. 제 작품이 시국적인 테마를 직접적으로 다루지도 않았고 특별히 자연성을 포착하지도 못했다고 비평하는 사람들도 있지만, 저는 정반대의 의도로 쓴 것이었습니다.[14]

유진오는 일종의 낭만적 정신만을 강조하거나 내지에서 인기를 끌 만한 로컬컬러를 도입한 것이 아니라, 조선의 긍정적 전통을 현재의 생활 속으로 도입하자는 의미에서 이 작품을 썼다고 밝히고 있다. 그는 단순한 로컬 컬러는 일본의 경계 밖에 있는 것이나 다름없으니, 새로운 철학과 가치를 지닌 것을 조선 안에서 발견하여 일본문화에 덧붙여야 한다고 주장했다. 가령, 일본에는 없고 조선에만 있는 느긋한 유머와 같은 것은 반드시 살려야 한다는 것이다. 조선적인 것을 버리고 일본적인 것만 수용한다면, 도쿄 것을 재탕하는 것에 불과하다는 것이 유진오의 생각이었다.

조선 생활과 전통에 바탕을 둔 문학이라는 논제는 재조일본인 작가들에 대한 주문으로 이어졌다. 김종한은 이제 조선문학이라는 개념은 조선인만의 문학이 아니라 조선에 정착한 일본인 작가들의 문학까지 포함하는 것인 만큼, 일본인 작가도 조선 생활에 철저히 임하겠다는 각오로 글을 써달라고 요구했다. 또한 반도 땅에 입각하여 작품 활동을 할 용기가 없다면 도쿄로 돌아가서 하는 것이 마땅하다는 의견도 제시했다. 이에 다나카는 동의를 표하지 않았지만, 조선 생활이 몸에 배지 않았기 때문에 조선에 대해 못 쓰는 것이라는 지적이 돌아올 뿐이었다.

---

14 문경연 외편역, 「국민문학의 일년을 말한다」(1942.11), 앞의 책, 288쪽.

특히 유진오는 이 좌담회와 같은 호에 실린 비평에서 조선문학과 재조일본인 작가의 존재 방식에 대한 의문을 본격적으로 표명하였다. 일본인 작가들은 조선인의 생활과 감정을 다루지 않고 주로 내지인의 조선 생활을 제재로 취하고 있는데, 언제까지 이러한 세계에 머무를 것이냐는 의문이었다. 유진오는 이러한 작품은 결코 조선문학이라 할 수 없을 뿐더러, 이들 작가에게 조선은 도쿄 문단이라는 중앙에 진출하기 위한 발판에 불과한 것이 아니냐며 비판한다. 반면 조선인 작가는 중앙에 진출하는 일이 있어도 조선 땅을 떠날 수 없는 숙명을 지니고 있다는 점에서 재조일본인 작가와는 입장이 완전히 다르다고 언급하고 있다.[15] 이처럼 재조일본인 작가가 반도에 좀 더 충실해야 한다는 주장은 조선을 지방문학으로서 특화시키려는 의지는 물론 조선 문단의 주체는 어디까지나 조선인일 수밖에 없다는 견제 심리에서 비롯된 것이었다.

한편 조선 문인들은 1년 동안 창작된 국민문학의 수준이 만족스럽지는 않았지만 전환 그 자체만으로도 성과가 있었다며 자기 정당화의 근거를 마련했다.『국민문학』의 주간으로서 최재서는 1년간의 성과가 아무것도 없다고 말하기보다, 준비를 열심히 해왔다고 인정하는 것으로도 충분하다고 말했다. 국민적 입장으로 전환해야 할 필요가 없었던 일본에 비한다면 오히려 조선이 국민문학의 이론에 있어서는 앞서고 있다는 것이 그의 평가였다.[16]

그런데 좌담회에서 형성되는 대립 관계가 언제나 민족적 차이를 기준으로 형성되는 것은 아니었다.「시단의 근본 문제를 말한다詩壇の根本問題を衝く」 역시 문인들의 좌담회로서, 최재서의 경성제대 은사이자 조선 국어 시단의 창시자라 할 수 있는 사토 기요시佐藤淸, 사토의 제자이자 시인인 스기모토 나가오와 데라모토 기이치寺本喜一, 조선인 시인인 김종한과 김용제金村龍濟, 최재서가 참석했다. 사토 기

---

15 兪鎭午,「國民文學というもの」,『國民文學』, 1942.11, 14~15쪽.
16 최재서, 노상래 역,「국민문학의 입장」(1942.10.2 강연), 앞의 책, 93쪽.

요시는 식민주의적 관찰자의 시선에서 벗어났다고 하기는 어렵긴 해도 오랫동안 조선의 자연을 소재로 시작詩作 활동을 해온 터라[17] 조선의 생활이나 자연을 소재로 다룬 시에 대해 긍정하는 입장이었다. 스기모토 역시 일본인 시인이 내지로 돌아가더라도 그 작품이 조선의 것이라고 말하는 등 조선문학이라는 범주 자체를 부정하지는 않았다. 데라모토는 조선문학의 특수성이 점차 소멸해 갈 것이라는 다소 강한 발언으로 김종한과 부딪히고는 있으나, 사실상 데라모토 식의 생각은 일반적인 일본 문인이나 총독부 당국자의 입장과 일치한다는 점에서 그다지 새로운 것이 아니었다. 오히려 여기서 주목할 만한 것은 진정한 일본인이 되고자 했던 조선인 가네무라 류사이金村龍濟[18]의 출현이다.

데라모토 : 발이 땅을 딛고 있다는 점에서 확실히 향토도 중요하지만, 생활이라는 것이 중요하기 때문에 그런 것을 생각할 경우, 특별히 조선에 구애될 필요는 없습니다. 그 생활 태도가 문제이고 그것이 진실하다면 좋은 것이죠.

최재서 : 물론 구애될 필요는 없지요. 하지만 유리되어서도 안 됩니다.

가네무라 : 조선문학이 반드시 조선에서 씌어져야만 하는 것은 아닙니다. 내가 보기엔 문학의 제재 문제와 조선문학 그 자체에 대한 관념 문제가 서로 뒤섞여서 논의되고 있는 것 같은데요. 요컨대 일본적인 것을 쓰려는 마음이 먼저인 것이지, 조선의 것만을 노래해야 한다는 마음은 없습니다. 시를 쓸 때나 생각할 때나……

최재서 : 그렇다면 당신이 일본적인 것을 쓰려는 마음은 어디에서 나오는 것입니까.

가네무라 : 나로서는 일본의 황민이 되려는 노력이지요.

---

17 사토 기요시의 조선 체험과 시적 세계에 대해서는 김윤식, 『최재서의 『국민문학』과 사토 기요시 교수』, 역락, 2009; 川村湊, 「朝鮮近代批評の成立と蹉跌」, 『帝國日本の學知 第5券－東アジアの文學・言語空間』, 岩波書店, 2006 참조.
18 가네무라 류사이(金村龍濟)는 김용제의 창씨개명이다.

최재서 : 결국 반도의 2천 4백만이 완전히 황민화되고자 하는 마음, 그것이 지금 조선시의 가장 중요한 제재이고, 그것이야말로 지금 조선 땅을 딛고 있는 게 아닐까요. 그런 것과 동떨어질 경우, 50년, 100년, 200년 뒤는 모르겠습니다만, 현재의 필요와 요구는 일본적인 것을 하루라도 빨리 자신의 것으로 만들고 황민이 되려는…….

가네무라 : 그러니까 나는 그것을 조선문학이라고 규정하지 않고, 제재의 문제라고 하는 겁니다.

최재서 : 그러나 그런 것을 지금의 조선문학으로 규정해도 전혀 부자연스럽지 않습니다.

가네무라 : 그럴 필요는 없습니다.[19]

『아세아시집亞細亞詩集』으로 제1회 국어문학총독상을 수상한 가네무라 류사이, 즉 김용제는 총독부 권력이 인정한 조선 국민시의 대표 주자였다. 그럼에도 그 관념성 때문에 시인들 사이에서는 오히려 바람직하지 않은 시로 평가되기도 했던 것 같다. 앞선 좌담회에서 스기모토는 김용제의 시와 달리 김종한 시에는 진실성이 엿보인다고 칭찬했다. 그는 국민문학이 "개념에 의해 만들어진 문학"이 아니라 "진정으로 국민적 생활 속에서 준비된 문학이어야"[20] 하며 여기서 시적 감동도 비롯된다고 언급했다. 그러나 김용제는 조선의 생활은 그저 국민문학의 제재 중 하나일 뿐이라 언급하는 등 조선문학이라는 범주를 인정하려 들지 않았다. 또한 실제로 자신은 조선이 아니어도 상관없는 시를 창작하고 있다고 밝혔다. 이에 오히려 일본인 시인들이 당신의 시는 조선에서만 생겨날 수 있는 특징을 지니고 있지 않냐고 묻기에 이르렀다. 당국자들이 국민문학을 논할 때 국민 됨에

---

19 문경연 외편역, 「시단의 근본 문제를 말한다」(1943.2), 앞의 책, 390~391쪽.
20 문경연 외편역, 「국민문학의 일년을 말한다」(1942.11), 앞의 책, 287쪽.

주로 초점을 맞추고 있던 데 반해 사토를 비롯한 일본인 시인들은 문학에도 어느 정도는 주의를 기울이고 있었기 때문이다. 그런데 조선인이기에 가질 수밖에 없는 일종의 초조함과 어긋남을 솔직히 고백하고 있는 김종한과는 달리, 김용제는 자신은 이미 2, 3년 전에 그런 것을 모두 극복했으며 그런 의식을 느낄 필요가 없다는 입장을 고수했다. 나아가 서정시에서 시인의 내면은 무엇보다도 중요한 것이라는 사토의 지적에 도리어 이제 조선의 자연 말고 시국 문제를 좀 더 다루어달라는 부탁으로 화답했다. 이렇듯 일본과의 완전 동화를 지향하는 조선인 작가의 등장도 당대 조선 국민문학의 여러 측면 중 하나라 할 수 있다. 다만 진짜 일본인 앞에서 국민적 신념을 과시하는 식민지인은 역으로 문학성의 문제를 지적받는 등 그다지 인정받는 존재가 아니었다.

이와 같이 조선의 장소성 혹은 로컬 컬러는 재현의 방법론은 물론 재현의 주체 문제를 제기했다. 출생과 거주의 불/일치라는 문제 때문에 조선의 국민문학은 일본의 국민문학보다 훨씬 더 많은 층위들을 고려해야 했던 것이다. 그럼에도 불구하고 조선 국민문학의 당사자들이 공통적으로 표명한 것은 조선문학이 일본의 지방적 범주로 편입됨으로써 대동아 십억 독자에게 읽힐 수 있을 것이라는 전망과 기대였다. 이는 대동아공영권 문화 권력의 중심에 서게 될 조선의 미래를 전제로 한 것이었다.

4. 공영권 문화의 허상과 실재

『국민문학』 주간인 최재서는 식민지 국민문학의 이론가를 넘어서 대동아 문화 기획자의 면모를 보였다. 일례로 「대동아문화권의 구상大東亞文化圈の構想」 좌담회에서 그는 대동아공영권의 문화어이자 학술어로서의 일본어에 초점을 맞추어 문화

진홍책을 논의하고 있다.

> 최재서 : 우리는 앞으로 구미문화를 모방하고 즐겨서는 안 된다, 어떻게 해서라도
> 우리 자신의 문화를 세워나가야 한다, 그러기 위해서는 우선 문화를 장려할 기
> 관이 있어야만 한다. 서양에서는 노벨상이 실제로 매우 큰 힘을 발휘하고 있다,
> 저들의 판단 기준은 모두 유럽 중심이지만 앞으로는 그것에 필적할 만한, 오히
> 려 저들을 능가할 만한 것을 동아공영권 내에서만이라도 설치하자는 것이었습
> 니다.
>
> 가라시마 : 찬성입니다.
>
> 최재서 : 작품은 가능하면 일본어로 발표하는 게 좋겠지요. 그러나 꼭 용어에 구애
> 되지 않고 공영권 내에서 발표된 작품 중에 권위 있는 것에 최고 문학상을 주자
> 는 의견입니다.
>
> 가라시마 : 아주 좋은 의견입니다. 대단한 경의를 표합니다.
>
> 최재서 : 이렇게 하면 자연히 모든 대동아 민족의 이상이 문학의 테마로 채택될 것
> 이고, 그에 따라 동양의 문학도 아주 변해갈 것입니다.[21]

이 좌담회가 개최된 1942년 초엽은 잇따른 남방 작전의 성공과 싱가포르 함락
등으로 동남아시아에 대한 관심의 열기가 한껏 고조되면서 대동아를 하나로 묶
는 문화의 중요성이 강조되고 있던 시기였다. 아무리 공영권의 판도가 넓어진다
해도 문화의 중심은 공영권의 북방인 일만지日滿支가 담당해야 한다는 사실을 재
확인하는 가운데, 최재서는 남방은 문화적으로 본다면 보잘 것 없는 수준이라고
언급했다. 이러한 우월감은 남방에 대한 일본의 오리엔탈리즘적 시선을 그대로
답습한 결과이기도 하지만, 나름의 정치적 계산에 입각한 것이기도 했다. 조선은

---

21 문경연 외편역, 「대동아문화권의 구상」(1942.2), 앞의 책, 140쪽.

일본과 일체를 이루는 만큼 일본 국민문화의 테두리 안에서는 지방적인 것일지라도 대동아 문화 전체로 보자면 일본에 버금가는 위치를 차지할 수 있을 터였다. 일본어 해득력이라는 측면에서만 보더라도 조선은 이제 막 점령된 남방에 비해 모든 면에서 유리한 위치에 있었다. 그러나 공영권 문화의 기획자로서 최재서가 지닌 한계는 명백했다. 가라시마는 최재서가 내놓은 기획마다 적극적으로 찬성하면서도, 남방에서 독립이 인정되는 곳이 있다고 해서 조선도 그럴 수 있으리라 생각해서는 안 된다며[22] 경계하기를 잊지 않았다.

이처럼 경계와 제어의 대상이었던 조선을 일본의 문학자들은 어떻게 생각했을까? 좌담회 「신반도문학에의 요망新半島文學への要望」1943.3은, 최재서가 도쿄에 가서[23] 문단의 핵심 인사들을 만났던 날의 기록이다.[24] 이 좌담회는 경성에서 개최된 좌담회와 여러모로 비교되는 담화의 자리였다. 조선문학의 현안을 논의하기는커녕 조선문학을 소개하기에도 급급한 자리가 되었기 때문이다. 1938년 『경성일보』 좌담회에서와 마찬가지로 일본 문인들은 조선문학이 있기는 하냐는 식이었을 뿐 아니라 생계를 위해서는 국어로 창작하는 편이 좋을 것이라 충고했다. 혹시 우수한 작품이 있다면 번역해서 알리면 된다는 태도도 여전했다. 이렇듯 조선문학에 대해 무지한 일본 작가들 앞에서 최재서는 조선문학의 특수성이 일본문학에 기여할 수 있다는 점을 새삼스럽게 피력해야 했다.

그런데 좌담회 참석자 중 좌장 격인 기쿠치 칸菊池寛이 조선인의 현실을 반영한 글쓰기에 긍정적 반응을 보이는 한편 조선문학의 진흥을 내지에서 도와주어야 한다고 말하고 있어 눈길을 끈다. 조선예술상 심사위원장으로 선정된 사실이나[25]

---

22 위의 책, 118쪽.
23 편집 후기에 최재서 주간이 여러 가지 용무 때문에 도쿄에 갔다는 소식이 실려 있다. 『國民文學』, 1943.2, 168쪽.
24 이 좌담회에서 참석한 일본 문인은 기쿠치 칸(菊池寛), 요코미쓰 리이치(橫光利一), 가와카미 데쓰타로(河上徹太郎), 야스타카 도쿠조(保高德藏), 후쿠다 기요토(福田淸人), 유아사 가쓰에(湯淺克衛) 등이다.
25 한일비교문화연구센터 역, 『일본잡지 모던일본과 조선 1940』, 어문학사, 2009, 71쪽.

글쓰기를 통해 보더라도[26] 기쿠치는 조선에 호의를 표하는 문학인이었다. 그러나 좌담회에서 보인 기쿠치의 너그러움은 조선문화에 대한 이해라기보다 '편의를 봐주자'는 시혜적인 발언 쪽에 가까운 것이었다. 조선총독부 관계자나 경성제대 교수들은 조선문화와 직결된 일을 하고 있었지만, 기쿠치는 조선문화 때문에 이해관계를 따질 일이 별로 없었다. 한편 기본적으로 조선 문단의 사정에 대해 무지했기 때문에 조선문학의 미래에 대한 청사진을 상세히 논할 수도 없었다. 기쿠치를 비롯한 일본 문인들이 알고 있는 것이라고는 기껏해야 이국적 풍물처럼 향유되던 조선의 특정 이미지에 불과했다.

이에 대해 재조일본인 2세로서 창작을 하고 있던 유아사 가쓰에湯淺克衛는 이제까지 일본에서 조선문학을 받아들이면서 향토색을 기준으로 삼다보니 이태준처럼 "비교적 안이한 방향으로" 일본 문단에 진출하고자 하는 흐름이 생겼다고 지적했다. 최재서는 대체로 수긍하면서도 그런 사태에 대해서는 도쿄의 저널리즘도 책임을 져야 한다고 말했다. 이제까지 도쿄 문단에서 항상 그러한 작품만 선호했기 때문에 벌어진 일이라는 것이었다. 그러나 이태준의 노스탤지어나 전통지향성이 국민문학의 시대에는 무언가 부족함이 있다 할지라도, 그들이 그나마 알고 있고 조선 문단을 대표한다 말할 수 있는 작가는 이태준밖에 없는 상황이었다. 따라서 최재서가 그들에게 가장 먼저 질문한 것도 결국 『국민문학』에 실린 이태준의 「돌다리石橋」1943.1를 어떻게 보았는가였다. 이 소설은 원래 조선어로 쓰인 것을 일본어로 번역해서 수록한 것이었고, 그 이전에도 『국민문학』에 「석양夕陽」1942.2이라는 소설 한 편만 조선어로 발표했다는 점에서 이태준은 별로 적극적인 국민문학 창작자는 아니었다. 그러나 일본어에 능숙하더라도 무미건조하고 기계적인 창작을 써내는 신인들[27]을 소개할 수도 없는 노릇이었다.

---

26 菊池寛, 한일비교문화연구센터 역, 「조선의 청년들」, 『일본잡지 모던일본과 조선 1939』, 어문학사, 2007, 125~127쪽.

그래서 최재서는 이태준의 「돌다리」를 앞서 언급된 유진오의 「남곡선생」과 더불어 동양적 전통과 새로운 윤리를 암시한 작품이라 소개했다. 그러나 식민지에서 전통 윤리를 다루게 되면 동양 담론을 구현한 것인지 시국을 외면한 것인지 헷갈리게 만드는 구석이 있었다. 최재서가 이 두 작가에게 좀 더 철저한 자기 혁신을 보여달라고 요청했던 것도 이 때문이었다.[28] 그나마 최재서가 조선의 우수한 젊은 작가로 좌담회에서 소개한 김사량金史良 역시 민족주의와 향토색의 경계에 서 있다는 점에서 곤란한 지점을 노출했다. 최재서는 김사량金史良의 「물오리섬 ムルオリ島」1942.1이 민족주의의 잔재인지 여부 때문에 여러 차례 문제가 됐다고 밝히며, 이것이 건전한 향토색인가, 민족주의인가는 결국 작가 자신에게 맡기는 수밖에 없다고 유보적으로 말하고 있다. 결국 조선의 생활을 다루는 이상, 이러한 종류의 논란은 멈추지 않을 것이었다. 이는 김사량이라는 한 작가만의 문제가 아니라, 궁극적으로 제국의 검증대 앞에 놓인 식민지 문학 전체가 직면한 어려움이기도 했다.

올해 국민문학은 오히려 첫해보다도 후퇴하고 있다고 보는 시각이 많다. (…중략…) 첫째로 주목할 만한 것은 원래 미온적으로 보였던 몇 명의 중견 작가가 마침내 금년도 문단에서 자취를 감추었다는 점이다. 이기영, 한설야, 유진오, 유치진, 아오키 히로시靑木洪, 조용만, 정비석, 여기에 이태준과 김남천(마지막 2명은 금년이 되고 나서 1편씩 작품을 발표하긴 했지만 모두 다 1월이어서 금년도 작품 활동으로 볼 만한 것이 없다). 특히 독자의 신망을 받으며 국어 문단에 나타난 이들이 금년이 되고 나서 작품을 하나도 내놓지 않았다. 개별적으로 여러 가지 사정도 있었을 테지만, 전국戰局 및 국내 태세의 결전적 진전에 작가 두뇌의 전환이 도움이 되지 못했다고 개탄

---

27 石田耕人, 「文藝時評」, 『國民文學』, 1942.12, 54쪽.
28 최재서, 노상래 역, 「국민문학의 작가들」, 앞의 책, 159쪽.

할 수 있을 것이다. 다음으로 주목되는 것은 국민문학의 선구자이자 지주가 된 이무영, 마키 히로시牧洋, 정인택, 미야자키 세이타로, 다나카 히데미쓰가 그 후 모두 부진하다는 점이다.[29]

인용문은 『국민문학』 창간 2주년을 정리하는 글이다. 최재서는 글의 서두에서 결전문학의 수립을 위해 조선문인보국회가 결성되고 대동아문학자대회가 개최되는 등 많은 성과가 있었다고 치하했으나 정작 조선 국민문학의 결과에 대해서는 부진하다는 진단을 내리고 있다. 좌담회에서도 확인할 수 있듯이 조선의 현재는 어떻게 재현되어도 갈등을 불러일으켜서 내선 지식인 양자가 만족하는 결론에 도달하기 어려웠다. 그러나 조선의 과거와 관련된 문제는 그렇지 않았다. 특히 조선인 징병제와 학병제 실시를 전후하여 문단의 관심은 특히 이 문제로 집중되는 양상을 보였고, 이후 문학론의 향방도 이를 중심으로 전개된다.

5. 공통의 역사와 일체의 지평

총력전기에 조선 역사는 정형화된 형태로 재현되었다. 일단 이조李朝라 지칭되던 조선 시대가 격렬한 비판의 대상으로 떠올랐다. 의용맹공義勇猛攻 정신과 책임 관념의 부족, 단결심 결여 등 조선인의 결점은 이조 시대의 잘못된 정치와 교육 때문에 비롯된 것이라는 분석[30]이 대표적 예가 될 것이다. 그리고 전쟁에 나가면 이조로부터 비롯된 모든 과오와 결점에서 벗어날 수 있다는 선전이 널리 퍼졌다. 반면 이미 상실된 긍정적 전통은 일본과 교류가 활발했던 삼국 시대에서 찾고자

---

29 石田耕人, 「決戦下文壇の一年－特に創作にみる」, 『國民文學』, 1943.12, 10~11쪽.(번역은 저자)
30 최재서, 노상래 역, 「징병제 실시의 문화적 의의」, 앞의 책, 145쪽.

하는 것이 일반적이어서[31] 부여와 경주의 고적이 예술적 가치와 일본과의 유사성을 인정받으며 찬탄의 대상이 되었다.[32]

이처럼 조선의 과거에 주목하는 논의는 일본문학보국회日本文學報國會의 황도조선연구위원회皇道朝鮮硏究委員會 위원들[33]의 조선 방문을 계기로 열린 좌담회 「국민문화의 방향國民文化の方向」에서 확인할 수 있다. 일본문학의 장래에 대해 묻고 싶었다는 최재서의 말에 소설가 가토 다케오加藤武雄는 오히려 '근본으로 돌아가라'는 해법을 제시한다.

> 가토 : 어쨌든 조선 문단이든 내지 문단이든 그 문학의 정신과 세계관, 모든 것이
> 근본적으로 또 한 번 원시原始로 되돌아가서 다시 시작해야 합니다. 그러니까 당
> 신들의 고민은 또한 우리들의 고민이기도 합니다. 메이지明治 이후의 영미적인
> 세계관을 완전히 버리고 전통으로 돌아가야 합니다.
> 후쿠다 : 그 근본으로 돌아간다는 것은 뭐랄까요. 나는 일본 문학에도 어두운 면이
> 있었고, 특히 자연주의 이후에 그랬지요. 이번에 부여에 가서 보니, 부여의 석탑
> 과 불상에 뭔가 갓 같은 것이 씌워져 있더군요, 여기서 유머러스한 것을 느꼈습
> 니다. 정말로 느긋한 것이 있더군요. 조선의 옛날, 아주 먼 옛날의 정신에는 일본
> 의 아주 먼 옛날의 『고지키古事記』나 『만요슈萬葉集』에서 보이는 느긋함과 같은 것
> 이 있다고 생각하는데, 그런 의미에서 부여는 꽤 인상 깊었습니다. 어두운 것은

---

31 사토 기요시(佐藤淸)의 시 「曇徵」(1943.1)과 「惠慈」(1943.8), 좌담회 「平壤の文化を語る」(1943.1), 최재서의 비평 「徵兵誓願行－感激の八月一日を迎へて」(1943.8) 등 다양한 형식의 글쓰기를 예로 들수 있다.
32 이는 식민지 기간 내내 수행되어 온 조선 고적 조사 사업과 관련되는 것이기도 했다. 일본은 한국 역사 가운데 삼국 분립 시기의 역사가 일본과 밀접한 관계가 있었음을 특별히 부각시키고 구체화하기 위해 중심 수도인 평양, 경주, 부여에 박물관을 설립하여 한국과 일본 고대사의 연관성을 찾고자 했다. 이순자, 『일제강점기 고적조사사업 연구』, 숙명여대 박사논문, 2007 참조
33 가토 다케오(加藤武雄), 후쿠다 기요토(福田淸人), 다테노 노부유키(立野信之), 후루야 츠나타케(古谷綱武) 등이 참석했다.

아마 그 이후의 것이겠지요.

최재서 : 뭐, 근세의 산물이지요.

다테노 : 옛 부여의 소박함, 느긋함은 확실히 일본의 옛 문학과 통합니다. 그 후 역
　사적으로 여러 가지가 더해지면서, 예를 들어 지나의 유교가 침투했기 때문에
　삶의 여러 측면이 지나의 영향으로 왜곡되어 왔다고 생각합니다. 현재 조선 사
　람들의 생활을 보면 곳곳에 유교의 영향이 여전히 남아 있습니다. 그러나 지금
　은 그런 것을 반성하고 극복하여 새로운 것을 만들어야 할 국면에 봉착해 있습
　니다.

유진오 : 동감입니다. 조선의 옛 문헌인 『삼국사기』, 『삼국유사』 등에 있는 전설을
　보면, 뭐랄까 상당히 풍순豊醇한, 즉 내용에 풍부함과 그윽함이 있습니다. 그것이
　대륙이 침략한 후 완전히 사라졌습니다. 거의 7, 8백 년 동안…… (…중략…)

최재서 : 예술의 성쇠盛衰 경로를 거슬러 올라가 보면 이조에서부터 기술이 상실되
　었을 뿐만 아니라, 예술적 천분天分에 대한 자신감마저 잃어 왔습니다. 신라나 백
　제의 예술을 지금 보고 있자면, 거의 이국적인 느낌을 받습니다. 방금 말씀하신
　것과 같이 유교 문화의 영향 때문이지요.[34]

　가토는 서양의 세계관과 중국의 영향에 물들기 이전의 '순수한' 내선 공통의
과거로 돌아가자고 주장하고 있다. 좌담회 말미에서도 그는 당시 내선일체의 근
거로서 운위되었던 정세론政勢論과 역사론歷史論 중 명백히 역사론 쪽에 무게를 실
으며 조선과 일본은 원래 하나였으니 하나로 돌아가는 것은 당연하다는 말로 공
통성을 강조했다. 정세론이 국제 정세와 지정학적인 이유를 들어서 내선일체의
타당성을 뒷받침한다면, 역사론은 일선동조론日鮮同祖論[35]의 연장선상에서 조선과

34　문경연 외편역, 앞의 책, 539~540쪽.
35　일선동조론은 일본인과 조선인의 선조가 같음을 주장하는 논리로서 어느 민족을 선조로 간주할 것인

일본이 원래 일체였음을 주장하는 논리이다.[36] 가토는 후자의 입장에서 국학 연구의 중요성을 강조했고 조선 또한 이러한 노선에 동참함으로써 황민화를 완수할 수 있을 것이라 전망했다.

이러한 논의에서 눈에 띄는 점은 현실에서는 언제나 불화와 잡음을 빚어냈던 조선적인 것이 고대의 지평에서는 감시와 견제의 시선에서 벗어날 수 있었다는 사실이다. 내선 교류의 역사 혹은 동양 공통의 윤리에 대한 논의는 일본인 이데올로그는 물론 조선의 신진 비평가들도 동참할 만큼 확산되었다.[37] 생존의 정치경제학과 달리 공동감정 발굴의 논리들은 정치적 이해관계 때문에 마찰을 빚을 가능성은 낮고 문화적 친연성은 높아서 보다 수월하게 접근할 수 있다는 장점도 있었다. 그러나 특정한 시기나 소재를 어느 정도 반복하자 이에 대한 비평도 재

가의 문제, 순혈론과의 대립 문제 등 복잡한 논제를 제기했으나, 일본과 조선이 고대로부터 상호교통을 해 왔다는 점에서는 의견이 대체로 일치했다. 이는 근대 학문인 인류학, 역사학, 언어학적 근거를 통해 일본과 조선의 태곳적 역사의 근친성을 입증하고자 했고, 나아가 조선 합방의 근거를 마련하였다. 小熊英二, 조현설 역, 『일본 단일민족신화의 기원』, 소명출판, 2003, 제5장 참조.

36 정세론과 역사론의 예시로는 松田壽男, 「大東亞史に於ける朝鮮半島の在り方」, 『國民文學』, 1944.1; 山崎良幸, 「神話と歷史」, 『國民文學』, 1944.1. 동양사학자인 松田壽男은 습윤아시아, 건조아시아, 아습윤아시아의 특색을 모두 갖춘 만주국의 풍토를 설명하며, 이렇듯 중대한 지점과 황국을 연결하는 대교량으로서 반도의 지리적, 경제적 가치를 부각시킨다. 또한 당시 중앙아시아 횡단철도 부설론자들의 논의를 거론하며 철도의 기점을 중국에서 구할 것이 아니라 마땅히 내선 간 해저철도 부설을 통해 내지와 반도를 거쳐 중앙아시아, 인도, 독일까지 연결되는 대루트를 구상해야 한다고 주장하고 있다. 山崎良幸은 강국이 약소국을 착취하는 미영적 침략주의와 달리 대동아공영권은 공영권 내 여러 민족의 발전을 목표로 삼고 있음을 강조하며, 일본의 조선 통합이 역사의 필연적 요청이라 논의하고 있다. 일본 역사는 이민족을 야마토 민족 안에 융합해 온 역사이기 때문이다. 그러므로 향후 아름다운 결혼 신화로서 전승될 내선 관계는 공영권 내 다른 민족과의 형제 관계와는 전혀 다른 종류의 것임을 명심해야 한다고 당부하고 있다. 형제 관계가 각각의 독립성을 지키는 것이라면, 부부 관계는 융합해서 새로운 세대를 창조해 나가는 것이다. 그러므로 야마자키는 아내가 남편의 집으로 시집오듯이 조선도 그러해야 함을 강조한다.

37 吳禎民, 「倫理の系譜」, 『國民文學』, 1943.9; 吳龍淳, 「新しき人間の形象化」, 『國民文學』, 1944.2. 오정민은 조선문인협회가 펴낸 『조선국민문학집』에서 "전통적인 윤리관에 기반한 인간 추구의 경향"을 짚어낸다. 시국의 시급함에 비해 소극적, 회고적, 지엽적으로 보일 수 있는 이런 경향들은 근대가 중단한 윤리의 복귀를 예고한다는 점에서 긍정적으로 평가된다. 다만 이조적인 한계를 경계하는 논의에서 살펴볼 수 있듯 이는 조선의 고유한 윤리가 아니라 동양 윤리의 차원에 속한 것이며 나아가 기원의 순수함으로 거슬러 올라가는 것이 향후의 과제로서 제기된다. 오용순은 이조의 숭문천무 정책을 비판하며 그와 같은 병폐 속에 갇히지 않는 인간형을 고구려와 신라 시대의 상무적 인간형에서 찾고 있다. 이는 대동아 성전에 나설 새로운 반도인의 타입과 연결된다는 점에서, 또한 침체된 국민문학의 활로를 열 계기를 마련해 줄 것이라는 점에서 긍정적 의미를 부여받는다.

생산의 동력을 상실했다. 게다가 토론이 그다지 필요 없는 주제가 문단을 장악하면서, 1944년 이후 좌담회에서 구체적인 문학론은 자취를 감추었다. 그러나 보다 폭넓은 견지에서 내선일체화된 조선문화에 대한 논의는 명맥을 이어갔다.

예컨대 좌담회 「총력운동의 신구상總力運動の新構想」1944.12에서는 신대복고神代復古를 통해 내선일국민內鮮一國民으로 나아가야 한다는 논의가 오고 갔다. 이는 기존의 내선일체론으로는 부족할 정도로 전황이 급박해졌음을 의미하는 것이기도 했다. 최재서는 이 좌담회에서 복고가 곧 유신維新으로 이어진다는 논법을 구사하며, 신대로 거슬러 올라가 내선의 일체성을 발견하는 것이 현실에서는 새로운 국민의 창조로 이어진다고 언급했다.

한 달 뒤에 수록된 좌담회 「처우개선을 둘러싸고處遇改善を廻りて」에서도 비슷한 논의가 이어졌다. 이 좌담회에서 경성제대 교수인 다보하시 기요시田保橋潔는 일본 외지外地 정책의 근본이 일체一體에 있다고 논하고 있다. 일본은 고대로부터 끊임없이 이민족의 영향을 받으며 민족을 형성해 갔으므로, 어떤 민족이든 곧 일체로 만든다는 것이다. 그러므로 현재의 내선일체 정책은 바로 건국의 정책으로 되돌아가는 것이나 다름없다고 그는 언급한다. 반면 조선인 다와라 후미오俵文夫[38]는 고대 내선 관계가 아무리 아름다웠다고 해도, 근대의 내선 관계는 따로 떨어져 있던 두 나라가 하나가 되는 것이기 때문에 곧바로 동화가 이루어지지는 못할 것이라는 의견을 제시하고 있다. 따라서 그는 동조동근 따위를 논할 필요 없이 조선이 독립하면 앞으로 과연 행복할 수 있는지, 혹은 일본이 조선을 놓아주고도 과연 대동아의 맹주가 될 수 있는지를 물어야 한다고 주장한다. 그리고 극단적으로 말하자면 내선이 서로 떨어지면 양쪽 모두 망한다는 마음으로 조선인들에게 가르치는 편이 옳다고까지 하고 있다. 이는 앞서 언급한 작가 가토나 역사학자

---

38 소설가이자 수필가인 표문태(表文台, 1914~1970)이다. 표문태의 창씨개명은 「반민자수기한」, 『조선일보』, 1949.8.20에서 확인할 수 있다.

다보시 등 일본인 참석자의 논의에 비해 냉정한 진단이라 할 수 있다.

> 이시다 : 지금 말씀은 다분히 정세론의 입장에서 하시는 것 같은데요, 정세론만으로는 만족스럽지 못한 점이 있습니다. 가령 전세戰勢가 일본에 조금이라도 불리해지면 이 정세론은 불안해집니다. 예를 들어 작년 가을 적국이 구주歐洲 상륙전을 펼친 직후 3, 4주 동안 흉흉했던 인심이 그것을 증명합니다. 정세론은 지도 방책으로서는 효과가 좋은 것 같지만, 장기전이 되면 그것만으로는 오래 가지 못하지요. 그러므로 역시 제대로 된 역사관 위에서 인심을 북돋을 필요가 있습니다. 그러므로 책임 있는 지위에 있는 분이 함부로 정세론을 휘두르는 것은 조금 생각해봐야 될 일이지요. (…중략…) 동조동근만으로 오늘날의 시국을 논할 수는 없겠지만, 정세론 속에 그런 역사적인 것이 있다는 사실을 절대로 부정할 수 없고, 또한 역사적인 것이 있어야 한다고 생각합니다.
>
> 다와라 : 그건 맞아요. 정세론이라 해도 여러 가지 각도에서 설명을 해야겠지만……. 결코 눈앞의 전국戰局이나 국제 정세만을 운운하는 것은 아닙니다.[39]

국민문학 기획자로서 최재서는 정세론의 맹점과 역사론의 효용을 보다 더 신중하게 짚고 있다. 이는 '내선'이 확실히 '일체'가 될 수밖에 없는 필연성으로 수렴되는 논의였는데, 그 자리에 있던 전향 마르크스주의자 차재정車載貞의 생각도 동일했다.

> 차재정 : 내선일체라는 목표는, 아까 이시다 씨도 정확하게 지적하셨듯이, 역시 조선 내지 사이에만 적합한 슬로건이 아닐까요. 왜냐하면 역사적으로 가장 중대한 관계에는 정신적 · 문화적 특수성이 포함되어 있기 때문입니다. 경제적, 국방

---

39 문경연 외편역, 「처우개선을 둘러싸고」(1945.1), 앞의 책, 648~649쪽.

적, 지정학적 관계와 같이 현실적인 것은 다른 민족 사회에도 있을 수 있습니다. 오늘날 만주와 지나도, 대립하면 서로의 존립이 위태로워진다는 절대적인 조건 아래 있습니다. 그런데도 지나 민족과 만주 민족을 하나의 민족으로 융화시키려 노력하지 않고, 또 그런 생각조차 하지 않는 것은 무엇 때문일까요. 그 이유는 현실적인 조건이 아니라 좀 더 깊은 곳에 있습니다. 거기에 적어도 내선이 결합해서 하나로 구성되어야 하는 이유가 있습니다.

그리고 역사, 문화, 정신, 혈통 등 여러 점에서 볼 때, 내선이 하나가 될만한 가능성이 가장 풍부합니다. 이런 것이 절대로 간과할 수 없는 엄연한 역사적 사실이지 않을까요. 흔히 핏줄은 서로 끌린다고 하는데, 그것이 내선일체의 절대적 조건이지요. 최근 민족 문제를 거론할 경우 혈통, 국토, 역사 등이 근본적인 문제가 되고 있는데, 내선 관계는 우선 그런 의미에서 생각해봐야 합니다. 이런 식으로 내선 관계를 특수한 관계로 인식하는 것이 타당하지 않을까요.[40]

일본인 참석자들이 내선 무차별을 거론하면서도 법률적, 제도적인 차원에 머무름에 반해, 차재정은 "정치, 경제, 문화, 사회 모든 방면에서 전면적인 무차별이 바람직"하다고 말했다. 여기서 일본인과 조선인이 생각하는 내선일체의 수준과 정도에 있어서 그 입장이 다르다는 점을 확인할 수 있다. 차재정과 최재서의 논의는 종주국 대 식민지의 관계를 넘어서는 내선 관계를 상정한 것으로서 단순히 식민지를 잘 처우해 달라는 요구와 성격을 달리하는 것이었다. 아마도 이는 식민 본국에서는 예상하지 못한, 혹은 그 수준까지는 생각하지 않은 평등의 지평이었을 터이다. 그러나 이러한 요구는 문제 제기의 형태로 남게 되었다. 그들로서는 예상할 수 없었던 일본의 패전이 찾아왔고 내선일체라는 목표도, 대동아 문화권의 주역이 되겠다는 계획도 산산조각났기 때문이다.

---

40 위의 책, 654쪽.

6. 총력전기 좌담회의 이중적 의미

『국민문학』 좌담회는 조선 문단의 축소판과도 같은 성격을 지녔다. 이 시기 조선문학은 문인의 전문 영역이기에 앞서 전쟁하는 국가의 것으로 간주되었고, 민족성의 표현이 아니라 일본과 내선일체를 이룬 국민성의 발현으로 고쳐 정의되었다. 창간호 좌담회에서 문학에 문외한인 관리나 교수가 문학, 작가, 독자, 문단 등 기본 개념의 외연과 내포를 확신에 찬 어조로 재규정하고 조선 문인들의 발언을 제어할 수 있었던 것은 이러한 변화로부터 비롯됐다. 좌담회의 참석진들은 아시아 · 태평양전쟁 발발, 남방 진출, 징병제 실시, 국어 교육 강화 등 전황의 추이와 사회적 이슈에 맞추어 조선의 문화적 의제를 조정해 나갔다. 또한 실제 조선 문단에서 배출된 작품이나 작가에 대한 세부적인 논평을 병행했기에 개별 창작이나 문화 활동에서 미흡했던 문제들을 다시금 공론화해서 교정할 수 있었다. 이 좌담회에 누가 참석하는가, 어떤 발언을 하는가를 실시간으로 점검하고 사후적으로는 편집을 통해 발언의 흐름을 조정할 수 있다는 점에서 좌담회는 이중의 검열 장치를 예비한 셈이었다. 따라서 좌담회는 전체성과 공공성이 강조되던 총력전기에 가장 적합한 문화비평의 형식이었다.

그러나 『국민문학』 좌담회가 감시와 명령의 기능만을 지니고 있던 것은 아니다. 좌담회는 조선 문인들의 존재성을 집단화하고 그들의 요구를 가시화하는 역할도 했다. 『국민문학』 주간 최재서를 비롯한 조선의 지식인들은 도쿄라는 중앙과 대동아 문화권이라는 세계 속에서 조선이라는 지방이 어떤 위치를 차지할 것인가, 무엇을 확보할 것인가에 관심을 기울였다. 그들의 말들은 중간에 잘리거나 특정 방향으로 유도되었지만 좌담회가 거듭될수록 중첩되며 하나의 여론을 형성했다. 도쿄에서 좌담회를 개최하거나 조선을 방문한 일본인 작가들을 초청하는 등 『국민문학』 운영진은 좌담회를 중앙과의 연계와 친목을 위한 수단으로서도 활용됐다. 그러므로『국민문학』좌담회가 25회나 지속될 수 있는 동력은 조선 지식인들의 적극성 때문이었다고 해도 과언이 아니다. 일본의 지방 문단으로서의 고유한 정체성을 확립하고자 했던 조선 지식인들은 여전히 조선 문단의 현재를 책임지고 미래를 이끌어갈 주체로 자임했고 일반 조선인들을 향한 계몽적 태도를 유지할 수 있었다.

이처럼 상이한 목적과 욕망을 지닌 참석진들의 말들이 교차, 대립, 길항, 화합하는 다양한 장면들은 이들이 저마다 지향하던 국민문화, 내선문화, 대동아 문화라는 것이 얼마나 유동적이며 비완결적인 것인가를 드러냈다. 이는『국민문학』의 전면에 배치된 비평과 논설의 확고한 어조, 창작의 과도한 선명함, 각종 소식의 객관성에서는 포착되지 않는 면모이지만, 바로 이 때문에『국민문학』좌담회는 총력전기 담론 연구의 중요한 대상이 될 수 있다. 이 글에서는 내선일체라는 이슈와 국민문학론의 전개에 따라 좌담회를 선택적으로 인용하고 분석했다. 따라서『국민문학』좌담회가 다루는 다양한 논제며 동시기 다른 매체에서 전개된 좌담회의 논의들을 포괄하지 못했다. 또한『국민문학』에서 제시된 이념형들이 실제 식민지 일상과 어떤 식으로 연관을 맺었는가에 대해서도 진전된 논의가 필요하다. 따라서 향후 이 문제들을 보완할 때 총력전기 좌담회를 기반으로 이루어진 문화정치의 내용과 기능이 분명하게 드러날 것이다.

참고문헌

자료

1. 신문 잡지

『家庭の友』,『改造』,『觀光朝鮮』,『京城日報』,『京城帝大英文學會會報』,『國民文學』,『國民總力』,『內鮮一體』,『綠旗』,『東洋之光』,『文化朝鮮』,『三田文學』,『新潮』,『朝鮮及滿洲』

『동아일보』,『매일신보』,『문장』,『백민』,『비판』,『사해공론』,『삼천리』,『삼천리문학』,『신시대』,『여성』,『인문평론』,『조광』,『조선문학』,『조선일보』,『조선중앙일보』,『창조』,『청색지』

2. 단행본

金南天,『大河. 第1部』, 人文社, 1939.

_____,『사랑의 水族館』, 人文社, 1940.

金文輯,『批評文學』, 靑色紙社, 1938.

김사량, 김재용·곽형덕 편역,『김사량, 작품과 연구』2, 역락, 2009.

김재용 외편역,『식민주의와 비협력의 저항』, 역락, 2003.

_____·김미란 편역,『식민주의와 협력』, 역락, 2003.

김종욱·박정희 편,『심훈 전집 8-영화평론 외』, 글누림, 2016.

盧子泳 編譯,『金色의 太陽』, 明星出版社, 1940.

문경연 외편역,『좌담회로 읽는『국민문학』』, 소명출판, 2010.

文一平,『湖岩史話集』, 人文社, 1939.

朴泰遠,『川邊風景』, 博文書館, 1938.

_____,『朴泰遠短篇集』, 學藝社, 1939.

_____,『支那小說集』, 人文社, 1939.

石田耕造 편, 노상래 역,『신반도문학선집』1, 제이앤씨, 2008.

_____ 편, 노상래 역,『신반도문학선집』2, 제이앤씨, 2008.

辛夕汀,『촛불』, 人文社, 1939.

申鼎言,『申鼎言 名野談集』, 人文社, 1938.

아단문고,『2014 아단문고 미공개 자료 총서-여성잡지』, 소명출판, 2014.

이경훈 편역,『한국 근대 일본어 소설선 1940~1944』, 역락, 2007.

이경훈 편역, 『한국 근대 일본어 평론·좌담회 선집 1939~1944』, 역락, 2009.

이광희 편, 『월북작가 대표문학』 3, 서음출판사, 1989.

이석훈, 김종성 편, 『이주민 열차』, 범우, 2005.

이재명 편, 『해방 전(1940~1945) 일문 희곡집』, 평민사, 2004.

李泰俊, 『달밤－李泰俊 短篇集』, 漢城圖書株式會社, 1934.

李孝石, 『花粉』, 人文社, 1939.

李熙昇 編, 『歷代朝鮮文學精華』 券上, 人文社, 1938.

_____ 編, 『(訂正) 歷代朝鮮文學精華』 卷上, 博文出版社, 1947.

人文社 編輯部, 『昭和 十四年版 朝鮮作品年鑑』, 人文社, 1939.

_____, 『昭和 十四年版 朝鮮文藝年鑑』, 人文社, 1939.

_____, 『昭和 十五年版 朝鮮作品年鑑』, 人文社, 1940.

_____, 『昭和 十五年版 朝鮮文藝年鑑』, 人文社, 1940.

임 화, 『임화문학예술전집 3－문학의 논리』, 임화문학예술전집 편찬위원회 편, 소명출판, 2009.

林學洙, 『戰線詩集』, 人文社, 1939.

_____, 『八道風物詩集』, 人文社, 1938.

張萬榮, 『祝祭』, 人文社, 1939.

정비석, 진영복 편, 『정비석 문학 선집』 2, 소명출판, 2013.

채만식, 『심 봉사』, 지식을만드는지식, 2014.

최명익 외, 『북으로 간 작가 선집』 8, 을유문화사, 1988.

崔載瑞, 『文學과 知性』, 人文社, 1938.

_____ 外編譯, 『(海外)抒情詩集』, 人文社, 1938.

_____ 外編譯, 『(現代)英美短篇小說鑑賞』, 韓一文化社, 1959.

_____, 金活 編『崔載瑞評論集』, 靑雲出版社, 1961.

_____ 編, 『敎養論』, 博英社, 1963.

_____, 노상래 역, 『전환기의 조선문학』, 영남대 출판부, 2006.

火野葦平, 西村眞太郎 譯, 『보리와 兵丁』, 1939.

Buck, Pearl S., 金聖七 譯, 『大地』, 교양사, 1958.

Mann, Thomas, 홍성광 역, 『부덴브로크 가의 사람들』 1·2, 민음사, 2017.

金文輯, 『ありらん峠』, 第二書房, 1958.

大村益夫·布袋敏博 編, 『近代朝鮮文學日本語作品集: 1939~1945 創作篇』, 綠蔭書房, 2001.

_____ 編, 『近代朝鮮文學日本語作品集: 1939~1945 評論·隨筆篇 2』, 綠蔭書房,

2002.

大村益夫·布袋敏博 編, 『近代朝鮮文學日本語作品集: 1901~1938 創作編 4. 小說』, 綠蔭書房, 2004.

文藝家協會 編, 『文藝年鑑』, 第一書房, 1937.

石田耕造 編, 『新半島文學選集 第1輯』, 人文社, 1944.

_____ 編, 『新半島文學選集 第2輯』, 人文社, 1944.

李石薰, 『静かな嵐』, 毎日新報社, 1943.

鄭人澤, 『淸凉里界隈』, 朝鮮圖書株式會社, 1944.

朝鮮文人協會 編, 『朝鮮國民文學集』, 東都書籍, 1943.

崔載瑞, 『(轉換期の)朝鮮文學』, 人文社, 1943.

Babbitt, Irving, 崔載瑞 譯, 『ルーソーと浪漫主義』, 改造社, 1939.

Dürckheim, Karlfried Graf, 橋本文夫 譯, 『民族性と世界觀』, 理想社出版部, 1940.

Witkop, Phillip 編, 高橋健二 譯, 『ドイツ戰歿學生の手紙』, 岩波書店, 1938.

논저

1. 논문

강경화, 「한국문학비평의 존재론적 지평에 대한 고찰」, 『비교어문연구』 10, 비교어문학회, 1999.

강유진, 「『인문평론』의 신체제기 비평 연구」, 중앙대 석사논문, 2007.

강현구, 「정인택의 소설 연구」, 『어문논집』 28, 안암어문학회, 1989.

고봉준, 「지성주의의 파탄과 국민문학론」, 『한국시학연구』 17, 한국시학회, 2006.

고영란, 「제국 일본의 출판시장 재편과 미디어 이벤트-"장혁주(張赫宙)"를 통해 본 1930년 전후의 개조사(改造社)의 전략」, 『사이(SAI)』 6, 국제한국문학문화학회, 2009.

권명아, 「총후부인, 신여성, 그리고 스파이-전시 동원체제하 총후부인 담론 연구」, 『상허학보』 12, 상허학보, 2004.

김남석, 「1930년대 '경성촬영소'의 역사적 변모 과정과 영화 제작 활동 연구」, 『인문과학연구』 33, 강원대학교 인문과학연구소, 2012.

김동식, 「낭만주의, 경성제국대학, 이중어 글쓰기-김윤식의 최재서 연구에 대한 몇 가지 주석」, 『구보학보』 22, 구보학회, 2019.

김륜옥, 「토마스 만 작품의 한국 내 수용 현황 및 양상」, 『독일언어문학』, 15, 독일언어문학연구회, 2001.

김미지, 「박태원의 「만인의 행복」과 식민지 말기의 '행복론'이 도달한 자리」, 『구보학보』 14, 구보학회, 2016.

김성연, 「"새로운 신" 과학에 올라탄 제국과 식민의 동상이몽−퀴리부인 전기의 소설화를 중심으로」, 『현대문학의연구』 44, 한국문학연구학회, 2011.

김정우, 「모파상 단편의 한국어 이종 번역 연구」, 『우리말연구』 29, 우리말학회, 2011.

김 활, 「최재서 비평의 인식론적 배경」, 『동서인문학』, 24, 계명대학교 인문과학연구소, 1992.

김혜인, 「조선인 영문학자 표상과 제국적 상상력」, 동국대 석사논문, 2009.

노상래, 「김문집 비평론」, 『한민족어문학』 20, 한민족어문학회, 1991.

_____, 「이중어소설 연구−『국민문학』 소재 비친일 일본어 소설을 중심으로」, 『語文學』 86, 한국어문학회, 2004.

노지승, 「여성지 독자와 서사 읽기의 즐거움−『여성』(1936~1940)을 중심으로」, 『현대소설연구』 42, 현대소설학회, 2009.

문경연, 「『文化朝鮮』(前身 『觀光朝鮮』, 1939~1944), 식민지 경영과 잡지 미디어의 문화정치」, 『근대서지』 8, 소명출판, 2013.

_____, 「『文化朝鮮』(1939~1944)의 미디어 전략과 제국의 디스플레이」, 『한국문학연구』 46, 동국대학교 한국문학연구소, 2014.

_____, "Korea/Culture as the Chosen Photographic Object : Focusing on Culture Joseon", *Korea Journal* 55-2, 유네스코한국위원회, 2015.

문영주, 「일제 말기 관변잡지 『가정지우(家庭の友)』(1936.12~1941.03)와 '새로운 부인(婦人)'」, 『역사문제연구』 17, 역사문제연구소, 2007.

박광현, 「경성제국대학의 문예사적 연구를 위한 시론」, 『한국문학연구』 21, 동국대학교 한국문학연구소, 1999.

_____, 「"국민문학"의 기획과 전망−잡지 『국민문학』의 창간 1년을 중심으로」, 『배달말』 37, 배달말학회, 2005.

_____, 「다카하시 도오루와 경성제대 '조선문학' 강좌−'조선문학' 연구자로서의 자기 동일화 과정을 중심으로」, 『한국문화』 40, 서울대학교 규장각한국학연구원, 2007.

_____, 「식민지 '제국대학'의 설립을 둘러싼 경합의 양상과 교수진의 유형」, 『일본학』 28, 동국대학교 일본학연구소, 2009.

_____, 「조선문인협회와 내지인 반도작가」, 『현대소설연구』 43, 한국현대소설학회, 2010.

박경수, 「정인택의 일본어 소설 연구」, 전남대 석사논문. 2005.

_____, 「정인택의 일본어 문학 연구」, 전남대 박사논문, 2011.

박지영, 「"번역"의 시대, 번역의 문화 정치−1950년대 번역 정책과 번역문학장」, 『대동문화연구』

71, 성균관대학교 대동문화연구원, 2010.

박진영, 「중국문학 번역의 분기와 이원화 – 번역가 양건식과 박태원의 원근법」, 『동방학지』 166, 연세대학교 국학연구원, 2014.

박필현, 「『인문평론』에 나타난 "지나(支那)" – 자기화된 만주와 제국의 "안의 밖" 지나」, 『한국문예비평연구』 45, 한국현대문예비평학회, 2014.

방민호, 「일제 말기 이태준 단편소설의 '사소설' 양상」, 『상허학보』 14, 상허학회, 2005.

_____, 「임화와 학예사」, 『상허학보』 26, 상허학회, 2009.

방효순, 「일제시대 민간 서적 발행 활동의 구조적 특성에 관한 연구」, 이화여대 박사논문, 2001.

백지혜, 「경성제대 작가의 민족지 구성 방법 연구」, 서울대 박사논문, 2013.

송 민, 「김문집의 일본어 작품집 읽기 – 『아리랑고개』」, 『문학 판』 6, 열림원, 2003.

송병삼, 「1930년대 후반 "비평의 기능" – 『인문평론』의 문화 담론을 중심으로」, 『현대문학이론연구』, 34, 현대문학이론학회, 2008.

_____, 「일제말 근대적 주체되기의 감성과 문화 담론 – 1930년대 후반 『人文評論』지(誌) 문화론을 중심으로」, 『용봉인문논총』 36, 전남대학교 인문학연구소, 2010.

서기재, 「일본 근대 「여행안내서」를 통해서 본 조선과 조선 관광」, 『일본어문학』 13, 한국일본어문학회, 2002.

_____, 「근대 관광 잡지 『관광조선(觀光朝鮮)』의 탄생」, 『동아시아문화연구』 46, 한양대학교 동아시아문화연구소, 2009.

_____, 「근대 관광 잡지 『관광조선』의 대중을 향한 메시지」, 『일어일문학』 52, 대한일어일문학회, 2011.

_____, 「『觀光朝鮮』의 '문학'의 전략성 – 〈완결소설〉란의 김사량 소설을 통해」, 『일본어문학』 53, 한국일본어문학회, 2012.

_____, 「『관광조선(觀光朝鮮)』에 나타난 '재조일본인'의 표상 – 반도와 열도 일본인 사이의 거리」, 『일본문화연구』 44, 동아시아일본학회, 2012.

서승희, 「국민문학 작가의 해방 이후 글쓰기 전략 연구 – 이무영, 이석훈, 정인택을 중심으로」, 『한민족문화연구』 43, 한민족문화학회, 2013.

_____, 「식민지 재난과 통치, 그리고 재현의 역학 – 박화성의 「홍수 전후」, 「한귀(旱鬼)」, 「고향 없는 사람들」을 중심으로」, 『이화어문논집』 54, 이화어문학회, 2021.

서은주, 「1930년대 외국문학 수용의 좌표 – 세계/민족, 문학」, 『민족문학사연구』 28, 민족문학사학회, 2005.

_____, 「파시즘기 외국문학의 존재 방식과 교양 – 『인문평론』을 중심으로」, 『한국문학연구』 42,

동국대학교 한국문학연구소, 2012.

신동준, 「『인문평론』 연구-전체주의에 대한 대응 담론을 중심으로」, 인천대 석사논문, 2008.

신미삼, 「이석훈 문학 연구」, 영남대 박사논문, 2014.

_____, 「「미꾸라지와 시인」을 통해 본 일제 말기 조선 문단-이석훈과 김상용을 중심으로」, 『語文學』 139, 한국어문학회, 2018.

신승모, 「식민지 조선의 일본인 교사가 산출한 문학」, 『한국문학연구』 38, 동국대학교 한국문학연구소, 2010.

신정옥, 「셰익스피어의 한국적 수용 2」, 『드라마연구』 24, 한국드라마학회, 2006.

신재기, 「창조적 비평의 주창과 그 실천」, 『향토문학연구』 7, 향토문학연구회, 2004.

신지영, 「전시체제기(1937~1945) 매체에 실린 좌담회를 통해 본, 경계(境界)에 대한 감각의 재구성」, 『사이(SAI)』 4, 국제한국문학문화학회, 2008.

_____, 「『국민문학』 좌담회의 양가성과 발화 게임」, 『민족문학사연구』 40, 민족문학사연구소, 2009.

안태윤, 「일제 말기 전시체제와 모성의 식민화」, 『한국여성학』 19, 한국여성학회, 2003.

오병기, 「1930년대 심리소설과 자의식의 변모 양상-이상과 정인택을 중심으로」, 『우리말글』 11, 우리말글학회, 1993.

오선민, 「한국 근대 해외유학서사 연구」, 이화여대 박사논문, 2009.

오태영, 「조선 로컬리티와 (탈)식민 상상력」, 『사이(SAI)』 4, 국제한국문학문화학회, 2008.

우정덕, 「1940년대 일본어 소설에 드러난 '황국신민'이라는 허상」, 국제어문학회 학술대회 자료집, 2012.

유재진, 「일본어 잡지 『조선(朝鮮)』과 『조선급만주(朝鮮及滿洲)』의 조선인 기고가들-기초자료조사」, 『일본연구』 14, 고려대학교 일본연구센터, 2010.

유석환, 「1930년대 잡지 시장의 변동과 잡지 『비판』의 대응-경쟁하는 잡지들, 확산되는 문학」, 『사이(SAI)』 6, 국제한국문학문화학회, 2009.

_____, 「근대 문학시장의 형성과 신문·잡지의 역할」, 성균관대 박사논문, 2013.

_____, 「경쟁하는 잡지들, 확산되는 문학 2」, 『한국문학연구』, 53, 동국대학교 한국문학연구소, 2017.

윤대석, 「1940년대 전반기 조선 거주 일본인 작가의 의식 구조에 대한 연구」, 『현대소설연구』 17, 한국현대소설학회, 2002.

_____, 「1940년대 '국민문학' 연구」, 서울대 박사논문, 2006.

_____, 「경성제대의 교양주의와 일본어」, 『대동문화연구』 59, 성균관대학교 대동문화연구원,

2007.

윤소라, 「일제강점기 조선인 여성의 시각화와 이미지 생산」, 이화여대 석사논문, 2013.

윤지관, 「번역의 정치성-외국문학 번역과 근대성」, 『안과밖』 10, 영미문학연구회, 2001.

이강언, 「1930년대 심리주의 소설의 전개-정인택의 「준동」을 중심으로」, 『우리말글』 3, 우리말 글학회, 1985.

이건제, 「조선문인협회 성립 과정 연구」, 『한국문예비평연구』 34, 한국현대문예비평학회, 2011.

이동월, 「야담가 신정언과 『신정언 명야담집』」, 『語文學』 122, 한국어문학회, 2013.

이명희, 「박화성의 '일본어소설' 「한귀(旱鬼)」 연구-원본과 최재서 번역본의 비교를 통한 다층 성 분석」, 『일본어문학』 68, 한국일본어문학회, 2016.

이병례, 「1930, 40년대 대중잡지에 나타난 의학상식-『家庭之友』·『半島の光』을 중심으로」, 『역사연구』 35, 역사학연구소, 2018.

이보영, 「Oscar Wilde 문학의 수용과 그 한국적 변용」, 『세계문학비교연구』, 한국세계문학비교 학회, 1996.

이봉범, 「잡지 『문장』의 성격과 위상」, 『반교어문연구』 22, 반교어문학회, 2007.

이상경, 「제국의 전쟁과 식민지의 전쟁문학-조선총독부의 기획 번역 히노 아시헤이(火野葦平)의 『보리와 병정(兵丁)』을 중심으로」, 『한국현대문학연구』 58, 한국현대문학회, 2019.

이수열, 「재조일본인 2세의 식민지 경험」, 『한국민족문화』 50, 부산대학교 한국민족문화연구소, 2014.

이순자, 「일제강점기 고적조사사업 연구」, 숙명여대 박사논문, 2007.

이양숙, 「일제 말기 비평의 존재 양상-최재서의 '국민문학론'을 중심으로」, 『비평문학』 28, 한국 비평문학회, 2008.

이영아, 「정인택의 삶과 문학 재조명-이상콤플렉스 극복과정을 중심으로」, 『현대소설연구』 35, 한국현대소설학회, 2007.

이원동, 「『국민문학』의 좌담회 연구」, 『어문론총』 48, 한국문학언어학회, 2008.

_____, 「식민지 말기 지배 담론과 국민문학론」, 『우리말글』 44, 우리말글학회, 2008,

_____, 「『조선국민문학집』과 내선일체의 정치학」, 『語文學』 103, 한국어문학회, 2009.

_____, 「군인, 국가, 그리고 죽음의 미학-『신반도문학선집』의 소설들」, 『현대소설연구』 42, 한국현대소설학회, 2009.

_____, 「『국민문학』의 일본인 작가와 식민지 표상」, 『우리말글』 53, 우리말글학회, 2011.

_____, 「주체의 시선과 타자 경험의 정치학-이석훈 소설의 내적 논리」, 『語文學』 112, 한국어문 학회, 2011.

이은애, 「최재서 문학론 연구」, 서울대 박사논문, 1995.

_____, 「김문집의 예술주의 비평 연구」, 『한국문예비평연구』 15, 한국문예비평학회, 2004.

이종화, 「정인택 심리소설 연구」, 『현대문학이론연구』 3, 현대문학이론학회, 1993.

이중연, 「중일전쟁 이후 일제의 출판·독서 통제」, 『한국문화연구』 8, 이화여자대학교 한국문화
연구원, 2005.

이혜령, 「『동아일보』와 외국문학, 해외문학파와 미디어」, 『한국문학연구』 34, 동국대학교 한국
문학연구소, 2008.

장갑상, 「Herbert Read의 문학비평관에 대한 연구」, 『새한영어영문학』 2, 새한영어영문학회,
1974.

장도준, 「김문집의 비평예술가론」, 『향토문학연구』 7, 향토문학연구회, 2004.

장문석, 「출판기획자 최재서와 인문사의 탄생」, 『근대서지』 11, 근대서지학회, 2015.

장성규, 「일제 말기 소설 유형의 탈식민성 연구」, 『우리문학연구』 31, 우리문학회, 2010.

전봉관, 「황군위문작가단의 북중국 전선 시찰과 임학수의 『전선시집』」, 『어문론총』 42, 한국문학
언어학회, 2005.

전상숙, 「일제 군부파시즘 체제와 '식민지 파시즘'」, 『동방학지』 124, 연세대학교 국학연구원,
2004.

정선태, 「일제 말기 '국민문학'과 새로운 '국민'의 상상」, 『한국현대문학연구』 29, 한국현대문학
회, 2009.

_____, 「일제 말기 초등학교, '황국신민'의 제작 공간」, 『한국학논총』 37, 국민대학교 한국학연
구소, 2012.

정종현, 「식민지 후반기(1937~1945) 한국문학에 나타난 동양론 연구」, 동국대 박사논문, 2005.

_____, 「최재서의 '맥아더' - 맥아더 표상을 통해 본 한 친일 엘리트의 해방전후」, 『동악어문학』
59, 동악어문학회, 2012.

정준영, 「경성제국대학과 식민지 헤게모니」, 서울대 박사논문, 2009.

정하늬, 「1930년대 후반 대중소설 속 지식인 청년상 고찰 - 이근영의 『第三奴隷』와 엄흥섭의 『人
生沙漠』을 중심으로」, 『인문논총』 72, 서울대학교 인문학연구원, 2015.

진영복, 「일제 말기 만주 여행 서사와 주체 구성 방식」, 『대중서사연구』 23, 대중서사학회, 2010.

채호석, 「1930년대 후반 문학 비평의 지형도 - 『인문평론』의 안과 밖」, 『외국문학연구』 25, 한국
외국어대학교 외국문학연구소, 2007.

_____, 「1930년대 후반 문학의 지형 연구 - 『인문평론』의 폐간과 『국민문학』의 창간을 중심으
로」, 『외국문학연구』 29, 한국외국어대학교 외국문학연구소, 2008.

_____, 「1940년대 일본어 소설 연구-『녹기』를 중심으로」, 『외국문학연구』 37, 한국외국어대학교 외국문학연구소, 2010.

천정환, 「일제 말기 작가 의식과 '나'의 형상화」, 『현대소설연구』 43, 한국현대소설학회, 2010,

최종철, 「셰익스피어 극 작품의 운문 번역-햄릿의 제3독백」, 『영어영문학연구』 15, 연세대학교 영어영문학회, 1993.

하신애, 「제국의 법역(法域)으로서의 대동아와 식민지 조선인의 모빌리티(mobility)(2)-박태원을 중심으로」, 『구보학보』 23, 구보학회, 2019.

하재연, 「『문장』의 시국 협력 문학과 「전선문학선」」, 『한국근대문학연구』, 22, 한국근대문학회, 2010.

한형구, 「한국 탐미(주의) 비평의 한 사례」, 『어문론집』 47, 중앙어문학회, 2011.

허병식, 「한국 근대소설과 교양의 이념」, 동국대 박사논문, 2005.

허혜정, 「나치스 문학과 친일 전쟁시(親日戰爭詩)의 논리」, 『동악어문학』 65, 동악어문학회, 2015.

홍경표, 「김문집 비평의 몇 가지 논거들」, 『향토문학연구』 7, 향토문학연구회, 2004.

황 경, 「김문집의 일본어 소설 연구-『아리랑고개』를 중심으로」, 『한민족문화연구』 39, 한민족문화학회, 2012.

황종연, 「한국문학의 근대와 반근대」, 동국대 박사논문, 1991.

황호덕, 「국어와 조선어 사이, 內鮮語의 존재론」, 『대동문화연구』 58, 성균관대학교 대동문화연구원, 2007.

神谷美穗, 「재조일본인 작가의 소설에 나타난 일제 말기 일본 국민 창출 양상」, 『일본문화연구』 39, 동아시아일본학회, 2011.

岸川秀実, 「주지주의 문학론과 주지적 문학론-비평가 최재서와 아베 도모지의 비교문학적 고찰」, 『국제어문』 27, 국제어문학회, 2003.

牛島佳美, 「최재서의 일본어 번역 표현 연구-이태준 「꽃나무는 심어놓고」와 박화성 「한귀」의 번역을 중심으로」, 『국제어문』 77, 국제어문학회, 2018.

佐野正人, 「경성제대 영문과 네트워크에 대하여-식민지 시기 한국문학에 있어서 '영문학'과 이중언어 창작」, 『한국현대문학연구』 26, 한국현대문학회, 2008.

2. 단행본

검열연구회 편, 『식민지 검열, 제도·텍스트·실천』, 소명출판, 2011.

공제욱·정근식 편, 『식민지의 일상 지배와 균열』, 문화과학사, 2006.

권명아, 『역사적 파시즘』, 책세상, 2005.

권　은, 『경성 모더니즘 – 식민지 도시 경성과 박태원 문학』, 일조각, 2018.

김영민, 『한국근대문학비평사』, 소명출판, 2002.

김수현 · 정창현, 『제국의 억압과 저항의 사회사 – 사진과 엽서로 본 근대 풍경』, 민속원, 2010.

김병철, 『한국근대서양문학이입사 연구』, 을유문화사, 1980.

김예림, 『1930년대 후반 근대인식의 틀과 미의식』, 소명출판, 2004.

김윤식, 『한국근대문예비평사연구』, 일지사, 1976(2002).

_____, 『한국근대문학사상연구 1 – 도남과 최재서』, 일지사, 1984(1999).

_____, 『일제 말기 한국 작가의 일본어 글쓰기론』, 서울대 출판부, 2003.

_____, 『최재서의 국민문학과 사토 기요시 교수』, 역락, 2009.

김재용 외, 『친일문학의 내적 논리』, 역락, 2003.

_____, 『협력과 저항』, 소명출판, 2004.

민족문학연구소 편, 『탈식민주의를 넘어서』, 소명출판, 2006.

김효순 · 엄인경 편, 『재조일본인과 식민지 조선의 문화』 1, 역락, 2014.

김흥규, 『문학과 역사적 인간』, 창작과비평사, 1980.

渡辺直紀 외편, 『전쟁하는 신민, 식민지의 국민문화』, 소명출판, 2010.

박경수, 『정인택, 그 생존의 방정식』, 제이앤씨, 2011.

박광현 · 신승모 편, 『월경의 기록 – 재조일본인의 언어, 문화, 기억과 아이덴티티의 분화』, 어문학
　　　　사, 2013.

박노자 외, 『일제 식민지 시기 새로 읽기』, 혜안, 2007.

박숙자, 『속물 교양의 탄생 – 명작이라는 식민의 유령』, 푸른역사, 2012.

박윤우, 『한국 현대시와 비판 정신』, 국학자료원, 1999.

박헌호, 『이태준과 한국 근대소설의 성격』, 소명출판, 1999.

_____ 외, 『작가의 탄생과 근대문학의 재생산 제도』, 소명출판, 2008.

변신원, 『박화성 소설 연구』, 국학자료원, 2001.

사희영, 『제국 시대 잡지 『국민문학』과 한일 작가들』, 도서출판 문, 2011.

서지영, 『경성의 모던걸 – 소비, 노동, 젠더로 본 식민지 근대』, 여이연, 2013(2015).

성백효 역주, 『논어집주』, 전통문화연구회, 2014.

오양진, 『데카당스』, 연세대 출판부, 2009.

염무웅 · 고형진 외, 『분화와 심화, 어둠 속의 풍경들』, 민음사, 2007.

유진오, 『젊은 날의 자화상』, 박영문고, 1976.

윤대석, 『식민지 국민문학론』, 역락, 2006.

윤상인, 『문학과 근대와 일본』, 문학과지성사, 2009.

윤지관, 『근대 사회의 교양과 비평―매슈 아놀드 연구』, 창작과비평사, 1995.

이경훈, 『이상, 철천의 수사학』, 소명출판, 2000.

_____, 『대합실의 추억』, 문학동네, 2007.

이양숙, 『한국 근대 문예비평의 논리』, 월인, 2007.

이연숙, 『국어라는 사상』, 소명출판, 2006.

이진형, 『1930년대 후반 식민지 조선의 소설 이론―임화, 최재서, 김남천의 소설 장르 논의』, 소명출판, 2013.

이충우, 『경성제국대학』, 다락원, 1980.

임종국, 『친일문학론』, 민족문제연구소, 2005.

임환모, 『문학적 이념과 비평적 지성』, 태학사, 1993.

장석주, 『나는 문학이다』, 나무이야기, 2009.

정선이, 『경성제국대학 연구』, 문음사, 2002.

정종현, 『동양론과 식민지 조선문학』, 창작과비평사, 2011.

차승기, 『반근대적 상상력의 임계들―식민지 조선 담론장에서의 전통·세계·주체』, 푸른역사, 2009.

채호석, 『한국근대문학과 계몽의 서사』, 소명출판, 1999.

천정환, 『근대의 책 읽기』, 푸른역사, 2003.

한기형 외, 『근대어·근대매체·근대문학』, 성균관대 출판부, 2006.

한수영, 『친일문학의 재인식』, 소명출판, 2005.

황호덕, 『벌레와 제국』, 새물결, 2011.

한일비교문화연구센터 역, 『일본잡지 모던일본과 조선 1939』, 어문학사, 2007.

_____, 『일본잡지 모던일본과 조선 1940』, 어문학사, 2009.

高田里惠子, 김경원 역, 『문학가라는 병』, 이마, 2017.

駒込武, 오성철 외역, 『식민지제국 일본의 문화통합―조선·대만·만주·중국 점령지에서 식민지 교육』, 역사비평사, 2008.

金富子, 조경희·김우자 역, 『학교 밖의 조선 여성들―젠더사로 고쳐 쓴 식민지 교육』, 일조각, 2009.

大貫惠美子, 이향철 역, 『사쿠라가 지다 젊음도 지다』, 모멘토, 2004.

鹿野政直, 기미정 역, 『이와나미 신서의 역사』, AK, 2016.

白根治夫, 鈴木登美 편, 왕숙영 역, 『창조된 고전』, 소명출판, 2003.

保昌正夫 외, 고재석 역, 『일본현대문학사』 상, 문학과지성사, 1998.

三浦信孝 · 糟谷啓介 편, 『언어제국주의란 무엇인가』, 돌베개, 2005.

成田龍一, 한일비교문화세미나 역, 『고향이라는 이야기』, 동국대 출판부, 2007.

小熊英二, 조현설 역, 『일본 단일민족신화의 기원』, 소명출판, 2003.

鈴木登美, 한일문학연구회 역, 『이야기된 자기』, 생각의 나무, 2004.

中根隆行, 건국대학교 대학원 일본문화언어학과 역, 『'조선' 표상의 문화지』, 소명출판, 2011.

Foucault, Michel, 이희원 역, 『자기의 테크놀로지』, 동문선, 1997.

Calinescu,M., 이영욱 외역, 『모더니티의 다섯 얼굴』, 시각과 언어, 1998.

Smith, Philip, 한국문화사회학회 역, 『문화이론-사회학적 접근』, 이학사, 2008.

Arnold, Matthew, 윤지관 역, 『교양과 무질서』, 한길사, 2006.

Muggeridge, Malcolm, 이정아 역, 『마더 테레사의 하느님께 아름다운 일』, 시그마북스, 2010.

Eliot,T.S., 이경식 편역, 『문예비평론』, 범조사, 1985.

Hobsbawm, Eric, 이용우 역, 『극단의 시대-20세기 역사』 (상), 까치글방, 1998.

Sanders, Andrew, 정규환 역, 『옥스퍼드 영문학사』, 동인, 2003.

Nancy, Armstrong, 오봉희 · 이명호 역, 『소설의 정치사-섹슈얼리티, 젠더, 소설』, 그린비, 2020.

Daiches, David, 김용철 · 박희진 역, 『데이쉬즈 영문학사』, 종로서적, 1987.

Abrams, M.H. 외, 김재환 역, 『노튼 영문학 개관 II-낭만주의 시대 20세기』, 까치, 1990.

Jones, E. Stanley, 대한기독교서회 역, 『그리스도와 人生苦』, 조선기독교서회, 1951.

Conn, Peter, 이한음 역, 『펄 벅 평전』, 은행나무, 2004.

川村湊, 『帝國日本の學知 第5卷-東アジアの文學 · 言語空間』, 岩波書店, 2006.

Jones, E. Stanley, *Christ and Human Suffering*, London : Hodder & Stoughton, 1933.

Porteus,H.G., *Wyndham Lewis: A Discursive Exposition*, London : Desmond Harmsworth, 1932.

초출일람

제1부 | 최재서 문학의 지층들
「현대시(인)의 존재론, 혹은 문학과 현실의 관계에 대한 고찰ㅡ1934년의 최재서와 그의 기고문들을 중심으로」, 『국제어문』 87, 국제어문학회, 2020.
「1930년대 최재서의 문화 기획 연구」, 『한국문학이론과 비평』 47, 한국문학이론과비평학회, 2010.
「'모던'과 '조선', 그 번역의 (불)가능성ㅡ최재서의 번역을 중심으로」, 『현대문학의 연구』 53, 한국문학연구학회, 2014.
「인문사(人文社)의 출판 기획 연구ㅡ단행본 출판과 총서 기획을 중심으로」, 『한국문화연구』 35, 이화여자대학교 한국문화연구원, 2018.
「식민지 후반기 조선문학의 재생산과 전승의 기획ㅡ인문사(人文社)의 출판 기획 연구 2」, 『우리문학연구』 62, 우리문학회, 2019.
「전환기 최재서의 레퍼런스와 인간성 탐구ㅡ가족사연대기 소설과 전쟁문학을 중심으로」, 『한국문학논총』 85, 한국문학회, 2020.
「최재서 비평의 문화 담론 연구」, 이화여대 박사논문, 2010, IV장.

제2부 | 식민지 말 조선문학의 쟁점
「'가정의 벗'이라는 난제(難題), 식민지 농촌 여성 독자를 위한 박태원의 소설 쓰기ㅡ「만인의 행복」과 「점경」을 중심으로」, 『현대소설연구』 82, 한국현대소설학회, 2021.
「'전환'의 기록, 주체화의 역설ㅡ정인택 소설의 변모 양상과 그 의미」, 『현대소설연구』 41, 한국현대소설학회, 2009.
「일제 말기 소설과 '자기'의 정치ㅡ이석훈 소설론」, 『한국문학이론과 비평』 53, 한국문학이론과비평학회, 2011.
「식민지 데카당스의 정치성ㅡ김문집의 일본어 글쓰기론」, 『한국문학이론과 비평』 57, 한국문학이론과비평학회, 2012.
「『文化朝鮮』(1939~1944)의 조선(인) 표상ㅡ조선인 작가들의 소설을 중심으로」, 『현대소설연구』 56, 한국현대소설학회, 2014.
「전쟁과 서사, 그리고 재조일본인(在朝日本人)의 아이덴티티ㅡ汐入雄作와 宮崎清太郎의 소설을 중심으로」, 『한국문학이론과 비평』 68, 한국문학이론과비평학회, 2015.
「1940년대 "국민문학"과 좌담회의 문화정치」, 『현대소설연구』 43, 한국현대소설학회, 2010.